Konsalik

La guérisseuse

traduit de l'allemand par Raymond ALBECK

Éditions J'ai lu

Ce roman a paru sous le titre original :

DIE STRAHLENDEN HÄNDE

1

Dès que le train se fut arrêté devant la petite gare, après un dernier grincement de freins, elle se leva de la banquette rembourrée, tendue de tissu gris, du compartiment où elle avait voyagé seule. Elle avait pris un billet de première classe comme Stefan, son mari, l'avait exigé puisqu'il n'avait pu l'accompagner ce jour-là en voiture et rester avec elle en ville. Debout, elle se pencha un peu pour examiner, pendant quelques longues secondes, son visage dans le miroir rectangulaire fixé au-dessus du siège d'en face.

Non, on ne voyait rien. Ses traits n'avaient pas changé, pas plus que ses yeux, d'un marron si foncé qu'il en était presque noir, fendus jusqu'à l'oblique – des yeux en amande, disait Stefan. Eux aussi avaient conservé cet éclat de jeunesse qui semblait provenir d'une source inépuisable de force vitale et de santé. Pourtant, une heure plus tôt, elle avait cru nécessaire de masquer d'un peu de poudre légèrement ocre les deux taches rouges qui, sous le coup de l'excitation, étaient apparues sur ses pommettes, précaution d'ailleurs inutile puisqu'elles avaient disparu d'elles-mêmes.

Prenant son temps, elle tourna la tête à droite puis à gauche, remit en place quelques bouclettes de cheveux noirs, humecta la pointe de ses doigts pour mieux lisser ses sourcils et, avant de s'éloigner,

adressa à son reflet un petit sourire d'approbation.
Pas mal, n'est-ce pas, pour tes soixante et un ans ! C'est presque incroyable qu'une femme de ton âge ait l'air aussi jeune ! Mais il en avait été de même avec son père : il avait largement dépassé la cinquantaine qu'on le prenait encore pour un homme de trente ans, en pleine force. Et son grand-père montait à plus de quatre-vingts ans un étalon des plus fougueux pour aller chasser le loup dans les solitudes sauvages qui entourent le lac de Tchalkinskoïé. Elle l'avait entendu dire à plusieurs reprises : « Si l'homme doit vivre un jour deux cents ans, ce sera ici, en Grusinie. » Il avait aussi l'habitude de proclamer : « Les maladies existent pour qu'on ne leur prête aucune attention. C'est à force d'y penser et de parler d'elles qu'on tombe réellement malade. » Aussi avait-il été très surpris quand son fils David Semionovitch avait pris la décision d'étudier la médecine à Tiflis et de s'établir à Poti, sur la côte de la mer Noire. Si le grand-père était mort, ce n'était pas de vieillesse ou de maladie. Les Allemands l'avaient fusillé en 1944, après l'avoir surpris en train de déposer une charge explosive sur la voie ferrée Tiflis-Batoum.
Faisons donc comme le grand-père, pensait-elle, souriant toujours. Elle sortit du compartiment. Elle n'avait aucun bagage, uniquement son sac à main habituel et un paquet provenant de la grande boulangerie Schmoldes, de Münster. Schmoldes avait la réputation d'offrir le meilleur pain et les meilleurs gâteaux de la ville, et chaque fois qu'un membre de la famille Doerinck se rendait à Münster, il en revenait obligatoirement avec diverses sortes de pain et de pâtisseries.
En ouvrant la porte du wagon, elle aperçut Corinna qui l'attendait sur le quai et qui leva aussitôt la main dans un grand geste d'accueil. Elle répondit en levant la sienne, montrant du même coup le grand paquet de pain et de gâteaux.
– Enfin, te voilà, mamouchka !

Ce disant, Corinna se chargea du paquet, délivrant ainsi sa mère qui descendit vivement les deux hautes marches et sauta à terre avec l'agilité d'une jeune fille.

– Et pourquoi « enfin » ! Vous saviez bien que je devais prendre ce train pour revenir. Est-ce que ton père est toujours à sa conférence ?

– Toujours, maman. Mais toi, comment vas-tu ?

Corinna fixa sur sa mère un regard interrogateur. Un couple qui venait à leur rencontre les salua avec toute la courtoisie possible. Qui donc, dans cette petite ville d'Hellenbrand, ne connaissait pas les Doerinck ? Le professeur, d'abord, nouvellement promu recteur adjoint, lauréat du concours des tireurs deux années de suite, chef du chœur de l'église, vice-président du club de boulistes et redoutable joueur d'échecs lors des réunions régulières du cercle à l'auberge Aux Armes de Westphalie. Et sa femme, qui portait ce prénom étrange de Ludmilla, une Russe figurez-vous, ce que tout le monde à Hellenbrand arrivait difficilement à comprendre malgré les vingt-six ans qui s'étaient écoulés depuis son arrivée. Et il y avait leur fille, Corinna, presque aussi « exotique » que sa mère, alors qu'elle était née en Allemagne et avait créé à Hellenbrand une entreprise de tissage de tapis d'art fort bien considérée.

– Comment je vais, moi ? Mais comment veux-tu que j'aille ? Fort bien !

À grands pas, elle sortit de la gare et se dirigea vers la petite voiture de sa fille. Comme dans la plupart des chefs-lieux du pays de Münster, la gare de Hellenbrand avait été bâtie en dehors de la localité, dans un lieu presque isolé au milieu des champs et des bois, relié aux premières maisons du bourg par une large avenue bordée de hauts bouleaux. Aussi Hellenbrand comptait-il trois taxis, et l'itinéraire du service d'autocars était-il organisé de sorte qu'il s'arrêtait à la gare trois fois par jour, lors des passages du train omnibus de Münster.

Debout près de sa voiture, Corinna insista :

– Qu'a dit le médecin, mamouchka ?
– Plus tard, ma chérie.
– Pourquoi plus tard ? Si tu savais combien nous nous sommes fait du mauvais sang, papa et moi...
Ludmilla s'était arrêtée, attendant que sa fille lui ouvrît la porte de la voiture :
– Voyons, laisse-moi le temps d'arriver ! Quand papouchka rentrera de sa conférence, je vous raconterai tout en détail. Tu sais que je déteste répéter deux fois la même chose.
– Un seul mot, maman. Est-ce que tout va bien ?
– Plus tard, je t'en prie.
Montant rapidement dans la petite voiture, elle s'assit et attendit que sa fille s'installât près d'elle. Que devait-elle dire ? Pourvu, pensa-t-elle, soudain, que ces maudites taches rouges ne réapparaissent pas sur mes pommettes. Le nuage de poudre qui devait les recouvrir s'était peut-être dissipé... Ils sont inquiets, naturellement. Ils n'ont pas l'habitude que je sois malade. Jamais, durant toutes ces longues années, ils n'ont eu l'occasion de se faire du souci pour moi. Elle avait bien eu de temps à autre une bronchite, un rhume de cerveau, une petite crise de sciatique, une inflammation nerveuse à une articulation quelconque, et, depuis trois ans, des douleurs rhumatismales à l'épaule droite. Mais jamais elle n'était restée au lit plus de trois jours de suite, pensant toujours à son grand-père Semion Arkadiévitch Assanourian : les maladies, ça se méprise ! Jusqu'à présent, tout s'était toujours bien passé.
Jusqu'à présent...
Elle s'aperçut que Corinna l'observait et qu'elle n'avait pas encore mis la voiture en marche. Ludmilla n'en fit rien voir, et continua de contempler le paysage à travers la vitre. On eût dit qu'elle le voyait pour la première fois. Et elle ne tourna même pas la tête quand sa fille, sur un tout autre ton, reprit la conversation :

– Maman, de toute ta vie, tu n'as jamais su mentir. Qu'y a-t-il ?

– Je t'en prie, Corinna, démarre... (Elle salua aimablement le boucher Wittkopp, qui était venu chercher sa femme à la gare.) ... Tu ne vas pas commencer à te comporter comme un bébé, maintenant que tu as presque trente ans !

– Alors, il y a quelque chose qui ne va pas, n'est-ce pas, maman ?

– Tout va comme ça peut aller à mon âge.

– Ce n'est pas une réponse.

– Qu'est-ce que tu veux que je te dise ?

– Je veux savoir si tu es malade ou non.

– Puisque tu me le demandes, je te réponds que je ne suis pas malade... (Elle prit le paquet, se pencha et respira profondément :) Ce que cela sent bon ! Vraiment, il n'y a pas de meilleur boulanger à Münster que Schmoldes. Il fait du pain comme personne d'autre. Et ses gâteaux sont délicieux... À propos, êtes-vous allés chercher le jambon ?

– Oui...

Corinna avait enfin démarré. Il y avait à peine dix minutes de la gare à Hellenbrand, et douze exactement jusqu'à chez elles lorsqu'on traversait le centre du bourg sans s'arrêter. Pendant la moitié du trajet, elles n'échangèrent plus une parole. Assises l'une à côté de l'autre, très droites, elles regardaient devant elles la route bordée de bouleaux. Wittkopp le boucher les dépassa, accompagnant son coup d'avertisseur d'un joyeux salut de la main. Un malaise inexplicable pesait sur elles.

D'un seul coup, Ludmilla se mit à parler, et il y avait dans sa voix quelque chose d'enfantin que Corinna remarqua aussitôt :

– Ces bouleaux ! Là où vivait ma tante Djouna, ils étaient exactement pareils, blancs, hauts, élancés, aussi beaux. Ma tante possédait une maison paysanne à Bosserov, en Ukraine. C'était plus qu'une ferme, une sorte de manoir, vraiment. Elle appartient maintenant au sovkhoze Construire, mais tante Djouna y vivait seule alors. J'y ai souvent passé mes vacances scolaires. J'y gardais les chèvres. C'étaient pour moi les meilleures vacances possibles, car à Poti, chez mon père, j'étais la fille du médecin, une petite personne qui devait être distinguée ! C'était extraordinaire de rester assise dans une clairière du bois de bouleaux, le troupeau de chèvres autour de moi...

Un coup de frein brutal l'interrompit : Corinna avait quitté la route pour s'engager sur un chemin sablonneux qui traversait un champ de lupins. Elle s'arrêta aussitôt. Ludmilla avait serré contre elle le paquet de pain et de gâteaux comme si elle s'accrochait à une bouée de sauvetage.

– Pourquoi t'arrêtes-tu ? demanda-t-elle. Et pourquoi ici, sur ce chemin de traverse ?

– Nous voici tout à fait seules, maman... (Elle s'était rejetée en arrière sur son siège, les yeux fixés au-dessus du pare-brise, sur le plafond de l'auto.) ... Nous sommes seules, comprends-tu... Alors, dis-moi la vérité.

– Eh bien, le Dr Willbreit m'a examinée à fond, et quand je dis à fond, c'est de toutes les manières... (Elle plaisantait, mais il y avait dans sa voix quelque chose qui sonnait faux et ne pouvait tromper sa fille.) ... Oui, cinq médecins se sont occupés de moi : radios, électrocardiogramme, examens du sang, ultrasons, tout y a passé. On m'a même injecté une solution avec du radium, puis on m'a radiographiée de nouveau. Tout cela de 8 heures du matin à 3 heures de l'après-midi...

Elle se rejeta elle aussi en arrière et ferma les yeux. Est-ce que les deux taches rouges sont revenues ? pensa-t-elle. J'ai l'impression que les pommettes me brûlent. Si je retiens ma respiration, peut-être n'apparaîtront-elles pas... ?

– ... Cora, petite Cora, je suis fatiguée, ne le comprends-tu pas ? Je ne voudrais pas avoir à répéter deux fois la même chose.

– Mais qu'a dit le Dr Willbreit à la fin de tous ces examens ?

– Peu de chose. Et en fait, rien du tout. Il était seulement satisfait de son diagnostic ! « Tout est clair désormais », a-t-il déclaré. C'est tout ce qu'il y a de plus tranquillisant, ne trouves-tu pas ? Et c'est déjà quelque chose... Maintenant, conduis-moi chez nous, Cora !

Sans un mot, Corinna remit la voiture en marche. Il était inutile de s'entêter. Elle recula jusqu'à la route bordée de bouleaux et traversa le bourg sans s'arrêter. Au moment où elle atteignait leur villa, elle aperçut son père qui revenait de la conférence des enseignants. Leurs deux voitures s'immobilisèrent presque en même temps l'une à côté de l'autre. Stefan Doerinck se précipita aussitôt pour ouvrir la porte à Ludmilla :

– Alors, Milachka ? (Il l'aidait à s'extraire de son siège.) ... Quelle journée ! J'ai tout le temps pensé à toi. Je crois que je n'ai pas entendu la moitié de tout ce qui s'est dit. Maintenant, elle passe des radios, me disais-je. Maintenant, on lui fait avaler une sonde, et je ne suis pas avec elle, elle est seule ! Milachka, à certains moments, j'étais complètement absent...

– Tout cela vient de ce que je vous ai trop bien habitués tous les deux. Je n'ai jamais été malade ! Je ne me suis jamais plainte. Il a fallu que Corinna insiste pour que je me fasse examiner à fond à la polyclinique de Münster. Et notre vieux Dr Hambach lui a donné raison. Si bien que je suis partie ce matin pour Münster, et me voici de retour ! Alors, pourquoi toute cette agitation, Stefan ?

– Et le résultat ?

Stefan Doerinck tenait encore sa femme dans ses bras. Il avait déposé un baiser sur chacun de ses yeux en attendant que Corinna leur ouvrît la porte d'entrée.

C'était le portrait même d'une famille heureuse

dont la vie se déroulait dans un ordre et un bonheur parfaits. Les deux parents avaient souffert d'une guerre terrible où ils s'étaient néanmoins rencontrés et aimés. Maintenant, ils avaient leur maison et, derrière elle, un jardin où chaque printemps fleurissaient deux pommiers, deux poiriers et un quetschier. Les espaliers se couvraient alors de groseilles rouges et blanches et de groseilles à maquereau. Il y avait aussi des plates-bandes de salades diverses et de choux-fleurs, des haricots de toutes sortes, des tomates, des oignons et des aulx. Une petite partie du jardin était consacrée aux fleurs, des tournesols surtout. Quand leurs grandes fleurs se balançaient au vent sous le soleil, Ludmilla s'arrêtait parfois, accroupie au milieu d'elles, les mains croisées, le regard perdu au loin. C'étaient les moments où Stefan la laissait seule. Elle redevenait l'enfant cachée dans les champs de tournesols de tante Djouna. L'âme russe éternelle s'éveillait de sa torpeur une fois l'an; un mal du pays lancinant empoignait Ludmilla, quel que fût le lieu où elle se trouvait, pour parfait que fût son bonheur. Rien ne lui manquait, rien ne leur manquait à tous deux. Après ce qu'ils avaient enduré ensemble, ils pouvaient feuilleter sans envie les pages des illustrés, regarder les photos du « grand monde », les joyaux des femmes, les vêtements taillés sur mesure des hommes, leurs villas et leurs yachts et leurs autos de rêve. Assis derrière leur maison sur un banc de bois, ils contemplaient le vol des cygnes dans le ciel rouge du crépuscule, le balancement rythmé des fleurs de tournesol sous le vent. Ils savaient depuis trente-cinq ans que les paradis de cette terre n'ont pas besoin de briller ni d'être dorés, et que les portes qui s'ouvrent sur le bonheur n'ont pas de verrous incrustés de diamants.

– J'ai une de ces faims, mais une faim terrible, déclara Ludmilla. Je devais être complètement à jeun pour les radios. Je vais me faire tout de suite une bonne tartine de pain beurré, du bon pain blanc de chez Schmoldes, avec dessus une bonne tranche de jambon. Et je rêve de café ! Peux-tu le préparer très fort, Stefan ? Il est toujours meilleur quand c'est toi qui t'en occupes.

Stefan Doerinck disparut aussitôt dans la cuisine. Tout au fond de lui-même, il respirait enfin. Ce n'était donc rien, heureusement ! Elle est si gaie. Il n'est pas possible d'être vraiment malade quand on est habité par une telle gaieté. Et d'ailleurs elle a l'air en pleine santé, et elle est restée si belle. Si je ne la connaissais pas, je crois que je tomberais encore amoureux d'elle et que je l'épouserais, malgré ses soixante et un ans. Personne ne lui donne cet âge, et personne n'arrive à le croire. Ludmilla Davidovna Assanourian... Dire que tout a commencé entre nous il y a trente-six ans, dans le Caucase, sur les bords d'un petit lac de Paléostomi. Un lieutenant allemand a aperçu alors une jeune fille merveilleuse qui se baignait toute nue...

Stefan Doerinck avait ouvert le paquet de chez Schmoldes. L'intérieur du pain était encore chaud, et son odeur presque enivrante. Il résista à l'envie de mordre le croûton. C'était le privilège de Ludmilla. Cela faisait partie des petites et grandes joies de leur existence.

Il était encore en train de respirer le pain quand Corinna entra dans la cuisine. Son visage paraissait tendu :

– Est-ce que tu ne remarques rien, papa ?

– Si, naturellement... répliqua-t-il en riant. (Du doigt, il désignait le pain.) ... Je n'ai pas mangé le croûton. Il est toujours là !

Encore une de leurs plaisanteries habituelles.

– Je parle de maman. Il y a quelque chose qui ne va pas chez elle.

– Mais qu'est-ce que tu as depuis quelque temps à tout voir en noir ?

Il s'occupait déjà de la cafetière. Après avoir placé à l'intérieur le filtre en papier, il prit sur l'étagère la boîte de café moulu, puis se mit à chercher la cuiller qui servait à mesurer les portions. Évidemment, elle n'était pas à sa place, comme toujours ! Un jour, il l'avait finalement retrouvée à demi engloutie dans la farine de pomme de terre. Rien ne l'irritait davantage. C'était un homme d'ordre et de principes. C'est ce qu'il expliquait sans cesse à ses élèves : une communauté où ne règne pas l'ordre s'effondre dans l'anarchie. Aussi lui avait-on proposé maintes fois de prendre position publiquement avant les élections, et de s'inscrire au parti qui semblait conforme à ses déclarations, le parti de l'ordre, naturellement. Stefan Doerinck avait refusé net. « Lorsque j'étais adolescent, expliquait-il, je me suis retrouvé inscrit à un parti qui a déclenché une catastrophe mondiale, laquelle a presque anéanti l'Allemagne. Aucun de vous n'a envie que ça recommence ? Eh bien ! moi non plus. » Sa réponse déclencha des rires et des applaudissements. Aussi le vice-recteur Doerinck était-il le seul du collège des enseignants à n'être inscrit à aucun parti.

Pour l'instant, il fouillait au hasard dans les tiroirs et les boîtes, oubliant ses principes d'ordre et de méthode, cherchant toujours la petite cuiller à portions. Aussi, est-ce sur un ton de plus en plus furieux qu'il reprit la conversation tandis que sa fille le regardait s'agiter sans bouger elle-même un seul doigt :

– Qu'est-ce que tu as encore ? C'est toi qui as mis dans la tête de ta mère qu'elle avait quelque chose, et le Dr Hambach, qui certainement devient sénile, t'a donné raison. Ta mère s'est donc rendue à Münster. On l'a examinée de la tête aux pieds. Et qu'en est-il résulté ? Sa santé est aussi parfaite que la tienne et la mienne. Pour l'instant elle a faim et veut une tartine de pain beurré avec du jambon. Et du café ! Bon Dieu, où est-elle cette cuiller ?

– Prends donc n'importe quelle cuiller à thé.

– Évidemment, je pourrais le faire ! Mais quand

on a une cuiller spéciale pour mesurer les portions de café, on s'en sert ! Regarde ! Non, ce n'est pas possible ! La voici dans la marmelade d'oranges !

– C'est moi, papa.

– Naturellement ! À trente ans, au point de vue maîtresse de maison, tu es restée un bébé qui tète encore le sein de sa mère ! (Enfin satisfait, Stefan Doerinck nettoyait la cuiller sous le robinet d'eau chaude et l'essuyait.) ... Alors, qu'est-ce qui ne va pas avec ta mère ?

– Elle ne nous a pas dit la vérité.

– Tu sais bien qu'elle ne ment jamais.

– D'habitude, oui. Mais aujourd'hui on voit qu'elle ment. Je le vois, moi. Elle nous joue la comédie. Tout ne s'est pas passé à Münster aussi bien qu'elle veut nous le faire croire. Appelle donc le Dr Willbreit, papa...

Elle s'était appuyée contre la porte de la cuisine, et il remarqua qu'elle avait croisé nerveusement ses longues mains, très belles, sur sa poitrine, comme pour la contenir.

– ... Papa, je *sais* qu'il y a quelque chose qui ne va pas chez maman.

– Qu'est-ce que ça veut dire : je *sais*... ?

Il comptait soigneusement les cuillerées de café : une par tasse et une supplémentaire... Huit, neuf, dix... Ce sera du bon café, bien fort. D'ailleurs l'eau à Hellenbrand est excellente, chimiquement pure, et nous avons heureusement notre propre puits. Aucun rejet « d'eaux industrielles » comme dans les villes des environs.

– ... Qu'en sais-tu ? Tu n'es pas médecin. Tu as refusé de poursuivre tes études de médecine.

– Je t'en prie, papa, ne me le reproche pas toujours. Ça n'allait plus...

– Et pour cause ! Dès ta première année de médecine, tu voulais tout savoir mieux que tes professeurs !

– Et j'avais toujours raison, c'est ce que tu ne dis pas ! J'ai découvert en tout neuf diagnostics qui étaient faux, et ils ont dû le reconnaître plus tard. Cela, aucun membre d'une faculté de médecine ne peut le supporter de la part d'un étudiant. Parle-moi aussi de Mme Reinhardt. Après quatre ans de soins pour une gastrite chronique, après avoir absorbé des kilos de médicaments, elle en était toujours au même point, n'est-ce pas ? Rien qu'avec son argent, le pharmacien a pu refaire la façade de son magasin ! En dix séances avec moi, elle était guérie. Et tu sais comment... (Elle projeta en avant ses deux mains, les paumes grandes ouvertes vers lui, si brusquement qu'il crut en ressentir le choc.) ... Avec mes mains !

Méthodiquement, Stefan Doerinck versait l'eau dans le récipient en verre de la cafetière.

– Et depuis ce miracle, notre très honoré Dr Hambach, notre distingué généraliste, court après toi en agitant sa queue ?

– Tu es bien grossier, papa.

– Je le reconnais, ma petite fille. Je voulais dire qu'il bave d'admiration pour ton don de sorcière !

La cafetière refermée, il se redressa, l'esprit enfin libre. Couper le jambon, le pain, beurrer les tartines, c'était le travail de Ludmilla. Corinna, comme toujours, s'occuperait de la vaisselle et des couverts et mettrait la table. Si elle l'oubliait, Doerinck lui tiendrait une fois de plus son grand discours : « C'est entendu, tu as des mains particulières, qui émettent des rayons que personne ne voit. On parle de magnétisme, de champ de forces, etc. À cause de toi, j'ai dû avaler quelques livres à ce sujet. Après l'histoire de Mme Reinhardt, j'ai voulu me rendre compte. Mais malgré toute ma bonne foi, j'ai l'esprit trop terre à terre, j'aime les choses claires, et vos explications ne tiennent pas debout. Ainsi, chaque corps humain et animal émettrait un rayonnement. C'est de la pure folie ! Toi, ma fille, tu es entourée de rayonnements invisibles. Et moi alors ? Et ta maman ? » À cet endroit, Doerinck abandonnait l'ironie pour devenir très grave : « Pour ta mère, je le comprendrais. Si un être humain a quelque chose d'un ange, c'est bien elle. Mais toi, avec ton caractère, c'est difficile à admettre ! »

– Papa, sais-tu que tu idolâtres maman ?

– On ne pose pas de questions pareilles à son père. Mais puisque tu l'as fait, je te répondrai : Oui.

– Or, maman est malade, très malade, papa...

– Cora, je te prie de te taire ! (Il respirait soudain profondément. Oui, il ressentait sur ses poumons, autour de son cœur, cette pression qui avait toujours accompagné ses moments d'angoisse pendant une guerre interminable. Il croyait en avoir fini avec elle, et pourtant elle était revenue déjà une fois lors de cette perte de sang que Ludmilla avait eue aux W.-C...) ... Mets la table ! (Il s'aperçut que sa voix était rauque et s'efforça de se dominer en lui montrant du doigt le buffet où était rangée la vaisselle.) ... Ta mère va nous raconter sa journée, et elle ne ment pas. Pourquoi le ferait-elle ? Un coup de téléphone de ta part ou de la mienne, et nous saurions la vérité. Mon Dieu, mais regarde-la donc ! Elle a l'air d'une publicité pour une eau de jouvence ! Tout le monde lui donne quarante ans au plus.

Pendant ce rapide affrontement entre son mari et sa fille, Ludmilla s'était retirée dans sa chambre pour prendre une douche. Avant de se rhabiller, elle s'était immobilisée, l'air très grave, devant le grand miroir en pied qui lui renvoyait son image. Soixante et un ans... Ce corps, ce corps qui gardait encore sa beauté, vit depuis soixante et un ans. Incroyable qu'il ait pu garder ainsi sa jeunesse ! Les jambes ne se sont pas alourdies, la chair ne fait pas un pli aux hanches. Pas une seule varice apparente, et le ventre est resté plat et tendu, juvénile presque. Et avec ça, une fille de trente ans ! Certes, les seins étaient jadis plus hauts, plus durs, mais je peux encore faire concurrence à des milliers, que dis-je, à des millions de toutes jeunes filles. Quiconque verrait aujourd'hui ce corps et prétendrait qu'il est celui d'une femme de plus de soixante ans, serait accusé de mensonge par tous, et peut-être même rossé par ceux qu'il irriterait en maintenant son affirmation. Et pourtant... ce corps n'est plus qu'une façade, telle est la vérité. Un décor, comme ceux que Potemkine érigea sur le passage de la tsarine pour lui faire croire qu'il y avait des villages florissants là où se dressaient des palissades peintes derrière lesquelles s'étendait une terre nue et en friche. Tel est ton corps, Ludmilla Davidovna, une façade encore belle. Et que vais-je leur dire de ce qui se passe derrière elle, sans soudain m'effondrer ?

Encore une fois, elle fit un tour complet sur elle-même, regardant longuement le jeu des muscles et celui de la lumière du soleil sur sa peau ferme et brillante. Elle pensa à Stefan qui continuait à l'aimer comme trente-six ans plus tôt et qui se sentait toujours attiré par ce corps... Avec un grand frisson, elle saisit son ventre de ses deux mains crispées, puis se détourna du miroir pour prendre du linge propre et s'habiller.

Combien de temps les décors de Potemkine ont-ils résisté sans se détériorer, sans s'écrouler ? Plus de temps peut-être que le corps humain.

Elle se coiffa – pas un cheveu grisonnant dans cette chevelure d'un noir luisant –, étala sur son visage une couche discrète de make-up, souligna d'un trait bleu ses paupières et passa sur ses lèvres un pinceau enduit d'un rouge orangé éclatant.

Mais pourquoi ? pensa-t-elle. Pourquoi ? Parce qu'il le faut. Même un clown cache ses larmes sous le rire que dessine un barbouillage épais de fard, puisque c'est ainsi que son public veut le voir. S'il se mettait à pleurer, tous s'en iraient... Il faut mourir en beauté... tenir le coup jusqu'au jour où ce n'est vraiment plus possible.

Une fois encore, elle brossa ses cheveux. Sa coiffure était celle d'une jeune femme. Puis elle sortit de sa chambre pour se rendre dans la salle à manger où Stefan et Corinna étaient déjà à table et l'attendaient. L'odeur du café, à elle seule, agit sur elle comme un stimulant. Les tartines qu'elle avait demandées étaient disposées sur un grand plateau de bois. Il y avait un second plateau pour le beurrier et la meilleure partie d'un jambon, avec son os, ainsi qu'un couteau à la lame longue et aiguisée. Un jambon de Westphalie est toujours accompagné d'une bouteille d'eau-de-vie de grain. La marque que préférait Stefan était le Münsterland-Gold, le médicament des centenaires, disait-on depuis toujours.

– Aphrodite sortant de la mer ne pouvait être plus belle ! s'exclama Stefan Doerinck complètement rassuré sur la santé de sa femme. (Et il ajouta :) ... Matiouchka, on dirait que tu veux séduire tout un escadron de cosaques !

– En général, ils ont les jambes arquées. De toute façon, en ce qui concerne les jambes, un seul me suffit.

Riant de bon cœur, elle s'assit à sa place habituelle avec un coup d'œil complice vers sa fille. Le rire de Corinna lui parut un peu forcé, aussi continua-t-elle sur sa lancée :

– C'est vraiment la seule chose qui m'a déplu chez ton père : il avait les jambes légèrement en cerceau. Et elles me choquent toujours autant. Heureusement que tu as mes jambes, Cora... ! (D'un air coquet, elle inclina la tête vers Stefan :) Pas de protestation, papouchka ?

– Aujourd'hui, tout t'est permis, Milachka, déclama Stefan.

– Et pourquoi aujourd'hui ?

– Parce qu'en revenant de Münster, tu as ramené la vie dans cette maison qui me paraissait morte sans toi !

– Hé oui, me voici revenue de Münster... (Son visage avait-il frémi ? Elle se sentait soudain maîtresse d'elle-même et du moindre de ses gestes. Elle prit le croûton et, comme Corinna se penchait pour lui tendre le beurre, elle reposa le tout sur la table. Puis, après un moment d'immobilité, elle croisa les mains au-dessus de son assiette et se redressa en rejetant la tête en arrière :) Il faut que je vous dise quelque chose... (Sa voix était très calme, et la sonorité slave de chacune des voyelles lui prêtait, comme toujours, quelque chose de fascinant.) ... Le Dr Willbreit m'a parlé très franchement, et je veux faire de même. Vous voyez combien je suis calme... soyez-le donc autant que moi, je vous en supplie. À partir de maintenant, telle que je suis, je n'ai pas plus de six mois à vivre...

– Ma... Matiouchka, bégaya Stefan Doerinck, ce n'est pas vrai, n'est-ce pas ?

– Et si tu mangeais mon croûton aujourd'hui, s'entendit-elle dire, et elle souriait... Prends-le, cela me fera plaisir.

Les secondes qui suivirent se déroulèrent dans un silence paralysant.

Corinna s'était redressée, baissant aussitôt son visage, les yeux fermés. Ses lèvres devinrent un trait dur, presque invisible, et toute sa face se figea en une sorte de masque d'où toute expression disparut. Stefan Doerinck, incapable de rester en place, bondit de son siège pour arpenter de long en large, sans un mot, le plancher de la pièce. Après l'avoir suivi un instant des yeux, Ludmilla prit son couteau, divisa le croûton et se mit à le beurrer :

– Il faut absolument que nous parlions de tout cela sans nous exciter outre mesure. À quoi cela servirait-il de perdre maintenant la tête ? (Reposant le couteau sur son assiette, elle regarda Stefan qui s'était arrêté sans s'être encore ressaisi, respirant lourdement, pour la fixer.) ... Rappelle-toi, Stefan, cette terrible retraite dans le Caucase. Toute la population civile, ce peuple qui n'avait jamais accepté l'occupation russe du temps des tsars, fuyait devant le retour de l'Armée rouge. Et nous nous trouvions cernés, toi et moi, avec quelques autres. Je me suis mise alors à genoux en te suppliant de me tuer. Je ne voulais pas tomber entre leurs mains. Aucun de nous ne croyait que nous pussions briser ce cercle de mort. Que m'as-tu dit alors ? « Tant que je pourrai remuer ne serait-ce qu'un doigt, rien n'est perdu. » Et la percée a réussi. Et nous avons connu ensuite bien d'autres épreuves, et nous les avons toutes surmontées, n'est-ce pas ?

– Mais... mais c'est tout à fait différent... (Il bégayait, sa voix était brisée.) ... Nous avions toujours une chance de nous en tirer. Aujourd'hui, c'est un médecin qui t'a dit, qui a osé te prévenir, que tout est fini...

Il s'arrêta comme étouffé par le sanglot qui lui montait à la gorge et les larmes qu'il réprimait. Finalement, il se retourna, fit encore quelques pas, puis s'immobilisa, le dos appuyé contre le mur, tandis que ses épaules, de temps à autre, étaient agitées de mouvements convulsifs.

– J'ai répété ce qu'il m'a dit, mais pas complètement : six mois si je ne me fais pas opérer. Si l'opération réussit et qu'il n'y ait aucune métastase à l'intérieur du foie, je peux durer encore trois ans, peut-être même cinq. Peut-être guérirai-je complètement ? Cela, on ne le saura, et encore, qu'après l'opération.

– Maman, mais tu as commencé par nous dire que le Dr Willbreit était satisfait de ses examens et de son diagnostic...

La voix de Corinna, contrairement à celle de son père, demeurait claire, posée. Ludmilla jeta un regard de côté sur sa fille qui s'était penchée, fixant sur elle des yeux noirs qui paraissaient encore plus grands que d'habitude. Ce regard était comme chargé d'une force insoutenable, à tel point que Ludmilla ressentit un véritable choc, comme un rayon de chaleur, qui lui fit esquisser un mouvement de recul.

– Mais oui, c'est exact : il était satisfait parce que son premier diagnostic avait été juste : cancer du gros intestin !

– Mais n'as-tu pas dit aussi : je ne suis pas malade ?

– Et c'est vrai également : je ne suis pas malade, je suis déjà morte, Corinna. Chez moi, ce qui aujourd'hui semble être encore vivant se trouve dans un état de transition... (Elle avait fini de beurrer le croûton et repoussa l'assiette vers la place vide de son mari.) ... Vous avez l'air si surexcités. Pourquoi ? On affirme toujours qu'il faut dire la vérité, et l'on sait pourtant que rares sont ceux qui peuvent la supporter. Allons, papouchka, et toi Cora, asseyez-vous !

– Je suis déjà assise, maman.

En effet, elle n'avait pas bougé et attendait le retour à table de son père qui se détacha difficilement du mur où il s'appuyait. Elle le regardait comme elle avait regardé sa mère quelques secondes plus tôt, et elle avait l'impression de plonger derrière ces yeux rougis et ce visage aux traits effondrés. Cet étranger sera-t-il désormais mon père ? se demanda-t-elle, soudain désespérée. Si ma mère meurt, il ne lui survivra pas longtemps. Il s'en ira simplement peu à peu, il commence maintenant à se désagréger, à se dessécher, rien qu'à l'idée qu'il ne l'aura plus auprès de lui.

– ... Si j'ai bien compris, tu ne veux pas qu'on t'opère, maman ?

– Je n'en sais encore rien. Nous devons en parler ensemble. Le Dr Willbreit a un lit disponible – le 10 du mois prochain. Au préalable, je dois suivre plusieurs séances de radiothérapie. (Elle tira une fiche de la poche de son tailleur et se mit à lire :) ... Application thérapeutique des rayons X pendant deux semaines, de deux mille à trois mille unités Roentgen, associée au médicament Fluoro-Uracile-5. Oh ! le Dr Willbreit s'est montré très amical. Il m'a tout expliqué. Il m'a même fait voir mes radiographies. Voilà donc à quoi ressemble une condamnée à mort, lui ai-je dit. Pas tout à fait, a-t-il corrigé, car il existe des recours, des appels et aussi des grâces. Vraiment, il a été fort aimable...

D'une voix encore mal assurée, Stefan Doerinck intervint :

– Naturellement, tu vas faire tout ce que t'ordonnera le Dr Willbreit. C'est un spécialiste. Et il a parlé de recours, d'appel, de grâce... Il y a donc de l'espoir, Milachka. Tu vas voir, nous nous en sortirons une fois de plus !

– Gardons donc notre calme... (Elle découpa une tranche de pain blanc et prit le couteau à beurre.) ... Et maintenant, mangeons. Car nous ne sommes plus trois à table, mais quatre. Le cancer doit se nourrir lui aussi – de la pointe du couteau, elle indiquait son ventre. Hé oui, il faut nous habituer à sa présence !

Ce fut la bouchée de pain la plus effroyable que Stefan Doerinck réussît à avaler de sa vie. Elle lui collait aux gencives, au palais, à la gorge, et il en avait des nausées. Entre-temps, il observait sa femme, l'appétit avec lequel elle dévorait sa tartine de beurre recouverte d'une tranche épaisse de jambon.

Ce soir-là, Corinna resta chez ses parents. Elle avait conservé sa chambre mansardée de fillette et d'adolescente, et rien n'y avait changé depuis des années, pas même les poupées rangées sur le lit, toutes terriblement usées, quelques-unes bosselées, sans cheveux ou sans bras. Les murs étaient encore décorés de *posters* représentant les idoles de sa jeunesse, Pierre Brice dans le rôle de Winnetou; Stewart Granger comme Old Shatterhand, les Beatles et Freddy Quinn. Et son vieux tourne-disque était toujours là, ouvert comme s'il venait de servir, avec un disque de Bully Buhlan sur le plateau.

Après s'être assise sur le bord du lit très bas dont elle avait jadis ôté les pieds, Corinna était demeurée longtemps immobile, les jambes allongées, contemplant sur le mur d'en face une lettre dans un simple cadre de bois. C'était la photocopie d'un document privé du professeur W. Hornschuh, alors chargé de cours sur les affections des organes internes. Il l'avait adressée confidentiellement au recteur de l'université. Elle en connaissait par cœur le contenu :

« Le comportement de Mlle Docrinck n'est plus supportable. Il a dépassé toutes les bornes lors de mon cours du 23 de ce mois. Je présentais un cas choisi dans mon service et qui me paraissait particulièrement intéressant : un emphysème pulmonaire chronique. J'ai alors demandé à Mlle Doerinck, présente près du lit de la patiente, de faire un diagnostic dans les règles. Cette étudiante a fixé longuement la malade, a étendu vers elle les paumes de ses mains jusqu'à environ dix centimètres du corps de la patiente. Après quelques passes de haut en bas et de bas en haut, à ma stupeur et à celle de tous ceux qui étaient présents, Mlle Doerinck a déclaré à haute voix : “Dans deux semaines, vous serez complètement guérie. Vous avez simplement suivi jusqu'ici un traitement erroné !”

« Aussitôt, j'ai renvoyé très sèchement Mlle Doerinck de mon groupe, je me suis excusé auprès de la patiente et de tous mes collègues et étudiants de ce qui était arrivé et, après le cours, j'ai voulu demander à Mlle Doerinck des explications sur sa conduite. Je l'ai trouvée dans le couloir, fumant cigarette sur cigarette. Elle a continué de soutenir que la patiente était guérissable. Or, une semaine plus tard, alors que j'avais renvoyé chez elle cette patiente inguérissable, j'appris que Mlle Doerinck lui rendait visite et la traitait par imposition des mains. La patiente prétendait en ressentir un mieux naturellement subjectif. De toute façon, je demande au conseil de discipline d'envisager un renvoi éventuel de Mlle Doerinck. À mon avis, son maintien à la faculté serait totalement injustifié... »

Non, on ne l'avait pas renvoyée. Elle était partie,

simplement. Mais lorsqu'elle avait comparu devant le recteur pour prendre congé de lui, elle s'était fait accompagner d'une dame fort pâle encore, mais qui respirait sans aucune difficulté et était de très bonne humeur. Elle s'appelait Emma Hennemann, mariée à un très gros fabricant de ressorts d'acier. Quatre mois plus tôt, on l'avait renvoyée chez elle, l'issue étant fatale, pour qu'elle passe en famille ses derniers jours, avec tous les soins nécessaires pour adoucir ses crises d'étouffement. Elle avait fait une déclaration un peu trop théâtrale :

– Il m'est arrivé un miracle, professeur ! Je suis guérie ! Et c'est avec ses mains seulement que Corinna m'a guérie ! Avec ses mains seulement ! Regardez, regardez !

Devant le recteur interdit, Mme Hennemann avait exécuté dix flexions de genoux de suite, puis elle s'était plantée devant lui sans être essoufflée, sans que son visage devînt bleu de l'effort qu'elle venait d'accomplir, sans s'effondrer sur place dans une crise d'asphyxie ! Elle avait même couronné sa démonstration par quelques pas de danse.

– Voilà ! Et pour le Dr Hornschuh, j'étais déjà morte. Il m'avait renvoyée chez moi pour y mourir et afin de ne pas endommager vos statistiques ! (Il y avait dans sa voix une certaine amertume. Et elle avait conclu sans qu'il pût dire un mot :) ... Il y a quelque chose qui ne va pas dans votre médecine ! Vous devriez voir ça de plus près, professeur !

Dès le départ de Mme Hennemann et de Corinna qui s'était contentée d'un adieu très bref, le recteur avait appelé au téléphone son collègue Hornschuh et l'avait mis au courant de ce qui venait de se dérouler dans son bureau :

– Je vous avoue que j'ai été terriblement impressionné. Quitter son lit de mort pour faire devant moi dix flexions de suite sans aucun soutien, suivies d'une démonstration de ne je sais quelle danse de nègre, c'est assez étonnant...

Dans l'écouteur, la voix du Dr Hornschuh lui avait semblé pour le moins hésitante, pensive :

– Il y a souvent des choses qui nous échappent. Comme vous le savez, mon cher collègue, il se présente souvent des relations psychosomatiques qu'on ne peut discerner à l'examen. Avec une bonne mise en scène et toute la comédie convenable, des personnes du genre de cette petite Doerinck peuvent obtenir certaines guérisons. Au fond, de quoi s'agit-il dans ce cas précis ? Tout simplement de la disparition subite d'une psychose aux effets somatiques. Il n'y a là rien de miraculeux. Je vous le demande : existe-t-il des miracles en médecine ? Évidemment non. Et je dirai même que ce cas ouvre de nouveau le vieux débat : peut-on entreprendre une action juridique contre des personnes telles que cette demoiselle Corinna Doerinck ?

– Seulement si elle en fait profession, avait conclu le recteur assez sèchement en coupant la communication.

Les explications de son collègue, habituelles dans une telle situation, étaient quand même une bien pauvre justification. Comment Hornschuh avait-il pu se tromper aussi lourdement dans son diagnostic s'il s'agissait d'une psychose ? Heureusement pour eux deux, c'était un de ces cas qui restent confraternellement « entre collègues ».

Il ne soupçonnait pas que Corinna devait se procurer les copies du procès-verbal secret de cet entretien téléphonique ainsi que de la lettre du professeur Hornschuh. Une secrétaire de la clinique polyvalente à laquelle elle allait restituer un visage convenable débarrassé des boutons d'une acné récalcitrante lui avait ainsi prouvé sa reconnaissance. Cette fois, son père avait protesté :

– Qu'est-ce que tu peux tirer de tout cela ? Mon Dieu, veux-tu vraiment suivre les traces de ton grand-père ? Mais David Semionovitch avait son diplôme de médecin, lui, et il exerçait légalement sa profession à Poti. Il est vrai qu'il ne soignait guère sa clientèle avec les médicaments ordinaires. Il se contentait de poser ses mains sur la partie du corps que le malade lui indiquait et de chantonner à voix basse et monotone pendant quelques minutes. La plupart des malades se déclaraient ensuite satisfaits du traitement.

– Moi, je ne chantonne pas, mon petit papa, avait-elle simplement répondu.

Une semaine après son départ de la faculté, elle s'était inscrite dans un institut privé où l'on pratiquait sur les malades des méthodes thérapeutiques dites « douces ». Après très peu de temps, elle avait interrompu brusquement ses nouvelles études, tout comme les précédentes. On eût dit qu'elle fuyait quelque chose, qu'elle se fuyait elle-même. Il y avait sept ans de cela. Pendant une semaine, elle s'était enfermée dans sa chambre, ne descendant que pour les repas, muette, répondant à peine aux questions de ses parents, le regard vide. Après avoir mangé machinalement, elle repoussait sa chaise et remontait se barricader dans sa chambre.

Stefan Doerinck, décontenancé, s'était finalement confié à sa femme :

– Il s'est certainement passé quelque chose de terrible, quelque chose qui a bouleversé sa vie de fond en comble. Et elle ne nous dit rien ! Milachka, en tant que femme, tu dois être plus proche d'elle que moi.

Mais à toutes les questions de sa mère, Corinna avait opposé la même résistance, un véritable mur de silence. Jusqu'au moment où elle leur avait annoncé à table, un soir :

– Je veux apprendre à tisser des tapis. J'aurai ensuite mon propre atelier. Qu'en pensez-vous, tous les deux ?

– Pourquoi pas ? Il y a toujours un marché pour les tapis puisqu'ils s'usent, avait dit Stefan sur un ton plutôt sarcastique. La seule chose qui ne m'inspire guère confiance, ce sont les motifs modernes. On dirait qu'on a renversé des pots de peinture sur la surface de la laine ou du coton, au hasard !

Ces souvenirs étaient nécessaires pour l'aider à prendre sa décision. Corinna se lève enfin de son lit, s'approche du petit secrétaire placé de biais dans un coin de la pièce, prend le téléphone. Elle connaît par cœur le numéro de la clinique polyvalente et, après avoir été renvoyée de service en service, elle parvient à avoir à l'appareil celui de chirurgie que dirige le professeur Willbreit, et elle peut s'adresser à sa secrétaire.

– Est-ce urgent ? demande une voix impersonnelle.

– Sinon pourquoi téléphonerais-je à cette heure ?

– Un cas d'urgence alors. Avez-vous besoin de...

– Non ! Ce n'est pas pour avoir une ambulance ou quelque chose de semblable. Je voudrais simplement parler personnellement au professeur Willbreit. C'est pour une affaire strictement privée.

– Privée... ?

– Est-ce tellement inhabituel ?

– Non, naturellement, mais le professeur est justement en conférence avec ses collègues. Qui dois-je annoncer ?

– Corinna Doerinck.

– Je vais voir, madame...

Corinna attend un assez long moment. Enfin, un craquement au bout du fil lui signale le passage de la communication dans une autre pièce. La voix du professeur Willbreit est sèche, celle d'un grand personnage indigné d'être dérangé aussi cavalièrement :

– Ici, Willbreit. De quoi s'agit-il donc ?

– De ma mère... (Corinna respire profondément.) ... Ludmilla Doerinck, née Assanourian.

– Ah oui ! Mme Doerinck... Votre mère a été examinée aujourd'hui. Oui... Elle vous a raconté...

– Que vous avez diagnostiqué un carcinome du côlon. Est-ce absolument certain ?

– C'est un diagnostic qui engage la responsabilité de plusieurs services, dont le mien. Le résultat de tous les examens concorde et est incontestable. Après un toucher digital du rectum, nous avons entrepris une scopie du rectum, puis une seconde scopie du côlon lui-même, à la suite d'un lavement préparatoire. Nous ne sommes pas allés jusqu'à une biopsie des tissus. C'était absolument inutile puisque nous avions sous les yeux les radiographies. Elles ont permis de porter un diagnostic formel. J'ai conseillé à Mme votre mère de se faire immédiatement opérer.

– Cette opération chirurgicale servira-t-elle à quelque chose ?

Willbreit se tait un instant. Elle l'imagine fronçant les sourcils, se demandant ce qu'est cette pécore. Une telle question doit forcément l'étonner, le décontenancer. Jusqu'alors personne n'a osé lui demander si ce qu'il propose a une utilité quelconque. À vrai dire, c'est même une question inouïe !

– Si l'opération est faite à temps, il existe de bonnes chances de survie. Dans le cas de Mme votre mère, il faudra aussi anastomoser l'intestin grêle et le gros intestin, ce qui signifie...

– Je sais, monsieur. J'ai moi-même été étudiante en médecine pendant six semestres.

– Ah ! Presque une collègue... (Il a un petit rire très sec.) Alors, pas besoin d'explication entre nous. Ce qui reste pour moi une énigme, c'est que Mme votre mère ait pu arriver à un stade aussi avancé sans avoir été gravement incommodée depuis déjà longtemps. C'est un cas extrêmement rare.

– Sur le déroulement et l'évolution de la maladie après l'opération vous ne pouvez donc faire aucun pronostic ?

– Quelle question ! Qui pourrait le faire dans un cas d'ablation du côlon ?

– Vous avez dit à ma mère : six mois au plus...

– Votre mère a insisté pour connaître la vérité,

sans aucun ménagement. Vu son cas, je crois qu'il est préférable...

– Vous venez de dire qu'il restait une chance...

– Nous ignorons encore l'état réel du foie. S'il y a des métastases...

– Et si nous n'opérons pas ?

– Je vous en prie, madame. (Elle ne peut s'y tromper, le Dr Willbreit reprend son rôle de professeur et réprimande une élève indocile.) Je vous en prie. On n'a pas le droit de penser à autre chose, surtout vous, chère presque collègue... Sans opération...

Corinna se tourna un peu sur sa chaise pour reprendre des forces en regardant la lettre encadrée et suspendue au mur. La décision qu'elle va prendre engagera la vie de sa mère mais aussi la sienne : elle ne sera jamais plus ce qu'elle était avant.

– Je voulais vous prévenir, monsieur, que vous pouvez annuler le rendez-vous de ma mère. Elle ne se fera pas opérer.

– Je ne vous comprends pas. Savez-vous seulement ce que vous dites ? (Son ton est devenu brusque. Blessé dans son orgueil, il oublie toute courtoisie.) Dois-je vous décrire ce qui va se passer chez votre mère dans les semaines qui viennent ?

– Je le sais.

Contrairement à la voix du médecin, la sienne est de plus en plus calme et d'une clarté absolue. Se renversant en arrière sur sa chaise, elle tend le bras gauche devant elle, lève la main à la hauteur de ses yeux et la contemple longuement. Les longs doigts si minces tremblent un peu. Mon Dieu, sera-ce possible ?

– Elle guérira, s'entend-elle déclarer.

– Quoi ? Croiriez-vous aux miracles, jeune fille ?

– Non. Je crois à une certaine puissance. Je vous remercie, monsieur le professeur.

Elle raccroche, s'accoude sur le petit secrétaire, croise les mains pour y reposer son menton, la tête soudain trop lourde. Ce n'est pas seulement l'angoisse d'échouer, mais celle de devoir maintenant descendre et dire à sa mère : « Il faut que tu me croies, maman. Il faut que tu aies confiance en moi. Je vais essayer de détruire directement le mal qui te ronge. »

Par bribes, comme dans un rêve, elle se souvient des guérisons qu'elle a accomplies au cours des dernières années, au début presque toujours dans le plus grand secret, mais comme poussée par une force invincible : l'emphysème de Mme Hennemann, l'asthme de Mme Wille, l'acné rebelle de la secrétaire, la plaie à l'estomac, ulcéreuse et sanglante, d'un étudiant du cours de médecine douce, l'obturation de l'urètre de M. Schules, pharmacien à Münster; quelques douleurs de hanches, des rhumatismes, des gastrites, un rétrécissement des vaisseaux du cœur, des migraines chroniques, des paralysies d'origine nerveuse. Combien étaient-ils, ceux et celles qui, debout devant elle ou couchés, se sont offerts à l'action bienfaisante et inexplicable de ses mains ? À quelques centimètres de leur peau, elle a caressé à distance, sans jamais la toucher, la partie malade. S'agit-il vraiment d'un rayonnement invisible, chargé d'une puissance inexpliquée, qui émane d'elle et qui a ainsi agi sur tous ces maux ?

Et chaque fois que ce jaillissement a eu lieu, elle s'est sentie épuisée, lessivée, pense-t-elle. Tous ses os et tous ses muscles lui font mal comme si on l'avait rouée de coups. Il lui faut s'asseoir et inhaler profondément, en silence, les yeux fermés, la fumée de quelques cigarettes. Il lui arrive alors de sentir que ce qui vient de sortir d'elle revient peu à peu, retrouve sa place en elle, et que son être momentanément affaibli par cette émanation d'énergie reprend de plus en plus rapidement toute sa force. Comment expliquer ce phénomène ? Comment se fait-il qu'un jour, alors qu'elle effleurait un bouquet de fleurs presque complètement fané, elle a vu les tiges se redresser devant elle et les fleurs reprendre vie ?

Au début, elle en était bouleversée, au point de ne plus oser serrer une main qu'on lui tendait, s'approcher d'une plante quelconque, toucher quoi que ce soit d'organique, de peur de voir cette partie d'être vivant changer d'aspect sous ses yeux. Et puis, après cette période d'abattement, elle s'était mise à défier cet hôte inconnu, son destin, puisqu'il fallait bien lui donner un nom. Enfin, voilà cinq ans, il y eut le cas de son père. Jusqu'alors ce sportif accompli et débordant de santé avait adoré faire de longues randonnées à bicyclette à travers la région de Münster. Tous trois passaient leurs vacances sur la mer du Nord, le plus souvent dans l'île de Norderney où il courait longuement sur la plage. Brusquement abattu, cloué au lit, il avait fait appel à leur médecin de famille, le Dr Hambach.

Le vieux Dr Hambach, accouru immédiatement, avait diagnostiqué un zona. Il avait ordonné du repos, des applications de pommade à l'oxyde de zinc, et une préparation à la moroxydine contre les douleurs nerveuses.

Il n'y avait eu aucune amélioration. La fièvre avait augmenté et les douleurs devenaient telles que Stefan Doerinck ne pouvait réprimer ses gémissements. Le Dr Hambach recourait à la vieille sagesse des nations : il fallait un certain temps à une maladie pour guérir, il fallait avoir de la patience, et les pires malades étaient ceux qui, comme l'ami Doerinck, avaient toujours joui d'une bonne santé... Alors, un soir, Corinna s'était assise près du lit de son père. À peine avait-elle tendu vers lui ses deux mains qu'elle avait senti, à la pointe de ses doigts, une chose étrange qu'elle connaissait déjà : le combat avait commencé.

Tout en parlant avec son père pour détourner son attention, elle avait continué à promener ses mains à quelque dix centimètres de la cage thoracique du malade. Cela n'avait duré que trois minutes peut-être, mais ce fut pour elle un temps interminable. Elle avait eu la sensation atroce qu'une pompe lui aspirait toute la moelle épinière. Enfin, ses mains retombèrent : son père s'était endormi. Ensuite, effondrée sur sa chaise, elle avait dû fumer quatre cigarettes de suite en inhalant profondément la fumée.

Le lendemain matin, Ludmilla trouvait son mari assis sur son lit. Il avait réclamé son journal, du café, et même une bonne tartine de pâté de foie ! Le Dr Hambach, aussitôt appelé, avait constaté avec stupéfaction l'« amélioration radicale » qui s'était produite pendant la nuit. Et il avait conclu assez fièrement : « Il n'y a rien de mieux que cette vieille pommade à l'oxyde de zinc. »

Corinna s'était attaquée quatre fois au mal de son père. Elle avait cessé quand ses doigts n'avaient plus senti la présence de l'« ennemi ». Et elle avait longuement regardé ses mains, la gorge serrée par un reste d'angoisse, car il y avait en elle quelque chose qui l'isolait à jamais de la société des gens « normaux ».

Quand elle redescendit, elle trouva sa mère et son père assis l'un à côté de l'autre sur le canapé de la salle de séjour. De la façon dont ils se tenaient par la main, on eût dit qu'il voulait lui communiquer sa force, alors qu'en réalité, c'était lui qui se sentait apaisé par ce contact. Sans doute avaient-ils peu à peu accepté cette horrible réalité d'une maladie mortelle comme quelque chose de naturel qui devait un jour ou l'autre leur arriver. Stefan Doerinck leva les yeux vers sa fille :

– Nous avons décidé, ta mère et moi, qu'elle se fera opérer le plus tôt possible. Je téléphonerai demain matin au Dr Willbreit.

– C'est déjà fait, papa... (Elle prit le temps de s'asseoir dans un fauteuil, face au canapé, face à eux, et de croiser les mains. Quelle que soit la force qui est en moi, je fais maintenant appel à elle.) ... J'ai décommandé le rendez-vous de maman.

– Quoi ? Qu'as-tu fait ?

Il la regardait, interdit, n'osant comprendre.

– J'ai dit au Dr Willbreit que maman refuse de se laisser opérer.

– Es-tu devenue folle ? demanda Stefan Doerinck d'une voix sourde... Mon Dieu, Milachka, mais cette enfant est folle !

– C'est moi qui guérirai maman. Avec mes mains.

– Mais c'est de la folie...

Ludmilla l'interrompit d'une voix très douce :

– Il me semble que j'entends mon père, et non ma fille. Les malades qui venaient à lui réclamaient des médicaments, des pilules, des soins compliqués. Ils s'attendaient à un traitement extraordinaire. Et que faisait-il ? Il les regardait longuement et leur disait : « Couche-toi ici, petit frère », ou « petite sœur ». Et il laissait ses mains aller et venir au-dessus d'eux, comme si elles le guidaient. Ceux qui ne le connaissaient pas croyaient qu'il était fou...

– Je sais, murmura Stefan... Je sais, je l'ai vu faire.

– Mais voilà, ils revenaient tous, et la plupart d'entre eux guérissaient. Les gens simples disaient qu'il était un grand guérisseur, un « chaman ».

– Mais il s'agit d'un cancer, Ludmilla. Un cancer, comprends-tu ? (Sa voix tremblait de nouveau.) Un cancer, et non quelque douleur d'origine hystérique...

– Il s'agit aujourd'hui de maman, répliqua simplement Corinna... Il s'agit de faire en sorte qu'elle continue à vivre, et pas seulement six mois. Ni un an. Ni deux...

Stefan Doerinck s'attrapa la tête à deux mains, fourrageant ses cheveux et regardant sa femme d'un air désespéré. Mais Ludmilla ne lui était d'aucun secours. Elle se taisait et fixait sa fille avec des yeux si agrandis qu'ils n'en paraissaient presque plus naturels. Il comprit que dans les minutes qui suivraient il allait se passer dans cette pièce quelque chose d'inconcevable, d'effrayant presque, contraire aux concepts rationnels normaux sur lesquels se fondait son existence. Tout allait basculer en dehors de lui, sur un autre plan que le sien. Il ne pouvait pas, il ne *voulait* pas rester un instant de plus dans cette maison où il ne serait plus qu'un témoin impuissant. Sans un mot, il sortit précipitamment. De l'intérieur, les deux femmes toujours immobiles l'entendirent actionner le démarreur de la voiture. Puis ce fut un grincement de pneus : Stefan Doerinck, les nerfs à bout, partait au hasard, remontant la rue en appuyant à fond sur l'accélérateur.

Une petite heure plus tard il retrouva sa femme et sa fille comme il les avait laissées, Ludmilla assise sur le canapé et Corinna dans son fauteuil. Seul le cendrier près de sa fille était plein à déborder. Elle devait avoir fumé sans interruption ses maudites cigarettes au tabac d'Orient dont l'odeur sucrée, maintenant froide, lui était atrocement insupportable.

– Je vous demande pardon, dit-il d'une voix toujours rauque... J'ai perdu la tête. Je ne pouvais rien faire d'autre. Je devais prendre l'air. Maintenant cela va mieux.

– Veux-tu que je t'apporte quelque chose à boire ? demanda Ludmilla.

– Non merci. Je vais me servir moi-même.

Il se dirigea vers la grande bibliothèque qui occupait le mur sur presque toute sa longueur, un de ces échantillons typiques du goût de la moyenne bourgeoisie allemande, un meuble immense, quatre mètres de livres reliés, quelques copies de sculptures égyptiennes, et où étaient incorporés, comme dans des casiers, la télévision, un bar et un ensemble stéréo. Soulevant le couvercle du bar, il éclaira automatiquement une cavité aux parois de miroirs et d'où il tira une bouteille de cognac. Deux fois de suite, il remplit de cet alcool ambré un verre à dégustation qu'il vida coup sur coup, rejetant la tête en arrière, sans même le goûter.

– Et alors ? demanda-t-il en reposant son verre...

J'espère qu'il me sera permis de dire que je ne comprends rien à vos histoires. Et je vous le dis franchement : moi, je ne marche pas ! J'ai confiance dans notre médecine qui progresse tous les jours, j'ai confiance dans l'art de nos chirurgiens. Pour moi, le professeur Willbreit a donné un avis qui est infiniment plus compétent que toutes ces histoires de... champ magnétique et de bio-énergie, etc., quel que soit le nom que vous donniez à ces dangereuses imbécillités. Vous vous accrochez à un espoir insensé, alors qu'une radiographie vous montre la réalité... Milachka, voyons, dis quelque chose ! Ne reste pas là muette comme une carpe ! Vraiment, tu refuses de te laisser opérer ?

– Nous voulons attendre, Stefanka.

Sa voix était blanche, presque celle d'un enfant, ce qui incita Doerinck à pousser un véritable cri :

– *Mais le cancer n'attend pas, lui !*

Exaspéré, il se jeta sur la bouteille de cognac. Ce n'est pas une solution de boire, disait-il lorsque l'un de ses collègues, parmi ceux qui se réunissaient régulièrement au café de la ville, voulait noyer dans l'alcool un chagrin ou une difficulté quelconque. Boire, c'est fuir la solution d'un problème, expliquait-il alors, et le retour à la réalité est encore pire. Excellent conseil, certes, mais Stefan Doerinck n'y pensait guère pour le moment. Comme tant de choses dans ce monde, boire est un problème social qui présente plusieurs faces : avec quelques gorgées de cognac dans l'estomac et un cerveau légèrement embué de vapeurs d'alcool, on supporte mieux, provisoirement, le poids parfois écrasant de la vie. Et c'était pour l'instant ce qui intéressait Stefan Doerinck :

– ... Vous pouvez faire ce que vous voulez ! Vous prendrez une responsabilité que je ne veux pas partager. Demain matin, j'appellerai le professeur Willbreit et je lui expliquerai que je n'ai désormais plus aucune influence sur le cours des événements, que ma femme est majeure...

– C'est en effet le cas à soixante et un ans, dit Ludmilla en souriant... Écoute, ne cherche pas à intervenir dans ce que nous avons décidé. Ne complique pas les choses pour moi. Pourquoi ne te retirerais-tu pas dans ton cabinet de travail, Stefanka, juste le temps de lire quelque chose ou d'écouter une émission radio ? (Elle se tourna vers Corinna et fit un signe d'assentiment :) ... Inutile d'attendre. Combien de temps cela va-t-il durer ?

– Pas plus de cinq minutes, maman.

– Tu entends, Stefan ? Moins de temps que tu ne mets à fumer l'une de tes petites cigarettes noires.

Doerinck tenait toujours la bouteille. Il vit que sa main tremblait. Il se débarrassa de la bouteille pour cacher ses mains dans les poches de son pantalon. Les nerfs..., pensa-t-il. Ce n'était pas étonnant. Quels seraient les nerfs assez solides pour supporter une série de chocs pareils ? Et un homme de soixante-trois ans est nécessairement tant soit peu usé, ébréché çà et là par les milliers et les milliers d'à-coups qu'il a supportés dans sa vie, sans compter cinq années de guerre, de blessures... Et il arrive un moment où l'on observe en soi un fait nouveau, où l'on se dit : c'est la descente que je ne remonterai pas. On a dépassé une certaine limite... Et ce moment est sans doute venu. Encore incrédule, il bégaya :

– Quoi ? Vous allez commencer tout de suite, ici même ?

– Oui. Sur ce canapé... (Corinna avait joint une fois de plus ses doigts en une sorte de toit...) ... Je n'ai besoin que de mes mains, papa.

– Et toi, Milachka ? Tu crois à cela ?

En fixant sa femme, il eut soudain l'impression qu'elle était une apparition venue d'un autre monde, qu'elle venait de se matérialiser subitement sur ce canapé. Le petit signe de tête qu'elle lui adressa était accompagné d'un sourire si heureux, elle semblait si jeune, si belle, si débordante de santé, oui, immortelle presque, qu'il aurait pu se mettre à crier...

Et Corinna se retourna vers lui :

– Monte donc dans ton cabinet de travail, papa, puisque tu ne veux pas rester avec nous !

Furieux, incapable de se maîtriser, il secoua la tête :

– NON ! Je resterai ici ! Cela fait trente-six ans que j'ai toujours été aux côtés de ta mère, avant ta naissance comprends-tu, et c'est ce que je ferai encore aujourd'hui. Particulièrement en ce moment...

Il se retourna vers le petit bar du meuble pour remplir son verre et ressentit brusquement comme un coup de couteau dans le cœur. Surtout pas cela, surtout pas maintenant, pensa-t-il effrayé. Bon Dieu, mais arrête de battre trop vite, imbécile de cœur ! Je t'ai pourtant assez entraîné avec toutes ces marches à pied en pleine nature, ces promenades à bicyclette, ce jogging sur les plages de la mer du Nord ! Et c'est maintenant que tu me lâches...

Il avala son verre d'un coup, comme les précédents. Peu à peu, son cœur s'apaisa. Dans la glace du bar, il vit que Ludmilla s'était levée. Debout, elle commençait à se déshabiller.

Elle s'était allongée, complètement nue, sur le canapé, les yeux fermés; un sourire soudain mystérieux détendait ses lèvres.

Stefan Doerinck était un homme de la bourgeoisie moyenne allemande, sensible, pudique, et par conséquent un peu prude. Sa première réaction fut de se demander s'il n'y avait pas quelque obscénité dans le tableau qu'il avait sous les yeux. Était-il normal qu'une fille pût ainsi observer sa mère dans les moindres détails d'une nudité totale, dans un tel abandon de soi ? Mais il écarta aussitôt cette pensée, plus déplaisante que le fait lui-même, dont il avait honte. D'ailleurs, des étrangers avaient vu nu le corps de sa femme, des médecins, le masseur de l'établissement de cure, le surveillant et le masseur d'Abano, pendant les massages sous l'eau. Quelle sottise de se formaliser parce qu'il s'agissait de Corinna, de leur propre fille !

Il s'assit finalement sur une chaise à deux mètres du canapé, penché en avant, les mains pressées entre ses genoux, les yeux fixés sur sa femme. Depuis trente-six ans, elle était pour lui un sujet constant de surprise et d'admiration. Il connaissait chaque centimètre de ce corps, chacune de ses saillies et de ses creux, chaque grain de beauté; elle en avait sept exactement, et le plus marquant se dissimulait dans le pli du sein gauche. Il se rappelait le moindre changement de cette peau lisse, la coloration bleuâtre qui apparaissait souvent quand elle se cognait à un meuble quelconque, l'apparition subite d'un petit bouton que des applications de crème faisaient bientôt disparaître. Les yeux fermés, il aurait pu décrire la forme exacte de ses orteils, la minceur de ses chevilles, l'arrondi des hanches, le gonflement du triangle recouvert d'une toison de poils serrés. Et son ventre plat, ses seins si fermes, ses épaules... Mon Dieu, était-il possible que tout cela fût détruit par l'ennemi impitoyable tapi sous cette chair resplendissante, profondément enfoui dans les méandres secrets de tant de beauté, de tant de splendeur, et qui, à l'instant même, était en train de ronger cet être débordant encore de bonheur et de joie.

Il regarda sa fille, la gorge serrée comme autour d'une boule qu'il n'arrivait pas à avaler, et pendant un moment il fut sur le point de croire au miracle, à la force qui émanerait bientôt de cette femme. Elle restait pour lui une enfant alors qu'elle allait guérir sa mère... Mais la force qu'elle disait avoir n'était pas explicable. Il n'y avait aucun nom clair et précis dans les centaines de livres qui traitaient de ce sujet. Tout cela était si éloigné de lui, si inquiétant aussi, et comme il s'agissait justement de sa fille, son aversion pour cette confusion devenait d'autant plus forte. Tout ce qu'il avait pu lire l'avait désorienté et renforcé dans son opposition instinctive à ce qui est occulte. À la table des habitués du café qu'il fréquentait, il avait voulu évoquer devant ses collègues, prudemment, ce problème. L'idée seule avait déclenché une explosion de rires. Dans cette région provinciale de Münster, ces « cinglés », ces « diseurs de bonne aventure » qui prétendent voir dans l'avenir, n'avaient jamais eu bonne presse. Il y avait encore de vieilles femmes qui guérissaient, « avec des mots magiques », une clientèle féminine aussi âgée qu'elles, malgré les progrès de la culture et les temps nouveaux. Sans parler des herboristes dont le pharmacien d'Hellenbrand, chose curieuse, reconnaissait les mérites, car il se procurait grâce à elles diverses plantes à tisane mieux choisies et à meilleur prix que chez les fabricants spécialisés. Jadis, en Westphalie, à l'époque de la chasse aux sorcières, la plupart des femmes convaincues de ce crime étaient torturées et brûlées. Et il en restait quelque chose. Cette abondance de sorcières était pourtant explicable dans ce pays de marécages aux brouillards précoces, de forêts aux bruits inquiétants. Tout cela avait certainement influencé jusqu'au style des maisons où se rencontraient le ciel et la terre, et jusqu'à la lourdeur d'esprit des êtres humains. Indiscutablement, un tel pays favorise les croyances en des forces surnaturelles.

Mais c'était le passé. Et comment prêter foi à des guérisons de maux réels par simple apposition des mains, à la bio-énergie, à l'aura qui entourerait chacun de nous, au « champ plasmatique » ? Lorsque Stefan Doerinck avait évoqué toutes ces fantasmagories en s'excusant d'ailleurs d'avoir dû lire certains livres à ce sujet, le juge Schwennicke avait éclaté d'un rire tonitruant (il était déjà particulièrement en forme après une bière forte accompagnée d'un petit verre d'alcool). Le juge s'était mis à crier à tue-tête : « Et voilà ce qu'il lit ! Mais c'est typique d'un enseignant ! Fritz (il s'adressait au pharmacien), prête-lui donc de la bonne lecture, la pire ordure parue sur le marché du livre, tu sais bien, celui qui a été écrit par cette femme. Il n'est question là-dedans que de pantalons qu'on baisse et de flamberge au vent ! Après cela, Stefan, tu sauras ce qu'est la bio-énergie. »

Il n'avait jamais reparlé de ces livres qu'il avait pourtant lus jusqu'au bout malgré un étonnement et une méfiance sans cesse accrus. Par exemple, malgré toutes ces belles paroles, comment n'aurait-il pas été choqué par l'affirmation qu'à l'aide de beaucoup de concentration et d'énergie psychique, on pouvait arriver à déplacer de loin des objets et même des personnes ! Ce phénomène, dans ces livres, portait le nom de télékinésie. « Quelle idiotie ! s'était exclamé Doerinck. C'en est vraiment à se prendre la tête à deux mains ! »

Un premier mouvement de Corinna le tira de ses pensées. Elle s'était penchée sur Ludmilla, plaçait ses paumes à plat sur le ventre de sa mère, fermait les yeux, la tête profondément enfoncée entre ses épaules. Distinctement, Doerinck vit le frisson qui venait d'elle et se propageait le long de ses bras.

– Je la vois, dit-elle soudain.

Doerinck tressaillit, et il ressentit de nouveau comme une piqûre au cœur. Sa bouche était atrocement desséchée.

– ... Oui, je vois la tumeur. Elle se trouve dans le tiers supérieur du rectum.

– C'est exact. C'est ce qu'a dit le professeur Willbreit en me montrant la radio.

La voix de Ludmilla était lointaine, comme si elle avait dû parcourir une longue distance avant de s'élever dans cette pièce. Corinna se releva en soupirant. Ses mains ne touchaient plus le ventre de sa mère. Elle les joignit, comme pour prier, et considéra sans mot dire les pointes de ses doigts qui se touchaient. Puis Stefan Doerinck l'entendit dire doucement :

– Sois tout à fait calme, maman. Détends-toi complètement... Tu vas me dire ce que tu ressens.

Elle se pencha de nouveau, tendit ses paumes bien ouvertes, puis les fit glisser lentement au-dessus du bas-ventre de sa mère, mais sans même l'effleurer. À une dizaine de centimètres de la peau, ses longs doigts effilés semblaient flotter, allaient et venaient. Ses yeux étaient clos, les os de ses pommettes ressortaient, tendant les joues comme dans un masque. Puis des gouttes de sueur perlèrent à la racine de ses cheveux.

– Je ressens de la chaleur, de plus en plus de chaleur... une chaleur délicieuse, comme celle d'un soleil printanier.

La voix de sa femme était devenue plus lointaine, paresseuse, très lasse, et Doerinck éprouva de la difficulté à respirer... Il est vrai qu'il retenait son souffle, toute son attention fixée sur les mains de Corinna. Il ne voyait rien d'autre qu'elle, que ses doigts qui survolaient lentement le corps de Ludmilla. Après un profond soupir, il aspira si brutalement qu'il eut l'impression que ses poumons allaient éclater.

Cinq minutes, ce n'est rien, dit-on, mais s'il s'agit d'un round de boxe qui n'en dure pourtant que trois, cela peut paraître infiniment long. Et il en est de même des derniers instants d'une noyade, juste avant que l'on sente le sol sous ses pieds ou qu'on perde connaissance. On comprend alors ce que peut éprouver un homme dans la situation de Stefan Doerinck, torturé à la fois comme mari et comme père. Pour lui, les secondes s'écoulaient aussi lentement qu'au cours d'un dérapage qu'il avait fait un jour, lorsqu'il avait aperçu le tronc d'arbre contre lequel il allait s'écraser et qu'il avait évité de justesse. Cinq minutes peuvent donc durer une éternité qui ne prendra jamais fin.

Et cette fin se produisit, brusquement.

Il vit Corinna se rejeter en arrière et ses mains

retomber le long de son corps. Sa tête, qu'elle ne maintenait plus, avait basculé sur sa nuque. Elle respirait, la bouche grande ouverte, comme si l'air lui manquait soudain. Cet anéantissement ne se prolongea que quelques secondes dramatiques pendant lesquelles on eût dit qu'elle s'effondrait, qu'elle allait se désagréger en un tas de cendre ou de poussière. Puis elle se ressaisit, tendit la main vers son paquet de cigarettes. Comme elle ne trouvait pas immédiatement les allumettes, Doerinck se précipita vers elle, son briquet à la main. Avidement, sans même le remercier, elle aspira quelques bouffées de fumée pour les exhaler après un moment, lentement, par la bouche et par les narines.

Avalant encore sa salive, Stefan Doerinck arracha du fauteuil les vêtements de Ludmilla pour en recouvrir son corps nu. Il s'aperçut alors qu'elle dormait, enrobée dans cette chaleur dont elle avait parlé et qui était venue d'ailleurs. Ludmilla était si belle dans son abandon avec, sur ses lèvres, un sourire d'une douceur indicible. Il se laissa alors aller à côté d'elle, sur le canapé, bégayant malgré lui :

– Mon Dieu, mais que s'est-il passé ? Que s'est-il passé, Corinna ?

– Maman guérira...

Elle continuait à tirer sur sa cigarette et elle ne s'était même pas arrêtée pour prononcer cette brève réponse. Son corps tremblait encore, vibrait plutôt. Ses yeux brillaient d'un éclat insoutenable, mais deux plis profonds s'étaient subitement gravés autour des commissures de ses lèvres. Elle se sentait aussi vide qu'un vase dont la dernière goutte se serait écoulée.

– ... Oui, j'en suis sûre. Maman guérira.

2

L'annulation téléphonique de l'opération de Madame Doerinck par sa fille préoccupa singulièrement le professeur Willbreit.

Naturellement, dans une entreprise aussi bien ordonnée que le service de chirurgie d'une grande clinique, il est totalement impossible de prendre en considération les problèmes et les soucis d'un individu. On fait sa connaissance, on l'examine, on l'opère, on le visite régulièrement. Quand on parle de lui, on dit : la vésicule biliaire, l'estomac, le pancréas. De temps à autre, on reçoit la famille, surtout quand il n'est plus question d'éviter la mort. On prononce alors quelques paroles bien senties de consolation : c'est notre sort commun à tous, nul n'est immortel, seule diffère l'heure fatale, et c'est toujours trop tôt...

À moins que la maladie n'ait suivi un cours favorable. On se rengorge pour dire : « Eh bien, vous pouvez venir chercher votre maman (ou votre papa) demain matin. Vous êtes contents, n'est-ce pas ? » Et l'on pense déjà à l'affectation du lit libéré, par exemple cette anastomose si ennuyeuse, l'abouchement de deux conduits organiques un peu trop éloignés l'un de l'autre, une femme de quarante-neuf ans, une patiente privée celle-là, à soigner comme les autres, certes, mais avec un peu plus de bavardages et de sourires. Et puis, dans un cas pareil, c'est le médecin-chef ou le chef de clinique lui-même qui opère...

Comment pourrait-on prendre en charge, avec le patient, l'ensemble de sa vie, son destin particulier ? Il y a des jours où l'on reste huit heures, dix heures, douze heures, et parfois quatorze heures de suite, sans dételer, devant la table d'opération. C'est une performance extraordinaire, non seulement psychique, mais surtout physique, et que l'on n'exige d'un homme dans aucune autre profession. Aucun syndicat ne veille sur ces terribles dépassements d'horaires, et s'il s'en créait un, il ne servirait à rien. Car qui peut estimer à l'avance le temps que durera une opération compliquée ? Trois heures, quatre, six ? Qui est capable de prévoir des complications comme une hémorragie foudroyante ou une fissure subite ? Dans les autres métiers, tout est différent : on sait quand la sonnerie retentit à la fin du travail, au changement d'équipe. Et les syndicats réclament la semaine de trente-cinq heures parce que l'ouvrier qui emboutit des tôles se déclare surmené. Et les fonctionnaires eux aussi s'endorment après le repas de midi comme le prouve la baisse de leur efficacité. Mais quand il s'agit d'un médecin, il va de soi qu'il ne connaît pas d'horaire, il doit être prêt jour et nuit, à tout instant, et après quatorze heures de travail devant une table d'opération, il faut que le chirurgien ait encore la force de sauver la vie du malade sur lequel s'affairent ses mains, quelle que soit leur fatigue : car on peut rectifier une tôle mal emboutie, mais un vaisseau sanguin mal recousu, c'est la mort.

Ce n'était guère la nature du professeur Willbreit de se souvenir longtemps de chacun de ses patients. Or, il n'arrivait pas à chasser de son esprit le coup de téléphone de Corinna Doerinck. Il y avait pensé tout le reste de la journée, sauf pendant la brève interruption des visiteurs en fin d'après-midi. Et quand il se retrouva seul dans son cabinet, alors qu'il aurait dû reprendre sa voiture pour rentrer chez lui, dans sa villa des environs de Münster, où sa femme si prisée par la haute société du cru était certainement en train de recevoir une douzaine d'amis, il se mit à rechercher dans la pile des procès-verbaux d'examens le dossier « Doerinck, Ludmilla,

Hellebrand, 61 ans, mariée, un enfant ». Sur la couverture, il avait lui-même tracé un trait rouge. Il savait ainsi, du premier coup d'œil, ce dont il s'agissait : carcinome, tumeur cancéreuse.

Ce dossier, il l'ouvrit cependant, relut plus attentivement que d'habitude le procès-verbal du premier examen, le rapport du laboratoire, le résumé des radioscopies et radiographies, et relut ce qu'il avait lui-même noté : « Admission à partir du 10. »

Oui, il se souvenait de cette Russe. Une femme étonnante qui, à soixante et un ans, avait l'air d'en avoir quarante. Des yeux en amande, des cheveux noirs bouclés. Et sa peau n'était-elle pas comme ambrée de reflets légèrement olive ? Et aussitôt après l'avoir examinée, il avait même pensé : quelle saleté de vie, celle où un corps humain de cette beauté doit subir une telle destruction ! Et il s'était senti une fois de plus rempli de haine contre cette multiplication aveugle de cellules devant laquelle il éprouvait un écœurement impuissant, et cela malgré tous les progrès réalisés en médecine. Certes, la technique opératoire, les traitements par rayons radioactifs et par chimiothérapie constituaient un progrès, mais il avait parfois l'impression de se trouver devant un océan qu'on lui demandait d'épuiser avec un seau d'enfant...

Il posa le dossier sur la pile des autres, renonçant à examiner les radiographies au projecteur. Il ne se souvenait pas des mots exacts prononcés par cette Russe si belle, mais, de toute façon, elle lui avait demandé de lui dire carrément, sans ménagement aucun, la vérité. Et c'est ce qu'il avait fait, comme chaque fois qu'il se trouvait devant un malade capable de la supporter. Certains s'effondraient, mais la plupart se levaient dignement, déclaraient d'une voix ferme : « Je vous remercie, monsieur le professeur. Je vais maintenant pouvoir tirer le meilleur parti possible du temps qu'il me reste à vivre. » Et c'étaient presque toujours ceux-là qui mouraient le plus sereinement, presque avec reconnaissance.

Que lui avait donc dit la fille de cette Russe, cette Corinna, au téléphone ? « Ma mère ne veut pas se laisser opérer. » C'était net et clair. C'était aussi une phrase qu'il avait souvent entendue dans d'autres cas, et quand on revenait le consulter au tout dernier moment, il pouvait seulement dire : « Trop tard... Je ne peux que soulager sa fin... » Mais cette Corinna lui avait donné un choc. D'abord, elle avait étudié la médecine jusqu'au moment où, après une première sélection, un étudiant n'a plus qu'à se laisser porter par le courant. Elle n'était pas une profane quelconque, mais quelqu'un capable d'envisager tous les risques de ce refus et d'en assumer les responsabilités.

Le professeur Willbreit, les sourcils froncés, reprit le dossier. Il téléphona une dernière fois au service des urgences, qui n'avait aucun cas à signaler, rangea le dossier dans sa serviette et se dirigea vers sa voiture.

Comme il l'avait prévu, Lydia, son épouse, avait une fois de plus des invités. Du garage, il les entendait rire. Les portes-fenêtres donnant sur la terrasse étaient ouvertes, tous étaient groupés dans le grand salon autour du bar circulaire, et personne ne l'avait vu arriver.

Il sortit du garage par le petit couloir qui menait directement chez lui, tomba sur une femme de chambre qu'il avertit :

– Je ne suis pas encore arrivé, Renate ! Vous ne m'avez pas vu.

Puis il disparut dans son bureau. Là, il était vraiment chez lui, en sécurité. Lydia n'y venait que rarement. Cette pièce ressemblait au bureau qu'il avait à l'hôpital et où il donnait ses prescriptions médicales, et Lydia avait déclaré : « Cela sent vraiment trop le docteur. » Cela ne l'empêchait pas de se plaindre : son mari ne dirigeait pas l'hôpital, ce qui est en Allemagne le rôle d'un « Oberartz », d'un médecin-chef arrivé au sommet de sa carrière, mais était seulement « chef de clinique ». Elle ne comprenait pas qu'à soixante-trois ans il avait derrière lui une carrière éblouissantc. Elle protestait chaque fois : « Devient-on directeur d'un hôpital parce qu'on est vieux ou parce qu'on est meilleur que les autres ? » C'était d'une logique irréfutable. Sur ce point, elle trouvait le moyen d'avoir raison, comme toujours ! Il était exact que le directeur n'opérait guère et que les malades préféraient le chef de clinique. Pour la clientèle privée, le médecin-chef avait dicté à Willbreit un *gentlemen's agreement*. Avec une telle appellation, il ne pouvait naturellement pas s'agir de dichotomie. Pour les opérations : les deux tiers des bénéfices iraient au patron, et un tiers à Willbreit, chef de clinique. Pour les expertises médicales, c'était *fifty-fifty*. Pourquoi se révolter ? Par principe, le patron a toujours raison, même quand il est un peu sénile au point, lorsqu'il lui plaît d'opérer, de le faire comme jadis Sauerbruck, les mains nues et sans gants aseptisés, en déclarant : « Les mains d'un médecin-chef sont un milieu absolument stérile... »

Il tire de sa serviette le dossier Doerinck, recherche dans l'annuaire le numéro de téléphone, hésite un instant, puis prend sa décision.

Pas de réponse. Les Doerinck étaient sortis tous les trois. Ils dînaient Aux Armes de Westphalie pour fêter le premier traitement de Ludmilla qui s'était exclamée : « Je me sens déjà beaucoup mieux. »

Et nous ne trouverons pas à redire si, à la fin de la soirée, Stefan Doerinck avait bu un peu plus que de raison et si sa fille dut le soutenir en lui prenant le bras pour le guider jusqu'à sa voiture...

Chaque soir, les mains de Corinna recommençaient à irradier – mais est-ce le mot exact ? – le ventre de sa mère.

Cinq minutes seulement – plus longtemps eût été impossible. Après cette brève période qui lui paraissait durer une éternité, Corinna se sentait épuisée et, trois fois déjà, Doerinck s'était empressé d'allumer une cigarette libératrice et de l'introduire entre les lèvres décolorées de sa fille.

Chaque fois que le traitement s'achevait, Ludmilla répétait qu'elle ressentait une chaleur indiciblement délicieuse : « Une sorte d'incandescence, mais qui ne fait aucun mal. »

Le quatrième jour, les pertes de sang disparurent comme par enchantement. Et il en fut de même de cette pesanteur douloureuse que Ludmilla éprouvait dans le bas-ventre, si bien qu'elle avoua que, pour la première fois depuis plus de six mois, elle se sentait absolument bien.

Stefan Doerinck avait sursauté comme si quelqu'un lui avait marché sur le pied :

– Quoi ? Depuis plus de six mois ? Tu as souffert pendant au moins six mois ?

– Oui.

– Et pourquoi ne nous as-tu rien dit ?

– Parce que j'avais peur, Stefanka... (Elle avait le sourire grâce auquel – elle le savait – on était obligé de tout lui pardonner.) ... Je pensais que je pouvais fausser compagnie au mal. C'est idiot, je le sais, mais on est si bête quand on a peur.

Stefan Doerinck avait profité d'une conférence du conseil pédagogique de Münster pour se renseigner sur la parapsychologie, la bio-énergie, le bioplasma et les expériences de vision cutanée à la librairie de l'université. Ç'avait été pour découvrir que personne n'y entendait rien. Le chef de service des achats lui-même s'était lancé dans d'habiles circonlocutions pour ne rien dire de précis. Doerinck s'était assis finalement dans un coin de la librairie, avait consulté d'énormes catalogues et choisi quelques titres qu'il avait commandés.

Corinna elle non plus n'avait pu satisfaire la soif de connaissance de son père. Après le second traitement, il lui avait pris les mains, les avait retournées dans tous les sens, avait palpé la pointe de ses doigts, puis était allé chercher une loupe pour les examiner de plus près. « Qu'est-ce que je dois t'expliquer, papa ? » lui avait-elle dit. Elle ne pouvait rien lui apprendre qu'il ne savait déjà. *Elle était comme cela,* rien de plus. Et il n'avait rien découvert de particulier : Corinna avait des mains et des doigts tout ce qu'il y a de plus normaux, avec des ongles soignés, laqués ce jour-là d'un vernis rouge éclatant. La peau du bout de trois doigts était rêche, comme enflée.

– Cela vient des nœuds du tapis. C'est incroyable ce que la laine la plus fine peut être rêche.

Stefan Doerinck ne s'était pas contenté de ce genre d'explication :

– Mais enfin, qu'est-ce qu'elles ont, tes mains ? Qu'est-ce que c'est que cette force mystérieuse dont tu parles ?

Et la réponse qu'il avait reçue ne l'avait guère renseigné :

– Je te répète que je ne le sais pas, mon cher papa. Mes yeux tombent sur quelqu'un et je me dis tout de suite : il est malade. *Je le sais.* Je sais par exemple qu'il a des calculs dans sa vésicule biliaire, ou une inflammation nerveuse, ou une tumeur à l'estomac. Alors j'ouvre toutes grandes mes mains, je ressens sa maladie dans les paumes et à la pointe de mes doigts comme une sorte de courant électrique qui ne vient pas de lui, mais de moi, et qui pénètre en lui. Et ce courant détruit la cause du mal. Et c'est tout.

C'était très simple, mais toujours aussi invraisemblable. Au côté de Ludmilla qui dormait profondément après ces séances, Doerinck avait passé plus de la moitié d'une nuit complètement éveillé, récapitulant dans les moindres détails la vie de sa fille, comme dans un film que l'on peut arrêter sur une image qui semble plus intéressante, révélatrice peut-être, et que l'on peut aussi étudier à fond, mais dans ce cas précis, toujours en vain.

Il y avait en premier lieu sa naissance, une naissance difficile. Ludmilla, sa mère, s'était débattue dans d'atroces douleurs pendant près de vingt heures. Pour y mettre fin, le médecin avait longtemps hésité entre une césarienne et l'emploi du forceps. Mais au moment où l'accoucheur disait à Stefan qui, baigné de sueur, assistait impuissant à ce martyre : « Dans une heure, il faudra se décider et recourir à la césarienne », Ludmilla avait poussé un cri si perçant que même le médecin, malgré son habitude, en avait frémi jusqu'aux os, et Corinna était venue au monde.

Elle avait eu une enfance absolument normale : l'école maternelle où elle avait joué et s'était querellée avec les autres enfants dont rien ne la distinguait. Elle avait eu son tricycle, puis un peu plus tard sa petite bicyclette, ses patins à roulettes, puis ses patins à glace. Doerinck avait installé dans le jardin un petit portique avec une corde à nœuds et une balançoire ainsi qu'une barre fixe, et rien ne lui avait permis de croire que la petite Corinna pouvait devenir quelqu'un de différent des autres.

Et pourtant si ! Il se souvenait maintenant d'un phénomène auquel il n'avait alors prêté aucune attention. Au cours des nombreuses excursions qu'ils faisaient tous les trois à pied dans la région de Münster, il leur arrivait de cueillir des fleurs. Or, alors que les bouquets que portait Ludmilla commençaient à se faner pendant le trajet de retour, les fleurs de Corinna demeuraient fraîches et leur parfum était toujours aussi pur. Et pendant des jours, elles continuaient à vivre dans leur vase parce que Corinna, qui adorait toutes les plantes depuis qu'elle se traînait à quatre pattes, venait chaque jour les caresser comme s'il s'agissait de petits animaux.

Et à la « grande école » aussi, certaines particularités s'étaient affirmées en elle, sans qu'on pût dire exactement qu'elle différait des enfants de son âge. D'ailleurs, quel est le père qui ne recherche pas chez ses enfants les caractéristiques qui leur sont propres ? C'était une élève calme qui restait sagement assise sur son banc; regardant autour d'elle de ses deux grands yeux noirs, elle levait rarement la main pour réciter une leçon. Mais quand l'institutrice l'interrogeait, elle répondait parfaitement sans jamais hésiter, et si on lui demandait : « Pourquoi n'as-tu pas levé le doigt ? », elle répondait avec une logique déconcertante : « À quoi bon, puisque je sais toujours tout. »

Plusieurs fois, l'institutrice avait déclaré à Stefan Doerinck, son collègue des classes supérieures : « Corinna est ma meilleure élève, mais elle n'a pas l'air de suivre le cours. Vous devriez lui parler, monsieur Doerinck. Elle reste assise sur son banc, regardant droit devant elle avec ses deux grands yeux noirs, et il m'arrive souvent de penser : que se passe-t-il dans cette petite tête ? J'ai parfois l'impression qu'elle me demande : "Mais qu'est-ce que je fais là ?" »

Il avait bien essayé d'avoir avec sa fille une conversation à ce sujet. Mais comme il insistait pour qu'elle participât plus activement aux travaux de sa classe, Corinna avait soudain déclaré :

– Mlle Dassel doit aller voir le médecin. Elle a quelque chose dans le ventre.

– Qui t'a dit cela ? avait demandé Doerinck.

– Personne. Mais moi je le vois...

Il s'était presque fâché. C'est une échappatoire typique de gosse, avait-il pensé. Elle ne veut pas me répondre. Comment avait-il pu oublier cet incident ? Et pourtant, Mlle Dassel, un an plus tard, avait dû se faire opérer d'un gros kyste au col de l'utérus. Mais Doerinck n'avait fait aucun rapprochement entre la subite apparition de ce kyste et l'avertissement, six mois plus tôt, de l'enfant.

Aujourd'hui, après vingt-deux ans, au cours d'une longue nuit presque blanche, ce souvenir lui était revenu avec effroi.

À seize ans, Corinna était entrée au lycée. Adolescente, elle était toujours calme, mais son attitude en classe devait avoir changé, à en croire ses notes de travaux pratiques. Indiscutablement, elle était la

« première », une « bête à concours », avait confié l'un de ses professeurs à son collègue Doerinck. Une telle appréciation est de celles qui remplissent un père de fierté et le rassurent quant à l'avenir de son enfant. Seul, le professeur de mathématiques avait profité d'une réunion de parents d'élèves pour lui faire une confidence étrange :

– C'est la troisième fois qu'il se passe avec Corinna quelque chose de bizarre. J'ai l'habitude d'écrire au tableau les problèmes que les élèves doivent résoudre immédiatement. Il s'agit alors d'une composition du genre révision, assez simple et dont la durée n'excède pas deux heures. Or, par trois fois successives, à peine une demi-heure s'était-elle écoulée que Corinna m'a remis sa copie avec le résultat exact ! Mais la chose que je n'arrive pas à m'expliquer, c'est que ses copies ne comportent aucun renseignement sur les raisonnements qui lui ont permis d'aboutir à la solution exacte, mais simplement l'énoncé du problème et le résultat final. Tout à fait comme 2 × 2 = 4 ! Naturellement je l'ai interrogée : « Comment es-tu parvenue à ce résultat ? Il m'est venu comme cela... » m'a-t-elle répondu. Or, c'est absolument impossible ! Pour trouver la solution de ce genre de problème, il faut développer mathématiquement chaque point de l'énoncé, et c'est un processus complexe. On ne peut faire de tête toute cette série d'opérations qui s'imbriquent les unes dans les autres. Einstein lui-même s'y perdrait. Je vous le demande confidentiellement, mon cher collègue : n'auriez-vous pas chez vous, pour vos classes de mathématiques, des livres de corrigés réservés aux professeurs et qui lui donneraient la possibilité d'apprendre par cœur les résultats des exercices sans se soucier du reste ?

– Non, vraiment.

– Rien de semblable non plus ?

– Absolument rien. J'en suis sûr.

– Alors, c'est vraiment une énigme, car figurez-vous que j'ai étudié la question : j'ai toujours sur mon pupitre un livre de corrigés d'exercices uniquement à l'usage du corps enseignant, et j'ai découvert que les solutions de Corinna présentent exactement la même disposition et les mêmes abréviations que celles de mon livre !

Évidemment, c'était étonnant, mais ni le professeur de Corinna ni Doerinck n'avaient poussé plus loin leur enquête. La direction du lycée était très fière d'avoir en Corinna sa meilleure élève depuis plusieurs dizaines d'années, sauf, il faut l'avouer, en gymnastique et en religion. Elle avait refusé d'emblée tout exercice aux agrès : « Je ne veux pas m'estropier comme Angelika », avait-elle répondu avec une insolence inouïe, inhabituelle chez elle, car Angelika, une de ses condisciples, était bâtie en force et éclatante de santé. Mais quatre mois plus tard, elle était retombée si malencontreusement d'un saut à la poutre horizontale qu'elle s'était fait une fracture compliquée à la jambe gauche, laquelle, après plusieurs opérations, avait raccourci d'une dizaine de centimètres. Personne ne s'était alors rappelé la remarque de Corinna. Mais comment l'expliquer ?

L'enseignement religieux fait partie du cours de philosophie des classes terminales. Corinna avait un jour déclaré que les miracles du Christ étaient explicables. La classe entière en avait été choquée. Et là aussi, il s'était passé quelque chose d'étrange.

– Les miracles, ça n'existe pas ! Regardez seulement !

Et devant tous les élèves médusés, elle avait fixé de ses grands yeux noirs, pendant quelques instants, le livre que le professeur tenait ouvert sur son pupitre. Et subitement, la page à laquelle le livre était ouvert s'était soulevée pour retomber, une page d'abord, puis une autre... Tous les élèves avaient applaudi ce tour de prestidigitation, et plusieurs lui avaient offert des cadeaux somptueux pour qu'elle leur confie son truc. Elle avait chaque fois secoué la tête : il n'y a pas de truc.

Finalement, Doerinck, bouleversé, s'était assis dans son lit. Il avait regardé sa femme qui dormait à côté de lui. C'était donc cela ! Tout concordait. Corinna, en examinant sa mère, n'avait fait qu'employer une faculté qu'elle avait depuis longtemps au plus profond d'elle-même : *elle voyait à travers les corps*. Et comme le livre de corrigés de son professeur de maths se trouvait sur son pupitre, Corinna avait tout simplement lu la solution du problème. Oui, à travers un livre fermé !

Mon Dieu, mais est-ce possible ? se répétait-il en respirant lourdement. Est-*elle* vraiment ma fille ? Je n'arrive pas à concevoir ce qu'elle fait, ce qu'elle est, mais il faut que j'apprenne autant que possible à l'accepter et à vivre avec cette idée qu'elle n'est pas comme les autres, comme nous...

Ma fille, ma petite fille...

Les souvenirs se précipitaient maintenant dans son esprit, et ils étaient nombreux. L'affaire du Dr Ewald Hambach, le médecin de famille, par exemple. Il y avait trois ans de cela. Depuis plus de vingt ans, il était un ami intime. Un soir, tout en vidant un verre de vin, il s'était laissé aller à un aveu sous une forme d'abord imagée :

– Même les tigres ont parfois des crocs qui branlent, et les vendeurs de glaces ne sont pas toujours ceux qui les fabriquent...

Doerinck l'avait regardé, étonné :

– Tu parles maintenant en proverbes, par énigmes, Ewald ? Qu'est-ce qui se passe ?

– Rien d'autre qu'une prostatite aiguë !

– En tant que médecin, cela ne doit pas t'effrayer outre mesure.

– C'est le cas presque typique : à un patient ordinaire, on ordonne de la tétracycline, et au bout de deux ou trois jours, il a oublié qu'il a une prostate. Mais chez un médecin, il y a toujours des complications. J'ai essayé toute la gamme des antibiotiques depuis maintenant deux mois !

Doerinck s'était mis à rire :

– Sais-tu ce que je pense, Ewald ? Tu devrais aller consulter un bon médecin !

Le Dr Hambach avait ri, lui aussi, mais un peu jaune.

– J'y ai été, figure-toi ! J'ai vu un urologue, le professeur Schmelzer, à Münster. Et sais-tu ce qu'il m'a dit ? Il a plaisanté comme toi : « Eh bien, vous avez une belle prostate, mon cher confrère ! Elle surveille l'écoulement de votre urine : ou ça passe ou ça ne passe pas, hein... ? » Et il m'a prescrit un antibiotique que j'avais abandonné deux semaines plus tôt pour manque de résultats. Il n'y a plus de quoi rire, mon vieux !

Ce soir-là, Corinna vint directement de son atelier de tissage pour rendre visite à ses parents. L'oncle Ewald, comme elle appelait le Dr Hambach depuis l'enfance, faisait pour elle partie de la famille. En l'embrassant, elle lui avait serré la main et il avait eu l'impression que cette main était soudain plongée à l'intérieur d'un four.

– Alors, c'est toujours ton inflammation de la prostate, oncle Ewald... avait-elle dit légèrement.

Le visage du médecin s'était figé :

– Bon Dieu ! Mais vous disposez chez vous d'un système phénoménal d'information ! Il doit y avoir ici toute une série de microphones cachés partout ?

– S'il t'est possible de rester deux minutes bien tranquille et sans jurer, je vais essayer quelque chose, oncle Ewald.

Elle avait rapproché les pointes de ses doigts, presque comme pour une prière. Doerinck revenait du grand meuble-bibliothèque avec la boîte de cigares. C'était une tradition, une sorte de rituel : à chacune de ses visites, on offrait au Dr Hambach ce qu'il aimait le plus : trois petits verres d'un excellent alcool blanc et un cigare qu'il fumait voluptueusement en buvant son alcool. Certes, il buvait aussi du vin, mais ce n'était pas son fort, il l'avalait sans le goûter, comme un barbare, ou plutôt comme un vrai paysan de la région de Münster : son gosier engloutissait un verre de vin comme s'il s'agissait d'une chope de bière. Mieux encore, après deux verres de vin, il ne manquait pas de réclamer un peu d'alcool blanc, « pour digérer le vin ».

– Qu'est-ce que tu veux essayer, ma petite ? avait demandé le médecin d'un air innocent.

– Mais de te guérir.

Doerinck s'était interposé d'un ton brusque :

– Assez de bêtises, Cora ! N'oublie pas que tu as vingt-sept ans et que tu n'es plus en âge de te conduire comme une enfant !

– Ne bouge plus, oncle Ewald… comme chez le photographe, mais plus longtemps !

Corinna s'était penchée un peu sur lui, levant la main gauche, abaissant au contraire la droite jusqu'à hauteur du bas-ventre du médecin. Puis sa main droite, aidée parfois de la gauche, avait commencé à aller et venir à quelques centimètres au-dessus de la région présumée du mal, sans jamais le toucher.

Deux minutes seulement, et la séance avait pris fin. Le Dr Hambach n'avait pas prononcé un mot et c'est toujours en silence qu'il avait regardé Corinna quand elle s'était relevée pour se laisser tomber dans un fauteuil et fumer avidement une première cigarette.

– Peux-tu revenir demain, oncle Ewald ? avait-elle dit d'une voix lasse, neutre. Ça marche…

– Qu'est-ce qui marche ? avait demandé sottement le médecin…

Doerinck avait trinqué avec le verre qui attendait sur la table le Dr Hambach, et il avait avalé le sien sans l'attendre. Il était furieux :

– Ne vois-tu pas, Ewald, qu'elle fait l'intéressante ! (C'était la première fois qu'il voyait vraiment sa fille opérer de la sorte.) … Il y a trois jours, un chat inconnu est entré ici, à peu près mort de faim et couvert de gale. La gale a disparu, et elle s'est mis dans le crâne que c'est parce qu'elle l'a caressé de ses mains. Et maintenant elle s'imagine qu'avec toi... Elle devient folle, je te dis.

Le Dr Hambach avait continué à suivre Corinna des yeux.

– Mais non, c'est très intéressant... dit-il d'un air pensif. (Il prit le temps de boire ses deux petits verres d'alcool et de fumer complètement son cigare avant de dire à Corinna :) Naturellement, je reviendrai demain. Je veux voir ça de plus près...

Il était revenu dix fois de suite. Les brûlures qu'il ressentait dans le bas-ventre et les phénomènes de rétention avaient disparu, et son urine était redevenue claire. Après la dixième séance, le Dr Hambach avait analysé lui-même son urine et, pour plus de sûreté, envoyé à un laboratoire de Münster la moitié du même échantillon. Les deux résultats étaient identiques : l'urine était absolument propre, nette. Et l'analyse de son sang prouva qu'il n'y avait plus d'inflammation ni d'infection nulle part à l'intérieur de son corps.

Le Dr Hambach avait alors rendu visite à Corinna dans l'atelier de tissage qu'elle avait installé à la lisière d'Hellenbrand. Il s'était accroupi près du tapis qu'elle terminait pour mieux voir le travail de ses mains. Puis, hochant la tête d'un air pensif, il avait dit :

– Si ce que je pense de toi est vrai, ma pauvre petite fille, tu vas avoir à affronter une vie bien pénible. Oh ! Ils ne te brûleront pas comme au Moyen Âge, mais ils vont essayer de te mettre des bâtons dans les roues et de t'abattre. Sais-tu ce que tu es pour la médecine officielle ? Tu es le diable en personne. Cora, ton vieil oncle Ewald va te donner un conseil : oublie ce don que tu as. Continue à nouer des tapis merveilleux, mais chaque fois que tu décèleras une maladie, retiens ton premier mouvement, celui de la combattre, attache-toi les mains derrière le dos. Sinon, elles vont te faire vivre un enfer...

Et Corinna avait répété à ses parents les paroles du médecin. Doerinck n'y avait pas prêté d'attention. À quoi donc pensait-il ce soir-là ? Maintenant, il se souvenait de tout, et son malaise et sa peur de l'avenir ne faisaient que croître, à tel point qu'il se sentit incapable de rester plus longtemps couché. Il se leva doucement pour ne pas réveiller Ludmilla et, les pieds nus, se dirigea vers la fenêtre. Dehors, la nuit était baignée de lune. Il n'y avait presque pas de vent, et les feuilles de ses arbres fruitiers remuaient à peine. Les rayons de la pleine lune formaient un couvercle d'argent au-dessus des quatre rangées de la plate-bande dont il était si fier. Il y travaillait depuis sept ans, et toute la petite ville lui enviait ses récoltes d'asperges. Demain matin, avant que le soleil ne se lève complètement, il irait l'inspecter et, armé de son long couteau, il entaillerait profondément la terre autour des endroits où les pointes d'asperges s'apprêtaient à percer. Il fallait veiller à le faire, et cela demandait aussi un certain savoir.

Mais il continuait à penser à sa fille, et il n'arrivait pas à se débarrasser du poids qui lui écrasait la poitrine, presque une sensation d'étouffement. Comment tout cela tournera-t-il ? Et il s'agit de ma fille. Comment concevoir, comment comprendre une chose pareille ? Pendant la guerre, à Poti sur la mer Noire, j'ai beaucoup ri du médecin David Semionovitch Assanourian, dont on prétendait qu'il chassait toutes les maladies en caressant le corps de ses patients. Des histoires de Russes ! pensai-je alors. Avec eux, il ne faut, s'étonner de rien. Ces gens du Caucase sont intelligents, mais ils ne nourrissent pas cette intelligence dès qu'ils quittent le sein de leur mère pour boire une bouillie à la cuiller ! Ce sont des attardés ! Ils croient encore aux hommes miracle, aux guérisseurs, aux magiciens, aux chamans, et que sais-je encore ? Pour eux, les épileptiques sont des « envoyés de Dieu ». Il n'y avait qu'en Russie qu'une sorte de thaumaturge comme Raspoutine était encore possible ! Et beaucoup d'entre eux n'ont guère progressé depuis. La Russie est si vaste que l'esprit scientifique s'y répand lentement. Au fond, qu'était donc ce Dr Assanourian ? Un petit Raspoutine, un comédien qui avait mis au point un numéro à l'usage de ce peuple. Un saltimbanque qui vivait d'éblouir les gens. Je le vois encore lever la main en prononçant d'une voix caverneuse : « Maintenant, je vais retirer la maladie de ton corps, petit frère... », et les yeux du patient se révulsaient, il faisait une bonne crise d'hystérie et tous criaient au miracle. Cela va de soi que certains malades se sentaient soulagés, car on sait maintenant que beaucoup de ces maux sont psychosomatiques. Ce genre de succès, qui consiste en fin de compte à remettre un peu d'ordre dans l'esprit d'un hystérique, avait fait le succès du Dr Assanourian et assuré sa célébrité...

Évidemment, lui, un lieutenant allemand élevé dans un des pays les plus modernes du monde, avait aimé Ludmilla, la fille de cet homme, au point de l'emmener, contre vents et marées, tout au long de cette longue et sanglante retraite. Mais c'était une autre histoire. Son père le Caucasien n'avait rien pu empêcher. En effet, il arrive rarement que deux êtres humains s'aiment comme Ludmilla et lui-même. Ils avaient tenu bon tous les deux, elle, la fille du médecin caucasien, et lui, le jeune officier allemand, contre tous leurs ennemis des deux camps. Pendant un an, elle avait vécu cachée près de lui, partout où campait sa compagnie. Et quand à la fin de la guerre on lui avait donné le commandement d'un bataillon avec seulement le grade de capitaine, vu sa jeunesse, alors qu'il ne dirigeait plus directement une troupe, Ludmilla avait revêtu l'uniforme allemand, soldat de première classe, ordonnance du commandant de compagnie puis du chef de bataillon Doerinck. Dans l'immense pagaille de la retraite, chacun ne pensait qu'au terme de tant de souffrances inutiles et personne ne se posait guère de questions. Doerinck avait informé le bureau du bataillon, par une note laconique, de l'arrivée du soldat de première classe Hans Plotz et de sa nouvelle affectation : « Je le prends comme ordonnance... » Naturellement, il avait frisé la catastrophe lorsque le sergent-chef Müller VI – cinq autres Müller étaient morts avant lui dans la compagnie –, un bureaucrate consciencieux, lui avait signalé qu'il n'avait reçu pour le nouveau aucun papier réglementaire, ni fascicule, ni ordre de route, ni assignation, ni carnet de solde; il avait reçu de son capitaine Doerinck une engueulade des plus militaires, telle qu'il n'avait jamais osé revenir à la charge. Et puis, c'était en 1945. On se battait déjà sur le sol de l'Allemagne. La fin de la « grande merde », comme disaient les derniers soldats, était proche puisqu'on ne pouvait pas reculer plus loin.

Ils s'étaient mariés à Dortmund, elle, Ludmilla, une Russe dépourvue de papiers, et lui, Stefan Doerinck, redevenu étudiant à la haute école pédagogique. Et Corinna était née...

Corinna... Elle est donc comme son grand-père, pensa-t-il soudain, et il eut la sensation que son haleine devenait brûlante comme dans un accès de fièvre. C'était cela ! Elle avait beau être née et élevée en Allemagne et fille d'un père allemand, l'hérédité caucasienne prévalait. Il s'entendit dire à haute voix : « Mon Dieu, c'est effroyable... »

Et, en effet, qu'allait-il arriver désormais ? Il connaissait les habitants de sa petite ville : comment allaient-ils réagir ?

Il revint à pas de loup s'asseoir sur le bord de son lit, et regarda longuement sa femme. Si vraiment Corinna te guérit, Ludmilla, mon amour, alors il ne me restera plus qu'à adorer notre petite fille. Oui, et je la défendrai contre tous ceux qui l'attaqueront. Et s'il est nécessaire, je tuerai pour la défendre. Oui, je tuerai... Mon Dieu, je deviens fou moi aussi... tout cela est si incompréhensible...

Il se recoucha très doucement sur le dos, tira à lui l'édredon, et demeura immobile, les yeux grands ouverts, à regarder fixement dans le vide. Et il eut soudain de plus en plus peur. Peur de l'avenir qui allait être le leur. Peur pour Corinna, peur pour sa femme et aussi pour lui-même.

Le professeur Willbreit laissa passer quinze jours avant d'appeler les Doerinck.

En fait, il n'est pas dans le code des habitudes médicales qu'un médecin relance son patient. Tout malade est complètement libre de ses décisions : si la tête du médecin ne lui revient pas, il n'est pas forcé de le revoir. À moins, évidemment, qu'il ne soit atteint d'une maladie contagieuse, épidémique, ou d'une affection qu'on doit déclarer aux autorités, tout être humain a sur son corps un droit absolu de propriété.

Pourquoi donc, après deux semaines, le professeur Willbreit reprit-il soudain le dossier Doerinck ? Il n'eût pu le dire lui-même. Il avait opéré jusqu'alors de nombreux gros intestins, et tous ces cas figuraient dans une étude statistique qu'il tenait à jour, intitulée « Pronostics concernant des cas chirurgicaux ». Dans son esprit, cette collection devait constituer la base d'une œuvre qui assurerait la célébrité du nom Willbreit dans le domaine de la recherche médicale.

De même, il était impossible de dire que le carcinome au côlon de Ludmilla Doerinck était particulièrement intéressant. Pour un médecin, une survie de six mois n'a rien de spécialement dramatique. Un chirurgien quel qu'il soit vit continuellement dans une atmosphère où la mort d'un patient constitue un risque et une partie inévitable de sa profession. Il n'y avait donc aucune raison pour que le nom Doerinck restât gravé dans sa mémoire. Et pourtant, cette affaire le préoccupait, il y avait là quelque chose qui ne « passait » pas, pour employer ses propres mots. Aussi avait-il brusquement demandé le numéro de téléphone des Doerinck, comme s'il avait un Rubicon à franchir, pour prendre des nouvelles de cette Russe.

Ce fut elle-même qui lui répondit en annonçant son nom. Son mari, selon l'horaire des classes en Allemagne, était à l'école, comme ses élèves, jusqu'à 13 heures, et Corinna travaillait toute la journée dans son atelier de tissage. Ludmilla était donc seule chez elle avec la femme de ménage qui venait la demi-journée pour les travaux les plus durs.

– Ici, le professeur Willbreit... (Il avait pris, pour se présenter, la voix la plus assurée.) ... C'est donc vous-même, chère madame. Cela tombe bien. Je voulais seulement m'enquérir de votre santé.

– Je vais bien, merci.

C'était la vérité, mais elle se rendit immédiatement compte de l'effet que ces trois mots devaient avoir sur le chirurgien qui s'attendait à une tout autre réponse.

– C'est une nouvelle formidable... Quoi, plus de douleurs ?

– Aucune, professeur.

– Mais toujours quelques pertes de sang, sans doute... ?

– Absolument aucune.

– Et pas de perte de poids non plus ?

– Au contraire, et cela commence même à me poser un problème. Je ne voudrais pas commencer à grossir...

– Ainsi, tout vous semble aller bien, objectivement ?

Les deux mots « semble » et « objectivement » devaient exprimer le plus discrètement possible sa méfiance, mais tant de finesse était inutile avec Ludmilla qui ne répondit rien, si bien qu'il dut finalement poser la question qui l'embarrassait :

– Vous suivez donc un traitement qui vous réussit ?

– Oui...

– Dans un cas comme le vôtre, il est toujours bon

et utile que le chirurgien demeure en communication avec le médecin traitant. Pourriez-vous me donner le nom de mon confrère pour que nous suivions ensemble l'évolution de la maladie ?

– Il s'agit de ma fille.

Ces mots si simples allaient pourtant modifier la vie du professeur Doerinck et de tout son entourage. Willbreit se tut un instant. Il se sentait profondément blessé, avec l'impression d'avoir reçu une gifle à toute volée en plein visage. Il se maîtrisa. Il devait prendre le temps nécessaire pour « digérer » cette information outrageante. Aussi enchaîna-t-il sur le même ton professoral :

– Vous vous rappelez que nous vous avons réservé un lit, chère madame. Jusqu'à présent il est encore libre. Pouvons-nous en disposer ? La liste d'attente est longue...

Ludmilla l'interrompit :

– Mais ma fille vous a prévenu, n'est-ce pas ? Vous pouvez donc disposer de ce lit, professeur. Je n'ai plus besoin d'opération...

– C'est vraiment une bonne nouvelle, mais étonnante aussi... (Sa voix avait changé : les sons plus étouffés trahissaient l'irritation qu'il s'efforçait de contenir.) ... C'est donc votre fille qui vous soigne. Si je m'en souviens bien, elle m'a dit qu'elle n'avait pas terminé ses études de médecine. Il est donc de mon devoir d'attirer votre attention sur ce point, pour délicat que ce soit, chère madame. Mais pourriez-vous me décrire, en quelques mots seulement, quel est le genre de traitement qu'elle vous fait suivre ? La chimiothérapie sans doute ?

– Non, une imposition des mains...

– Pardon... ?

– Ses mains caressent mon corps, mais sans le toucher.

– Voyons, madame, ce n'est ni très sérieux ni même possible.

– Je ressens à l'intérieur, là où se trouve la tumeur,

une sorte de brûlure, mais agréable. Et mes douleurs ont disparu, tout comme mes saignements et cette diarrhée continue... Vraiment, professeur, je me sens tellement bien.

– Toutes mes félicitations... (Sa voix était redevenue normale.) La conversation que je viens d'avoir avec vous, chère madame, a été extrêmement intéressante et instructive. Me permettez-vous de reprendre bientôt de vos nouvelles ?

– Mais certainement, professeur... (Pourquoi donc a-t-elle alors ajouté une phrase imprudente qui, comme un coup au creux de l'estomac, allait atteindre Willbreit et le laisser sans souffle, interdit :) ... Je suis si heureuse de ne plus avoir besoin d'opération, professeur.

Il reposa lentement le combiné sur son socle. Pendant quelques instants, il considéra, hébété, le dossier Doerinck grand ouvert sur sa table. Et soudain il se sentit saisi d'une véritable panique.

Elle soigne sa mère par imposition des mains. C'est avec ses mains et rien d'autre qu'elle croit pouvoir guérir sa propre mère d'un cancer du côlon ! Mon Dieu, mais c'est un crime !

Il prononça le mot à haute voix : un crime !

Sa secrétaire n'était pas encore partie. Il l'appela pour lui demander du café très fort, un petit pot entier. Puis, une fois seul, il se replongea dans ses pensées, s'efforçant de faire le point, de se fixer une ligne de conduite : que pouvait-on entreprendre dans un cas pareil ? Était-il raisonnable de signaler le cas au parquet ? Mais ce serait se heurter au droit inaliénable qu'a tout humain sur son propre corps : on ne peut pas punir quelqu'un qui refuse de consulter un médecin ou de suivre ses conseils ! Et il n'y a dans le code pénal aucune disposition qui interdise à une fille de caresser, sans même le toucher, le bas-ventre de sa mère en croyant ainsi l'assister, la secourir. Il est impossible de considérer la sottise et la superstition comme des délits tant qu'elles ne provoquent pas de scandale public.

Et pourtant, il fallait réagir, faire quelque chose : il était témoin d'un acte pseudo-médical exécuté par une personne irresponsable. Avait-il le droit de se taire, de devenir ainsi le complice de la fin horrible d'un être humain ? Pouvait-il se contenter de se dire : peu m'importe ce qui se passe à Hellenbrand, cette petite commune de banlieue que je ne connais même pas ? Cette femme refuse l'assistance médicale ? Soit, que puis-je y faire ? Il y a à la clinique deux cent soixante-quinze opérés ou futurs opérés qui ont besoin de moi, deux cent soixante-quinze lits qu'occupent des êtres qui souffrent et qui m'attendent, pleins d'espoir dans notre science médicale, pleins de confiance dans nos possibilités chirurgicales. Oublions donc cette Mme Doerinck. Finissons-en avec cette affaire ! Classons-la !

Mais c'était justement ce que Willbreit était devenu incapable de faire. La même pensée reviendrait désormais le torturer : guérir en imposant les mains ! Guérir un cancer du côlon sans même toucher le malade, en remuant les mains au-dessus de lui ! Et voici les pertes de sang qui cessent, tous les autres symptômes qui disparaissent... Non, il devait faire quelque chose, intervenir...

Il prit son agenda, feuilleta les pages déjà surchargées de rendez-vous, cherchant un trou, quelques heures seulement qui seraient libres. Vendredi ? Oui, c'était possible. Il pouvait laisser à son collègue Dellinger, le médecin-chef en second, le soin de faire le cours aux élèves-infirmières. Et Dellinger pourrait aussi se charger de la visite de fin d'après-midi. Quant au patron, il se trouvait à Tokyo pour un congrès d'une semaine. Depuis une greffe du foie qu'il avait expérimentée tout en sachant que le malade devait de toute façon mourir, le patron était plus souvent en voyage qu'à Münster : il s'agissait d'une technique tout à fait nouvelle, et il parcourait désormais le monde, invité partout, pour en faire la démonstration. Peut-être pensait-il s'assurer ainsi une certaine immortalité...

Ainsi donc, ce serait vendredi, 14 heures.

Consciencieusement, il inscrivit dans l'agenda, au-dessus du mot « Elèves-infirmières » qu'il avait barré : « Voyage à Hellenbrand, Ludmilla Doerinck. » Et il ajouta au dernier moment, entre parenthèses : « Emmener appareil photographique. »

Plus tard, au cours d'un arrêt dans la salle de réanimation où se trouvaient trois cas critiques, il céda à une impulsion subite et appela au téléphone son ami Érasmus Roemer.

Érasmus Roemer était juge au tribunal de première instance de Münster, ils avaient été étudiants ensemble et étaient maintenant membres de la même association d'anciens étudiants. Ils se rencontraient régulièrement au café qui était leur centre de réunion. Ils sympathisaient et s'appréciaient, contrairement à leurs épouses qui se détestaient. Rien de tel qu'une haine entre deux femmes pour sceller à jamais l'amitié de deux hommes.

Au téléphone, il ne perdit pas de temps pour poser à son vieil ami la question qui le préoccupait :

– Dis-moi, Érasmus. Qu'est-ce que tu sais à propos des guérisseurs, ces gens qui soignent sans diplômes, en dehors de la médecine officielle ?

Il entendit, à l'autre bout du fil, le rire énorme, tonitruant, du juge Roemer.

– C'est presque une spécialité de notre région de Münster…

Il ne s'arrêtait plus de rire. Roemer était un géant. Il pesait quelque cent vingt-cinq kilos et ne tenait guère compte des avertissements de son ami Willbreit qui le menaçait de diabète, de goutte, de troubles du rythme cardiaque, de calcification précoce des vaisseaux sanguins, de phlébite et de toute une gamme de maladies effroyables dont la pire serait l'impuissance sexuelle.

Son rire était une sorte du rugissement que tout Münster connaissait. En le voyant pour la première fois, on aurait pu douter de ses qualités de juriste.

Ce bon vivant grand amateur de femmes, de bonne chère et de vieux vins, devait s'intéresser davantage aux recettes de cuisine qu'aux articles du code pénal. Mais c'était se tromper lourdement, on se rendait vite compte du contraire : Roemer était considéré comme le plus coriace des juges du tribunal. Il présidait la première chambre correctionnelle, et les coupables qui devaient passer devant lui déploraient d'avance leur sort, car rien n'échappait à sa perspicacité.

Dans l'appareil, sa voix retentissait comme un grondement de tonnerre.

– Alors, qu'est-ce que tu as comme problème ? Aurais-tu par hasard un guérisseur sur la table d'opération et te serais-tu interrompu pour me demander si tu peux impunément en débarrasser la société ou recoudre malgré tout son ventre ?

Il riait toujours...

– C'est une question tout ce qu'il y a de plus théorique... Je viens de lire quelque chose sur ces guérisseurs qui sévissent encore dans notre région. As-tu quelque expérience juridique ou pénale à leur sujet ?

– Nnnon...

– En connais-tu un ? Par ouï-dire peut-être... ?

– Je n'en connais aucun. J'aurais trop peur qu'il veuille me priver de tout, comme toi. Je sais qu'il en subsiste surtout en pleine campagne, mais uniquement d'après ce qu'on dit. Dans des coins isolés de tout, les paysans continuent à vénérer par exemple certaines guérisseuses. Ce sont surtout les vétérinaires qui se plaignent de cette concurrence. L'un des maux pour lesquels on les consulte est, figure-toi, l'apparition de verrues ! La guérisseuse prononce au-dessus de la verrue quelque formule magique, et la verrue s'en va ! Mais oui, comme je te le dis ! Et en fait, ces guérisseuses ont beaucoup de succès. Cela me rappelle une histoire qui est arrivée à ma grand-mère. Elle vivait dans la région d'Ochtrup, dans un village de la communauté paysanne occidentale. J'avais alors sept ans et je suis resté comme deux ronds de flanc de ce que j'ai vu, de la manière dont elle a été débarrassée, devant moi, de deux grosses verrues qu'elle avait à la main gauche. Elle m'a emmené un jour avec elle chez une vieille femme qui a commencé par crachoter sur la main de ma grand-mère, puis qui a murmuré une prière ou une incantation quelconque. Eh bien, je te le donne en mille : les verrues de ma grand-mère ont disparu pour ne jamais plus revenir. Mais il y a longtemps de cela, Thomas, presque trente ans... Voilà ma seule expérience des guérisseurs. Qu'est-ce que tu as sur le cœur ?

– J'ai lu quelque chose là-dessus, comme je te l'ai dit. Mais il y a un aspect du problème qui me tracasse : ces guérisseurs risquent-ils des poursuites légales ?

– Absolument pas, tant qu'ils ne font pas une profession de l'assistance qu'ils apportent en guérissant une bête ou en faisant disparaître une verrue, et tant qu'ils n'acceptent pas d'argent pour ces soins. Mais en ce qui concerne ce dernier point, ce n'est pas tant la justice que le fisc qui s'intéresse à eux. Car il est toujours difficile de prouver qu'il y a eu infraction à la législation sur l'exercice illégal de la médecine. Là où il n'y a pas de plainte en règle, il n'y a pas de poursuite possible. Et celui qui s'adresse une fois à un guérisseur n'en dit rien à personne, surtout si ça tourne mal ! Ce genre de clients a peur du ridicule et des railleries. Il n'y a que l'administration du fisc qui suit ces guérisseurs de près. Elle est même arrivée à estimer leurs revenus de façon assez précise et impose les guérisseurs connus en conséquence. Oui, ils figurent même sur la liste officielle des estimations, une sorte de guide des agents du fisc et qui leur sert à estimer le revenu de chaque corps de métier. Il en est de même pour les putains !

– On ne peut donc rien entreprendre légalement contre un guérisseur quand il exerce de façon absolument privée et sans aucune rémunération ?

– Non. On ne peut rien contre eux.

– Je te remercie du renseignement, Érasmus. À bientôt.

Il se fit apporter les radios de Ludmilla Doerinck, les disposa sous le projecteur et les examina longuement, muet de surprise. C'était le cas typique : cette femme s'était fait examiner un an trop tard. L'isotopie ne donnait guère de renseignements quant aux métastases dans le foie, mais ces métastases existaient, il en était sûr, son expérience provenant de centaines d'opérations ne pouvait le tromper.

Et on voulait guérir ça avec une imposition des mains, et mieux encore, à distance, sans même toucher le corps de cette pauvre femme !

Il éteignit le projecteur, dégrafa les radios et les remit dans leur grande enveloppe.

J'en saurai davantage vendredi, pensa-t-il. Là, je vais frapper du poing sur la table. On n'a pas le droit de rester indifférent quand il s'agit d'une vie humaine. Il y a des pays où l'on poursuit les gens pour non-assistance aux personnes en danger.

Vendredi après-midi.

Ludmilla, pour la dix-neuvième fois, allait se prêter à une séance de soins sous les mains de Corinna quand le professeur Willbreit surgit inopinément. Il s'était arrêté en cours de route pour se renseigner sur le chemin à suivre, et il était arrivé sans encombre devant la maison des Doerinck. À Hellenbrand, tout le monde connaissait le recteur adjoint de l'école, et Willbreit avait fait sensation : il était au volant d'une Maserati de sport, et c'était la première fois qu'une voiture aussi exotique traversait le bourg. Et quand cet étranger avait demandé le recteur Doerinck, la sensation avait été à son comble. Comment le recteur pouvait-il connaître le propriétaire d'une Maserati ?

Doerinck, de retour chez lui, se trouvait dans son cabinet de travail en train de corriger les copies de ses élèves de septième. C'était un devoir d'allemand fait en classe, une rédaction dont le sujet était : « Dites ce que peut vous raconter un arbre. » C'était horrible, pensait-il, ce que vingt-trois élèves garçons et filles étaient capables d'écrire là-dessus. D'année en année, le manque d'imagination et de netteté d'expression s'accentuait; c'en était alarmant. La langue allemande faisait eau de toutes parts. À une réunion de professeurs, Doerinck, sans qu'aucun de ses collègues osât protester, avait dit : « Notre peuple ne produira jamais plus un Schiller, un Kleist ou un Hölderlin. Même un Konsalik paraîtra un phénomène dans cinquante ans, et vous voyez ce que je veux dire par là... ! » Comme beaucoup d'enseignants, il n'aimait pas Konsalik, sans d'ailleurs fonder son jugement sur quelque chose de précis. « ... Heureusement – avait-il continué –, leurs goûts sont encore différents : l'un préfère Mickey, le second Donald le canard et le troisième le chewing-gum. »

Et ce thème, qu'il avait choisi pour tenter de déceler chez un élève une personnalité embryonnaire, lui laissait dans la bouche le goût amer d'une atroce décadence.

En entendant une voiture s'arrêter devant la grille, il se leva et souleva le rideau. Il ne connaissait pas les Maserati, mais pensa immédiatement que ce qui venait de freiner devant chez lui avec autant d'assurance représentait une petite fortune. Il ne connaissait pas non plus le conducteur qui, après avoir poussé la porte de la grille, s'arrêta un instant dans le jardinet qui précédait les trois marches du perron pour considérer de haut en bas et de bas en haut la façade de la maison avant de s'avancer résolument vers la porte d'entrée, son porte-documents sous le bras.

Mais c'est vraiment chez nous qu'il vient, pensa Doerinck. Ce n'est donc pas une erreur ! En fait, il sonne maintenant à la porte. Eh bien, nous allons savoir ce qu'il nous veut. Corinna est là aujourd'hui et va certainement ouvrir.

Il revint à son bureau, referma les cahiers déjà

corrigés qu'il mit à part des autres, et presque aussitôt Corinna entra dans sa chambre, l'air troublé :

– Papa, nous avons de la visite.

– Oui, j'ai vu un homme s'arrêter devant la grille. Quelle voiture fantastique ! Et qui donc conduit cet autocar ?

– Le professeur Willbreit, le chirurgien de maman.

– Diable ! En voilà une affaire... ! (Il réajusta sa cravate, prit son veston sur le dossier de sa chaise et l'enfila.) ... Je ne savais pas que mamouchka l'avait appelé.

– Maman a été aussi surprise que toi et moi. Il est venu de sa propre initiative. Il a baisé la main de maman en lui disant : « Vous êtes éblouissante, chère madame. » Et il s'est tourné vers moi pour me dire : « Et vous êtes certainement sa fille ? » Il y avait dans sa voix quelque chose qui ne m'a pas plu.

– Allons, du calme, ma petite fille... ! (Avec un soupir, il remonta la ceinture de son pantalon au-dessus d'un petit début de ventre.) ... Mais quelle bagnole ! Te rends-tu compte de ce que doivent gagner nos médecins ? Viens, cette visite m'intéresse au plus haut point.

Ludmilla avait fait asseoir le professeur Willbreit dans le meilleur fauteuil de la salle de séjour et était déjà en train de servir le cognac. À l'entrée de Doerinck, Willbreit se leva d'un bond et s'inclina en même temps qu'il se présentait cérémonieusement :

– Willbreit. Je dois m'excuser infiniment d'apparaître sans m'être annoncé et de vous déranger de la sorte...

– Mais j'ai beaucoup de plaisir à faire votre connaissance, répondit Doerinck, coupant ainsi court à de trop longs échanges de politesses. (Quelle élégance, pensait-il au fond de lui-même, et quelle jeunesse pour un professeur ! Un as dans sa profession, certainement, sinon il ne serait pas l'une des personnalités de la polyclinique.) ... Je vous en prie, prenez donc place. Vous connaissez déjà ma fille ?

– Par téléphone avant de venir ici, et maintenant en nature.

Il prononçait le mot nature avec un « u » français, que Doerinck trouva, en tant que puriste, un peu affecté, mais peut-être était-ce le bon usage dans la haute société ? Quand on conduit une voiture pareille, peut-être est-il obligatoire de parler français ou anglais en allemand !

– Ma visite doit vous étonner.

– Mais nous vous écoutons, professeur.

Les deux hommes s'étaient assis. En posant le verre de cognac sur le guéridon proche de Willbreit, la main de Ludmilla tremblait un peu. Après un instant de réflexion, Doerinck interpréta le regard qu'elle attachait sur lui comme une sorte de prière : « Ne le mange pas tout cru avant de savoir ce qu'il veut. Moi aussi, je l'ignore. »

– Tout d'abord, déclara Willbreit, je suis heureux de voir votre épouse si pleine d'entrain.

– C'est en effet une grande joie pour nous tous, professeur... (Ne tournons pas autour du pot, pensait-il. J'ai toujours aimé mettre les choses au point.) ... après le diagnostic que ma femme avait ramené de Münster...

– C'est la raison justement de ma visite... l'interrompit Willbreit. (Il but deux petites gorgées de son verre dégustation et le reposa lentement sur le plateau, afin de se donner le temps de peser les premiers mots qu'il allait prononcer.) J'ai beaucoup réfléchi au cas de Mme Doerinck, surtout quand j'ai appris qu'elle renonçait à l'opération. Mais encore plus quand votre fille m'a donné la raison de ce refus. Je me suis senti, puis-je le dire, profondément bouleversé.

– Il n'y a aucune raison de l'être. (C'était la première phrase que prononçait Corinna après les salutations d'usage, et, contrairement à ce qu'attendait Willbreit, ce fut donc elle qui engagea le fer.) ...

Comme vous le voyez, maman se porte magnifiquement.

– Permettez-moi d'en douter.

C'était assez lourd comme repartie, mais désormais la position de chaque adversaire était bien définie. Doerinck, qui avait pris la bouteille de cognac des mains de Ludmilla, la posa sur la table et regarda Willbreit d'un air interrogateur :

– Avant d'entrer dans les détails, professeur, il est nécessaire d'établir que c'est vous qui avez pris l'initiative de votre visite.

– Je *devais* venir, monsieur Doerinck. (Il rapprocha son porte-documents de sa jambe droite avant de poursuivre.) ... Comment aurais-je pu faire autrement ? Mme Doerinck m'a demandé de lui parler très franchement, et je l'ai fait...

– Et nous vous en remercions infiniment. Cela nous a beaucoup aidés.

– Votre franchise a été ce qui nous a incités à agir, dit Corinna... (Et dans le silence qui régna aussitôt après sa déclaration, elle poussa son avantage plus loin :) ... et au téléphone vous m'avez confirmé sans détour qu'il vous était impossible de guérir ma mère.

– Permettez-moi d'exprimer ce fait tout autrement : j'ai déclaré qu'il n'y avait pas de guérison possible, mais que l'on pouvait au moins repousser une issue dès lors fatale. Accordez-moi au moins de savoir interpréter le résultat d'un examen et de savoir lire une radiographie. Je dispose de centaines de possibilités de comparaison, mademoiselle Doerinck : le cours d'une telle maladie est parfaitement prévisible.

Corinna l'approuva d'un hochement de tête :

– Au point de vue chirurgical, vous avez absolument raison.

– Mais je vais vraiment très bien... (Incapable de se contenir, Ludmilla était brusquement intervenue. Elle sentait qu'une catastrophe s'approchait et faisait l'impossible pour éviter le pire.) ... Je n'aurais jamais dû vous dire au téléphone ce que Corinna faisait pour me guérir.

– Mais tu ne m'as jamais parlé de cette conversation, maman.

Ludmilla baissa la tête :

– Non. C'est seulement après que je me suis rendu compte de ma bêtise. Et c'était trop tard. Je me suis dit qu'il était préférable de me taire, que le professeur était loin, à Münster, et que nous étions ici. J'ai cru que, puisqu'il pouvait disposer de son lit, il ne retéléphonerait jamais. Je ne pensais pas que vous viendriez jusqu'à chez nous.

– J'ai ressenti la conversation téléphonique avec votre fille comme un défi. Je ne peux accepter ce que vous avez dit.

Il s'était tourné vers Corinna. Elle était assise sur le canapé, les jambes tendues en avant. Fascinante, pensa Willbreit. C'est la mère en plus jeune, et même plus belle que la mère n'a jamais été. Son regard glissa sur son corps et s'arrêta sur ses mains. C'était donc avec elles que cette femme croyait... Les doigts étaient longs et effilés, trop longs pour une femme, indiscutablement. Dix antennes recouvertes de chair et de peau. Quelle idiotie, se dit-il aussitôt. Mais cette idée d'antennes le poursuivait : il pensa soudain, malgré lui, à un poste récepteur, ou émetteur, ou les deux ensemble... ? Et elle a un visage bouleversant. Où donc est née sa mère ? Dans le Caucase. En « Grusinie », comme disent les Russes, comme nous disions nous-mêmes là-bas. Ce genre de visage reflète les secrets d'un autre monde, celui qui se cache derrière ces yeux. Oui, fascinante, voilà ce qu'elle est...

Il se secoua. Rien de tel que de se réfugier dans la grossièreté quand on se sent idiot devant un être de l'autre sexe : eh bien, quoi ? Elle a des nénés, et des jambes et des cuisses et le reste, exactement comme toutes les gonzesses ! Une bonne affaire au lit, pour sûr... Il éleva un peu plus la voix :

– Je ne peux pas accepter ce que vous venez de dire. Revenons à la question : vous attendez de moi, cette fois encore, une franchise absolue. Soit ! Eh bien, je doute de l'amélioration de Mme Doerinck. Je dis que c'est impossible.

– Elle n'a plus aucune perte de sang, fit observer Doerinck assis très droit sur sa chaise.

– C'est une évolution que nous connaissons très bien : les petites hémorragies cessent, puis, brusquement, c'est l'occlusion intestinale. Et c'est la catastrophe.

– Nul ne connaît l'avenir avec certitude, dit Doerinck, sentencieusement.

– Je vous en prie, monsieur Doerinck, ne nous mettons pas à parler à coups de lieux communs... (Il ouvrit son porte-documents et en tira une grande enveloppe.) ... L'état de Mme Doerinck est beaucoup plus grave que vous ne pensez. Vous n'avez pas vu ces radios, ni cette isotopie, ni ces examens de laboratoire. Ce qui saute aux yeux quand on les voit, c'est que...

– J'ai vu tout cela... (Une fois de plus, la voix de Corinna brisait net l'élan du professeur. Elle avait sur les lèvres un sourire qu'il trouva impertinent à l'extrême. Et elle ajouta sans se départir d'un calme presque insultant.) ... Je sais exactement où se trouve le carcinome, je sais où il faut le toucher, je sais jusqu'où il s'étend.

– Puis-je voir les radios ?

– Non, répondit-elle catégoriquement.

Willbreit se sentit envahi d'une rage froide. Ce qui se déroulait devant lui était un *crime,* un crime commis de sang-froid sur une femme malade, incapable de se défendre.

– Et pourquoi non ?

– Parce qu'il n'y en a pas, professeur. Mais j'ai vu tout cela à l'aide de mes mains, et je peux vous le prouver.

Tous ceux qui connaissaient Willbreit auraient juré sur leur vie qu'il était impossible de le réduire au silence. Et pourtant plusieurs secondes s'écoulèrent sans qu'il pût prononcer un mot. Mieux encore, il s'était arrêté au milieu d'un geste, comme paralysé. Enfin, il explosa d'une voix rauque :

– À qui... à qui voulez-vous faire avaler une telle énormité ? *À moi ?* Mon Dieu, mais vous êtes plus dangereuse encore que je ne le pensais !

Corinna se rejeta en arrière sur le canapé. Dans son jean étroit et son pull-over qui lui moulait la poitrine, elle lui parut soudain plus sexy que jamais. Willbreit leva les yeux sur une photo en couleurs accrochée au mur juste au-dessus d'elle : les moulins à vent du môle de Rhodes. Une vue qu'il connaissait. Trois ans plus tôt, il avait passé ses vacances sur l'île de Rhodes... Il sursauta. Corinna lui posait une question étrange :

– Nous sommes-nous déjà rencontrés, professeur ? lui demandait-elle.

– Naturellement non. À quoi rime cette question ?

– Seriez-vous prêt à confirmer devant témoins que je ne vous ai jamais vu nu ?

Il sursauta encore une fois, indigné de cette effronterie :

– Et comment donc !

– Et aussi que je n'ai jamais vu aucune photo de vous dans le plus simple appareil ?

– Mais qu'est-ce que cela veut dire ? Je ne comprends vraiment pas ce genre d'interrogatoire...

– Eh bien, figurez-vous que je vous vois nu... (Elle avait croisé les mains à hauteur de son menton et regardait fixement Willbreit qui, décontenancé, esquissait une sorte de sourire à la fois supérieur et gêné.) ... Au haut de la cuisse gauche, professeur, vous avez une cicatrice d'une bonne dizaine de centimètres de long. Un accident ? Et sous le bras droit, vous avez une autre cicatrice : n'auriez-vous pas eu un abcès au ganglion axillaire ?

Immobile dans son fauteuil, stupéfait, Willbreit sentit soudain que les battements de son cœur s'accéléraient. Oui, il y avait neuf ans de cela... en Italie. Sur la route de Sorrente, une autre voiture l'avait heurté de front. On lui avait recousu le haut de la cuisse à l'hôpital le plus proche. Et à l'âge de dix-huit ans, il avait bien eu un abcès au ganglion axillaire dont il restait une cicatrice mais Lydia elle-même, sa femme, ne s'en était jamais aperçue.

– Et maintenant, si nous buvions un cognac, proposa Doerinck d'une voix étouffée... Avant que vous ne disiez quoi que ce soit, professeur, laissez-moi vous avouer que je vous donne raison : tout cela est incompréhensible ! Je ne m'explique pas moi-même ce qui se passe. Mais je vis avec elle, et elle va mieux. C'est comme cela... Maintenant, ce que vous a dit Corinna, est-ce exact ?

Pour Willbreit, ce pouvait être le grand tournant de sa vie, il était encore temps pour lui d'accepter les faits même s'ils étaient en désaccord avec tout ce qu'il avait appris et cru, adoré. Pourquoi donc est-il plus difficile de renoncer à un faux dieu qu'au vrai ? Peut-être en eut-il un instant la tentation ? Mais au contraire, sortant de la torpeur qui l'avait envahi, il avala d'un trait son cognac, et les Doerinck eurent l'impression d'avoir devant eux un animal qui ne savait plus comment sortir du coin où il se trouvait acculé.

– Vous n'allez quand même pas croire que vous pouvez m'impressionner, moi, avec un truc pareil ! Un vrai numéro de cirque ! Vous agissez comme une irresponsable, mademoiselle. Il s'agit de votre mère, comprenez-vous ?

Les grands yeux noirs de Corinna ne le lâchaient pas, et il perdait de plus en plus le contrôle de lui-même.

– Irresponsable, moi ? Dans trois semaines, je ferai de nouveau radiographier ma mère et je vous enverrai les radios. Et vous n'y verrez plus de cancer.

– Comment un homme comme moi pourrait-il supporter calmement un tel non-sens... ! (Il s'était levé en repoussant brusquement son fauteuil, répandait sur la table toutes les radios, tous les examens médicaux que contenait sa grande enveloppe, et il prenait au hasard plusieurs radios pour les agiter au-dessus de sa tête sans pouvoir se dominer :) Voici les preuves ! Vous voyez ici la maladie avec toute la clarté possible. Et vos preuves à vous, où sont-elles ? Que pouvez-vous prétendre, sinon qu'il se passe ici, à cause de vous, quelque chose qui, de l'avis de tout le monde, n'est qu'un crime... ! (Il continuait à agiter en l'air un paquet de radios. Il respira profondément pour reprendre son souffle, ramassa sur la table, de la main gauche, une grande radio qu'il éleva vers la lumière du soleil qui pénétrait à travers la vitre.) ... Mais que pouvez-vous dire contre cela ? Bon Dieu, j'assume pleinement la responsabilité de ce que je vais dire, même si vous devez me jeter à la porte après m'avoir entendu : mademoiselle Doerinck, vous êtes en train de tuer votre mère !

– C'est en effet parfaitement clair ! dit Doerinck d'un ton glacial. (Il respirait lourdement et contenait difficilement sa colère. Il entourait du bras sa femme qui, tremblant de tous ses membres, avait recherché un soutien près de lui.) ... Ce que vous venez de faire est indigne d'un homme civilisé !

– Mais c'est la vérité, hurla Willbreit déchaîné... C'est la vérité nue, telle qu'elle sort du puits. Dans cette maison, on est en train de tuer une femme !

– Et cette femme, vous, vous pouvez la sauver ? cria à son tour Doerinck.

– Non ! je vous l'ai dit !

– Alors, où est la différence ?

Il y eut un grand silence. Les deux hommes se regardaient comme deux boxeurs épuisés de frapper en l'air sans jamais s'atteindre, sans qu'il pût jamais y avoir de résultat.

– De toute façon, je me sens bien, dit Ludmilla.

Mais même cette affirmation ne put troubler le silence qui s'était établi et où résonnaient encore les mots terribles de l'un et de l'autre. Et en effet, où était la différence ? Mourir sous les mains de Corinna ou sous le scalpel du chirurgien, où était-elle ?

Le professeur Willbreit rejeta les radios sur la table et rajusta l'ordonnance de sa cravate que la brusquerie de ses mouvements avait dérangée. De son côté, Doerinck remplit presque complètement de cognac son verre dégustation. La plus calme de tous était Corinna. Toujours assise, sans presque bouger, elle avait croisé les jambes et allumé une cigarette.

– Pourquoi n'êtes-vous pas plus tolérant, professeur ? demanda-t-elle.

– Tolérant ? Comment pouvez-vous attendre de moi quelque tolérance quand je vous vois remplacer la médecine par de la charlatanerie ? (Ses yeux tombèrent sur Ludmilla. Elle s'était rassise sur une chaise un peu à l'écart, près de la desserte où se trouvaient les verres. C'est effroyable, pensa-t-il soudain, nous sommes en train de parler devant cette femme. Quelle cruauté ! Nous discutons de sa mort, nous nous disputons à son propos, il s'agit de sa propre vie, et elle est là. Personne ne se soucie de ce qu'elle peut ressentir.) ... Je dois vous présenter mes excuses, madame, dit-il en cherchant ses mots... Je me suis emballé. Cela m'arrive rarement, presque jamais. Mais ce que j'entends raconter ici n'est guère supportable.

– Pourquoi vous gonfler ainsi d'orgueil, professeur... ? (Corinna s'était levée pour s'approcher de sa mère et l'embrasser.) ... Pourquoi l'enseignement classique de la médecine serait-il le seul à détenir la vérité, toute la vérité ? Croyez-vous vraiment que la médecine officielle est infaillible après Dieu ?

– Je prétends seulement qu'il est absurde de vouloir guérir un cancer en le caressant.

– Je ne le caresse pas. Je le dessèche, et il se flétrit parce que je le dessèche, simplement.

– Je vous en prie, cessez ! Vous me faites dresser

les cheveux sur la tête en me rappelant ainsi le mal que vous faites.

– J'ai déjà guéri trois ulcères de l'estomac.

Willbreit ressentit presque douloureusement le sursaut qui le secoua.

– Qu'est-ce que vous dites ? Vous avez traité des malades en plus de votre mère ?

– Oui, des clientes qui étaient venues me commander des tapis.

– Je ne savais pas ce que vous faisiez. Je n'en savais rien. Tout cela est nouveau pour moi. Mais comment ?

– Elles m'ont raconté chacune à leur tour qu'elles étaient en traitement : pansements gastriques et des médicaments comme l'antacide, la dimétidine, le sucralfate...

– Mais pourquoi n'avez-vous pas terminé votre médecine ? intervint Willbreit ironiquement.

– J'ai caché mon jeu avec ces trois femmes. Je ne leur ai pas dit ce que je faisais, et elles ne s'en sont pas rendu compte. Pendant qu'elles feuilletaient des projets de tapis, j'ai tenu mes mains à quelque distance de leur estomac pendant une minute. Chaque fois, elles ont eu une impression de chaleur. L'une d'elles, par exemple, m'a demandé si j'avais allumé le chauffage. Sous le prétexte de leur montrer d'autres dessins, je les ai fait revenir à plusieurs reprises. Et l'une après l'autre, elles m'ont fait savoir en rayonnant de joie que leur ulcère avait disparu. Naturellement, c'est le médecin traitant qui a eu les honneurs de la guérison.

– Et ce n'était que justice ! explosa Willbreit. La thérapie classique a fait son œuvre, et il n'y a que vous qui ayez pu croire que vos simagrées ont eu le moindre effet sur ces ulcères ! Tout cela est absurde, je vous le dis ! (Il avala, toujours d'un coup, le cognac que Doerinck lui avait versé, puis, un peu calmé, il crut bon de faire de l'ironie :) ... Et vous vous êtes livrée à d'autres bêtises semblables ?

– Oui, et figurez-vous, professeur, que j'ai remporté là mon gros succès : la guérison d'une prostatite.

– C'est de la folie pure !

Doerinck intervint. Il avait repris son calme et s'amusait presque des efforts désespérés que faisait cet homme pourtant intelligent afin de nier en bloc tout ce qui était contraire à ce qu'il tenait pour une vérité absolue.

– Il s'agit d'un de mes amis, professeur. Et mieux encore, d'un de vos collègues ! Notre médecin de famille, le Dr Hambach. Qu'en pensez-vous ?

– Rien.

Le professeur s'essuya les yeux. Jamais, de toute ma vie, je ne me suis trouvé dans une situation aussi ridicule, se disait-il. On me fait la leçon comme à un petit garçon. Thomas Willbreit, il est temps de te lever et de partir : tout ce que tu diras ici le sera en pure perte. Malgré tout, il demeura assis, fixant les yeux noirs de Corinna.

– ... Et naturellement, vous refuseriez de me faire une démonstration de votre méthode de traitement !

– Et pourquoi pas ? répondit tranquillement Corinna.

– Et comment ?

– Sur maman, naturellement. Je suis venue aujourd'hui pour poursuivre son traitement. (Elle avait déjà joint ses longs doigts comme si elle ressentait le besoin d'établir en elle un circuit qui lui permettrait de se charger.) ... J'espère que vous ne considérerez pas comme indigne de vous le fait de simplement me regarder. Je n'ai rien à cacher, professeur.

– Ce qui se passe ici est inouï, je le répète ! Mais je vous en prie, commencez. Je veux vérifier jusqu'à quel point certaines personnes peuvent être obstinées ! C'est la seule raison pour laquelle je suis encore ici.

– Alors, calmez-vous !

Sa voix était soudain si ferme qu'il eut l'impression

de recevoir un coup. Elle sentait monter en elle une énergie irrésistible, un afflux de force qu'elle ne s'expliquait pas. Et elle pensait aussi : Il va voir... Je vais lui montrer. Je vais lui montrer qu'il y a en nous et en dehors de nous cette force que j'ai, et qui n'a pas de nom... Je vais... Je vais.

– ... Viens, matiouchka, et allonge-toi ici. (Tendrement, elle posa ses lèvres sur le front de sa mère.) ... Aujourd'hui la séance ne durera que trois minutes.

– Et pourquoi donc ? demanda le professeur Willbreit, qui regretta aussitôt d'avoir parlé.

Tout en conduisant sa mère vers le canapé, Corinna arrêta ses yeux sur lui :

– Trois minutes ne sont même plus nécessaires, professeur. Maman est pour ainsi dire guérie.

3

C'est un ennemi irréductible qu'eut Corinna Doerinck dans le professeur Willbreit dès que ce dernier eut repris la route de Münster.

Il était si bouleversé que pour se tranquilliser et laisser fuser la rage qui bouillait en lui, il prit à Nottuln l'embranchement de l'autoroute, cala sa Maserati sur la chaussée de gauche, alluma son clignotant et appuya à fond sur l'accélérateur. La Maserati réagit comme un fauve : d'un bond en avant et dans un rugissement soudain du moteur, elle projeta Willbreit à deux cents kilomètres à l'heure dans la lumière du crépuscule. C'est à deux cent quarante qu'il dépassa consciemment la sortie de Senden. Willbreit s'abandonnait à l'ivresse de la vitesse et de la maîtrise technique. Il avait l'impression d'être également maître de soi, maître de ses nerfs dans quelque circonstance que ce fût, capable donc de réagir aussi rapidement qu'il le fallait en cas de besoin, en conduisant sa propre vie comme cette voiture. Puis il ralentit peu à peu jusqu'au grand croisement de Münster-Sud. À partir de là, fier de la domination qu'il avait sur lui, il conduisit raisonnablement, prudemment, suivant le flot des voitures qui revenaient en ville à la tombée du soir.

Il ne pouvait rester sur cet échec et se répétait sans cesse, parfois à voix haute : « Que faire maintenant ? M'est-il possible de laisser aller les choses, de laisser le destin suivre son cours, sans intervenir, après tout ce que j'ai vu et entendu ? Il faut que je m'oppose à cela. Je ne peux pas me contenter de me taire quand une fille quelconque prétend guérir avec ses seules mains des maladies difficilement curables par les meilleures thérapies existantes... » En tant que médecin, cette affaire invraisemblable lui posait un cas de conscience, le plus pénible sûrement de sa carrière.

Cas de conscience ! Le mot lui plaisait ! Il avait enfin trouvé l'expression qu'il cherchait depuis le début et qui rendait le mieux compte de tous ses sentiments. Ce cas fait appel à ma conscience de médecin, à mes obligations éthiques, à ma conviction morale. Quand il a vu ce que j'ai vu, un médecin ne peut continuer à vivre sans prendre parti.

Un second choc avait contribué à son désarroi. En sortant de chez les Doerinck, il avait fait un détour chez le Dr Hambach, ayant encore présentes à l'esprit les trois minutes interminables pendant lesquelles les mains de Corinna allaient et venaient lentement au-dessus du corps de sa mère. Ce spectacle lui avait été insupportable. Quelle impudence ! avait-il pensé. Il s'était tu, il était resté immobile cependant. Il ne s'était penché en avant qu'une seule fois, prêt à bondir, quand il avait entendu Ludmilla soupirer très fort, les yeux fermés, en murmurant d'une voix lasse : « Aujourd'hui c'est particulièrement chaud... mais si bon, ma Cora, si bon... cela me fait tant de bien... »

Comédie, comédie que tout cela ! Et le père, cet imbécile, avait alors noyé son émotion dans un cinquième verre de cognac !

Quant à lui, il n'avait pas été impressionné. Cela, personne ne pourrait le dire ! La vérité, c'est qu'il s'était senti glacé d'effroi à la pensée de tout le mal que cette sorcière pourrait faire avec ses mains si, par hasard, le bruit de ces « guérisons miraculeuses » se répandait dans la région. Ce serait une épidémie d'hystérie comme il y en avait tant d'exemples dans l'histoire. Il se rappelait ce qui s'était passé avec certains de ces faiseurs de miracles : celui qui voulait guérir toutes les maladies avec des boulettes d'étain ! Un autre suspendait une quille de fer sur l'endroit du corps où le malade ressentait une douleur quelconque. Il y avait eu, en Allemagne du Sud, une femme qui fabriquait une boisson miraculeuse qu'elle vendait ensuite en bouteilles, et dont l'utilisation régulière guérissait toutes sortes de maux : cette boisson venue du ciel se composait, à l'analyse chimique, d'eau, d'extrait de tourbe, de glaise et de jus de citron. Mais c'est un paysan qui avait découvert la plus agréable de toutes les thérapies : il prétendait recevoir de l'autre monde, chaque nuit, dans une sorte de transe, des ordres et des prescriptions médicales. L'ordonnance comportait un médicament de base : faire l'amour avec lui. À ces copulations, il avait donné un nom nouveau : « Communication plasmatique biologique », une appellation dépourvue de tout sens réel, ce qui n'avait pas empêché les femmes de s'inscrire sur de longues listes d'attente pour recevoir, après un délai qui allait jusqu'à trois semaines, le « rayonnement biogénétique » qui les guérissait de tous leurs maux. Au bout d'un instant, ces pétards mouillés faisaient long feu, naturellement, et on n'en parlait plus, sauf devant les tribunaux où l'accusation publique établissait l'imposture de ces thaumaturges.

Willbreit n'avait pu s'empêcher de rire à la pensée

de la thérapie par copulation, qui réussissait en effet à faire disparaître des maladies d'origine purement hystérique. Rien n'est plus étonnant, plus bizarre et plus mystérieux que la psyché humaine, à moins de considérer, comme son ami, le juge Érasmus Roemer, l'exprimait de façon brutale, que « les médecins auraient beaucoup moins à faire s'il n'y avait pas tant de paresseux sexuels parmi les hommes ! Il est plus sain pour un être du sexe masculin de soulever sa chemise et de baisser son pantalon que d'avaler des centaines de pilules ».

Tout cela concordait, avait une explication rationnelle, même la guérison des trois ulcères à l'estomac que Corinna Doerinck prétendait avoir desséchés sous le rayonnement de ses mains. Mais l'histoire du Dr Hambach se situait au-delà de l'horizon de la médecine. Aussi Willbreit avait-il voulu tirer cette affaire au clair.

Le Dr Hambach crut d'abord se trouver en face d'un nouveau patient qui se présentait en dehors de ses heures de consultation, mais il était habitué depuis trente-six ans à ce genre d'inconvénient. Il avait une clientèle fort étendue, et des payans venaient le voir de loin, non pas parce que Hellenbrand était plus proche d'eux que Billerbeck ou Havixbeck, mais parce que Hambach leur parlait le bas-allemand de Westphalie et savait comment les approcher. Aucun d'eux ne se formalisait quand il leur disait en patois : « Sais-tu d'où vient ton mal, mon gars ? T'as simplement le gosier en pente... » Le paysan comprenait aussitôt et reléguait pendant un temps sa bouteille d'eau-de-vie au fond du buffet. Tous ces gens se rendaient bien à Havixbeck ou à Billerbeck pour une radio, des soins orthopédiques, etc., mais de toute façon, ils aimaient d'abord faire un détour chez le médecin de leur cru, le Dr Hambach. Il n'y avait pour lui ni samedi ni dimanche. Il faisait partie de leur vie comme leurs pommes de terre en robe de chambre ou leur fromage à la ciboulette. À tel point qu'il avait ajouté à sa maison une grande chambre froide, remplie de victuailles à chaque saison, car chez ces braves gens, le médecin de famille est toujours l'un des bénéficiaires des produits de l'exploitation.

Le Dr Hambach accueillit celui qu'il croyait être un nouveau patient à la porte d'entrée. Un coup d'œil rapide à la Maserati et au complet élégant du visiteur le convainquit qu'il n'aurait pas à utiliser son patois bas-allemand. Un client de passage, se dit-il. Depuis quelque temps, cela devenait la mode de rechercher dans la région une résidence secondaire. Les plus avides d'air pur étaient naturellement les habitants déshérités de la Ruhr.

Une fois dans le vieux salon de réception, il ne perdit pas de temps pour poser sa question habituelle :

– De quoi souffrez-vous donc ?

De son côté, Willbreit avait noté la médiocrité de l'installation et imaginé celle de la clientèle : de vieux paysans, certainement ! Le seul appareil nouveau était un amplificateur des bruits du cœur : comme autant de coups de cymbales, Hambach faisait entendre au patient médusé les battements de son propre cœur. Cet appareil inspirait un grand respect et beaucoup d'enthousiasme à sa clientèle.

– De rien, répondit Willbreit avec un soupçon d'arrogance.

– Voilà qui est bien ! répliqua Hambach en allant s'asseoir derrière son vieux bureau... C'est la seule maladie de beaucoup de mes malades !

– Mon nom est Willbreit. Professeur Willbreit. Chirurgien en second à Münster.

– Voilà comment on peut se tromper ! dit gaiement le vieux Dr Hambach en ressortant de derrière son bureau pour indiquer au professeur un groupe de fauteuils dans un coin de la pièce. Asseyons-nous donc. Un petit verre d'alcool du pays ?

– Non merci. Il faut que je retourne à Münster ce soir et j'ai déjà absorbé suffisamment d'alcool.

Je ne désire pas terminer en prison et devoir me déplacer à pied pendant quelques années.

Assis dans un des fauteuils de cuir aussi fatigués que le reste, Willbreit attendit patiemment qu'Hambach eût fini de remplir d'eau-de-vie de grain un verre long et étroit.

– À votre santé, cher collègue, dit Willbreit.

– Je vous remercie. Franchement, vous ne voulez pas le goûter ? Soit. Savez-vous ce qu'un vieux cavalier des steppes du Kazakhstan, auquel on donnait cent quarante-trois ans, a déclaré au journaliste qui l'interviewait ? « Je dois mon grand âge à mes neuf femmes et à mes cent grammes quotidiens d'eau-de-vie. » Je n'ai eu qu'une femme qui, malheureusement, est morte il y a cinq ans, aussi dois-je m'en tenir à l'alcool... (Il leva son verre :) ... Encore une fois, *Prosit !*

– Vous ne me demandez pas pourquoi je viens vous voir ?

– En plus d'avoir vu votre signature au bas de plusieurs publications scientifiques, j'ai naturellement entendu parler de vous par Ludmilla Doerinck. Il est donc logique de penser que vous venez de chez les Doerinck.

– En effet. J'ai eu aujourd'hui l'occasion de voir leur fille, Corinna.

– Extraordinaire, n'est-ce pas ?

Le Dr Hambach s'était assis en face de Willbreit. Il avait gardé dans sa main la bouteille d'eau-de-vie et l'appuya sur son genou gauche d'un air songeur. Willbreit, décontenancé, mesura son confrère. Comment devait-il interpréter sa remarque ?

– Extraordinaire ! En effet, vous pouvez le dire.

– Oui, vraiment phénoménal.

– Extraordinaire, phénoménal, mais en tout cas, criminel !

Le Dr Hambach baissa la tête pendant à peine deux secondes :

– Je m'attendais presque à cela de votre part.

« Ce qui ne doit pas être ne peut pas être. » C'est la philosophie de l'orgueil.

L'emportement de Willbreit était tel qu'il ne releva pas le gant. Il avait avalé tant de couleuvres depuis le début de l'après-midi que celle-là glissa en lui sans même qu'il s'en rendît compte. Il ne pensait qu'à écraser les Doerinck et ce petit médecin de campagne qui osait s'opposer à lui, et ce fut sur son ton le plus insolent qu'il déclara :

– Ce qui m'intéresse n'est pas ce genre de considérations. Jusqu'ici, je n'avais jamais entendu parler d'une prostatite d'origine hystérique. Vous êtes un cas formidablement intéressant, monsieur mon confrère ! Dans toute la littérature médicale, il n'existe rien de semblable !

– Que vous vous laissiez aller à la grossièreté ou tentiez de garder votre élégance de manières, vous ne pourrez pas m'insulter. J'ai tenu un journal précis de ce que vous appelez mon « cas » mais, étant donné votre façon d'engager ce débat, je ne vous le montrerai pas ! Pourquoi ? Parce que vous n'auriez pas d'autre réponse à me faire que de sourire, ou de me demander mon âge – soixante-six ans – et d'affirmer que mes facultés mentales sont affaiblies : peut-être bien... à soixante-six ans, les artères du cerveau ne sont plus ce qu'elles ont été. Mais vous êtes assez équilibré pour admettre une chose : lorsqu'un homme a des envies fréquentes et impératives d'uriner en ne lâchant difficilement que quelques gouttes, c'est qu'il y a quelque chose sous roche, quelque chose de physique. Et quand ces phénomènes résistent aux antibiotiques...

– Mais on ne peut pas guérir une prostatite par imposition des mains... (Il criait presque d'excitation.) ... Les médicaments que vous avez pris ont agi avec un certain retard. Mon cher confrère, ne laissez pas cette fille vous transformer en... pardonnez-moi : en gobe-mouches !

– Avez-vous vu Ludmilla ?

– Évidemment. Elle a aidé sa fille à jouer sa comédie sous mes yeux !

– Une femme atteinte d'un cancer au côlon a-t-elle cet air florissant ?

– Cela ne veut rien dire. J'ai vu dans ma vie des quantités de gaillards porteurs d'une maladie mortelle.

– La semaine prochaine, je me rends avec Ludmilla Doerinck à Billerbeck pour la faire radiographier par mon collègue Meersmann. Je vous enverrai les radios.

– Je vous propose autre chose : nous recommençons un examen complet dans mon service.

– Entendu, comme confirmation !

– Votre prudence, disons plutôt votre méfiance, présente presque des signes de paranoïa.

– J'accepte temporairement votre diagnostic. Je vous concède aussi le droit de me traiter de vieux fou si les nouvelles radios montrent une aggravation du mal. Mais comment m'appellerez-vous si Ludmilla Doerinck est guérie ?

– À ce point de vue, je suis tout à fait tranquille, mon cher confrère, et cela, je vous le dis franchement... (il se montrait de plus en plus impertinent) ... simplement parce que cela contredirait les plus élémentaires de nos connaissances médicales.

– Je vous l'accorde ! C'est de la folie pure.

– Alors, voyons !

– Mais c'est de la folie pour nous parce que nous ne comprenons pas. Parce que nous sommes incapables de pénétrer dans la dimension d'où provient cette force, ce rayonnement, cette radiation qui guérit.

– Force ? Rayonnement ? Radiation ? demanda Willbreit en appuyant sur chacune des syllabes.

– Avez-vous une autre explication ?

– Mais je n'en veux pas. Je m'interdis d'en chercher. Pour moi, c'est du charlatanisme, un retour au chamanisme.

– Vous ne croyez pas si bien dire... (Interloqué, Willbreit le vit déboucher la bouteille et se servir un second verre d'eau-de-vie.) ... Du chamanisme ! À propos, savez-vous que le grand-père de Corinna était médecin ?

– C'est ce que j'ai vu dans les papiers d'identité de Mme Doerinck. Père : médecin. Quelque part en Russie.

– En Grusinie, dans le Caucase. Elle m'a parlé de lui. Les malades faisaient la queue devant sa porte, passaient la nuit dans son jardin pour être reçus en priorité. Cela devait être quelque chose dans le genre de Lourdes ou de Fatima ! Or, que faisait le Dr Assanourian ? Du chamanisme ! Il éliminait les maladies par imposition des mains.

Willbreit se frappa les poings l'un contre l'autre d'un air horrifié :

– Mon Dieu ! Il ne manquait plus que cela ! Maligne, la petite-fille qui refait le coup du grand-père !

– Avec beaucoup de mauvaise volonté, c'est ainsi qu'on peut voir les choses.

– Et ce Dr Assanourian a pu se comporter ainsi en Russie ? Les Soviets ont supporté ce cinéma ?

– Les hauts fonctionnaires de la police entraient chez lui par la porte de derrière, et il aurait guéri de leurs maux chroniques deux ministres de Grusinie. Il a même obtenu une haute distinction : la décoration des soins médicaux. Et puis en 1945, on l'a exilé en Sibérie...

– Ha ! ha !

– Aucune raison de faire ha ! ha ! Il a été banni parce que sa fille Ludmilla avait pris la clef des champs avec un officier allemand, Stefan Doerinck. Le Dr Assanourian a vécu jusqu'à sa mort à Tioumen, exilé mais libre de ses faits et gestes. On a recommencé à venir de partout pour se faire soigner par lui.

– Toujours par imposition des mains...

– Hé oui ! Et il n'est pas mort de maladie, il a été tué par un mari jaloux. Il soignait une femme d'une inflammation de la vessie, et elle a commis l'erreur de confier à son mari qu'elle éprouvait une sensation merveilleuse quand le médecin arrêtait ses mains entre ses cuisses. Elle a dû mal s'expliquer, car l'homme s'est précipité pour abattre le médecin de trois balles dans la poitrine... (Le Dr Hambach eut une moue ironique :) ... Accident du travail ! Ce Sibérien devait être aussi incrédule que vous.

Dès lors, la conversation avait tourné court. Willbreit montra quand même à Hambach les radiographies qu'il gardait dans son porte-documents – des preuves irréfutables, dit-il – puis il avait jugé qu'il était temps de partir. Ce médecin de campagne, avec sa clientèle de paysans, était le représentant typique de ceux qui négligent de se recycler professionnellement, et il y en avait parmi les médecins; heureusement, leur nombre était réduit.

Willbreit avait pris congé de lui très froidement et, en s'éloignant, il avait aperçu dans le rétroviseur le Dr Hambach, debout sur le seuil de sa porte et qui le suivait des yeux d'un air pensif.

Quel vieil imbécile ! Il manquait vraiment une disposition dans le Code civil : on devrait retirer l'autorisation de travailler aux médecins qui dépassent un certain âge. À cinquante-cinq ans, un pilote d'avion de ligne doit abandonner le manche à balai, c'est une précaution en faveur des passagers. Or, il connaissait à Münster un chirurgien qui continuait à opérer à quatre-vingts ans passés. Indiscutablement, cela représentait un danger, non pour lui, mais pour ses malades.

Willbreit avait achevé de faire le point en lui-même en atteignant les faubourgs de Münster. Il quitta la bretelle de l'autoroute, fila vers Hilltrup, puis en direction d'Angelmodde. Il pénétra dans Emmerbach, dans cette région idyllique où son ami Érasmus Roemer avait fait bâtir sa villa. Une maison de rêve. Rien que le toit de chaume ignifugé devait avoir coûté autant qu'une rangée de maisons courantes.

Mais il pouvait se le permettre : prévoyant l'avenir, il avait épousé la fille d'un fabricant fier d'avoir pour gendre un docteur en droit, bien que la boulimie et la soif éternelle d'Érasmus eussent de quoi déranger un homme normal.

Willbreit consulta sa montre après avoir parqué sa voiture devant la villa du juge, et il hésita un instant : n'était-ce pas impoli de faire irruption, même chez un ami, à l'heure du dîner ? Mais il en avait trop sur le cœur. Il avait besoin de se soulager. Et avec qui pourrait-il le faire, sinon avec Érasmus Roemer, capable de tout entendre patiemment ?

– Pas possible ! Ta femme t'a viré de chez toi !

Roemer avait éclaté d'un rire gras. Il était certainement content de le voir, car il était seul chez lui. Sa femme, Élise – « Elle s'appelle Élise, expliquait-il sarcastiquement à tout le monde, parce que sa mère, qui prétendait jouer du piano, n'a jamais pu apprendre qu'un seul morceau dans sa vie : la *Lettre à Élise*, de Beethoven. Aussi a-t-elle donné le nom d'Élise à sa fille ! » –, faisait un court séjour à Badgastein, où sa sœur soignait une attaque de rhumatisme. Il avait déjà réfléchi à l'endroit où il pouvait faire un bon gueuleton, et il s'était décidé pour le Waldhotel Krautkrämer, sur la rive du Hilltruper See. Il se réjouissait tellement à l'avance du bourgogne qui accompagnerait un dos d'agneau à la chair uniformément rose, qu'il embrassa Willbreit sur le seuil de sa porte, en l'écrasant presque contre son torse massif :

– Thomas, c'est le ciel qui t'envoie. Le meilleur repas du monde, si on est seul à le déguster, vous paraît fade. Élise est en Autriche, et nous allons donc pouvoir attaquer tous les deux un dos d'agneau, soit quatre kilos d'une viande délicieuse ! En route ! Nous allons chez Krautkrämer !

– J'ai des problèmes, répondit Willbreit d'un air lugubre, et je n'ai absolument pas faim.

– Ne sais-tu pas qu'il n'y a que la canaille qui a faim ? C'est la populace qui se goinfre… (Il déclamait comme sur une scène de théâtre.) … Nous autres, nous nous alimentons par devoir, pour déguster. Nous n'avons donc jamais faim. Nous goûtons bouchée par bouchée, gorgée par gorgée, etc. (Il attira Willbreit à l'intérieur et referma sur lui la lourde porte de chêne en la claquant à la volée.) … Des problèmes ? Avec Lydia ? Elle fréquente quelqu'un, comme on dit ?

– Qu'est-ce que tu racontes ?

– Ça n'aurait rien d'extraordinaire, mon pauvre vieux. Tu n'es jamais chez toi ! Toujours à ta clinique ! Et quand tu y es, tu vas et viens partout avec des yeux alourdis de sommeil, et tu déclares : Je suis fatigué…

– Je voudrais bien te voir à ma place, debout, pendant des heures, devant une table d'opération !

– Et Lydia a encore l'air d'avoir la trentaine. C'est encore une jeune femme qui doit avoir souvent…

– Tu vas la fermer, oui, Érasmus ! Il s'agit d'une fille…

– Bon Dieu ! Chez lui, sa femme peut croire qu'il porte à demeure une ceinture de chasteté sous son pantalon de pyjama, et dehors, il passe de lit en lit en criant « Youpi ». Est-ce que c'est quelque chose de sérieux, Thomas ?

– Oui.

– Une séparation ? Surtout ne fais pas cette connerie ! Lydia a les dents longues…

– C'est un problème médical.

– Ha ! ha ! Elle est encore pucelle, et tu es accablé par la responsabilité du gentleman devant une défloration ? Mais c'est un service à lui rendre, mon vieux.

– Idiot ! (En voyant le bar immense qui occupait tout un coin du hall d'entrée, il ajouta :) Donne-moi plutôt un jus d'orange avec de la vodka… Figure-toi que je suis tombé sur une guérisseuse…

Le rire tonitruant de Roemer fit vibrer doucement l'applique de cristal fixée derrière lui.

– Voyons, que se passe-t-il... ? (Ils étaient assis maintenant dans la bibliothèque, en train de vider leur vodka.) ... Une guérisseuse vient de te prouver que tu n'es qu'un âne au point de vue médical. C'est cela ? Tu étais là, tu l'as vue, et tu n'y as rien compris. Ne t'en fais pas, Thomas ! Moi non plus je n'ai jamais compris comment ont disparu les verrues de ma grand-mère. Mais les femmes ont un avantage sur nous : elles ont à chacun de leurs seins une verrue plus ou moins grosse qu'on ne peut pas leur ôter. Au contraire, les caresse-t-on que...

– Je ne suis absolument pas en humeur de supporter tes saloperies. Après avoir bu ce verre, je m'en vais. (Il se sentait vraiment au bord de la crise de nerfs.) ... J'avais cru qu'on pouvait te parler raisonnablement.

– La raison a besoin d'une base solide elle aussi, et cette base, Krautkrämer va me la bâtir sur mon assiette. Lorsque j'ai faim, je ne pense qu'à manger, comme une bête. C'est après ma première bouteille de bourgogne que je commence à réfléchir. Mais c'est effrayant ce que tu pues l'eau-de-vie ! Thomas, est-ce que la journée a vraiment été si terrible ?

– Insupportable... !

Willbreit soupira profondément. Roemer, après ce premier tour de piste, redevenait un homme normal.

– ... Je ne fais que m'interroger, Érasmus, et toujours sur le même sujet : au point de vue juridique, que peut-on faire contre une femme pareille ?

– Rien. À moins qu'elle ne demande de l'argent pour les soins qu'elle donne.

– En plus de sa mère, elle a soigné d'autres femmes. Trois clientes de son atelier de tissage de tapis.

– Elle tisse des tapis ? Dieu puissant, rappelle-toi que des doigts agiles constituent le meilleur prélude à l'amour.

– Érasmus, je m'en vais !

– Est-ce que ces trois clientes lui ont demandé de les soigner ?

– Non. Elles ne se sont aperçues de rien.

Roemer regarda Willbreit de côté :

– Combien de verres de schnaps as-tu bus, Thomas ?

– Rien qu'en les voyant, elle a diagnostiqué que chacune d'elles avait un ulcère à l'estomac, et elle a chaque fois fait disparaître l'ulcère en caressant le corps de la cliente.

– Thomas, ça ne va pas, tu as bu ! Quand une main de femme me caresse, je le sens tellement que j'augmente encore de volume. Bien dit, n'est-ce pas ?

– Elle tient ses mains à une distance de dix centimètres du corps, elle ne le touche pas.

– Voilà qui est bien morne au point de vue érotique.

– Elle prétend dessécher les ulcères, qu'ils se recroquevillent...

– Exactement le contraire de ce qui se produit chez moi quand on me caresse...

– Est-ce qu'il est possible de parler sérieusement et de s'en tenir aux faits ?

Furieux, il s'était levé d'un bond, prêt à partir.

– Oui, chez Krautkrämer, après mon potage aux truffes, je te recevrai alors sur toutes les longueurs d'onde que tu désireras.

– Et elle prétend qu'avec ce système elle est en train de guérir sa mère d'un cancer au gros intestin. J'ai tout vu.

– Et après avoir tout vu, qu'est-ce que vous avez fait ensemble ? C'est ça qui m'intéresse.

– Au revoir, Érasmus ! Bouffe et remplis-toi la panse de vin jusqu'à ce que tu éclates !

Il se dirigeait déjà vers la porte tandis que Roemer continuait à pérorer d'un ton sentencieux :

– Le manque d'humour du monde moderne est effrayant. Thomas, reviens t'asseoir ici. Je vais faire preuve de patience et je vais t'écouter. Un juge doit souvent avoir plus de patience qu'un médecin qui, comme toi, persévère souvent dans l'erreur. Un jour, un anarchiste, qui comparaissait devant moi, a brusquement fait un bond, s'est déculotté en un tour de main et a déposé sur ma table un énorme étron. On ne t'a encore jamais fait ça, hein ?

Willbreit, à contrecœur, était revenu s'asseoir dans le grand fauteuil, près de la cheminée, face à celui de son ami.

– N'existe-t-il pas dans tes lois un paragraphe permettant d'attaquer et de sanctionner celui qui s'oppose à un acte médical absolument indispensable ?

– Je suppose que la mère subit de bon gré les caresses aériennes de sa fille ?

– Oui.

– Dans ce cas, il n'y a rien à faire, Thomas. Aussi longtemps que je ne provoque aucun scandale public, je peux faire ce que je veux entre mes quatre murs. La seule chose qui donnerait à quelqu'un le droit d'intervenir, ce serait si je voulais me tuer ou me mutiler, mais il devrait d'abord être sûr que je veux le faire.

– Mais c'est presque le cas, Érasmus.

– Mais non !

– Mais si ! Avec ses tours de passe-passe, cette fille est en train de tuer sa mère, et j'en suis témoin.

– Mais la mère croit guérir, voilà le hic ! Elle n'a nullement l'intention de mourir, *elle veut vivre !*

– Mais elle va mourir !

– Prouve-le donc. Établis sans conteste que la fille commet un acte criminel, et cela en toute connaissance de cause. Avec préméditation, pour employer notre jargon juridique. Je me suis trouvé une fois devant un cas de violence caractérisée.

Willbreit était de plus en plus désespéré.

– Je t'en prie, Érasmus, pas de digression ! C'est une affaire qui me trouble plus que tu ne peux croire. Je pourrais dire : « Pourquoi m'intéresser à ce cas de cancer ? J'en ai vu des centaines d'autres… »

– Et c'est ce que je te conseille de faire, Thomas.

En soupirant, Roemer parvint à s'extraire des profondeurs de son fauteuil. Soulever ses cent vingt-cinq kilos d'aussi bas constituait chaque fois un effort considérable. Ces fauteuils si agréables quand on y était enfoncé méritaient tous les noms dont il les traitait chaque fois qu'il s'agissait pour lui de s'en arracher.

– … Laisse donc tomber cette malade, de toute façon tu ne peux plus lui envoyer de note de soins, n'est-ce pas ?

– Tu as une moralité d'hippopotame.

– Touché ! Comme à un hippopotame affamé, les larmes me montent aux yeux… (Debout, énorme, il surplombait un Willbreit effondré et qui ne bougeait plus.) … Tout compte fait, s'il n'y a que cela qui te tracasse, tu mènes une vie paradisiaque.

– Je voudrais que tu viennes avec moi à Hellenbrand et que tu voies cette fille.

– Moi ? Grand Dieu ! Tu veux aussi que je me fasse caresser ? Cela pourrait avoir des conséquences volcaniques.

– Tu devrais la voir, Érasmus.

– Est-ce une jolie fille ?

– Époustouflante.

– Blonde ?

– Noir corbeau. Le type eurasien presque. La mère est originaire du Caucase…

Roemer l'interrompit pour entonner de sa voix de basse :

Sur le Caucase, y avait un singe,
qui bouffait des noix.
Sur le Caucase, y avait une fille
qu'aimait ben les noix…

– Tu sais comment ça a fini, hein, Thomas ?

– Je t'accompagne chez Krautkrämer, fit Willbreit,

résigné. Je regrette vraiment d'être venu te voir... Et ta femme, quand rentre-t-elle ?

– Tu es un ami dégueulasse, Thomas ! Je rêve d'un dîner à six services, et tu me parles de ma femme ! Qu'ils ont raison, ceux qui disent qu'un chirurgien n'a pas d'âme. À force de trancher dans les viandes pourries, tout ce qu'il y a de bon en eux se corrompt à jamais.

Au cours du trajet vers Hilltrup, il ne devait plus être question de guérisseurs. Roemer s'était lancé dans une série d'histoires croustillantes que venait de lui confier le chef de police des mœurs sans que Willbreit arrivât à en rire de bon cœur comme d'habitude. Dans le hall du Waldhotel, M. Krautkrämer père accueillit avec dignité l'hôte de marque qu'était le président du tribunal de première instance de la région, et il les précéda lui-même jusqu'à une table particulièrement bien placée et abritée. Roemer avait décidément droit à tous les égards, non seulement comme magistrat, mais comme le roi des gourmands et des gourmets.

– Quelles sont les délices de ce jour, cher Monsieur Krautkrämer ? demanda-t-il de sa voix tonnante; et, vite, que de vos cuisines nous vienne le premier service !

Krautkrämer connaissait de longue date le lyrisme avec lequel Roemer ouvrait ce qu'il appelait les « hostilités gastronomiques ». Avec un large sourire, il se contenta de répondre :

– Je vous en prie, monsieur le président, laissez-vous surprendre ! Me permettez-vous tous les deux de vous composer moi-même votre dîner ?

– Je vous prends au mot... (Il regarda partout autour de lui avant de s'exclamer :) ... Mais où est donc Luisa ?

– Elle est en congé pour une semaine, monsieur le président. Luisa attend un enfant.

– Encore un miracle ! Pourtant, je ne lui ai jamais donné qu'une petite claque sur les fesses. (Puis éclatant d'un rire tonitruant qui secouait ses cent vingt-cinq kilos, il regarda Willbreit d'un air de pitié :) Thomas, un ennui de plus pour toi ! Un cas incompréhensible : une fécondation télégénique ! Ha ! ha ! ha !

Il éclatait de bonheur et de plaisir, à tel point qu'il s'étrangla et se mit à tousser bruyamment, et Willbreit éprouva l'envie de retourner chez lui.

Mais le potage aux truffes était vraiment un délice. Roemer commença à le humer et à le renifler, toujours aussi bruyamment puis, le visage transfiguré, il se redressa un instant, la cuiller à la main, regardant Willbreit avec des yeux embués d'émotion et dit d'une voix soudain très douce :

– Et maintenant, mon cher vieil ami, parlons : c'est entendu, je vais t'accompagner chez cette fille sensationnelle... (Il porta à sa bouche une première cuillerée de potage, la dégusta, l'avala, leva les yeux au ciel et ajouta :) ... et je me laisserai caresser où elle voudra.

Ludmilla Doerinck se rendait à Billerbeck pour se faire radiographier par le Dr Meersmann. Elle se trouvait dans une première voiture avec son mari et sa fille, tandis que le Dr Hambach suivait dans sa vieille Volkswagen.

Hambach avait informé le Dr Meersmann par téléphone qu'il lui amenait une patiente, sans entrer dans les détails : elle était la femme d'un vieil ami. Il voulait faire vérifier l'état de son gros intestin ainsi que celui des organes les plus proches.

– Vous soupçonnez quelque chose ? demanda Meersmann.

– Non, répondit Hambach, tout en se rendant compte qu'il risquait gros avec ce « non », si jamais la radio révélait la présence d'un cancer au côlon.

Son confrère Meersmann pourrait s'en étonner et penser que ce pauvre Hambach devenait vraiment un peu vieux et devait faire attention à ne pas trop se surmener. Mais d'autre part, un radiologue est là pour confirmer ou infirmer un diagnostic et éliminer tous les doutes possibles.

– Il s'agit de tranquilliser la patiente, ajouta le Dr Hambach (ce qui au fond était la vérité...). Vous savez ce que c'est : une petite perte de sang et une femme s'imagine aussitôt le pire. Elle ne croit que ce qu'elle voit écrit ou sur une radio, noir sur blanc.

– Il faut tout prévoir : si l'image est positive, que dois-je faire ?

– Nous la lui montrerons. Mme Doerinck est capable de supporter la vérité.

L'assistante du Dr Meersmann les conduisit dans une salle d'attente spéciale. Au bout d'un instant, Ludmilla rechercha la main de Corinna et lui enfonça le bout des doigts dans sa paume :

– J'ai vraiment peur. Vous êtes tous si silencieux.

Le Dr Hambach changea de position, remua les pieds. Pour une fois, il se trouvait du mauvais côté de la salle d'attente, et l'impression était très différente.

– Je crois que je suis le premier à avoir peur, dit-il d'une voix rauque... Et toi, Stefan ?

Doerinck feuilletait nerveusement un périodique vieux de trois semaines. Cela fait également partie des mystères des salles d'attente des médecins : on n'y trouve guère que des illustrés des mois précédents, ou des bulletins d'associations confidentielles, clubs de golf, etc. Les paysans de la région de Münster ne les lisaient pas, mais cela les impressionnait favorablement : « Eh ben mon vieux, notre docteur, y joue au golf... »

Stefan Doerinck avait la gorge sèche, mais voulait paraître impassible :

– Pourquoi donc nous faire du mauvais sang ? Nous savons parfaitement ce qu'il en est.

Le Dr Hambach se pencha en avant :

– Stefan, c'est de Corinna qu'il s'agit, c'est elle qui passe ici en jugement. Tu avoueras que j'ai vu beaucoup de choses dans ma vie, et j'ai toujours montré un certain courage. Pour l'instant, mon cœur est serré à me faire mal. C'est également moi que ces radiographies vont juger. Si j'ai laissé la main libre à Corinna et si je l'ai défendue devant le professeur Willbreit, c'est parce que je crois en cette force étrange... Aujourd'hui, il ne s'agit plus de croire, nous allons *voir* !

Corinna était la seule à garder tout son calme :

– Maman est guérie... (Elle adressa à sa mère un clin d'œil complice, plein de confiance.) ... Je ne ressens plus rien, aucune résistance au bout de mes doigts. Je répète que l'ennemi a disparu.

Le Dr Hambach se leva. Sa nervosité faisait peine à voir :

– Mais que fait donc Meersmann ? Le rendez-vous était pour 10 heures. Nous y sommes maintenant.

Il continua à aller et venir dans la pièce, lut l'écriteau « Distribution des certificats de maladie jusqu'à 10 heures », s'arrêta devant un tableau qui représentait une vache paissant dans un pré alpin. Quelle idiotie, pensa-t-il. C'est lamentable. Où donc Meersmann s'est-il procuré une pareille horreur ? Un présent d'un de ses clients peut-être ?

Il y a des choses extraordinaires parmi les présents que les malades offrent à leur médecin. Un patient reconnaissant avait apporté un jour à Hambach lui-même une patte de cerf naturalisée au bout de laquelle était fixé un tire-bouchon. Mais il avait cru atteindre l'apogée de l'horreur quand un certain Hüdding lui avait remis, sur le désir exprès de sa grand-mère, le pot de nuit dont elle s'était servie jusqu'à sa mort : c'était quelque chose d'épouvantable, en porcelaine bariolée, décoré de petites roses, avec deux anses qui avaient l'air de colonnes classiques. Il avait aussitôt confié l'objet à une salle de vente aux enchères de Cologne, uniquement pour ennuyer le commissaire-priseur, qu'il connaissait. Trois mois plus tard, il avait reçu un chèque de quatre mille cinq cents marks. L'objet était un pot de nuit précieux de l'époque napoléonienne, alors que le frère de l'empereur était roi de Westphalie. Un pot de chambre des plus rares ! Depuis, le Dr Hambach était devenu plus prudent et ne regardait plus d'un œil torve les présents qu'on lui faisait. Dans les vieilles fermes du pays de Münster, il y a encore des trésors, dit-on.

Enfin, le Dr Meersmann apparut. La trentaine, plein d'entrain, sportif, le teint hâlé, joueur passionné de golf avec un handicap de dix. Son installation était des plus modernes, aussi de plus en plus de clients de la campagne convergeaient-ils vers son cabinet au lieu de se rendre à Münster.

– À nous ! dit-il d'un ton désinvolte.

Après les serrements de mains, son assistante conduisit Ludmilla jusqu'à la cabine de déshabillage, puis la lourde porte se referma avec un bruit mat de succion. Doerinck et Corinna se retrouvèrent seuls.

Le Dr Hambach avait suivi son confrère :

– Si cela ne vous dérange pas, j'aimerais me joindre à vous.

La porte de communication était ouverte et, du bureau où il se trouvait, il entrevoyait dans la salle voisine une énorme installation avec tous ses appareils et la grande table pivotante.

– Au contraire, vous allez pouvoir me donner un coup de main lors du lavement. Pour le reste, vous vous tiendrez à l'abri du plomb. Y a-t-il un point que vous désirez examiner particulièrement ?

– Le tiers supérieur droit du gros intestin.

Le Dr Meersmann regarda Hambach d'un air interrogateur :

– Pourquoi ? Soupçonneriez-vous quelque chose ?

Prudemment, Hambach répondit :

– Je ne suis sûr de rien. De temps à autre, ma patiente a juste dans cette région-là des douleurs indistinctes.

– Rien n'est plus facile. L'image apparaîtra ici, et s'il y a quelque chose de flou, nous l'agrandirons. Vous me direz ce qui vous intéresse spécialement.

Nue, très belle, Ludmilla sortit de la cabine, et Meersmann lui aussi ne put s'empêcher de penser : est-il possible que cette femme ait soixante et un ans ? Puis il concentra son attention sur les préparatifs de la prise de vues, le lavement, la position de Ludmilla et la table où elle s'était couchée. Hambach l'entendit dire du ton le plus professionnel :

– Je vous en prie, madame, étendez les bras de côté. Restez bien tranquille, ne bougez plus... Si vous entendez quelques craquements, ce seront les changements de position du commutateur, et non pas l'un de vos os qui se casse, n'est-ce pas ?...

Toujours les mêmes plaisanteries. Cela aidait la personne examinée à oublier les crampes causées par son immobilité absolue. Mais Ludmilla avait déjà subi tant de radiographies à Münster pendant plusieurs heures de suite, lors de cette journée fatale où Willbreit lui avait dévoilé la vérité. Elle était alors passée d'appareil en appareil pendant que se succédaient bouillies, lavements, injections. Après quoi, Willbreit l'avait prévenue : « Il se peut que vous ne vous sentiez pas très bien pendant les deux ou trois jours qui vont suivre, mais cela passera... »

La lumière s'éteignit. Sur l'écran, le Dr Hambach vit surgir nettement le segment supérieur droit du gros intestin.

– Peut-on diminuer le champ ? demanda le Dr Hambach. (Sa voix était rauque, étranglée, et le Dr Meersmann, étonné, l'entendit murmurer :) Mon Dieu, est-ce possible ?

– Autant que vous le voulez ! Je peux agrandir chaque centimètre carré.

– Merci. Faites-le, je vous en prie.

Deux craquements légers, et voici que sur la plaque surgit, agrandi, le secteur critique du gros intestin. Lentement, s'arrêtant à chaque centimètre, les images défilent, défilent. À peine Ludmilla ose-t-elle respirer : dans le silence impressionnant qui s'est établi, elle a subitement très froid.

– Eh bien, rien de spécial, sinon quelques points de cicatrisation, dit finalement Meersmann.

Pour Ludmilla, c'est comme si le silence avait fait explosion dans son cerveau. Et Meersmann continue sans se rendre compte de la tension des deux autres :

– ... Ces cicatrices peuvent provenir d'une ancienne colite ulcéreuse. Y a-t-il quclque chose de semblable dans l'anamnèse de Mme Doerinck ?

– Non, absolument rien !

Il entend lui-même que sa voix est différente, sans timbre. Le sang qui se précipite dans ses artères l'étourdit, il a l'impression qu'un étau se resserre autour de son crâne. C'est miraculeux, c'est miraculeux, se répète-t-il. Il se mord les lèvres pour réprimer leur tremblement, il bloque ses mâchoires l'une contre l'autre parce qu'il craint que ses dents ne se mettent à claquer. Mon Dieu, les miracles sont donc possibles !

– Peut-on prendre cette série de vues ?

– Avec mon appareil, je peux tout faire... (Une manipulation de plus, et Meersmann s'adresse de nouveau à Ludmilla :)... Encore quelques instants de supplice. Restez tout à fait immobile. Ne respirez plus... respirez maintenant... Et voilà, c'est terminé.

– Êtes... êtes-vous satisfait, docteur ? bégaye Ludmilla.

– Telle que vous êtes, vous êtes partie pour vivre centenaire... Désirez-vous autre chose, mon cher confrère ?

– Si c'est possible, une seconde série de ces radios.

– Desquelles ?

– De tout ce que nous avons vu... excusez-moi.

Tout recommence, l'obligation pour Ludmilla de rester absolument immobile, les mots du Dr Meersmann répétés à plusieurs reprises : ne respirez plus... respirez... et c'est la fin. La lumière revient. Les yeux du Dr Hambach clignotent, blessés par cette clarté subite. Son visage est pourpre, comme s'il avait une attaque de fièvre, et il reste un instant assis sur sa chaise, regardant encore l'écran comme si cet appareil lui réservait d'autres surprises.

– La représentation est finie, mon cher confrère, s'exclame joyeusement Meersmann... Pour le match de football, c'est sur l'autre chaîne !

Ludmilla regagne la cabine de déshabillage. Elle chancelle un peu sur ses jambes à chacun de ses pas. Et si tout cela n'était qu'un rêve, se demande-t-elle. Pendant ce temps, le Dr Hambach a enfin quitté son bouclier de plomb. Et les clichés sortent de la fente de l'appareil, s'accumulent. Il les examine un à un, encore incrédule : c'est bien la courbe du gros intestin, les cicatrices, rien d'autre. Il sent que la tête lui tourne et il doit s'asseoir sur la première chaise venue. Meersmann le regarde d'un air inquiet :

– Vous ne vous sentez pas bien ?

– Je me sens si bien que je suis tout étourdi ! (Il respire profondément, à plusieurs reprises. Ce moment de faiblesse passe vite, son cœur bat maintenant plus fort.) Je vous ai apporté quelque chose que je voudrais vous montrer : des radiographies.

– Passons donc dans mon bureau.

C'est une grande pièce moderne où tout un mur est occupé par un écran lumineux devant lequel Meersmann accroche les clichés que son confrère lui tend. Après le premier coup d'œil, il se retourne vers le médecin de campagne en disant simplement :

– Holà !

– Oui ?

– Un autre de vos patients ? Est-il au courant ?

– On lui a tout dit.

– Horrible ! Et comment a-t-il pris ça ?

– D'une façon étonnante, magnifique. Qu'en pensez-vous ?

– Entre nous, il n'y a rien à faire. D'où viennent ces clichés ?

– De la clinique de Münster.
– Le malade y est encore ?
– Non, il a préféré être soigné chez lui.
Meersmann hausse les épaules d'un air impuissant :
– Et maintenant c'est vous le responsable...
Hambach reprend les clichés et les remet dans l'enveloppe.
Le Dr Meersmann ne devait plus revoir Ludmilla Doerinck. Elle avait retrouvé son mari et sa fille et, oubliant tout, ils s'étaient précipités tous les trois dans leur voiture, comme hébétés. Un peu vexé, Meersmann serra la main d'Hambach :
– Bien des choses à Mme Doerinck. J'aurais voulu lui dire quelques mots pour la tranquilliser complètement.
Dans la rue, le vieux médecin aperçoit les Doerinck. Assis dans leur voiture, ils pleurent, comme le constate Hambach à travers la vitre. Corinna a enlacé sa mère dont la tête repose sur sa poitrine. Stefan Doerinck, au volant, regarde droit devant lui à travers le pare-brise tandis que des larmes sillonnent silencieusement ses joues.
Hambach ouvre la portière du côté de Corinna :
– Vous êtes quand même des drôles de gens ! Vous vous terrez dans votre petit coin pour mieux pleurer en famille ! Mais c'est un jour de fête, bon Dieu !
Sa voix, qu'il aurait voulue assurée et grondante, est radieuse. Doerinck s'essuie de son mouchoir les yeux et le visage :
– Tu as raison ! Aussi allons-nous fêter cela à Weissenburg ! Mais un homme a le droit à un peu de faiblesse une fois dans sa vie... (Ravalant un dernier sanglot, il empoigne son volant à deux mains.) ... Oui, j'ai réservé une table à Weissenburg. De toute façon, nous y serions allés...
– Nous nous arrêterons au bistrot en face de la cathédrale. J'ai la gorge desséchée et il faut que j'avale une double chopine de bière ! Allez-vous finir

de pleurer, vous autres ? Sinon, je vais m'y mettre moi aussi. Ces pleurnicheries sont insupportables !

Il referme la portière et regagne sa voiture.

Mais arrivé au bistrot, il s'éloigne des Doerinck sous le prétexte d'aller aux toilettes et se dirige vers la cabine téléphonique pour appeler le professeur Willbreit. Impossible de le joindre. Depuis 7 heures du matin, il n'a pas quitté la table d'opération. Or, il est plus de 17 heures. Le Dr Hambach se sent rempli d'estime pour celui qui l'a insulté. Il suffirait de peu de chose pour qu'il soit sympathique, pense-t-il. Mais il a une revanche à prendre :

– Vous direz au professeur Willbreit que le Dr Hambach, de Hellenbrand, l'a appelé. Oui, il connaît mon nom. Et dites-lui que je l'invite à venir me voir. Cela suffira. Le professeur attend ma communication.

Il raccroche, regarde un instant le mur de la cabine sans le voir, se demandant s'il agit correctement. On peut en discuter. Mais n'a-t-il pas promis de lui montrer les radiographies de Meersmann, quels que soient les résultats ? Il se doit de tenir parole. Quelle sera alors la réaction d'un homme aussi plein de lui-même ? Reconnaîtra-t-il ses torts ?

Il revient dans la salle où l'attendent les Doerinck, saisit sa chope de bière et la vide d'un trait sans reprendre son souffle; un vieux truc de cocher westphalien !

– Il fallait le faire, dit-il sans s'expliquer. Sans quoi j'aurais explosé sous la pression que je ressentais. Mes chers amis, nous vivons une journée comme nous n'en connaîtrons jamais plus dans l'avenir !

C'est le dimanche suivant que le professeur Willbreit rendit visite au Dr Hambach. Il ne devait jamais plus oublier cette journée-là.

Il amenait avec lui Érasmus Roemer, docteur en droit, président du tribunal de première instance de Münster. Ils avaient fait le trajet dans l'énorme voiture du magistrat qui s'était refusé catégoriquement à monter dans la Maserati, trop proche du sol et trop loin du soleil, à son gré :

– Non ! avait-il tonné. Jamais je ne descendrai là-dedans. Je ne suis pas un homme-serpent ! Et comment ferai-je pour en sortir ? Qui est-ce qui arrivera à me démêler les membres ? Et qui peut me jurer qu'après une compression aussi excessive, mes cordons spermatiques ne seront pas définitivement écrasés ?

À quoi bon discuter, pensa Willbreit. Il accepta de monter aux côtés de Roemer et ferma aussitôt les yeux. Il savait que le plus haut magistrat de la région conduisait comme un criminel, mais encore une fois, il allait échapper miraculeusement à tous les accidents. Dès les premiers tours de roues, Roemer se mit à déclamer :

– Rendons-nous donc chez ce médecin dont la flûte était hors d'usage et que la princesse Corinna a débouchée sans souffler dedans, par de simples caresses aériennes ! Je suis curieux de voir ce vieux barbon.

– Je t'en supplie, Érasmus, sois un peu convenable, dit Willbreit d'un ton vraiment implorant.

– Sais-tu qui tu oses admonester de la sorte ? Je suis un gentilhomme de la plus noble extraction. À propos, verrons-nous aussi la petite ?

– La petite a trente ans.

– C'est l'âge des divinités féminines, après elles ne vieillissent plus. Et elle exerce une profession, m'as-tu dit ? Tisseuse ? Ah ! à propos, connais-tu celle-là ? Une fille en rencontre une autre : « J'ai fait la connaissance d'un type formidable, il est tisseur. – Qu'est-ce que c'est que ça ? demande l'autre. – Je ne sais pas, mais par mesure de précaution, je vais bien me laver dans tous les coins. On ne sait jamais... »

Déjà, Willbreit commençait à se repentir de son invitation. Mais il était trop tard. D'ailleurs, trop tard, n'est-ce pas là toujours le leitmotiv des regrets ?

Comme Roemer et Willbreit descendaient de voiture, le Dr Hambach sortit pour les accueillir. Le fait que Willbreit fût accompagné par une sorte de monstre marin ne lui plut guère. S'il est médecin, il doit effrayer tous ses malades, se dit-il. Mais Willbreit le présenta aussitôt :

– Mon ami, Érasmus Roemer, docteur en droit, président du tribunal de première instance de Münster. J'espère que vous ne vous formaliserez pas si je lui ai demandé de venir avec moi ?

– Mais pas du tout, dit Hambach en tendant la main au colosse qui, étant d'humeur placide, prit soin de ne pas la lui broyer dans la sienne.

– ... Un petit schnaps du pays en guise de bienvenue ? proposa Hambach.

– C'est ce que j'appelle le coup de l'étrier à l'envers, déclama Roemer, et comme disaient nos ancêtres : « Bois un coup après une nuit d'amour – et tu verras comme il fait jour. »

– On dit aussi : « Bois un coup si t'as des ennuis – et tu dormiras toute la nuit », rétorqua Hambach en riant.

Le visage de Roemer s'éclaira. Ce vieux médecin était décidément sympathique.

– Bravo, docteur ! Que voulez-vous ? Ne sommes-nous pas un peuple de poètes et de penseurs ?

Il passa le premier dans la salle de séjour du médecin, trouva l'ameublement et l'atmosphère à son goût, rien du faux luxe si froid et conventionnel de sa villa monumentale, et continua à ignorer Willbreit qui toussotait et lui boxait le dos pour le faire taire.

– Je vous envie, docteur Hambach.

– Pourquoi donc ?

– Parce que je vois que vous êtes arrivé à vivre selon vos goûts. Je suis sûr que vous n'avez pas un seul de ces soi-disant amis qui veulent que vous fassiez des manières comme eux. Voyons le petit verre ! Je trouve le temps particulièrement sec aujourd'hui. « La sécheresse, la sécheresse, rien de pire pour une femme… » Ce pourrait être du Goethe, n'est-ce pas ? À la Bible ou à Goethe, on peut tout attribuer sans danger, puisqu'on y trouve tout.

Hambach se dirigeait déjà vers la cuisine pour chercher dans le réfrigérateur la bouteille d'alcool et trois verres givrés. Ils n'avaient pas encore pris le temps de s'asseoir et avalèrent le premier verre debout, en trinquant à l'allemande. « Ça coule vraiment tout seul », rugit Roemer. Et Willbreit ressentit de nouveau une honte qui, prévoyait-il, n'allait plus le quitter, mais d'un autre côté Roemer était un ami si solide qu'on pouvait bâtir sur lui un gratte-ciel. Enfin, ils se retrouvèrent assis, Roemer après une approche des plus prudentes, car la vétusté de ces fauteuils de cuir ne lui inspirait guère confiance.

– Ma secrétaire m'a transmis votre invitation. L'état de Mme Doerinck se serait-il modifié ?

– En effet, dit Hambach.

Il n'avait aucune envie de tromper Willbreit, mais ce dernier ne lui laissa pas le temps de poursuivre et réagit sur un tel ton de triomphe que le vieux médecin décida de le laisser s'enferrer.

– Je m'étais pourtant exprimé bien clairement. L'issue était fatale. Et aujourd'hui il n'est plus question d'opérer !

– Hé oui, il n'en est plus question.

– C'est un cas vraiment tragique… (Mais en dépit de ces paroles, il s'était croisé les mains sur le ventre sans trop dissimuler son contentement de lui-même.) … Et comment la fille prend-elle cette évolution ?

– À vrai dire, nous n'avons pas pu nous empêcher de pleurer, moi y compris – dit perfidement le vieux médecin.

Il vit que Roemer se préparait à intervenir avec une lueur étrange dans ses yeux de pachyderme. Comme beaucoup d'hommes trop gros, ce juriste devait être extrêmement fin et il flairait sans doute le piège. Mais le regard de Willbreit l'arrêta net, et il se contenta de dire :

– Vous avez dû être satisfaits ?

– Mais c'était pourtant prévisible ! s'exclama Willbreit qui se rengorgeait de plus en plus... C'était prévisible !

– Pour nous, cette évolution était quand même inattendue. (Voyant que Roemer tripotait son verre vide, il s'interrompit pour le remplir, et en fut remercié par un grognement affectueux.) ... Non, ce n'était pas prévisible. Personne n'avait vraiment envisagé ce coup de théâtre, ni Stefan Doerinck, ni moi, ni même Corinna peut-être. Nous étions incapables de nous maîtriser.

Curieuse façon de s'exprimer, pensa Willbreit. De toute façon, chacun d'eux a dû reconnaître qu'il s'était trompé, et maintenant c'est trop tard. C'est un véritable crime qu'on a commis sur cette malade, et voici qu'ils s'en rendent compte. C'est quand même bien de la part de ce vieux médecin d'avouer ainsi ses fautes.

– Est-il possible de rendre visite à Mme Doerinck ?

– Mais certainement, nous pourrons faire un saut chez elle dès que vous le voudrez.

– Est-ce que la petite souris aux caresses sera également là ? demanda Roemer à l'indignation de Willbreit.

Mais Hambach éclata d'un bon rire :

– La petite souris aux caresses sera là, elle aussi. N'est-elle pas le personnage principal ?

Willbreit attendit la fin des soupirs de satisfaction que poussait son ami en vidant son verre, pour déclarer gravement :

– Le cas de Mme Doerinck m'a tellement préoccupé, je l'ai suivi de si près que je le considère presque comme un problème personnel.

– Je vous crois volontiers, professeur.

– Ce n'est pas par hasard que j'ai demandé au président Roemer de m'accompagner. Je suis d'avis que les conséquences d'un tel cas doivent être étudiées sur le plan juridique.

Érasmus gloussa en s'essuyant la bouche :

– Exprimons-nous clairement : mon noble ami Willbreit veut interdire aux petites gens de se laisser caresser pour des raisons médicales... Défense de toucher aux bêtes réservées aux expériences scientifiques, même avec les doigts ! Expliquez-moi plutôt comment le petit oiseau sort de l'appareil, docteur. Malgré ce que Thomas m'a raconté, je n'arrive pas à me représenter les choses : voici votre jeune femme qui tend les deux mains, puis les tient à une distance donnée d'une personne, et qui repasse, comme avec un fer à repasser, l'air qui se trouve entre cette personne et ses mains. Est-ce cela ?

Le Dr Hambach secoua la tête :

– Pas tout à fait... (Roemer, malgré sa grossièreté et sa salacité, lui plaisait. C'était le genre d'homme avec lequel on pouvait parler sans détour. Il prenait la vie trop légèrement, peut-être parce que la fréquentation des tribunaux lui avait montré souvent les côtés d'ombre de l'être humain.) ... Elle émet par ses mains une énergie que nous n'avons pas encore explorée. Cette énergie pénètre le corps du patient et agit sur sa structure biologique. C'est ce qu'a établi la cybernétique biologique : avec des détecteurs de champs de forces, les spécialistes sont arrivés à mesurer et même à rendre visible l'intensité d'un champ de radiations, que certains appellent le bioplasma, et qui se concentre sur les cellules. Il provoque à ce niveau, on ne sait comment, des processus biologiques. Le domaine d'application de cette thérapie s'étend à certaines maladies, surtout des inflammations et des modifications cellulaires.

Roemer souffla bruyamment à travers ses narines :

– Ouf ! Comment voulez-vous qu'un pauvre cerveau de juriste comme le mien puisse s'y reconnaître ? On dit toujours que le vocabulaire juridique est du charabia pour les profanes, mais que dire de celui des médecins ! Ah ! ces médecins ! Y as-tu compris quelque chose, toi, Thomas ?

Willbreit, d'un air très supérieur, se croisa les jambes pour répondre :

– Oui. Ce que mon confrère Hambach vient de dire concerne un des territoires frontières de la science, une doctrine fondée sur des hypothèses plus que sur des preuves et des faits. La bio-énergie ! Mais qu'est-ce que c'est en fin de compte ? Au point de vue de nos facultés, c'est un mot inventé pour grouper certains phénomènes, rien de plus. Partons donc de la réalité. Reprenons le cas qui nous intéresse. Voici un cancer du côlon. Il était sûr et certain que Mme Doerinck avait un cancer. Dans un cas semblable, s'il n'est pas déjà trop avancé, il faut opérer. Si l'opération est impossible, il ne nous reste que le traitement conservatoire, c'est-à-dire, au stade final, que nous livrons un combat contre la souffrance jusqu'à ce que le malade s'éteigne le plus tranquillement possible. Au contraire, une opération réussie est suivie d'un traitement par rayonnement radioactif, peut-être aussi d'une chimiothérapie.

– Et ce sont là les bornes de la médecine officielle, déclara tranquillement Hambach.

Willbreit le regarda sans dissimuler son mécontentement :

– Tout a des limites. Sinon, nous serions immortels...

– Estimez-vous inimaginable l'existence d'un rayonnement biologique, d'un champ de forces du bioplasma, qui dessèche, anéantit les cellules malades, qui stoppe la dégénérescence des tissus et rétablit leur équilibre cellulaire ?

Willbreit eut un sourire moqueur :

– Absolument impossible. Même Dieu capitule dans un tel cas.

– Il se peut aussi que l'homme n'ait pas compris que Dieu lui a donné plus de pouvoir qu'il ne le pense.

– Ainsi, malgré la catastrophe dont a été victime

Mme Doerinck, vous conservez encore de la sympathie pour ces fantaisies ?

– Justement à cause de ce cas.

Le moment qu'avait attendu Hambach était venu. Il se dirigea vers son bureau, y prit les radiographies qu'il avait préparées. Willbreit leva très haut les sourcils tandis que Roemer, toujours avec le même feu singulier dans les yeux, se grattait pensivement l'arête du nez : ces médecins, quelle engeance ! Dans les procès, les experts s'affrontent en se servant chacun d'arguments contradictoires. Mais en médecine, comment est-il possible que, pour le même mal, deux médecins donnent deux diagnostics ou deux pronostics absolument différents ? Et avec les psychiatres, c'était vraiment la bouteille à l'encre ! Quand Roemer les entendait argumenter, il se demandait parfois s'il ne devenait pas lui-même complètement idiot, par une sorte d'osmose, sans doute ! Encore pires étaient les procès où il devait juger une erreur chirurgicale. Avec son tempérament excessif, il lui arrivait de se jurer de ne jamais se laisser opérer ! Il avait dit une fois à son ami Willbreit : « Quand on conçoit tout ce qui peut arriver au cours d'une intervention chirurgicale, c'est effroyable ! Vous êtes peut-être des artistes dans votre genre ! Mais le malade qui entre à l'hôpital pour une hernie inguinale et qui se réveille sans testicules ne trouve pas ça drôle... »

Entre-temps, Hambach s'était approché de la fenêtre et regardait l'un des clichés au soleil, sans mot dire. Willbreit se leva, puis ce fut le tour de Roemer qui se retrouva debout en soufflant après quelques craquements plaintifs de son fauteuil.

– Ce cliché vient de votre clinique. Vous le connaissez, professeur ?

– Et comment donc ? C'est le carcinome au côlon de Mme Doerinck !

– Quel emblème de mortalité, fit Roemer en toussotant...

– Et vous connaissez aussi ce cliché-ci ?

– Oui.

C'était une prise de vue légèrement différente, le côlon sous un autre angle. Puis vint une troisième radio qu'Hambach éleva, comme les deux précédentes, en pleine lumière. Willbreit, surpris, tendit la tête. Puis il se tourna vers Hambach :

– Vous avez dû mélanger les clichés de deux malades : ce côlon est tout ce qu'il y a de plus sain...

– C'est ce que je voulais vous entendre dire... (Hambach prit encore le temps de donner le cliché à Roemer qui jugea seulement que celui-ci différait des deux précédents.) ... Et en effet, dit Hambach, c'est le côlon de Mme Doerinck après le traitement bio-énergétique que sa fille Corinna lui a fait subir avec ses mains...

Willbreit fit un bond en avant. Il arracha violemment le cliché des mains de Roemer et s'approcha davantage de la fenêtre pour l'étudier longuement en plein soleil, secouant la tête dès le premier moment :

– C'est une plaisanterie ! De la prestidigitation !

– Je ne vous suivrai pas sur ce terrain, fit sèchement le Dr Hambach.

– Mais c'est impossible ! S'il s'agissait vraiment de l'intestin de Mme Doerinck, alors...

Sa voix montait, devenait aiguë, insupportable.

– Alors, professeur... ?

– Non, la médecine a des bases solides.

– Oui, mais il y a tant de choses possibles en médecine que nous ne soupçonnons même pas. Elle est pleine de mystères, de choses encore inconcevables. Vous en tenez la preuve au bout de vos doigts, en plein soleil.

– Ne croyez pas que je veuille vous vexer, ni vous ni le confrère qui a pris ces clichés, mais je désire faire radiographier Mme Doerinck une fois de plus dans mon service... Il y a eu une erreur quelque part !

– Si Mme Doerinck y consent, je suis d'accord.

Naturellement, c'est elle qui décidera en dernier ressort.

Willbreit abaissa lentement le bras :

– Quand partons-nous chez elle ?

– Tout de suite. Je téléphone seulement pour prévenir de notre arrivée.

Pendant que le Dr Hambach téléphonait à Stefan Doerinck, Willbreit reprit le cliché, l'approcha de nouveau de la fenêtre et l'examina une fois de plus. Rien ! Hormis des traces fraîches de cicatrisation. Incroyable. Non, impossible ! On voulait se moquer de lui !

Roemer s'était placé derrière son ami pour contempler lui aussi le cliché. Et Willbreit l'entendit murmurer dans sa nuque :

– Connais-tu l'histoire de l'homme qui a uriné sur ses pieds et qui a dit, étonné : « Mais il pleut... » Tu te sens un peu comme cela, hein, Thomas ? J'ai eu peur pour toi dès le début...

– C'est une chose impossible, un coup monté, un piège ! Si c'était vrai, ce serait un bouleversement total de tout ce que nous savons. Cela contredirait toutes les lois de la médecine !

– Est-ce que cela ne pourrait pas quand même être possible ? Nous ne connaissons pas tout...

– Non ! N'importe quoi, *mais pas cela !* Et pas comme cela, avec rien d'autre que les mains ! Je me refuse à accepter quoi que ce soit dans ce sens...

Il se retourna. Hambach était de retour :

– Ils nous attendent. Et Ludmilla est disposée à se laisser examiner par vous...

Pour Willbreit, cette bonne volonté de Ludmilla était un affront de plus à avaler, ce qu'il fit sans protester à la grande surprise de Roemer. Sans un mot, il tendit à Hambach ce cliché qui lui brûlait la main. Roemer haussa les épaules :

– Alors, ne perdons plus de temps en dehors de celui qui est indispensable au coup de l'étrier ! Pour toi, Thomas, ce sera deux verres, un pour chaque étrier. Tu en as besoin pour te remettre...

– Je ne veux rien !

Furieux, il ouvrit brusquement la porte, sortit le premier dans le vestibule et attendit. Roemer retint Hambach par le bras pour lui confier à voix basse :

– Vous venez de lui ôter sa foi dans sa médecine, c'est grave... N'y a-t-il vraiment aucune mystification là-dessous ? Entre nous et en tant que juriste, je vous préviens : cela friserait l'escroquerie. En revanche, si c'est une blague, elle est bonne !

Hambach le regarda gravement :

– C'est la vérité pure... Mais moi non plus, je n'y comprends rien...

Dix minutes plus tard, ils s'arrêtaient devant la villa des Doerinck. Stefan, qui se trouvait à l'extérieur dans le jardinet donnant sur la rue, vit dès le premier coup d'œil que Willbreit venait en ennemi. Au contraire, le colosse qui était à côté de lui se présenta en souriant aimablement. Corinna les accueillit dans l'entrée. Roemer ne put s'empêcher de murmurer un « Bon Dieu ! » qu'elle n'entendit peut-être pas, et après un baisemain dans les règles, sans lâcher la main qu'elle lui avait tendue, il la fixa d'un air radieux en déclarant :

– Je dois être un médium fort ordinaire : car je ne ressens pas votre rayonnement de la tête à la pointe des pieds.

Corinna le mesura en silence pendant quelques secondes. La matière de ses yeux semblait s'être transformée en verre. Lentement, elle retira sa main de la patte de Roemer. Quelle femme ! pensa-t-il. Une créature pareille réveillerait les morts ! Heureusement qu'elle ne lit pas dans mes pensées...

– Êtes-vous un ami du professeur Willbreit ? demanda-t-elle soudain.

Roemer n'était pas homme à dissimuler l'enthousiasme qu'elle lui inspirait :

– Un vieil ami ! Et puisqu'il m'a permis de vous

connaître, je lui en serai reconnaissant jusqu'à la fin de mes jours !

– Ce ne sera pas long...

Dans le silence subit, il eut l'impression que ses yeux ne pouvaient plus se détacher de ceux de Corinna, puis il sentit comme un courant de force indescriptible qui pénétrait en lui. Une chaleur bienfaisante se répandait dans son corps, dans tous ses membres.

– ... Pourquoi votre ami Willbreit ne vous a-t-il pas prévenu qu'il vous reste seulement une année à vivre ?

4

Un philosophe, c'est-à-dire un penseur qui affiche en théorie une vie différente de celle que le destin lui assigne, a dit un jour : « Un homme est un homme si, à l'heure où il quitte cette vie, il lève son verre et tient un dernier discours. » Voilà qui sonne plein d'énergie, héroïque et radieux comme un glaive qui étincelle au soleil.

Considéré sous cet angle, Érasmus Roemer ne se montra ni un héros ni même un homme. Les mots que Corinna venait de prononcer sans la moindre excitation, si calmement, lui coupèrent d'abord le souffle pendant deux ou trois secondes. Son regard, comme celui d'un petit enfant sans défense, courut de son ami Willbreit au Dr Hambach. Mais comme aucun secours ne se dessinait de ce côté, car ils étaient tout aussi interdits et muets que lui, il parvint à prononcer d'une voix blanche :

– Voyons... ça ne tient pas debout... Naturellement, ça ne tient pas debout. Mademoiselle Doerinck, me voici à genoux devant vous, je le reconnais. Vous m'avez mis knock-out d'entrée !

Il avala plusieurs fois sa salive, respira bruyamment pour se ressaisir et, désireux de se confirmer que tout allait bien chez lui, il prêta l'oreille à ce qui se passait dans les organes vitaux de son corps. Voyons, tout allait bien, comme toujours ! Les poumons fonctionnaient normalement, le cœur battait comme un métronome, et ses cellules cérébrales travaillaient comme d'habitude puisque, quand son regard revint à Corinna, les signaux qu'elles lui envoyèrent prirent la forme d'un vieux dicton : « Si sur son oreiller tu prends place, le lendemain, tu demandes grâce. »

Mais il lui semblait aussi entendre résonner dans son crâne la condamnation de cette fille : « Encore un an à vivre... »

Et subitement, une peur paralysante l'envahit. De nouveau, il se tourna vers Willbreit qui, le visage en feu, calait son porte-documents contre sa jambe :

– Thomas... Thomas...

Il ne se donnait même pas la peine de lutter contre le tremblement de sa voix. Mais Willbreit ne lui prêtait pas la moindre attention et explosa d'un seul coup :

– Après tout ce que je savais déjà sur ce qui se passe ici, je m'attendais à beaucoup de choses. Mais je me demande comment vous pouvez vous livrer à une telle impertinence...

– Je crois que nous ferions mieux d'entrer à l'intérieur, interrompit Doerinck en essayant de sourire aimablement. Ma femme a préparé un gâteau, une tarte aux poires, mais avec des raisins secs et du miel : une recette caucasienne...

– Au diable votre tarte aux poires ! gronda Roemer. (Ses yeux trahissaient son épouvante, ses lèvres décolorées étaient presque bleues et sa respiration haletante :) ... On me lance en plein visage que je suis un homme mort, et l'instant d'après on m'offre une tarte aux poires !

– Vous n'êtes pas encore mort... Dans un an, peut-être, si...

Il avait l'impression que les yeux noirs de cette fille prenaient possession de lui de la tête aux pieds. Mais Willbreit, déchaîné, avait interrompu Corinna avec la violence la plus extrême :

– Ah non ! Allez-vous enfin vous taire ? Ce n'est pas la peine de refaire votre sale cinéma devant moi. J'en ai assez de ces tours de passe-passe. J'ai vraiment envie de m'en aller tout de suite.

– Personne ne vous en empêche, répondit froidement Hambach... Mais ce que tout le monde ici se demande, même votre ami à ce que je pense, c'est ce qui vous empêche, *vous,* de prendre au sérieux Corinna Doerinck et son don.

– La raison !

– Rien que cela ?

Le ton du Dr Hambach ne manquait pas d'ironie, mais Willbreit restait sous le coup du choc terrible qu'il avait subi, et la remarque sarcastique de son confrère ajouta à peine à la fureur froide qu'il éprouvait déjà. Mais que pouvait-on attendre de ce petit médecin de campagne prisonnier de son passé, demeuré à un niveau d'études vieilles déjà de presque un demi-siècle, et qui ordonnait le même baume à l'oxyde de zinc, dit « pommade verte », pour toutes les éruptions cutanées quelles qu'elles fussent ! Une vieille baderne aimable qu'adorait sa clientèle paysanne parce qu'il plaisantait avec eux en patois, disant aux hommes : « Dis donc, en préparant ton dernier boudin, t'as mis du lard de côté pour ta bedaine », et aux vieilles femmes, avec une petite tape sur leurs fesses plissées par l'âge : « Ah, Alma, on aurait dû se rencontrer tous les deux il y a cinquante ans ! » Et à force de rigoler dur et gras, les malades se sentent déjà à moitié guéris... En médecine, tant de choses sont possibles...

Il sortit de cet instant de torpeur pour déclarer de la voix la plus guindée possible :

– Je m'aperçois qu'il sera impossible aujourd'hui d'avoir ici une conversation utile. Je ne serais pas venu, monsieur Doerinck, si le cliché qu'on m'a présenté ne me paraissait pas douteux : le côlon qu'on y voit n'a jamais été malade...

– Mais je me fous de tes clichés, l'interrompit Roemer d'une voix tonnante... Monsieur Doerinck, votre femme est guérie. Nous le constatons tous. Tant pis pour mon ami Willbreit s'il refuse d'en croire ses yeux à cause d'une lacune dans sa science médicale. Oui, en dépit de la médecine officielle, j'admets qu'un cancer se soit desséché sous les mains de votre fille. Et, bon Dieu, ces clichés sont là, et ils sont clairs, et ça suffit maintenant. *Basta* de discussions ! Mais me voici, moi, à qui l'on vient de dire : « Dans un an, tu seras en train de bouffer les pissenlits par la racine. » C'est *cela* qui est important à partir de maintenant puisque Mme Doerinck est guérie ! Et je considère que j'ai le droit d'être informé !

– Allons-nous-en ! fit Willbreit à voix haute.

– Non ! Je reste enraciné sur place tant que je ne saurai pas ce que j'ai. Si tu veux, retourne à Münster à pied ! Tu es venu avec ma voiture qui ne démarre qu'avec la clé que j'ai ici dans ma poche.

– Et si nous rentrions à l'intérieur, reprit Doerinck d'un ton conciliant... Vous allez quand même faire honneur à la tarte caucasienne de Ludmilla...

– Bien que je sois en train de crever, allons-y ! dit Roemer.

Il marchait déjà vers la première porte à sa portée et l'ouvrait. Avec sa chance habituelle, il tomba dans la salle de séjour. Ludmilla attendait, assise sur le canapé, les mains croisées sur son ventre. Elle portait une robe brodée caucasienne, et sous ses cheveux noirs relevés son visage était fardé. Il pensa à une icône précieuse, une image venue d'un pays lointain, un personnage de *Coppélia*. Arrêté à la porte, il s'inclina, bégayant une excuse. Ainsi, c'est elle, pensa-t-il. Formidable ! Elle a soixante et un ans, j'en ai quarante, elle pourrait facilement être ma mère. Quelle beauté ! Sa gêne ne faisait que croître.

Il entra dans la pièce en s'inclinant une seconde fois :

– Érasmus Roemer... Mes hommages, madame...

– Avez-vous toujours cette voix de tonnerre ? demanda-t-elle.

Son sourire était désarmant.

– La vérité est que votre fille a eu la gentillesse de me dire que je serai mort dans un an...

– Si ma fille vous l'a dit, ce n'est pas sans raison, croyez-moi...

Son calme était si impressionnant qu'il sentit ses jambes se dérober sous lui.

– ... Mais elle a dû aussi vous dire : « Je vais vous guérir. »

– Non ! Absolument pas !

Il ne pouvait pas essuyer tout le temps la sueur froide qui ruisselait sur son front, et qui enduisait son corps d'une moiteur atroce.

– Alors, il faut le lui demander, dit-elle.

Haletant, il se laissa choir dans un fauteuil qui, gémissant sous son poids, résista vaillamment.

– C'est agréable chez vous, eut-il enfin la force de dire avant d'étendre les jambes et de se renverser en arrière en fermant les yeux pour mieux respirer.

Que dois-je faire ? se demandait-il. Écouter l'ami Willbreit, éclater de rire au nez de cette Corinna, la traiter de fofolle, de saltimbanque ? Au point de vue purement juridique, elle peut être dangereuse en déclenchant chez les gens des maladies de cœur qui les démolissent. Mais il n'existe aucune loi qui lui interdise de me dire : « Tu as une maladie mortelle ! » Si je la crois, c'est parce qu'au fond je suis un idiot. Mais si j'ai vraiment quelque chose que personne n'a soupçonné, et moi moins que les autres ? Si elle dit la vérité, que dois-je faire ? Elle ne m'a pas assommé de la sorte pour embêter seulement Willbreit. Non, elle ne peut pas être salope à ce point...

Ils étaient tous entrés à sa suite, Corinna la dernière :

– Je crois que c'est le moment d'aller chercher ta tarte aux poires, mamouchka...

– Je pense que nous n'avons pas besoin de nous asseoir...

Willbreit entendait se montrer de plus en plus désagréable. Il s'était avancé d'un pas un peu raide vers Ludmilla pour lui serrer la main. Son coup d'œil exercé balaya le maquillage du visage de la femme qui lui souriait, et il ne put s'empêcher de secouer la tête : d'après son expérience médicale, cette femme aurait dû être au lit, abrutie par les analgésiques les plus puissants, attendant sans espoir une fin prochaine. Le toucher de cette main était frais : pas de fièvre. Et ce visage lisse rayonnait de santé...

– Comment allez-vous ? dit-il enfin.

– Parfaitement bien. J'ai même fait de la bicyclette hier.

– Quoi ? De la bicyclette ?

– Oui, d'ici à Höpingen et retour par Darfeld. C'était merveilleux avec ce soleil. Nous avons pique-niqué sur l'herbe, sandwichs au jambon, bière et schnaps, comme d'habitude...

Était-ce possible ? Willbreit sentit que son sourire se crispait. Il se redressa :

– Et après ? Je veux dire : après cette imprudence ? Aucune lourdeur ?

– Stefan, mon mari, a bien prétendu que j'ai zigzagué deux ou trois fois sur la route de retour, mais c'est seulement pour me taquiner... Il a même affirmé que les cyclistes encourent de lourdes peines quand ils roulent en ayant trop bu. Est-ce vrai, monsieur le président ?

Willbreit empêcha son ami de répondre en continuant son interrogatoire :

– Et après ?

– Rien d'autre, sinon que je me suis allongée et que Corinna m'a remise d'aplomb avec ses mains.

– Ce n'était absolument pas nécessaire...

C'était Corinna, qui venait s'asseoir à côté de sa mère. Quel tableau, pensa Roemer, et il se sentit de plus en plus misérable. Pourquoi les peintres ne s'attaquent-ils plus à des sujets aussi harmonieux ? Pourquoi ? Parce qu'ils ne croient plus à la beauté peut-être ? C'est du kitsch, c'est du chromo, c'est de la peinture léchée, diraient-ils... Alors, plus de coucher de soleil sur la mer, plus de prés fleuris, plus de brume matinale accrochée à la lisière d'une forêt. Peindre cela, ce serait s'exposer au rire ! Comme on a envie de rire de quelqu'un qui vous dit : « Dans un an, vous serez mort... »

– ... Un simple contrôle, poursuivait Corinna. Je n'ai rien senti au bout de mes doigts, aucune résistance, aucun picotement, aucun tiraillement... Maman est complètement guérie !

Le ton de Willbreit se fit plus acerbe que jamais. Il ignora Corinna :

– Vous avez donné votre accord pour subir un examen approfondi à la clinique de l'université, n'est-ce pas, madame Doerinck ?

– Certainement.

– Avec une restriction cependant, fit Corinna.

– Comment cela ? Voulez-vous maintenant me prescrire comment je dois examiner votre mère ?

– Oui.

– C'est inouï !

– Tous les examens et autant de fois que vous le voudrez, professeur, mais pas de biopsie !

– Et pourquoi donc ? Vous avez peur qu'on décèle qu'en dépit de vos affirmations les tissus sont toujours malades ?

– Non. Ce que je crains, vous le savez : une biopsie pourrait réactiver le côlon qui est guéri. *Quieta non movere.* Rien n'est plus dangereux que ces excisions. On sait maintenant qu'elles peuvent provoquer un cancer, ou le réactiver.

– Bravo ! (C'était le Dr Hambach.) J'ai eu dans

ma clientèle deux cas de prostatite où le carcinome n'est apparu qu'après une ponction...

– Évidemment, puisque vous avez fait soigner la vôtre par des caresses aériennes ! répliqua Willbreit haineusement... Mais je n'insiste pas sur ce point. Le choix d'un médecin est libre. Je renonce à tout examen, mais permettez-moi alors de douter de ce qui se passe ici, et je vais faire mon possible pour y mettre fin. Est-ce clair ?

Roemer se redressa :

– C'est si clair que tu me rappelles ce médecin qu'un homme consulte parce qu'il ne peut plus uriner. « Quel âge avez-vous ? demande ton confrère. – Soixante-dix-sept ans, répond le malade. – Alors, ce n'est pas étonnant : vous avez déjà pissé toute l'urine de votre vie... »

Personne ne rit. L'atmosphère, au contraire, s'alourdit encore. Willbreit n'avait plus aucune raison de s'attarder. Il se dirigea vers la porte pour entraîner Roemer :

– Est-il possible d'avoir un taxi ? demanda-t-il à Doerinck... Peut-être M. Roemer veut-il rester ? Ce que je ne ferai sous aucun prétexte...

– Toi, tu vas rester aussi, dit Roemer d'une voix sourde.

– Non. Je renonce à ta voiture et à ta compagnie.

– Mais moi, je ne renonce pas au médecin qui me suit depuis des années. (Roemer s'était redressé. Comme le montrait sa dernière plaisanterie, il avait repris à peu de chose près son équilibre. Peu à peu naissait en lui la volonté de ne pas accepter son sort sans se battre :) ... Avant de partir, je veux savoir pourquoi je n'ai qu'un an à vivre. Et si vous ne me le dites pas maintenant, mademoiselle, je ne veux pas vous menacer comme l'ami Willbreit qui croit qu'il est nécessaire de mettre fin au danger que peuvent constituer vos actes. Non, mais je reviendrai chez vous jusqu'à obtenir une explication, et si par hasard vous me jetez à la porte, je rentrerai par la fenêtre comme Roméo, tout gros que je suis ! Je veux savoir ce que j'ai. Je veux savoir pourquoi il ne me reste plus qu'un an à vivre. Est-ce que ce n'est pas mon droit, bon Dieu ?... Vous me lancez en pleine figure...

– Tout ce que tu dis est inutile. Viens, partons. Oublions tout cela.

– Voilà justement ce que votre ami ne doit pas faire, professeur. Il est très malade !

C'était Corinna. Elle s'était levée, s'approchait de Roemer, tendait vers lui les paumes de ses mains, et, comme pétrifié, le colosse ne bougea plus. Il regardait ces longues mains fines qui, à une distance de dix centimètres, descendaient de ses épaules jusqu'à ses hanches, remontaient un peu... puis s'arrêtaient. Willbreit lui-même, les yeux fixés sur Corinna, demeurait comme paralysé. Seul Doerinck se déplaça pour aller chercher sur le buffet la boîte de cigarettes de sa fille : il savait qu'elle aurait bientôt besoin d'inhaler la fumée sucrée de ce tabac d'Orient. Ludmilla avait croisé les mains comme pour prier. Puis la voix de Corinna s'éleva, et elle résonnait étrangement :

– Cyanose... Vos lèvres deviennent souvent bleues, n'est-ce pas, et votre visage rouge brique ?

– Surtout quand je bois à ma guise...

– Et vous avez de temps à autre des douleurs en haut et à droite du ventre. Ici, exactement.

Comme son long index pointait vers un point précis de son ventre, Roemer, bien qu'il ne ressentît aucun mal, eut un mouvement de recul.

– C'est vrai, concéda-t-il... mais c'est de famille. J'ai eu un oncle à Ochtrup qui est mort à quatre-vingt-seize ans, les artères calcifiées, paraît-il. Il avait souvent mal à cet endroit et nous disait chaque fois : « Mes enfants, voici encore un pet baladeur qui se coince de travers... » C'est ce que je me dis moi aussi quand j'ai mal au même endroit... Mais d'après vous, qu'est-ce que c'est donc ?

– Il faut que votre ami, le professeur Willbreit, vous fasse examiner. Il y a certainement dans vos urines une élimination excessive d'urobiline.

– Mais pourquoi les médecins emploient-ils ce latin et ce grec de cuisine vis-à-vis de leurs malades ? s'exclama Roemer.

Il s'était tourné vers Willbreit d'un air interrogateur, mais l'expression de son ami, ses yeux mi-clos, le frappèrent. Et comme le professeur se taisait, ce fut le Dr Hambach qui expliqua d'une voix douce :

– Cela vient du foie...

Du coup, Willbreit se réveilla. Et quand il parla, sa voix était étouffée de rage : ce médecin de campagne osait parler en sa présence !

– Nous verrons cela demain, Érasmus. Mais pour l'instant, je ne peux plus supporter un seul instant cette atmosphère de cirque !

Corinna avait fait un pas en arrière. Le visage presque caché entre ses mains, elle regardait à travers ses doigts le géant qui n'avait pas bougé...

– Je ne suis pas encore sûre, mais je crois que vous avez ce qu'on appelle un foie cardiaque... (Elle hésita un long instant, prit de l'assurance.)... Oui, votre sang ne s'écoule plus normalement. Pour le moment, vous n'avez encore que de légers symptômes, mais, dans quelque temps, cela s'aggravera.

Le dernier mot fit sursauter Roemer qui demeura silencieux. Certes, Willbreit lui avait souvent conseillé de ne pas faire d'excès, et il avait alors répondu en riant : « Plutôt une bosse sur le ventre à force de boire qu'une bosse dans le dos à force de travailler. » Mais Willbreit, une fois de plus, mit du temps à réagir et à venir en aide à son ami. Si bien que, transformé en un énorme nounours, Roemer demanda à Corinna d'une voix vraiment enfantine :

– Et alors, d'après vous, qu'est-ce qu'on peut faire ?

C'était trop pour Willbreit qui éclata :

– D'abord partir d'ici et oublier les sottises que

tu viens d'entendre... (Il était déjà dans l'entrée et criait. Toute la politesse à laquelle il tenait tant avait disparu. Et il ajouta :) ... Ce qui se passe ici est criminel, *criminel !*

Très fermement, Doerinck intervint :

– Vous feriez mieux de sortir, professeur. Je croyais que votre visite donnerait lieu à une discussion intéressante, raisonnable. Je me suis trompé ! Mais pourquoi n'acceptez-vous pas que ma femme soit guérie ?

– Rien de ce qui se passe ici n'est clair... (Il traversait déjà l'entrée, suivi de Doerinck et du Dr Hambach :) ... De plus, votre femme a renoncé à mes soins. Je décline toute responsabilité pour ce qui va se passer ici !

– Mais que peut-il se passer maintenant, étant donné le cliché que vous avez vu ? demanda Hambach... Comment ne pas remercier Dieu de la guérison de Mme Doerinck ?

– Dieu n'a jamais guéri un seul cancer. (Il était déjà dehors. Comme Doerinck le suivait, il se retourna pour dire d'un ton plus conciliant :) ... Magré tout, je reste à votre disposition. Je pense que vous aurez un jour besoin de moi. N'hésitez pas à m'appeler.

Doerinck le suivit jusqu'à la voiture de son ami. Mais Roemer n'avait nullement l'intention de le rejoindre. Il n'avait pas bougé du milieu de la salle de séjour, comme un monument de pierre, mais il avait l'impression de pouvoir, d'un moment à l'autre, tomber en poussière.

– Il se peut aussi que vous vous trompiez... Corinna, l'erreur est humaine, n'est-ce pas ? « L'homme se trompe aussi longtemps qu'il vit... ou qu'il lutte », ou quelque chose d'approchant. C'est de Goethe ou de Schiller... en tout cas, c'est de l'un des deux ! Alors, Corinna peut bien se tromper, elle aussi, n'est-ce pas ?

– Évidemment, je peux me tromper, mais... (Elle

approcha une fois de plus sa main du ventre de Roemer qui, au bout d'un instant, vit avec stupeur qu'un tremblement commençait à agiter cette main.) ... Je sens quelque chose ici, quelque chose de très puissant, de plus fort que moi peut-être, et qui me résiste...

Elle avait fermé les yeux, rejeté la tête en arrière. Son visage, pensa-t-il, n'avait soudain plus rien de terrestre, et il retint son souffle. Car voici qu'il ressentait une chaleur étrange qui l'envahissait.

– ... Oui il est là, c'est l'ennemi... Et c'est lui qui m'attaque ! C'est un combat entre nous, un combat... (Elle s'effondra subitement, ouvrit ses grands yeux. En une seconde, elle semblait s'être vidée de sa force, comme un coureur arrivé au terme d'une longue course. Elle aspira deux longues bouffées de la cigarette qu'elle avait allumée en hâte, à tâtons, et dit finalement :) Il faut que vous vous fassiez examiner immédiatement par le professeur Willbreit. (Et comme Roemer continuait à la regarder, très pâle, interdit, elle esquissa un sourire d'excuse :) ... Je regrette que votre visite ait pris ce cours inattendu. Mais je devais vous prévenir, n'est-ce pas ?

– Vous avez très bien fait.

Malgré la balourdise qu'il affectait, Roemer savait être charmant. Il baisa la main de Ludmilla, s'inclina devant la jeune femme et se précipita hors de la pièce. Il savait maintenant presque à quoi s'en tenir. Pourtant, en rencontrant le Dr Hambach dans l'entrée, il s'arrêta brusquement :

– Alors, vous aussi vous croyez à ce qu'annonce cette charmante pythie ?

– Oui, répondit gravement le Dr Hambach.

– Et si, à partir de maintenant, je mène la vie d'un bernard-l'ermite : pas d'alcool, pas de femmes, pas de cigares...

– Je ne peux rien pronostiquer sans me fonder sur un examen circonstancié. Et pourriez-vous vraiment vivre de façon différente ?

Avec un mouchoir proportionné à sa taille, Roemer essuya la sueur froide qui collait encore à son visage :

– Qui sait ? Jusqu'ici, j'ai toujours vécu d'après le mot d'ordre : « *Coitus, ergo sum.* » Mais maintenant, j'ai le couteau sur la gorge, n'est-ce pas ?

– Le professeur Willbreit vous dira franchement ce qu'il y a quand il vous aura examiné.

– Est-ce que... est-ce que Willbreit est vraiment le médecin qu'il me faut ?

– C'est à vous d'en juger. La confiance du patient en son médecin est la base du succès. Sans confiance, cela ne va pas. Mes patients viennent à moi parce que je suis leur ami, leur copain, leur frère, leur père, leur confesseur, etc. Quand ils sont ici, ils se sentent à l'abri, ils se disent : « Notre docteur va m'aider... Évidemment, nous devons mourir un jour, mais notre docteur, il peut repousser l'échéance un peu... »

Roemer lui tendit brusquement la main :

– Ce doit être merveilleux de ressentir une telle confiance. Moi, je ne peux pas, docteur. Me permettez-vous de vous rendre visite quand Willbreit m'aura examiné ?

– Ma porte vous sera toujours ouverte...

Dans le petit jardin qui donnait sur la rue, Doerinck était appuyé à un jeune poirier. De l'autre côté de la grille, Willbreit attendait impatiemment, debout près de la voiture de son ami. La grille qui les séparait mettait obstacle à toute conversation, Dieu merci, pensait Willbreit... il se sentait assez offensé comme cela. Comme Roemer passait devant Doerinck, il lui adressa un « au revoir » retentissant.

– Vraiment ? demanda Doerinck d'un air de doute.

Roemer s'arrêta net :

– Évidemment ! Vous ne croyez quand même pas que je vais oublier cet après-midi ? Je viens pour voir de mes yeux votre fille dont on me disait merveille. Et que se passe-t-il ? Elle fait sonner à mes oreilles toutes les trompettes du jugement dernier !

On ne peut pas considérer ça comme normal. Évidemment je reviendrai !

Il ouvrit la portière de sa voiture et se laissa tomber sur son siège dont les ressorts renforcés gémirent. Willbreit s'installa à côté de lui.

– Presse-toi un peu ! dit-il d'un air pincé.

– Et comment ! répliqua Roemer.

Il appuya aussitôt à fond sur l'accélérateur, et la lourde voiture fit un bond en avant comme catapultée, projetant en arrière Willbreit qui était à moitié assis.

– Mais tu es fou ! Est-ce que vraiment je dois passer toute la journée rien qu'avec des fous ?

– Nous allons droit à la clinique et tu vas m'examiner immédiatement, que les autres spécialistes – radiologue, urologue, etc. – soient présents ou non ! Arrange-toi pour les faire venir tous ! C'est une urgence !

– Évidemment non. Je me demande comment j'ai pu supporter aussi longtemps l'insolence de cette pécore. De toute façon, ce qui se passe chez ces gens est criminel !

La voiture s'était engagée sur l'autoroute et augmentait encore de vitesse.

– ... Je porte plainte contre elle. Regarde, elle t'a complètement démoralisé...

– Et tu comptes sur moi comme témoin ? Tu vas être étonné, Thomas, mais le monde entier, ces champs, ces jardins, ces carrières de sable, ces groupes d'arbres, tout me semble soudain différent...

Le Dr Hambach était encore à la porte d'entrée de la maison quand Doerinck gravit les marches du perron. Tous deux secouèrent la tête. Le nuage de poussière jaune qu'avait soulevé la voiture de Roemer en démarrant se dissipait lentement.

– As-tu vu cela, Ewald ?... Willbreit a presque vidé son siège !

– Le trajet de retour ne sera pas drôle. Quelle journée pour lui... (Une fois dans l'entrée, il retint

Doerinck qui voulait pénétrer directement dans la salle de séjour :) … Mais c'est autre chose qui me tracasse. Je crains pour Corinna.

– Et moi donc ! (Il baissa la voix, la porte de la pièce était seulement poussée.) D'après toi, que peut faire Willbreit contre elle ?

– Rien. Il est assez intelligent pour admettre qu'il ne faut pas remuer ce qui est inexplicable. Mais Roemer est à lui seul capable de faire autant de bruit que toutes les trompettes de Jéricho ! Son cercle de relations est très étendu et comporte de nombreux névrosés dont les maladies constituent un thème principal de conversation. Je crains qu'Hellenbrand ne devienne un lieu de pèlerinage. Je l'entends d'ici : « Elle m'a regardé dans les yeux et elle a *vu* mon foie ! Et elle a dit : "Il y a là quelque chose de dur !" Il faut que vous alliez voir ça, mon vieux. » Ils vont arriver de partout. Ce sera une catastrophe !

– Corinna ne les recevra pas !

– Ils vont faire le siège de ta maison comme jadis les Turcs celui de Vienne ! Ils s'installeront à demeure ! Et cela suffira pour vous rendre la vie impossible ! Tu as vécu un quart de siècle à Hellenbrand, mais tu ne connais pas encore les gens qui y vivent ! « Quoi ! une guérisseuse, une sorcière chez nous ! » D'un seul coup, nous nous retrouverons au Moyen Âge. Oh ! on ne brûlera pas ta fille ! Mais on fera tout pour vous chasser d'ici et on vous mettra en quarantaine comme des pestiférés. Jusqu'ici, tu es un enseignant considéré, mais Ludmilla n'a jamais fait vraiment partie d'eux. « Voilà ce que c'est d'épouser une Russe – diront-ils –, on devient le père d'une sorcière ! Et c'est à lui que nous confions nos enfants ! Mais dans quel monde vivons-nous ? » Je ne te l'ai encore jamais dit, mais quand tu as été nommé à Hellenbrand et quand on a su que ta femme était russe, il y a eu une commission de parents qui s'est rendue à Münster pour se plaindre de ta nomination…

Doerinck le regarda, stupéfait :

– Ce n'est pas possible ! Tout le monde a toujours été très aimable avec moi. On m'a répété sur tous les tons que j'étais le professeur qu'on préférait...

– D'abord, ce que l'on dit devant les gens et derrière eux est aussi différent que les deux bottes d'une même paire ! La direction de l'enseignement de Münster a vite mis fin à ces récriminations, et tout a bien marché depuis vingt-cinq ans, c'est vrai. Mais la fille que le professeur Doerinck a eue avec cette Russe est une sorcière... Oui, j'ai peur, Stefan.

– Et si j'allais voir Roemer pour lui parler ?

– Que veux-tu lui dire ? D'oublier qu'il n'a plus qu'un an à vivre et de ne pas prendre au sérieux ce que Corinna lui a dit ? Toi-même, comment réagirais-tu ?

– J'irais de médecin en médecin pour comparer leurs diagnostics.

– Et c'est ce qu'il va faire, et tous concorderont : votre cas est désespéré... Alors, que fera Roemer ? Il reviendra voir Corinna pour la supplier : « Vous êtes mon seul espoir. Essayez au moins de me guérir. »

– Mais Corinna elle-même ne pourra rien pour lui. Elle le lui a dit presque ouvertement.

– Admettons qu'elle puisse l'aider. Comment, je ne sais pas, puisque cela semble exclu au point de vue médical. Mais admettons un moment qu'elle puisse le faire. Que va-t-il se passer ? Ce sera le début de l'avalanche. Peut-être y a-t-il à Rio Xingu un coin de forêt vierge, où Corinna pourra se cacher ? Les indigènes feront peut-être d'elle leur déesse, mais elle n'aura plus un instant de calme dans un pays civilisé.

– Mais pourquoi vous semble-t-il si précieux que je sois au calme ?

Hambach et Doerinck se retournent, surpris et un peu gênés : derrière eux, sortant de la cuisine,

Corinna tient à deux mains un grand plat de verre sur lequel la tarte aux poires, découpée en tranches, dégage une odeur enivrante de cannelle...

– Tu as tout entendu, Cora ? demande Stefan Doerinck.

– Depuis environ cinq minutes. Je regrette, mais je ne suis pas du tout d'accord avec vous. Qu'ai-je fait ? J'ai guéri maman de son cancer et toi, oncle Ewald, de ta prostatite. Ai-je mal agi ? Pourquoi devrais-je me cacher ?

– À cause des gens, mon enfant.

– Parce que je peux les guérir ?

– Depuis quand sais-tu que tu as ce don, ce rayonnement ? J'ai acheté des livres à ce sujet, je les ai lus et je n'en sais pas plus qu'avant. Depuis quand t'es-tu rendu compte de cela, Cora ?

– Depuis toujours, papa. Étant enfant, je me disais déjà, en voyant une personne quelconque, qu'elle était malade, qu'elle avait quelque chose quelque part. Et quant au pouvoir de mes mains, je m'en suis aperçue pour la première fois quand j'avais quinze ans, chez une camarade de classe à qui je rendais visite parce qu'elle était malade, au lit : une inflammation des amygdales. J'ai entouré son cou de mes mains, et deux jours après, elle était guérie.

– Elle avait peut-être pris des antibiotiques, remarqua le Dr Hambach.

Il avait de plus en plus peur, car il avait l'impression de ne plus pouvoir la retenir alors qu'elle semblait prête à s'engager dans une impasse où elle se débattrait en vain...

– Non, oncle Ewald, elle était allergique aux antibiotiques. Et après, ça s'est développé en moi. Et puis, j'ai abandonné mes études de médecine, surtout à cause des travaux pratiques... (Elle s'interrompit net, son visage s'était durci. On eût dit qu'un couvercle était retombé sur une évocation de souvenirs désagréables...) ... Il faut rejoindre maman. Elle est toujours si fière de sa tarte caucasienne.

– Je n'arriverai pas à en avaler une seule bouchée. Et toi, Ewald ?

– Je vais essayer. Nous ne devons pas punir Ludmilla en refusant de goûter sa tarte parce que nous avons l'estomac retourné à cause de Willbreit... Cora ?

– Oui, oncle Ewald ?

– Que vas-tu faire quand les malades commenceront à affluer ici et te demanderont de les secourir ?

– Je les secourrai, naturellement. Je le fais déjà.

– Quoi... ? (C'était presque un cri que le Dr Hambach avait poussé.) ... Quoi ? Et où cela ?

– Dans mon atelier de tissage. Jusqu'ici, je n'ai guéri que neuf malades. J'ai tout consigné dans un journal...

Son sourire était presque malicieux. Mon Dieu, elle ne se rend pas compte de ce qu'elle est en train de provoquer, pensa le Dr Hambach.

– ... Mais elles ne se sont aperçues de rien ! Je disais à l'une : « Revenez donc après-demain, je vous montrerai d'autres teintes », et à l'autre : « Dans trois jours, j'aurai dessiné un nouveau modèle... » Et je réussissais ainsi à les tenir en haleine jusqu'au moment où je ne sentais plus la résistance du mal. Et elles le confirmaient d'ailleurs elles-mêmes en parlant de leur maladie et en s'étonnant qu'elle ait disparu comme par enchantement. J'ai ainsi liquidé trois gastrites et un ulcère à l'estomac qu'on devait opérer. À la dernière radiographie, juste avant l'opération, les médecins ont recherché partout la tumeur : elle n'était plus là ! Pour l'instant, une certaine Mme Habinghorst, de Rheine, m'a commandé un tapis; elle a de terribles attaques d'asthme. Dès sa seconde visite, elle m'a confié qu'elle allait beaucoup mieux.

Le Dr Hambach se prit la tête à deux mains :

– Je me rends ! Je suis à bout d'arguments. Mais rappelle-toi ce que je t'ai dit, Corinna. Sois prudente. Allons donc manger cette tarte aux poires. Ta mère doit se demander ce que nous faisons...

Un certificat du professeur Willbreit permit à Érasmus Roemer de se mettre en congé de maladie pour un temps indéterminé. Son adjoint, le magistrat Berner, lui succéda provisoirement, et les inculpés qui attendaient avec anxiété de comparaître devant le tribunal respirèrent. Leurs avocats arborèrent des sourires pleins d'espérance. Berner n'était certes pas un ange, mais il lui manquait au cours des procès la rhétorique empoisonnée qui désespérait les adversaires de Roemer. C'était un bon juge allemand sans détour et dont l'ambition était surtout d'expédier rapidement les affaires courantes. Jamais on n'avait menacé de le tuer, ce qui arrivait parfois à Roemer. Les journalistes étaient les seuls à se plaindre de lui : ses procès étaient mortellement ennuyeux...

Ce n'était pas le cas avec Roemer. Lorsqu'un anarchiste, réussissant à tromper la vigilance du garde, s'était déculotté en un tour de main pour déposer sur le bureau du magistrat un magnifique étron, Roemer s'était penché en avant pour tendre une liasse de feuilles de papier au prisonnier interdit : « Essuyez-vous donc, mon brave ! » Avant de s'adresser à son avocat : « Maintenant que votre client s'est débarrassé de son cerveau sur ma table, peut-être allez-vous plaider l'irresponsabilité... »

Aussi la salle du tribunal, avec Roemer, était-elle toujours comble.

Le premier examen réalisé sous la direction de Willbreit dura des heures. Radioscopies, radiographies, examens répétés aux ultrasons. Enfin, exténué, Roemer se retrouva assis sur une chaise en face d'un Willbreit trônant majestueusement derrière son bureau.

– Alors, vas-y, crache ce que tu as sur le cœur : la petite caresseuse avait raison, n'est-ce pas ?

Willbreit évita de répondre directement :

– Tu as quelque chose au foie, une sorte d'engorgement.

– Explique !
– Il va falloir intervenir, établir un circuit artificiel.
– Je ne suis pas plombier, Thomas, mais juriste.
– Je suis heureux de voir que tu as gardé ton sens de l'humour...
Roemer pencha la tête :
– Est-ce si grave que ça, Thomas ?
– Comment expliquer la situation au profane que tu es ? Tu fais de l'hyperémie veineuse...
– Traduis !
– Une congestion du foie. Ton foie s'est transformé, mal transformé, parce que le sang n'y circule plus.
En parlant, il tenait les yeux baissés sur les radios, sur les résultats des examens... Cela avait un avantage : il ne regardait pas son ami en face...
– Fais un effort, Thomas. Explique encore mieux.
– J'essaie... (Il se pencha encore plus sur les papiers étalés devant lui.) ... Les cellules du foie, quand elles sont attaquées, sont remplacées par du tissu conjonctif, du tissu fibreux.
– Oui, et qu'est-ce que ça veut dire, finalement ? Professeur Willbreit, est-ce vraiment tout ce que tu es capable de dire ? Que se passe-t-il avec mon foie ? Et quelle est la solution ?
– D'abord, plus une goutte d'alcool...
– Et des soins ?
– Une thérapie interne, c'est-à-dire des médicaments, n'a plus aucune chance de réussite.
– Ce qui veut dire : la comédie est finie, baissons le rideau !
– Non, on peut intervenir chirurgicalement. On peut régulariser, détourner la circulation sanguine à l'intérieur du foie. (Il hésita un instant, puis ayant de plus en plus l'impression que le regard de Roemer le transperçait, il ajouta enfin :) ... L'opération n'est pas sans danger... La mortalité est d'environ cinquante pour cent.

– Voilà qui me tranquillise tout à fait, dit Roemer sarcastiquement... Et sans opération ?

– Dans quelques mois, ce sera la cirrhose du foie avec ascite ou épanchement de sérosité dans le péritoine, l'apparition d'une tumeur à la rate, et la mort.

– Ainsi, la petite caresseuse avait raison.

– Sous réserve... Nous autres chirurgiens sommes là pour quelque chose. En ce qui te concerne, je proposerais de relier la veine splénique à la veine rénale, puis de diminuer la circulation du sang dans la veine porte au moyen de...

Roemer, qui ne l'écoutait plus, l'interrompit :

– Merci. Cela me suffit...

Il se leva, enfila sa chemise, boucla son pantalon. Puis il noua sa cravate, tandis que Willbreit tentait de poursuivre une explication impossible. Brusquement, perdant son sang-froid, il frappa du poing sur la table en s'écriant :

– Mais ne comprends-tu pas que seul ce genre d'opération peut t'apporter un soulagement...

– Ah ! ah ! soulagement, dis-tu ? Un soulagement, mais pas une guérison. C'est-à-dire une mort à tempérament ! Et comment survivrai-je ?

– Évidemment, tu ne pourras plus mener la même vie qu'avant. Il te faudra suivre un régime rigoureux, pas une goutte d'alcool, une surveillance constante du cœur, beaucoup de repos. Et il ne faudra plus toucher aux femmes. Chaque copulation équivaudra pour toi à huit heures de travail pénible au fond d'une mine.

– Voilà une comparaison qui sort directement d'un manuel de médecine, n'est-ce pas ?

– Tu ne seras jamais plus l'homme que tu étais avant. Si l'opération réussit...

– *Si* l'opération réussit ?

– Oui, Erasmus. Je te dois la vérité, n'est-ce pas ?

– Bref, j'ai le choix entre une mort presque immédiate ou une mort plus lointaine en n'étant plus que l'ombre de moi-même.

– Mais dans ce dernier cas, tu vivras encore. Tu

verras le soleil, les fleurs, les prés et les forêts, la mer, la montagne et ses vallées, et tu écouteras la musique que tu aimes, et tu verras le clair de lune. Et tu as de bons amis, Érasmus… Ce n'est pas rien…

– Et quand une jolie femme me clignera de l'œil, il faudra que je lui dise : « Pardonnez-moi, madame, d'après le manuel de médecine, je suis un mineur qui ne peut plus soulever son marteau ! » Est-ce qu'il ne serait pas préférable de continuer à vivre à bride abattue tant que ça ira, et galoper ainsi, avec tout le panache possible, jusqu'à la culbute finale ?

– Il n'y a que toi qui peux répondre. En tant que médecin, je t'ai dit, le mieux possible, tout ce que j'avais à dire. À toi de prendre ta décision.

Roemer fit prolonger son congé de maladie. Il expliqua à Élise, sa femme, qu'il y avait eu de nouvelles affectations au tribunal et qu'on lui avait confié la tâche de rédiger une étude importante, juridico-scientifique, sur les rémunérations des experts. C'était une explication idiote, il le savait, mais suffisante pour Élise : le golf, la chasse, le tennis, les présentations de mode et les soirées de gala occupaient à tel point son temps et son esprit que l'activité de son mari n'avait à ses yeux d'autre valeur que le rang social dont elle tirait profit. Il lui arrivait souvent de dire : « Vous savez, dès qu'il y a un grand procès, tous les journaux et tout le monde parlent de lui. Une femme peut être fière d'avoir un mari pareil. » Ce qui ne l'empêchait pas de traiter Roemer de paysan quand il commençait à fouler ses plates-bandes féminines : « Encore vos caquetages de poules ! Toujours à se plaindre de leur coq… » Paysan, mais de la bouche d'une femme comme Élise, c'était pour Roemer une marque d'honneur.

Pendant trois jours, il demeura enfermé dans sa gigantesque villa, lisant tout ce qu'il avait pu rassembler de documentation sur les diverses maladies du foie. Willbreit lui avait révélé toute la vérité. Une phrase entre toutes l'avait frappé : « On ne connaît pas encore complètement les causes qui provoquent une congestion hépatique. » Et une pensée folle lui venait à l'esprit : là où les causes sont inconnues, ne reste-t-il pas de la place pour un miracle ? Érasmus Roemer, mon vieux, il faut que tu croies au miracle !

Le quatrième jour, il partit pour Hellenbrand. Non pas dans sa propre voiture mais dans une auto de location. Il s'y rendrait incognito, en secret, il se faufilerait chez Corinna par une porte dérobée... Il avait une réputation à défendre, puisqu'il était encore président du tribunal de première instance de Münster.

Il existe deux façons de détruire l'influence et l'autorité de quelqu'un : l'attaquer de front ou le considérer comme mort et ne plus prononcer un mot à son sujet. La première tactique est spectaculaire mais dangereuse, car on s'expose à une violente contre-attaque de l'intéressé. Enterrer une personne à force de silence, c'est la priver de toute défense, à moins qu'il ne s'agisse d'un être capable de rompre les chaînes dont on cherche à l'accabler, même celles d'un silence de mort.

Comment procéder contre Corinna Doerinck ? se demandait Willbreit. Il se sentait blessé au fond du cœur dans son honneur de médecin. Ce que cela signifie, seul le sait sans doute le malheureux qui a osé affronter l'un de ces privilégiés. Cela ne lui sera jamais pardonné : car toucher à un médecin, c'est égratigner le ciel immaculé de la Faculté.

Willbreit avait d'abord pensé écrire un article intitulé : « À propos des nouveaux charlatans. » Mais c'était faire trop d'honneur à cette fille. Se taire, l'enterrer sous une chape de silence, c'était la solution. Le mépris absolu !

Par trois fois, il avait appelé Roemer au téléphone :

– Que fais-tu ? avait-il demandé.

– Je lis...

– Toujours tes livres porno ?

– Les façons de traiter les maladies du foie, avait répliqué le magistrat sans même plaisanter...

– Érasmus, tu devrais...

– Et toi, tu devrais me lécher le cul et te taire une fois pour toutes, Thomas ! Bonne nuit !

Et il avait raccroché.

Le troisième jour, Willbreit avait tenté d'approcher Élise, la femme de Roemer. Mais elle chassait en Carinthie chez un certain baron von Loxenfeldt, et quand Willbreit avait appelé le château de ce dernier, la voix stylée d'un majordome lui avait répondu que « Madame » se reposait en Hongrie avec « Monsieur le baron ». Willbreit avait alors décidé de forcer la porte de son ami le lendemain ou le surlendemain. L'idée que le géant, comme un éléphant blessé, s'était retiré pour regarder en face l'approche de la mort, lui était pénible. Personne ne pouvait l'obliger à subir une opération, mais le laisser souffrir seul, cela était insupportable.

Malgré tous ses efforts pour traiter par le silence et le mépris le cas de cette Corinna Doerinck, cette fille et son activité paramédicale continuaient à lui poser un problème. Ce qu'il appelait la « comédie » qu'elle jouait aux ignorants en se référant à des forces « bio-énergétiques » était une provocation. Comment pouvait-on prendre au sérieux cette foi superstitieuse, venue du fond des âges, et que rien ne parvenait à supprimer même à l'ère des hommes sur la lune et des destructions nucléaires ? C'était une violation du territoire médical, de son territoire personnel ! C'était jouer dangereusement avec les malades toujours prêts à accorder une confiance aveugle à qui leur promet une guérison là où tous les autres échouent. Cette tromperie était ce qu'il y avait de criminel dans ces caresses qui, sans cela, n'auraient été que ridicules, et il fallait y mettre fin.

Voilà ce dont il voulait parler avec son ami Roemer, qui ne devait pas non plus laisser passer la chance que représentait une opération. À quoi servirait de courir à la mort « à bride abattue, avec tout le panache possible… » pour employer sa propre expression.

Mais Roemer n'était pas chez lui. Il était parti en auto, déclara à Willbreit la femme de chambre qui vint lui ouvrir. « Où cela ? avait demandé Willbreit. Il ne me l'a pas dit… »

C'est alors qu'il revenait vers le centre de Münster, qu'au hasard d'une déviation provoquée par des travaux de voirie, il aperçut subitement la voiture de Roemer rangée au bord du trottoir d'une petite rue commerçante. Aucun doute possible, c'était elle ! Willbreit avança lentement jusqu'à une place vide entre deux voitures en stationnement et rangea rapidement la sienne. Un coup d'œil à travers la vitre le convainquit qu'il ne s'était pas trompé : sur le siège arrière, il y avait les deux coussins revêtus de vison bleu entre lesquels Élise Roemer « prenait des poses » – disait son mari.

Étonné, Willbreit regarda autour de lui. Que faisait donc Roemer dans ce faubourg ? Rien que des boutiques, et certes pas de la classe de celles que fréquentait d'habitude le président du tribunal de première instance : une papeterie, une charcuterie, un fleuriste, une boulangerie, une vitrine de meubles rembourrés, un magasin de chaussures qui affichait trente pour cent de rabais… Peut-être Roemer avait-il, dans l'un de ces immeubles de rapport, une maîtresse ignorée ? Mais il n'était pas sot et aurait garé sa voiture dans une autre rue…

Que faire ? Willbreit se décida à attendre une demi-heure. Il avait à peine allumé une cigarette, quand il aperçut un homme en bleu de chauffe, balançant à la main un petit trousseau de clés, une pipe au coin des lèvres, et qui, sans se presser, ouvrait la porte de l'énorme voiture et se laissait choir sur le siège du conducteur.

En trois pas, Willbreit se retrouva près de lui. L'inconnu n'avait pas encore refermé la portière. Il jeta sur Willbreit un regard étonné, mais n'en tourna pas moins la clé de contact. Le moteur démarra aussitôt.

– Que faites-vous dans cette voiture ? cria Willbreit.

– Est-ce que ça vous regarde ? répondit l'homme.

– Cette voiture appartient au juge Roemer.

– D'accord. Et alors ?

– Je m'appelle Willbreit, je suis un ami du président.

– Et moi, je m'appelle Fritz Sinsemann, mécanicien.

– Il vous a laissé sa voiture en réparation ?

– Absolument pas !

– Je vous vois assis là, en bleu de mécanicien...

– Auriez-vous quelque chose contre les bleus de mécanicien ? Un bleu, c'est pourtant commode, monsieur Willbreit. On fourre ça le soir dans la machine à laver, et le lendemain matin, plus une tache !

– Quand M. Roemer revient-il chercher sa voiture ?

– Aucune idée ! Il a loué la Ford jusqu'à demain midi.

– Il a loué... (Willbreit s'était penché davantage encore vers l'homme en bleu de chauffe. Et il sentit soudain le battement de son sang qui se ruait plus vite dans les veines de ses tempes.) ... Ainsi, il a loué une voiture ?

– Une Ford, oui... (L'homme tira de sa poche une carte qu'il tendit à Willbreit.) ... Si vous avez un jour besoin d'une voiture, voici ma carte : « Sinsemann et Fils, voitures de location et atelier de réparation. » En vous adressant à moi, vous économiserez quelques marks sur les prix des grosses firmes...

Décontenancé, Willbreit, la carte à la main, suivit des yeux la voiture de Roemer qui s'éloignait et disparut presque aussitôt dans un grand portail.

Roemer adorait sa voiture spécialement carrossée

et équipée. Où s'était-il rendu avec cette Ford de location, trop petite pour lui ? Et comme un éclair, une pensée lui traversa le crâne, et il eut l'impression d'avoir reçu une décharge électrique qui, se répandant dans tout son corps, le frappait d'une inhibition momentanée. Non, ce n'était pas possible ! Pour désespéré qu'il fût, un Érasmus Roemer n'allait pas commettre une telle idiotie ! Il savait que personne ne le débarrasserait d'une congestion mortelle du foie avec des simagrées telles que les caresses aériennes d'une Corinna Doerinck ! Érasmus, Érasmus, cette fille est dangereuse, voyons...

Il courut jusqu'à sa voiture, prit à peine le temps de s'asseoir pour décrocher le téléphone :

– Du nouveau ? Quelque chose de particulier ? demanda-t-il, cherchant à récupérer son souffle et à maîtriser les battements de son cœur.

La voix calme et indifférente de l'assistante résonna dans l'écouteur :

– Le cancer aux poumons du 19 est mort. Le Dr Brandes a fait le nécessaire. Autrement, rien à signaler, monsieur.

– Merci. Dites à M. Gablonz que je le prie de faire pour moi la visite de fin d'après-midi. Je suis retenu au-dehors et je ne sais pas exactement quand je rentrerai. Je vous rappellerai.

– Pouvons-nous vous appeler quelque part, monsieur ?

– Pas avant ce soir. Tout se passe bien, n'est-ce pas ?

– Comme d'habitude, monsieur...

Willbreit raccrocha. Il pouvait se reposer sur cette Erna Taube. Elle dirigeait depuis vingt ans les services annexes des blocs opératoires. Pour Willbreit et pour les autres chirurgiens, cette femme n'avait pas de prix.

Avant de démarrer, Willbreit s'accorda le temps de fumer une cigarette de plus et de se livrer à une analyse fiévreuse de la situation. Dois-je me précipiter à Hellenbrand et tirer Roemer des griffes de cette fille ? Ce serait provoquer une discussion inutile. Si Roemer veut se laisser caresser le foie à distance, c'est son affaire. Il refuse d'être opéré ? Soit, personne ne peut plus rien pour lui. Au point de vue moral, on peut lui permettre de se réfugier dans une illusion qui, pendant un temps plus ou moins long, le remplira d'espoir, de bonheur, qui le réconfortera spirituellement... cela, jusqu'à un effondrement d'autant plus atroce. Heureusement, ses souffrances seront brèves. S'il entre rapidement dans le coma final, il aura encore une fois de la chance.

Mais pourquoi alors Willbreit se dirige-t-il vers l'autoroute ? Pourquoi prend-il la direction de Nottuln ? Il en sort un instant, gagne Havixbeck, se ravise, s'engage dans un chemin de traverse à Lasbeck. Plus il s'approche d'Hellenbrand, plus il ralentit l'allure. Et le voici qui s'arrête sous un bouquet d'ormes d'où il contemple silencieusement les lentes ondulations de cette vieille terre cultivée depuis des siècles, rayonnante aujourd'hui de soleil.

Quelle est cette force qui l'empêche de redevenir lui-même ? Pourquoi reste-t-il sur le bord d'une route de campagne, incapable de se dégager de l'emprise magique d'une femme comme il y en a tant d'autres ? Pourquoi est-ce en vain qu'il considère le nombre de fous et de folles qu'il y a dans ce bas monde ? Une Corinna de plus ou de moins n'y changera rien. L'un s'achète une baignoire enduite de graisse dans on ne sait quel but médical, l'autre se contente de caresses aériennes. Chaque imbécile a droit à son petit plaisir. Quelle importance, tout cela ? Allons, retourne sur tes pas, espèce de fou qui veux lutter contre la bêtise et l'ignorance humaines !

Mais alors pourquoi se retrouve-t-il en train de rouler, lentement et à contrecœur certes, vers Hellenbrand, vers la maison des Doerinck ?

Corinna était assise devant un large métier à tisser et travaillait à une tapisserie qui reproduisait la légende de la licorne, quand une Ford grise s'arrêta dans la cour devant le hangar où elle avait installé son atelier. Après lui avoir accordé un bref coup d'œil, elle continua à serrer sur la trame les nœuds qu'elle avait commencés. Puis un coup de sonnette retentit à la porte de la pièce avancée qui lui servait de salle d'exposition, et elle entendit quelqu'un qui toussait et un bruit de pas.

– Un instant, s'il vous plaît ! cria-t-elle... J'arrive tout de suite.

Elle mit quelques secondes à ranger sa laine et le travail en cours, passa ses mains dans ses cheveux. Mais avant même qu'elle eût terminé, le client était déjà dans son dos.

– Vous allez être étonnée, dit une voix un peu essoufflée...

Elle se retourna lentement sur son tabouret pour se mettre debout sans mot dire...

– ... Mais je m'étonne moi-même. Comme disait la jeune épouse après sa nuit de noces : « C'est tout ça ? Alors, on recommence... » Riez, je vous en prie !

– Monsieur le président !

Il leva la main et eut l'air soudain si fatigué :

– Mon âge me permet de vous proposer de laisser de côté les titres et les formalités, Corinna. Il me fallait venir vous voir. Je n'ai pas pu faire autrement.

– Avec cette voiture ?

– D'une certaine manière, je suis un lâche, Corinna. J'ai voulu préserver une sorte d'anonymat, éviter qu'on dise : « Regarde donc ce vieil imbécile de Roemer qui s'adresse maintenant à une jeteuse de sorts. »

– Je ne suis pas une jeteuse de sorts... (Son regard dépassa l'homme immobile devant elle.) ... Vous désirez commander un de mes tapis ? Avez-vous un modèle ou un motif qui vous plaît ?

– Oui, un homme qui mange une assiettée de foie rôti, le sien... ! (Il eut un soupir qui était presque un gémissement.)... Corinna, vous avez fait mouche : le professeur Willbreit m'a dit toute la vérité. Mais ne parlons plus de lui ! Me voici devant vous, et je ne sais plus ce que je dois faire.

5

Il y a dans la vie certaines choses, certains sentiments, qu'on n'arrive pas à définir, auxquels il est impossible de donner un nom. Et pourtant, se dit-on, tout a une définition et une appellation. En effet, en temps normal, tout et tous semblent porter une étiquette, un peu trop même. Mais voici qu'on se trouve devant un homme qui est arrivé au bout de l'espoir. Il a peur, dira-t-on. Mais le mot peur est bien loin d'exprimer ce qu'il ressent, le fond de son désespoir, de son épouvante. Il n'y a pas d'appellation pour un sentiment infini. Aucun de nos concepts ne rend compte d'une telle réalité.

Roemer fit quelques pas dans l'atelier comme un gros ours maladroit, et ne voyant aucune autre place pour s'asseoir que le tabouret de travail de Corinna, il se laissa tomber sur lui, le recouvrant complètement de sa masse, si bien qu'il parut dès lors flotter dans l'air.

– Oui, c'est comme ça... avec vous, j'avais déjà reçu la décharge en plein cœur.

Elle ne répondit pas et se réfugia un instant dans la salle d'exposition pour être seule. Quand elle revint, Roemer, qui respirait difficilement, avait desserré son nœud de cravate et ouvert le col de sa chemise.

– Que vous a conseillé le professeur Willbreit ?

– Une opération. Cinquante chances sur cent de réussite.

– Il faut la tenter.

Roemer secoua la tête :

– Et en cas de réussite, une fin de vie pire que la mort… Corinna, quand mon ami Thomas Willbreit m'a parlé de vous, j'ai plaisanté sottement, à mon habitude. Puis le Dr Hambach nous a montré la dernière radiographie de votre mère, et là encore j'ai pensé : il y a là-dessous un attrape-nigaud. La petite – c'était vous – a trouvé le moyen de truquer cette image. Pourquoi fait-elle ça ? me suis-je demandé. Pour des raisons psychologiques certainement, sans doute pour remonter le moral de sa mère par ce mensonge, aussi longtemps que possible, jusqu'à ce que ce mensonge s'effondre de lui-même.

– Ma mère est presque guérie… presque ! dit sèchement Corinna.

– Je le sais maintenant. Sinon, serais-je ici ? Vos doigts émettent une énergie, un rayonnement qui anéantit les cellules malades. Jusqu'à présent, je n'avais jamais entendu parler de ça, et si quelqu'un m'avait soutenu que c'était possible, je me serais tapoté le front avec le doigt : c'est de la folie, il n'y a rien qui ne soit plus impossible. Maintenant, je crois, Corinna… Vous me regardez et vous ne dites rien ? Vraiment, je crois au pouvoir de vos mains.

– Je ne peux pas vous aider.

– Ne dites pas cela ! Je vous en prie, ne dites pas cela ! Y a-t-il quelqu'un qui sache ce qu'il y a en vous et qui peut vous le dire ?

– Personne. Moi-même, je l'ignore. Croyez-moi, cela m'inquiète parfois, moi aussi. Par exemple, je caresse une fleur fanée, et voici qu'elle se redresse. Et une fois, alors que je regardais une bague d'or qui était sur la table de notre pièce et que je n'avais encore jamais vue, la bague a commencé à venir à moi… J'ai su plus tard qu'elle a appartenu à mon grand-père. Il l'a donnée à ma mère comme une sorte de talisman lorsqu'elle s'est mariée avec mon père…

– Une fleur fanée... et vous me renvoyez ! Vous desséchez un cancer avec le rayonnement qu'émettent vos mains. Vous avez guéri le Dr Hambach de sa prostatite. Et vous avez certainement eu d'autres réussites que vous êtes seule à connaître, n'est-ce pas ? Pourquoi donc serais-je justement le seul que vous ne puissiez guérir ?

– Il y a des limites à tout, même chez moi. Je ne pourrai jamais guérir votre foie.

– Essayez... Mon Dieu, vous pouvez au moins essayer !

Elle secoua la tête, non sans tristesse :

– Je ne peux pas guérir quelqu'un si je ne suis pas sûre de sa guérison. La force que je possède, quel que soit le nom que vous lui donniez, disparaît alors. En vous regardant, je sais qu'elle ne me servira à rien.

– Et si vous essayiez quand même... je vous en prie... (Sa voix était presque inaudible.) ... Corinna, je suis au bord du désespoir, prêt à basculer dans le gouffre... vous le savez, n'est-ce pas ?

Elle se retourna, alla jusqu'à la grande fenêtre et regarda longuement le jardin. Ce hangar où elle avait installé son atelier avait son histoire. Il s'élevait au milieu d'un groupe d'arbres qui avaient jadis entouré une ferme comme une muraille de verdure. Le corps principal de ce bâtiment avait brûlé à la fin de la guerre, incendié volontairement, une vengeance de prisonniers libérés, presque tous russes, qui s'étaient répandus par les villages, armés de haches, de gourdins, de faux et de couteaux de boucher, pillant et maraudant, jusqu'à ce que les Américains les renferment dans leur camp en attendant de les expédier vers l'est par trains spéciaux. Le propriétaire avait brûlé avec sa ferme ainsi que sa femme et son plus jeune fils. Mais n'avait-il pas durement exploité trente prisonniers de guerre ? Il les avait traités à coups de pied et de bâton, les nourrissant à peine sous prétexte que son fils aîné était tombé à Koursk...

Seul le hangar était resté debout, vide pendant des années. Personne n'en voulait à cause des morts. Et de plus une certaine Lina Korthaus, alors qu'elle cueillait des champignons au crépuscule, avait aperçu le vieux paysan lui-même fumant sa pipe là où sa maison s'était élevée jadis. En vain le pasteur s'était-il efforcé de la détromper. « Je l'ai vu. Il était là, et il fumait sa pipe... Je le connaissais bien, moi, le Philippe ! »

On avait beau ne pas croire cette pauvre Lina, personne à Hellenbrand n'avait voulu de la grange, jusqu'à ce que Corinna dise un jour à son père : « Il y a un endroit merveilleux pour un atelier, un grand hangar, la vieille grange des Schulte-Haffnung. Je peux l'aménager avec très peu d'argent. »

Elle connaissait depuis longtemps ce lieu maudit. Étant enfant, elle décrivait toujours un grand détour pour éviter ce bout de terrain en friche. Elle avait quinze ans quand elle avait osé franchir pour la première fois la ceinture d'arbres et se débarrasser de sa bicyclette le long du mur de la grange. Hésitante, elle était entrée à l'intérieur du bâtiment, accueillie par une odeur de moisi et de pourri qui l'avait d'abord prise à la gorge. Entre les poutres pleines de chanci, les araignées avaient tissé de grandes toiles. Si le Philippe apparaît, avait-elle pensé, je ne me sauve point... J'irai droit à lui et je lui demanderai : « Pourquoi reviens-tu ici ? Tu es mort, tu as été tué et ton corps a brûlé. Tu ne peux rien changer à ce qui est fait, Philippe. Il faut te reposer... »

Mais aucun fantôme n'avait surgi. Elle avait fait le tour du bâtiment, libérée soudain de sa première inquiétude. Au contraire, elle s'était sentie comme à l'abri de tout mal, et assise sur un bloc de bois vermoulu qu'elle avait roulé au centre de l'espace vide, elle était restée là à rêver tout l'après-midi.

Ensuite, elle était souvent revenue dans ce grand bâtiment vide pour réfléchir à ce qui la préoccupait, par exemple, le chat. Il était apparu un jour, efflanqué, osseux, avec un ulcère suintant au milieu du dos. Après avoir décrit autour de Corinna plusieurs cercles précautionneux, il s'était installé à ses pieds en ronronnant. Elle l'avait caressé. À leur quatrième rencontre, l'ulcère avait disparu, remplacé par une sorte de teigne desséchée qui était tombée d'elle-même. Pourquoi ? Et là où elle touchait une poutre, la moisissure elle aussi se desséchait. Étrange, avait-elle pensé.

À la demande de sa fille, Doerinck, pour une bouchée de pain, avait acheté à la ville la grange abandonnée, ce qui avait fourni aux habitants d'Hellenbrand un sujet de conversation qui s'était prolongé pendant des semaines. Pensez donc : le professeur Doerinck avait épousé une Russe, n'est-ce pas, et n'était-ce pas des Russes qui avaient brûlé la ferme et tué ses occupants ? Il y avait là anguille sous roche, certainement !

Un jour, un inconnu avait collé sur la porte de la grange un écriteau grossièrement peint : « Isba russe ». La police du village avait photographié et enlevé l'objet du délit. Naturellement, l'enquête n'avait rien donné.

Mais Corinna avait relevé le défi. Au-dessus de la porte, elle avait accroché un autre écriteau, mieux écrit, avec un unique mot russe : « Datcha ». Quelle indignation à Hellenbrand devant cette provocation ! Le recteur lui-même s'était ému. Il avait voulu mettre en garde son collègue Doerinck.

– Tu devrais parler à ta fille. Elle y va un peu fort. Je ne veux pas m'en mêler, mais tu es mon adjoint, tout le monde t'aime ici...

– Ma fille a vingt-huit ans... Pourquoi ne lui parles-tu pas toi-même ?

Les choses en étaient restées là : comme il arrive toujours dans ce bas monde, quelques semaines plus tard on ne parlait plus de l'affaire. Un petit entrepreneur de Billerbeck transforma la grange. En recouvrant le sol d'une nouvelle couche de ciment, on avait découvert un coffret en fer qui y avait été enterré. Il contenait tous les bijoux de la dernière propriétaire, Elfriede Schulte-Haffnung. Leur valeur avait été estimée à quatre-vingt mille marks de nos jours. La municipalité s'était félicitée de l'aubaine : la commune était la seule héritière légale de la famille anéantie, et les villageois tirèrent la leçon de toute l'histoire : « On ne le verra jamais plus, le Philippe. Il revenait surveiller ses bijoux. Désormais, c'est fini... » Chose étrange, un incendie avait éclaté peu après à la mairie, vite éteint d'ailleurs, mais sans qu'on pût en découvrir la cause.

Le front appuyé contre la croisée de la fenêtre, Corinna avait fermé les yeux... Roemer ne put s'empêcher de tressaillir quand il la vit joindre soudain ses longues mains effilées dans l'attitude de la célèbre gravure de Dürer.

– Levez-vous, dit-elle soudain.

Sa voix avait changé et rompait si brutalement un silence angoissant que Roemer sursauta et se mit debout d'un bond.

Elle revint lentement vers lui, gardant toujours ses mains jointes. L'éclat de ses yeux noirs semblait transpercer Roemer, et un flot de chaleur le parcourut des pieds à la tête, rien de l'étouffement qu'il avait ressenti à Bali, alors que la sueur ruisselait de tous ses pores comme des milliers de petits robinets dissimulés sous sa peau. C'était une sorte de ravissement qui naissait de ce feu intérieur...

Elle était là, si petite, si délicate, devant cette montagne de chair. Il la vit lever la main droite, la laisser glisser le long de son corps, les doigts serrés et légèrement recourbés vibrant à distance, toute la main creusée comme un petit miroir parabolique qui recevrait et émettrait des ondes invisibles.

Il demeurait comme pétrifié dans l'attente du miracle, seules ses dents grinçaient malgré lui, de façon imperceptible.

– Sentez-vous quelque chose ? demanda-t-elle soudain.

Les yeux de Roemer s'agrandirent, comme désespérés, sans lâcher du regard, juste au-dessous d'eux, la chevelure noire de Corinna.

– Rien... rien encore... bégaya-t-il.

– En effet, vous ne pouvez rien sentir... (Elle fit trois pas en arrière et, dans un geste d'une sauvagerie surprenante chez elle, recouvrit de ses mains son visage tendu, devenu anguleux sous l'effort qu'elle venait de faire sans aucun résultat.)... Moi non plus, je n'ai rien senti, monsieur Roemer. Rien du tout, hélas... Cela ne va pas. Je le savais d'avance...

– Mais je veux vivre... ! cria Roemer.

Toute son angoisse explosait d'un coup.

– Je veux vivre, vivre ! Encore une fois, Corinna, essayez encore une fois. Je vous en supplie. Je crois en vous, à votre force. Essayez encore une fois.

Il s'était lancé sur elle avec une rapidité inouïe pour un homme de son poids, et il la serrait maintenant contre sa poitrine. Avec une puissance dont on ne l'aurait jamais crue capable, Corinna s'arcbouta de ses deux poings contre lui et, faisant semblant de se laisser tomber, elle se dégagea comme un chat sauvage de cette étreinte désespérée... En deux bonds, elle se retrouva à la porte de l'atelier, les yeux flamboyants :

– Ne recommencez jamais ! Jamais, entendez-vous ? Vous détruisez tout !

– Je veux vivre... Corinna. (Comme un aveugle, il tâtonnait le long de la fenêtre, l'ouvrait enfin et criait vers l'enceinte des arbres :) Vivre... Vivre...

Ce fut son dernier cri de désespoir, comme si toute son énergie l'abandonnait à jamais, à tel point que Corinna, prise de pitié, se rapprocha de lui.

– Je ne détruis rien... dit-il encore.

– Si... Comment vous expliquer ce qui se passe...

Elle avait de nouveau les mains jointes et Roemer

eut un sursaut d'espoir : elle rassemble ses forces, elle va essayer de nouveau…

– Écoutez-moi bien. Quand on me force, tout se vide en moi. Je dois être libre, totalement libre de mes pensées et de mes gestes. Depuis que je sais que je suis différente des autres, j'ai recherché à m'expliquer pourquoi. Les explications les plus convaincantes viennent de Russie…

Elle eut un léger sourire comme pour s'excuser de parler du pays de sa mère.

– À l'université d'Alma-Ata, la capitale du Kazakhstan, un petit groupe de chercheurs – chimistes, biophysiciens, médecins, biologistes et psychiatres – étudie le secret du rayonnement qu'émettent les hommes. Ils ont baptisé ce phénomène : énergie du champ bioplasmatique. Deux d'entre eux, Iniouchine et Grichenko, au moyen d'appareils d'optique ressemblant à des microscopes, ont rendu visible le champ de rayonnement qui entoure le corps humain, une sorte d'aura. Un ingénieur, Kirlian, et sa femme Valentina ont tiré des clichés de cette aura grâce à un dispositif électrophotographique mis au point par eux, lequel utilise les hautes fréquences, et que l'on appelle plus brièvement « la photographie Kirlian ». Or cette bio-énergie ne peut se développer librement et efficacement chez un être humain que dans certaines conditions, s'il arrive à se concentrer sans être dérangé ni influencé d'aucune manière. Me comprenez-vous ?

– Non. Qui est capable de comprendre une chose pareille ?

Cherchant à s'asseoir, il releva le tabouret renversé au cours de leur brève lutte, le remit d'aplomb et se laissa tomber sur lui.

– Vous pourriez passer des heures en explications, je pourrais lire des centaines de livres à ce sujet, tout cela serait toujours pour moi si fantastique, si étranger à notre formation occidentale, qu'il me faut abandonner toute rationalité et aborder le domaine de la foi. Je crois ! Je crois en vous, Corinna.

– Et pourtant, j'échoue avec vous, monsieur Roemer.

– Mais pourquoi ? Pourquoi ? Qu'y a-t-il donc en moi ?

– Je ne sais pas. Je ne l'explique pas. Mes mains sont mortes quand il s'agit de vous.

– Et c'est seulement avec moi ?

– Jusqu'à présent oui. Je n'ai jamais ressenti avant ce vide, ce néant...

Il se cacha le visage entre les mains, et garda un instant le silence avant de dire d'une voix changée :

– Mon Dieu ! Qu'ai-je donc fait pour mériter cette malédiction ? Oui, j'ai bu sans soif et j'ai baisé sans amour, et j'ai épousé Élise seulement parce qu'elle m'apportait des millions. J'ai vécu comme un pacha. Mais d'autre part j'ai toujours été un juge équitable qui ne s'est jamais laissé guider par ses sentiments. J'ai poussé l'accusé que j'avais devant moi dans ses derniers retranchements, seulement pour mieux le connaître, jusqu'à ce qu'il soit comme nu devant moi, devenu une statue de cristal. Et j'ai alors recomposé son milieu, celui qui l'a conditionné. J'ai donné ma sentence en toute connaissance de cause, en toute conscience. La conscience, est-ce que cela ne pèse rien dans votre balance ? (Il laissa retomber ses mains, et Corinna s'aperçut que ses yeux étaient rouges.) ...Alors, il ne me reste plus que l'opération ?

– Oui.

– Je ferai appel aux meilleurs spécialistes du monde, Élise a assez d'argent... ! (Il se leva pesamment de son tabouret.) ...Il y a quatre jours, je me serais soûlé, oh, pas vulgairement avec du schnaps, mais élégamment avec quelques bouteilles de Château-Lafite ou de Château-Margaux, pour accompagner un cuissot de chevreuil...

– Tout cela est fini...

L'attention de Corinna, depuis quelques secondes, était ailleurs, fixée sur le ronflement d'un moteur qui approchait. Puis une Maserati apparut, freinant si brutalement que l'arrière se déporta vers la gauche. Et le conducteur attendit à peine son arrêt pour bondir de son siège et se mettre à courir vers la grange comme s'il fuyait son propre véhicule. De la fenêtre où elle était, Corinna dit :

– C'est votre ami. Il vient vous tirer des griffes de la sorcière. Et mon père est avec lui. La conversation va être des plus joviales !

– Laissez-le à la porte ! Et verrouillez-la de l'intérieur !

– Trop tard. Ma porte est toujours ouverte.

– Mais comment a-t-il pu savoir que je suis ici ?

Par le visage de Stefan Doerinck qui approchait plus lentement, Corinna voyait que son père venait de passer une heure difficile : jamais ses traits n'avaient été aussi crispés et son expression aussi grave. La clochette qui prévenait de l'ouverture de la porte résonna si brutalement que Willbreit avait dû se précipiter à l'intérieur sans ralentir son élan.

De ses deux mains, Corinna lissa ses cheveux en arrière, jeta un coup d'œil sur Roemer qui, réfugié dans un coin, lui faisait signe de ne laisser entrer personne. Puis elle se dirigea vers la salle d'exposition. Elle trouva Willbreit presque écumant, arrêté devant une tapisserie qu'elle avait terminée une semaine plus tôt.

– « Ulysse et les sirènes », dit-elle, comme il semblait s'abstenir de la saluer.

Interloqué, il demanda malgré lui :

– Quoi ?

– « Ulysse et les sirènes ». C'est le motif de cette tenture. J'aime tisser des scènes de l'Odyssée. Si celle-ci ne vous plaît pas, j'ai par exemple « Ulysse et les pourceaux », qui fait partie de la série Circé.

– Où est-il ? hurla soudain Willbreit.

– Ulysse ? Tenez, voici le carton Odyssée...

La rage convulsait le visage de Willbreit. Il cria encore plus fort :

– Je parle de Roemer ! Il est chez vous ! Je sais

qu'il est ici. Ne mentez pas ! La voiture qui est dehors, il l'a louée à Münster...

– Vous aurais-je menti ? demanda Corinna avec hauteur.

– Je veux parler à M. Roemer.

– Quand il désirera s'entretenir avec vous, il viendra de lui-mêmc.

– Vous n'avez aucune conscience ! Ce que vous faites est un crime !

– Dois-je user de mon droit et vous jeter à la porte... ? (Elle paraissait de plus en plus calme et chaque mot qu'elle prononçait était net et clair.) ... Quant à vos insultes, certes, mon père ne peut me servir de témoin devant un tribunal qui le récuserait, mais il vous entend ainsi que M. Roemer. Qui vous donne le droit d'affirmer que mon travail est criminel ? Est-ce un crime de tisser des tapis ? Votre comportement est ridicule !

Willbreit avala bruyamment sa salive, le souffle coupé.

– Vous savez très bien ce que je veux dire.

– Mes tapis plaisent à M. Roemer, et il est venu ici pour en commander.

– C'est vous qui jouez une comédie ridicule !

– Il voulait offrir un tapis à sa femme pour Noël. Malheureusement, j'ai dû refuser la commande. J'ai tenté de lui expliquer que le délai est beaucoup trop court, car j'ai d'autres clients à satisfaire avant lui. (Elle prit sur la grande table un carton qu'elle ouvrit à même le sol devant les pieds de Willbreit.) ... Voulez-vous voir « Ulysse et les pourceaux » ? Si vous vous décidiez pour ce motif, le délai de livraison serait, au plus tôt, Pâques de l'année prochaine. Pas avant !

Willbreit s'était un peu ressaisi.

– Où est M. Roemer ? demanda-t-il sèchement.

– Dans mon atelier de tissage. Il s'intéresse à ma technique de travail.

– Enfin une réponse précise ! Puis-je aller le voir ?

– Oh ! Ce ne sera pas nécessaire !

Roemer apparut. Il sortait de la pièce voisine, énorme, puissant, apparemment débordant de santé, un géant au visage rubicond.

– ... Je te préviens d'une chose, Thomas : c'en est fini de notre vieille amitié si tu dis un seul mot à Élise au sujet de la tapisserie que je veux lui offrir.

Willbreit baissa la tête, enfonçant son menton dans son col, sans pouvoir dire un mot. Du duel de regards qui suivit, Roemer sortit vainqueur. Finalement, Willbreit se secoua :

– Parlons sérieusement, Érasmus...

– En effet ! Pourquoi m'espionnes-tu ? (Et comme Willbreit ne lui répondait pas assez vite, il montra du doigt le carton grand ouvert sur le sol :) ... Puisque tu es ici, profite de l'occasion : feuillette ces projets de tapisseries. Il y en a de merveilleux, Thomas.

– Assez de bêtises ! il faut que...

– Ta situation, Thomas, me rappelle celle de l'homme qui avait pissé dans son froc. Il a été plus intelligent que toi. Il a reconnu les faits : « Ça ne sert à rien de s'agiter, a-t-il dit – la dernière goutte est déjà partie ! » (La voix de Roemer tonnait comme dans ses meilleurs jours, il y avait déjà une semaine de cela. Il se retourna vers Doerinck :) Vous avez une fille formidable, monsieur Doerinck. Je n'ai jamais vu d'aussi beaux tapis. Voici une heure que je fais miroiter à Corinna tout ce qu'elle pourrait gagner si elle transformait son affaire en une manufacture importante. Elle se consacrerait aux motifs, aux modèles que réaliseraient sur de nombreux métiers des dizaines d'ouvrières. Mais elle refuse. Une œuvre d'art est unique, me répond-elle, donc pas de travail en série ! C'est dommage : ces artistes sont individualistes, ils ne connaissent rien aux affaires d'argent !

De plus en plus irrité, Willbreit ne renonçait pas à la lutte :

– Pendant combien de temps cette comédie va-t-elle encore durer ?

– Toute comédie qui se respecte a trois actes, Thomas. Je ne suis qu'à l'introduction du premier.

– Ta comédie est mauvaise, Érasmus, et tu sais comme moi quelle en sera la fin...

Jusqu'alors, Stefan Doerinck s'était contenu. D'un seul coup, il éclata avec une telle violence que tous se turent :

– Mais enfin, qu'est-ce qui se passe ici ? D'abord un professeur qui ne mérite guère son titre m'agresse chez moi, prétend que ma fille est en train de commettre un crime, qu'il est question d'appeler la police. Je le suis jusqu'ici. Et qu'est-ce que je constate ? Que ma fille est en train de recevoir un client. J'attends vos explications, professeur Willbreit, et vite ! Vous vous êtes conduit chez moi de façon scandaleuse, sans aucun droit...

– Sans aucun droit en effet, lança Roemer. Je ne sais pas ce qu'il vous a dit, monsieur Doerinck, mais je vous présente mes excuses en son nom à cause de notre vieille amitié.

– Il n'est pas question de cela, essaya de dire Willbreit.

Jamais il ne s'était senti aussi ridicule. Il allait et venait dans la grande salle d'exposition, obligé chaque fois de faire un détour pour éviter le carton grand ouvert au milieu de la pièce. Sa situation n'était guère enviable, et il le savait. Si tous s'en tenaient à la thèse d'une commande de tapis, il n'avait aucun argument à leur opposer. Il ne lui restait plus qu'à s'excuser et à se retirer honteusement. C'était pour lui la plus terrible des humiliations.

– Mettons fin à cette comédie, bégaya-t-il.

– C'est tout à fait mon avis, rugit Roemer. Si tu te retires maintenant, aucun de nous ne te retiendra, Thomas !

– Il faut que je te parle...

– Me prends-tu vraiment pour un pupille de l'assistance publique, dont il faut surveiller tous les pas ? Je suis venu ici acheter une tapisserie, ou plusieurs, et ce n'est pas toi qui vas me conseiller, d'abord parce que je n'ai pas confiance dans ton goût. Téléphone-moi, et nous fixerons un rendez-vous.

– Je constate que la raison et la logique ne sont pas de mise ici... (Willbreit essayait en vain de s'en sortir dignement. Il s'était arrêté face à Corinna, toujours impassible. Quelle femme fascinante, pensa-t-il, mais combien dangereuse ! Que de malheurs ne va-t-elle pas provoquer ? Il fit un dernier effort pour reprendre l'avantage :) M. Roemer est mon ami. Il est au courant de son état. Si, en lui promettant faussement de le guérir, vous l'empêchez de suivre la seule thérapie capable de prolonger sa vie, je vous en tiendrai pour responsable, Corinna Doerinck.

C'en était trop. Stefan Doerinck s'avança vers lui, déchaîné :

– Il est préférable que vous partiez maintenant, professeur.

Corinna s'était tournée vers Roemer :

– Vous ai-je empêché ou déconseillé de faire quelque chose ?

– Mon ami Thomas est un fanatique. Au Moyen Âge, il aurait été inquisiteur et vous aurait envoyée au bûcher. Ne faites pas attention à lui ! (Comme Willbreit voulait répliquer, il lui coupa la parole d'un geste et se dirigea vers la porte de l'atelier :) Nous devons encore nous mettre d'accord sur le motif. Venez, Corinna.

Il disparut dans la pièce voisine et on entendit craquer le tabouret sur lequel il s'asseyait une fois de plus. Corinna se pencha pour refermer le carton aux dessins et le remit sur la grande table.

– Je suppose que vous n'êtes plus intéressé par mes tapis, professeur.

Willbreit préféra ne pas répondre. Il tourna brusquement les talons et quitta la grange. Une fois dehors, il attendit Stefan Doerinck qui l'avait suivi :

– Je vous raccompagne chez vous…

Il s'aperçut que sa voix était rauque, brisée comme lui-même. Sèchement, Doerinck déclina l'offre.

– … Vous ne pouvez quand même pas rentrer à pied. C'est un trajet assez long. Et il faut que je vous parle.

– Je ne veux pas vous entendre et je n'ai rien à vous dire.

– Soyez raisonnable, monsieur Doerinck.

– Qu'appelez-vous raisonnable, vous qui traitez ma fille de criminelle ? Je me suis sérieusement demandé si je ne devais pas vous administrer une bonne raclée. Jadis, en tant qu'officier…

– Ces temps sont lointains, monsieur Doerinck. Maintenant vous êtes enseignant et adjoint au recteur, une personnalité respectée dans cette petite ville, et votre vie doit demeurer exemplaire. La moindre tache sur vous rejaillirait sur tous vos concitoyens. Votre fille, si elle continue, peut vous nuire.

– On dirait que vous me menacez ! J'ai eu tort de vouloir vous accompagner jusqu'à votre voiture. Partez maintenant.

– Vous êtes inquiet, monsieur Doerinck. Et c'est Corinna qui vous inquiète, pas moi. Et c'est naturel, si j'avais une fille qui puisse guérir comme la vôtre, je serais inquiet.

– Vous reconnaissez donc que les mains de Corinna font des miracles ?

– Non ! (Willbreit s'était vite repris.) Ce que je voulais dire, c'est qu'en tant que père, je ferais l'impossible pour empêcher ma fille de se livrer à des comédies dangereuses…

– Elle a trente ans, je ne suis plus responsable de ce qu'elle fait.

– Même si cela peut ruiner votre vie ?

– Je ne peux m'empêcher de penser que vous serez heureux d'y contribuer.

Willbreit ouvrit la portière de la Maserati, il avait marqué un point et il le savait.

– Ce serait inutile. La vie que vous avez menée a été pleine d'expériences, et vous devez connaître les gens. Dès que le bruit se répandra qu'une femme fait des miracles à Hellenbrand, vous allez tous être écrasés sous une avalanche d'hystérie. On organisera des pèlerinages en autocars spéciaux, en trains spéciaux. Les hyènes de la presse, de la radio et de la télé tomberont sur vous. Je ne mentionnerai pas l'émoi des autorités... Et cette bulle de savon éclatera comme tout ce qui est sensationnel, et vous vous retrouverez assis sur les ruines d'un bonheur que vous avez bâti avec tant de peine... (Il avait maintenant repris son assurance habituelle.) ... Je n'ai rien contre vous, monsieur Doerinck. Vous ne voulez pas monter ?

– Non, je rentrerai à pied.

Il se retourna pour regarder la grange. Roemer était à la fenêtre et semblait attendre le départ de Willbreit, toujours debout près de sa voiture. Doerinck soupira. Il a raison, ne put-il s'empêcher de penser. Dès que le bruit des guérisons se répandra, ce sera l'enfer. Il se rappela subitement les masses qui avaient convergé vers un guérisseur du nom de Groening, qui vendait des billes d'étain chargées de son « fluide », jusqu'au moment où la bulle de savon, comme disait Willbreit, éclata et que ces phénomènes furent reconnus comme de l'hystérie collective. En serait-il de même avec Corinna ?

– Je vous remercie de vos prédictions apocalyptiques, professeur. Nous verrons bien ce qui se passera...

Il s'efforçait d'être sarcastique : c'était le seul moyen de s'en tirer. Willbreit, résigné, haussa les épaules, se glissa sur le siège de sa voiture de sport et referma la porte sur lui. Roemer n'avait pas bougé de la fenêtre de l'atelier. Willbreit remarqua qu'il essuyait son visage large et gras, déjà trempé de sueur, avec son grand mouchoir tout froissé et humide. Il a peur, se dit-il. Oui, cette pensée horrible ne le quitte pas. Avec cette maladie, il ne lui reste qu'à faire son testament et à régler ses affaires. Érasmus, il faut surmonter ce désespoir, comprendre qu'il n'y a pas de miracle en médecine. Les murs des lieux de pèlerinage peuvent se recouvrir de béquilles et d'ex-voto, les nouvelles les plus étranges peuvent venir de Lourdes, il n'y a pas de miracle ! Et encore moins à Hellenbrand, dans le pays de Münster !

Doerinck suivit des yeux la voiture alors qu'elle descendait lentement la petite allée qui menait à la route. Il hésita. Dois-je retourner chez Corinna ? Que pourrais-je lui dire ? Je sais ce qu'elle me répondra : « Ai-je guéri maman, oui ou non ? » Il faut que les choses suivent leur cours.

Il se mit à marcher lentement, un peu penché en avant, les mains derrière le dos, pour s'engager au-delà de l'enceinte des arbres, dans l'étroit sentier qui menait à travers champs jusqu'à Hellenbrand. Il en avait pour une demi-heure au moins, le temps de réfléchir longuement.

Au père de Ludmilla d'abord, David Semionovitch Assanourian. Et au père du médecin, ce vieillard courageux que les Allemands avaient fusillé pour sabotage contre la voie ferrée Tiflis-Batoum. Comme Corinna lui ressemblait ! Non seulement par son courage inébranlable, mais aussi par ce don mystérieux de guérir au-delà des bornes reconnues de la médecine.

Un jour, il avait vu le Dr Assanourian maintenir la lame nue d'un couteau au-dessus des reins d'une femme sans la toucher. Et pourtant la femme s'était mise à crier comme s'il lui enfonçait dans le dos la pointe de l'arme, et elle s'était évanouie. Pendant trois jours, il s'était échappé d'elle une urine jaunâtre et trouble, épaisse et nauséabonde. Puis elle s'était levée, les jambes flageolantes, pour boire avidement du lait aigre de sa chèvre. Une semaine plus tard, guérie et heureuse, elle était revenue voir le Dr Assanourian et s'était jetée à genoux pour lui baiser la pointe de ses souliers. Doerinck, l'officier que les autorités allemandes logeaient dans la maison du médecin, en était resté muet de stupeur, surtout en entendant David Semionovitch dire d'une voix convaincue : « Maintenant, vous pouvez travailler à la ferme. L'abcès que vous aviez aux reins a disparu. »

Le jeune lieutenant avait alors demandé avec un sourire ironique :

– Avec la lame de ce couteau, et sans toucher la malade ?

– Cette lame, je l'ai tenue et frottée entre mes mains pendant trois minutes. Sans quoi, ce n'est qu'un couteau ordinaire.

Pour le jeune lieutenant allemand, tout cela n'était que balivernes. Ah ! ces Russes, s'était-il dit. Ce mélange de superstition et de piété était typique. Ces gens-là vivaient en marge du monde civilisé...

Longtemps après, alors qu'il était déjà marié avec Ludmilla et de retour en Allemagne, un petit paquet était arrivé après avoir parcouru une longue route par l'Iran et la Turquie. Un camarade du vieil Assanourian, déporté comme lui en Sibérie, leur avait fait ainsi parvenir le dernier souvenir de l'exilé mort dans la taïga. C'était un médaillon contenant une icône représentant le visage d'une Madone noire. Une petite lettre y était jointe : « Je t'envoie cette icône, petite Ludmilla, conformément au désir de David Semionovitch, qui la portait sans cesse sur sa poitrine, pour qu'elle te protège toujours. Regarde les raies sur le voile de la Vierge. Ce sont les marques des dents de David Semionovitch. Avant de mourir, il a mis l'icône dans sa bouche et l'a serrée fortement. Et il est mort aussitôt, courageusement. Je lui ai retiré l'icône de la bouche et je te l'envoie comme il me l'a demandé. Que Dieu te bénisse et te protège, petite-fille d'un homme qui fut si proche de Dieu... »

Ludmilla avait baisé le petit médaillon qu'elle avait porté ensuite jour et nuit entre ses seins, accroché à un ruban. Et à vrai dire, cet objet avait toujours gêné Stefan Doerinck dans ses transports amoureux parce qu'il avait chaque fois peur d'en briser le bois... De toute façon, jamais Ludmilla n'avait eu la moindre maladie au cours de toutes ces années. Lors des épidémies de grippe, alors que le Dr Hambach disait que c'était le genre de temps où les médecins se frottent les mains, elle se contentait de poser ses lèvres là où le grand-père avait laissé l'empreinte de ses dents...

Et puis, un jour, l'icône s'était brisée.

Ce jour-là, ils ne l'avaient jamais oublié tous les deux. C'était l'hiver, par une magnifique journée ensoleillée, au sol recouvert de neige sous un ciel bleu qui s'étendait à l'infini sans le moindre nuage. Ils s'étaient rendus avec Corinna, alors étudiante en médecine à Münster, au Risauer Berg, une colline de 114 mètres d'altitude, un reste de moraine de la dernière période glaciaire et aussi un terrain merveilleux pour faire de la luge. Doerinck possédait un grand traîneau que l'on pouvait diriger de l'avant. C'était au tour de Corinna de s'asseoir à cette place convoitée. Apercevant soudain une souche qui dépassait à peine de la neige, elle avait voulu l'éviter. Le traîneau s'était renversé et tous trois s'étaient relevés en riant jusqu'au moment où Ludmilla, portant la main à sa poitrine, déclara les yeux soudain hagards : « L'icône s'est brisée... »

Elle l'était en effet sur presque toute sa longueur, juste en travers des marques les plus distinctes des dents d'Assanourian. Stefan avait recollé soigneusement l'icône avec une glu spéciale qui collait même le fer. Mais ce n'était qu'une réparation, pour invisible qu'elle fût. Coïncidence, peut-être : le printemps suivant Ludmilla avait eu une bronchite. Corinna n'était pas intervenue tout de suite : elle se trouvait alors à Münster en plein conflit avec ses professeurs. Toutefois, comme la toux persistait, Corinna avait commencé à embrasser longuement sa mère, le soir, en lui caressant secrètement, à distance, le dos. En quatre jours, la toux avait cessé. Et Corinna n'avait jamais parlé de cette première guérison avant la grande explication qu'elle avait eue avec son père quelque temps plus tôt.

Comment expliquer que la force mystérieuse de l'icône ait disparu lors de l'accident ? Ludmilla avait continué à la porter, et elle avait même dit à son mari : « Quand je serai morte, je veux la garder sur moi... »

C'est avec ces souvenirs que Stefan Doerinck était revenu chez lui à travers champs. Il avait même fait plusieurs détours, s'était reposé au bord d'un ruisseau, regardant les truites qui descendaient le courant dans une eau à la surface striée de libellules vert et bleu. En arrivant, il appela Ludmilla. Elle se trouvait derrière la maison, dans le jardin, assise sur le banc de bois peint en blanc au centre d'un demi-cercle de hauts tournesols. Chaque année, elle en semait de nouveaux en souvenir de son enfance dans cette Russie qu'elle n'avait jamais oubliée.

– Est-il parti ? demanda-t-elle en apercevant son mari qui vint s'asseoir près d'elle.

Il avait enfin envie d'allumer un cigarillo et le fit en silence.

– Oui, dit-il enfin, il est reparti.

– Et il a parlé à Cora ?

– Naturellement !

– Et ils se sont affrontés ?

– Dans les limites permises. Il est reparti furieux, mais c'était à prévoir. Cora l'a froidement éconduit. (Il aspira longuement par deux fois, la fumée noire du cigarillo.) ... Dans une discussion pareille, aucun argument pour ou contre n'est valable. Il y a des faits : or il ne peut vraiment pas les accepter. J'avoue que ces faits sont presque impossibles à admettre pour un homme habitué à penser rationnellement, à pouvoir tout expliquer. À force de tout analyser, nous nous persuadons qu'il n'y a plus de mystères dans le monde qui nous entoure. Et brusquement, voici quelque chose qu'on ne s'explique pas. Il n'est pas étonnant que le merveilleux nous choque, nous bouleverse.

– Pendant que tu t'habillais pour te rendre avec lui chez Cora, je lui ai parlé de mon père qui était médecin à Poti, et des personnes qu'il a guéries.

– Et il a ri ?

– Non. Il m'a écoutée en silence, poliment, très gravement.

– Il a dû rire à l'intérieur.

– Je ne sais pas. Il m'a simplement demandé : « Mais comment ses confrères prenaient-ils ce genre de traitements peu orthodoxes ? » Je lui ai répondu qu'ils venaient voir mon père pour se rendre compte de ce qu'il faisait; qu'il en venait même de Tiflis par le train, et qu'ils le serraient ensuite dans leurs bras et l'embrassaient à la russe. Certains, lui ai-je dit, se faisaient même soigner par lui. Ils étaient remplis de respect pour cette bénédiction extraordinaire qu'il avait reçue du ciel.

– Et Willbreit a avalé tout cela sans protester ?

– Il allait dire quelque chose quand tu es revenu, et il s'est ravisé.

– Pour être d'autant plus agressif l'instant d'après.

Comme il fumait en silence en regardant de temps à autre sa femme, elle lui prit le bras :

– Tu te fais des soucis, mon amour ?

– Oui, Ludmilla. Je crois que c'est la fin de la vie heureuse qui a été jusqu'ici la nôtre.

– Peut-être parce que l'icône de mon grand-père s'est brisée ?

– Non, il ne faut pas dire cela. Avant que l'icône ne se brise, Corinna possédait déjà ce don merveilleux, n'est-ce pas ? Parlons plutôt de destin, de quelque chose d'écrit à l'avance et qui apparaît et se déroule au cours de la vie, comme l'a dit à peu près Goethe.

– Une sorte d'héritage ?

Elle se renversa en arrière et regarda le ciel parsemé de nuages légers qui voguaient au-dessus d'eux, emportés par la brise d'été.

– Te rappelles-tu ce que je t'ai dit quand tu as dû battre en retraite avec tes hommes ? Nous étions couchés comme si souvent au bord du lac. Je savais depuis plusieurs jours que tu devais t'en aller. Mon père recevait tant d'informations secrètes. En effet, tout le monde ignorait qu'un grand nombre de ses malades étaient des partisans au courant des toutes dernières nouvelles, par exemple que l'Armée rouge avait déclenché une offensive, que le front allemand était battu en brèche à plusieurs endroits et que vos divisions dispersées devaient reculer, si bien que ton bataillon lui aussi allait suivre le mouvement. Tu as dit ce jour-là : « Je t'emmène. De quelque façon que tourne la guerre, nous trouverons le moyen de gagner l'Allemagne ensemble. » J'ai posé ma tête mouillée sur ta poitrine nue – nous venions de nous baigner – et je t'ai répondu : « *Lioubimets*, mon amour, pars seul ! Nous avons connu ensemble le paradis, mais il n'y a plus de paradis sur terre. Que ferais-je dans ton Allemagne ? Je ne pourrais t'y apporter que du malheur. » Malgré tout, tu as insisté pour m'emmener, et malgré ce que j'avais dit, tout a été différent, si beau, si plein de bonheur. Mais maintenant, l'âge est venu, et voici que je t'apporte le malheur que j'avais prévu.

– Mon Dieu, comment peux-tu dire cela, mon amour, Ludmillanka ! (Il l'attira à lui, baisa son front, ses yeux, ses lèvres, la serra dans ses bras comme s'il ne voulait plus la lâcher :) Il s'agit de tenir le coup ensemble, comme autrefois.

– Ils vont essayer de nous écraser.

– Et ils n'y parviendront pas ! (Au-dessus de la tête de sa femme, il voyait les tournesols que le vent agitait comme des vagues...) Non, ils ne réussiront pas.

– Enfin, ils sont partis, annonça Roemer en se retirant de la fenêtre. (Il avait vu la Maserati disparaître avec Willbreit, à la fois désemparé et furieux, tandis que Doerinck s'éloignait à pied, lentement, à travers l'enceinte des arbres et les champs vers Hellenbrand.) ... Nous avons bien repoussé l'ennemi, hein ? Géniale, votre idée de me transformer en client. Et en même temps tout à fait vraie : je vous commande ferme une tapisserie ou un tapis, le plus cher de tous. Dites seulement votre prix. Je l'accepte d'avance.

– Monsieur le président, je pense que vous devriez vous en aller, vous aussi...

Elle avait repris le tabouret, le remit à sa place pour s'y asseoir devant le grand métier à tisser. Roemer la regardait faire de la fenêtre, l'air désarmé comme un enfant que l'on renvoie hors de la présence des adultes.

– Où irais-je ? dit-il enfin.

– Voyons, vous avez une belle maison.

– Depuis cette histoire, j'ai l'impression que le toit m'est tombé sur la tête.

– Et vous avez sûrement une jolie femme ?

– Il paraît qu'elle chasse l'ours en Hongrie, et en bonne compagnie. Je suis seul.

– Vous ne pouvez quand même pas rester ici, si c'est cela que vous pensez.

– Évidemment non. Mais je vous en prie, ne me jetez pas à la porte. J'ai besoin de quelqu'un avec qui parler, parler de moi. Et avec qui d'autre pourrais-je le faire ? Ne dites pas : vous avez assez d'amis. Oui, j'en ai : amis de l'université, amis de bistrot, de régiment, du club de boules, du club de golf. Au golf, je suis seulement membre honoraire : on me défend de marcher sur le green sous prétexte que je le défonce ! Mais est-ce que ce sont des amis ? Ils attendent tous de moi la dernière histoire, la dernière pitrerie, et quand je n'en ai pas, il faut que je l'invente. Si je leur disais : « Écoutez bien, je n'ai plus que quelques mois à vivre... », ils se mettraient aussitôt à rire en attendant le fin mot de la blague, la cabriole finale. Mais la cabriole finale, cette fois-ci, je ne m'en relèverai pas. C'est terrible ce qu'une vie aussi remplie que la mienne peut être vide ! Je suis seul. Il n'y a que vous qui puissiez m'écouter... et m'aider.

– Non, je ne peux rien pour vous... Pourquoi ne voulez-vous pas le comprendre ?

– Vous connaissez l'histoire du vieux couple qui partage le même lit. Le mari dit soudain : « Tu veux que je t'aide ? » La femme répond : « Non, pourquoi ? » Et le mari dit tristement : « Il m'a semblé que le lit bougeait... » (Roemer eut un petit rire désabusé :) ... On peut toujours espérer, n'est-ce pas ?

Il fit quelques pas en avant en s'essuyant une fois de plus le visage avec ce mouchoir immense qui n'était plus qu'un chiffon mouillé :

– Puis-je revenir ?

– Je vous l'ai déjà dit : ma porte est toujours ouverte.

– Vous êtes mon unique espoir, Corinna. On dirait un mot d'acteur, exagéré et de mauvais goût. Et pourtant c'est vrai. Je m'accroche à vous, Corinna, comme à une bouée.

Elle prit le fil de laine et amorça le nœud en l'engageant sous la chaîne, avant de dire d'une voix très douce :

– Vous me faites beaucoup de peine, monsieur Roemer, mais je ne peux rien pour vous, et vous le savez. Retournez chez vous.

C'était donc la fin...

Elle le vit quitter la grange d'un pas hésitant, monter dans sa Ford de louage. Il demeura un instant assis coincé entre le volant et le dos du siège qu'il avait pourtant reculé le plus possible sans pour cela avoir assez de place pour y tenir à l'aise. Que pouvait-il faire désormais ? La seule chose qui lui venait à l'esprit, c'était une réaction désespérée : se cabrer contre le destin, contre-attaquer même si la défaite était assurée.

Une fois sur l'autoroute, il dépassa Münster et en fit presque le tour pour filer vers Hilltruper See et son lac. Là, il s'arrêta comme d'habitude devant le bâtiment où l'on était à peu près sûr de le trouver quand il n'était nulle part ailleurs : le Waldhotel Krautkrämer.

Raidi par une immobilité forcée et prolongée dans une position torturante, il parvint à s'extraire de la Ford avec un gémissement retentissant et attendit quelques instants que le sang se remît à circuler dans ses veines, prêtant aussi l'oreille à ce qui se passait certainement à l'intérieur de son corps : rien, pas un bruit suspect, tout semblait normal, comme toujours. Non, rien ne signalait encore qu'il était un homme condamné à mort. Une idée folle lui vint à l'esprit : la médecine moderne pouvait se tromper, elle aussi. Malgré les radiographies, les examens ultrasoniques, les angiographies, les analyses les plus poussées, les plus complexes du sang et des urines, il devait y avoir quand même des possibilités d'erreurs ?

Krautkrämer père l'accueillit comme il le faisait toujours dans le hall de l'hôtel pour le conduire lui-même jusqu'à la table, près d'une fenêtre qui, lorsqu'elle était libre, lui était destinée. À peine était-il assis que Roemer prit ses dispositions :

– Aujourd'hui, mon cher, vous mettrez les petits plats dans les grands. Je me fie à vous pour l'ordonnance des plats et le menu. Mais faites donc déboucher tout de suite les deux bouteilles suivantes pour que le vin ait le temps de respirer : un Bâtard-Montrachet du domaine Prieur-Brunet pour commencer et, avec le rôti, un Musigny du domaine Armand Rousseau.

– Je vais être indiscret, monsieur le président : fêtez-vous quelque chose de particulier dont je puisse vous féliciter ?

– Et comment donc ! (Il se renversa en arrière dans son fauteuil faisant, comme toujours, craquer toutes les jointures du bois :) Je connais maintenant l'heure de ma mort !

Krautkrämer père, décontenancé, s'inclina par habitude professionnelle et fit trois pas en arrière, comme devant un roi, avant de saluer une fois de plus et de se retourner. Il attendit d'être hors de vue pour secouer la tête.

Les événements allaient déjouer la tactique de Willbreit qui voulait enterrer sous une chape de silence l'outrecuidance de cette Corinna Doerinck et sa puissance magique. Ce ne fut la faute ni de Roemer ni du Dr Hambach, ni naturellement celle de Willbreit lui-même. La nouvelle qu'à Hellenbrand une modéliste de tapis et tapisseries pouvait « faire disparaître » certaines maladies comme par enchantement, à la suite d'une simple imposition des mains, vint d'un tout autre côté.

La première pierre de l'avalanche commença à rouler au cours d'un thé offert par Mme Huiskens, l'épouse de Peterpaul Huiskens, le fabricant bien connu des commutateurs électriques « Humuwest » (abréviation géniale de « *Hu*iskens, *Mü*nster, *West*phalie »). Dans la haute société de Münster – car il y en a une –, les thés de Mme Huiskens étaient aussi réputés que les commutateurs de son mari : nulle part ne se chuchotaient à la minute autant de nouvelles confidentielles. Pour tous ceux et surtout celles qui pouvaient y participer, un thé de Mme Huiskens était un événement passionnant, presque érotique.

Ce jour-là, Hilda Huiskens raconta à ses amies – toutes ses invitées étaient ses amies aussi longtemps que se prolongeait la réunion – qu'une jeune femme qui tissait des tapis l'avait guérie d'une acné rebelle... Cela, chut, sous le sceau du secret, naturellement.

On concevra qu'Hilda ne pouvait s'empêcher de

chanter les louanges de sa bienfaitrice quand on saura que tout l'argent de son mari n'avait pas réussi à la débarrasser de cette maudite acné. Les meilleurs dermatologues de Munich, de Milan, de Paris, de Miami et de Los Angeles s'y étaient brisé les dents, si bien qu'elle avait continué pendant presque toute sa vie à recouvrir d'une épaisse couche de maquillage cette malencontreuse efflorescence. Et voici qu'en un tour de main sa peau était devenue lisse et nette, une vraie peau de bébé. Son apparition sans une ombre de fard stupéfia ce jour-là toutes ses amies qui la félicitèrent, non sans regretter un peu cette guérison miraculeuse qui les privait d'un sujet agréable de conversation. Presque toutes commencèrent même à envier cette peau neuve et ce teint d'une infinie délicatesse.

Ce jour-là vit le triomphe d'Hilda Huiskens :

– Et savez-vous ce que m'a fait cette Corinna Doerinck… ? (Son cœur débordait d'une gratitude authentique, et il lui fallait s'épancher.) … Elle a passé simplement ses mains devant mon visage, comme pour le caresser à distance, et cela pendant seulement six séances. Et je le répète, sans même me toucher ! Ce que j'ai ressenti ? Eh bien, un simple fourmillement là où j'avais de l'acné, une chaleur délicieuse sous ma peau. Et rien de plus. Et regardez-moi maintenant : tout est parti !

La réaction des bonnes amies ne se fit pas attendre. Chacune d'elles souffrait d'un mal d'autant plus rebelle qu'à partir de cinquante ans, comme la sagesse des nations nous l'enseigne, nous avons tous quelque chose qui va plus ou moins de travers. Chez les dames de la haute société de Münster, c'étaient d'abord les nerfs, évidemment, puis leurs articulations qui commençaient à s'user. Les sciatiques, les arthrites et les névralgies résistaient aux cures annuelles dans les stations thermales les plus réputées. Le médicament miracle que les médecins emploient volontiers contre ces infirmités est la cortisone. Mais trois de celles qui se rencontraient ainsi chez elles de thé en thé se virent gratifier, après avoir subi un traitement à la cortisone, d'une moyenne de sept kilos supplémentaires dans le sens de la largeur, et plusieurs semaines d'un régime atrocement sévère à Bad Wiesse ne parvinrent pas à les éliminer. La panique s'empara de ce petit groupe, et les maladies devinrent dès lors le sujet principal de leurs conversations.

La nouvelle que quelqu'un d'Hellenbrand, pas trop loin de Münster guérissait n'importe quel mal par irradiation des mains, fit donc sensation. L'obligation, le cas échéant, d'acheter un tapis, comme Hilda Huiskens l'avait fait, ne tirait pas à conséquence. Autrement, il n'était jamais question d'argent avec cette jeune femme. Et un tapis ou une tapisserie noué à la main, même moderne et même s'il n'était pas originaire de Perse ou de Turquie, était toujours utilisable, que ce fût dans une chambre de domestique ou, pourquoi pas, dans une chambre d'ami...

Quarante-huit heures ne s'étaient pas écoulées après cet après-midi triomphal d'Hilda Huiskens, que deux de ces dames prirent secrètement la route d'Hellenbrand. Tout le monde y connaissait la fille du recteur adjoint Doerinck et ses tapisseries modernes tout à fait artistiques, et les premiers indigènes auxquels elles s'adressèrent leur indiquèrent complaisamment le chemin à suivre.

– Nous sommes bien d'accord, Louise, dit l'épouse de maître Benke, avocat spécialisé dans les questions fiscales. Officiellement nous venons voir ses ouvrages. Pour le reste, nous attendrons l'occasion favorable...

– Mais naturellement, répondit Louise Herbrandt, épouse d'un fabricant de produits pharmaceutiques, dont une préparation au nom mystérieux mais célèbre dans toute l'Allemagne, surtout auprès des hommes d'un certain âge : le « 85 Y ». « Y » rappelait que ce remède était à base de yohimbine, aphrodisiaque extrait de l'écorce du yohimbéhé, arbre du Cameroun. En fait, l'effet vraiment médical de la yohimbine est d'élargir les vaisseaux sanguins, ceux par conséquent des parties sexuelles, avec pour résultat accessoire un accroissement de puissance amoureuse. Le juge Roemer avait même composé un dicton qui eût pu servir de publicité à ce médicament miraculeux : « En te yohimbinant, tu seras toujours vaillant ! »

Quant au chiffre 85 qui figurait dans l'appellation du produit, c'était une manière de rappeler à tous les hommes d'un certain âge que la yohimbine agissait même sur ceux de quatre-vingt-cinq ans, ce que confirmait l'emballage sur lequel on voyait un vieillard sauter à la corde. Naturellement, on avait choisi comme modèle, pour cette photographie, un gaillard d'une trentaine d'années, à la musculature particulièrement puissante, qu'on avait eu beaucoup de mal à farder pour le vieillir convenablement. De toute façon, le « 85 Y » avait fait d'Eduard Herbrandt un multimillionnaire. Mais sa femme continuait à souffrir d'une sciatique aiguë malgré ses cures à Albano.

– Il faut d'abord que je voie ce que fait cette Corinna, déclara-t-elle à Hildegard Benke en arrivant devant la grange repeinte de neuf et transformée en atelier. (Et, après un dernier coup de doigt à sa coiffure, cédant à son tempérament naturel, elle crut nécessaire d'ajouter :) Ce qui plaît à Hilda n'est pas toujours d'un goût très sûr, n'est-ce pas ?

– Hélas ! avait simplement répondu l'épouse de l'avocat.

Ô amitiés féminines, que de gentillesses on commet en votre nom !

Au moment où elles ouvraient la porte d'entrée, la clochette installée au-dessus d'elle retentit. Toutes deux pénétrèrent dans la salle d'exposition. Et comme toujours, la voix de Corinna s'éleva de l'atelier où elle travaillait :

– Un instant, s'il vous plaît. J'arrive de suite...

– La voix est agréable, chuchota Louise Herbrandt.

– Attendons, ne nous précipitons pas... répondit Hildegard Benke.

Elle souffrait depuis à peine deux ans d'un tic qu'elle ne pouvait réprimer et qui, à la moindre excitation bonne ou mauvaise, tordait les deux coins de ses lèvres. Et c'était encore pis dans le cas de la colère ou d'une passion quelconque : alors tout son visage se crispait et tressautait sans qu'elle pût s'en empêcher. Son mari, le spécialiste fiscal, attribuait ces spasmes convulsifs au fait qu'elle n'avait fait que parler pendant quarante-huit ans, depuis qu'elle était née, et que sa bouche avait pris l'habitude de fonctionner malgré elle. Il le lui avait même dit directement un soir qu'il avait trop bu. Et c'était ce soir-là que, pour la première fois, une crampe horrible avait défiguré tout son visage alors qu'elle lui criait : « C'est ta présence qui me tue ! »

La porte de l'atelier s'ouvrit sur Corinna. Elle portait une robe très simple, en laine tricotée à la main, qui tout en cachant son corps en révélait néanmoins les formes. Aussi la première impression des deux dames de Münster fut-elle contradictoire, comme chez toutes les femmes qui se trouvent soudain en présence d'une personne de leur sexe, dont l'élégance ou la beauté dépasse la leur : il faut aussitôt qu'elles critiquent. En ce qui concerne Corinna, sans même se consulter, elles furent immédiatement d'accord : la robe était trop serrée aux hanches, pour ne pas parler de la poitrine... et du reste.

Ce fut Louise Herbrandt qui se chargea d'engager la conversation :

– Nous venons de la part de Mme Huiskens...

Elle s'arrêta net, laissant son regard glisser sur les tapis et tapisseries exposés. Tout à fait bien, pensa-t-elle. Modernes, évidemment ! Rien de semblable à mon tapis d'Hérat, en soie, avec deux millions de nœuds au mètre carré, et que j'ai payé quatre-vingt-cinq mille marks. Si j'achète un de ces machins modernes, je le mettrai dans la buanderie. Mais je suis ici pour ma sciatique !

– ... Nous avons admiré vos ouvrages chez Mme Huiskens. Ravissants ! J'ai aussitôt dit à mon amie : « Voilà ce qu'il me faut ! » Et elle m'a accompagnée.

– Ces tapis m'ont enchantée moi aussi, affirma Hildegard Benke et, sous le coup du mensonge, sa bouche commença immédiatement à se contracter.

Corinna se souvint immédiatement de Mme Huiskens et de son achat : une tapisserie « Feuillage d'automne », mais non de son acné.

– Il faut que je vous prévienne : je ne peux vous fixer aucun délai de livraison. Je travaille seule, et j'ai trois commandes à exécuter avant toute autre.

Louise Herbrandt eut un sourire à la fois contenu et distant :

– Nous avons le temps, cela ne presse pas.

– Je vais vous montrer quelques dessins... (Elle indiqua d'un geste les chaises qui se trouvaient près de la grande table :) Je vous en prie, asseyez-vous.

– Merci...

Louise Herbrandt se dirigea lentement vers une des chaises, boitant bas de façon tout à fait dramatique. Corinna attendit qu'elle fût assise pour lui demander :

– Avez-vous eu un accident, madame ?

– Si seulement c'était cela ! C'est, hélas, le nerf sciatique ! Je pourrais souvent crier de douleur. Il y a des jours où je peux à peine marcher.

– Et que dit votre médecin traitant ?

– Ah, j'ai tout essayé : Albano et Montegrotto, les injections de toutes sortes, les rayons, des médicaments qui coûtent les yeux de la tête, et je ne sais quoi encore. Cela me soulage un instant, puis les douleurs reprennent aussi fort qu'avant.

C'était au tour d'Hildegard Benke d'intervenir,

sans naturellement tenter de réprimer le tic qui tordait sa bouche :

– Ah, ces médecins ! Quand ils ne savent plus quoi dire, ils se mettent à parler latin et grec et vous trimballent d'un spécialiste à l'autre. Et chacun d'eux est d'un avis différent. Si vous saviez ce que nous avons dû endurer !

Corinna avait ouvert le carton et répandait ses dessins sur la grande table. À peine y avait-elle jeté un coup d'œil que Louise Herbrandt s'exclamait :

– Mais c'est très beau, ces motifs grecs !

– Oui, c'est l'Odyssée.

– Je l'avais reconnu tout de suite, dit Hildegard.

Elles s'étaient toutes les deux penchées sur les dessins, Corinna debout derrière elles. Et Corinna avait aussitôt tendu les mains, les deux paumes légèrement courbées montant et descendant le long de la colonne vertébrale de Louise Herbrandt sans qu'aucune de ces nouvelles clientes la vît. Elle était inquiète : qu'allait-il se passer après son échec avec Roemer ? La force inconnue qui avait sauvé sa mère et le Dr Hambach l'avait-elle définitivement abandonnée ? Or, elle ressentit aussitôt à la pointe de ses doigts le fourmillement qu'elle espérait, un contact avec une inflammation des nerfs qui résistait aussitôt au rayonnement qui se dégageait d'elle.

Elle ressentit alors, également, un bonheur, une sérénité merveilleuse. Après le départ d'Érasmus Roemer, elle était rentrée chez ses parents, complètement épuisée, se plaignant à son père comme une enfant : « C'est fini, papouchka ! Mes mains sont mortes ! Elles n'ont rien pu faire pour M. Roemer. Elles ne peuvent plus rien. » Et Doerinck s'était exclamé aussitôt : « Dieu merci ! Enfin ! Cela va nous éviter beaucoup d'ennuis ! »

Et voilà qu'elle était redevenue la Corinna d'avant, sûre d'elle-même : elle sentait la force qui bouillonnait en elle envahir Louise Herbrandt. Une fois de plus, elle était le sujet de quelque chose d'inexplicable qui, venu peut-être d'ailleurs, passait par elle pour rayonner de ses mains.

Soudain, Louise Herbrandt s'aperçut qu'elle avait chaud. Elle retira sa veste :

– Mon Dieu, qu'il fait bon aujourd'hui. Il y a longtemps que nous n'avions pas eu un été semblable !

Comme elle se penchait de nouveau sur les dessins, Corinna reprit son traitement. Cinq minutes en tout seulement, pas plus, comme si une horloge mesurait exactement le temps à l'intérieur d'elle-même.

La bouche d'Hildegard Benke se contractait de plus en plus. Tout comme son amie, elle se demandait comment amener la conversation sur le traitement qu'elle espérait. L'allusion à l'impuissance des médecins n'avait pas donné de résultats. Comment donc passer d'Ulysse et de ses aventures à une sciatique et à un tic facial ? Prenant tout son courage à deux mains, elle résolut de se passer de toute transition :

– Vous êtes-vous aperçue, mademoiselle, du tic qui me déforme la bouche ?

– Je n'ai pas osé vous interroger à ce sujet.

Elle examina de plus près, en silence, le tremblement qui agitait désespérément les deux extrémités des lèvres, comme si elles étaient parcourues par un courant électrique... Tout cela était d'origine névrotique, naturellement. Hildegard Benke continuait à expliquer.

– Ce sont mes nerfs ! Ce que j'ai pu prendre de vitamine B sous diverses formes !

– Voyons cela, dit Corinna.

Elle prenait déjà entre ses mains la tête d'Hildegard Benke. Lentement, ses doigts se mirent à aller et venir à quelque distance des lèvres dont le tremblement, après avoir résisté un instant, commença à s'apaiser. De temps à autre, les mains s'écartaient pour irradier l'ensemble du visage. Hildegard ne bougeait plus, elle avait fermé les yeux et ses traits détendus avaient pris une expression d'une extraordinaire sérénité.

– Je sens que cela me fait du bien, murmura-t-elle un instant... C'est comme sous les rayons infrarouges, mais en beaucoup plus doux. C'est très bon...

Louise Herbrandt regardait ce spectacle sans presque oser respirer. Son cœur battait avec force, ses mains croisées étaient moites de sueur. Et comme Corinna faisait enfin un pas en arrière et ramenait ses mains à elle, elle dit d'une voix caverneuse :

– Mademoiselle Doerinck... Je n'arrive pas à me débarrasser de cette sciatique... Pourriez-vous m'aider moi aussi... ?

– C'est déjà fait.

Elle avait pris une cigarette sur une table voisine et en aspirait avidement la fumée. Cela marche, cela marche, se disait-elle. Ma force m'est revenue. Mais pourquoi mes mains sont-elles restées mortes quand il s'est agi de Roemer ?

– Vous avez déjà... bégaya Louise Herbrandt. Mais quand ?

– Pendant que vous regardiez les dessins et que vous me tourniez le dos.

– Mais je n'ai rien senti !

– Mais moi, si. Et c'est cela qui est important.

Une heure plus tard, les deux femmes repartirent pour Münster. Elles avaient passé leurs commandes, mais ce qui comptait surtout pour elles, c'était la joie qui les emplissait.

– Quelle sensation extraordinaire, disait Hildegard Benke, une sensation formidable, meilleure qu'avec un homme, osa-t-elle dire avec un regard de côté vers son amie. Elle nous a dit de revenir encore quatre ou cinq fois, et elle en aura fini avec nous... Crois-tu que ce soit possible, Louise ?

– Je le crois. Je me sens déjà tellement mieux.

– Oui, elle est vraiment merveilleuse !

Au cours des trois jours qui suivirent, l'histoire de ces cures miraculeuses circula à travers Münster et sa proche banlieue, comme un gaz qui se répandrait partout.

Le destin de Corinna Doerinck, pour le bien comme pour le mal, commençait à s'accomplir.

6

La « table des habitués » est une institution allemande.

Chaque café possède ainsi une table, isolée en général et réservée à certains habitués, où personne d'autre naturellement n'oserait s'asseoir. Ces habitués sont souvent des confrères ou des collègues, des anciens élèves et étudiants de telle ou telle institution, qui aiment s'y rencontrer.

En faisant un détour par la « table des médecins » de Münster, Willbreit allait avoir la confirmation de ce qu'il craignait en secret depuis quelque temps.

Comme toutes les villes universitaires, Münster avait une série de cafés dont chacun s'enorgueillissait de tables réservées aux membres des conseils de direction des diverses facultés, réminiscence des corporations féodales, et où, en dehors des sauteries et des beuveries des étudiants, les anciens se réunissaient une fois par semaine – ou au moins une fois par mois – pour échanger leurs impressions et leurs expériences. L'une des plus intéressantes était la table des médecins, non pas tant à cause des personnalités connues qui la fréquentaient qu'en raison de la diversité et de l'affrontement des tempéraments et des points de vue. Une table de boulangers est bon enfant et agréable; verres et pots de bière trinquent sans arrêt à celle des bouchers; chez les médecins au contraire, on peut discerner, bien que larvé et invisible, un certain esprit de jalousie. Leur rivalité demeure souterraine mais réelle, et elle provoque des chocs feutrés où chacun se mesure continuellement à tous les autres. Jusqu'à présent, il n'est ni psychologue ni philosophe qui ait expliqué comment les membres de cette corporation arrivent à se serrer jovialement la main et à paraître bons camarades alors qu'il est certain qu'ils ne s'estiment guère entre eux.

Willbreit ne manquait jamais d'apparaître aux réunions régulières de ses confrères au restaurant Zum alten Speicher (Au vieux grenier), sauf quand une opération sérieuse l'en empêchait. C'était d'ailleurs rare, car ces réunions avaient lieu chaque vendredi, jour où l'on n'opérait guère, sauf les urgences.

Il n'avait pas encore réussi à avoir avec Roemer la conversation raisonnable qui s'imposait. La femme de chambre lui répondait chaque fois que M. le président partait le matin de bonne heure et rentrait tard le soir, mais sans jamais dire où il allait. Quant à Madame, elle avait appelé de Hongrie où elle restait huit jours de plus dans l'espoir d'apercevoir l'ours promis. Une bête intelligente, avait pensé Roemer, puisqu'elle fuyait Élise tout comme lui. Ce retard de sa femme l'avait comblé d'aise : cela lui donnait le temps d'organiser les détails de sa mort, ce qu'il ferait beaucoup mieux sans Élise dont les gémissements – car elle gémirait, évidemment – lui auraient porté sur les nerfs. Et ce qui comptait le plus pour lui, c'étaient justement ses nerfs et leur solidité. Pendant deux jours, il s'était demandé s'il devait se tirer une balle dans la tête pour éviter les douleurs qui ne manqueraient pas de venir. Il avait alors pris ses repas et bu ses meilleures bouteilles de vin rouge en face de son pistolet, en se soûlant le plus consciencieusement possible, dans l'espoir d'avoir le courage de saisir l'arme, de la pointer sur sa tempe – ou mieux encore d'introduire le canon dans sa bouche – et de marquer là un temps d'arrêt avant de replier l'index. Jusqu'alors, Roemer n'avait jamais pu comprendre le suicide. Il n'existait pas, d'après lui, de désespoir assez grand pour qu'un être raisonnable lui sacrifiât les beautés de la vie. Rien, croyait-il, n'était irrémédiable. Mais voici que son propre corps lui prouvait le contraire : il y a des situations où il vaut mieux capituler devant la douleur avant même qu'elle ne s'annonce. Au bout de trois jours de doute, il avait émergé du fond de l'abîme. Il relégua le pistolet dans le classeur de son bureau et se mit à parcourir en voiture la campagne environnante, sans but. Il découvrit un pays de Münster qui lui était inconnu, mangeant dans des auberges rustiques du jambonneau avec du pain blanc de paysan, grignotant de la saucisse fumée, délicieuse mais dure comme de la pierre après avoir été séchée à l'air, avalant là-dessus des lampées d'eau-de-vie de grain provenant des alambics privés. Il lui arrivait de rester des heures assis au bord d'un ruisseau ou à l'ombre des branches d'un arbre immense. Il contemplait les troupeaux de vaches, secouait la tête quand l'une d'elles s'efforçait de grimper vainement sur la croupe d'une autre, criait à la bête qui n'en pouvait mais : « Espèce de salope ! » Il admirait la fougue et l'élégance des chevaux qui galopaient follement dans une prairie. Une fois, il avait surpris à la lisière d'un bois un couple d'amoureux qui occupaient leurs loisirs le plus agréablement du monde : il les avait salués courtoisement avant de dire au jeune homme interdit : « Avant, j'avais toujours une couverture dans mon coffre à bagages pour de tels cas : l'herbe risque d'endommager le postérieur de la toute gracieuse... »

Et son âme retrouva, avec le calme, son équilibre. L'inévitable, l'irrémédiable perdit tout ce qu'il avait comporté d'effrayant. Il ignorait ce qu'il en serait quand la souffrance commencerait, quand ses yeux lui révéleraient son déclin physique. Il n'y avait qu'une question qui continuait à peser sur son esprit car elle n'avait pas de réponse : pourquoi les mains de Corinna n'avaient-elles aucun effet sur lui, et sur lui seulement ?

Le soir même où Willbreit, assis à la table des médecins entendit dire qu'une guérisseuse, dans un village jusqu'alors presque inconnu, Hellenbrand, opérait des guérisons miraculeuses, Roemer se décida à appeler Corinna au téléphone.

– Comment allez-vous ? demanda-t-il.

C'était idiot, il le savait, mais par où pouvait-il commencer ?

– Et vous, comment allez-vous ?

C'était tout aussi bête, ce qui le consola.

– Je suis en train de me retourner comme un vieux vêtement. Je me sens aussi comme le tailleur qui le retourne. Je me demande si l'envers est meilleur que l'endroit. Je découvre constamment des quantités de choses dont je n'avais jamais eu la moindre idée. Savez-vous ce que je vais faire ? Le tour du monde. Les mers du Sud, l'Afrique, l'Amérique du Sud, l'Australie. J'en ai encore le temps, qu'en pensez-vous ? Et que le rideau tombe définitivement à Hong-kong ou à Rio de Janeiro, qu'importe ! J'épargnerai à mon entourage les moments difficiles. Et que la terre qui me recouvrira soit celle du Brésil ou le sol du vieux cimetière de Münster où se trouve notre tombeau de famille, est-ce que cela a vraiment une importance ? Je ne serai plus là, alors *basta*...

Corinna entendit dans l'appareil son reniflement typique : il avait vraiment besoin de remplir d'air tous les recoins de ses poumons.

– ... Que dites-vous de cela ? Me voici dégringolé dans un optimisme presque oriental.

– Avez-vous vu le professeur Willbreit ?

– Non. Mais le gaillard ne me laisse pas un instant de repos. Il essaie de séduire ma femme de chambre. Malheur à elle si elle lui révèle où je suis ! Je la viole tout simplement. Et elle le sait : je l'en ai menacée... (Il eut un rire énorme, comme autrefois.) Elle m'a répondu qu'alors elle allait se faire couper la langue pour être sûre de ne pas parler. À propos de langue, connaissez-vous cette histoire ? Deux amies se rencontrent, l'une, qui sort de sa nuit de noces, dit à l'autre...

Corinna l'interrompit sans ménagement :

– Il faut que vous voyiez Willbreit. Je vous en prie, faites-le.

– Vous êtes exactement comme lui. Vous n'avez aucun sens de l'humour.

– Il ne s'agit plus de plaisanterie ni d'humour, monsieur Roemer.

– Puisque vous le dites... (Il s'arrêta pour reprendre d'une voix moins assurée :) Est-ce que je... Est-ce que vous m'autorisez à venir vous voir, Corinna ? Un petit essai seulement.

– Je vous appellerai, monsieur Roemer.

– Vous ne m'appellerez jamais...

– Si, je vous le promets.

– Quand cela ?

– Quand je sentirai que je peux vous être utile.

– Et si vous ne le sentez pas ? (C'était tourner en rond sans avancer d'un pouce...) ... J'attendrai, Corinna. Au cas où je ne suis pas chez moi, faites la commission à la femme de chambre. Mais surtout pas à ma femme... Merci, Corinna.

Il raccrocha aussitôt, alluma un cigare, déboucha une bouteille d'un château quelconque dont il but un grand verre avant d'appeler Willbreit.

Ce ne fut pas Thomas, mais Lydia qui prit l'appareil.

– Ici, Érasmus le Gros, roi de la Beuverie ! Est-ce qu'il est chez toi, ton scieur en long d'ossements ?

– Thomas est à l'auberge, à la table des médecins. Mais tu as l'habitude de l'y accompagner. Je croyais que tu y étais.

C'est bien, mon garçon, pensa Roemer, tu n'as encore rien dit à ta femme à mon sujet !

– Un magistrat infortuné n'a pas autant de temps libre qu'un éventreur. Ton mari fend un abdomen en deux, sectionne une vésicule biliaire, recoud, et c'est fini. Mais un procès se prolonge parfois pendant des semaines, et le dossier compte alors des milliers de documents qu'il faut étudier à fond, le soir, chez soi.

– Que dois-je dire à Thomas ?

– Rien de spécial puisque je sais maintenant qu'il est encore vivant... Qu'est-ce que c'est que cette musique à l'arrière-plan ?

– Une petite réunion : j'ai chez moi les femmes de ces messieurs les médecins qui préfèrent boire leur bière et leur eau-de-vie à leur table réservée en évoquant les fredaines de leur jeunesse. Nous, les femmes, nous nous retrouvons ici. C'est vraiment amusant. Il ne manque qu'Élise qui court en Hongrie après cet idiot d'ours.

Jusqu'alors, Roemer ignorait que les femmes de médecins se réunissaient elles aussi. Avec Élise, ce qui était plus étonnant : comme lui, elle ne pouvait être que tolérée dans ce milieu purement médical. Il l'était parce qu'il avait fait partie de la même confrérie d'étudiants que Willbreit et à cause de son stock d'histoires salées. Mais ce n'était pas le cas d'Élise. Il devait donc y avoir quelque chose en elle qui la rendait supportable à d'autres que lui. En pensant à elle, il se souvint de l'histoire du couple qui se trouve en présence d'un serpent python : le mari pense se débarrasser de la bête qui est dangereuse quand il entend sa femme s'exclamer : « Ah ! Quelle peau magnifique ! J'ai toujours rêvé d'un sac comme ça. »

Lydia Willbreit suivait son idée :

– ... As-tu reçu des nouvelles de Hongrie ?

– Deux cartes postales avec les meilleures pensées d'Élise.

– Il paraît que le baron est un homme tout ce qu'il y a dans le vent...

Seules de bonnes amies sont capables de telles rosseries. Roemer sentit que ses lèvres se contractaient comme pour cracher de dégoût dans l'appareil.

Lydia Willbreit… une charogne comme toutes ces pécores. Mais moi, tu ne peux plus m'atteindre, Lydia. Je suis mort, comprends-tu ? Et si Élise ne chasse pas l'ours en Hongrie mais se fait baiser et rebaiser par le baron, qu'est-ce que tu veux que cela me fasse ? Si je devais jurer que je suis resté fidèle pendant un mois, même le premier mois de notre mariage, je commettrais un parjure…

– Je connais le baron, Lydia. C'est une nullité larvaire. Quand Élise veut ressentir quelque chose avec lui, il faut certainement qu'il se la plie en deux.

– Tu es ignoble, Érasmus !

– Ce cri d'allégresse me prouve que tu as plaisir à m'écouter. À ton tour, une confidence : il doit arriver de temps en temps que Thomas s'extraie de son pantalon, n'est-ce pas ? Alors, comment est-il, son petit arrosoir ?

– Cela suffit maintenant ! Tu es un vieux salaud !

Elle raccroche. Roemer rit encore, satisfait du tour final de l'entretien. Il s'emplit la bouche d'un grand trait du château quelconque, le déguste lentement, aspire avec volupté la fumée de son havane. Lydia Willbreit, cette fofolle, l'extérieur froid et distingué, mais, aïe ! quand on ne croit que lui pincer les fesses, c'est le commutateur d'une ligne à haute tension que l'on actionne… Willbreit l'actionne un peu trop rarement, c'est tout…

Cette nuit-là, le téléphone placé sur la table de nuit de Roemer sonne plusieurs fois, toujours en vain. Roemer attend béatement que l'importun s'épuise et abandonne son dessein. Si c'est Élise, c'est une économie de mots. Willbreit ? C'est trop tard, mon vieux. Mon moment de faiblesse est passé. Et de plus, je suis soûl. Complètement soûl, comme dans nos bons vieux temps d'étudiants, tu te rappelles, quand nous avions tous les deux le cœur débordant d'amour pour le monde entier. Ne me dérange plus ! Je me fous totalement de tout, tellement de tout…

– Quand a-t-il appelé ?

Willbreit venait d'arriver chez lui. Il paraissait plus qu'excité, bouleversé même.

Les invitées étaient parties, mais il régnait encore dans toutes les pièces un effluve de cigarettes et de parfums que Roemer appelait « une odeur de gibier ». Lydia avait attendu le retour de son mari. C'était une chose peu courante, mais les conversations très libres de la soirée avaient tellement échauffé son sang qu'il lui était impossible d'en réprimer les battements. Il lui fallait satisfaire le désir qu'elle ressentait. Pourquoi pas ? Au lit, Thomas était encore quelque chose d'assez spécial. Surtout juste avant l'orgasme, son corps se durcissait et ses muscles semblaient subitement être d'acier. Et quand elle commençait à crier, il se tendait en elle comme propulsé par un arc. Elle avait ensuite l'impression désagréable, et qui ne la quittait pas, d'avoir été violée...

– Il y a environ quatre heures. Tu rentres aujourd'hui plus tard que d'habitude.

Willbreit jeta un coup d'œil sur l'horloge dorée qui trônait sur la cheminée. Du baroque authentique, acheté aux enchères chez Foreman à Londres. Elle lui avait coûté les yeux de la tête. Les aiguilles, dorées elles aussi, indiquaient 2 heures du matin. Ainsi, Roemer avait téléphoné vers 22 heures. Il devait avoir besoin d'être aidé, soutenu...

– Sa voix, comment était-elle ? demanda-t-il prudemment.

– Comment veux-tu qu'elle soit, tonitruante comme toujours !

Elle s'était approchée pour s'appuyer contre lui et lui caresser la poitrine, puis le ventre. Comme sa main s'aventurait plus bas, il lui prit le poignet :

– Un instant, Lydia : qu'a-t-il dit ?

– Des cochonneries, naturellement ! (De ses lèvres, elle lui effleurait le nez, la bouche, en le fixant de ses yeux brillants, subitement élargis :) Viens... Lâche mon poignet... Je t'attends depuis si longtemps.

– Mais qu'a-t-il dit d'autre ?

– Mais rien !

Sa contrariété lui faisait hausser la voix.

– Tu ne vas pas parler tout le temps de ce gros porc... Tom, mon chéri...

Elle se frottait contre lui, dégagea sa main qu'elle glissa aussitôt vers le bas, tâtonnant à travers l'étoffe du pantalon. Lors des premiers temps de leur mariage, cette caresse le rendait fou. « Tu te conduis comme une catin... haletait-il. Comme une pute, tu comprends ? » Cette idée l'excitait tellement qu'il se comportait avec elle comme un possédé, surtout quand elle lui chuchotait à l'oreille : « À partir de maintenant, ce sera cent marks... deux cents marks... et maintenant trois cents... » Ce n'était qu'un petit jeu anodin en fin de compte, acceptable sur le moment, dans une telle circonstance... Les amants qui avaient précédé Willbreit lui avaient enseigné d'autres perversions plus brûlantes auxquelles elle rêvait de plus en plus souvent sans oser s'y livrer...

Mais cette fois-ci, Willbreit fit un pas en arrière. Les yeux de Lydia s'agrandirent encore avant de se rétrécir dangereusement comme ceux d'un chat. Sa robe du soir au tissu léger s'était entrouverte et ne dissimulait plus ses seins. Son visage se crispa. Willbreit, sans même s'en apercevoir, suivait son idée :

– Il faut que j'appelle Érasmus. Excuse-moi, Lydia...

L'explosion de la femme rebutée fut terrible :

– *Excuse-moi !* C'est tout ce que tu trouves à dire, c'est donc tout ce que tu peux faire ? *Excuse-moi !* À partir de maintenant, tu pourras me supplier ! *Excuse-moi !* Espèce de...

Les mots lui manquaient, aucun de ceux qu'elle trouvait n'était assez insultant, ne convenait à l'outrage qu'elle venait de subir. Dans un geste brusque, elle rassembla sur sa poitrine sa robe entrouverte, tourna les talons et quitta la pièce. Au loin, deux portes claquèrent successivement. Willbreit attendit que le calme fût revenu, puis se rendit dans la bibliothèque et composa le numéro de Roemer.

Pas de réponse. Willbreit laissa la sonnerie tinter et tinter sans arrêt jusqu'à ce que le central téléphonique interrompît d'office la communication. Il raccrocha l'écouteur à regret.

Mais Roemer l'avait appelé. Et cela à 10 heures du soir. Que voulait-il ? Commençait-il à souffrir ? Était-ce un appel au secours ? Était-ce le moment d'intervenir, d'essayer de le sauver malgré ses réticences ? Pour que Roemer, dans la situation qui était la sienne, l'appelle aussi tard, il devait y avoir une raison valable. Oui, il avait besoin d'aide.

Willbreit sortit de la bibliothèque en éteignant toutes les lumières et s'engagea dans le couloir de communication vers le garage. Quand la Maserati, les phares allumés, bondit dans l'allée privée qui menait à la route, Lydia se rua à la fenêtre de la chambre à coucher et se mit à crier comme si son mari l'entendait malgré le ronflement du moteur et l'épaisseur de la vitre qu'elle martelait des deux poings. Elle était complètement nue et tout son corps tremblait, un corps toujours très beau, les hanches un peu arrondies, mais avec des jambes et des seins qui demeuraient une merveille :

– Jamais plus, tu m'entends... (De rage, elle se mordait le poing droit)... jamais plus tu ne me toucheras ! Espèce de porc ! Impuissant ! Je vais prendre un amant ! Oui, je veux que tu le saches ! Un amant qui ne sera pas impuissant comme toi, qui ne me repoussera pas. Un homme, un homme véritable qui me fera jouir pendant des heures... Et je l'amènerai ici, dans mon lit !

Le tout s'acheva dans une crise de sanglots dans ce lit où lui manquait quand même l'homme qu'elle venait d'insulter. Finalement, elle se laissa aller à une vraie crise de nerfs, trépignant comme un enfant...

Pendant une demi-heure, Willbreit s'acharna contre la porte et les fenêtres de la gigantesque villa de Roemer, un bloc de silence plongé dans l'obscurité. C'était la soirée de liberté de la femme de chambre qui passait la nuit chez son amoureux. Roemer était seul, assommé par l'alcool. De sa chambre à coucher du premier étage, il ne pouvait entendre la sonnerie de la porte d'entrée. En vain, Willbreit, les mains entourant sa bouche en guise de porte-voix, hurlait-il de temps à autre le prénom de son ami, la grande maison demeurait muette, morte.

Ce fut alors qu'il lui vint à l'esprit d'y pénétrer par effraction en brisant le carreau d'une fenêtre ou en enfonçant la porte de derrière. La femme de chambre était sûrement de sortie, Élise se trouvait en Hongrie, Érasmus était donc seul, abandonné de tous, et il avait fait appel à lui. Il devait être dans un état terrible. Cela justifiait un tel procédé.

Il fit encore plusieurs fois le tour de la villa, cherchant une fenêtre entrouverte ou une porte qu'on aurait oublié de fermer. En vain. Que se passerait-il s'il brisait une vitre de la fenêtre de la cuisine ? Il savait que Roemer avait équipé son domicile d'un système d'alarme des plus perfectionnés et relié directement au poste de police où une lumière rouge s'allumerait aussitôt. Comment expliquer aux policiers qui interviendraient qu'un médecin a le droit de s'introduire par tous les moyens près d'un malade en danger ? La loi ne prévoit rien dans un cas pareil. Quelle situation absurde !

Il se décida à tout risquer. D'un coup de coude, il brisa la vitre de la fenêtre de la cuisine, introduisit l'avant-bras dans l'espace libre, fit tourner la poignée sans difficulté et s'arrêta, le cœur battant. Rien ! Pas de sirène, pas de lampe rouge clignotante, pas de projecteurs halogènes qui auraient dû éclairer la maison entière et le parc d'une lumière aveuglante.

Peut-être le système d'alarme était-il silencieux ? Peut-être n'y avait-il que la police d'alertée pour que le cambrioleur, se sentant en sûreté, fût pris en flagrant délit ? Le piège parfait, inaudible. Il se retrouva dans la cuisine en passant par l'office et gagna de là le hall, gigantesque comme tout le reste. Là, au plus tard, la sirène aurait dû se mettre à ululer. Tout demeura silencieux. Sûrement, Roemer avait négligé d'enclencher l'ensemble du système d'alarme avant de se coucher. Lorsque Élise était présente, elle n'oubliait jamais de le faire, car elle avait une peur presque pathologique des cambrioleurs. Une fois, Roemer, énervé, lui avait demandé de sa plus belle voix tonitruante :

– Pourquoi crains-tu les cambrioleurs ? As-tu vraiment peur d'être violée ? Mais les cambrioleurs ne sont pas des masochistes !

Chose curieuse, Élise n'avait pas protesté. Elle ne le fit que le lendemain matin, après avoir cherché dans le dictionnaire la signification exacte du mot « masochiste », qu'elle ne connaissait pas.

En revanche, deux jours plus tard, elle avait trompé Roemer avec le Dr Vollrath, vétérinaire à Greven, et qui jusqu'alors ne soignait que les afghans d'Élise. On racontait, sans doute à tort, que Roemer l'avait appris, et qu'il avait affirmé que ce pauvre vétérinaire n'avait jamais recommencé, trouvant les soins prodigués à des femmes du genre Élise plus harassants et moins lucratifs que ceux qu'il donnait aux bêtes.

Willbreit connaissait assez bien l'immense villa où il avait souvent accompagné Roemer, mais l'emplacement exact de la chambre à coucher de son ami lui était inconnu. Il savait seulement qu'elle se trouvait au premier étage, donnant sur le parc à l'arrière de la maison, et qu'un grand salon d'habillage et une salle de bains d'un luxe orgiaque la séparaient de la chambre à coucher d'Élise. Cette salle de bains elle-même se composait de trois parties : un premier espace avec une baignoire-piscine et une douche, un second occupé par une table de toilette aux proportions colossales et un ensemble d'appareils de gymnastique accrochés au mur mais dont Roemer ne se servait jamais, prétendant que l'acquisition de son ventre lui avait coûté une fortune qu'il n'était pas prêt à voir s'évanouir en gouttes de sueur; et enfin un W.-C. où il passait de longues heures à étudier ses dossiers et à lire. Là, il avait même fait installer une petite bibliothèque de littérature érotique et de thrillers. « C'est une de mes idées les plus grandioses, aimait-il dire, une combinaison simultanée de toutes les joies de ce monde. »

Une fois de plus, Willbreit appela « Érasmus ! » à haute voix, puis en criant. À part un très faible écho sur le côté gauche du hall, le silence demeura impressionnant. Roemer n'avait-il pas l'habitude de dire : « Lorsque je dors, même si un volcan faisait éruption entre mes deux fesses, je ne l'entendrais pas ! »

Donc, pas plus de réponse que d'alerte. Willbreit monta rapidement l'escalier d'apparat à double révolution et ouvrit la première porte venue – celle du salon d'été, croyait-il se rappeler. C'était la chambre d'Élise, décorée en rococo blanc et or, avec un foisonnement de tulle du même rose que les draps de soie et le dessus-de-lit. Dans cette monumentale chambre de poupée qui répondait précisément aux goûts d'Élise, Roemer n'entrait qu'en soupirant profondément. Il devait s'y sentir comme un éléphant dans un magasin de porcelaine. Mais telle était sa vie : jeune agrégé, docteur en droit, futur président de tribunal, il avait attiré l'attention du père d'Élise, commerçant enrichi qui avait fait le calcul suivant : d'un côté, les titres universitaires, une forte personnalité et des honneurs à venir; de l'autre, de l'argent et du luxe à gogo. Que peut-on désirer de plus pour constituer un couple harmonieux ?

Willbreit ne pouvait que poursuivre son exploration. La porte suivante s'ouvrit sur un boudoir dans l'acception exacte du terme, mais qui était en même temps un salon de beauté avec de grands miroirs en guise de murs, une table de maquillage, un râtelier de perruques de couleurs différentes, tout un attirail de coiffeur avec casque à permanente, et en plus une installation de radiothérapie à rayons ultraviolets... Voyons la porte suivante, se dit Willbreit.

Et ce fut la bonne. Impossible de se tromper à l'odeur de vin et d'alcool qui assaillit ses narines. Roemer, comme exposé au sommet d'un catafalque, gisait sur un lit spécialement construit pour lui, plus large, plus long qu'un lit normal et avec des ressorts beaucoup plus résistants. La lampe de chevet brûlait encore et projetait une lumière tamisée sur l'ensemble de la scène. Deux bouteilles de vin de bourgogne étaient debout, vides naturellement, sur la descente de lit de soie. Roemer ronflait doucement, la bouche à demi ouverte : d'abord, un sifflement à l'aspiration, puis un grondement rauque pour expirer; l'ensemble évoquait le bruit d'une vieille locomotive rouillée qui se mettrait péniblement en marche.

Willbreit s'assit sur le bord du lit et contempla longuement son ami. Comme tous ceux qui connaissaient Roemer, il ne put s'empêcher de penser qu'il était impossible que cette montagne de muscles et de chair, apparemment débordante de santé et de force, fût condamnée à s'écrouler en quelques mois seulement. De toute façon, Roemer ne l'avait pas appelé pour lui crier « au secours », car, dans un tel cas, le vin rouge n'aurait pas apaisé ses douleurs.

– Érasmus... appela-t-il à haute voix en se penchant sur Roemer. Tu ronfles ! Réveille-toi !

Il l'avait pris à l'épaule et le secouait sans ménagement. Et comme l'autre clignait à peine des yeux sans parvenir à les ouvrir, il lui assena, non sans plaisir, une formidable claque. Roemer, dans un sursaut, s'assit sur son lit, stupéfait, avant de pousser un véritable bramement :

– Est-ce toi ? Dieu, serais-je déjà en enfer ?

– Pas encore, Érasmus. Qu'est-ce qui se passe ?

Roemer était maintenant complètement réveillé. Il jeta autour de lui un regard de plus en plus étonné :

– Mais comment es-tu entré ? Magda, la femme de chambre, n'est pas là... À moins qu'Élise n'ait fini de tuer son ours...

– J'ai défoncé la fenêtre de l'office. Naturellement, je te rembourserai la vitre et sa pose.

Roemer consulta le petit réveil sur la table de chevet :

– Dans ce cas, la police arrive dans un instant. Naturellement, ils t'arrêteront, et je ne ferai rien pour les détromper, au contraire ! Je n'ai jamais vu cet individu, vais-je déclarer ! Même s'ils doivent te relâcher plus tard, tu les suivras d'abord au poste. Quelle histoire à raconter à toute la ville !

– Mais tu m'as appelé, Érasmus ! insista Willbreit sans se laisser impressionner.

– Oui, et c'est ta Lydia qui m'a répondu. Elle avait réuni chez elle ces dames qu'offensent vos agapes de médecins à votre table réservée. Ça a dû caqueter là-dedans comme dans un poulailler.

– Mais que voulais-tu de moi ?

– Rien.

– On n'appelle pas quelqu'un sans raison à 10 heures du soir !

– Si, moi... !

Depuis quelque temps, il se léchait en vain les lèvres pour les humecter.

– J'ai vraiment la gueule de bois et une de ces soifs... Sois pour une fois un vrai ami, Thomas : va me chercher quelque chose à la cuisine avant que la police ne t'arrête.

– De l'eau minérale ?

– Je ne suis pas encore dépravé à ce point. Le réfrigérateur contient une réserve de la meilleure bière.

– Tu n'as plus droit à une goutte d'alcool.

– Une question ! T'es-tu introduit par effraction chez moi en tant qu'ami, ou en tant que médecin qui fait des histoires ? (Il jeta un coup d'œil sur son réveil :) Mais que fait donc la police ?

– Quand tu oublies d'enclencher le système d'alarme, il ne peut pas y avoir d'alerte !

Un coup d'œil étonné à la lampe rouge de contrôle placée dans un coin de la chambre convainquit Roemer qu'elle était éteinte.

– Merde ! dit-il. Tu as une de ces veines. J'aurais tant aimé te voir emmené entre deux policiers. Et tu m'aurais entendu : « Si cet individu prétend qu'il est le professeur Willbreit, ne le croyez pas ! Le professeur Willbreit est un ami : il n'a pas besoin de s'introduire chez moi par effraction ! » Hélas, tout est allé mal aujourd'hui !

– Hier, veux-tu dire... Mais qu'est-ce qui s'est passé ? demanda Willbreit, sa curiosité aussitôt éveillée.

– Eh bien, j'ai parlé avec Corinna Doerinck...

– Ah, ah !...

– Non... Pas de « Ah, ah »... Elle refuse de me soigner, ou plutôt elle ne le peut pas !

– Voilà qui m'étonne. Pour l'instant, le trouble qu'elle propage parmi les malades est encore limité. Nous en avons justement discuté à notre table réservée.

– Elle a donc remporté de nouveaux succès...

Il bascula sur le lit pour extraire de dessous l'édredon deux jambes épaisses comme des piliers et s'assit en s'ébrouant et en gémissant. Dans son pyjama de soie rouge foncé, il avait l'air d'un être colossal venu d'une autre planète et aux formes malgré tout humaines.

– Disons qu'elle est un facteur de troubles. Il se passe à Hellenbrand des choses inouïes. Tu connais le Dr Viebieg ?

– Drôle de question... ! (Il allait et venait comme

un éléphant dans sa chambre à coucher, ouvrant placards, armoires et tiroirs, cherchant quelque chose à boire là où la plupart du temps se trouvait une bonne bouteille en réserve, mais cette fois-ci sans résultat.) Si je le connais, cet « hygiéniste » qui se désinfecte tout le corps avant de coucher avec sa femme !

– C'est toi qui as inventé cette histoire, Érasmus !

– J'l'aime pas, fit Roemer, comme un enfant boudeur.

– L'une de ses patientes est Louise Herbrandt, la femme d'Edouard Herbrandt, le fabricant du « 85 Y »... Oui, le truc à la yohimbine... Elle souffrait d'une sciatique aiguë depuis trois ans. On lui avait conseillé une opération. Elle a découvert Corinna Doerinck, est allée la voir, et elle ne souffre plus depuis deux jours. Elle chante tellement les louanges de cette fille que bientôt des autocars remplis de pèlerins vont converger vers Hellenbrand ! Des patients ont déjà demandé à quatre de mes confrères : « Avez-vous entendu parler de cette Corinna ? » Tu peux t'imaginer l'atmosphère qui régnait à notre table. Cette nouvelle va se répandre comme un feu de brousse.

– Et vous allez former une phalange pour marcher sur Hellenbrand.

– Pas encore. Nous attendons, il faut voir comment les choses vont évoluer. Pour intervenir, nous avons besoin de preuves. La question qui se pose est d'ordre juridique, Érasmus; à partir de quand peut-on invoquer un paragraphe de la loi concernant l'escroquerie ou l'usurpation des droits des médecins.

– Tu comptes vraiment sur moi pour te donner un conseil, Thomas ? Eh bien, oublie-moi. Adresse-toi à un autre juriste. Et écoute-moi bien : nous sommes de vieux amis et le resterons, mais laissons le cas Corinna Doerinck en dehors de cette amitié. Là, nos positions sont diamétralement opposées... (Il souffla bruyamment.) Dieu, que j'ai soif ! Descendons au bar.

Laissant Willbreit assis sur le bord du lit, il était déjà sorti de la chambre. Au bout d'un instant, Willbreit, à contrecœur, dut se lever pour le suivre et le retrouver en bas. Installé au bar entre le salon d'apparat et une immense salle de séjour aux allures plutôt de salle des fêtes, il buvait au goulot une bouteille de bière tirée du réfrigérateur.

– De la bière glacée ! Mais tu es fou ! Tu veux te tuer !

La bière avait rendu à Roemer toute sa combativité, et c'est d'une voix tonnante qu'il s'adressa à Willbreit :

– Vous voulez en finir avec Corinna Doerinck ? La croisade des médecins contre ce qu'ils ne comprennent pas. Vous êtes une belle bande de tordus !

– Réfléchis un instant au mal qu'elle peut faire... (Il prit une bouteille sur l'étagère, alla chercher un verre et se versa un whisky.) Avec ses manigances magiques, elle donne aux malades des espoirs qui ne pourront jamais se réaliser, si bien qu'ils laissent passer le délai où de véritables soins pourraient être utiles. Et ce temps perdu ne se rattrape pas. Ce délai peut être mortel. C'est un acte criminel.

– Pouvez-vous établir qu'elle a dit à quelqu'un : « N'allez pas voir un médecin, venez à moi et je vous guérirai... » ?

– En effet, c'est là la question, dit pensivement Willbreit en buvant son whisky.

Il se gardait bien de prévenir Roemer de la décision prise par les médecins lors de la dernière réunion à leur table réservée : le Dr Richard Wewes, spécialiste des maladies pulmonaires, s'était porté volontaire pour une mission d'importance. Il se présenterait comme patient à Corinna Doerinck et se soumettrait à ses « petites caresses », comme ils disaient entre eux pour se moquer d'elle. Ils espéraient ainsi recueillir assez de charges pour l'incriminer. « Il faut attaquer le mal à la racine, dès le début », avait déclaré le Dr Viebieg, touché au cœur par l'abandon de Louise Herbrandt. Et il avait poursuivi sa diatribe en disant : « ... Nous n'avons pas le droit de laisser se développer dans notre ville une nouvelle vague de superstition. Rien n'est plus catastrophique que de répandre l'inquiétude chez des malades. »

Le Dr Wewes avait l'intention de se rendre le samedi à Hellenbrand et de mettre Corinna au pied du mur. Il prétendrait souffrir d'un adénocarcinome au poumon, maladie particulièrement perfide puisqu'il s'agit de la complication d'une structure déjà cancéreuse, et qui, dans son premier stade, ne porte pas atteinte à l'état général du malade. Si Corinna avait le malheur de dire : « Je vais vous guérir », on n'aurait plus besoin d'autre témoignage pour l'écraser.

Roemer, après avoir avalé sa bière, rota voluptueusement et s'assit dans l'un des vastes fauteuils en cuir du salon.

– Est-ce que tu ne t'es jamais demandé, Thomas, si cette Corinna avait vraiment quelque chose d'extraordinaire qui consisterait en une émission de forces en fait incompréhensibles, mais qui guérissent ?

Il avait allongé les deux piliers qui lui servaient de jambes et regardait, intéressé, le jeu de ses doigts de pieds. Dans sa hâte de boire quelque chose, il avait oublié de mettre ses chaussons et était descendu pieds nus.

Willbreit, en se versant un deuxième whisky, prit le temps de réfléchir :

– J'ai étudié la question à fond. Pour tolérant qu'on puisse être, il y a des choses qu'on ne peut admettre. Bioplasma, radiations mystérieuses, télékinésie, vision cutanée, bio-énergie, etc., devant tout cela, un homme de science véritable – et un médecin sortant de nos facultés est un homme de science – ne peut que secouer la tête. Je me rappelle ce qu'a dit le grand Virchow au cours d'une discussion sur l'âme : « J'ai autopsié des milliers d'êtres humains, et je n'ai jamais aperçu une seule âme. » Il en est de même avec ce qu'on appelle la parapsychologie.

– Mais Virchow n'était-il pas aussi l'homme qui s'est tapoté le front en riant quand Robert Koch a présenté sa théorie des bacilles et des virus ? « Des petites bêtes dans le sang, s'est-il exclamé dans l'amphithéâtre de la Charité. Voyons, messieurs... » et il s'est tapoté de nouveau le front comme si Koch était un idiot. Et tous ont éclaté de rire ! Et pourtant, qui avait raison, Virchow ou Koch ?

– C'est un faux exemple ! La médecine a progressé depuis et continue à le faire, mais pas dans le secteur des guérisons miraculeuses. Les miracles n'existent pas au point de vue scientifique. Tout s'explique par une succession de causes et d'effets.

– Et les radiations des mains de Corinna ?

– Ce genre de rayons n'existe pas !

– Elle a pourtant guéri le cancer que sa mère avait au côlon.

– Attendons, Érasmus ! La vérité apparaît toujours, c'est une question de temps !

– Ainsi, tu espères encore que Ludmilla Doerinck meure de son cancer ?

– Mon Dieu, quelle façon de s'exprimer ! Je n'ai jamais souhaité ni espéré la mort de quelqu'un. Je crains la mort de Ludmilla Doerinck d'autant plus que je dois assister sans pouvoir intervenir à cette fin inéluctable. C'est pour moi une situation effrayante, ne le comprends-tu pas ? Une opération pouvait la sauver de la mort, sa fille s'y est opposée, et sa mère va périr misérablement. Et il faut que je supporte cela ! Et je n'aurais pas le droit de m'indigner ? N'est-ce pas une obligation morale que de mettre fin aux agissements de cette Corinna ?

– Et si Ludmilla Doerinck continue à vivre ?

– Je tiens cela pour impossible.

– Pourquoi ne pas reprendre tes propres mots : attendons !

– Et toi ? osa enfin demander Willbreit, pressentant la réponse de son ami.

– Moi ? J'attendrai aussi.

– Mais quoi ?

– Que Corinna me dise : « Maintenant, vous pouvez venir me voir ! »

– Si tu es encore capable de te déplacer !

C'étaient des paroles très dures, mais que Roemer balaya d'un geste de la main comme si elles n'avaient aucune importance. Willbreit s'acharna :

– Tu refuses donc de te faire opérer ?

– Je refuse. Serait-ce pour cela que tu es venu me voir ?

– C'est aussi pour cela.

– Alors, tiens-t'en à ton whisky. C'est le seul moyen qui te reste d'éviter que je te foute à la porte.

Une heure plus tard, Willbreit quitta Roemer pour rentrer chez lui à Münster. Lydia dormait profondément quand il pénétra sur la pointe des pieds dans leur chambre commune. Elle était allongée, nue, très belle, sur le couvre-pieds, et paraissait beaucoup plus jeune qu'elle n'était, avec ses cheveux dénoués.

Après s'être déshabillé, il resta nu, lui aussi, debout près d'elle, se demandant s'il devait la réveiller en la prenant dans ses bras. Tout chez elle l'y incitait, ses jambes étaient entrouvertes, et elle se réveillerait en soupirant à haute voix; ses bras se refermeraient sur lui, et elle le guiderait aussitôt en elle. Jamais son sommeil n'avait été trop profond, soit réellement, soit par jeu, pour qu'il se sente importun.

Mais le souvenir des problèmes de la journée fut le plus fort : il fit le tour du lit pour gagner son côté, se glissa prudemment sous la couverture afin de ne pas éveiller Lydia et, couché sur le dos, se croisa les mains derrière la nuque.

Il pensa à Richard Wewes qui allait se rendre à Hellenbrand. Demain soir, nous serons fixés, se dit-il. Wewes leur avait promis de leur téléphoner dès son retour à Münster.

Il demeura longuement éveillé dans l'obscurité. Il entendait Lydia qui respirait calmement. Enfin, il se tourna vers elle et tendit la main vers son sein rond et ferme. Le corps de Lydia se tendit complètement dans son sommeil. Et c'est ainsi qu'il s'endormit lui aussi, mais pour être aussitôt la proie d'un rêve totalement absurde : ce n'était plus Lydia qui reposait près de lui et dont il serrait un sein dans sa main, mais Corinna Doerinck. Et elle était d'une beauté surnaturelle. Son corps splendide et moiré d'une faible lueur baignait tout entier dans une aura au rayonnement d'or.

En se guidant sur la description que lui avait faite des lieux son confrère Willbreit, le Dr Richard Wewes trouva facilement l'atelier de Corinna.

Plus il approchait du cercle d'arbres qui entourait la vieille grange restaurée, plus sa curiosité grandissait, mais aussi sa tension d'esprit. Willbreit l'avait prévenu que cette « sorcière » était d'une extraordinaire beauté, qu'il s'agissait d'une jeune femme au type caucasien, bref avec quelque chose de déjà asiatique comme l'indiquaient ses yeux légèrement obliques, des yeux d'un noir de jais comme sa chevelure, mais étrangement parsemés de points d'or. Le plus fascinant chez elle, c'étaient ses mains, ses mains rayonnantes, longues et étroites, presque rien que des doigts, avait dit Willbreit, et quand elle les repliait légèrement, ses doigts et ses paumes prenaient la forme de miroirs paraboliques.

– Mais Thomas parle d'elle comme s'il rêvait de l'avoir toute nue dans son lit, s'était exclamé le Dr Viebieg. Fais attention, mon vieux, ne te laisse pas caresser une partie sensible !

Et le gynécologue de la bande, le Dr Marxheit, avait ajouté :

– Si ses mains ont un tel rayonnement, imagine-toi ce que ça doit être entre ses cuisses !

Une table réservée de médecins ne le cède décidément en rien à une salle de garde d'étudiants.

Voici le Dr Wewes devant la grange. En dehors

de la sienne, six autres voitures sont rangées dans la cour. Qu'importe. Plus le nombre des témoins sera élevé, plus il sera facile de dévoiler l'imposture. Que six acheteurs ou acheteuses de tapis se rencontrent par hasard dans un endroit aussi isolé, est à exclure a priori : évidemment, cette affluence a une autre cause.

Il récapitule une fois de plus les symptômes d'un adénocarcinome : quintes de toux virulentes, expectorations de glaires, mais aucune douleur. Une radioscopie permet de diagnostiquer au plus une banale pneumonie chronique, ce qui trompe trop souvent les médecins. Si cette Corinna sait ce qu'elle dit, elle doit immédiatement l'envoyer chez un spécialiste des poumons. Vraiment.

Dans la salle d'exposition, quatre dames qu'il ne connaît pas vont et viennent comme chez elles en feuilletant des cartons de dessins et en bavardant. Elles se taisent net à son entrée et répondent par une simple inclination de tête à son salut : « Mesdames... » Il a l'impression d'être de trop; indiscutablement, sa présence les gêne : pour parler de leurs maladies, les femmes préfèrent être entre elles.

Il fait semblant de s'intéresser aux échantillons accrochés aux murs. Il admet à regret que plusieurs sont de petits chefs-d'œuvre : cette Corinna Doerinck est certainement une artiste. Dans le silence qui se prolonge, il demande brusquement :

– La jeune artiste qui tisse ces ouvrages est-elle là ?

Il semble que le silence devient encore plus dense. Ces dames le fixent sans un mot jusqu'à ce que l'une d'elles déclare :

– Elle est occupée à côté, dans l'atelier de tissage.

– Et vous l'attendez vous aussi, mesdames ?

– Oui, nous passons chacune à notre tour.

– Comme chez le médecin, alors ?

Sa plaisanterie et le petit rire dont il la fait suivre ne trouvent chez les quatre femmes aucun écho. Heureusement, la porte de l'atelier s'ouvre, ce qui met fin à sa gêne. Une cinquième femme sort, le visage comme transfiguré. Elle ouvre déjà la bouche pour parler quand elle aperçoit Wewes et se tait aussitôt. Comme les autres femmes la regardent d'un air interrogateur, cette cliente manifestement si heureuse incline la tête d'un air entendu. Puis, pressant un petit mouchoir sous ses narines, elle sort de la grange. On dirait qu'un léger soupir collectif de satisfaction emplit la pièce...

Wewes retient malgré lui son souffle car Corinna Doerinck vient d'apparaître. D'un geste, elle invite la cliente suivante à la suivre. Le regard qu'elle attache sur lui est un jet d'acier en fusion.

Elle est encore plus fascinante et plus belle qu'il n'imaginait. Quelle classe aussi, pense-t-il. Si Roemer, ce porc, la voyait, il rugirait : « À mon commandement, accrochez-vous à vos braguettes pour qu'elles ne sautent pas ! »

– Bonjour, dit-elle, et sa voix est une caresse aussi sensuelle que peut l'être une série de vibrations qui résonnent dans l'air. (C'est bien à lui qu'elle s'adresse :) Je ne vous ai pas entendu entrer. En général, la sonnette m'avertit.

– La porte était ouverte, madame.

– Voilà donc l'explication.

Et de nouveau, c'est ce regard brûlant qui dément l'amabilité des paroles et qui s'enfonce en lui comme une sonde.

– Je suis tout de suite à vous. En attendant, ces dessins vous donneront une idée de ce que je peux faire.

Une des quatre clientes a déjà disparu dans l'atelier, mais Corinna ne se hâte pas de la rejoindre. Son regard demeure fixé sur lui, et son impression est si désagréable qu'il se tourne vers le mur pour examiner les ouvrages qui y sont accrochés. Mais ce qu'il continue à voir, ce sont ces yeux, ce visage exceptionnel, unique, ensorcelant... ce qui la rend d'autant plus dangereuse, pense-t-il. Sous ce regard, on perd le contact avec la réalité, et il se surprend à hausser les épaules comme pour protéger sa nuque contre cette sorte de brûlure qu'il continue à ressentir. Ce n'est qu'en entendant le bruit de la porte de l'atelier qui se referme qu'il recommence à respirer normalement.

Corinna Doerinck reparaîtra ainsi à quatre reprises, la quatrième fois pour lui. À tour de rôle, les soi-disant clientes se sont succédé dans l'atelier pour y rester environ cinq minutes et en ressortir précipitamment afin de remonter très vite dans leur voiture, prêtant à peine attention au salut et au sourire dont il les gratifie à leur passage.

Quand il est seul dans la salle d'exposition, il s'aperçoit que son cœur bat plus vite. Il se secoue, furieux contre lui-même. Il est ici dans un but bien précis : confondre cette intrigante dont il n'a rien à craindre.

– Enfin, je suis à vous.

Il sort de sa torpeur : Corinna, devant lui, vient d'expédier la dernière cliente. Loin de le faire passer dans l'atelier, voici qu'elle s'assied sur l'une des chaises qui entourent la grande table aux cartons de dessins. Elle fume une cigarette avec une avidité qui frappe le spécialiste des poumons qu'il est. S'il ne jouait pas un rôle, il ne pourrait s'empêcher de lui parler de ses bronches, de ses poumons, qu'elle est en train de détruire. Certes, il fume lui-même, mais sans jamais avaler la fumée. Il faudrait faire une radio de ses poumons, pense-t-il.

– Avez-vous trouvé un motif qui vous plaise ?

Wewes revient sur terre. Décidément, cette femme est dangereuse.

– Je vous préviens que si vous vous décidez pour un modèle, il vous faudra attendre l'année prochaine pour la livraison. Avant, ce n'est plus possible.

Elle continue à fumer très vite, sans le quitter des yeux. Pourquoi son esprit vagabonde-t-il de la sorte jusqu'à lui échapper presque complètement ? Pourquoi pense-t-il au caleçon vert clair qu'il porte ? Sa femme, Irma, le lui a offert parce qu'il est un grand chasseur : « Un Nemrod comme toi doit être habillé tout en vert, a-t-elle déclaré, depuis les chaussettes jusqu'au chapeau en passant par la chemise, le maillot de corps, etc. Tout doit être vert ! »

– Dans ce cas, il me faudra attendre... Que coûte par exemple cette tapisserie ?

Ce qu'il indique du doigt, c'est le motif « Arbres fleuris ». Il s'aperçoit que le ton de sa voix a été inutilement sec.

– Pourquoi êtes-vous venu vraiment ?

Il s'attendait à tout, sauf à cela. Elle a écrasé dans le grand cendrier de marbre ce qui reste de la cigarette dont elle a inhalé toute la fumée. Wewes, de sa main droite, vérifie l'ordre de sa chevelure grisonnante.

– Je ne comprends pas... bégaye-t-il.

– Qui vous a recommandé à moi ?

Elle ne perd pas de temps. Les masques tombent. Il a la présence d'esprit de mentir :

– Mme Herbrandt. Sa sciatique a presque disparu, ce qui m'a incité à...

– De quoi souffrez-vous ?

Elle mord rapidement à l'hameçon, se dit-il, mais ses questions sont celles d'un véritable médecin. Cela aussi, il devra le consigner dans son rapport. Tu es tombée dans le piège, ma jolie petite fille...

Il dévide son histoire : les quintes de toux, les crachats, les diagnostics erronés de plusieurs médecins. Elle l'écoute sans mot dire jusqu'à la fin du récit. Et comme elle se tait toujours, c'est lui qui demande :

– Qu'en pensez-vous ?

Le silence devient de plus en plus pesant. Cela fait certainement partie de sa façon d'impressionner le client, elle le laisse bouillir à petit feu jusqu'à ce qu'il soit bien à point ! Quel raffinement !

– Pourquoi ne toussez-vous pas maintenant ? dit-elle brusquement.

– Mais je ne tousse pas tout le temps. C'est cela, l'ennui : il y a des moments où la toux me déchire la gorge et la poitrine, et il y en a d'autres où je pourrais grimper une montagne sans tousser. En fait, je devrais tousser maintenant après le discours que je viens de faire.

– Voyons cela...

Elle se lève, s'approche de lui, ouvre ses mains. Willbreit a bien observé : ce sont proportionnellement les doigts les plus longs et les paumes les plus menues qu'il ait jamais vus. De plus en plus intéressé, il la voit rejeter la tête en arrière et fermer les yeux tandis que ses mains passent et repassent à quelques centimètres de sa cage thoracique. Et voici qu'elles glissent plus bas, descendent à hauteur de l'estomac, de ses hanches, de l'abdomen, remontent. Et là, il ressent une chaleur subite.

– Pourquoi mentez-vous ? demande-t-elle.

Il n'y a rien d'hostile dans sa voix, aucun reproche non plus, mais plutôt une tristesse indicible. La surprise du Dr Wewes est telle qu'il perd un instant son sang-froid. Comment a-t-elle découvert son mensonge ?

– Pourquoi mentirais-je ? demande-t-il, croyant cacher son trouble par une agressivité intempestive, prêt à tout.

– Parce que vous n'avez rien au poumon. Absolument rien.

– Comment pouvez-vous en être si sûre ?

– Parce que je ne sens rien sous mes mains... (Elle avance vers la grande table, se penche, s'y accoude.) Qui êtes-vous ?

– Reinhard Wewes. Je suis ingénieur des travaux publics, spécialisé dans la construction des ponts.

Elle fait un léger signe de tête, mais il a l'impression qu'elle sait exactement qu'il s'agit d'un nouveau mensonge. Son menton est venu se poser sur la pointe de ses doigts, au-dessus de ses deux mains jointes, dans une attitude si typique que Willbreit y a fait allusion.

– Ne souffrez-vous pas de l'abdomen ?

– Non... (Mais il a la sensation soudaine que la peau de son crâne se rétrécit, et il s'entend dire, presque malgré lui :) Disons, rarement : une lourdeur, ou comme des piqûres quand je reste longtemps debout. J'ai eu deux fois comme une sorte de crampe...

– J'ignore pourquoi vous avez menti au sujet de cette maladie des poumons. Mais vous avez bien fait de venir. Vous faites un début d'emphysème de la vésicule biliaire.

Il demeure immobile devant elle, comme assommé.

– Quoi ? Qu'avez-vous dit ? Voulez-vous répéter ?

– Vous avez parfaitement entendu : un début d'infection purulente de la vésicule biliaire. Dans trois jours, vous vous en seriez aperçu à cause des douleurs qui seraient devenues intolérables.

Wewes élève la voix. Tout ce qu'il y a d'incroyable dans sa situation lui apparaît clairement :

– Vous dites cela tout simplement ! Vous étendez les deux mains, vous affirmez : « Pas les poumons, mais la vésicule biliaire », et moi, je devrais vous croire !

– N'avez-vous pas ressenti une certaine chaleur quand ma main s'est arrêtée là où vous avez parfois mal ?

– Oui.

– C'est ce que j'ai ressenti moi aussi dans mes doigts : le mal est là.

Il est si désorienté qu'il oublie complètement la raison de son voyage à Hellenbrand. Mais son cerveau travaille : emphysème de la vésicule biliaire... Mais oui, ces douleurs diffuses depuis plusieurs jours, cette pression continue, insolite, au même endroit... et ces selles étrangement jaunâtres, décolorées... Bon Dieu ! Mais elle a raison ! C'est la vésicule biliaire !

– Et maintenant, qu'allez-vous faire ? demande-t-il, car le moment est venu de la prendre au piège, que son diagnostic soit exact ou non. (Sa voix est néanmoins un peu rauque, car il pense aussi à ce qu'il va faire, lui : se précipiter chez le professeur Schwarthe et le déranger en plein week-end. Il ne croit pas tout à fait à l'emphysème, mais si c'en est un, c'est grave.) Pouvez-vous faire quelque chose pour moi ?

– Je peux essayer de supprimer l'inflammation en la desséchant.

Voilà donc ce qui avait exaspéré Willbreit. Elle prétend dessécher un mal sur lequel seules peuvent agir de puissantes doses d'antibiotiques. Elle affirme détruire des abcès et des tumeurs avec le prétendu rayonnement qu'émettent ses mains adorables, ses doigts. Elle commet vraiment un crime contre ceux qui la croient ! Osera-t-elle continuer cette comédie avec lui ? Mais elle répond déjà à sa question informulée :

– Mme Herbrandt vous a expliqué comment je procède ?

– Oui, naturellement. Vous caressez la région malade...

– Non. Je ne caresse pas, je détruis le mal ! Pour lutter contre le cancer, on essaie d'anéantir les cellules atteintes par les rayons X ou au moyen d'un bêtatron, avec un pourcentage relativement faible de réussites. Je ne peux pas vous expliquer comment ni pourquoi, mais mes mains émettent d'autres rayons, et ces rayons guérissent à coup sûr.

– Vous en êtes absolument certaine ?

– Jusqu'à présent, je n'ai pas eu un seul échec : il faut simplement que je « sente » la présence de l'ennemi au bout de mes doigts.

En vrai chasseur, il a une seconde d'exultation : est-il parvenu à la forcer dans ses retranchements ou l'y a-t-elle conduite elle-même ? Qu'importe !

– Quoi ? Pas un seul échec ? Mais combien de patients avez-vous donc aidés ?

– Une quarantaine peut-être, répond-elle sans hésiter.

Il sursaute. Quarante ! Et sans aucune réclamation ! Impossible ! Willbreit avait raison : cette femme est décidément dangereuse. Mais peut-être ne se rend-elle pas compte de ce qu'il y a de socialement répréhensible dans ce qu'elle fait ? Elle agit en toute bonne foi, elle croit vraiment, dans sa naïveté, qu'elle est en mesure de guérir des maladies complexes au cours irréversible, et elle n'a jamais envisagé les conséquences de cette folie. Il prend sa mine la plus innocente :

– Pourriez-vous m'aider, moi aussi ?

– N'êtes-vous pas venu pour cela, en vous recommandant de Mme Herbrandt ?

– Oui, évidemment. (Au fond, il a un peu honte de lui-même. Il tente d'esquisser un sourire :) J'avoue que j'ai prétendu souffrir de quelque chose aux poumons pour voir si vous alliez découvrir mon mal réel. Toutes mes félicitations : vous l'avez fait. Je me remets donc entre vos mains.

Les cinq minutes qui suivent seront pour Wewes une véritable révélation, et il sera obligé de reconnaître que ce qui s'est alors passé en lui défie tous les enseignements de la médecine traditionnelle : quelle était cette chaleur indéniable à l'abdomen qui a disparu dès que Corinna a laissé retomber ses mains ? Et comment définir cette sensation de vide à l'endroit précis où il a mal depuis plusieurs jours ?

Il la voit prendre à tâtons une nouvelle cigarette et en inhaler désespérément la fumée. De ses narines aux commissures de ses lèvres, deux plis profonds se sont gravés, une marque de fatigue physique et morale qu'il est impossible de feindre. Ce qu'il ne sait pas, c'est qu'après les huit séances de ce jour, Corinna a des raisons de se sentir vidée, épuisée, une masse de chair dépourvue d'os et de muscles.

– C'est donc cela, votre secret ? demande-t-il d'une voix changée.

– Oui.

– Puis-je avoir une cigarette ?

– Servez-vous...

Ils fument en silence. Ce qu'il ressent dépasse tout ce que Willbreit a raconté. Comment l'expliquer rationnellement ? Du point de vue de la médecine classique, c'est le comble du délire.

– Et ensuite ? demande-t-il encore.

– Si vous le désirez, vous pouvez revenir, cinq fois peut-être.

– Pourquoi cinq fois ?

– Ou trois fois, ou dix fois... tant que je sentirai l'inflammation au bout de mes doigts.

Comme elle, il écrase le reste de sa cigarette dans le grand cendrier de marbre et, la tête baissée, il la regarde longuement. Manifestement, elle se remet peu à peu et, dans un geste très féminin, la voici qui lisse de ses deux mains le haut de sa robe. On ne rencontre pas deux femmes comme elle dans toute une vie d'homme, pense-t-il. Vit-elle vraiment seule, sans ami, sans amour ? Tout ce qu'il y a de sentiment en elle s'écoulerait-il avec ce flux mystérieux qu'émettent ses mains ?

– Combien vous dois-je ?

Et il ne peut s'empêcher de penser que, si elle accepte de l'argent, elle tombera sous le coup de la loi, et qu'il devra sans doute faire son devoir, malgré ce qui vient de se passer.

– Rien. Je ne prends jamais rien pour cela.

– Mais je voudrais...

– Non.

– Alors, c'est un don que je fais... Vous ne pouvez pas m'en empêcher.

Il sort un billet de cent marks de son portefeuille et le dépose sur la table. Elle n'a pas bougé, mais elle a levé les yeux sur lui. Il est en proie à trop de sentiments contradictoires, et se dirige vers la porte :

– Quand voulez-vous me voir ? Mardi prochain ? demande-t-il encore.

– Si cela vous convient. (Elle attend qu'il soit presque dehors pour le rappeler :) Bon retour, docteur Wewes. Vous n'avez pas de consultations le mercredi, n'est-ce pas ?

Wewes ne peut dissimuler le sursaut qui ensuite le cloue sur place : quelle attitude peut-il désormais assumer ? Il n'arrive même pas à se retourner pour lui faire face.

– Ainsi, vous me connaissez... Vous saviez dès le début...

– Quand j'étudiais la médecine à Münster, vous étiez encore l'assistant du professeur Lange dans le service des maladies pulmonaires.

– Je pense que je vous dois une explication, dit Wewes... mais sa voix s'étrangla lamentablement.

– Non.

Dès lors, il ne pense plus qu'à partir, qu'à fuir. Mais il lui faut encore entendre cette voix qui le brûle, qui le marque au fer rouge :

– Faites-vous confirmer tout de suite que vous souffrez d'un début d'emphysème de la vésicule biliaire... et saluez bien de ma part le professeur Willbreit.

C'est le coup de grâce. En courant presque, il gagne sa voiture, et c'est inconsciemment qu'il démarre en trombe. Une sorcière, se répète-t-il. Splendide, formidable, mais une sorcière quand même...

Puis il se calme un peu, heureux d'accroître la distance qui le sépare de ces yeux, de ces mains, de cette voix qui continuent à le hanter, et il lui faudra du temps pour se rendre compte que son affolement est de la même nature que l'ambivalence des sentiments qui ont causé les persécutions des sorcières d'autrefois. Serait-il redevenu, pendant un instant, un homme du Moyen Âge ?

Bougonnant d'abord, le professeur Schwarthe, spécialiste des affections de la vésicule biliaire, devient très amical après un examen superficiel, et Wewes, une fois de plus, sent que la peau de son crâne se rétrécit : la sorcière a raison.

– Tu as bien fait de me déranger. Ta vésicule réagit en dépit du bon sens. Il ne faut pas perdre de temps. Viens demain matin à la clinique, et nous t'examinerons à fond. On dirait un début d'inflammation, mais ne t'en fais pas, nous disposons de tout ce qu'il faut pour cela.

Il lui reste à tenir la promesse faite à ses confrères de la table réservée. D'abord Viebieg, puis Willbreit, puis les autres. Et c'est chaque fois la même histoire :

– Résultat nul ! Notre petite sorcière était absente. D'après les voisins, toute la famille Doerinck était à Burgsteinfurt pour y faire des achats. Je remettrai ça la semaine prochaine...

Une journée remplie de mensonges, pense-t-il, mais celui-ci ne lui coûte guère. Au contraire, il éprouve presque du plaisir à avoir un secret en commun avec cette Corinna.

– Il existe deux sortes de hyènes, celles des déserts de l'Afrique et les hyènes de nos sociétés humaines que l'on nomme parfois d'un mot anglo-saxon : reporter.

Ce fut du moins l'opinion qu'Hildegard Benke exprima à haute voix quand, en ouvrant le quotidien régional, elle aperçut le long article qui figurait sous le titre « Guérisons miraculeuses au pays de Münster ». Elle alerta aussitôt ses amies qui, naturellement, avaient déjà lu la prose de ce journaliste. Bien que leurs noms n'y figurassent point, l'allusion à leurs personnes était évidente :

« La clientèle fait partie de la société la plus huppée de Münster, et elle se communique sous le manteau, de bouche à oreille, comme un secret, l'adresse de Corinna. Mais comme la santé publique est l'affaire de tous, nous nous croyons obligés de livrer ici le nom de la "guérisseuse aux mains rayonnantes" ainsi que d'indiquer où elle vit : il s'agit de Corinna Doerinck, domiciliée à Hellenbrand. »

Hildegard Benke s'enrouait au téléphone :

– Quelle attaque dégoûtante ! Quel immonde salaud que cet individu ! Et c'est un ami de mon propre fils ! Nous le connaissons toutes, il appartient à notre milieu, et le voici qui ose... En ce qui me concerne, c'est un abus de confiance, car ce petit merdeux de reporter fait presque partie de la famille. J'ai consulté notre avocat, maître Werncke. Il n'existe aucune possibilité de l'attaquer : il n'a fait état que de faits d'intérêt général. Une vraie hyène !

Dans son enthousiasme, Hildegard Benke avait confié à ses enfants que son tic nerveux à la bouche avait disparu après trois séances seulement de cet extraordinaire traitement. Certes, au début, il était revenu de temps à autre dans des moments de grande excitation, par exemple quand elle avait appris que le mari d'Émilia, sa meilleure amie, avait offert à sa femme, pour son anniversaire, un collier de saphirs. Mais le tic avait disparu après trois nouvelles séances de soins, et Corinna lui avait assuré que c'était cette fois-ci pour toujours. Toutes ces dames étaient elles aussi enthousiasmées par la disparition de leurs maux, sciatique de Louise Herbrandt, névralgies de Mme Westermeier, arthrite de Mme Semmler, arythmie cardiaque de la femme du Dr Vonweg, etc. Elles se sentaient insultées, mortifiées, par cet article haineux et ironique qui les ridiculisait, puisque, en plein XXe siècle, elles croyaient encore à des forces mystérieuses...

Hildegard Benke ne décolérait pas :

– De toute façon, ce voyou ne remettra plus les pieds chez moi ! Dois-je prévenir Corinna ? Il ne faut pas qu'elle soit surprise par l'invasion des vautours des media. Louise Herbrandt est d'avis que je le fasse. Quelle époque ! Dire qu'on ne peut même plus se fier à sa propre famille !

La première personne à recevoir le choc ne fut pas Corinna, mais son père, Stefan Doerinck. Au cours d'une récréation, Ferdinand Hupp, le recteur de l'école, apparut dans la cour pour lui dire :

– Il faut que je te parle, Stefan. Mlle Freind surveillera les élèves à ta place.

Quelle mouche piquait donc son collègue ? Doerinck le connaissait depuis dix-neuf ans. Le ministère l'avait nommé recteur alors que Doerinck, le plus âgé et eu égard aux résultats obtenus, aurait dû logiquement bénéficier de cet avancement. Des conversations de couloir – la meilleure source d'information – lui avaient appris que le fait d'avoir une femme d'origine russe avait pesé lourd dans la balance. L'inspecteur de l'Académie avait perdu en URSS son frère, son oncle et un cousin. Pis encore, une de ses tantes, à l'entrée des Soviétiques en Prusse-Orientale, avait été violée par des soldats qui l'avaient achevée à coups de baïonnette. Stefan Doerinck avait jugé inutile de demander à l'inspecteur ce que la nationalité d'une épouse avait à faire avec une promotion académique.

Une fois seuls dans la salle réservée aux réunions des enseignants, le recteur déplia un journal et le tendit à Doerinck avec toute la gravité voulue :

– As-tu lu ce journal, Stefan ?

Doerinck jeta un coup d'œil sur le quotidien :

– Non. Je ne suis pas abonné à ce torchon. De quoi s'agit-il ? D'une nouvelle attaque contre le corps enseignant, comme d'habitude ?

– Pire que cela. Contre ta fille.

– Contre Corinna !

Du coup, Doerinck s'empara du journal et lut l'article lentement, à fond, tout en réfléchissant. Voici ce que je craignais, se disait-il. Cela devait arriver. Combien de fois ai-je prévenu Corinna... Que pouvais-je faire de plus ? Il s'agit maintenant de ne pas perdre la tête : un coup de canon isolé ne signifie pas la guerre.

– Voici quelque chose de bien simplet, dit-il d'une voix calme en rendant le journal au recteur... Le journaliste de cette feuille de chou a dû avoir un besoin urgent d'argent !

– Mais il y a des milliers de gens qui lisent ce genre de prose ! (Désespéré, le recteur jeta le journal sur la table de conférences parmi les propositions de notes et de punitions de la semaine.) Mais ce qu'il raconte, est-ce vrai ?

– Vrai, mais déformé.

– Qu'est-ce que cela veut dire, Stefan ? À force de vivre avec ta femme, tu parles comme Radio-Erivan, la seule station soviétique à dire parfois la vérité, mais à la condition qu'on ne la comprenne pas du premier coup ! Corinna a-t-elle vraiment essayé de guérir, avec des caresses, des mondaines prêtes à tout avaler ?

– Non. Elle n'a pas essayé. Elle les a guéries de leurs maux. Et elle a déjà soigné une quarantaine de malades.

– Mais ce n'est pas possible !... s'exclama le recteur.

Il se rendait soudain compte de l'avalanche que cet article allait causer. À Hellenbrand, une femme faisait tout simplement des miracles, et son père était le vice-recteur de l'école publique ! Ferdinand Hupp fit quelques pas jusqu'à la fenêtre, contempla un instant les enfants qui jouaient paisiblement dans la cour, et se sentit d'autant plus désarmé. C'en était fini de la sérénité habituelle de cette petite ville et de son école...

– Voyons, Stefan, comment as-tu pu supporter cela ?

– Corinna a trente ans, Ferdinand.

– Mais tu aurais pu l'influencer.

– Tu n'y serais pas arrivé, toi non plus.

– Ah ! je te jure que si !

– Non, pas si tu l'avais vue guérir d'un cancer ta propre femme, et cela avec ses mains.

Le recteur resta muet le temps de respirer profondément :

– Quoi ? Qu'as-tu dit ? Ludmilla a eu un cancer ? Mais tu n'en as jamais parlé ?

– Fallait-il faire passer la nouvelle dans les petites

annonces de ce journal ? Mme Doerinck, femme de notre distingué, etc., souffre d'un cancer au côlon depuis le 16 avril... Oui, Corinna l'a guérie. Les nouvelles radiographies le prouvent : le cancer a disparu.

– Mais cela ne peut pas exister, Stefan.

– Je t'apporterai les premières et les dernières radios. Tu pourras toi-même comparer. Tu peux aussi interroger le Dr Hambach; je le délie d'avance de l'obligation du secret professionnel.

Hupp, effaré, se passa la main dans ses cheveux clairsemés :

– Mon Dieu !... Mais cela ne change rien au fait qu'un journal en a parlé et que tous maintenant le savent. La fille du vice-recteur, de notre professeur, opère des guérisons miraculeuses ! As-tu pensé à la réaction des gens, à celle des parents de tes élèves ?

– Mais ce n'est pas moi dont les mains guérissent, c'est ma fille...

– Pour les gens, ce sera bonnet blanc et blanc bonnet ! Je te parie que l'inspecteur d'Académie va me téléphoner aujourd'hui même. Tant que ces guérisons avaient lieu sous le manteau, dans le plus grand secret, cela allait ! Mais voici que la presse est au courant, et tous les media vont suivre ! Quelle sensation !

Il était si nerveux qu'il froissait entre ses mains, sans même s'en apercevoir, le journal qu'il avait repris sur la table.

– Peut-être, répondit Doerinck. Mais je n'y peux rien... Et pourquoi donc les gens s'excitent-ils quand quelqu'un possède des forces bienfaisantes qu'ils ne s'expliquent pas ? Ils devraient s'en féliciter.

– Je voudrais bien prendre cette histoire avec autant de calme que toi. Dans une semaine, si d'autres journaux s'emparent de l'affaire, Hellenbrand sera un lieu de pèlerinage. Mon Dieu... (La sonnerie du téléphone l'interrompit dans ses lamentations.) Je parie que c'est l'inspection académique !

Ce n'était pas l'inspecteur, mais le maire, membre du conseil évangélique et de la société des joueurs de boules et président de la chorale municipale.

– Est-ce que Stefan est près de toi ? demanda-t-il immédiatement.

Sa voix avait dans l'appareil une vibration de mauvais augure.

– Oui.

– Passe-le-moi !

Hupp tendit le téléphone à Doerinck en chuchotant :

– C'est Peter ! À l'entendre, on dirait qu'il y a le feu à la mairie.

Stefan Doerinck s'empara de l'écouteur. Il n'avait plus qu'un recours : prendre l'offensive.

– Ici Stefan, dit-il brièvement. S'il s'agit de cet article au sujet de Corinna, j'ai déjà tenté d'expliquer à Ferdinand que je n'y peux rien.

La voix du maire était aussi brève que la sienne :

– Viens me voir tout de suite ! J'ai aussi convoqué Corinna. Il ne s'agit plus d'une affaire privée qui n'intéresse que vous autres et un petit nombre de personnes. C'est la ville entière qui est menacée. Il y a cinq minutes, on m'a téléphoné de la TV : elle envoie une équipe à Hellenbrand pour faire une enquête. Stefan, c'est une chose épouvantable dont personne ne peut prévoir les conséquences.

7

Stefan Doerinck arriva à la mairie quelques minutes avant Corinna. Le maire, Peter Beiler, un gaillard débonnaire, rebondi, au visage couperosé, avait perdu toute sa jovialité habituelle. C'est avec un reproche qu'il accueillit son compère et partenaire aux tournois locaux d'échecs :

– Nous voici en plein dans la merde à cause de vous ! Est-ce que vous êtes devenus totalement cinglés ?

– Qu'entends-tu par « vous » ? demanda froidement Doerinck.

Sans se hâter, il prit une chaise et s'installa près de la fenêtre. Près de l'entrée réservée aux cortèges nuptiaux, une future épouse en blanc et son promis, lequel tournait la tête de tous les côtés sans doute parce que son col le gênait, attendaient avec quelques parents et amis le moment de pénétrer dans la salle des mariages.

Wimmerling, un collègue de Doerinck, l'avait remplacé au pied levé pour dicter aux élèves le sujet d'une rédaction : « Racontez ce qu'a fait votre mère pendant les vacances. »

– Je parle de toi et de ta fille, Stefan.

– Je répète ce que j'ai dit à Ferdinand : il n'existe plus, en droit moderne allemand, de responsabilité familiale.

– Ne discutons pas sur les mots, Stefan.

Peter Beiler était consterné : sans le savoir, Doerinck venait de toucher un point chez lui douloureux. En 1933, son père était devenu le chef du groupe national-socialiste local, et sous sa domination, deux citoyens sociaux-démocrates et le seul communiste de la localité avaient été déportés dans des camps de « rééducation », tandis que leurs familles avaient dû quitter Hellenbrand en vingt-quatre heures. Cinquante ans plus tard, Peter Beiler et les siens étaient restés allergiques aux mots « responsabilité familiale ». Il reprit d'une voix moins assurée :

– Stefan, comment as-tu pu supporter ce cirque chez toi ?

– Ce cirque a permis de guérir quarante personnes, ainsi que Corinna me l'a avoué.

– Quarante... (Tout comme le recteur Ferdinand Hupp, Beiler avait ouvert de grands yeux en entendant ce nombre, mais il se reprit aussitôt :) Pourvu que le public ne le sache pas !

– Je n'arrive pas à comprendre comment cette histoire est arrivée aux oreilles d'un sale petit reporter.

– Allons, Stefan, crois-tu vraiment qu'une chose pareille peut rester longtemps sous le boisseau ? Attends un peu que Corinna arrive. Celle-là, j'en fais mon affaire !

– Tu n'auras pas longtemps à attendre, Peter… Elle est en train de ranger sa voiture dans le parking. (Il s'arrêta un instant pour regarder pensivement son vis-à-vis.) Depuis combien de temps nous connaissons-nous, Peter ?

– Environ vingt-cinq ans, vingt-six peut-être. Je passais ma licence en droit à Münster quand tu es arrivé ici.

– Prends garde que vingt-six années d'amitié ne se volatilisent en fumée…

– Mais je dois protéger la communauté dont je suis le maire, Stefan !

– Et moi, ma fille.

Quand Corinna fit son entrée, les regards des deux hommes se portèrent sur elle. C'était l'été. Dans sa robe légère au profond décolleté, elle était vraiment charmante, mais dans ses yeux en amande, la flamme de son regard combatif ne laissait aucun doute sur ses intentions. Beiler soupira. Une fleur exotique, pensa-t-il, et elle a beau être allemande, toute la ville va se ruer sur elle pour la fouler aux pieds. Vingt-six années passées parmi eux ne compteront pour rien. Ces Westphaliens considèrent qu'une famille doit compter au moins un siècle d'enracinement pour ne plus être étrangère au pays. « Cette fille de Russe… cette Russe… », diront-ils. Ma chère Corinna, tu n'as aucune idée de ce qui t'attend ici…

Ces quelques secondes d'hésitation allaient lui coûter cher. Corinna attaquait déjà :

– Qu'on ait osé te convoquer ici, toi, papa, qui

n'as rien à voir dans cette histoire, est à la fois idiot et insultant !

Peter Beiler s'étrangla de surprise et de fureur :

– Ah ! Ne commençons pas à échanger des gifles, morales ou autres ! Tu sais ce qui se passe, Corinna ?

– Par vous. Je n'ai pas lu le journal ce matin. Mais j'en ai achcté un en venant ici, que je n'ai pas encore ouvert. L'article en question doit être d'une grossièreté et d'une stupidité totales, car Fritz Broichner, chez qui j'ai acheté ce quotidien et qui ne brille pas par l'intelligence, m'a demandé en riant si je ne pouvais pas lui caresser aussi certaines parties du corps qui en avaient besoin...

– Et voilà, ma pauvre petite, ça commence ! dit Beiler.

– Mais moi, en tant que père, je vais dire un mot à ce salaud de Broichner !

– Tu ne feras rien du tout, Stefan, car d'ici une semaine tu devras aller provoquer tous ceux qui insulteront ta fille... Il faut agir autrement, et vite, vous le voyez maintenant. Pour l'instant, nous n'avons affaire qu'à un seul journal et à un seul article. Nous allons avoir la télévision sur le dos ! Il faut surtout éviter cela.

– Comment ? demanda froidement Corinna.

Son visage semblait sculpté dans le granit. Seuls, les points d'or de ses yeux en amande paraissaient danser dangereusement. La fixité de son regard irrita le maire :

– Il faut que tu disparaisses pendant un moment, Corinna !

– Pourquoi ?

Beiler jeta un véritable cri :

– Et elle demande pourquoi !

– Mais moi aussi ! Pourquoi ma fille devrait-elle s'enfuir ? A-t-elle tué quelqu'un ?

Beiler leva les bras au ciel :

– Mon Dieu, mais comprenez-moi donc ! Cela n'a rien à voir avec vos personnes. Il ne faut pas permettre qu'une avalanche de troubles et de haine déferle sur Hellenbrand. Voilà le seul problème que nous devons résoudre. Et la meilleure solution est que Corinna parte d'ici et disparaisse jusqu'à ce que personne ne parle plus d'elle.

– C'est impossible, répondit calmement la jeune femme.

– Maintenant, c'est moi qui te demande pourquoi.

– D'abord, je ne peux pas interrompre le traitement de certains malades. C'est alors qu'ils pourraient m'attaquer.

De nouveau, Peter Beiler leva les bras au ciel :

– Le traitement ! Le traitement !

– Mais oui, j'emploie le mot traitement parce que je guéris ceux qui viennent à moi.

– Je suis en train de devenir fou !

Pour la première fois, Corinna eut un léger sourire :

– En dépit de ce que disent certains psychiatres, la véritable folie n'est pas guérissable. Je ne pourrai rien pour vous, monsieur le maire... Écoutez-moi bien : je n'ai rien fait qui m'oblige à fuir la ville où je vis. Guérir les malades, serait-ce devenu un crime ?

– Cela ne m'intéresse pas de savoir si tes mains ont le pouvoir réel de guérir ou s'il s'agit d'une supercherie. La seule chose qui m'intéresse est ma ville et sa population. Il faut que je puisse dire à l'équipe de TV qui arrive : « Corinna Doerinck est partie pour l'étranger et cela pour un temps indéfini. » Et il faut que ce soit vrai, car ces reporters sont de vrais chiens de chasse, et ils découvriront rapidement où elle se cache, si elle reste ici. Voyons, un peu de bonne volonté...

– La tranquillité de vos concitoyens ou la guérison des malades, disons même d'un seul malade, qu'y a-t-il de plus important, monsieur le maire ?

– Corinna !

Il se tordait vraiment les mains de désespoir, pensa-t-elle. Puis il s'approcha de la fenêtre et regarda à travers la vitre : la place du marché était baignée de soleil. Les tilleuls qui l'entouraient semblaient être parsemés d'une brume d'or. Il y avait là sept stands ouverts tous les jours ouvrables : un fleuriste, deux marchands de légumes, deux marchands de fruits, un crémier et un pâtissier. Une petite ville si tranquille ! Et ce qu'il avait sous les yeux se remplit soudain d'autocars qui encombraient la place et les rues, de malades réels ou non venus par la route ou par trains entiers, mus par une hystérie collective dont l'histoire fournit des exemples fréquents...

– Ce que tu fais est illégal, Corinna.

– Absolument pas.

– Ce n'est pas admis au point de vue scientifique.

– La médecine officielle ridiculise aussi l'implantation des cellules fraîches. Et pourtant, votre propre femme a passé huit jours en Bavière dans une clinique spécialisée, et elle s'en est trouvée fort bien, n'est-ce pas ?

La cure de cellules fraîches qu'avait voulu suivre Elfriede était demeurée à peu près secrète : seules les amies qui l'avaient encouragée à le faire étaient au courant. Tout le monde avait parlé d'une cure à Bad Ems, pour son asthme. Il y a donc eu des fuites, pensa-t-il.

– La cure d'Elfriede n'a pas donné lieu à des articles dans les journaux ni à l'intervention de la TV, ni à des pèlerinages, dit-il enfin.

La sonnerie du téléphone résonna. Beiler jeta à l'appareil un regard haineux. N'avait-il pas ordonné au secrétariat de ne lui transmettre aucune communication, sauf en cas d'urgence ? Qui était-ce ? Encore un curieux ! Ou une autorité quelconque qui allait lui ordonner de faire cesser ce scandale ?

Il prit le combiné, dit « Allô » d'une voix hostile, et Doerinck et sa fille virent son visage changer, se crisper. Puis, avec un hurlement étouffé, il reposa brutalement l'appareil sur son socle.

– Qui était-ce ? demanda Doerinck... Le pape ?

– Ça commence déjà ! Ça commence ! Et tout cela à cause de vous !

– Mais qu'y a-t-il donc ?

– Rien, sinon que Hannes Vierholz, le boucher-charcutier de notre ville et qui est également conseiller municipal, demande tout simplement l'autorisation d'ouvrir immédiatement, à l'entrée de ta grange, Corinna, un stand de saucisses chaudes, pommes frites, sandwichs, fricadelles et côtelettes de porc froides avec salade de pommes de terre ! Et il veut aussi amener un tonneau de bière pour désaltérer les pèlerins ! Il attend seulement mon autorisation.

– Hannes a toujours été un excellent commerçant... (Doerinck ne pouvait s'empêcher de rire.) Comme tu le craignais, la ville va se mettre en ébullition, mais pas dans le sens que tu prévoyais, Peter.

– Je ne donnerai aucune autorisation de ce genre !

– Mais tu risques de détruire ton auréole de maire progressiste ! Ton conseil municipal va se diviser : d'un côté, ceux qui flairent une bonne affaire pour eux comme pour les finances de la ville, et de l'autre, ceux qui, n'ayant pas d'argent à gagner grâce à Corinna, se feront les défenseurs de la morale publique ! Ah ! Peter, l'être humain est une bien vilaine bête, ou alors nous sommes une belle bande de pauvres types !

Corinna était restée impassible et muette, comme si cette discussion ne la concernait pas. Le maire, après l'avoir longuement regardée, fit une dernière fois appel à elle :

– Tu vois maintenant, Corinna. Je t'en prie, disparais le plus vite possible. Corinna, ton père va lui aussi avoir de graves ennuis.

– Je n'admets pas ce chantage, Peter ! Je ne parle jamais de la guerre, mais j'ai couru volontairement bien d'autres risques dans ma vie, ne serait-ce que celui de ramener une Russe avec mon bataillon dans une Allemagne nazie, et en dehors de mes cicatrices, j'ai la peau plus épaisse qu'il ne paraît.

– Bref, vous refusez ? Vous laissez toute la ville courir à la catastrophe ?

Corinna sortit une fois de plus de son silence pour déclarer, d'une voix aussi ferme que celle de son père :

– Je ne cesserai pas de guérir ceux qui viennent à moi pour être soulagés. Depuis que je me suis rendu compte de ce que peuvent mes mains, et surtout depuis que j'ai guéri ma mère, je me sens de plus en plus obligée d'aider ceux qui sont malades dans la mesure de mes moyens.

Beiler, les bras ballants, faisait vraiment peine à voir :

– C'était mon devoir de vous avertir, mais puisque vous ne voulez rien entendre... (Il contourna son bureau pour se laisser tomber dans son grand fauteuil de cuir.) ... Alors, en avant la TV, la radio, les photographes et les cinéastes...

– Non. Je vous promets de ne recevoir que mes malades. Ma porte restera close à tous les autres. Je n'accorderai aucune interview, je ne me laisserai pas photographier...

– Ma pauvre petite, ils disposent de tant de trucs, et aussi de la complicité du public, pour obtenir ce qu'ils veulent. Ils joueront la comédie, se prétendront mlades...

– Il leur sera impossible de me tromper sur ce point...

– Soit ! En tant que maire, je ne vous dirai qu'une chose : je ferai tout ce dont je suis capable pour que ma ville retrouve son calme, même si notre vieille amitié, Stefan, doit en crever ! Corinna ne peut agir autrement, soit, mais moi non plus.

Doerinck s'était levé pour prendre sa fille par la taille :

– Tu n'auras aucun ennui avec nous, Peter, ce sont les autres contre lesquels tu devras te battre, tes concitoyens d'abord, et c'est ce que nous sommes disposés à faire, Corinna et moi. Elle aussi en sera désolée pour toi, comme moi... Pouvons-nous nous retirer ?

– Oui.

Dehors, sous le soleil d'été, ils s'arrêtèrent un instant près de la voiture de Corinna :

– Est-ce que je te dépose à la maison, papouchka ?

– Non, je vais à pied à l'école, c'est tout près. J'ai encore une heure de classe à faire.

– Qu'a dit Ferdinand ?

– Il est recteur de l'école, il gravite par conséquent autour de l'axe qui est le sien. Comme chacun de nous ! Je me demande seulement comment le conseil de l'école va réagir.

– Que leur répondras-tu, papouchka ?

– Ce qu'il faudra leur répondre...

Elle ouvrit la portière, se glissa derrière le volant de sa petite voiture. Et comme elle démarrait, il compléta sa pensée :

– Je leur dirai : « Y en a-t-il un parmi vous dont la femme, atteinte d'un cancer, était condamnée à mort, et qui est aujourd'hui guérie ? »

Ses dernières paroles se perdirent dans le nuage de poussière jaune soulevé par la petite voiture qui s'éloignait.

Toute la journée, le téléphone continua à sonner, à cliqueter, à bourdonner : chez Stefan Doerinck, chez Corinna, chez leurs voisins les plus proches, chez le recteur Hupp, chez le maire et chez les conseillers municipaux. Les media avaient fait appel à leurs meutes, et leurs chiens déchaînés, la langue pendante, assoiffés de scandale faute de sang à la une, galopaient déjà vers Hellenbrand. Il est étonnant, mais angoissant surtout, de constater les situations atroces que peut déclencher un sale petit article dans un sale petit journal. Pensez donc : une femme qui guérit avec ses mains, c'est un miracle, n'est-ce pas ? Or, à notre époque si fertile en miracles de toutes sortes, il ne faut pas qu'il y en ait.

Corinna décrocha simplement son appareil. Doerinck se contentait chaque fois de répondre : « Vous pouviez vous économiser cet appel », avant de raccrocher. À la mairie, Beiler engagea une secrétaire supplémentaire qui, comme un enregistrement, répétait : « Nous ne sommes au courant de rien. » Après un tel article, personne ne pouvait ajouter foi à ce genre de démenti, et le bruit se répandit aussitôt : « Le conseil municipal s'enferme derrière une muraille de silence. » Et quoi de plus magnifique, pour un certain type de journalistes, que de pouvoir se déchaîner contre une administration quelconque, en invoquant le droit qu'a le public d'être informé ? Ainsi tout le cynisme de notre civilisation occidentale peut se déverser à grands seaux, éclaboussant la conscience de chacun de nous.

Les voisins les plus proches de Doerinck allaient être les plus sollicités. Pensez donc, ces chers habitants de Hellenbrand habitent la maison contiguë à celle des suspects, ils doivent donc être bien informés. Ils entendent et voient des quantités de choses qu'ils sont les seuls à pouvoir entendre et voir. Un bon reporter, avec un peu d'imagination, fait un excellent papier du moindre mot. Évidemment, il n'affirme rien, il suggère, il se pose des questions...

« Les mains de Corinna peuvent-elles influencer les hommes politiques ? »

C'était le genre de questions que la TV voulait poser à Corinna, mais la journée passa sans qu'aucun reporter parvînt à l'approcher. Quant à son père, un professeur, il se refusait à parler d'elle. Les voisins avaient en revanche mille choses à raconter, mais malheureusement rien de vraiment explosif. Sauf toutefois un détail : Mme Doerinck, la mère de Corinna, était russe, et de plus originaire de la Grusinie, région du Caucase où des médecins-guérisseurs font encore des miracles, où l'on compte des centenaires à la pelle, et où à cent dix ans les vieillards galopent toute la journée derrière les troupeaux qu'ils surveillent à cheval !

Comme tous les sondages l'indiquent, ce sont de tels détails absolument scientifiques qu'exige le public cultivé de notre époque.

La télévision n'avait envoyé à Hellenbrand qu'une petite équipe chargée d'explorer le terrain et de rester pendant quelques jours sur place, le cas échéant, pour ne rien perdre de la suite des événements. À l'hôtel Westfalenwappen (Aux armes de Westphalie), où l'équipe occupait trois chambres, le patron, Jakob Sippenhorst, fut très fier de pouvoir révéler que Stefan Doerinck était un habitué, un grand joueur d'échecs et de boules. En revanche, Corinna n'entrait que rarement au café que fréquentait son père. Quelle sorte de fille est-ce ? demandèrent les reporters. Eh bien, très belle, comme la mère, c'est-à-dire un type étranger… Des guérisons miraculeuses ? La petite Corinna ? Jamais entendu parler de ça ! Ce sont les médecins du cru et de Münster qui doivent rire de cette invention ! Pourquoi les reporters n'iraient-ils pas voir à ce propos le Dr Hambach ?

La petite maison du Dr Hambach était comme enfouie dans les fleurs d'un jardin merveilleux. Contrairement aux Doerinck, il accueillit aimablement l'équipe de télévision et l'introduisit aussitôt dans sa salle de séjour. Il offrit aux trois reporters cigarettes, bière, eau-de-vie allemande et cognac français. Mais quand le photographe voulut mettre sur l'épaule sa caméra portative et faire des préparatifs pour régler l'éclairage de la pièce, le vieux médecin s'y opposa résolument en levant les deux mains :

– Non, pas de prises de vues !

– Alors pourquoi nous avez-vous laissés entrer ? demanda l'un d'eux… Ça ne va pas du tout, grand-père ! On nous ouvre la porte pour nous faire ressortir à coups de pied dans le cul ! Nous sommes de la télévision, celle qui fait et défait les hommes politiques ! On ne nous traite pas comme ça, nous ! Nous sommes ici parce qu'on nous a dit que vous êtes le médecin de la famille Doerinck.

– Exact !

– Vous les connaissez depuis longtemps ?

– Depuis un quart de siècle !

– Fantastique ! Docteur, mais ça va faire une émission formidable...

– Mon intention n'est pas de faire une émission télévisée formidable, mais de contribuer à l'établissement de la vérité !

– Mais c'est précisément ce que nous voulons : la vérité sur Corinna...

Le chef de l'équipe respirait de nouveau librement. Il ne faut jamais attaquer directement ce genre de croulants, il suffit de les laisser parler. À la moindre question, ils perdent la tête. Vas-y donc, pépé ! Raconte-nous toute l'histoire des miracles de la nouvelle pucelle Corinna Doerinck ! On t'écoute !

Le Dr Hambach prend tout son temps pour humer et boire son cognac et allumer son cigare. Il éprouve une volupté malicieuse à faire attendre ces jeunes gens de la télévision, si impatients et si pleins d'assurance, qu'il leur arrive de menacer de se faire ouvrir de force les portes qui leur demeurent fermées. Et ce qu'il leur dit alors ne leur plaît pas du tout :

– Il ne s'agit pas de Corinna Doerinck, mais des possibilités que la médecine officielle veut ignorer.

Le reporter était de plus en plus irrité :

– Je vous demande pardon, nous n'appartenons pas au service culturel ou scientifique, mais à celui de l'actualité. Ce qui nous intéresse, c'est ce que vous pouvez nous dire sur Corinna. Puisque vous la connaissez depuis l'enfance, vous avez certainement bien des choses à nous raconter à son sujet.

– En effet !

– Alors, allons-y !

Voluptueusement, le Dr Hambach avala une autre gorgée de cognac :

– Soit... Commençons donc par le plus important : vous avez certainement entendu parler du secret médical.

– Naturellement !

– Eh bien, dans ce cas, notre entretien concernant Corinna Doerinck est terminé.

– Mais vous ne pouvez pas nous faire un coup pareil !... (Le reporter, furieux, parvenait difficilement à se contrôler.) Vous nous faites entrer chez vous et...

– Et quoi ?

– Vous voulez nous parler...

– Je voulais vous parler des limites actuelles de la médecine officielle...

Le jeune homme s'était levé et faisait signe à ses compagnons :

– Ne perdons plus notre temps ici... Docteur, ce n'est pas bien de votre part de nous faire marcher de la sorte.

Le Dr Hambach s'était levé lui aussi :

– Et maintenant, il ne vous reste plus qu'à faire un de ces comptes rendus typiques de la télévision d'État, celle-là même que nous finançons pourtant de notre poche : une série de photos qu'accompagne la voix du présentateur : « Cette petite ville paisible du pays de Münster, c'est Hellenbrand, devenue depuis aujourd'hui le centre de la sorcellerie en Allemagne... » Et aucun des auditeurs n'aura la possibilité de vous jeter à l'eau pieds et mains liés avec votre film, espèces d'imbéciles !

Alors que les reporters de la télévision refermaient sur eux les portes de leur voiture, le Dr Hambach put entendre leur chef expliquer la situation à sa manière :

– Un vieux réactionnaire, typique. Dommage qu'on ne les ait pas tous liquidés en 1968 ! Mais nous allons lui régler son compte : il ne mesure pas quelle est notre puissance...

En retournant aux Armes de Westphalie, leur quartier général, les trois fonctionnaires ne prêtèrent aucune attention à la petite voiture qui les croisa et que conduisait Corinna. Si encore ils avaient eu une photo de la sorcière !

Justement, un voisin de Doerinck, Julius Mandaus, employé dans une épicerie, les attendait à l'hôtel. En feuilletant son album, il avait retrouvé une photo de Corinna, vieille de deux ans, qui la montrait à bicyclette, faisant de la main un geste d'adieu.

– Du coup, je me porte volontaire pour me laisser caresser ! Et vous pourrez me filmer pour prouver à tous qu'avec elle je me sens immédiatement en forme !

Cette nuit-là, la sonnerie de la porte d'entrée réveilla Corinna en sursaut. Quelqu'un devait appuyer sans arrêt sur le bouton ou l'avait coincé avec un bout d'allumette, comme elle l'avait fait elle-même étant enfant pour ennuyer des voisins qu'elle n'aimait pas, et pour le plaisir de les voir, de sa cachette, se précipiter furibonds à la porte de leur villa…

Les chiffres luminescents de son petit réveil lui permirent de vérifier l'heure : à peine minuit. Elle se leva, courut sur la pointe des pieds pour vérifier sans bruit, par le judas, s'il n'y avait pas, malgré tout, un visiteur imprévu : dans l'obscurité, elle distingua en effet une silhouette d'homme, le bras tendu vers la sonnerie qui continuait à tinter :

– Que voulez-vous ? Qui êtes-vous ? Si vous ne vous en allez pas immédiatement, j'appelle la police !

La sonnerie cessa aussitôt.

– Je vous en prie, ouvrez…

Malgré l'épaisseur de la porte, cette voix d'homme ne lui était pas étrangère. Après un instant d'hésitation, elle actionna donc le verrou, et ses derniers doutes disparurent :

– Vous, docteur Wewes ? À cette heure ? Que voulez-vous ?

– Puis-je entrer ?

– Naturellement.

Elle s'aperçut alors qu'elle n'avait sur elle qu'une mince chemise de nuit transparente. Elle saisit au hasard la tapisserie la plus proche pour la maintenir plaquée sur elle comme un écran protecteur. Ce devait être un peu ridicule, ne fût-ce qu'à cause du motif « Ulysse et les sirènes ». Mais le Dr Wewes continuait à esquisser le même sourire gêné.

– Je vous dois une explication... Oui, je sais, il est près de minuit, mais je ne voulais pas qu'on me reconnaisse...

– Le code de l'honneur médical ne prévoit pas qu'un spécialiste des poumons rende visite à une guérisseuse, n'est-ce pas ? Cela pourrait nuire à votre bonne renommée. Mais quelle est la raison de cette visite surprenante ? Auriez-vous un nouvel adénome au poumon ?

– J'ai agi de façon idiote, je le reconnais. Après avoir entendu le professeur Willbreit, notre petit comité de médecins avait décidé d'enquêter à votre sujet, et je m'étais porté volontaire dans le but de vous démasquer...

– Ferais-je donc tant de tort au corps médical ? dit Corinna amèrement.

– Disons plutôt que vous êtes une cause de troubles pour nous. Et cet article de journal a mis le feu aux poudres.

– Et voilà pourquoi vous vous glissez chez moi à minuit. Vous allez donc me transmettre un ultimatum sous forme de conseil du corps médical : « Tiens-toi tranquille ! Cesse de guérir avec tes mains ! Nous sommes les plus forts et nous prouverons scientifiquement que tout ce que tu fais n'est qu'imposture. » Mais vous ne me connaissez pas, docteur Wewes. Je n'ai pas peur. À cause de ce pouvoir qui s'exprime par mes mains, j'ai assumé une grande tâche, et je la mènerai à bien. Dites tout cela à vos collègues.

– Non. Cela, ils s'en apercevront eux-mêmes. (Il jeta un coup d'œil autour de lui, prit un siège et s'assit. Depuis sa dernière visite, son visage avait changé, vieilli.) Corinna – vous me permettez de vous appeler ainsi, n'est-ce pas ? –, je suis venu d'abord pour vous dire que vous aviez raison. En vous quittant, j'ai vu le professeur Schwarthc...

– Le spécialiste des vésicules.

– Oui. Tous les examens ont confirmé votre diagnostic : début d'emphysème de la vésicule biliaire. Mais un détail a grandement étonné Schwarthe, c'est que j'aie pu ressentir quelque chose alors que l'emphysème n'est encore qu'à son tout premier stade.

– Naturellement, vous ne lui avez pas parlé de moi.

Le Dr Wewes baissa la tête :

– Excusez-moi, c'est une lâcheté de ma part, je le sais. J'aurais dû le lui dire... Oui, l'être humain n'est pas très beau... En tout cas, Schwarthe m'a prescrit des doses importantes d'antibiotiques, et il estime qu'il serait préférable d'intervenir, etc. Le reste, vous le devinez.

– C'est raisonnable.

– Indiscutablement. Mais je dois avouer la vérité : j'ai peur de l'anesthésie. Nous autres médecins, nous sommes vraiment un monde à part : nous ne sommes pas toujours raisonnables et disposés à suivre les conseils très judicieux que nous donnons à nos clients. Par exemple, je dis aux miens : « Mais cessez donc de fumer ! Vous vous empoisonnez ! » Or, je fume mes quarante cigarettes par jour. D'ailleurs, vous aussi vous fumez trop !

– Je le sais, mais après avoir soigné un malade, j'ai absolument besoin d'une cigarette.

– Alors parlons franchement : acceptez-vous de me soigner, Corinna ?

– Vous ! L'espion du corps médical ?

– Oublions cela ! Je vous en prie.

– Je ne sais pas si je peux le faire.

– Comment cela ?

Dans sa surprise, il levait les yeux du sol qu'il fixait obstinément depuis quelque temps.

– Je ne suis pas sûre d'avoir à votre égard l'impartialité émotive indispensable au contact qui doit s'établir entre le malade et moi pour que je puisse le soigner. Je ne dois ressentir aucun sentiment de rancune ou d'agressivité à son égard. En ce qui vous concerne, seules mes mains pourront me renseigner.

– Voulez-vous essayer ? (Il s'était levé pour fouiller nerveusement les poches de son veston, et eut un petit rire gêné :) J'ai laissé mes cigarettes dans ma voiture. J'en ai fumé quatre avant d'oser sonner à votre porte. En auriez-vous à portée de votre main ?

– Dans ma chambre. Un instant.

Elle était heureuse de pouvoir se débarrasser de sa tapisserie. Le temps de courir à sa chambre, de prendre un peignoir de bain et un paquet de cigarettes, et elle était déjà de retour. Avidement, le Dr Wewes inhala la première bouffée de fumée.

– Je voudrais que vos malades du poumon puissent vous voir, dit Corinna en souriant.

– Je sais... mais je suis venu surtout pour vous faire une promesse : et je vous la ferai parce que je crois à la force qui est en vous.

– Voilà un aveu difficile à exprimer pour un médecin comme vous !

– Non. Plus maintenant. Et ma promesse, la voici : je vais vous mettre en rapport avec quelqu'un que j'ai rencontré dans plusieurs congrès médicaux et qui est capable de vous aider. Car vous aurez bientôt besoin de beaucoup d'aide. Vous n'avez aucune idée de ce qui se prépare contre vous.

– On m'a déjà avertie, et je suis prête à me battre.

– Le courage ne vous suffira pas. Il vous faudra des appuis sérieux. Je veux vous présenter le Pr Pieter Van Meersel, un biophysicien hollandais, le grand spécialiste des radiations cellulaires et autres. Cela peut être très important pour vous par la suite.

Rares sont les médecins qui s'occupent de ces questions. La plupart ne savent même pas ce dont il s'agit et nient tout ce qui est biophysique, en bloc. Exactement comme autrefois quand les savants de l'époque ont refusé d'admettre que la terre tournait autour du soleil sous prétexte que l'enseignement qu'ils avaient reçu et qui était toujours en vigueur, s'y opposait... Je veux que le Pr Van Meersel s'intéresse à vous.

– Et si je refuse ?

– Corinna, vous avez guéri votre mère d'un cancer au côlon, n'est-ce pas ?

– Oui. Et après ?

– Voulez-vous que cette réussite se limite à ce qu'elle est : un cas unique, à Hellenbrand ? Mais vous n'en avez pas le droit ! Le Pr Van Meersel vous ouvrira toutes les portes : votre pouvoir sera étudié, apprécié internationalement. Nos soi-disant scientifiques devront reconnaître que vous êtes un cas exceptionnel, mais aussi qu'il existe des manières de soigner et de guérir les malades dont ils ne font pas encore usage. Peut-être l'avenir nous réserve-t-il de grandes surprises ! Il n'y a pas longtemps, les médecins étaient limités dans leurs diagnostics aux sens du toucher et de l'ouïe. Ils entendaient un râle dans les poumons, et en concluaient : il y a là quelque chose qui ne va pas ! Et quand le malade avait le ventre dur comme de la pierre, ils recherchaient entre toutes les causes possibles celle qui répondait le mieux aux particularités du patient. Qui aurait alors cru que l'on verrait un jour à l'intérieur du corps humain ? Puis Roentgen vint, et ce fut une explosion de nouvelles possibilités de soins et de cures.

Depuis longtemps, le Dr Wewes avait fini sa cigarette et luttait contre une terrible envie d'en fumer une autre. Sans un mot, Corinna lui tendit le paquet.

– Et voici, Corinna, que vous tenez dans vos mains, avec vos mains, quelque chose de totalement nouveau, d'inconnu, d'incompréhensible même. Comprenez-vous ce que cela signifie ?

– Oui. Mais je ne peux rien expliquer. *Cela* est dans mes mains, dans mes doigts. La seule chose que je puisse dire, c'est : « Regardez, vérifiez ! » Est-ce que cela suffira ?

– Pour notre scolastique médicale, jamais… ! (Il se passa les deux mains sur le visage et s'aperçut que son front ruisselait de sueur.) Corinna, je suis content d'être venu vous voir. Et j'ai honte de m'introduire chez vous à la dérobée et de devoir vous renier dans le cercle de mes confrères de Münster. Oh ! Vous pouvez me mépriser, ce n'est pas à tout le monde qu'il est donné d'être un héros. Mais je vous en prie, soignez-moi, et je vous amènerai le Pr Van Meersel.

Une demi-heure plus tard, le Dr Wewes se retrouvait sur la route de Münster. Il ressentait dans tout son corps une chaleur singulière, bienfaisante. Les mains de Corinna avaient délimité les contours de sa vésicule biliaire : « Ça y est ! Je sens le mal, j'ai établi le contact avec lui. C'est comme un picotement au bout de mes doigts… » Puis elle s'était tue, le visage soudain grave, anguleux. Ses yeux en amande s'étaient rétrécis jusqu'à n'être plus qu'une fente presque invisible, et deux plis profonds étaient apparus aux commissures de ses lèvres. Et soudain, il avait éprouvé cette sensation étrange, ce torrent de chaleur, qui se déversait encore en lui alors qu'il roulait vers Münster.

Un miracle ! Un miracle tel qu'il eût fallu le crier, les bras largement ouverts à tous ceux qu'on rencontrerait en leur disant : « Je suis témoin ! Témoin d'un fait incompréhensible ! »

Il avait vraiment envie d'embrasser le monde entier pour lui apporter la bonne nouvelle : « Alléluia pour le miracle ! »

Et pourtant, il allait continuer à se taire et à plaisanter à la table réservée aux médecins, devant ses confrères : « Comment s'appelle-t-elle donc, cette petite souris caresseuse – ah oui ! Corinna Doerinck –, oublions-la donc, camarades ! Laissons-la s'essouffler. Tout ce qui est à la mode passe si vite. Le peuple a besoin de quelque chose qu'il puisse admirer, et nous savons tous que les objets de l'admiration populaire ne sont guère durablcs... Alors, encore une bière avec le petit verre obligatoire d'alcool de grain ! Et *Prosit*, chers confrères ! »

Le lendemain matin, à 10 heures, l'équipe de la télévision devait perdre définitivement son latin – si jamais l'un de ses membres en connaissait les rudiments – devant un retournement complet de situation. Au lieu de se heurter à une porte verrouillée et à des fenêtres aux volets hermétiquement clos, les trois jeunes gens eurent droit eux aussi à un miracle : Corinna Doerinck elle-même apparaissait à la porte de la grange et leur faisait signe d'approcher.

– Entrez donc. Vous allez voir et entendre tout ce que vous désirez.

Déconcerté, rendu méfiant par son aventure avec le Dr Hambach, le reporter bégaya :

– Mais pourquoi comme ça, d'un seul coup ?

– Parce que c'est devenu nécessaire. (Elle tenait ses yeux noirs fixés sur lui tout en le balayant de haut en bas et de bas en haut d'un regard aigu :) Vous avez à la hanche gauche une cicatrice qui est beaucoup trop en bourrelet. Si jamais vous avez un nouvel accident et qu'on doive vous recoudre, prévenez que vous êtes d'un type qui cicatrise mal...

Le jeune reporter s'était arrêté net, incrédule, bégayant encore plus :

– C'est formidable ! Vraiment formidable ! C'est vrai... C'était dans le golfe de Gascogne : une vague plus haute que les autres m'a précipité contre un rocher. Comment pouvez-vous voir cette cicatrice ? À travers le pantalon ?

– Approximativement…

– Mon Dieu… !

Instinctivement, il s'était couvert la braguette de ses deux mains. Mais déjà Corinna s'était retournée.

– Pouvons-nous prendre quelques vues ?

– Où vous voudrez.

– Ici, là où vous exposez vos ouvrages ? Avez-vous un endroit spécial pour recevoir vos malades ?

– Juste à côté, dans l'atelier.

– L'atelier ! Parfait ! Quel titre extraordinaire : « L'atelier des guérisons miraculeuses ! »

Il fallut à l'équipe de la télévision une bonne demi-heure pour mettre au point l'éclairage et le son, et surtout pour aménager l'atelier afin d'assurer une bonne prise de vues. Le reporter plaça Corinna face à son métier et lui fit faire les premiers nœuds d'une nouvelle tapisserie. Gros plan sur les mains. Il pensait déjà à l'émission : une voix « off » accompagnerait alors le gros plan : « Voici les mains qui guérissent, qui dessèchent même les cancers. Les mains qui aujourd'hui rayonnent plus loin que la petite ville d'Hellenbrand… À moins… à moins qu'il ne s'agisse de mains tout à fait normales et qui profiteraient de la superstition des malades pour leur soutirer de l'argent ? » Avec des mots bien choisis et des conditionnels, ce ne serait pas une offense, mais une simple question, n'est-ce pas ? À Corinna Doerinck de répondre, de dissiper ce doute…

C'était pour le jeune reporter le premier grand moment de sa vie. Il hésitait encore entre la chanson, comme tout le monde aujourd'hui, et le journalisme. Ce reportage, avec le grain de sel qu'il y ajouterait, allait provoquer dans le grand public des échos insoupçonnés.

– Vous prétendez donc pouvoir guérir avec vos mains ?

– Non.

Cette première réponse stupéfiante paralysa un

instant toute l'équipe, et le front du reporter se couvrit de sueur froide :

– Non ? arriva-t-il à dire.

– Non. Je ne prétends rien. Je sais. Je sais que je peux guérir et je peux le prouver.

– Le pouvez-vous vraiment ?

– Oui.

– Pouvez-vous citer des cas précis ?

– Hormis les noms des gens que j'ai guéris, oui. J'ai guéri des cas de bronchite, d'asthme, d'arythmie cardiaque, d'ulcère à l'estomac, de sciatique, de gastrite, de prostatite, d'inflammation de la vésicule biliaire, et cela, entre autres.

– Même le cancer ?

– Cela ne m'est arrivé qu'une fois, avec ma mère.

– Uniquement par imposition des mains ?

– Non. Je n'impose pas les mains. Je les tiens à distance de la région malade. Je ne touche jamais le malade lui-même. Entre mes mains et la partie malade, il se produit un champ de forces, et ce sont les forces bioplasmatiques de ce champ qui suppriment la maladie en agissant directement sur les cellules atteintes. C'est le cas par exemple pour les inflammations des nerfs où le processus d'infiltration disparaît.

– Cela semble formidable et en même temps assez scientifique. D'où avez-vous tiré de telles connaissances ? Êtes-vous autodidacte ?

– Non, j'ai étudié la médecine.

– Mais sans aller jusqu'à la soutenance de thèse. Pourquoi ?

– J'étais souvent d'un avis qui différait de celui de mes professeurs. Après coup, j'ai attiré plusieurs fois leur attention sur le fait qu'ils s'étaient trompés dans leur diagnostic. Il leur était impossible de supporter une telle situation et, d'une certaine façon, je les comprends.

– Et vos diagnostics, après coup, se révélaient exacts ?

– Oui, tous.

– Et cela avec vos mains ? Vous ne sentez pas seulement avec elles ? Vous voyez aussi ?

– C'est mal exprimer ce qui se passe : le rayonnement qui se transmet par mes mains localise et délimite avec précision le mal du patient. Ce phénomène est connu, il porte un nom, lui aussi inadéquat : la vision cutanée. Et on a toujours relevé des cas de vision cutanée, dans des peuplades qui vivent près de la nature comme dans l'Antiquité.

C'était cela que le reporter attendait : désormais, il pouvait franchement passer à l'attaque.

– Vos guérisons sont donc du niveau de celles des hommes-médecine des Bantous ou des tribus de la Nouvelle-Guinée.

– Non. Je dis seulement que ce que je fais n'a rien d'un miracle, rien d'extraordinaire. On connaît ce phénomène depuis des siècles, mais on ne l'a jamais pris complètement au sérieux.

– Pourquoi donc ?

– Parce qu'il est difficilement explicable au point de vue scientifique, et en médecine officielle, ce qu'on ne peut expliquer de façon précise ne compte pas. Et nombreux sont ceux qui butent contre cet obstacle, surtout de nos jours : pensez aux implantations de cellules fraîches du professeur Niehans, auxquelles recourent en secret bien des grands de ce monde; pensez à la conception selon laquelle le cancer serait une maladie de l'ensemble du corps et la tumeur la manifestation locale d'un déséquilibre général. Tout cela est encore accueilli avec un petit sourire ironique de la part du corps médical courant, et l'on continue à irradier de rayons mortels le pauvre malade et à lui injecter des produits chimiques qu'il supporte mal, ou pas du tout.

– Et vous, vous caressez à distance le corps du malade, et voici que le cancer hisse le drapeau blanc et décampe sans tambour ni trompette ! Voyons, n'a-t-on pas le droit d'en rire et de se moquer de vous ? Ce que les dispositifs les plus avancés en matière de radiations ne parviennent pas à faire, vos mains en sont capables. Mais comment *croire* à une chose pareille ?

– Il ne s'agit pas de *croire*, mais d'espérer, d'observer, et de sentir finalement que l'on a triomphé de la maladie qu'on avait.

– Votre vision cutanée vous permet-elle de découvrir des métastases que nos meilleurs détecteurs à scintillations ne rendent visibles que sous certaines conditions ?

– Je n'ai jamais essayé.

Elle regardait la caméra de face, et sur l'écran tous pourraient voir son visage. La beauté spéciale des filles du Caucase était déjà renommée chez les Grecs de l'Antiquité, pensa malgré lui le reporter. Mais elle continua :

– Jusqu'à présent, je me suis attaquée à un seul cancer, celui de ma mère, et avec succès. Les radiographies établissent sans contredit possible que ce cancer a disparu...

L'interview dura toute une heure. Ce qu'on allait voir et entendre sur les écrans de télévision était vraiment incroyable : si cette jeune femme assise devant la caméra disait vrai, elle était capable de faire aux yeux de tous ce que la Bible appelle des miracles divins. Elle s'offrait ainsi non seulement aux attaques des médecins, mais à celles des clergés des religions révélées. Transpirant de tous ses pores, le reporter exultait : enfin, il tenait du sensationnel !

L'équipe de télévision prit congé de Corinna avec une amabilité telle qu'elle aurait provoqué un sursaut de méfiance, un signal d'alarme chez une personne mieux avertie des mœurs du milieu des media. Quant à Corinna, elle était presque heureuse. Elle s'imaginait avoir éclairci certains points indispensables : d'abord, qu'elle n'était nullement une faiseuse de miracles, mais l'instrument d'une force qui, pour rare qu'elle fût, était néanmoins naturelle. Elle espérait être comprise de tous. Mais elle avait commis une erreur impardonnable : elle n'avait pas exigé que cette interview fût diffusée intégralement, sans aucun des tripatouillages habituels effectués par des journalistes de dernier ordre et dont se méfient justement les initiés. Elle n'avait aucune idée du film qui allait paraître, deux jours plus tard, sur tous les écrans de télévision. Sans quoi, elle se serait précipitée pour tenter de le détruire.

Et alors que, sur le seuil de sa porte, elle levait le bras pour saluer une dernière fois le reporter et son équipe, elle ne pouvait l'entendre exprimer pesamment sa satisfaction :

– Et maintenant, l'affaire est dans le sac ! Après-demain, quand des extraits bien choisis paraîtront à l'émission « Médecine pour tous », cela va faire un drôle de grabuge ! Heureusement, car c'était l'été le plus morne que nous ayons jamais eu !

Au cours de l'après-midi, le Pr Pieter Van Meersel s'annonça au téléphone. Il parlait fort bien l'allemand. En entendant son nom, Corinna eut l'impression que son cœur, pendant un instant, cessait de battre : le Dr Wewes avait donc tenu sa promesse.

– Ce que le Dr Wewes m'a dit de vous confirme une grande partie des résultats de nos recherches. Il faut absolument que nous nous rencontrions, mademoiselle.

– Je suis à Hellenbrand. Peut-être serait-il préférable que vous me voyiez dans mon cadre ?

– Je le pense aussi. Pouvez-vous me recevoir lundi prochain ?

– Je m'en réjouis d'avance, professeur.

– D'après le Dr Wewes, vous n'avez fait jusqu'ici usage de vos facultés que dans un cercle assez restreint, n'est-ce pas ?

– Oui. Mais ce matin, la télévision est venue pour m'interviewer...

– Hum... (Van Meersel semblait surpris et peu

satisfait de cette nouvelle, et ce fut sur un ton changé qu'il poursuivit :) Était-ce nécessaire ?

– Dois-je me cacher ?

– Évidemment non. Mais engager ainsi le combat est plus que courageux, disons téméraire.

– Le combat ? Contre qui ?

– Vos ennemis vont surgir du sol comme des champignons, et cela sans attendre la première pluie, croyez-moi.

– Ils présenteront leurs arguments, et moi les miens. Et j'ai mes mains. On ne peut pas les anéantir par des discours !

Van Meersel l'interrompit presque pour dire, très vite :

– Je serai chez vous non pas lundi, mais dès samedi. Et je vous donne tout de suite un conseil important. Si vous ne disposez pas d'appuis scientifiques, vous allez être la cible d'une véritable terreur psychique, et vous ne pourrez pas la supporter. Vous serez atrocement ridiculisée, et le ridicule tue. Alors, les arguments sérieux ne comptent plus. Qui peut avoir confiance en une personne dont tout le monde se moque ? Il faut que nous empêchions cela, comprenez-vous ? Aussi je ne comprends pas que vous ayez accordé cette interview télévisée avant de construire autour de vous une solide muraille protectrice. N'avez-vous personne pour vous conseiller ? Un psychologue ou parapsychologue ? Un spécialiste ?

– Non. Pourquoi ? Mes mains guérissent. N'est-ce pas suffisant ?

– C'est ce qu'on pourrait supposer. Tous devraient accepter cette réalité avec un sentiment de bonheur, de reconnaissance, et même de respect. Mais le monde où nous vivons est différent, mademoiselle Doerinck. Le plus grand plaisir de la majorité des êtres humains est, hélas, de détruire... De toute façon, je serai chez vous samedi de bonne heure.

Lentement, Corinna reposa le combiné. Que signifiaient ces avertissements qui lui venaient de toutes parts et, maintenant, en dernier lieu, du Pr Van Meersel ? Pourquoi n'entendait-elle parler que de conflits et d'acharnement hostile ? Pourquoi inspirait-elle désormais une sorte de peur ? Pourquoi tous ces gens étaient-ils incapables d'admettre simplement les faits ? Oui, vos mains peuvent guérir, nous le constatons, nous en sommes convaincus, c'est ainsi, et pas autrement. Pourquoi toutes ces menaces ? Les malades seraient-ils moins importants que les doctrines élaborées à leur sujet par des spécialistes qui refusent d'aller plus loin que les bornes posées par leurs maîtres ?

Corinna concevait subitement la faute qu'elle avait commise en dévoilant sa vie et ses guérisons à ces gens des media. Comment avait-elle oublié un instant qu'ils ne recherchent pas la vérité, mais la sensation, et qu'on ne peut jouer franc-jeu avec eux. Elle avait tout simplement fourni des munitions à ses adversaires inconnus. Ils allaient tenter de l'écraser sous leur premier tir de barrage.

Elle referma derrière elle la porte de sa grange pour traverser la petite ville en voiture et se rendre chez ses parents. Elle trouva son père dans un état exceptionnel de suractivité, comme si les aiguilles du temps s'étaient mises à tourner en arrière. Malgré les rides du visage qu'elle connaissait si bien, elle n'avait plus devant elle le professeur et vice-recteur que les années avaient assagi, mais le jeune officier casse-cou d'autrefois, celui qui, avec dix hommes, avait tenu cinq jours une ultime tête de pont pour permettre à l'ensemble de son bataillon de s'organiser en vue d'une retraite en bon ordre, en emportant ses blessés, toutes ses armes et toutes ses munitions. Il avait alors reçu la plus haute décoration de cette guerre, la croix allemande, qu'il n'avait pourtant jamais portée, car ils n'avaient été que deux à sortir de la tête de pont, lui, et un caporal blessé à l'épaule. Il n'avait jamais compris comment il avait pu se tirer de cet enfer sans rien d'autre que des égratignures.

– Un peu de tarte aux pommes, Cora ? demanda-t-il à sa fille.

Mais Ludmilla avait immédiatement senti que Corinna était préoccupée :

– Qu'y a-t-il, ma chérie ?

– Un professeur célèbre m'a téléphoné de Hollande. Il vient samedi.

– Flanque-le à la porte ! grogna Doerinck... Flanque-les tous dehors ! Et compte sur moi pour t'aider ! Qu'est-ce que c'est que ces lâches qui nous entourent ? Le maire redoute le chaos. Le recteur, à l'idée d'une intervention des autorités académiques, fait dans sa culotte ! Les voisins me saluent d'un air gêné ou m'évitent. Eh bien, ils me connaissent mal !

– Papouchka, après-demain matin, la télévision présentera une enquête à mon sujet.

Doerinck bondit de son fauteuil :

– Quoi ? Tu as laissé ces chacals entrer chez toi ? Cora, mais tu es devenue folle !

– Mais je n'ai aucune raison de me cacher. Je n'ai rien fait de mal. J'ai seulement secouru des malades. C'est ce que je leur ai dit, et c'est ce que tous les téléspectateurs pourront entendre.

– Et après-demain, des millions de personnes vont savoir qu'il existe à Hellenbrand une fille dont les mains guérissent même le cancer. À ta santé, Cora ! Grâce à toi, le chaos que craignait Peter va se réaliser. Te rends-tu seulement compte de ce que tu as déclenché ?

– Accorde-moi quand même un peu d'intelligence, papa. (Elle s'était assise sur la table et avait pris un morceau de tarte pendant que sa mère lui servait une tasse de café.) Si Dieu, ou la providence, ou la nature, quel que soit le nom qu'on donne à cette entité, m'insuffle la force de guérir les malades, il faut que les malades le sachent... Mamouchka, ta tarte est merveilleuse...

– Tu vas voir le raz de marée qui va déferler sur nous ! grogna Doerinck.

– Aurais-tu peur, papouchka ? Rappelle-toi : tu m'as très bien appris à nager...

8

Deux jours passèrent, deux jours d'un calme absolu dans cette petite ville de Westphalie, mais un calme pénible, pensait Stefan Doerinck, celui qui précède le typhon. L'inspection académique n'avait pas bougé. Peut-être l'inspecteur ne lisait-il pas ce journal local ? Ce silence avait tranquillisé le recteur Ferdinand Hupp, mais il ignorait l'interview redoutable que Corinna avait accordée à la télévision. Le maire Peter Beiler lui non plus n'en savait rien. Aussi ne fut-ce qu'un cri de leur part comme dans toute la ville quand, le soir du deuxième jour, à l'heure de la plus grande écoute, l'interview de Corinna éclata comme une bombe.

L'après-midi de ce samedi, le professeur Van Meersel était arrivé à Hellenbrand en voiture, car la région de Münster n'est pas éloignée de la frontière hollandaise. C'était un homme de haute taille, sec, avec des cheveux blancs clairsemés et des yeux bleu clair constamment humides, mais que défigurait un mouvement convulsif du nez dont aucun médecin n'avait réussi jusqu'alors à le débarrasser. Rien n'est plus courant qu'un clignement exagéré des yeux ou un tic du visage, mais une convulsion du nez est extrêmement rare, et les neurologues les plus réputés des Pays-Bas avaient essayé en vain de le faire disparaître.

Van Meersel arriva au moment où Corinna raccompagnait à la porte de la grange sa dernière « invitée » – elle évitait autant que possible le mot « client » ou « patient » pour ceux et celles qui venaient à elle dans le but de se faire soigner. C'était Hilda Huiskens, l'épouse du fabricant de commutateurs. Par reconnaissance, parce qu'elle se sentait si bien désormais, elle déposa sur la table un billet de cinq cents marks. Corinna protesta :

– Je ne prends pas d'argent pour mes soins. Je me le suis interdit.

– Mais c'est un présent, ma chère. J'ai quand même le droit de vous offrir un cadeau... (Et elle embrassa Corinna avant de partir :) Je ne me suis jamais sentie aussi bien depuis des années. Vous avez des mains miraculeuses, Corinna.

Le professeur Van Meersel, qui venait d'arriver, assista à la dernière poignée de main que les deux femmes échangèrent à la porte de la grange, et il attendit, pour descendre de voiture, que Mme Huiskens se fût éloignée, non sans avoir jeté un regard curieux sur la plaque hollandaise de cette automobile inconnue. Alors seulement, le professeur ouvrit la portière, le nez frémissant, en saluant Corinna d'un large geste du bras.

– Soyez le bienvenu chez la sorcière, professeur, lui cria-t-elle joyeusement en allant à sa rencontre... Entrez, je vous en prie.

Van Meersel voulait protester pour le mot « sorcière », mais il était si frappé par la beauté physique de Corinna qu'il ne répondit qu'après lui avoir cérémonieusement baisé le bout des doigts :

– Il y a toujours de nouveaux sots et de nouvelles sottises. C'est un proverbe allemand, je crois, qui dit que pour un sot qui meurt, il y en a deux qui naissent ! Et, en effet, plus notre civilisation se complique, moins nous avons de contact avec la nature... Je ne vous voyais pas du tout telle que vous êtes...

– Comment cela ?

– Le Dr Wewes a omis de me faire une description de vous. (Une fois dans la salle d'exposition, il jeta autour de lui un regard plein d'intérêt.) Connaissez-vous Marikje Kerselaar ? demanda-t-il brusquement.

– Non. Dois-je faire sa connaissance ?

– Marikje est, si l'on peut dire, une de vos collègues. Sa clientèle est aussi exclusive que secrète. On murmure que la famille royale hollandaise la fait souvent appeler. Et en effet, c'est une femme extraordinaire. Elle soigne des malades par ce qu'elle appelle des champs magnétiques, et cela se traduit souvent par des applications d'ouate magnétisée et par le port d'amulettes qu'elle charge, dit-elle, d'une énergie qui se répand peu à peu, avec un certain retard, dans le corps entier du porteur ou de la porteuse. Elle compte des réussites incontestables, mais elle a naturellement de nombreux ennemis. Elle est très controversée. Ces amulettes ont indiscutablement un relent de charlatanerie... (Van Meersel haussa les épaules)... mais que peut-on opposer au succès ?

– Vous n'avez pas l'air de l'aimer beaucoup...

– Je dirais plutôt que mes appareils n'enregistrent chez elle aucun rayonnement. Je me pose donc des questions.

Il s'inclina courtoisement quand Corinna lui fit signe de s'asseoir dans l'un des fauteuils qui entouraient la table ronde sur laquelle se trouvait encore le billet de cinq cents marks. Meersel le regarda d'un air pensif :

– Vos honoraires ? demanda-t-il.

– Non. Mme Huiskens, que vous avez vue partir, m'a offert ces cinq cents marks par reconnaissance, et je ne sais ce que je dois en faire. Jusqu'à présent, j'ai reçu ainsi presque deux mille marks.

Elle ouvrit une armoire, y prit une boîte rectangulaire en bois sculpté. Le billet de cinq cents marks rejoignit ceux qui se trouvaient déjà à l'intérieur.

– Dois-je donner cet argent à une école maternelle ou à une maison de retraite pour vieillards ? Je crains que mon pouvoir ne disparaisse si je le négocie, comme si c'était quelque chose de sacré et dont on ne peut se servir pour gagner de l'argent. C'est une force telle que j'aurais, en la commercialisant, l'impression de commettre contre elle une véritable agression, et je suis persuadée que tout sentiment agressif compromet le développement de cette force psychokinesthésique.

– Nous voici en pleine parapsychologie, dit en souriant Van Meersel. (Il avait faim et fit honneur au gâteau au miel préparé par Ludmilla et que Corinna était allée chercher dans sa petite cuisine, avec du café.)... Ce gâteau est délicieux ! s'exclama-t-il.

– C'est une recette caucasienne de ma mère.

– Ah oui ! Votre mère, votre patiente également, comme m'en a prévenu le Dr Wewes. Un cancer au côlon que vous avez guéri. Je vous avoue que malgré ma largeur d'esprit, je suis assez critique à l'endroit de ce genre de guérison. Mais nous verrons cela plus tard. Quand j'ai entendu que vous étiez d'origine russe, j'ai dressé l'oreille. Figurez-vous que c'est de Russie que nous viennent des informations stupéfiantes sur des progrès réalisés en matière de parapsychologie. La découverte la plus inouïe faite par une équipe de chercheurs à l'université d'Alma-Ata concerne le déplacement d'objets sans contact physique, sur ordre purement mental, c'est-à-dire la télékinésie. Les Russes ont inventé un nom nouveau pour désigner cet ordre de phénomènes : « Intervention de l'énergie d'un champ bioplasmatique ». Non seulement cette énergie déplace certains objets, mais elle en transforme et en reforme d'autres.

– Comme Uri Geller que l'on a vu à la télévision tordre des fourchettes simplement en les regardant. (Elle s'était assise en face de Van Meersel, mais sans toucher à la tarte ni au café.) Je l'ai vu moi-même à la télévision, et en entendant ensuite les conversations des collègues de mon père et de nos voisins qui prétendaient que c'était impossible, et que ce n'était que du cirque, un truc sensationnel, j'ai essayé de faire quelque chose de semblable. Je me suis assise à la place où vous êtes maintenant, et j'ai regardé un grand verre que j'avais posé sur cette table. Pas de résultat ! Mais quand j'ai tendu les mains vers lui en écartant mes doigts, le verre a éclaté en miettes. Je n'en ai jamais parlé à personne, même pas à mes parents.

– Ni à la télévision ?

– Non, vous êtes le seul à le savoir.

– Merci de votre confiance. Et cela pose un autre problème. Quand j'ai lu ce qui se passe à Alma-Ata, je me suis soudain senti mal à l'aise. Qui peut apprécier aujourd'hui ce que sera l'avenir quand on pourra utiliser, à des fins mauvaises, un faisceau d'énergies bioplasmatiques ? Ce n'est pas une fantaisie de l'esprit. Il y a cent ans, le cerveau était pour les chirurgiens un terrain inexploré, tabou. Et voici que nous nous livrons aujourd'hui, sur des animaux très inférieurs certes, à des expériences qui vont jusqu'à des échanges de cerveaux, oui, comme s'il s'agissait d'échanges de moteurs d'automobiles ! Pour revenir à ce qui passe en Russie, alors qu'au Moyen Âge on brûlait les êtres humains doués de pouvoirs psychiques inexplicables, j'ai appris avec étonnement que le professeur Venjamine Pouchkine, de l'Académie des sciences de l'URSS et directeur du laboratoire d'heuristique de Moscou, a présenté à une assemblée de savants un étudiant, Boris Yermolaïev. Boris Yermolaïev fait planer dans l'air, sous ses mains, des journaux, des boîtes de cigares et des objets métalliques. Cette énergie, à laquelle Pouchkine a donné le nom d'*antigravitation*, permet à Yermolaïev de créer un champ de gravitation qui lui est propre. Cela détruit toutes les hypothèses émises jusqu'ici au sujet de la psychokinésie. Champs de forces bioplasmatiques, champs de forces électromagnétiques, ces mots, comme les explications qu'on en donne, seraient donc dépassés ? Quelle est cette force, Corinna, qui fait qu'un verre explose sous vos mains ? (Van Meersel respira profondément, fit le geste de remuer dans sa tasse un café qui n'y était plus.) Voilà pourquoi je me suis précipité chez vous : je veux pouvoir proclamer et soutenir que ce que Boris Yermolaïev réalise à Moscou, vous le faites toute seule depuis longtemps. Or, le travail que mon équipe et moi avons réalisé de notre côté, dans le plus grand silence scientifique, confirme toutes ces expériences... Et malheureusement, voici que la télévision s'en mêle ! Or, il n'y a rien de plus mauvais pour la science. Ce soir, à 22 heures, la moitié de l'Allemagne apprendra que vous existez, et dans trois jours, le monde entier aura entendu votre nom et vu votre visage. Mais dans quelles conditions ? Ce peut être un coup terrible porté à la science véritable... (Il essuya la sueur qui ruisselait sur son visage.) Ce qui est fait est fait, mais je vais essayer de prévenir les plus grands excès et de détourner de vous le dépit et la rage des négateurs...

– Et si tout ce que je faisais n'était qu'imposture ? demanda Corinna d'un ton provocant.

D'un geste qui lui était familier, Van Meersel haussa ses maigres épaules :

– Cela, je me le suis demandé. Voilà pourquoi je suis ici et que je vous observe.

– Vous avez un tic du nez. Pourquoi ?

– Oui, pourquoi... ? (Il eut un sourire mélancolique.)... Il n'y a guère que Dieu qui le sache... C'est sûrement un nerf quelconque atteint de folie et qui fait des siennes. Il faut que je vive avec cela...

– Et c'est vous qui dites cela ? Précisément vous. Est-ce que Marikje Kerselaar vous a vu ?

– Naturellement.

– Et qu'a-t-elle dit ?

– Comme elle tutoie tout le monde, même la reine, elle m'a dit : « Pieter, ce que tu as au nez ne cessera que lorsqu'on t'aura écrasé le cerveau. » Vous avez ainsi une idée de sa manière de parler !

– La mienne est différente...

Corinna s'était penchée en avant pour regarder

Van Meersel dans les yeux. Surpris, il la vit lever la main droite, les doigts un peu repliés, et diriger vers son nez cette sorte de réflecteur parabolique. Et soudain, il demeura comme paralysé, très droit et très raide dans son fauteuil.

– Que sentez-vous maintenant ? demanda Corinna d'une voix sombre, totalement changée.

– De la chaleur... Votre énergie bioplasmatique, ou quel que soit le nom qu'elle portera dans l'avenir...

Cela dura une minute pendant laquelle la main de Corinna se déplaça lentement dans l'air à quelques centimètres du visage de Van Meersel. Puis cette main s'abaissa. Comme toujours, Corinna prit une cigarette dont elle aspira avidement la fumée, les yeux fermés. Le professeur n'avait pas bougé. Il sentait la chaleur se retirer peu à peu de son visage, et pourtant, elle envahissait la totalité de son corps où elle continuait à se répandre.

– Voici une bonne démonstration, dit-il doucement... C'était quelque chose comme ça que j'attendais de vous.

– Dans dix jours, ce tic aura disparu, professeur. Et s'il n'a pas disparu dans dix jours, vous pourrez conseiller au monde entier d'oublier à jamais le nom de Corinna Doerinck.

– Soit. Mais si mon tic a disparu, je m'engage à crier très fort : « Voici la preuve que l'être humain est davantage qu'un tas de cellules; qu'il existe en nous un rayonnement, et que ce rayonnement est immortel. Il n'y a pas de résurrection, mais une confirmation de la vie sous une autre forme ! »

– On nous prendra tous les deux pour des fous !

– Ce ne sera pas nouveau pour moi, dit Van Meersel... Peut-être est-ce un bien que l'homme ne comprenne pas ce qu'il est vraiment et de quelle façon il l'est. Imaginez seulement que nos politiciens communiquent entre eux par psychokinésie. Les voici libérés de toute agressivité. Mais que leur restera-t-il ? N'est-ce pas en période de crise qu'un politicien acquiert une personnalité ? Ma chère Corinna, il n'est pas simple de bien utiliser les dons de la nature...

L'émission télévisée, la « grande interview » de Corinna Doerinck, « la guérisseuse miracle d'Hellenbrand », fut diffusée le soir même.

Corinna vit l'émission chez ses parents. Elle avait amené avec elle le professeur Van Meersel avec qui Stefan Doerinck sympathisa dès le premier abord : comme lui, Van Meersel aimait quelques bons verres de vin pour accompagner une nourriture excellente, et ils étaient environ du même âge. Avec plaisir, toute la famille Doerinck vit le professeur engloutir à lui seul la moitié d'un dîner plantureux. C'était à se demander comment cet homme pouvait être si maigre.

L'interview, en plus d'un commentaire venimeux, avait été charcutée avec art pour devenir exécution capitale de Corinna. Cela n'avait plus rien d'un rapport objectif. Le reporter, par exemple, insistait sur le caractère « inopérable » du cancer dont Corinna avait guéri sa mère. Évidemment, c'était faux, puisque le professeur Willbreit voulait justement l'opérer. Mais un journaliste habile peut-il s'arrêter à de semblables bagatelles ? Tout était donc sacrifié à la ligne générale choisie par le reporter : « Regardez, écoutez, braves gens, voici ce que Madame Miracle peut faire, et cela de ses mains nues ! Voici le phénomène capable de répéter tous les miracles de la Bible ! »

– C'est infâme ! s'exclama Van Meersel, bouleversé.

Ludmilla, assise sur le sofa, les mains croisées, avait écouté toute l'émission, les larmes aux yeux, sans dire un mot. Mais elle avait observé son mari dont le visage trahissait à chaque moment les émotions qui l'agitaient.

Au contraire, Corinna était très calme, et l'on eût dit que l'émission glissait sur elle sans l'atteindre.

Elle était seule responsable de ce qui avait lieu. C'était elle qui, malgré tous les avertissements, avait accordé cette interview. Évidemment, elle ne pouvait soupçonner que tout ce qu'elle dirait serait ainsi déformé, falsifié. Comme la plupart des téléspectateurs, elle ignorait la façon dont les spécialistes manipulent couramment l'esprit d'un peuple qui ne peut s'empêcher de croire à la réalité de ce qu'il voit et entend. Il n'y a jamais, ou presque, d'émission *authentiquement vraie* et les protestations de quelques journaux demeurent inopérantes, car la presse écrite a perdu presque tout pouvoir par rapport à la fausse réalité que le public voit de ses yeux sur les divers écrans. Depuis des millions d'années, l'être humain et ses prédécesseurs ont survécu en en croyant leurs yeux et leurs oreilles. Ceux qui disposent de la télévision peuvent écraser qui ils veulent sans craindre la moindre riposte. La forteresse des media audiovisuels est imprenable parce que nul d'entre nous ne fait la différence qui s'impose entre les images et les sons qu'on nous offre, et la réalité de la vie.

À la fin de l'émission, en voyant son père furieux éteindre le poste, Corinna crut calmer les esprits en disant d'une voix égale :

– Nous savons maintenant à quoi nous en tenir. Pourquoi te fâcher, papa ? On ne vit qu'une fois sur terre, n'est-ce pas ?

– Mais à partir de demain, il va falloir nous défendre sur cette terre contre le monde qui nous entoure et qui aura changé.

– Nous défendre ? Pourquoi donc ? Nous ne sommes pas en guerre, papa.

De l'index, Doerinck montra l'appareil de télévision :

– Tu n'y connais rien, ma fille. Ce que nous venons d'entendre, c'est une déclaration de guerre. Et à partir de maintenant, c'est toute la famille Doerinck, à Hellenbrand, qui se trouve en première ligne.

– Et tout cela parce que je peux et veux secourir des malades…

Le professeur Van Meersel était resté attentif, bien qu'il eût fait trop honneur au dîner. Il étendit ses longues jambes :

– Ainsi va le monde, ma chère. Pouvez-vous me citer un seul exemple dans l'histoire de la science dans lequel les découvertes d'une personne ne faisant pas partie d'un cadre traditionnel de chercheurs aient été approuvées immédiatement par les membres de cette confrérie ?

Stefan Doerinck avait raison d'être pessimiste. La sonnerie du téléphone ne devait plus cesser de retentir. Le premier appel vint des Hillerbek, les voisins qui habitaient trois maisons plus loin. M. Hillerbek était un homme aimable et cultivé qui venait de temps à autre emprunter à Stefan Doerinck un livre intéressant, soit une biographie, soit un récit de voyages. La sottise de ses questions mit pourtant le comble à la colère de Doerinck :

– Avez-vous vu ça, Doerinck ?

– Évidemment.

– Votre fille… Est-il possible que…

– C'est possible !

– Corinna guérirait toutes les maladies avec ses mains ? Mais nous n'en avons jamais rien su jusqu'à présent. Enfin, pour être franc…

Doerinck l'interrompit grossièrement, retrouvant d'un seul coup le langage qui avait marqué cinq années de guerre, cinq années prélevées sur son adolescence et sur sa jeunesse :

– Un bon conseil, Hillerbek ! Si vous avez attrapé quelque part une bonne chaude-pisse ou si vous avez un pet de travers, vous savez où est Corinna : elle vous guérira…

La conversation s'arrêta net, les deux interlocuteurs raccrochant l'un et l'autre simultanément. Ludmilla, très émue, secoua lentement la tête :

– Tu as tort, Stefanka. Les Hillerbek se sont toujours montrés d'excellentes personnes.

– Jusqu'à ce soir... rétorqua brutalement Doerinck. (Le téléphone sonna de nouveau, et Doerinck bondit sur l'appareil :)... Ici, Doerinck... Ah, c'est toi, Ferdinand. Mais tu es aussi essoufflé que si tu avais reçu un coup au creux de l'estomac, mon cher recteur !

– Cela ne va plus, Doerinck. Je t'avais averti. Je ne peux plus rien pour toi. Comment Corinna a-t-elle pu accorder cette interview stupide ?

– Elle ne l'a pas fait.

– Mais c'est ce qu'ont vu et entendu des millions de personnes.

– Ses déclarations ont été travesties, falsifiées.

– Je suis prêt à le croire, moi. Mais cela ne change rien. Combien serons-nous à le savoir en dehors de toi, de ta famille, et de moi ? Plusieurs millions de personnes croient dur comme fer à ce qu'elles ont vu et entendu. Et c'est ce qui va compter. Ta Corinna vous a mis dans de beaux draps, Doerinck ! Je t'avais averti. Tu es indéfendable !

– Écoute-moi bien, une fois pour toutes : je suis disposé à ne prêter aucune attention à ceux qui chient dans leur froc de peur de l'opinion publique et de celle de leurs supérieurs. Et maintenant, Ferdinand, à bon entendeur, salut !

Et il raccrocha. Ludmilla soupira :

– Et maintenant, c'en est fait de l'amitié de Ferdinand.

– J'en ai marre de le voir trembler devant l'inspection académique, devant le conseil des parents d'élèves, devant le moindre représentant du gouvernement ou d'une autorité supérieure. Si l'on suivait son exemple, il faudrait opérer tout le corps enseignant et retirer la colonne vertébrale de chacun de nous pour que nous soyons bien à plat ventre. Encore un coup de téléphone : le maire, évidemment ! Lui aussi va en prendre pour son grade !

Mais c'était un correspondant anonyme, à la voix avinée :

– Où donc se cache-t-elle, la petite chatte aux

mains et à la langue caressantes ? J'ai justement sous la main mon petit frère qui s'ennuie d'être si seul et qui pleure déjà à grosses gouttes en pensant à elle...

Doerinck raccrocha sans un mot.

– Qui était-ce ? demanda Ludmilla.

– Un poète de notre siècle : rien que des images incohérentes et aucun rythme; on ne retient pas un seul mot de ce qu'ils pondent !

Ludmilla voulait protester, mais la sonnerie du téléphone résonna une fois de plus.

– Ah ! enfin toi ! Mais j'attendais ton appel, mon cher maire ! Alors qu'en dis-tu ?

La voix de Peter Beiler faisait presque trembler l'écouteur de colère et d'émotion :

– Te rappelles-tu ce que je t'avais dit ? Ta carrière est foutue, Stefan ! Le président du Conseil régional vient de m'appeler...

– Et ce n'est pas fini, l'interrompit Doerinck, joyeusement... Demain matin, ce sera le président du gouvernement local, puis celui du gouvernement fédéral. Qu'ont décidé ces messieurs du Conseil régional ?

– Ne plaisante pas, Stefan : à l'unanimité, ils disent que c'est un scandale qui rejaillit sur toi et sur tout le corps enseignant ! Mais dis-moi : Corinna est-elle devenue folle ? Conçoit-elle un instant le mal que te fait cette émission ? L'effet est désastreux. Nous en souffrons tous. Que comptes-tu faire ?

– Me battre, nom de Dieu ! Et écoute-moi bien : de la façon dont les choses évoluent, elles prennent pour moi un cours très instructif. Elles vont nous permettre, à moi et aux miens, de juger nos amis à leur juste valeur, même ceux que nous avons depuis des dizaines d'années. En tant qu'enseignant, je sais que je vais devoir leur distribuer la note la plus basse : « Amitié insuffisante ! » Je m'étais fait une autre idée de l'amitié !

– Nous voulons seulement t'avertir, Stefan... (Peter Beiler paraissait vraiment bouleversé...) Mais toi et ta Corinna, vous êtes de vraies têtes de mule. Écoute-moi, Stefan...

Doerinck avait raccroché. Il commençait à connaître par cœur la tirade qui allait suivre.

Il reprit l'appareil et le reposa à côté du socle pour empêcher toute nouvelle communication.

– Maintenant, les masques sont tombés, dit-il amèrement. Il sera amusant de voir ce qu'ils dissimulaient. D'un seul coup, le monde entier va se transformer sous nos yeux. Au fond, l'être humain est lâche et menteur. Il suffit que l'un de nous soit loyal et courageux pour que tous les autres lui tombent dessus et l'accablent. La vie est donc une suite de compromis conflictuels, voilà la vérité, et c'est dans ce magma intellectuel et spirituel que nous devons nous frayer un chemin, par la raison ou, si c'est nécessaire, par la force. Le plus souvent, on est obligé de patauger dans la merde. C'est ce qu'on appelle en philosophie le mal nécessaire.

– Nous verrons plus clair demain, déclara Van Meersel.

Voyant que Stefan Doerinck se préparait à déboucher une autre bouteille de vin, il eut un sourire d'approbation. Mais sa joie devait être retardée par un coup de sonnette impérieux. Corinna devança son père en courant et ouvrit la porte, laissant entrer le Dr Hambach. Il semblait dans l'humeur voulue : après l'émission, il avait avalé coup sur coup deux verres de cognac. Il embrassa Corinna et Ludmilla sur le front en déclarant :

– Et la bombe a éclaté sur Hellenbrand ! Il y a un quart d'heure, Willbreit m'a appelé. Il nageait dans la joie : « Vous voici totalement disqualifié ! criait-il. Cette émission est ignoble, mais elle vient au bon moment ! Tous les moyens sont bons pour dénoncer les impostures de ce genre de guérisseurs... » Je lui ai répondu qu'en se mettant dans le sens du vent, il ne risquait pas de pisser sur lui...

Il remarqua enfin Van Meersel et esquissa un salut en

se présentant. Van Meersel lui répondit de même, et le visage du Dr Hambach se figea. Comme le Hollandais crut bon d'expliquer qu'il s'occupait de neurologie, de parapsychologie, le vieux médecin ne dissimula pas son trouble. Mais déjà Van Meersel enchaînait :

– Votre méfiance vous honore, mon cher confrère. Mais on a attiré mon attention sur le cas de Mlle Doerinck. Je lui ai téléphoné, et nous sommes tombés d'accord sur le fait que les heures qui viennent pourraient être sombres pour elle. Cette émission télévisée dépasse, hélas, toutes mes craintes. Et je suis arrivé immédiatement ici pour tenter, dans la mesure du possible, d'établir autour d'elle une muraille protectrice parfaitement scientifique.

– Dans la mesure du possible, oui... Une question cependant : vos recherches sont-elles l'objet de controverses ?

– Heureusement, répondit Van Meersel sans hésiter... Le silence tue, et les critiques acerbes constituent la meilleure publicité.

– Dans ce cas, débouche donc la bouteille que tu tiens à la main comme un cierge, Stefan. Nous en avons besoin. Quand je considère la force de frappe que nous composons, je sens la peau de mon crâne se recroqueviller sous le peu de cheveux qui me restent. Récapitulons : une jeune femme que l'on accuse de faire des miracles; un savant dont les recherches soulèvent la hargne de ses collègues; un enseignant à qui tous voudront désormais régler son compte; une cancéreuse guérie, dont le visage et le cœur sont ceux d'une madone; et une vieille ganache de médecin de campagne, presque un personnage de carnaval allemand ! Et avec cela nous allons devoir affronter la citadelle de la scolastique médicale ! Don Quichotte était plus prudent en s'attaquant aux moulins à vent !

Ils se séparèrent vers 1 heure du matin. Van Meersel pour dormir sur le divan du bureau de Stefan Doerinck, Corinna dans sa chambre de jeune fille; le Dr Hambach, à qui Doerinck avait confisqué les clés de sa voiture, sur le canapé de la salle de séjour. Tous dormaient profondément quand la sonnerie du téléphone réveilla le Pr Van Meersel. Quelqu'un avait dû s'impatienter et signaler à l'administration la coupure de la ligne. Automatiquement, Van Meersel saisit l'appareil et fut immédiatement assourdi par une voix tonitruante :

– Enfin ! Quelle idée de couper votre ligne !

Le professeur crut bon de se présenter poliment :

– Ici, Van Meersel, d'Amsterdam...

– Mais je ne demande pas Amsterdam, nom de Dieu, mais Hellenbrand, le numéro des Doerinck. Je veux parler à Stefan Doerinck.

– C'est impossible. Je suis le professeur Van Meersel, d'Amsterdam...

Il n'eut pas le temps de continuer :

– Mais qu'est-ce que vous foutez sur ma ligne ?

– C'est plutôt à moi de vous poser cette question ! C'est vous qui appelez, n'est-ce pas ?

– Écoutez, je suis Roemer...

Le professeur Van Meersel ferma les yeux et respira profondément :

– Romain[1], soit, mais de quel siècle ? Et sous quel empereur vivez-vous ? Auguste, Caligula ou Néron ?

Érasmus Roemer respira si profondément que Van Meersel écarta de quelques centimètres de plus l'écouteur qu'il tenait déjà éloigné de son oreille.

– Je suis Érasmus Roemer, président du tribunal de première instance de Münster, et je n'admets pas ce genre de plaisanteries dignes d'un potache ! Puis-je parler à l'un des Doerinck ? Je demande leur numéro depuis des heures.

– Tous les Doerinck dorment pour l'instant, et qui que vous soyez, je ne les réveillerai pas.

– C'est surtout Corinna que je veux joindre...

– Elle aura besoin de toutes ses forces pour les jours qui viennent.

– C'est justement à cause de cela que j'appelle.

– Ce serait la tirer du sommeil dont elle a tellement besoin.

– Je veux lui offrir mon aide, qui lui est indispensable, car tout le monde va l'attaquer. Je suis un de ses patients, et prêt à l'assister en mettant en jeu tout ce que je suis et tout ce que j'ai : mon nom, ma situation personnelle et sociale; et cela quoi qu'il m'en coûte !

– Venez alors demain matin dès la première heure. Les patients qu'elle a guéris seront en effet sa meilleure défense.

Un drôle de bruit dans l'appareil... Van Meersel, par précaution, éloigna une fois de plus de son oreille l'écouteur qu'il avait rapproché. Mais Roemer tentait seulement de se débarrasser du nœud qui lui serrait soudain la gorge :

– Mais elle ne m'a pas guéri. Avec moi, elle a échoué.

Du coup, Van Meersel se réveilla complètement :

– Elle a échoué, dites-vous ? Mais alors, c'est que vous n'avez aucune maladie !

– Hélas, si. Et même une maladie mortelle.

– Mais c'est une catastrophe, bégaya le Hollandais... Je vous en prie, monsieur Roemer. Pas un mot à qui que ce soit ! Venez demain matin, nous verrons cela de plus près. Bonne nuit.

En raccrochant, il s'aperçut que ses mains tremblaient. Ainsi, Corinna pouvait échouer. L'avouer, c'était donner à l'adversaire une arme terrible contre elle. Certes, chaque jour, des milliers de médecins doivent admettre que leur intervention est désormais inutile et que le malade est condamné à mort. Mais malheur à qui ne fait pas partie de leur profession et qui, soignant un malade, se trouve confronté à un tel échec.

Le professeur Van Meersel regagna son divan,

1. Tout ce quiproquo est incompréhensible si le lecteur français ignore que « Roemer » ou « Römer » signifie « romain » en allemand.

mais il n'arriva pas à se rendormir. Une question continuait à le tourmenter, plus forte que son besoin de sommeil ou les vapeurs engourdissantes du vin et de l'alcool : pourquoi cet échec de Corinna ? Pourquoi cet obstacle inattendu ? Qu'y avait-il chez ce président de tribunal qui bloquait toute communication entre sa maladie et Corinna Doerinck ?

Il était encore éveillé aux premières lueurs du jour lorsqu'un coq du voisinage lança son premier coquerico, auquel répondit aussitôt l'aboiement lointain d'un chien.

À 7 h 30 du matin, au petit déjeuner, la bête aux millions de têtes porta le premier coup.

Ils étaient tous assis autour de la table ovale. L'arôme du café se mêlait à celui des petits pains frais que le boulanger avait suspendus dehors, à la grille, dans un sac de plastique. Le miel qui se trouvait sur la table provenait de deux ruches que Doerinck gardait dans le coin le plus reculé du jardin. Ces ruches avaient leur histoire. Le Dr Assanourian en avait eu dix, jadis, dans le jardin de sa datcha, à Poti, sur la mer Noire. Non seulement à cause du miel de ses abeilles, dont il faisait une grande consommation, mais à cause de la gelée royale, cette substance naturelle dont les abeilles nourrissent leur reine. La médecine officielle niait évidemment les effets du miel, du pollen et de la gelée royale sur les humains, mais le Dr Assanourian et ses patients s'en trouvaient fort bien, et il s'en était expliqué dans des termes que sa fille n'avait jamais oubliés :

« Chaque abeille est l'amie des hommes, souviens-t'en toujours. Ce qu'elles recueillent et amassent dans leur ruche est capable de guérir une infinité de maladies. Les glandes des ouvrières produisent cette gelée royale dont tous les secrets n'ont pas encore été découverts. Comment une larve quelconque, nourrie de cette gelée, se transforme-t-elle en reine au lieu de rester simple ouvrière ? La plupart des gens passent à côté de cette merveille sans se poser de questions, mais pas ton père, ma Ludmillachka... »

Et Ludmilla, en souvenir de son père, avait insisté pour avoir chez elle, à Hellenbrand, deux ruches où les abeilles accumulaient les sucs transformés par leurs glandes.

Le téléphone sonna au moment où Van Meersel achevait de dire :

– Ce miel est un don des cieux.

Tous s'arrêtèrent de manger, les yeux fixés sur leur assiette.

C'était le recteur Hupp. Sa voix était toute petite, comme crispée :

– Écoute, Stefan... Je viens te demander de ne pas faire ta classe aujourd'hui. Feisel la fera à ta place... Je passe vers 10 heures chez toi, pour t'expliquer...

– Est-ce un ordre d'en haut ? demanda Doerinck d'un ton sec.

– Non. C'est une demande personnelle, Stefan.

– Je ferai ma classe comme tous les jours depuis vingt-six ans.

– Stefan, écoute-moi sans réagir violemment. Quatre parents d'élèves m'ont téléphoné : ils ne veulent plus que leurs enfants suivent ta classe tant que Corinna voudra se faire passer pour une faiseuse de miracles. Et ce n'est qu'un début ! Comprends-le donc ! Que dois-je faire ? Que ferais-tu à ma place ?

– J'insisterais sur l'obligation légale qu'ont les parents d'envoyer leurs enfants à l'école, et je leur expliquerais que c'est moi, et non Corinna, qui m'occupe des élèves.

– Mais tu connais nos Hellenbrandois, Stefan ! Tu es le père de Corinna, et sa mère, Ludmilla, a été présentée par la télévision comme le témoin principal des pouvoirs de votre fille, puisque Corinna elle-même prétend l'avoir guérie d'un cancer. Il n'est pas étonnant que ces gens fourrent tout cela dans la même marmite et agitent ferme. Ils disent : « Les

Doerinck… » et cela suffit ! Je suis très gêné, Stefan, mais je le demande personnellement, dans ton intérêt aussi : ne fais pas ta classe aujourd'hui.

– Mais ce serait une lâcheté, j'aurais l'air de me reconnaître coupable. Et de quoi ? Car enfin, ce n'est pas moi qui…

– Mais je le sais… (La voix du recteur s'étranglait de plus en plus.)… Je le sais bien. Il s'agit de ne pas provoquer inutilement une catastrophe. De toute façon, voyons comment les choses évoluent aujourd'hui. Stefan…

Sans un mot de plus, Doerinck raccrocha. À quoi bon continuer, discuter pour rien ? Mais il ne put s'empêcher de donner libre cours à son mépris :

– Encore un lèche-cul ! Ne voilà-t-il pas que je dois m'abstenir de faire ma classe aujourd'hui !

– Et vous acceptez cela ? demanda Van Meersel.

Le Dr Hambach avait bondi de son siège.

– Prends immédiatement ta voiture et rends-toi sur place !

Corinna elle-même, malgré sa maîtrise de soi, ne pouvait dissimuler son émotion :

– Mais enfin, papa, personne ne peut te rendre responsable de ce que fait ta fille.

Accablé, déçu d'être lâché par un ami de vingt ans, Doerinck haussa les épaules. Il regarda Ludmilla, attendant qu'elle prît position à son tour, mais elle demeura silencieuse et il dut la questionner :

– Et toi, qu'en penses-tu, matiouchka ?

– Reste ici aujourd'hui. Tu connais ces gens aussi bien que moi. Nous avons passé dans cette ville le tiers d'une vie humaine, mais pour eux je suis toujours l'étrangère. La Russe ! Comme si c'était moi qui avais abattu ces pauvres paysans, les propriétaires de la grange qu'occupe aujourd'hui Cora… Je n'ai jamais été chez moi ici… J'ai créé un foyer parce que tu y étais, toi d'abord, puis Corinnachka, et parce qu'il nous fallait bien vivre quelque part…

Doerinck s'essuya les yeux :

– Mon Dieu ! Mais pendant toutes ces années, tu ne m'as jamais dit que tu étais malheureuse...

– Je ne suis pas malheureuse. Mais la terre que je foule n'est pas la terre du Caucase. Les gens sont gentils avec moi, mais ils ne sont que cela... En Russie, on se serre l'un contre l'autre, on s'embrasse et l'on me dirait : « Sois bénie, petite sœur. » Et on le penserait. Ici, il y a des gens qui m'embrassent, mais je sens leurs muscles se raidir... C'est comme si l'on était séparés par un verre invisible, et c'est sur ce verre qu'ils posent leurs lèvres...

– Tu ne m'as jamais parlé de cela, Ludmilla...

– En effet. Qu'est-ce que ça aurait changé ? Nous devons vivre avec ce que notre destin nous apporte. Tu as ta situation à Hellenbrand, tu y gagnes ta vie, tu es satisfait de l'ensemble de ton existence, nous avons un enfant qui est devenu une femme jolie, intelligente, supérieure... Entre nous, n'est-ce pas une belle vie ? Mais moi, je serai ici l'éternelle étrangère. Nous autres Russes, nous sommes comme cela. Nous ressentons un creux dans notre poitrine, chaque fois que nous pensons que la Russie est si loin et que nous ne la reverrons pas. Nous sommes des arbres qu'on peut transplanter, mais nos branches se tournent toujours vers le vent qui vient de l'est.

Le Dr Hambach ne décolérait pas :

– Dès que j'aurai fini de déjeuner, j'irai voir Hupp et Beiler. Je les connais, j'ai soigné leur varicelle et leur rougeole alors qu'ils avaient encore la morve au nez, et je vais leur dire ce que je pense. L'un des avantages de la vieillesse est qu'on peut se permettre de dire n'importe quoi, comme les bouffons d'autrefois.

Mais il était dit que le Dr Hambach n'en ferait rien.

Le second appel téléphonique de la journée vint du commissariat de police de Hellenbrand. Le commissaire Blinker lui-même, de sa voix la plus officielle, déclara qu'il avait dû interdire la voie d'accès à la grange de Corinna :

– Il y a déjà un bouchon de trente-quatre voitures. Nous appliquons le plan n° 3, qui consiste à détourner le trafic sur la place de la Fête de Mai. Est-ce que Corinna est là ?

– Oui, pourquoi ? répondit sèchement Doerinck.

– Demandez-lui ce que nous devons faire de toutes ces voitures.

– Faites-les circuler !

– Impossible ! Il ne s'agit pas d'une manifestation, mais de visites particulières. Corinna est seule à pouvoir les renvoyer. Entre nous, monsieur Doerinck, tout ça, c'est vraiment de la saloperie. Un instant encore, monsieur Doerinck. Je viens de recevoir une communication de Seppenhagen : une colonne de trois cents voitures s'est formée sur la voie d'accès à l'autoroute en direction d'Hellenbrand. D'après un premier sondage, tous ces gens veulent voir la guérisseuse qui fait des miracles. C'est à devenir fou !

Doerinck raccrocha l'appareil, consterné :

– C'est l'avalanche qui commence. Je n'aurais jamais cru que la réaction des gens serait aussi violente, aussi brutale. Il ne nous reste plus qu'à attendre calmement la suite des événements.

Par des chemins détournés et à travers champs, Corinna, Van Meersel, Stefan Doerinck et le Dr Hambach décidèrent de se rendre à la grange. Toutes les routes normales étaient embouteillées, ainsi que le parking où se pressaient pêle-mêle trois fois plus de voitures qu'il n'en pouvait contenir. Deux policiers impuissants se contentaient de contempler le spectacle et répondaient laconiquement aux questions qu'on leur posait : « Nous ne savons rien. »

À coups de sirène, une ambulance, le clignotant bleu sur le toit, apparut, luttant désespérément pour avancer mètre par mètre. Elle venait de Münster, louée par un riche antiquaire de la ville. À l'intérieur, un vieil homme surveillait le visage émacié et les yeux vitreux de sa femme allongée sur la civière, une mourante. Hellenbrand était leur dernier espoir. Seul un miracle pouvait encore la sauver. Depuis des mois, le vieux couple avait visité Fatima, Lourdes, mais en vain. « À ce stade, un cancer est inguérissable », avaient répété tous les médecins. Et ils arrivaient maintenant à la grange miraculeuse, priant « Sainte Marie, Sainte Mère de Dieu, ne nous abandonnez pas... Sauvez-moi... »

Par un sentier qui conduisait à une porte de l'ancienne étable dont les restes avaient été incorporés à la grange, Corinna et ses compagnons parvinrent à se glisser à l'intérieur sans être vus. Van Meersel transpirait d'excitation :

– Mais c'est une vraie manifestation, une manifestation pour *vous*, Corinna ! Dans quelques jours, le monde entier parlera de vous !

Le Dr Hambach s'était placé près de la fenêtre et regardait à travers les rideaux les voitures et la foule qui avaient envahi le parking :

– Mon Dieu, ils viennent de partout, de Hambourg, de Cologne, et même de Hollande... Décidément, à la fin du XXe siècle, l'être humain a toujours autant besoin de merveilleux...

– Que faisons-nous, Cora ? demanda Stefan Doerinck.

– Je vais leur parler.

– Cela ne servira à rien... Mais voici une ambulance. On en descend une femme sur une civière.

– C'est de la folie, oncle Ewald ! Nous ne sommes quand même pas à Lourdes.

– Mais pour ces gens, cette grange est un nouveau Lourdes. Que tu le veuilles ou non, tu es devenue le dernier espoir de ces désespérés.

– Mais je suis incapable de faire des miracles ! Ce que je fais est naturel, donc limité. Sors à leur rencontre et explique-le-leur, je t'en supplie !

Meersel, qui allait et venait nerveusement dans la pièce, secoua la tête :

– Que disait hier soir le reporter dans son commentaire : « Pouvons-nous désormais oublier la Bible ? » Voilà le résultat de cette imbécillité. Mais de toute façon, il y a une chose que nous devons faire : laissons entrer cette malade qu'on apporte sur une civière.

– Et les autres ? cria presque Doerinck... Qui ira leur dire de rentrer chez eux ? Ils vont prendre la grange d'assaut, nous lapider.

– Je ne peux pas les recevoir tous ! Je n'aurai jamais la force de le faire.

Les hommes qui portaient la civière s'étaient approchés et frappaient énergiquement à la porte.

– Il faut prendre une décision : ouvrir ou faire les morts.

Le Dr Hambach, qui était resté à la fenêtre, derrière le rideau, poussa soudain un cri :

– Ce n'est pas possible ! Voici Probst !

– Qui cela ?

– Probst, le boulanger, avec une voiture pleine de pain, de pâtisseries, de caisses de Coca-Cola et de limonade ! Il ne perd jamais le nord, celui-là ! Les gens se pressent autour de lui.

Van Meersel intervint :

– Êtes-vous devenus sourds ? On frappe de plus en plus fort à la porte. Oubliez-vous vraiment la malade qui est dehors sur sa civière ? Il faut faire quelque chose, Corinna.

– Faites-la entrer... Mais seulement elle et son mari.

Pendant quelques secondes, Van Meersel et Doerinck parlementèrent avant de laisser entrer la femme sur sa civière, son mari et les deux infirmiers. Derrière eux, Doerinck verrouilla immédiatement la porte. De la foule massée dehors, une immense clameur de joie et d'espérance s'était élevée : ils avaient donc eu raison de venir, « Elle » était là. Il n'y avait plus qu'à attendre !

Le vieil antiquaire expliquait, la voix tremblante :

– Nous savons qu'aucun médecin ne peut plus rien. Nous avons vu les plus grands médecins en

Europe, aux États-Unis, au Japon, puis nous sommes allés à Fatima et à Lourdes. Ma femme est condamnée, elle a un cancer au foie, et partout des métastases. Elle le sait, mais elle espère quand même. Elle croit. Alors, je suis venu à vous. Je n'ai pas le droit de négliger la possibilité d'un miracle auquel, moi, je ne crois pas. Mais aidez-la au moins à mourir. Vous me pardonnez, n'est-ce pas...

Il s'interrompit, se mit à pleurer silencieusement, sans un geste. Seule sa main se tendait vers celle de Corinna.

Vers la main qui guérissait.

9

À 8 heures du matin, Roemer téléphona au service chirurgical de la clinique universitaire de Münster.

Il était sûr que Willbreit s'y trouvait. Dès 7 h 30, tous les chefs de service et médecins de la clinique prenaient connaissance des événements de la nuit et tenaient une réunion au cours de laquelle ils préparaient la journée. C'était Willbreit lui-même qui, à la grande irritation des autres médecins, avait institué ce « briefing » matinal qui les obligeait à rencontrer les infirmières de nuit et à se renseigner auprès d'elles.

Le professeur Hellbrecht, le directeur officiel de la clinique, retenu par ses obligations internationales, avait donné carte blanche à son collaborateur. Quand il était à Münster, il apparaissait deux fois par semaine à la clinique, y recevait sa clientèle privée, opérait de ses mains quelques hautes personnalités et quelques cas critiques pour lesquels il demandait toujours l'assistance de Willbreit.

– Si je ne vous avais pas, Willbreit... disait-il souvent. Mais franchement, n'avez-vous vraiment pas trop de travail ?

Chaque fois, Willbreit répondait :

– Tout va très bien. Nous avons d'excellents collaborateurs et notre organisation est exemplaire.

Aussi Hellbrecht couvrait-il Willbreit de tous les honneurs possibles. Hellbrecht était seul au monde depuis la mort de sa femme et de son fils. La première avait contracté il y a six ans une maladie tropicale. Un diagnostic erroné avait fait croire à une bronchite chronique, ce qui avait permis à l'infection de s'étendre jusqu'au point de non-retour. Quant à son fils, passionné de ski, il avait fait une chute malencontreuse et fatale. Les rentes des polices d'assurances, ses appointements en tant que directeur et ses honoraires médicaux gonflaient régulièrement son compte en banque. Mais, un jour, il avait confié à Willbreit : « Il me serait difficile de dépenser plus. J'ai une maison, une collection d'impressionnistes, cela me suffit, et je ne peux manger à la fois qu'une escalope viennoise. Avoir un yacht ne me dit rien, je suis trop vieux pour m'enticher d'une maîtresse. Alors, tout ce que je possède ira un jour à une fondation. Et vous, mon cher Willbreit, vous en serez le président... »

Willbreit prenait justement connaissance des dossiers de la nuit – deux morts, l'une d'un cancer, l'autre suite à un accident d'automobile – quand sa secrétaire lui annonça que Roemer était au téléphone.

– Érasmus ! Enfin toi ! Mais que se passe-t-il ? Où es-tu ?

– Chez moi. Mais avec à la main la clé de ma voiture. As-tu vu l'émission télévisée d'hier soir ?

– Naturellement. Le knock-out de la belle Corinna sans qu'il y ait eu même de combat ! Une sorte de suicide dont on peut lui être reconnaissant.

– Thomas, c'est toujours pour moi une énigme qu'avec un crâne aussi vide que le tien tu sois arrivé à être un chirurgien connu.

La bouche de Willbreit se crispa :

– Merci... Tu as l'air d'excellente humeur ce matin.

– Et comment donc ! Je prends ma voiture pour la rejoindre.

– Qui ça ? Ta femme ? Est-elle de retour de Hongrie et de sa chasse à l'ours ?

– Même avec le modeste quotient intellectuel dont tu disposes, tu devrais deviner au son de ma voix qu'il ne s'agit pas d'un événement aussi effroyable. C'est Corinna que je vais voir.

– Et pourquoi cela ?

– Pas pour coucher avec elle. Pour me battre à son côté !

– Tu es fou, Érasmus !

– Suis-je un homme malade, Thomas, oui ou non ?

Willbreit hésita un instant avant de répondre :

– Si tu ne te fais pas opérer, tu l'es certainement.

– Oublie cette histoire d'opération. J'ai confiance en Corinna.

Pendant un instant, Willbreit resta muet. Il reprit difficilement son souffle. Érasmus ne se rendait-il pas compte que sa seule chance était justement cette opération qu'il dédaignait ? Il allait parler, crier, mais Roemer ne lui en laissa pas le temps :

– Et si tu en es tombé sur le cul, Thomas, alors relève-toi ! Cette émission de télévision était infâme, et Corinna ne mérite pas cela. Toute cette engeance des media a simplement exploité son ignorance de leur milieu que je connais trop bien. Maintenant, il faut l'aider, Thomas.

– Érasmus, écoute-moi un instant ! Te rends-tu compte du scandale : le président du tribunal de première instance prend le parti d'une guérisseuse ridiculisée par la télévision ! Mais c'est la fin de ta carrière !

– Qu'est-ce que tu veux que ça me foute, puisque de toute façon je serai mort dans deux ou trois mois si Corinna ne parvient pas à me secourir ? Mais mes derniers mois de vie lui appartiennent ! Et je vais me battre pour elle, de toutes mes forces, avec rage. Et je te préviens que je ne t'épargnerai pas si tu esquisses seulement un geste pour te joindre à ces charognes. Suis-je clair ?

– Je ne savais pas que tu étais capable de céder à des mouvements d'hystérie collective...

– Dans mon état, je peux tout me permettre : et c'est le seul côté positif de ma maladie. Voilà ce que je voulais te dire. Tu pourras me contacter à Hellenbrand, chez Corinna.

Une seconde plus tard, Roemer traversait le hall, une grande valise à la main, appelant à haute voix la femme de chambre pour lui dire qu'il serait absent quelques jours, et avant qu'elle eût pu lui demander quelle serait son adresse, il était déjà dehors et s'insérait derrière le volant de son énorme voiture.

Il fallut une bonne heure à Willbreit pour reprendre un peu son calme, et il abrégea même la visite du matin pour ne voir que les cas vraiment graves. De retour dans son bureau, il rechercha dans le fouillis des paperasses qu'il n'avait pas encore classées la carte qu'Élise Roemer lui avait envoyée de Hongrie trois semaines plus tôt et où elle lui donnait son adresse. Il fallait l'avertir, la faire revenir, à tout prix. De plus en plus impatiemment, il dut ensuite attendre de longues minutes avant d'obtenir le numéro de téléphone du baron Janos von Zörnömy. Et une heure de plus s'écoula avant d'obtenir la communication en Hongrie, comme il est de règle dans les pays socialistes.

Dans l'est de l'Europe où, on le sait, on a supprimé les domestiques, les privilégiés du régime ont des jardiniers, des chauffeurs, des employés de cuisine et de maison, des préparateurs, etc., tous fonctionnaires de l'État. Ce fut le maître d'hôtel qui prit l'appareil et qui, reconnaissant qu'il s'agissait d'un étranger, prévint aussitôt Willbreit, dans un anglais impeccable, que « Madame » – était-elle vraiment la maîtresse de maison ? – prenait son petit déjeuner dans le jardin d'hiver, pour ajouter après un instant : « Est-ce important ? »

Willbreit ne fut que trop heureux de pouvoir décharger sa rage :

– Gaspillerais-je deux heures pour téléphoner d'Allemagne dans un pays socialiste si ce n'était pas important ? Dites-lui que c'est son médecin, celui de son mari.

– Oh, pardon ! Je vais voir si Madame consent à prendre l'appareil.

Il dut encore attendre, tripotant nerveusement ses papiers. Puis il entendit enfin la voix haut perchée d'Élise, cette voix enfantine qui faisait dire à Roemer : « Quand elle jouit, il faut que je me répète tout le temps, pour tranquilliser ma conscience, que c'est ma femme que je baise et non une mineure de douze ans que je suis en train de violer... »

– Bonjour Thomas ! Que cela me fait plaisir de t'entendre. Je vais enfin avoir des nouvelles de Münster. D'Éras – il s'agissait d'Érasmus – je n'ai pas reçu un seul petit mot depuis mon départ. Est-il fâché parce que j'ai prolongé mon séjour en Hongrie ? Mais nous attendons toujours cet ours, qui ne vient pas... ! Et ici tout est si délicieux. Chaque matin, nous faisons de longues promenades à cheval. Et comment ça va à Münster ? Est-ce qu'Éras est près de toi ?

– Non... Mais il s'agit de lui.

– Est-ce qu'il dîne toujours chaque soir chez Krautkrämer ?

– Oui, mais il ne s'agit pas de cela, Élise.

– Alors, qu'est-ce qu'il y a ?

– Il est devenu complètement fou.

– Mais il l'a toujours été, Thomas...

– Non, Élise, il s'agit maintenant d'un véritable coup de folie. Il risque sa vie, son avenir, sa carrière, enfin tout, à cause d'une guérisseuse dont les mains...

Il s'interrompit, se rendant compte qu'il allait s'embourber dans ses explications.

– Éras a toujours fait attention aux mains des femmes, Thomas, tu le sais. Ainsi, il a toujours apprécié mes mains. Il dit qu'elles sont infantiles. C'est gentil, n'est-ce pas ?

– Écoute, Élise. Je vais te parler brutalement : ton mari est malade, très malade ! Il faut l'opérer tout de suite. Je ne peux pas te donner tous les détails par téléphone, mais c'est grave, très grave. Et que fait-il ? Il refuse le traitement qui pourrait le sauver, et au lieu de cela il s'adresse à une femme qui prétend le guérir en le caressant.

– Mais c'est typique de la part d'Éras ! Et comment est-elle cette femme ? Et où le caresse-t-elle pour le guérir ?

– Il croit à cela, Élise. Il croit que ces caresses...

Il s'interrompit une fois de plus...

– Éras adore qu'on le caresse. J'ai découvert que c'est un moyen sûr de le mettre de bonne humeur. Il n'y a rien de nouveau dans tout cela, Thomas, rien d'extraordinaire. Et c'est pour me dire cela que tu me téléphones ?

– Il faut que tu reviennes immédiatement, Élise.

– À cause de cette fille ? Jamais !

– À cause d'Érasmus. Il est vraiment malade.

– Si tu me l'affirmes...

Il y avait soudain quelque chose d'inquiétant dans l'infantilisme de cette voix. Willbreit se représentait parfaitement Élise avec ses cheveux blonds défaits sur les épaules, son déshabillé ravissant, les palmes et les fleurs d'un magnifique jardin d'hiver. Il avait osé la déranger alors qu'elle officiait devant une table ronde bien servie. Dans son langage imagé, Roemer avait dit que lorsque Élise était devant son petit déjeuner, les dix plus beaux hommes du monde pourraient danser en vain autour d'elle, nus et le sexe dressé, elle finirait d'abord de grignoter son petit pain au beurre de campagne légèrement salé.

– ... Mais qu'est-ce que je pourrais faire à Münster ? Tu connais Éras. Il va jusqu'au bout de ce qu'il a décidé. Il fonce sur l'obstacle comme un char d'assaut. A-t-il eu une seule fois quelque considération pour moi ?

– Et toi, as-tu montré de la considération à son égard ?

– Mais Thomas...

– Voici des semaines que tu es en Hongrie à la poursuite d'un ours, à ce que tu prétends. À qui veux-tu faire croire qu'un ours puisse se cacher aussi bien et aussi longtemps ? À moins que ce ne soit au fond d'un lit et qu'il s'appelle Janos...

– Quelle grossièreté, Thomas...

– Reviens, si tu veux revoir Érasmus vivant... (Il en avait assez d'entendre ces inconséquences et ajouta sans ménagement :) On ne peut guère exiger moins de la part d'une épouse.

Une fois la conversation finie, Willbreit secoua la tête : en dépit de son intelligence, de sa situation honorifique, de sa richesse, comment pouvait-on ne pas plaindre Érasmus Roemer ? Quelle solitude était la sienne, quel était le vide intérieur que ce géant essayait en vain de compenser en mangeant, en buvant, en se jouant, à lui et aux autres, la comédie d'une grossièreté de paysan du Danube ? Comment s'étonner qu'une fille comme Corinna lui apparût comme la promesse d'un univers nouveau, resplendissant, le dernier refuge d'un désespoir fondamental ?

Cédant à une inspiration subite, Willbreit téléphona au Dr Hambach, dont la femme de ménage lui fournit volontiers tous les renseignements qu'il détenait :

– Le docteur est chez les Doerinck. Vous n'avez pas idée de ce qui se passe ici ! Il y a des voitures partout, et on les détourne toutes vers la place de la Fête de Mai. Tout cela à cause de cette émission de télé ! Tous ces imbéciles veulent se faire caresser par Corinna ! Nous sommes sens dessus dessous à Hellenbrand !

C'est parfait, se dit Willbreit. Pour un peu, il se serait frotté les mains. C'est exactement cela qu'il nous faut : de ce chaos, Corinna sortira à jamais ridiculisée. Qui aurait cru que cette situation allait évoluer de la sorte et aussi vite ? Et que faisait donc Roemer, sinon se sacrifier à une illusion néfaste ? Lui aussi allait sombrer dans le ridicule. N'était-ce pas le sort le plus atroce pour un homme de sa qualité ?

Mais comment le freiner, l'arrêter ?

En effet, Roemer était déjà lancé comme un bolide, et quand il se retrouva pris dans les encombrements d'Hellenbrand, il abandonna tout simplement sa voiture pour faire le reste du chemin à pied. Sur la place de la Fête de Mai, on était déjà en train de dresser les stands nécessaires : on y débitait du pain, des saucisses, des côtelettes de porc froides et des fricadelles à une foule affamée. L'aubergiste des Armes de Westphalie avait transformé un camion en comptoir mobile où les gens venaient s'approvisionner en eau, bière, eau-de-vie et jus de fruits. Le libraire-papetier d'Hellenbrand profitait lui aussi de cet afflux inattendu de clients : tous voulaient des photos du bourg, des chapelets bénis, de petites bannières aux armes de la Westphalie, bref, des souvenirs de toutes sortes. Le maire, après avoir fait un tour rapide à travers cette cohue, s'était retiré dans sa mairie, le visage rougi et crispé.

– La bête humaine est déchaînée, avait-il déclaré à trois de ses conseillers dont l'expression maussade indiquait clairement qu'ils n'avaient pas la chance d'être commerçants... Et ce n'est que le premier jour, avait-il ajouté. Je me demande ce que sera notre ville dans une semaine... ?

Érasmus Roemer arriva à la grange devant laquelle se pressait une foule qui attendait patiemment que la porte s'ouvrît de nouveau. Deux ambulanciers qui gardaient à la fois leur ambulance et la porte voulurent l'empêcher d'approcher tandis que la voix aiguë d'une femme criait :

– Celui-là vient seulement d'arriver ! À la queue comme tout le monde !

La poitrine de Roemer se gonfla :

– Je fais partie de la famille... (Sa voix et son aspect formidables firent taire les opposants.) La façon dont certains d'entre vous se conduisent ici est lamentable ! Un peu de tenue, s'il vous plaît. (Puis, repoussant sans effort les deux infirmiers, il frappa à la porte du poing en criant :) Ouvre, Corinna ! C'est l'oncle Érasmus !

Dans la salle d'exposition, le Dr Hambach se prit la tête à deux mains en regardant Doerinck :

– Mon Dieu, il ne manquait plus que le juge Roemer ! Il n'y a que lui pour rugir de la sorte.

– Faites-le entrer. Il va vraiment très mal, et je ne m'explique pas pourquoi j'échoue avec lui.

Agenouillée près de la civière, elle tenait entre ses mains celles de la mourante, crispées autour d'un crucifix. Le mari pleurait toujours, silencieusement. Il savait que tout était fini. Un sourire d'une sérénité infinie commençait à détendre le visage émacié et jauni de sa femme.

La masse d'Érasmus Roemer avait fait irruption par la porte ouverte, avec réticence, par le Dr Hambach. Mais en apercevant la civière et Corinna agenouillée près d'elle, le géant s'arrêta, murmura une excuse en s'inclinant profondément et se retira vers le mur sur la pointe des pieds en faisant néanmoins craquer le plancher sous son poids...

– Que venez-vous faire ici ? demanda dans un chuchotement le Dr Hambach.

Van Meersel s'approcha d'eux, tendit la main au nouveau venu et se présenta à lui.

– Je viens aider Corinna, voulut répondre Roemer dans ce qu'il croyait être un souffle et qui résonna néanmoins dans toute la grange.

Corinna se releva et recula de quelques pas pour s'adresser à l'antiquaire :

– Je vais l'aider autant qu'il m'est possible de le faire. Elle va mourir, mais avec moi elle mourra tranquillement, heureuse, croyant au miracle. C'est tout ce que je peux faire pour elle.

– Je vous en remercie du fond du cœur.

Elle revint près de la civière et s'agenouilla de nouveau devant la mourante dont les grands yeux ne semblaient plus s'ouvrir sur ce monde bien que son regard suivît chacun des mouvements de Corinna. Et ce fut dans un silence absolu que s'éleva la voix de Corinna, et tous l'entendirent distinctement :

– Vous allez ressentir en vous une grande chaleur. Vous allez vous sentir bien, mieux que jamais, et lasse, très fatiguée. Et quand vous vous réveillerez, je vous promets que vous irez mieux... Lentement, très lentement, la maladie se retirera de vous. Nous devons seulement avoir de la patience, beaucoup de patience...

En même temps, ses mains se mouvaient au-dessus de la mourante dont le sourire répondait au sien. Le bout de ses doigts étaient brûlants. Elle savait que tout était vain, mais continuait cependant à irradier ce corps pour en ôter toute sensation de douleur. Le sourire qui illuminait ce visage creusé par la souffrance et la maladie devenait presque céleste, et elle vit les yeux grands ouverts s'élargir encore, resplendir d'une lueur surnaturelle. Et c'est au milieu de cette extase qu'elle cessa de respirer.

Lentement, Corinna laissa retomber ses mains avant de se relever en chancelant pour s'appuyer aussitôt sur Van Meersel. À côté de lui, Doerinck respirait difficilement et le grincement des dents de Roemer résonna soudain dans la grande salle.

– Que se passe-t-il ? Pourquoi ne continuez-vous pas ? Vous lui faites tellement de bien. Regardez comme elle est heureuse.

– C'est le bonheur d'être près de Dieu, dit gravement Van Meersel.

Alors seulement l'antiquaire comprit. À son tour, il tomba à genoux près de la civière et prit dans ses mains ce visage étroit, curieux, au sourire merveilleux :

– Hanna, mon Dieu, mon Dieu ! (Il se releva, jeta

un coup d'œil autour de lui, aperçut Corinna qui fumait avidement la cigarette que son père avait préparée et allumée :) Merci. Elle est morte heureuse, pleine d'espoir… Elle a eu la plus belle mort possible.

Le Dr Hambach ouvrit la porte pour dire aux deux infirmiers.

– Vous pouvez la remporter.

L'infirmier qui était entré le premier regarda d'abord la civière, puis le mari qui pleurait et, après un instant, il haussa les sourcils de surprise :

– Qu'y a-t-il ? Elle est morte, n'est-ce pas ?

– Oui.

– Je regrette, monsieur, mais nous autres nous n'avons pas le droit de transporter un cadavre. C'est le règlement, docteur. Quand quelqu'un meurt dans l'ambulance, évidemment, c'est différent, on ne peut pas le mettre dehors. Mais autrement, il faut un cercueil et la destination ne peut être que les pompes funèbres…

Il jeta encore un regard sur la morte et, troublé par son sourire, il haussa les épaules et sortit. L'ambulance démarra presque aussitôt. Pour se frayer un chemin dans le chaos des gens qui attendaient dehors, le chauffeur dut, à plusieurs reprises, actionner sa sirène avant de prendre de la vitesse et de s'éloigner rapidement.

Van Meersel soupira :

– Une complication de plus ! Quelle sera, croyez-vous, la réaction de la foule quand elle verra arriver le corbillard avec le cercueil ? Est-ce que la télé est dehors ?

– Et comment ! Deux équipes complètes, une pour chaque chaîne.

Roemer s'était occupé à sa manière du mari, qu'il connaissait de Münster et chez qui il avait fait plusieurs achats. Il l'avait fait asseoir de force sur une chaise et obligé à ingurgiter un grand verre de cognac. Et ce traitement avait réussi : l'homme ne pleurait plus.

Le Dr Hambach regardait à son tour la foule massée autour des camionnettes de télévision et qui discutait :

– Pour ces vautours, cette mort va être un vrai régal ! Pour l'instant, il s'agit de mettre le corps dans l'autre pièce.

Aidé de Doerinck, il déposa dans l'atelier, juste devant le métier à tisser, la morte sur sa civière. Comme il n'avait rien d'autre sous la main, il recouvrit le cadavre d'une longue et étroite tapisserie dont les dessins ensoleillés évoquaient justement les fleurs du printemps.

À peine étaient-ils revenus dans la salle d'exposition que l'on frappa de nouveau à la porte :

– Ouvrez ! C'est Beiler.

– Beiler est notre maire, expliqua Doerinck à Roemer qui refusait de laisser entrer l'importun.

Beiler était accompagné d'un inconnu qui se présenta comme étant un brigadier de la police judiciaire, un nommé Fernich. Ne sachant plus quoi faire, Beiler avait téléphoné au directeur de la police de Münster. Après avoir répondu qu'une telle affaire n'était pas de sa compétence, le directeur avait néanmoins consenti à envoyer comme observateur un de ses fonctionnaires. Fort gêné de la tâche qu'on lui avait assignée, Fernich avait commencé par repousser grossièrement les équipes de la télévision qui, naturellement, avaient filmé l'arrivée du maire.

Décidé à remettre de l'ordre à l'intérieur de la grange comme à l'extérieur, le policier changea brusquement d'attitude en se trouvant en face du président du tribunal de première instance. Qui donc à Münster ne connaissait pas le président Roemer, lequel entretenait les meilleures relations avec la direction de la police ?

– Je ne m'attendais pas à vous voir ici, monsieur le président, balbutia-t-il.

– Et pourquoi pas ? Je suis ici à titre privé. Mais qui vous envoie donc en dehors de votre territoire ?

A-t-on élargi à Hellenbrand la compétence de la police de Münster ?

Beiler voulut intervenir :

– C'est moi qui ai téléphoné à Münster. Je suis débordé. Si ce désordre continue, il faudra bien qu'une autorité quelconque intervienne. J'ai aussi prévenu la direction de l'hygiène publique.

Le Dr Hambach eut un rire sardonique :

– Voilà qui devient drôle...

– C'était mon devoir. On exerce illégalement la médecine dans cette grange. Nous avons des lois, nous vivons dans un État où règne l'ordre et où il faut le respecter...

– Et c'est à moi que vous osez dire cela, moi, le président du tribunal de Münster, qui suis compétent pour ce qui se passe à Hellenbrand ? Vous semblez oublier également la présence du Dr Hambach. Mais vous, qu'est-ce que vous faites ici, espèce de nain ? Et vous, le policier ?

De plus en plus furieux, la voix de plus en plus tonnante, Roemer s'était tourné vers le pauvre Fernich :

– Mentionnerez-vous dans votre rapport qu'il se passe à Hellenbrand des faits répréhensibles, illégaux ? Avec la présence du Dr Hambach et la mienne, vous aurez du mal à le prouver. Avant toute chose, répétez à votre directeur ce que je vais dire, et sans y changer un mot. Prenez note : « Cher Paul, même si ta pipe doit en tomber de ta bouche, je suis ici chez Corinna Doerinck pour me faire soigner... » C'est inscrit ? Parfait, Fernich. Eh bien, qu'est-ce que vous avez ? C'est curieux comme certains hommes ont des expressions qui les font ressembler à des moutons.

– Monsieur le président... vous vous faites... soigner... soigner par une guérisseuse ?

– Et alors, vous croyez peut-être que les juges ne sont jamais malades ? Avec tous les criminels et tous les policiers qu'ils fréquentent, ce serait étonnant !

– Mais il y a d'excellents médecins à Münster.

– Ça, c'est mon affaire, mon petit… Mais de quoi vous mêlez-vous quand il s'agit de moi ? Est-ce que je m'occupe, moi, de vos rapports avec cette auxiliaire de police qui s'appelle Ilse Lange ? À part votre femme, tout le monde sait à la préfecture que vous avez loué au bord du lac d'Aa une chambre où vous la rencontrez régulièrement. Ça, ce sont vos oignons, et ce sera à vous de vous tirer de là quand vous en aurez assez !

Comme Fernich restait interdit, sans voix, Roemer continua avec un large mouvement du bras :

– Regardez bien autour de vous, Fernich. Vous avez ici le Pr Van Meersel, d'Amsterdam, une autorité internationale en biophysique et parapsychologie. Allez-vous lui demander ce qu'il fait ici ? Et voici le père de Corinna. Et, appuyé à la porte, le Dr Hambach, médecin à Hellenbrand depuis je ne sais combien d'années. Croyez-vous qu'il est venu commettre quelque chose d'illégal ou même y assister, comme le dit cet agité de maire qui fait appel à vous parce qu'il tremble de peur ? Ne vous approchez pas trop près de lui, il a sûrement fait dans ses culottes, de frousse.

– Je ne vous permets pas ! hurla Beiler.

– Continuons les présentations : voici encore M. Manfred Zynnis, antiquaire à Münster, bien connu de tous les citoyens cultivés. Et de l'autre côté de cette porte, il y a Mme Zynnis, morte il y a une vingtaine de minutes.

Le visage de Fernich se figea soudain :

– Vous voulez dire qu'une femme est morte ici ? Morte à la suite du traitement de Corinna Doerinck ?

– Non, mon petit bonhomme : *au cours* du traitement, ce qui n'est pas la même chose.

Mais Fernich avait repris toute son assurance policière : une mort a des causes qu'il faut déterminer.

– Je dois dresser un procès-verbal, monsieur le président. Puis-je voir le cadavre ?

– Mais naturellement, dit Hambach en le précédant dans l'atelier.

– Pourquoi parle-t-il de procès-verbal ? demanda Corinna.

– Parce qu'il oublie la prudence avec laquelle doit agir un policier. Il croit avoir découvert la grosse affaire et s'imagine avoir le droit d'agir en dehors de son district, alors qu'il peut tout juste témoigner ! Son petit esprit s'arrête à ce qu'on lui a enseigné. Si un malade meurt chez un médecin, c'est normal pour lui ! De toute façon, il faut bien mourir un jour. Mais cette femme a rendu l'âme sous les mains de Corinna Doerinck, contre laquelle il a été prévenu par le maire que voici. Si cette femme était morte dehors, Fernich ne penserait même pas à intervenir. Il veut faire du zèle.

– Mais elle était déjà mourante en arrivant ici, dit Doerinck.

– Elle est morte alors que Corinna tenait ses mains au-dessus d'elle. Voilà le hic. Notre policier juge cela inadmissible. Il ne sera jamais qu'un tout petit policier ! Et il oublie bien d'autres choses : la présence du Dr Hambach…

Fernich revenait justement de l'atelier avec le Dr Hambach. Malgré son habitude des morts, il n'avait pu s'empêcher de pâlir en soulevant la tapisserie et en voyant ce visage où la peau collait aux os mais qu'un sourire radieux semblait illuminer. Il avait entendu la dernière phrase de Roemer, mais il était bien décidé à faire preuve d'autorité.

– Et alors ? lui lança Roemer. Que fait maintenant notre policier de la criminelle ? Va-t-il soutenir, après avoir vu le cadavre, que personne n'a le droit d'y toucher jusqu'à l'autopsie ? Et cela malgré le permis d'inhumer du Dr Hambach ?

– De toute façon, je m'oppose à toute autopsie, déclara fermement l'antiquaire. Ma femme était mourante quand elle est arrivée ici.

– Pourquoi alors l'avez-vous amenée dans cette grange ?

– Parce qu'elle le voulait. Parce que c'était son dernier désir.

– Elle était donc pleinement consciente en arrivant ici ?

– Certes.

– Et Mlle Doerinck a commencé son traitement, et elle est morte ?

– Oui.

Fernich croyait avoir marqué un point. Il se redressa et déclara sèchement :

– Personne ne touchera plus à ce cadavre avant l'arrivée de la police. Et d'ailleurs pourquoi ne l'avez-vous pas laissé sur place ?

– Je m'oppose à cette mesure et vous en rends personnellement responsable, cria Zynnis. Ma femme a droit à la paix.

La voix grondante de Roemer couvrit ses derniers mots et la réplique du policier :

– Je crois qu'il est temps de donner quelques coups de téléphone pour régler le transfert du cadavre et rappeler à ce petit bonhomme, qui est en dehors de son district, les limites de sa compétence. Il va apprendre que de la bêtise à l'abus de pouvoir, il n'y a qu'un pas, et qu'il l'a déjà franchi. Alors, qu'il n'aille pas plus loin.

Le maire fut le seul à oser élever une voix étranglée par le désespoir.

– Mais il y a dehors au moins cent cinquante personnes. Que vais-je faire d'elles ?

– Vous allez leur ordonner de rentrer chez eux. J'ai vu deux agents dehors, certainement de la police municipale. Servez-vous d'eux. Ou donnez votre démission de maire. Mais réglons nos propres affaires. Monsieur Zynnis, d'abord, votre femme. Malade comme elle était, vous avez sûrement pensé à son enterrement ?

– Oui. Je me suis adressé à Ewig & Fils. J'ai ici le numéro de téléphone.

En moins d'un quart d'heure, Roemer avait tout

réglé. Il avait téléphoné à Ewig & Fils, puis au directeur de la police et au procureur. À ces derniers, il a expliqué que le Dr Hambach avait signé le permis d'inhumer et certifiait que Mme Zynnis était décédée de mort naturelle à la suite d'un cancer inguérissable, en présence de ce médecin, de plusieurs personnes et de lui-même. Un petit policier avait cru devoir faire du zèle, mais il fallait oublier cet incident qui pouvait lui faire du tort. Il n'y avait rien de « trouble » dans cette affaire, dont il était préférable de ne pas parler pour ne pas jeter de l'huile sur le feu et exciter encore plus le public.

Fernich, les mâchoires serrées, avait entendu les trois conversations. Il voulut cependant protester contre la façon cavalière dont Roemer l'avait traité :

– J'aurais souhaité pouvoir parler à ces messieurs…

Un rugissement l'interrompit :

– Insinuez-vous que je mens ? Oui, j'ai tu votre présence ici, et vous ne m'en remerciez pas ! Voulez-vous vraiment que je leur rapporte vos accusations ? Avez-vous vraiment envie d'une note spéciale dans votre dossier ?

C'était la fin. Beiler tenta une fois de plus d'intervenir :

– Je ne peux pas laisser ces gens passer la nuit ici. C'est interdit de camper en dehors du camping municipal.

Van Meersel saisit la balle au bond :

– Eh bien ! voilà au moins un argument pour les faire partir.

La tête basse, Beiler et Fernich quittèrent la grange. Quelques instants plus tard, ils avaient rassemblé autour d'eux un groupe de personnes à qui ils s'efforçaient d'expliquer la situation. Le Dr Hambach, l'air pensif, s'adressa soudain à Roemer :

– Dites-moi, monsieur Roemer, comment se fait-il que le directeur de la police et le procureur aient des numéros de téléphone à trois chiffres seulement ?

Roemer se retourna d'un bloc pour le regarder et ne répondit que par une sorte de grognement.

Mais Hambach ne lâcha pas prise :

– ... Je suis sûr d'avoir bien vu. Vous avez fait six chiffres pour la maison des pompes funèbres, et trois seulement pour chacun des deux autres.

Le visage du colosse s'élargit peu à peu jusqu'à n'être plus qu'un énorme sourire plein d'ironie :

– Vraiment ? Vous avez encore une vue excellente, docteur Hambach !

– Ainsi, vous n'avez parlé ni au directeur de la police ni au procureur. Mais pourquoi ?

– Il ne faut jamais compliquer les choses. De toute façon, c'est fait. Nous pouvons respirer jusqu'à demain. Et qui sait ce que le monde sera demain ?

– Cela peut vous attirer de graves ennuis, monsieur Roemer.

– Il n'y a plus de graves ennuis pour moi, docteur, et vous le savez. Je me trouve dans la situation d'un homme foudroyé à terme, mais en même temps cela le libère de toute obligation et lui permet de dire et de faire ce qu'il veut. Rien ne peut plus m'atteindre : je suis mûr pour l'Éternité !

Corinna le regardait d'un air pensif :

– En êtes-vous si sûr ? demanda-t-elle doucement.

– Évidemment. Puisque vos mains échouent quand il s'agit de moi, rien ne peut plus m'émouvoir.

– Nous allons essayer une fois de plus.

– Corinna ! (Ce fut comme si le géant s'écroulait. Il se retrouva assis de tout son poids sur une chaise, la tête enfouie dans ses mains énormes :) J'ai pris congé de tout. Maintenant je ne crois plus qu'une guérison soit possible...

– Levez-vous, monsieur Roemer.

Elle s'était approchée de lui en souriant. Roemer se leva, les lèvres tremblantes.

– Regardez-moi ! Fixez mes yeux, fixez-les bien comme s'ils étaient un miroir dans lequel vous vous voyez. Recherchez votre image, recherchez-vous dans mes yeux... Voilà ! Vous vous êtes découvert, vous êtes maintenant vous-même...

Sa voix résonne, très sûre d'elle-même, dans le silence absolu. Immobile, Roemer ose à peine respirer.

Avec une lenteur solennelle, Corinna lève les mains, les replie en forme de coupe, caressant à distance le corps du géant...

Van Meersel, le dos collé au mur, ne la quitte pas des yeux. Et soudain il sent que ses jambes fléchissent sous lui.

Est-il possible que les autres ne voient rien, se demande-t-il avec une sorte de désespoir ! Pour un peu, il crierait : « Mais regardez ! Regardez-la donc ! Ne voyez-vous pas la lumière qui vibre autour de sa tête ? »

Peu à peu, la foule, comprenant que la porte de la grange ne s'ouvrirait pas pour elle, s'éclaircit. Il n'y eut plus sur le parking que quelques entêtés qui virent le corbillard de la maison Ewig & Fils enlever le cadavre d'Hanna Zynnis dans un magnifique cercueil de chêne sculpté.

La place de la Fête de Mai elle aussi s'était vidée. Trois caravanes qui voulaient s'y incruster à demeure durent bon gré mal gré partir pour le camping officiel où elles trouvèrent tant bien que mal à se loger. Le maire et la police locale respirèrent enfin, non sans trembler en pensant à la seconde invasion qui se préparait pour le lendemain matin. Le journal parlé de la télévision dut se contenter de l'arrivée et du départ du corbillard avec un aperçu du visage très pâle du veuf et la phrase, qui devient classique, de tous ceux dont les media s'acharnent à violer le chagrin : « Mais foutez-moi donc la paix... »

Fidèles à leur technique, les journalistes « interprétèrent » à leur profit cette phrase qu'ils jugeaient sibylline : ce ne pouvait être que le témoignage irrécusable de la douleur d'un homme dont la femme était morte sous les mains prétendues miraculeuses de la guérisseuse. Ce qui leur permit d'ajouter aussitôt, comme une goutte de venin bien distillée, que la direction de la santé publique s'apprêtait à enquêter sérieusement sur les activités de Corinna Doerinck.

Les assiégés profitèrent de l'obscurité pour sortir de la grange et regagner par des chemins détournés la maison des Doerinck où Van Meersel allait passer la nuit, tandis que Roemer serait l'hôte du Dr Hambach.

Roemer n'était plus le même homme. Après le traitement, Corinna était restée muette, sans lui confier ce qu'elle pensait du résultat possible. Lui-même avait ressenti une chaleur agréable, comme une succession de vagues qui envahissaient son corps. Oui, elle peut me guérir, c'en est fini de cette malédiction inexplicable, avait-il pensé. Un frisson avait parcouru la masse de ses muscles et de sa chair. Il avait eu envie de fermer les yeux et de se laisser aller à ce bien-être, au sommeil, mais le regard de Corinna l'avait comme hypnotisé, obligé à lutter, à tenir ses yeux grands ouverts.

Et puis tout cela s'était dissipé. Les mains de Corinna étaient retombées le long de son corps, il l'avait vue rejeter la tête en arrière, faire quelques pas presque en chancelant, prendre sans un mot la cigarette allumée que lui tendait son père, puis aller s'asseoir près de la table et s'y accouder pesamment, la tête basse. Et lentement, ses traits s'étaient détendus, on eût dit que sa beauté resurgissait sur son visage comme au sortir d'une eau trouble. Et, en soupirant, d'un premier mouvement de la main, elle avait écarté de son front les cheveux qui l'avaient recouvert.

Roemer, en général si exubérant, n'avait pas bougé. Sa gorge était soudain tenaillée par l'angoisse qui l'empêchait d'interroger la mince jeune femme assise devant lui. Allait-il l'entendre dire une fois de plus : « Non... J'ai essayé en vain, monsieur

Roemer... Je n'ai rien senti dans mes mains. Je ne peux rien pour vous » ? Il avait beau la regarder, attendre un signe... Il notait seulement qu'elle était très lasse, exténuée. Et ce visage creusé par l'effort lui inspirait malgré lui un espoir insensé. La force qui l'avait quittée avait peut-être pénétré en lui, commencé son travail de destruction de la maladie...

Ce n'est qu'après deux minutes d'immobilité absolue qu'il osa enfin bouger. Saisissant la bouteille de cognac, il la porta à ses lèvres pour boire au goulot. Van Meersel la lui arracha des mains :

– Mais j'ai soif, protesta Roemer.

– Buvez de l'eau...

– Moi, de l'eau... ! (Son effroi était réel...) Serais-je devenu un bestiau ?

– Oui.

Surpris, Roemer haussa les épaules :

– Allons-y ! Où est le seau ? À moins qu'il n'y ait ici un abreuvoir !

Doerinck ouvrit le réfrigérateur encastré dans une étagère et en sortit une bouteille d'eau minérale qu'il décapsula et tendit à Roemer. Après en avoir bu deux gorgées avec circonspection, Roemer la remit à l'endroit d'où elle venait.

– Si mes amis me voyaient, soupira-t-il après un hoquet provoqué par le gaz de l'eau, ils n'en croiraient pas leurs yeux. Ils se diraient que c'est à la suite d'un changement géologique.

Mais Corinna, à qui il destinait sa plaisanterie, n'eut pas un sourire. Elle semblait vraiment absente, et quand tous quittèrent la grange, Roemer ignorait encore si cet essai serait le premier de tout un traitement.

Il n'y avait rien de nouveau chez les Doerinck, où Ludmilla les attendait. Une heure plus tôt, une équipe de télévision avait sonné à la grille, à tout hasard, mais s'était vite découragée. L'inspecteur d'Académie avait appelé Doerinck au téléphone.

– Qu'a-t-il dit ? s'enquit Stefan.

– Rien, sinon qu'il désirait te parler. Il a été d'une extrême politesse. Mais il y a quelqu'un qui attend Corinna... (Comme son mari haussait les sourcils, elle se hâta d'ajouter :) Un jeune homme, un jeune peintre. Très sympathique...

– Quelle idée de laisser entrer quelqu'un ici dans des circonstances pareilles ! Maintenant, tu vas voir à quelle vitesse je vais l'expédier dehors !

– Mais il veut montrer quelque chose à Corinna et moi je le crois intéressant...

À l'entrée tumultueuse de Doerinck dans la salle de séjour, le jeune homme ne fit qu'un bond de son siège et esquissa un salut. Il portait un jean, une chemise à carreaux, et ses cheveux blonds comme les blés retombaient sur son col. Son visage était un peu osseux, mais sympathique d'emblée. Ses yeux surtout étaient frappants, d'un bleu profond, avec un regard jeune, insouciant, loyal.

Il se présenta aussitôt :

– Je m'appelle Herbert, Marius Herbert. Je vous demande pardon de vous déranger.

Bien que Doerinck fût un peu calmé par l'appréciation de sa femme, sa réponse ne pouvait être que méfiante et très sèche :

– Comme vous le voyez, cette villa ne manque de rien. Nous n'avons besoin ni de papier peint ni de repeindre nos portes.

– Je ne suis pas peintre en bâtiment. Je suis artiste peintre.

– Nous n'avons pas besoin de tableaux non plus.

Marius Herbert jeta un coup d'œil par-dessus l'épaule de Doerinck : Roemer, Van Meersel et le Dr Hambach entraient l'un après l'autre. Derrière eux, Corinna s'était arrêtée net en le voyant et, sous le regard grave qu'elle attachait sur lui, Marius Herbert s'aperçut que son cœur battait plus vite. Prenant son courage à deux mains, il s'adressa à elle directement.

– Voilà ce qui se passe : je suis un bon peintre,

mais je n'ai aucun succès. Mes toiles sont suspendues chez quelques marchands d'art qui les trouvent à leur goût, mais aucun acheteur sérieux ne se présente. Pour gagner ma vie, je peins des enseignes, des panneaux-réclames sur des murs et des pignons. Ce que j'ai fait de mieux dans ce genre, c'est-à-dire ce qui m'a été payé le plus cher, c'est le mur de la cantine de Huschel & C°, conserves de viandes et mets congelés. Leur service publicité avait eu une idée monstrueuse : recouvrir le mur d'un exemplaire de chaque animal qui entre vivant dans l'usine et en ressort en conserve ou mets congelés : de l'agneau à la langouste, du faisan au hareng, etc. C'était écœurant et atroce, mais j'ai gagné trois mille marks. Pour ce prix-là, j'aurais recouvert le mur de sardines à l'huile. Trois mille marks ! Je me suis senti un Picasso ou un Dali !

Le rire de Corinna empêcha Doerinck de jeter le jeune peintre à la porte sans un mot de plus.

Elle vint à lui et lui tendit la main. Elle était soudain comme transfigurée : sa fatigue, la trace indéniable d'une longue journée de soucis avaient disparu d'un coup.

– Et que voulez-vous de moi ? demanda-t-elle gaiement. Comme vous le voyez, je n'ai pas de mur à peindre !

– C'est cette émission de télévision qui m'a donné une idée… Non pas leurs histoires de guérisons miraculeuses et ce qu'ils ont pu vous faire dire. J'ai pensé que tout cela, c'étaient des idioties… Mais quand vous avez parlé de vos tissages et qu'ils en ont montré quelques-uns qui m'ont plu, j'ai dressé l'oreille. Et j'ai eu brusquement une idée. Voici une fille qui fait des tapis et tapisseries modernes, me suis-je dit. Peut-être pourrais-je faire quelques dessins qu'elle matérialiserait en tissages. Ce serait un nouveau marché. Et c'est là que j'entrerais en jeu : « Dessin de Marius Herbert. » Ce que je fais plairait peut-être plus en tapisserie que sur une toile ! (Il eut un grand sourire, comme pour demander pardon.) Et je suis aussitôt parti en auto-stop. Je n'avais aucune idée du chaos que cette émission a provoqué. Votre mère a été très gentille et m'a permis d'entrer. Et maintenant me voici... (Il se tourna vers Doerinck :) Si vous voulez me mettre à la porte, je ne peux pas vous en empêcher.

– Mais que pensiez-vous d'autre en venant ici ?

– Rien. Ou plutôt, si. Je me suis dit simplement que dans deux semaines, il ne me restera plus rien de mes trois mille marks. Au lieu de peindre comme les impressionnistes, il va falloir que je me remette à orner les murs au pochoir de cruches de bière et de pipes en porcelaine.

– Vous ne devez pas peindre comme les impressionnistes, dit gravement Corinna, mais comme Marius Herbert. (Elle jeta un coup d'œil autour d'elle.) Et si nous nous asseyions tous ? proposa-t-elle.

– Ce jeune homme reste-t-il ? demanda Stefan Doerinck, surpris du tour que prenaient les événements.

– Oui, si tu n'y vois pas d'inconvénient, papouchka. (Elle se retourna vers Marius pour lui indiquer un siège où il s'assit en hésitant.) Parlez-moi de vous.

Elle ne savait pas pourquoi elle le retenait. Elle voyait dans ses yeux quelque chose qui lui inspirait le désir de le garder près d'elle.

Après avoir tempêté quelque temps dans la cuisine où Ludmilla préparait des roulades de bœuf à l'ukrainienne, Doerinck déclara finalement qu'il était chez lui et allait mettre fin à cette comédie en raccompagnant ce jeune inconnu jusque dans la rue d'où il était venu.

Mais il ne devait jamais passer de la parole à l'acte. Corinna, assise en face de Marius Herbert, interrompait au même moment le récit qu'il lui faisait de sa vie. D'une voix égale, elle lui posait une question qui cloua Doerinck sur place :

– Pourquoi ne me dites-vous pas : J'ai un cancer à l'estomac ?

10

Contrairement à Roemer que la révélation de son mal avait bouleversé, Marius prit cette condamnation à mort avec placidité. Alors que tous ceux qui étaient présents retenaient leur souffle, stupéfaits, et regardaient Corinna, il saisit le verre d'orangeade qu'il avait près de lui et en but une grande gorgée.

– Si vous le dites, c'est peut-être vrai. Jusqu'ici, je ne m'en suis jamais aperçu.

– Vous ne ressentez jamais une douleur, une gêne, à l'estomac ?

– Une gêne ? De temps à autre. Quand je suis couché sur le côté droit. Ou quand je fais un bon repas, ce qui est rare. Une sorte de crampe, mais qui passe vite.

– Avez-vous vu un médecin ?

– Non, je n'en ai pas les moyens. Je ne suis ni fonctionnaire ni salarié. Je n'ai pas de travail fixe. Si bien que je devrais payer moi-même mon assurance maladie. Or, c'est trop cher pour moi.

– Et si vous êtes vraiment malade et qu'un médecin décide de vous envoyer à l'hôpital ? demanda Doerinck, presque malgré lui.

Marius Herbert haussa les épaules :

– On ne pense pas à cela à mon âge. Peut-être crèverai-je simplement dans mon coin ? Peut-être existe-t-il un fonds social pour des cas comme le mien ?

Roemer, intéressé par le tour juridique que prenait la question, intervint :

– N'avez-vous pas de parents, une famille quelconque ?

– Je suis né de père inconnu. Ma mère était femme de ménage chez un riche entrepreneur qui construisait alors des logements sociaux et aujourd'hui des centres de vacances sur la Baltique avec hôtels, ports de plaisance, etc. Ma mère m'a toujours affirmé que ce grand bourgeois était mon père, mais elle n'a jamais pu le prouver, car elle avait eu à l'époque de ma conception deux autres amis. Notre César du bâtiment s'est quand même montré généreux : il a donné à ma mère dix mille marks en échange d'une déclaration écrite où elle reconnaissait qu'il n'était pas le père du futur enfant. Les deux autres amants de ma mère n'avaient pas un sou. Bref, dans mon acte de naissance figure la mention : père inconnu. Et ma mère est demeurée femme de ménage jusqu'à sa mort il y a six ans. Moi, j'ai fait mes études à coups de bourses, la dernière à l'Académie des beaux-arts de Düsseldorf, sauf pour le vivre et le couvert que je me suis assurés par de petits travaux dans les marchés... Mon dernier emploi a été celui d'aide-jardinier dans un cimetière : je décorais toutes les nouvelles tombes avec leurs couronnes, leurs fleurs fraîches et artificielles, et quand les proches parents revenaient deux ou trois jours après l'enterrement pour prendre un dernier congé de leur mort et vérifier les travaux effectués, je me présentais à eux avec un tableautin de la tombe telle qu'ils la voyaient. Je le vendais à coup sûr, pensez donc : un tableau de la tombe de grand-père !

Dans le moment de silence qui suivit, on entendit la voix grondante de Roemer, et il y avait dans son intonation quelque chose d'admiratif :

– Voilà qui n'est pas bête du tout ! Ce qui m'étonne, c'est que vous ne soyez pas sorti de l'ombre comme peintre !

– Moi aussi ! fit Marius ironiquement. Pensez donc, je suis sorti de l'Académie des beaux-arts de Düsseldorf avec les meilleures notes de ma promotion et les encouragements de tous : « Allez-y, jeune homme ! Montrez maintenant ce que vous savez faire. » Et je suis allé de galerie de tableaux en galerie de tableaux. Mais là les murs étaient pleins de toiles de noms connus. Et le mien ne l'était pas. Et chaque galerie avait ses peintres et parfois même son genre de peinture. « Pourquoi ne faites-vous pas comme les Français à Paris, à la place du Tertre ? Exposez dans la rue ! » Mais dans la rue, mes toiles ne se vendaient pas non plus : cinquante marks, c'était beaucoup trop cher. Alors j'ai peint pour vingt marks des bouquets de fleurs, les bâtiments célèbres de la ville. En trois mois, j'ai économisé mille six cent soixante-dix marks en logeant dans le foyer de la mission catholique. Cet argent, on me l'a volé la nuit, dans le dortoir, et on ne l'a jamais retrouvé. Alors, j'ai quitté Düsseldorf... (Marius Herbert se tut, regarda longuement ceux qui l'entouraient puis, haussant les épaules, esquissa un sourire assez triste :) On ne peut pas dire que j'ai eu beaucoup de chance jusqu'ici...

– Et vous n'avez pas pensé à faire autre chose que de la peinture ? demanda Doerinck.

– Non. Je sais ce que je peux faire, et il faudra bien qu'un jour les autres le reconnaissent. J'ai d'ailleurs fait une quantité de métiers pour vivre, c'est-à-dire me loger, manger, m'habiller. Pour l'instant, je peins des enseignes et je fais de la peinture murale, et je me débrouille. Mais en voyant la télévision l'autre soir, j'ai pensé que je pourrais aussi faire des dessins de tapis, de tissus. Et voici que vous m'assenez un nouveau coup de massue sur le crâne... Que vous vouliez me mettre à la porte, d'accord, je pars ! Mais l'histoire de mon cancer à l'estomac, c'est trop fort !

Avec le calme dont elle ne se départait jamais, Corinna dit simplement :

– Je vous guérirai... Je sais que je le peux.

Marius Herbert eut un large sourire, vraiment insultant :

– Avec vos mains ?

– Oui.

– Nous sommes entre nous, et je vous promets que je ne vous trahirai pas, parole d'honneur... mais c'est une combine pour faire du fric gros comme ça, hein ?

D'une voix très forte, Van Meersel intervint :

– Je suis vraiment d'avis que nous mettions maintenant ce jeune homme à la porte ! Il y a des limites à la grossièreté.

– C'est ce que je pense depuis longtemps, approuva Doerinck en se levant, tandis que dans le brouhaha soudain, Roemer grondait quelque chose que personne ne put comprendre, mais dont le son était clairement menaçant.

Marius Herbert s'était levé lui aussi comme pour répondre à une agression. Le Dr Hambach voulut dire quelque chose, mais se ravisa car la voix de Corinna claqua soudain comme un coup de fouet :

– Marius Herbert, vous resterez ici. Asseyez-vous.

– Mais ce n'est pas possible ! Le maître de maison lui-même veut que je m'en aille.

– Mais moi je vous dis de rester.

– Je voudrais savoir qui je dois écouter, vous ou les autres. (Il se tourna vers Ludmilla :) Et vous, madame, vous qui m'avez fait entrer chez vous et qui m'avez donné à manger et à boire comme si vous deviniez que j'avais faim et soif, dites-moi ce que je dois faire.

– Si ma fille veut vous guérir, il faut que vous restiez.

– Alors, c'est vrai ? Vous croyez tous vraiment que j'ai un cancer à l'estomac ? (Il les regarda les uns après les autres, incrédule.) Voyons, je suis assis ici, tranquillement. La demoiselle me regarde et, hop, le diagnostic : « Jeune homme, vous avez un cancer ! » Et vous voulez que je prenne ça au sérieux ! Je suis très complaisant, mais c'est beaucoup me demander...

– Si vous acceptez que je vous examine, intervint le Dr Hambach... je le ferai volontiers. Et gratuitement. Et je supporterai aussi les frais d'une radioscopie chez le radiologue de Billerbeck. Alors, me croyez-vous ?

– C'est extraordinaire ! fit Marius Herbert après un moment.

Il s'était pris le creux de l'estomac à deux mains. Son visage déjà pâle était devenu un masque de cire. Il doutait encore, mais la gravité de sa situation commençait à lui apparaître. Un cancer à l'estomac, se répétait-il. Mon Dieu, cela en plus ! Mais je n'ai jamais fait d'excès, j'ai eu faim, je ne bois pas d'alcool. C'est à mon régime habituel que les médecins mettent ceux qui souffrent de l'estomac ! J'ai peut-être mangé trop de fruits quand je pouvais les cueillir moi-même parce que ça ne coûtait rien…

– Mais pourquoi ai-je un cancer ? demanda-t-il enfin.

Le Dr Hambach ne pouvait répondre que par une nouvelle question :

– Pourquoi des enfants ont-ils le cancer ? Si nous le savions, nous aurions du même coup un moyen de le combattre, n'est-ce pas ?

– Alors, c'est vrai que la demoiselle a guéri sa mère ?

– Oui.

– Mais la télé a ridiculisé cette affaire.

– C'est une des faces de la liberté d'opinion, ce n'est pas la plus heureuse. Ce qui est terrible, c'est qu'un garçon intelligent comme vous prête foi à l'interprétation que font ces reporters des faits qu'ils veulent déformer par avance…

– Vous réussissez à me faire peur… dit Marius à voix basse. (Les mains toujours crispées sur son estomac, il regardait gravement le Dr Hambach.) Vous êtes médecin, n'est-ce pas ? Je vous en prie, examinez-moi !

Presque simultanément, la sonnerie du téléphone retentit. Roemer, qui se trouvait le plus près de l'appareil, décrocha le premier l'écouteur pour le porter un instant à son oreille. Puis il le tendit à Doerinck, le visage soudain figé.

– C'est la grange ! La grange de Corinna ! Elle brûle !

Ludmilla s'était tournée vers le coin de la pièce où se trouvait l'icône et balbutiait, les mains jointes :

– Protégez-nous, très Sainte Vierge... Ne nous abandonnez pas !

Doerinck avait reposé l'écouteur :

– Il est préférable que Ludmilla et Corinna restent ici. Allons voir ce qui se passe !

– Je vais avec vous. C'est *ma* grange, n'est-ce pas ?

De loin, ils virent se refléter sur le ciel la lueur de l'incendie.

Trois voitures de pompiers étaient sur place, et l'une d'elles commençait déjà à arroser les flammes tandis que les équipages des deux autres montaient leurs propres tuyaux. Une fumée suffocante interdisait les approches du bâtiment. Par les fenêtres et à travers le toit effondré, les flammes jaillissaient de l'intérieur. Le bois sec des poutres séculaires craquait et pétillait, et le vent levé avec le soir attisait le feu et projetait au loin une pluie d'étincelles accompagnée d'une chaleur intolérable.

Les deux autres pompes entrèrent rapidement en action, mais les flammes n'en continuèrent pas moins à monter de plus en plus haut à travers la fumée qui s'épaississait. Et au-dessus des sifflements produits par la vapeur d'eau, on entendit soudain deux fortes explosions.

Le chef des pompiers, le casque enfoncé sur son visage noirci, se précipita vers Corinna et Ludmilla qui s'étaient approchées le plus possible du brasier malgré leur impuissance.

– Qu'est-ce que vous gardiez là-dedans ? Des stocks de poudre à canon ?

– Du diluant pour la teinture de la laine. Deux bidons seulement.

– Seulement ! Vous voulez dire deux vraies bombes ! Reculez, reculez vite ! Et vous aussi !

Il s'adressait à Roemer qui s'était avancé et dont la masse lui barrait le chemin.

– Je suis le magistrat Érasmus Roemer, président du tribunal de Münster.

– Alors, vous arrivez à temps pour constater : les tapis, la laine, et maintenant le diluant pour la teinture, tout cela flambe comme de l'amadou ! Si les murs restent debout, nous aurons de la chance. Vous êtes président du tribunal. Alors venez voir quelque chose. Venez ! J'espère que la police va arriver bientôt...

Ce qu'il avait à montrer, c'était un bout de carton qu'il avait trouvé cloué à un arbre :

– Regardez... Lisez cela : « Si tu ne fous pas le camp, c'est toi qu'on brûlera la prochaine fois. » Un incendie criminel...

– Si je vis, j'en fais mon affaire, déclara sombrement Roemer.

– Mais qui peut être assez fou pour commettre un tel crime ? demanda Van Meersel, impressionné.

Le Dr Hambach haussa les épaules :

– C'est nous, c'est toute notre société qui est responsable. Apprend-on aux enfants à penser droit, à raisonner, à discuter, à être tolérants ? Quels sont les exemples que nous leur donnons, sinon le meurtre, les bombes, les attentats, les incendies, la violence sous toutes ses formes ! Les media transforment en héros des assassins de bas étage. Malheur au pauvre contribuable qui est leur victime ! L'assassin bénéficie dans notre pays d'une cellule de luxe, avec radio, télévision, machine à écrire, les livres, les disques et les cassettes qu'il désire lire et entendre, et ses gardiens doivent mettre des gants de velours pour s'adresser à lui et ne pas lui causer le moindre tort moral ou physique ! Être assassin de nos jours, c'est la solution à tous les ennuis personnels : une vie assurée, une nourriture surveillée par des diététiciens, de l'exercice physique mesuré par des spécialistes du « body building », des visites féminines, conjugales et autres, autorisées, pas de travail obligatoire, pas d'impôts à payer… Je me demande comment nos enfants ne sont pas tous des assassins…

L'inspecteur principal du premier commissariat de Münster venait d'arriver en même temps que des voitures de police. En voyant le morceau de carton que lui tendit Roemer, l'inspecteur principal secoua la tête :

– Et des menaces de mort en plus ! Après l'émission de l'autre soir, je m'y attendais… Hélas, avec les incendies, on se débat le plus souvent en plein brouillard. C'est presque toujours par hasard qu'on tombe sur le coupable. Et le bruit fait autour de Corinna Doerinck compliquera encore les recherches. On peut dire que c'est une affaire à classer…

Pendant quatre heures, les pompiers s'acharnèrent en vain. Seuls les quatre grands murs porteurs aux pierres noircies et fumantes se dressaient encore tandis que les pompiers continuaient à noyer les quelques foyers de braises qui subsistaient.

Corinna s'était assise sur le marchepied d'une des voitures-pompes. Debout près d'elle, sa mère lui caressait doucement les cheveux sans oser lui parler. Plus loin, Roemer, Doerinck, le Dr Hambach, Van Meersel et le chef des pompiers discutaient avec l'inspecteur. L'incendiaire avait réussi; restait maintenant la menace de mort. Elle prouvait que le meurtrier guettait Corinna et était parfaitement au courant de ses allées et venues. La seule chance qu'avait la police était de prendre le coupable sur le fait… conclut le policier.

Doerinck sursauta :

– Vous allez peut-être nous proposer que ma fille s'associe à votre plan et qu'elle vous serve d'appât, comme une chèvre dans une chasse au tigre ! Ce n'est vraiment pas sérieux !

Venant de la grange où régnait encore une chaleur

insoutenable, Marius Herbert s'approchait lentement. Ses yeux étaient rougis d'avoir contemplé trop longtemps les braises qui se consumaient. Il s'assit sur le marchepied à côté de Corinna. Au bout d'un instant, sa main vint se poser sur le genou de la jeune femme :

– Alors, vous avez tout perdu ?

– Oui.

– Tous vos dessins, l'atelier, les matières premières, les tapis et les tapisseries ? Vous allez repartir à zéro.

– C'est cela même.

– Vous êtes désormais comme moi... Et si nous repartions ensemble ?

– Vous et moi ?

– Pourquoi pas ? Vous avez des idées, j'ai des idées. S'il faut vous croire, vous avez des mains qui guérissent, et les miennes sont fortes, elles savent peindre, sculpter, tout faire. On doit pouvoir réaliser quelque chose de neuf et de bien à partir de ce tas de ruines.

– Vous voyez les choses bien simplement, Marius. Je ne vous connais pas.

– Allons donc ! Vous savez ce qui importe le plus... (Il la regardait de ses grands yeux bleus, à la fois intelligents et naïfs :)... Vous savez que j'ai un cancer à l'estomac. Est-ce que cela ne suffit pas ?

Il s'était mis à rire. Corinna le regarda à son tour, longuement. Elle tenait toujours la main de sa mère qui continuait à lui caresser les cheveux et qui l'entendit dire doucement, avec un sourire, au jeune étranger :

– Vous êtes un drôle de garçon, Marius Herbert. Mais vous me plaisez.

Naturellement, la presse présenta l'incendie de la grange de façon spectaculaire.

Les photos montrèrent les ruines encore fumantes. En plus du bref communiqué de la police, tous les journaux citèrent des extraits d'une interview du Pr Van Meersel, autorité reconnue internationalement en matière de recherche parapsychologique. Il affirmait que Corinna Doerinck était un phénomène et confirmait que ses mains émettaient un rayonnement capable de guérir. Certes, aucun journal ne publiait les explications scientifiques qui accompagnaient cette déclaration : la majorité de leurs lecteurs, sans doute, ne les aurait pas comprises... Ces gens-là, en revanche, seraient attirés par les titres et sous-titres qui annonçaient, en grosses lettres, que les mains de Corinna Doerinck guérissaient tout.

Les reporters des grands hebdomadaires illustrés débarquèrent alors à Hellenbrand, les agences de presse demandèrent des photos et des interviews. Et le phénomène Corinna Doerinck devint l'objet de discussions passionnées.

L'enquête policière se poursuivait, mais on en était aux hypothèses quant à la façon dont l'incendiaire avait procédé. Le soir même de la catastrophe, l'inspecteur principal Hellwig avait exprimé son opinion :

– La chose est simple : l'incendiaire a brisé un carreau, jeté à l'intérieur un gros paquet de paille préalablement enflammée. La grange était remplie de matériaux extrêmement inflammables : laines, papiers, tapis, peintures à l'huile, teintures, diluant, etc., sans compter la charpente séculaire, en bois sec, et le métier à tisser. Quant à la menace, elle est écrite en lettres majuscules et au crayon à bille bleu. Le bout de carton provient d'une couverture de cahier d'écolier. L'écriture elle-même paraît presque enfantine.

Le procureur regarda alors Doerinck d'un air pensif :

– Un cahier d'écolier ! Ce pourrait être un premier indice important...

– Stefan Doerinck est très aimé de ses élèves, l'interrompit le Dr Hambach.

– Certes, mais malgré cela, on peut penser à une vengeance d'écolier...

– Je tiens cela pour impossible, affirma Doerinck d'une voix rauque.

Mais Roemer secoua la tête :

– On ne sait jamais avec les gosses. Vous vous rappelez certainement le cas Plünner. Un double meurtre : une vieille dame de soixante-cinq ans et un garçon de douze, la grand-mère et le petit-fils. Le meurtrier les avait assommés l'un après l'autre à grands coups sur le crâne avant de leur trancher la gorge pour les achever. Je suis presque tombé à la renverse quand l'enquête a révélé l'identité du coupable : une fille de quinze ans, sœur du garçon, petite-fille donc de la vieille dame. Elle avait l'air d'un ange avec ses longs cheveux blonds et ses yeux bleus, couleur de l'innocence ! En se débarrassant de sa grand-mère et de son frère, elle restait la seule héritière ! À ne pas y croire, n'est-ce pas ?

Le procureur hocha gravement la tête :

– Nous allons examiner à fond cette première piste : lequel de vos élèves avez-vous puni dernièrement ? Y a-t-il eu quelque tension particulière entre vous, monsieur Doerinck, et l'un d'eux ? Le style même de cette menace est celui d'un jeune amateur de films policiers et de polars...

– C'est à ma fille qu'on en veut, et non à moi, grommela Doerinck, dont l'humeur devenait de plus en plus belliqueuse.

Aussi, au moment de quitter le lieu de l'incendie, s'était-il tourné vers Corinna en bougonnant :

– Et le peintre, qu'en faisons-nous ? Où va-t-il coucher ?

Marius Herbert était resté assis mélancoliquement sur le marchepied de la voiture-pompe.

– Je ne sais pas, papa.

– A-t-il de l'argent pour louer une chambre quelque part ? De toute façon, il ne peut pas dormir chez nous...

– Et nous ne pouvons pas le laisser coucher ici dans le creux du fossé. D'autant plus que je lui ai déjà dit de nous suivre.

– Quoi ? s'exclama Doerinck. Et à quel titre ?

– Il est malade, et je veux tenter de le guérir, papouchka. Je sens que j'ai une chance de pouvoir le faire. Lui serait-il interdit de survivre parce qu'il n'a pas d'argent ? Moi, j'en ai, je peux lui louer une chambre. Pour cette nuit, il peut avoir la mienne, et moi je dormirai très bien sur le divan de la salle de séjour...

– Et le professeur Van Meersel logera dans mon bureau ! Tu transformes notre maison en un vrai caravansérail !

Il ne pouvait cacher son antipathie pour les jeunes aux cheveux trop longs, qui lui rappelaient 1968, l'époque de la chienlit. Il regarda un instant sa fille : que trouvait-elle de bon dans cet individu à la crinière mal soignée qui ne voulait rien faire de ses dix doigts sinon peindre ? Pour lui, ce n'était qu'un arriéré social, le vestige d'une période destructrice, méprisable et haïe...

– Il faudra d'abord plonger ton protégé dans une baignoire, déclara-t-il sur un ton où se manifestait toute sa rancœur... Et si tu veux t'occuper de lui, donne-lui donc cinq marks pour qu'il aille demain chez le coiffeur.

– Il deviendra un grand peintre, papouchka. (Elle jeta un dernier regard sur les débris fumants de son atelier. Ce n'est pas comme cela qu'ils me mettront à genoux, pensa-t-elle. Je rebâtirai ici, au même endroit, en me servant de ces murs qui ont résisté aux flammes. Et s'ils y mettent une fois de plus le feu, je recommencerai ! Personne ne me mettra à genoux, et il faudra que tous le comprennent.) Est-ce que Marius peut venir avec nous, papouchka ? Il n'y aurait pas de problème sans l'incendie de ma grange. Mais sois tranquille, il ne te gênera pas longtemps...

Ce fut une longue nuit.

En cours de route, Roemer entreprit de convaincre le Dr Hambach qu'on ne pouvait éteindre la soif que donnait un incendie pareil avec de l'eau minérale. Il avait vraiment besoin de quelque chose de fort :

– Que cela vous plaise ou non, docteur, même si je dois en mourir dans deux semaines, il faut que je boive. Sinon, c'est cette nuit même que je vais crever, et chez vous, et de soif ! Qu'avez-vous de bon en réserve ?

– De l'eau-de-vie allemande.

– Une bouteille suffira pour ce soir. D'avance, je me sens mieux ! D'autant plus qu'il est déconseillé au point de vue médical de priver subitement un drogué de son stupéfiant. Mais que pensez-vous de cet incendie ?

– Celui qui vous brûle l'estomac ? Il vous tuera... Si vous parlez de celui de la grange, je ne pensais pas que les gens d'ici réagiraient avec autant de cruauté.

– Vous pensez vous aussi à quelqu'un d'Hellenbrand ? À cause du morceau de carton ?

– À cause de cela aussi.

– Mais pourquoi ?

– C'est une longue histoire, et on ne peut guère comprendre cet acte si l'on ne connaît pas nos Hellenbrandois. Stefan Doerinck est certes professeur et vice-recteur de leur école, mais il n'est pas du cru, il s'est installé ici après la guerre comme tant d'immigrés de l'Allemagne de l'Est, et en plus avec une Russe. Cela, les gens d'ici ne l'ont ni oublié ni compris. Et puis Corinna a acheté le terrain de la ferme que des prisonniers russes avaient brûlée dans l'ivresse de leur libération, après avoir massacré toute la famille de fermiers qui les avait exploités... Et depuis des années, certains bruits courent : Cora est une sorcière : elle a fait tourner les pages d'un livre sur le pupitre du professeur, rien qu'en les regardant, etc. Et maintenant, la télévision a révélé au monde qu'il y a dans leur ville une guérisseuse que les media ont ridiculisée. Elle porte donc atteinte à l'image qu'ils se font de leur petite ville. Et n'est-elle pas la fille de cette Russe qui ressemble encore aujourd'hui à une cavalière des steppes ? Alors, comme leurs ancêtres, ils ont pensé au feu qui purifie tout !

– Ce qui veut dire que l'incendiaire n'a même pas un remords... (D'un seul coup, Roemer avait freiné si brusquement que le front du Dr Hambach, sans la ceinture de sécurité, eût heurté le tableau de bord :) Et que par conséquent la menace qui pèse sur Corinna est réelle et doit être prise au sérieux.

– Il n'envisage peut-être pas de la tuer. Mais il existe bien d'autres moyens de démolir quelqu'un : avec des milliers de piqûres d'épingle, on arrive à détraquer ses nerfs jusqu'à l'anéantir... Dans le domaine du mal, l'imagination humaine est inépuisable. Nous l'avons vu pendant cette dernière guerre. Voilà pourquoi je crois qu'il faut s'attendre à une nouvelle agression, sans pouvoir prévoir de quel genre...

Chez les Doerinck, l'atmosphère était à l'orage. L'odeur de brûlé et de fumée qui avait imprégné leurs vêtements s'était répandue dans l'air ambiant de la pièce. Dans un silence pesant, Ludmilla avait préparé un thé fort au point d'en être presque noir, au citron pour Van Meersel, au lait pour Doerinck, au rhum pour Marius Herbert qui achevait de manger le reste du gâteau qu'il n'avait pas eu le temps de terminer, et la colère qu'inspirait à Doerinck cet homme jeune aux cheveux trop longs était devenue presque incontrôlable quand il l'avait vu verser dans sa tasse plus de rhum que de thé. Il éclata soudain en récapitulant, d'une voix pleine d'une amertume qu'il n'arrivait plus à dissimuler, les faits de la journée :

– Les débuts de la popularité de Corinna sont vraiment dramatiques : plus de grange, plus d'atelier, plus de tapisseries ni de matières premières, plus de dessins ni de croquis. Vous ne vous attendiez pas à cela, professeur Van Meersel. Vous envisagiez des discussions d'une courtoisie académique... Eh bien moi aussi ! Vous et moi, nous avons gardé encore un peu de la culture que nous ont transmise nos parents, eux qui étaient nés dans l'autre siècle, un siècle où régnaient les bonnes manières et la paix. Et je me demande si les deux ne vont pas ensemble ! Aujourd'hui, on ne règle pas les problèmes de cette façon. On préfère anéantir le contradicteur : c'est plus simple, plus rapide et bien plus efficace... (Il s'assit sur le divan à côté de Ludmilla, penché en avant, les coudes sur les genoux, les poings serrés :) Que va-t-il se passer maintenant ?

La question s'adressait à tous, mais ce fut Corinna qui répondit calmement :

– Je ne me courberai pas devant la terreur.

– Bravo ! s'exclama Van Meersel.

Le visage de Doerinck se crispa :

– Voilà une réponse et des applaudissements qui tombent à côté de la question : Corinna n'a plus rien !

– Mais je vais reconstruire, papa.

– Cela demandera du temps. Et en attendant ? Après la publicité que constitue cet incendie, les malades vont affluer de partout. Vas-tu les recevoir sur une scène, en plein air ?

Le ton de sa voix était de plus en plus dur, agressif. Marius Herbert, qui avait terminé son gâteau, balaya d'un revers de la main les miettes qui étaient restées accrochées à son jean avant de dire d'une voix aussi paisible que celle de Corinna :

– J'ai une idée...

– Ah ! voilà qui m'intéresse fort ! gronda Doerinck.

– On pourrait louer une salle, mais ici on n'en trouvera aucune.

– Cela, nous sommes assez intelligents pour aboutir sans vous à la même conclusion !

– C'est à cause de cela que j'ai eu une idée... Elle m'est venue en pensant au camping. À Münster, il y a des boutiques qui vendent ou louent des tentes pour les fêtes, les kermesses et autres réunions. Alors, pourquoi ne pas en louer une et l'élever à l'emplacement même de la grange ?

Interloqué, Doerinck vit et entendit Corinna applaudir des deux mains :

– Mais c'est une idée formidable, Marius. Nous louerons une tente dès demain !

– Il sera encore plus facile de mettre le feu à une tente !

Marius secoua la tête :

– Contre ce risque, il y a des assurances. Et une tente est facile à remplacer. Mais vous aurez une assurance de plus : je coucherai là avec mon chien.

– Vous avez un chien? demanda Doerinck, étonné.

– Un bâtard issu de mélanges indéfinissables, gros comme un chien policier avec la tête d'un boxer, la mâchoire d'un dobermann, le pelage d'un colley et la queue d'un loulou. Elle s'appelle Molly, car c'est une fille. Pour elle, je constitue la moitié du monde. C'était à Düsseldorf, il y a quatre ans, vers 6 heures du matin. Je revenais des halles où j'avais déchargé des camions toute la nuit quand j'ai entendu un gémissement très faible qui sortait d'une des poubelles disposées sur le trottoir, devant un immeuble. Les boueux n'étaient pas encore passés. J'ai soulevé le couvercle : il y avait à l'intérieur un petit chien d'environ six semaines, enfermé dans un sac en plastique quasiment recouvert d'ordures. C'était Molly. Une demi-heure plus tard, elle passait sous le broyeur de l'usine de récupération des ordures ! Je lui ai ôté son sac, elle m'a donné aussitôt un petit baiser, et je lui ai dit : « Tu es un rebut de la société, comme moi peut-être, alors on ne se quitte plus tous les deux. » Le propriétaire de la poubelle avait peint sur elle son nom, Alberts, et le numéro de l'étage de son appartement. Avant de m'éloigner, j'ai monté les deux étages pour sonner chez lui. C'était un gros type, furibond, qui a reconnu naturellement Molly et a commencé à crier. J'ai déposé la petite chienne par terre pour avoir les mains libres, et quand j'ai redescendu l'escalier avec Molly, on n'avait plus qu'à continuer à écraser le type dans le broyeur de l'usine. Voilà l'histoire de Molly.

– Mais où est-elle ? demanda Doerinck, déjà inquiet.

– Chez vous, dans le jardin. Ne craignez rien : Molly a appris les bonnes manières, comme vous dites. Elle sait rester des heures à m'attendre, sans bouger, sans se faire remarquer. J'ai toujours sa couverture avec moi. Vous pouvez être sûrs qu'elle est toujours couchée dessus et personne n'a osé pénétrer dans votre jardin pendant votre absence. Et il en sera de même pour votre tente...

– Il faut que je voie cette Molly, dit Corinna en se levant. Votre idée est excellente, Marius.

Toujours furieux, Doerinck abattit son poing sur sa cuisse.

– Et les media vont parler du « cirque de la guérisseuse ! » Cela va ajouter à ta renommée, Cora ! À mon tour d'applaudir, bravo !

– Laissez-les donc dire et écrire ce qu'ils veulent, monsieur Doerinck. Un arbre n'est jamais tombé parce qu'un chien a pissé dessus, n'est-ce pas... ?

– Mais ce n'est pas un chien, c'est une caricature ! s'exclama joyeusement Van Meersel.

Sur une vieille couverture grise, Molly était couchée sous le feuillage d'un arbuste, son énorme tête allongée entre ses pattes de devant. Ses grands yeux ne quittaient pas cette quantité inattendue d'humains qui venaient de s'arrêter devant elle, mais comme son maître était parmi eux, elle avait réprimé un début de grognement et, au contraire, sa queue touffue avait commencé à battre le sol en guise de bienvenue, non sans surveiller attentivement les autres.

– Et c'est cela qui mettra les malfaiteurs en fuite ? insista Van Meersel.

Sans élever la voix, Marius commanda :

– Debout, Molly, et montre tes dents au professeur hollandais. Si cela ne suffit pas, tu pourras les lui planter dans les fesses !

Molly se leva de toute sa hauteur. Sa taille était celle d'un grand chien policier, et quand elle retroussa ses babines, elle découvrit deux mâchoires héritées d'on ne savait quel fauve, armées de canines formidables. Van Meersel fit deux pas en arrière en l'entendant grogner d'un air peu engageant, mais Molly le suivit aussitôt sans laisser plus d'un mètre entre eux deux.

– Tout à fait convaincant ! Je retire ce que j'ai dit. Au contraire, je suis prêt à croire que Molly descend directement de Cerbère qui gardait l'entrée des Enfers, à la différence près que Cerbère avait trois têtes et donc trois paires de mâchoires comme celles-ci !

Marius Herbert rappela Molly qui s'assit à sa droite :

– Quand nous nous réveillerons, nous nous occuperons de la tente. Pour l'instant, il est presque 1 heure du matin. Puis-je m'allonger ici, monsieur Doerinck, dans l'herbe à côté de Molly ?

Avant même que Doerinck, soulagé, ait pu ouvrir la bouche, Corinna intervint :

– Voilà une bien mauvaise idée !

Elle se pencha vers Molly, fixa pendant un instant les grands yeux fidèles et malgré tout distants de la chienne, avança lentement la main et caressa la grosse tête ronde. Le corps de l'animal se raidit, tous ses muscles apparents, tandis que ses yeux demeuraient fixés sur son maître. Seules ses babines s'étaient légèrement relevées. Quelqu'un qui ne connaît pas les chiens aurait pu croire qu'elle souriait.

– Bravo ! Vous avez gagné ! dit Marius Herbert... Et ça, c'est une surprise ! Jusqu'ici, Molly ne s'était jamais laissé caresser par quelqu'un d'autre que moi. Elle vous aime !

Comme si elle faisait depuis toujours partie de la maison, Molly les précéda à travers le jardin, attendit qu'on lui ouvrît la porte de derrière, se faufila aussitôt dans la salle de séjour, renifla un instant le divan à la place où s'asseyait Ludmilla et se retrouva, enroulée sur elle-même, juste à côté. Doerinck hésita un instant, mais préféra un fauteuil.

Marius Herbert fut le premier à reprendre la conversation interrompue :

– Alors, que dites-vous de ma proposition ? Nous occupons-nous tout de suite d'une grande tente ?

Corinna secoua la tête :

– J'ai beaucoup de formalités à accomplir après cet incendie : il faut que je reste à Hellenbrand.

– Si j'ai un moyen de transport, je peux me rendre à Münster tout seul...

Corinna le mesura d'un bref coup d'œil :

– Vous pouvez prendre ma voiture, Marius... si vous avez un permis de conduire, naturellement.

– Hé oui, je suis en ordre de ce côté-là, ce qui n'est pas le cas de mon estomac, n'est-ce pas ?

Son petit rire voulait être ironique, mais dissimulait mal la crainte et l'amertume contre lesquelles il luttait.

Corinna conduisit Marius dans son ancienne chambre de jeune fille et, après lui avoir montré la salle de bains, étendit près du lit une couverture pour Molly. Marius se mit à rire :

– Molly, remercie poliment la belle demoiselle pour cette couverture, mais avoue-lui tout de suite que tu dors toujours à mon côté, bien collée à moi... Et elle ronfle alors comme un tuyau d'orgue !

Combien de temps cela va-t-il durer ? pensait-il. Un bon bain d'abord, un bon lit, un petit déjeuner demain matin... du thé peut-être puisque la mère est russe, mais un bon thé très fort, cela aussi est rare dans ma vie. Il me reste exactement cent trente-six marks et quelques pfennigs, le reste des deux cents marks que m'a rapportés ma dernière commande, celle de l'enseigne de boulangerie...

– À quoi pensez-vous ? demanda brusquement Corinna.

– Surtout à ce qui se passe ici : je trouve que c'est bon de vivre en famille, je pense au petit déjeuner de demain avec les petits pains bien dorés et encore chauds, avec du beurre, de la marmelade, un œuf et peut-être même du saucisson !

– Et du miel en provenance de nos propres ruches. Vous avez peut-être encore faim ? Voulez-vous une tartine au beurre et au miel ?

– Maintenant, à 2 heures du matin ?

– Pourquoi pas ? Il ne faut jamais refouler un désir qu'on peut satisfaire tout de suite, s'il n'a rien de répréhensible...

Dans la cuisine, elle rejoignit son père qui cherchait une bouteille d'eau minérale et qui la regarda avec un air désapprobateur ajouter au pain beurré et enduit de miel une petite bouteille de bière :

– Du pain, du miel, et de la bière... Curieux mélange !

– Qui date de nos ancêtres les anciens Germains, papa, répondit Corinna immédiatement sur la défensive.

– Tu te trompes, Cora : il s'agissait de pain, de miel et d'hydromel.

– Merci, monsieur le professeur !

– Ne trouves-tu pas que c'est un peu imprudent de confier ta voiture à un vagabond comme lui !

– Il faut que j'aie rapidement ma tente, papa. Et que veux-tu qu'il fasse de ma voiture ? Qu'il disparaisse avec elle ? Pour aller où ? Il ne demande qu'à travailler pour moi.

– Il y a des cas où trop de confiance nuit...

– Et d'autres où la confiance est récompensée...

À quoi bon discuter ? pensa Doerinck. Avec un soupir, il vit sa fille sortir de la cuisine, emportant un plateau où le pain beurré au miel voisinait avec la bouteille de bière. Il poussa un second soupir encore plus profond que le premier en éteignant la lumière, avant de regagner la chambre à coucher et d'y retrouver Ludmilla.

– Nous devrions faire attention à Corinna, dit-il aussitôt après s'être couché près d'elle.

– Stefanka, mais Corinna est adulte ! Nous pourrions avoir des petits-enfants depuis déjà longtemps.

Après un long silence, Stefan Doerinck soupira une troisième fois avant de dire :

– Je n'aime pas ce type à cheveux longs...

Le type à cheveux longs, installé sur le lit, dévorait son pain beurré au miel, sans oublier pourtant la part qui revenait à Molly, tandis que Corinna, assise sur une chaise, les mains croisées, le regardait fixement. Près d'elle, elle avait déjà posé un paquet de cigarettes. Quand il eut fini de manger, elle se leva et s'approcha de lui :

– Allongez-vous sur le dos.

Surpris, Marius obéit, non sans protester :

– Pourquoi ? Vous voulez commencer votre traitement ? Avec moi, vous n'avez pas besoin de cette comédie. Que vous ayez découvert que j'ai quelque chose à l'estomac, soit ! Mais guérir un cancer ! En voyant la télé, je me suis dit : En voilà une qui a trouvé un bon truc ! Les gens se laissent toujours prendre par tout ce qui est mystère, foi, espoir de guérir. C'est certainement une bonne affaire et qui doit rapporter gros.

– Je ne prends pas d'argent et n'en accepte pas.

– Mais alors, c'est de la folie ! Pourquoi le faites-vous ?

– Pour soulager ceux qui ont mal.

– Pour l'amour de Dieu, quoi ?

– Appelez cela comme vous le voulez, peu importe. (Les mains croisées, elle continuait à se concentrer sur l'étrange tension qu'elle sentait croître en elle.) Allongez-vous... (Et comme il voulait de nouveau parler de la comédie qu'elle jouait, elle l'interrompit brutalement :) Allonge-toi, et tais-toi ! Pas un mot à partir de maintenant !

Il se retrouva sur le dos, étonné d'avoir obéi aussi facilement :

– C'est bon, c'est bon, je ne bouge plus... grommela-t-il encore.

Et pour Corinna tout se passa comme déjà tant de fois. Ses mains glissèrent au-dessus du corps du malade, sans jamais le toucher. Et de son côté, il ressentit une chaleur presque subite, ses paupières soudain alourdies se fermèrent sur ses yeux. Sans aucun accablement, il se laissait aller à une fatigue salutaire...

Avant de sombrer dans l'oubli, il vit encore le visage de Corinna se durcir, devenir celui d'une femme sans âge, avec deux plis qui accusaient les commissures de ses lèvres, et des yeux qui lui semblaient s'enfoncer littéralement dans leur orbite.

Et Corinna eut l'impression d'être envahie par un bonheur indicible. Elle avait immédiatement repéré l'endroit où se tenait tapi l'adversaire surpris dans son rongement incessant. Et l'ennemi, le Mal, ne lui résisterait pas. Elle savait qu'il lutterait en vain... Dès ce premier affrontement, je suis la plus forte...

Elle cessa de se battre deux minutes plus tard, complètement épuisée, et se laissa tomber sur une chaise, saisit à tâtons son paquet de cigarettes pour fumer, fumer : ce cancer, je ne lui laisserai pas une seconde de repos, pas une chance de se terrer pour survivre, je vais le brûler, le dessécher, l'anéantir. Marius Herbert sortait peu à peu du cocon de chaleur et de lassitude qui l'avait enveloppé. Il leva la tête pour regarder Corinna :

– Est-ce tout ? demanda-t-il.

Il aurait voulu recommencer à plaisanter, à discuter, mais un bref « Dors maintenant ! » le recloua sur sa couche. Il nota alors avec une sorte de terreur la fatigue mystérieuse qui creusait encore le visage de la jeune femme, et sa voix qui avait elle aussi changé, qui était comme assourdie. Et il entendit cette femme inconnue le tutoyer :

– Demain, tu prendras ma voiture et tu iras chercher une tente à Münster. Et le soir, je continuerai le traitement...

Encore une fois, il fit un effort pour se libérer de cette emprise. Mais subitement il se rendit compte que Molly, allongée près de lui, n'avait ni bougé ni grogné. Elle aussi tenait ses yeux clignotants fixés sur Corinna.

– Pas possible ! dit-il... Mais que s'est-il passé... ?

– Dors !

Comme dans un rêve, il vit Corinna se lever, sortir de la chambre, refermer la porte derrière elle, puis il entendit son pas – le pas d'une autre femme, plus grande, plus lourde – décroître alors qu'elle descendait l'escalier, marche par marche. Et, délivré, il eut envie de presser sa chienne contre lui et de lui parler :

– Étrange jeune femme, hein, Molly ? Et belle... Trop belle pour nous. Mais si nous la servons, tu mangeras bien, tous les jours, Molly; et moi aussi ! Et je vais pouvoir peindre comme je le rêve, en plus du travail que je ferai pour elle, et j'aurai peut-être la chance de vendre quelques tableaux. Corinna soignera ses malades, et moi je leur vendrai mes toiles, voilà une combine, hein, Molly ! On va rêver tous les deux, toi et moi, rêver que notre vie de vagabonds a pris fin. Bonne nuit, Molly, et ne me casse pas trop les oreilles en ronflant, espèce de... chienne !

Le lendemain matin, Stefan Doerinck lui remit les clés et les papiers de la voiture de Corinna avec un commentaire très bref :

– De la part de ma fille !

Son ton était exactement celui qu'il eût pris pour dire : « Et maintenant, fous le camp ! »

Puis il monta lui-même dans sa voiture et prit le chemin de l'école, exactement comme chaque jour ouvrable depuis vingt-sept ans.

Quand il entra dans la classe, il s'aperçut qu'un tiers des élèves manquait.

Dans leurs bancs, ces vides inattendus avaient quelque chose de sinistre et de menaçant. Serrant les lèvres, il consigna les absents dans le carnet d'absence. Ce jour-là, il devait faire un cours de géographie régionale.

– Qui a vu parmi vous un incendie, un vrai ?

Toutes les mains se levèrent. À Hellenbrand, qui n'était qu'un bourg, tous se rendaient sur le lieu d'un sinistre dès la première alarme ululée par la sirène placée sur le toit de la mairie.

– Prenez vos cahiers de rédaction… ! Chacun de vous va maintenant décrire l'incendie auquel il a assisté, avec tout ce qu'il a vu et entendu…

Les yeux des élèves étaient fixés sur lui, et il sentit que cette journée serait décisive pour eux comme pour lui.

– L'auteur de la meilleure rédaction la lira lui-même à la fête de l'école.

Vers 10 heures, une voiture venant de Münster pénétra dans la cour de l'école. Dix minutes plus tard, Doerinck entendit frapper à la porte de sa classe. Un élève de quatrième entra :

– Monsieur le recteur vous prie de bien vouloir venir chez lui, monsieur…

– Continuez, je reviens tout de suite… dit Doerinck à ses élèves.

Il remonta son nœud de cravate, boutonna son veston, et quitta la salle de classe d'un pas rapide et décidé. D'un seul coup, il avait retrouvé intact l'esprit du jeune chef de bataillon qu'il avait été. Il n'avait pas besoin d'arborer sur sa poitrine la plus noble décoration qu'il avait gagnée de haute lutte dans des circonstances bien plus difficiles. Il s'était sorti à son avantage de situations autrement plus dangereuses, se dit-il. Et soudain, il eut presque envie de rire.

11

Tous les enseignants allemands savent qu'il existe deux sortes d'inspecteurs d'Académie : celui dont la jovialité est telle qu'il vous fait d'abord croire qu'on va résoudre avec lui tous les problèmes qui se posent en vidant ensemble une bonne bouteille de la meilleure bière. Il commence par faire état de relations communes qui, par son intermédiaire, se rappellent à vous; vous vous dites qu'un tel homme va faire preuve d'une compréhension paternelle envers vos difficultés personnelles et professionnelles, mais c'est pour vous apercevoir brusquement que cette bienveillance n'est qu'un leurre, un attrape-nigaud, une astuce pour tirer de vous plus que vous ne vouliez lui dire et pour vous tenir serré dans une laisse qui vous étrangle. Et puis il y a l'autre type d'inspecteur d'Académie, renfermé, impénétrable, assis derrière son bureau comme en haut d'une estrade, prêt à brandir soudain le glaive avec lequel il est décidé à décapiter tous les subordonnés qu'il doit juger. Et tout ce que l'on peut dire et invoquer se perd avec le premier dans un magma étouffant dont vous ne vous sortez plus, et s'écrase avec le second contre une muraille de granit.

Franziskus Hollenbock était du type jovial. Il fallait être né dans la région de Münster et y rester pour ne pas souffrir d'un nom ridicule dans le reste de l'Allemagne. Aussi avait-il fait des pieds et des mains pour ne jamais sortir de sa région, ni comme élève et étudiant, ni comme enseignant par la suite. Quelques vacances passées dans des régions pourtant proches, en Rhénanie, en Bavière, en Suisse, lui avaient montré qu'il ne pouvait pas mettre le nez hors de sa province natale sans risquer d'être en butte à d'atroces plaisanteries.

En tant qu'inspecteur d'Académie, il était apprécié, mais aussi redouté. Il prenait un plaisir satanique à poser aux jeunes instituteurs et professeurs des questions à tendance politique, qui les obligeaient à se réfugier dans des phrases toutes faites et dépourvues de sens précis.

Il était debout près de la fenêtre quand Doerinck, après avoir frappé, fit son entrée dans le bureau du recteur. Ferdinand Hupp suçotait un cigarillo et, sans dire un mot, jeta à Doerinck un regard d'avertissement.

– Me voici ! fit Doerinck, de sa plus belle voix d'officier.

Hollenbock fit volte-face. Son visage rond, toujours amical, n'était en rien changé par la gravité de la situation. Il s'avança vers Doerinck et lui prit la main qu'il garda le plus amicalement possible dans la sienne.

– Alors, Doerinck, mais qu'est-ce qui vous arrive là... ? (Le ton était paternel, la jovialité dangereuse.) D'abord, cette interview imbécile, puis cet incendie dont parlent tous les journaux... Et maintenant notre collègue Hupp m'apprend que les parents de vos élèves renâclent...

– Quelques-uns seulement, monsieur l'inspecteur... (Il avait enfin réussi à dégager sa main de l'étreinte de l'autre.)... Il ne faut pas surestimer ce fait.

– Certes, mais il faut l'estimer à sa juste mesure. C'est la première fois que je me trouve devant un tel problème après trente-deux ans de service dans l'enseignement : des parents boycottent un professeur ! Même s'ils n'étaient que deux ou trois, ce serait un indice à ne pas négliger. Cela doit nous faire réfléchir.

– Je me fais en effet certaines réflexions au sujet de l'incendie de cette nuit...

– En effet, naturellement. C'est une affaire effroyable.

– Qu'il y ait, dans cette ville où j'ai vécu la moitié de ma vie d'homme, quelqu'un qui soit capable d'un tel forfait, voilà qui me trouble profondément, monsieur l'inspecteur... J'avoue que cela ébranle un peu la foi que j'ai eue jusqu'ici dans la bonté foncière de l'être humain.

– Je vous comprends... (Il s'interrompit pour toussoter et reprit d'une voix plus ferme :) D'autre part, votre fille s'est laissé entraîner dans un chemin qui trouble l'esprit des gens comme le sien d'ailleurs... et comme le mien.

– Guérir, est-ce troubler l'ordre public ? J'ai vérifié moi-même le cas de ma femme, guérie par ma fille.

– D'un cancer ?

– Oui, d'un cancer.

– C'est là où le bât blesse. C'est là que commencent le mysticisme et la superstition. Les uns acceptent ces prétendus miracles parce qu'ils recherchent le merveilleux et l'inexplicable; les autres, qui heureusement constituent la majorité de nos concitoyens, ont le respect de la médecine et de la science officielle et s'élèvent contre ces retours à un passé qu'ils jugent révolu.

Doerinck jeta un coup d'œil sur Hupp. Aucune aide n'était à espérer de ce côté-là. Le recteur était un homme qui faisait correctement son métier d'enseignant, mais rien de plus. Et ce que Doerinck ignorait encore, c'est que l'unique ami de son collègue, le pasteur d'Hellenbrand, Dechant Wilm, venait de le sermonner le matin même : « Si Corinna s'entête de la sorte, tu ne peux plus garder Doerinck dans ton école. » Une telle déclaration, de la part d'un prêtre dont l'influence était considérable dans la région de Münster, avait ébranlé le recteur.

Quant à Hollenbock, il se sentait de plus en plus mal à l'aise. Le comportement inflexible de Doerinck lui rappelait qu'il avait devant lui un homme porteur de la croix allemande en or, la plus haute décoration décernée lors de la dernière guerre pour faits de bravoure. Or, pour des raisons diverses, il avait lui-même passé dans des bureaux la plus grande partie de ces cinq terribles années, et ce souvenir qu'il n'aimait guère évoquer laissait au fond de lui-même une blessure d'amour-propre qui s'ajoutait à la gêne que lui causait ce nom ridicule qu'il portait. Son seul but était une fois de plus d'éviter le danger, et cela à tout prix. Une intervention du gouvernement pouvait avoir des conséquences redoutables pour lui. Or, que se passerait-il à l'école d'Hellenbrand si la présence dans ce bourg d'une « sorcière » devenait une nouvelle sensationnelle dans toute la République fédérale ? Sous aucun prétexte, la révolte des parents ne devait faire tache d'huile.

– Monsieur Doerinck, je sais que les pères n'ont plus d'autorité sur leurs enfants, comme autrefois. Et votre fille est adulte. Tout cela est exact, mais c'est une argumentation qui ne nous sert à rien. Nous sommes confrontés à une crise d'émotion populaire que nous ne pouvons contrôler. Il faut que nous fassions quelque chose pour préserver la paix dans cette école qui est aussi la vôtre. Sinon, c'est une avalanche qui va nous tomber dessus. Comment allons-nous nous sortir de là, monsieur Doerinck ?

Le recteur intervint :

– J'ai proposé à notre ami que sa fille quitte provisoirement Hellenbrand…

– Voilà une solution excellente : nous pourrons dire que M. Doerinck se désolidarise de sa fille, et le tour sera joué.

Doerinck respira profondément :

– Quoi ? Vous voulez que je trahisse mon propre enfant ? Monsieur l'inspecteur, pour la défendre, je suis prêt à m'engager tout entier et à me battre pour elle. Ma fille me trouvera à chaque moment là où elle aura besoin de moi.

– Voyons, vous n'allez pas soutenir une cause aussi irrationnelle ! s'écria Hollenbock, passablement indigné.

– Je soutiens une cause qui a sauvé la vie de ma femme. Comment réagiriez-vous si votre femme, condamnée par les médecins pour un cancer au côlon, revenait subitement à la vie ?

Doerinck ignorait qu'il commettait là une faute qui pouvait être impardonnable. D'un seul coup, la jovialité factice de Hollenbock disparut de son visage : deux ans plus tôt, sa femme était morte d'un cancer au sein, découvert et soigné trop tard. Il prit son ton le plus officiel pour faire connaître la seule solution qui, à son avis, était encore possible :

– Monsieur Doerinck, seriez-vous d'accord pour que nous vous accordions un congé illimité pendant lequel, naturellement, vous bénéficieriez de l'intégralité de votre traitement ? J'appuierais personnellement cette demande pour raison de fatigue ou de maladie...

– Non ! fit sèchement Doerinck. Ma santé est vraiment parfaite.

– Stefan ! s'écria le recteur, mais c'est la solution la plus élégante...

– L'élégance pour moi passe après le devoir. J'ai toujours gagné ma vie par mon travail. Et ce travail je l'ai fait correctement, dans cette école, pendant vingt-six ans. On ne peut pas m'écarter comme si j'étais devenu un pestiféré à cause de ma fille.

– Je pourrais vous déplacer...

– Certainement pas. Je ferais appel aux autorités régionales. Pour quel motif me déplacerait-on après vingt-six ans de bons et loyaux services ? Et ne resterais-je pas le père de ma fille là où l'on me nommerait ?

– Et si la grève des parents s'étend ? S'ils refusent officiellement d'envoyer leurs enfants en classe tant que le père de Corinna Doerinck, qui fait corps avec elle, y enseignera ? Alors, quelle est votre solution ? La loi oblige les parents à envoyer leurs enfants à l'école, certes. Mais comment la ferons-nous appliquer ? Nous aurons tous les media contre nous ! Ce sera pour eux du pain bénit, juste ce qu'ils recherchent ! Sus à ces fonctionnaires qui prétendent savoir mieux que les parents ce qui convient à leurs enfants ! Toutes les rancœurs accumulées depuis des années par la faute de certains pédagogues imprudents vont se donner libre cours. Êtes-vous prêt à affronter ce déferlement de passions ? Doerinck, vous avez tenu magnifiquement une tête de pont en Russie, tout le monde le sait, bien que vous n'en parliez jamais, et vous avez l'admiration de tous ! Mais croyez-moi, on ne résiste pas à l'infamie d'un certain journalisme. Vous découvrirez que les attaques des Russes étaient moins redoutables. D'autres que vous, des ministres par exemple, ont essayé de résister, et ils se sont retrouvés à genoux et ont dû mettre chapeau bas.

– Je ne céderai jamais à une force injuste. Jamais !

– Alors, ce scandale va-t-il se poursuivre ?

– Ce n'est pas à moi qu'il faut le demander. C'est une question à poser à ma fille, ou plutôt à ceux qui l'attaquent.

– Mais vous êtes ici un enseignant, adjoint au recteur...

– C'est justement cela : je ne guéris personne, moi. J'enseigne, et cela depuis vingt-six ans, je vous le répète.

L'inspecteur d'Académie, les mains jointes derrière le dos, attendit un instant avant de reprendre son souffle :

– C'est un cercle vicieux, et il faut en sortir. Je vais donc m'adresser aux autorités supérieures et proposer votre mise en congé illimité...

– Je porterai officiellement plainte contre cet abus de pouvoir.

– M. Hupp rappellera aux parents qu'ils ont l'obligation légale d'envoyer leurs enfants à l'école, et il les convoquera à une réunion spéciale. Je m'adresserai moi-même à eux.

– À la moindre remarque défavorable à mon sujet ou sur ma famille, je vous préviens que je porterai plainte…

– Eh bien, nous avons défini nos positions respectives, monsieur Doerinck… (Vraiment bouleversé, très ému, Hollenbock se balançait d'avant en arrière sur la pointe des pieds.) Dans ces conditions, je suis obligé de constater qu'il est impossible que nous collaborions d'une façon paisible et profitable. Nous devons en tirer les conséquences. Je vous remercie, monsieur Doerinck.

Sans un mot, Doerinck rejoignit sa classe, s'assit à son pupitre et regarda longuement ses enfants, toutes ces têtes courbées sur leur rédaction. Vingt-six ans, pensa-t-il. Hellenbrand, un nouveau foyer après une guerre horrible. Vice-présidence du club de boules, direction du chœur paroissial, amitié apparente avec tous… tout cela ne comptait plus. Mon Dieu, ma vie doit-elle vraiment finir dans ce vomissement ?

La cloche sonna : fin de la classe. Rassemblement des cahiers. Sortie des élèves.

Il reste un instant seul, assis à son pupitre, puis il se lève et sort, descend lentement l'escalier. Au premier palier, Ferdinand Hupp semble l'attendre, le visage décomposé :

– Une vraie tête de mule, voilà ce que tu es, Stefan. Une vraie tête de mule !

– Peut-être, mais une tête de mule est parfois nécessaire, au bord d'un abîme, par exemple, là où beaucoup glissent avec leur honneur… Une tête de mule permet d'avoir le pied sûr…

Marius Herbert fit son apparition au déjeuner. Il revenait de Münster. La voiture de Corinna n'avait pas un accroc, et il était à la fois radieux et méconnaissable.

Il s'était fait couper les cheveux !

– Vous n'allez pas me croire, dit-il à Stefan Doerinck : c'est à cause de vous, parce qu'ils ne vous plaisaient pas, que je me suis fait couper mes cheveux longs ! Logiquement, c'était plutôt pour moi une raison de les garder tels qu'ils étaient.

– Merci, dit Doerinck, l'air pincé.

– Eh bien non, il faut que je vous détrompe, c'est seulement à cause de la tente... Dans le premier magasin, ils m'ont regardé de travers : ils ont cru que je voulais organiser dans le patelin un asile de punks ou un lieu de réunion de fumeurs de haschisch... Du coup, je suis entré chez le coiffeur : « Faites-moi une coupe telle que j'aie l'air d'un capitaliste ! » Et ça a marché ! On livre la tente demain matin. Il y aura de la place pour cent personnes, le sol est un plancher et le bâti de la porte en bois est incorporé. (Il secoua la tête :) N'est-ce pas curieux, cette histoire de coupe de cheveux ? Suis-je vraiment devenu un autre homme parce que j'ai maintenant les cheveux courts ? Me fera-t-on davantage confiance à cause de cela ? Ce n'est pas logique du tout, monsieur Doerinck.

Érasmus Roemer apparut lui aussi à l'heure du déjeuner. La salle d'attente du Dr Hambach était encore plus bondée que d'habitude, annonça-t-il. Sachant l'amitié qui liait le médecin aux Doerinck, chaque patient voulait connaître les suites qu'allait avoir l'incendie. Et une question venait immédiatement : « Qu'est-ce qu'il y a de vrai avec cette Corinna ? Qu'est-ce que c'est que cette histoire des mains qui guérissent ? Qu'est-ce que vous en pensez, vous, docteur ? »

Et le Dr Hambach se retranchait derrière une citation approximative qui ne l'engageait pas :

– Il y a plus de choses qu'on ne croit entre le ciel et la terre... (Et après une longue pause significative, le vieux médecin ajoutait :)... Oui, c'est ainsi, croyez-moi...

C'était une réponse qui satisfaisait tout le monde et provoquait chez certains un drôle de frisson dans le dos.

Érasmus Roemer, dès son entrée, avait reniflé l'air ambiant, les narines dilatées, pour mieux aspirer l'odeur du liuliakebab que préparait Ludmilla, des boulettes de viande d'agneau aux oignons. Sa voix était plus grondante que jamais :

– Willbreit m'a téléphoné. Il a alarmé ma femme qui revient sans doute pour me supplier de me faire opérer. Avec ses yeux de vache et ses larmes grosses comme les cristaux de la suspension qui éclaire mon salon, elle est capable d'emporter le morceau ! Je n'arrive pas à lui résister quand elle pleure, malgré toutes mes bonnes résolutions. Sans quoi, j'aurais divorcé depuis longtemps... Avez-vous un trou de souris pour me cacher ? Corinna, ne pouvez-vous pas parler à Élise et lui faire entendre raison ?

– J'essaierais volontiers, mais elle est certainement sous l'influence du professeur Willbreit.

– Celui-là, j'en fais mon affaire. Je suis beaucoup plus à l'aise avec les hommes qu'avec les femmes.

Van Meersel s'était mis à rire :

– Je pense que, si vous voulez vraiment vous cacher, il faut plutôt chercher un entonnoir d'obus de gros calibre plutôt qu'un trou de souris...

– Jusques à quand puis-je encore faire honneur à la bonne cuisine, Corinna ? Croyez-vous vraiment pouvoir me guérir ?

– Je le crois depuis hier.

– Alléluia ! (Il avait ouvert les bras pour accueillir la confirmation de la bonne nouvelle.) Maintenant, il ne me manque plus que ce morceau de paradis que Ludmilla Davidovna – si je ne me trompe – va faire descendre du ciel sur cette table.

L'après-midi déjà, Corinna tint une première conférence de presse, à l'endroit même où la grange avait été incendiée, dans une odeur entêtante de brûlé qui ne laissa personne indifférent. Elle avait profité de la matinée pour tout organiser. Elle s'était fait prêter des bancs par le propriétaire de l'auberge

Aux Armes de Westphalie, qui en avait profité pour apporter un buffet froid. La nouvelle s'était répandue comme une traînée de poudre chez les journalistes. Ils avaient afflué de partout, même par avion, en utilisant l'aéroport Münster-Osnabrück, proche des hauteurs de Hilltrup. Le maire Beiler et le recteur Hupp avaient été invités eux aussi, et l'inspecteur d'Académie les avait accompagnés, désireux d'assister au spectacle et d'en tirer tous les enseignements possibles. Et les chaînes de télévision avaient envoyé des équipes de spécialistes chevronnés, différents du petit reporter voué aux faits divers et avide de sensationnel. Qu'allait-il sortir de cette seconde apparition de Corinna ? se demandait le maire en frissonnant. Une image encore plus négative de sa ville, peut-être ?

La conférence se déroula d'une manière toute différente de ce qu'il avait prévu, comme tant d'autres. Après quelques mots d'introduction de Corinna, le Pr Van Meersel, avec l'autorité que procurent les titres universitaires sur un public allemand, dressa un tableau saisissant des derniers progrès réalisés en matière de parapsychologie, éliminant ainsi toutes les questions idiotes que beaucoup se préparaient à poser sur les « mains rayonnantes » de la jeune femme. Il cita des faits irrécusables, contrôlés par des universités d'une compétence mondialement reconnue, s'efforçant de rendre compréhensible cette force mystérieuse qui existe chez certains d'entre nous.

Le pasteur d'Hellenbrand, Dechant Wilm, fronça certes les sourcils. Ce professeur hollandais ne remettait-il pas en cause les miracles du Christ ? Jésus s'était-il simplement servi d'une bio-énergie qui serait un phénomène purement humain ? Ne serait-ce pas une nouvelle catastrophe au point de vue de la foi ?

– Il faut absolument s'opposer à la propagation de telles erreurs, chuchota-t-il à son voisin, l'inspecteur d'Académie Hollenbock.

Ce dernier avait écouté attentivement Van Meersel, les sourcils froncés, plein du problème qui se posait à lui. Agacé, il répondit assez sèchement :

– Les interdictions pour des raisons religieuses n'ont plus cours à notre époque, monsieur le pasteur. Il faut opposer à une telle argumentation une argumentation contraire. Si j'en crois ce que j'entends, il ne s'agit pas seulement de nier des faits irrécusables...

Après l'exposé de Van Meersel, une pluie de questions s'abattit sur Corinna, presque toutes portant sur le même point : « Croyez-vous que vos mains peuvent guérir toutes les maladies jugées jusqu'ici inguérissables ? » « Prétendez-vous pouvoir guérir l'asthme chronique contre lequel la médecine actuelle est encore impuissante ? »

À toutes les questions, Corinna répondait calmement :

– Je ne suis jamais sûre de guérir avant d'avoir commencé. Au début, j'espère, comme le malade. Je ne promets jamais rien. Quand il y a guérison, c'est pour moi presque un miracle. Ce dont je suis sûre, c'est que je n'ai jamais connu d'échec jusqu'à présent.

– Jamais ?

– Jamais.

– Comment pouvez-vous en être sûre ?

– Parce que les malades qui viennent à moi se font ensuite examiner par leur médecin, qui constate qu'ils sont guéris. Si la médecine officielle accorde une valeur absolue à ses diagnostics quand ils sont défavorables, elle doit être aussi certaine de ceux qu'elle porte quand elle constate une guérison pour incompréhensible qu'elle soit, n'est-ce pas ?

Roemer, assis à côté de Doerinck, s'ébroua sur son banc.

– Voilà une phrase qui est une sorte de gifle et qui lui vaudra une levée de boucliers de la part de ses ennemis. Dommage que Corinna soit allemande. En France, en Italie, aux États-Unis, et aussi en

Russie, on étudierait passionnément le phénomène Corinna Doerinck... Mais je vous promets qu'Érasmus Roemer va foncer comme un bélier sur tous ces corps établis qui refusent d'ouvrir les yeux pour voir la vérité en face.

La conférence de presse dura presque trois heures. Puis Corinna reprit sa voiture, entourée de photographes qui la mitraillèrent de leurs flashes jusqu'au moment où elle démarra. L'inspecteur d'Académie s'approcha alors de Doerinck et du cercle que formaient autour de lui le maire, le Dr Hambach, Roemer et le Pr Van Meersel.

– Avez-vous un instant pour moi, monsieur Doerinck ? Je voudrais vous dire un mot.

– J'ai toujours du temps pour vous, monsieur l'inspecteur.

– Ah ! C'est donc vous, l'inspecteur d'Académie ! Le représentant des autorités pédagogiques qui transforment nos enfants en une bande d'idiots et de criminels que j'ai à juger par la suite !

– Je vous demande pardon... Qui êtes-vous ?

– Érasmus Roemer, président du tribunal de première instance de Münster.

– Je regrette, je ne fréquente pas le milieu criminel.

Roemer demeura un instant bouche bée, mais c'était le genre de réponse qui lui plaisait et qui témoignait de la présence d'esprit de son interlocuteur.

– Que pensez-vous obtenir en mettant M. Doerinck en congé illimité ?

– Rétablir le calme à l'école. Je crains une grève des parents, surtout maintenant, après cette formidable conférence de presse. Cette grève serait...

– ... la preuve que l'ensemble de votre politique scolaire va à vau-l'eau. Notre niveau scolaire est inférieur à celui des bonnes écoles des missions africaines. Les jeunes générations ne parlent même plus convenablement leur langue maternelle. L'orthographe et la grammaire sont sacrifiées à un arbitraire primitif. Le vocabulaire se réduit peu à peu à trois cents mots dont cinquante onomatopées ! Qu'on ne me dise pas qu'il en est de même partout en Europe. Cela ne me console pas : à force de guerres intestines et de lâcheté morale, les peuples européens se composent aujourd'hui de demi-imbéciles fiers de leur idiotie. C'est de cela que vous devriez vous occuper, monsieur l'inspecteur d'Académie, et non de ce qui dépasse si bien notre science actuelle de l'univers que nous n'arrivons pas encore à le comprendre.

Au cours de ce réquisitoire, les petits yeux de Hollenbock s'étaient encore rétrécis.

– Allez donc répéter ce discours aux ministres de Düsseldorf et de Bonn, dit-il enfin... C'est de ces ministères que je reçois mes ordres et je ne suis qu'un de leurs organes d'exécution. Mais vous, avez-vous une influence sur le nouveau code pénal ? Les mêmes hommes politiques qui me commandent le préparent sans vous et même contre vous, avec pour souci principal la protection des criminels. Si vous avez un jour à juger un terroriste célèbre et que vous receviez des lettres anonymes où l'on menace votre femme et vos enfants au cas où vous oseriez punir cet assassin comme il le mérite, que ferez-vous ?

– Personne ne m'a jamais menacé et n'osera le faire. Ma réputation de sévérité me protège : tout le monde sait qu'il suffirait d'exercer sur moi une tentative de pression pour que j'applique la loi avec une rigueur encore plus implacable.

Hollenbock mesura le géant des pieds à la tête, impressionné malgré lui :

– Soit. Mais c'est à M. Doerinck que je veux parler, et non à vous. Permettez-vous que nous nous retirions un instant ?

Une fois à l'écart avec Doerinck, l'inspecteur commença par s'essuyer le front avec son mouchoir. D'un seul coup, il arbora le visage jovial qui avait tant fait pour son avancement.

– Ce discours du professeur hollandais était un chef-d'œuvre, un aperçu scientifique dont je dois avouer que je n'ai compris que le quart, et encore... La conclusion que je tire de tout cela, c'est que Corinna Doerinck est sur le point de devenir une célébrité internationale, soit comme une merveilleuse jeune femme bienfaitrice de l'humanité, soit comme sorcière ! La mentalité de notre peuple étant à l'heure actuelle ce qu'elle est, je penche plutôt, hélas ! pour l'accusation de sorcellerie. Alors, en tant que collègue, un conseil, Doerinck : faites quelque chose pour éviter un drame qui vous abattrait, vous et votre famille. Je ne peux pas vous en dire plus. En ce qui concerne votre congé, je plaiderai votre cause auprès du gouvernement : ce ne sera pas facile, car il s'agit d'un cas sans précédent.

– Vous capitulez donc devant quelques parents un peu trop zélés.

– Non ! (Le visage de l'inspecteur était redevenu très grave.) Non. Le recteur Hupp continue à recevoir des appels téléphoniques : il ne s'agit plus de quelques parents, comme vous le dites : ils sont déjà une trentaine, et tous sont décidés à retenir leur enfant chez eux, et dans leurs protestations, de vieilles histoires, de vieilles haines remontent à la surface : votre femme, la femme du vice-recteur est russe !

– Et dire que j'ai vécu vingt-six ans ici ! Au fond, j'aurais peut-être dû écouter les appels des Russes et rester là-bas à Poti, sur la mer Noire. J'y ai pensé. Mais il fallait déserter, c'est-à-dire abandonner mes camarades...

– Évidemment, c'eût été une saloperie. Vous étiez officier, vos hommes avaient confiance en vous, n'est-ce pas... ? (Il tendit la main à Doerinck :) ... Pardonnez-moi, mais il faut que je fasse moi aussi mon devoir. Je vous promets de plaider votre cause le mieux possible car, comme je vous l'ai dit, c'est bien d'un cas sans précédent qu'il s'agit. Ce n'est pas moi qui prendrai la décision, mais comprenez bien une chose : une grève des parents ne peut avoir lieu sans de graves conséquences...

Dès le lendemain matin, après trois heures de travail, la tente se dressait à l'emplacement de la grange.

C'était une belle tente rectangulaire avec une épaisse porte de bois plein et un chambranle fait de solides madriers. L'automne approchait, il faudrait aussi passer l'hiver, et avec l'aide du plancher surélevé et de quatre radiateurs électroniques, la température intérieure serait supportable.

En faisant signer le contrat d'un mois de location, le directeur de l'entreprise qui s'occupait aussi du montage s'était excusé du montant élevé de l'assurance :

– Tout le monde sait qui vous êtes et est encore sous le coup de cet incendie, n'est-ce pas ? Je n'y peux rien... !

L'aménagement intérieur dura toute la journée. Des cloisons mobiles compartimentèrent l'espace aux dimensions d'un atelier, d'une chambre pour Marius Herbert et Molly, d'une salle d'exposition et d'un petit salon d'attente. Une salle d'eau était elle aussi prévue. Au cours de l'après-midi, pendant une pause où Corinna était seule avec Marius Herbert, ce dernier lui demanda brusquement :

– Et il y a la maison à reconstruire ! En commençant tout de suite, elle ne sera pas prête avant un an. Avez-vous assez d'argent ?

– Non. Quelques économies seulement qui doivent suffire pour le gros œuvre. Il faudra ensuite solliciter les banques, obtenir des prêts. Et j'hypothéquerai le terrain, qui m'appartient.

L'air soudain très las, Marius, assis sur une chaise, buvait une petite bouteille de bière. À l'intérieur de la tente, les odeurs du bois frais, de la sciure et de la toile neuve se mêlaient à un vague relent de brûlé. Il secoua soudain la tête :

– Quelle saleté que cette vie ! Si je pouvais au moins vous aider.

– Mais vous le pouvez, Marius.

– En tenant des discours ridicules ?

– En peignant.

– Quoi ? Le clocher d'Hellenbrand ? Le soleil sur un champ de blé ?

– Pourquoi pas ? Chagall a bien peint la tour Eiffel, des fleurs dans un vase, des artistes dans un cirque. Et souvenez-vous des champs de blé de Van Gogh.

– Chagall, Van Gogh ! Mais je ne suis même pas digne de nettoyer leurs pinceaux !

– Répétez-vous au contraire tout le temps, comme vous le rêvez d'ailleurs souvent, qu'à côté de Chagall, de Van Gogh, de Picasso, il y aura un jour un Marius Herbert. Un artiste différent, mais aussi original et aussi grand... !

– Et vous me dites cela dans une tente vide, alors que je mène une vie telle qu'il me suffit d'avoir ce soir la sécurité d'un lit à partager avec Molly et que cela va durer une semaine, quinze jours peut-être, tant que vous me supporterez pour que je me sente fou de joie !

– Eh bien, peignez cette joie folle.

– Une débauche de couleurs, alors ?

– Formidable !

– Et qui achètera cette croûte de fou ?

– Attendez !

Elle s'était approchée de lui par-derrière, et comme il renversait la tête pour suivre ses mouvements, il la vit soudain sous une perspective étrange : le visage extrêmement lointain avec ses yeux, son nez mince, le dessin des lèvres à peine rougies, et si près, juste au-dessus de lui, le gonflement des seins dont les pointes ressortaient sous un mince pull-over de laine. Et un frémissement parcourut tout son corps. Allait-il tendre les mains vers cette poitrine de femme si proche de lui ?... Mais il y avait ces yeux qui le regardaient, et d'un seul coup, il sut qu'il lui était impossible de bouger, de lever les mains, de remuer les doigts... Il ne lui restait plus qu'à respirer calmement, qu'à plonger dans ces yeux et s'y dissoudre. Et il entendait sa voix :

– Tu es Marius Herbert. Tu peux peindre comme l'ont fait Chagall, Van Gogh, et tous les maîtres qui t'ont précédé. Le monde est un enivrement de couleurs, et tu le peindras, tu le peindras comme seul Marius Herbert le voit. Tu es un grand peintre... un très grand peintre.

La fatigue qui l'envahissait était telle qu'il ne sentait même pas sa tête basculer en arrière, trouver en elle comme un nid. Il avait seulement l'impression de s'enfoncer de plus en plus profondément dans le sommeil. Il ne sentit même pas les mains qui se posaient sur ses tempes et qui déversaient en lui un flot surabondant d'énergie, puis qui descendaient jusqu'à l'endroit où elles commencèrent à livrer bataille au mal qui le rongeait...

Cela dura cinq minutes seulement, et elle se retrouva épuisée, fumant avidement, avalant presque deux cigarettes de suite avec leur fumée, le visage ravagé, le crâne résonnant confusément de tout ce qu'elle avait pu lire ces dernières années au sujet de la force qu'elle avait en elle.

Ai-je réussi ? se demandait-elle. Ai-je en moi le genre de force dont parlent le professeur soviétique Leonid L. Vassiliev dans *Recherche expérimentale sur la suggestion mentale*, Vladimir Raikov, un autre professeur soviétique qui a réussi à utiliser la suggestion mentale pour influencer les esprits, libérer en eux des talents en sommeil ou brimés, mobiliser leur créativité ? Certains étudiants de son institut à Moscou ne se sont-ils pas mis à peindre comme Raphaël ou Van Gogh après avoir subi volontairement les suggestions mentales adéquates ? Et au conservatoire de Moscou, des élèves manquant totalement de l'expérience nécessaire pour aborder la technique avancée du piano ne sont-ils pas devenus immédiatement des virtuoses du clavier ? Il avait suffi pour cela que Raikov leur eût suggéré d'être des Chopin, des Richter, ou des Rubinstein...

Le plus étonnant dans ces progrès foudroyants, c'est leur persistance : étudiants et élèves, une fois terminées les séances de suggestion du professeur Raikov, ne retombent jamais au niveau qui était le leur avant l'expérience. Les facultés et les talents révélés par la suggestion continuent certes à évoluer dans le cadre des capacités naturelles de chacun, mais toujours au niveau supérieur auquel la suggestion leur a permis de se hisser. Ces jeunes gens deviennent de bons peintres, des pianistes connus. Le professeur Raikov, pour expliquer ce phénomène, lui a donné un nom : l'*identification*. Ce procédé permet à n'importe quel étudiant de se hisser aussi haut qu'il le peut vers le niveau du modèle qu'il a librement choisi. Il n'aura plus qu'à s'épanouir dans son propre sens, mais au niveau le plus haut dont il est capable.

Ainsi, c'est dans le pays où l'on a prôné pendant plus d'un demi-siècle le matérialisme absolu, que l'on reconnaît aujourd'hui, avec la plus grande rigueur scientifique, la primauté de l'esprit : les savants soviétiques, après avoir été jusqu'au bout de l'impasse matérialiste, redécouvrent la quatrième dimension de la conscience humaine, celle qu'ont constatée jadis tous les grands sages de la vieille Chine, du Japon, du Tibet, de l'Inde, les philosophes de la Grèce antique, les alchimistes du Moyen Âge comme les chamans des peuplades les plus primitives. C'est cette réalité, qui dépasse le temps et l'espace, que le psychanalyste suisse Carl Gustav Jung a appelée « l'inconscient collectif ». Elle contient tout le trésor de l'expérience humaine ou, comme Platon l'a exprimé, l'*Idée* immortelle et toujours présente. Elle est la force invisible à laquelle n'ont encore accès, sous des noms divers, que quelques êtres privilégiés.

Un autre de ces chercheurs soviétiques, inconnu des savants prétentieux de notre Occident, n'est autre que le professeur Venjamine Pouchkine, membre de l'Académie des sciences de l'URSS à Moscou. Dans son ouvrage, *Expériences d'heuristique*, il soutient la théorie selon laquelle il est possible de rassembler toute la science humaine dans une sorte d'encyclopédie générale, une sorte de mémoire universelle dont notre cerveau se servirait comme d'un ordinateur...

Corinna en était là après sa deuxième cigarette. Peu à peu, elle se réveilla de son étrange rêverie. Marius Herbert, la tête renversée en arrière, raidi dans cette posture si peu naturelle, les yeux toujours clos, respirait lentement, paisiblement. Allait-il se lever et commencer à peindre, comme dans les expériences russes où la créativité jaillit avec la puissance et la soudaineté d'une explosion volcanique ? Corinna le regardait, doutant de ce qu'elle avait lu, doutant encore plus d'elle-même. Il lui fallait une certitude. Faisant un effort, elle parvint à se lever, à aller à lui, pour reprendre entre ses deux paumes les tempes creuses du jeune peintre en lui disant doucement :

– Tu as vu un monde plein de couleurs, tu t'y es plongé. Prends ce monde et ramène-le avec toi ! Regarde, jette les yeux autour de toi, ce monde est désormais le tien. Et le restera !

Lentement, Marius Herbert ouvre les yeux, reprend conscience : au-dessus de lui, ce sont les seins qui l'ont troublé et, au-dessus d'eux, ces yeux extraordinaires, étoilés de points d'or.

Il sourit faiblement, se redresse, retombe, ses bras se portent en arrière, ses mains touchent les hanches de la femme, elles s'y agrippent, sa tête retrouve contre ce corps la place qu'elle avait lorsque le sommeil l'a pris et dont il ne se souvient pas. Corinna ne le repousse pas, au contraire, voici qu'elle caresse doucement, de sa main gauche, le visage renversé, dressé vers elle.

– Ce que c'est idiot d'être fatigué comme je le suis ! J'ai vraiment pioncé, hein ?

– Si l'on peut dire… répond-elle en souriant.

– J'ai même rêvé. Un rêve absurde ! Je me trouvais quelque part, dans le sud de la France peut-être, mais dans un autre siècle. Les femmes portaient des robes longues, les hommes de drôles de vestes. Je me trouvais dans un vignoble en train de peindre une grappe de raisin, et à l'intérieur de cette grappe, un visage de femme, un soleil doré et tout un paysage qui s'étendait au loin. Une vision de la beauté du monde dans une grappe de raisin… C'était extraordinaire et magnifique !

– C'est cela que tu vas peindre ! (Elle fit un pas en arrière pour se dégager, et il eut l'impression d'avoir soudain froid et d'être abandonné.) Où est ton attirail de peintre ?

– À Münster, chez un ami. Un vieux chevalet, une vieille boîte toute bosselée de peintures à l'huile, deux ou trois pinceaux bien usés… Il y a longtemps que je n'ai pas peint sur une toile, c'est trop cher pour moi. Je n'ai plus employé que du bois et du papier de rebut.

– Tu vas prendre ma voiture et aller immédiatement à Münster… (Elle prend deux billets dans la poche de sa veste et les met de force dans la main de Marius.) Achète tout ce dont tu as besoin pour peindre ce que tu as vu dans ton rêve.

– Mais c'est deux cents marks…

– Va-t'en, vite !

Le son, l'intonation de la voix agissent sur lui comme un coup de fouet. Il se retrouve debout, attrape au vol la clé qu'elle lui jette et sort de la tente. Molly, allongée sur le plancher, a assisté en somnolant à tout ce qui s'est passé entre eux. Voyant son maître partir précipitamment, elle se relève à demi pour le suivre d'un regard interrogateur. Puis, poussant un profond soupir, elle se remet à plat ventre, la tête entre les deux pattes de devant, les yeux déjà à demi clos fixés mélancoliquement sur Corinna.

C'était la première fois qu'elle ne suivait pas son maître.

Le lendemain, ce fut le début de l'avalanche. Tout ce que la petite troupe rassemblée autour de Corinna Doerinck avait à la fois espéré et redouté déferla d'un seul coup sur eux.

Les quotidiens étaient pleins de comptes rendus et d'articles contradictoires, suivant le tempérament du reporter et la tendance du journal, tout comme les commentaires des nombreux clichés pris par les photographes pour les illustrés. À la télévision, les deux chaînes présentèrent chacune leur programme particulier sur la jeune guérisseuse aux « mains rayonnantes ». Que fallait-il croire ? À la radio, un sondage apporta à la question : « Que pensez-vous des guérisons miraculeuses ? » des réponses stupéfiantes : pour trente-deux pour cent, il s'agissait de racontars idiots; seize pour cent n'avaient aucune opinion à ce sujet; mais plus de cinquante-deux pour cent estimaient que de telles guérisons, dites « miraculeuses », étaient possibles. Quoi ? Dans cette Allemagne éclairée, hautement développée au point de vue technique et médical, plus de la moitié des gens croyaient encore à des guérisons impossibles autrement, donc miraculeuses ! C'était incroyable !

Érasmus Roemer demeurait encore l'hôte du Dr Hambach. Il recevait trois minutes par jour les soins de Corinna, entrant et ressortant par la porte de derrière et passant le reste de la journée à préserver de son épouse, Élise, ce qu'il appelait son « espace vital ». Obéissant à l'injonction du professeur Willbreit, celle-ci était revenue de Hongrie et assiégeait sans succès la maison du Dr Hambach. D'un air contrit, Hambach avait dû la dissuader d'entrer chez lui :

– Je vous demande pardon, madame, mais votre mari m'a promis de mettre mon mobilier en pièces si je vous autorise à entrer. Je ne suis qu'un vieux médecin de campagne, et je voudrais bien passer le temps qui me reste à vivre dans les meubles auxquels je suis habitué... Vous connaissez votre époux : il est tout à fait capable de mettre sa menace à exécution.

– Mais en a-t-il encore la force ? Comment peut-il encore, avec cette terrible maladie... ? avait bégayé Élise Roemer.

Le Dr Hambach n'avait pu s'empêcher de sourire :

– Votre mari a une force de mammouth. Et quant à sa maladie, il faut attendre, on ne peut encore rien dire; mais objectivement il a l'air d'aller mieux.

– Mieux ? Avec les soins de cette... guérisseuse ? Ô mon Dieu !

Et elle avait fondu en larmes. Elle avait l'air si malheureuse, si fragile, que le Dr Hambach, malgré les mises en garde répétées de Roemer sur le pouvoir qu'elle exerçait sur lui quand elle pleurait, se sentait ému lui aussi.

– Tu connais maintenant la raison de ma faiblesse, Ewald, lui dit Roemer en l'accueillant. Tu sais, elle était autrefois une jeune fille délicieuse, qui m'a touché. Un peu niaise, mais si jolie. Et elle pleurait si bien ! Et son papa le fabricant avait mis des millions à ses pieds. Bref, me suis-je dit, voici une fille belle, riche, docile et bête, mais ce sera la grande vie ! Or quand on vit avec une femme, on perd de vue les millions qu'elle possède si on s'aperçoit qu'elle prend le nom d'Alexandre le Grand pour celui d'un produit qui fait grandir – Alexandre *le Grand*, n'est-ce pas ? –, et celui de Xerxès pour l'appellation, vraiment difficile à prononcer, d'un nouveau vernis à ongles. À la longue, c'est insupportable. Et puis il y a cette manière snob de parler anglais en allemand, les *five o'clock teas*, les *golf-parties*, les *cocktails-parties*, les *tennis-parties*, un gala ici, un gala là, un *evening* chez Machinchouette, un lunch chez Chouette et Machin, une *season* à Saint-Moritz, une *season* sur la Côte d'Azur; une autre *season* aux Antilles... Avec elle, c'est formidable ce qu'il y a de *seasons* dans l'année : il ne restait plus une seule saison pour moi ! Et elle a une conversation qui s'adapte à tous les paysages : le bleu est toujours de saphir, le rouge est de rubis et le vert d'émeraude ! Ah ! Ewald, mon cher docteur, ce qu'on est bien chez toi ! Quel calme ! Je t'avertis, Ewald, si tu la laisses entrer, je démolis tout chez toi, parole d'honneur !

La reconstruction de la nouvelle maison à la place de la grange n'aurait lieu qu'au printemps : on ne pouvait aller plus vite pour en dresser les plans et obtenir ensuite les autorisations nécessaires : les bureaux ne sont jamais pressés. Sous la tente, dans l'espace aménagé pour la chambre de Marius et de Molly, le rêve de Marius avait immédiatement pris naissance sur son chevalet : tout un univers de beauté dans une grappe de raisin.

Et ce fut un tableau étrange et merveilleux, aussi merveilleux et étrange qu'était l'ivresse de Marius Herbert pendant les longues heures où il peignait. Il arrivait à Corinna de s'asseoir derrière lui, les mains croisées, pour regarder ce désordre apparent s'organiser en un ordre suprême. Une fois, dans son enthousiasme, Marius, en se retournant, avait voulu la prendre dans ses bras. Elle s'était aussitôt dégagée et, stupéfait, il l'avait vue s'enfuir comme une bête pourchassée. Il avait eu l'impression qu'une éruption de lave brûlante avait soudain explosé dans les yeux noirs de la jeune femme.

Et, cependant, les malades affluaient de partout. De toute l'Allemagne fédérale, des entrepreneurs de transports astucieux avaient immédiatement organisé de véritables pèlerinages vers Hellenbrand. À Coesfeld, chef-lieu de l'arrondissement, un « bureau des pèlerins » s'était ouvert, et à Münster une agence s'était créée où l'on s'efforçait de dépanner ceux qui recherchaient une guérison auprès de la jeune femme aux mains rayonnantes. Si Corinna soignait gratuitement les malades, ceux-ci dépensaient des fortunes en moyens de transport et pour leur séjour tout autour d'Hellenbrand.

Le maire, impuissant, avait abandonné la lutte. La police locale avait dû néanmoins détacher deux agents qui réglaient l'accès des voitures vers la « tente miraculeuse ». Mais une trentaine d'élèves continuaient à manquer à chacun des cours de Doerinck. Et le Dr Fritz Krohmeyer, directeur des services d'hygiène de l'arrondissement, prenait son temps pour intervenir malgré les objurgations du syndicat professionnel des médecins. Dès sa première rencontre avec le procureur, il s'était rendu compte qu'il ne lui serait guère facile de résoudre un tel problème. Il ne semblait pas que Corinna Doerinck eût jusqu'alors prêté le flanc à des accusations justifiées. Les malades venaient à elle de leur propre volonté, elle ne se livrait à aucune publicité, n'acceptait aucune rémunération en échange de ses soins.

De 9 heures du matin à midi, elle recevait chaque jour les patients qui se pressaient dans la partie de sa tente transformée en salle d'attente. Elle comptait trois minutes pour chaque malade, plus le temps de fumer une ou deux cigarettes et de reprendre des forces. À midi juste, quand Marius Herbert refermait sur le dernier malade la lourde porte de bois, il avait sous les yeux le spectacle d'une Corinna épuisée, les yeux caves et entourés d'un cerne bleuâtre.

– Tu ne tiendras jamais le coup ! C'est de la folie ! disait-il en haussant les épaules tout en lui préparant un mélange d'eau-de-vie blanche de canne à sucre, d'un peu de sirop de grenadine, de liqueur d'orange amère et de glace pilée.

L'après-midi, Corinna demeurait invisible.

Trois semaines après l'érection de la tente, par un dimanche déjà changeant d'automne, allait apparaître à Hellenbrand une femme dont la haine à l'égard de Corinna Doerinck devait se montrer d'une violence irrationnelle, à la fois terrible et efficace : Marikje Kerselaar, la guérisseuse hollandaise dont avait parlé le Pr Van Meersel. Malgré les similitudes de leur destin, à cause d'elles peut-être, il avait toujours redouté ce choc.

12

Le professeur Pieter Van Meersel était reparti en Hollande depuis cinq jours, si bien que personne ne put mettre Corinna en garde contre les conséquences de l'arrivée de Marikje Kerselaar. Le professeur avait utilisé les semaines passées à Hellenbrand à photographier, filmer, interviewer les malades. Il était désormais convaincu que le cas de Corinna Doerinck était exceptionnel. La bio-énergie qu'irradiaient ses mains demeurait inexplicable dans le cadre de la médecine officielle. La guérison d'une prostatite, d'une obturation de l'urètre, d'une gastrite aiguë, par de simples gestes exécutés à distance du corps du malade, avait quelque chose d'anti-scientifique, de miraculeux. Certes, cette médecine continuait à parler de phénomènes hystériques, mais l'arrêt de la prolifération des cellules d'un cancer, leur dessèchement progressif et leur disparition finale posaient des questions si troublantes qu'il était préférable de nier les faits, purement et simplement.

Ces guérisons, confirmées par des radiographies dont l'authenticité était indéniable, allaient faire du prochain ouvrage de Van Meersel un monument à la gloire de Corinna Doerinck, cette « enfant de Dieu », comme il l'avait appelée avec émotion en prenant congé d'elle. Devant le flot croissant des malades, un quotidien d'importance nationale avait donné à son article de première page un titre spectaculaire : HELLENBRAND, LE LOURDES ALLEMAND ?

Marikje Kerselaar descendit à Havixbeck, trouva une chambre à l'auberge « Wasserburg », s'assit quelques minutes sur son lit pour apaiser une migraine persistante en avalant trois verres de genièvre, puis reprit la route d'Hellenbrand. C'était un dimanche, et il était environ 11 heures du matin. Devant la tente, sur le parking récemment organisé, c'était une atmosphère de kermesse; l'odeur des saucisses et des viandes rôties se mêlait à celle de la bière. Plusieurs conseillers municipaux avaient été les premiers à flairer la bonne affaire et n'avaient pu refuser ensuite aux autres commerçants l'autorisation de profiter, chacun à sa manière, de l'aubaine que représentait l'afflux des pèlerins.

Devant la grande tente à l'épaisse porte de bois, trois ambulances stationnaient en priorité, chacune d'elles contenant un malade couché sur une civière. Dès le début, Marius Herbert avait dû affecter à chaque patient un numéro d'ordre pour éviter les discussions et les conflits. Les malades se pliaient volontiers à cette discipline et attendaient patiemment leur tour, même quand ils ne devaient être admis que le lendemain.

Marikje Kerselaar considéra pendant quelques minutes cet extraordinaire spectacle. C'était une femme de taille moyenne, d'une cinquantaine d'années, aux cheveux teints et frisés à l'africaine en mèches bouclées. Son nez en pomme de terre, ses petits yeux gris au regard rusé, son double menton et ses jambes épaisses et un peu torses ne faisaient certes pas d'elle une reine de beauté, et à ce point de vue elle n'avait rien de commun avec Corinna Doerinck. Mais elle était connue en Hollande comme guérisseuse. Elle ne se contentait pas d'une simple imposition des mains, mais vendait aux malades une mixture mystérieuse, magnétisée par elle, à l'odeur de menthol et de réglisse. On pouvait l'utiliser en potion ou en lotion contre les toux persistantes, les troubles de la menstruation et de la ménopause, la cellulite, l'impuissance nerveuse, la frigidité et la nymphomanie. Sa grande spécialité était le traitement des verrues qui se desséchaient, tombaient, et ne revenaient jamais.

Elle commença à se mêler aux malades, les écoutant discourir et comparer leurs maux, recueillant une masse de renseignements sur Corinna par des malades déjà enchantés de ses soins, constatant la différence qui existait avec ses propres patients dont beaucoup disaient à haute voix qu'ils ne reviendraient jamais.

Elle aperçut soudain un groupe de Hollandais qu'elle connaissait et qui s'étaient détournés d'elle. Blessée dans son orgueil, elle surmonta sa gêne et décida d'aller droit à eux. En remarquant combien son apparition les embarrassait, elle éprouva une joie sadique qu'elle put à peine dissimuler :

– Belle journée ! dit-elle.

Son ton était amical, mais malgré tout tel que chacun de ses anciens patients eut l'impression de recevoir une gifle. Il y avait là une asthmatique chronique, une femme qui souffrait d'une inflammation des ovaires, deux cas d'arthrite, et même Mijnherr Van Beveren, le banquier qui ne s'était rendu chez elle qu'à la nuit tombée, en se cachant, et qui se montrait ici à tous, assis à une table de camping, en train de manger une tartine de fromage et de boire de la bière d'Amstel.

– Voilà donc comment on se rencontre ! dit-elle aussi aimablement qu'elle le put.

– Vous aussi, vous êtes là !

C'était un certain Ludwig Linzer, qui était venu chez elle pendant un an sans qu'elle pût améliorer la sciatique dont il souffrait. Elle l'avait toujours mal supporté, car il lui rappelait sans cesse le nombre de florins qu'il lui avait déjà donnés sans que ses douleurs diminuent.

Corinna continuait à soigner gratuitement tous ceux qui venaient, mais que pouvait-elle faire des billets que les malades reconnaissants déposaient en partant sur sa table ? Marius Herbert annonçait chaque jour le résultat : « Aujourd'hui, cinq cent dix-sept marks... aujourd'hui, mille cent cinquante-six marks... Si ça continue, tu pourras bientôt financer toi-même la construction de la nouvelle maison... »

Mais chaque fois Corinna l'interrompait sèchement :

– Tiens bien les comptes, et renferme l'argent ! Malheur à toi si tu touches à un seul mark de tous ces dons !

Dans le groupe des Hollandais, Ludwig Linzer, un gros fabricant de tapis, avait été le premier à résister à Marikje Kerselaar, alors que les autres détournaient encore leur regard sur le camping encombré de voitures, comme si elle les avait surpris en pleine conspiration. En fait, ils ne s'étaient réunis que parce qu'ils étaient tous hollandais.

– Je savais que j'allais vous retrouver ici. Je voulais seulement vérifier que vous y étiez...

Entendait-elle par là les convaincre de son don de clairvoyance ? Ludwig Linzer l'arrêta net :

– Ne voulez-vous pas plutôt prendre des leçons chez la concurrence ? D'ailleurs, on ne peut que vous le conseiller !

Mijnherr Van Beveren, le banquier, prit son relais après s'être éclairci la gorge en toussotant :

– Vous avez été incapable de m'aider, Marikje. J'ai été dix fois de suite chez vous après mon attaque au cerveau... aucune amélioration. Après trois séances, à trois jours d'intervalle, je remarque une diminution de la pression dans mon crâne, et je me sens beaucoup mieux.

– Et il en est de même de ma sciatique. Voyez : je peux me tenir sur une seule jambe, celle qui me faisait tant souffrir. Est-ce qu'*elle* n'est pas fantastique ? Et cela gratuitement, sans que ça me coûte un seul florin !

Marikje Kerselaar n'avait plus qu'à s'éloigner. Une haine monstrueuse venait de naître en elle : C'est elle ou moi pensa-t-elle, emportée par une véritable folie.

Elle se retrouva devant la tente, parmi ceux qui venaient d'arriver. En recevant de Marius son numéro d'ordre, 219, elle serra les dents :

– Combien de temps me faudra-t-il attendre ?

– Vous passerez sans doute demain. Vous n'êtes pas un cas d'urgence, n'est-ce pas ? ajouta-t-il après avoir mesuré du regard la silhouette robuste qu'il avait devant lui.

– Parce que vous aussi vous distinguez les maladies à vue de nez ! Si j'étais un squelette ambulant, je n'aurais peut-être plus besoin de votre Corinna...

Devant le regard fixe de l'inconnue, abrité derrière ses lunettes, Marius se sentit soudain gêné. Il hésita encore un instant avant de dire :

– Attendez ici, je vais voir ce que je peux faire...

Marikje Kerselaar, debout devant l'épaisse porte de bois, regarda la foule avec un sourire satisfait. Le policier qui se trouvait près d'elle détourna la tête. Il en avait assez d'être de service pour canaliser, le cas échéant, tous ces demi-fous qui s'imaginaient guérir de leurs maladies en se laissant « irradier », comme disaient les journalistes ! Pourquoi les autorités ne mettaient-elles pas fin à cette farce ? De quels appuis secrets cette guérisseuse bénéficiait-elle ?

Marius Herbert apparut et fit signe à la Hollandaise d'entrer. Comme les brancardiers de la première ambulance soulevaient déjà leur malade, il s'adressa à eux :

– Cinq minutes seulement...

Marikje Kerselaar traversa d'abord la salle d'attente où il n'y avait que quelques sièges et une table où traînaient des journaux. Dans une haute cloison, une porte était ouverte, et elle entendit Marius Herbert lui dire :

– Entrez donc... n'ayez pas peur...

– Moi, peur ?

Cela résonna comme un cri de guerre, et, la tête dans les épaules, Marikje se précipita littéralement en avant.

Corinna, dans un fauteuil de bois et fumant une cigarette, lui apparut exactement comme sur le petit écran ou sur les photos des reportages : elle portait une robe très simple, gris clair, avec un motif brodé sur chaque épaule, et elle était d'une beauté saisissante, un être venu d'un autre monde, ce qui mit le comble à la haine de la Hollandaise. Voilà tout le secret de cette fille, se dit-elle : elle attire les hommes, elle fascine les femmes, et tous ces imbéciles croient, lorsqu'elle tend les mains, qu'une force inouïe passe par la pointe de ses doigts...

– Marius m'a dit que vous étiez très malade ? Où avez-vous mal ?

– Dans tout le corps.

Le visage de la Hollandaise était devenu indéchiffrable. Voilà une réponse qui va la déconcerter, pensa-t-elle. Tu peux chercher longtemps et essayer de t'en tirer avec quelques phrases passe-partout. Mais moi, tu ne peux pas me tromper...

Leurs regards se croisèrent comme des épées. Mais Corinna était déjà près d'elle. Ses mains glissaient lentement à dix centimètres du corps de la visiteuse, s'arrêtaient, repartaient. Ses yeux soudain se fermèrent, tout son visage se pinça, ses pommettes semblèrent tendre sa peau, des gouttelettes de sueur perlèrent sur son front et sur les ailes de son nez.

Malgré elle, Marikje demeura interdite. Quelle comédienne ! pensa-t-elle non sans un certain respect. Évidemment, elle prend les gens aux tripes. Et de nouveau la jalousie et la haine remplirent tout son être.

Les mains de Corinna retombèrent lentement, mais

elle resta encore longtemps debout, les yeux fermés, le visage ruisselant de sueur. Un moment inoubliable, se dit Marikje. Mais comment fait-elle ?

– Vous avez souvent mal au sternum, aux côtes...

Derrière ses lunettes à monture dorée, les yeux de la Hollandaise s'élargirent...

– ... et aussi à la tête, comme si votre crâne était serré dans un étau...

Marikje Kerselaar voulut sourire :

– Oui, des migraines, comme presque toutes les femmes.

– Non. (Corinna, la tête basse, s'essuyait le front et le visage. Ses mains tremblaient tellement qu'elle arrivait à peine à extraire une cigarette de son paquet et à l'allumer. Après avoir aspiré la fumée goulûment, à plusieurs reprises, elle se sentit toutefois capable de continuer à parler :) Moi, je ne peux rien pour vous. Mais rendez-vous immédiatement dans un hôpital ou une clinique de renom international. Je vous conseille Erlangen, Fribourg ou Munich.

– Qu'est-ce que cela signifie ?

La voix de la Hollandaise trahissait sa fureur, mais aussi une sorte de crainte.

– Que vous êtes malade, très malade...

– Et vous pouvez déceler cela avec vos mains, les yeux fermés... ? (La Hollandaise avait éclaté d'un rire de démente :)... Un diagnostic à l'œil nu en fermant les yeux ! En venant chez vous, je savais que je devais m'attendre à tout, mais quand même pas à une impudence pareille !

Corinna s'était versé une tasse de thé froid et, sans répondre, les yeux fixés sur cette visiteuse dont le comportement lui paraissait de plus en plus étrange, elle buvait lentement, à petits coups, quelques gorgées de thé.

– ... Je ne suis pas malade ! hurla soudain Marikje. Je voulais seulement constater par moi-même ce que vous faites ici, ce que vous êtes réellement ! Vous annoncez aux gens des maladies qu'ils n'ont pas, et quand les examens montrent qu'ils n'ont rien, vous vous vantez de les avoir guéris ! Un vieux truc que celui-là ! Toutes mes félicitations pour votre comédie, mais elle ne prend pas avec moi...

– Vous ne sentez encore rien, ou presque. Mais vous avez la mort en vous. Est-ce clair ? Tous ces maux qui vous tracassent ne sont pas des migraines ou les effets de l'arthrose. C'est juste le contraire ! Vos os sont atteints dans leur substance cellulaire. Ne perdez pas de temps ! Faites-vous hospitaliser. Prévenez les médecins que vous avez un myélome multiple. Rappelez-vous bien ce nom : myélome.

– Myélome... Mais ils vont me traiter de folle.

– Ils riront peut-être au début, mais ils deviendront vite très graves.

– Car vous, vous ne vous trompez jamais, n'est-ce pas ? Vous êtes la femme la plus impudente que j'aie jamais vue. Tout le monde vous croit peut-être, mais pas moi ! (La tête rejetée en arrière comme une vipère prête à jeter son venin, les yeux brillants de haine, elle ne pouvait plus s'arrêter de maudire, d'insulter :) Vous savez vous-même à quel point vous êtes dangereuse : vous désespérez les gens quand vous ne pouvez pas les bercer de faux espoirs. Vous n'êtes pas une sainte, vous êtes un démon femelle ! Maintenant, je le sais.

En sortant, elle jeta dédaigneusement une pièce d'un mark sur la table où se trouvaient des billets et des coupures :

– Cela ne vaut pas plus, lança-t-elle à Marius en passant devant lui.

Il alla aussitôt retrouver Corinna qui fumait toujours, debout devant la table.

– Que s'est-il passé ? Elle est sortie en courant comme si elle avait le feu aux fesses...

– Comment s'appelle-t-elle ? demanda Corinna.

– Je n'en sais rien. Tu m'as dit de ne pas insister quand les gens refusent de donner leur nom.

– Dans ce cas, c'est dommage. Elle va mourir

dans des souffrances atroces. Le myélome multiple qui ronge ses os est inguérissable. À peine peut-on atténuer les douleurs... Cours après elle, Marius ! Insiste pour qu'elle accepte d'entrer dans un hôpital, de se faire examiner.

Mais Marikje Kerselaar avait disparu dans la foule des malades. Quand Marius Herbert revint, Corinna était déjà agenouillée près d'une jolie fille, toute jeune, étendue sur une civière, dont les grands yeux l'imploraient en attendant le miracle. Dans ce cas aussi, Corinna était impuissante : la leucémie était trop avancée. Que devait-elle dire puisqu'elle ne pouvait rien faire ? Chaque fois, c'étaient des minutes intolérables où elle ressentait amèrement sa totale impuissance.

Sans bruit, Marius Herbert ressortit. Lorsque Corinna parlait doucement à un patient au lieu de le soigner, il savait à quoi s'en tenir. Rares sont les grands malades auxquels on peut dire la vérité, et Corinna ne l'ignorait pas.

La confiance que certains mettaient en elle touchait à la superstition. La semaine précédente, une famille bavaroise avait élevé un autel près de la tente et célébré trois services religieux par jour pour le père qui était moribond. Évidemment, la télévision avait filmé les entretiens de ces pauvres gens avec le prélat venu spécialement de Münster et qui avait finalement réussi à les convaincre qu'il s'agissait là de superstition, de paganisme, et non de religion...

À midi, Marius ferma la porte, attendit un peu le départ des malades pour aller chercher la voiture où Corinna s'engouffra en coup de vent pour déjeuner, comme chaque jour, chez ses parents.

Pas plus que Marius, elle ne remarqua la voiture au numéro minéralogique hollandais qui s'arrêta derrière eux dans une rue adjacente. Tremblante de rage et de haine, Marikje Kerselaar les vit pénétrer dans le petit jardin où Stefan Doerinck les attendait.

Les poings fermés, elle les suivit du regard tandis qu'ils disparaissaient à l'intérieur :

– Ignoble créature ! Tu veux me détruire en me faisant croire que je souffre d'une maladie mortelle... Espèce de démon femelle, c'est moi qui te détruirai !

L'après-midi de cette journée apporta au petit groupe des défenseurs de Corinna toutes sortes de désagréments.

D'abord, Élise Roemer parvint à mettre la main sur son mari alors qu'il s'esquivait de chez le Dr Hambach par la porte de derrière. Elle se jeta littéralement à son cou et s'y suspendit comme une chatte, pleurant à gros sanglots :

– Pourquoi me traites-tu comme cela, mon amour ? Sois donc raisonnable ! Reviens ! Je ne veux qu'une chose, c'est que tu guérisses. Cette Corinna va te tuer ! Pourquoi ne fais-tu pas confiance à ton ami Willbreit... ?

Le soir, chez Stefan Doerinck, Érasmus Roemer devait raconter à tous cette scène de la manière qui lui était particulière :

– Et voici qu'elle me saute au cou comme si j'étais un nègre tout nu sortant de la forêt vierge avec, dressé devant lui, son sexe gigantesque prêt à fonctionner. Mais j'ai pris mon air le plus digne : « Vous vous trompez d'objet, madame. Je ne suis pas votre baron hongrois ni l'ours que vous cherchez en vain depuis si longtemps... » Et voici qu'elle me répond : « Ô mon amour, je meurs de chagrin à cause de toi ! Personne n'arrive à te comprendre », etc. Et moi, je lui ai répondu : « Madame, les gens peuvent dire ce qu'ils veulent. Rien ne m'intéresse plus. J'ai l'intention de prendre une retraite anticipée. Ce sera une catastrophe pour vous puisque vous ne pourrez plus dire : Je suis l'épouse du président du tribunal de première instance ! » Alors elle s'est enfuie comme si j'étais déjà un cadavre en train de se putréfier.

Le Dr Hambach avait lui aussi une grande nouvelle à rapporter. Le Pr Willbreit avait téléphoné :

– Juste une information, cher confrère : le syndicat professionnel des médecins a porté plainte contre Corinna Doerinck pour exercice illégal de la médecine. Je me suis proposé comme expert... À propos, Érasmus Roemer vit-il toujours chez vous ?

– Oui, avait répondu brièvement Hambach.

– Comment va-t-il ?

– Bien. Le traitement de Corinna Doerinck semble très efficace. Dans trois semaines, nous procéderons à un contrôle radiographique de son état. Je vous ferai parvenir les clichés qui vous serviront pour votre rapport d'expert.

– Et si les résultats sont absolument négatifs ?

– Dans ce cas, vous recevrez les clichés quand même. Nous ne sommes pas de ceux qui persévèrent dans leurs erreurs, comme tant de mes confrères attachés à la médecine officielle.

Furieux, Willbreit avait raccroché sans un mot de plus.

Et de son côté, Stefan Doerinck, convoqué au bureau du recteur Ferdinand Hupp, avait pris connaissance d'une communication officielle de l'inspection académique, signée par Hollenbock. Le ministère des cultes de Düsseldorf accordait à Stefan Doerinck, pour raisons de santé, le bénéfice d'un congé illimité. Hollenbock terminait sa lettre en souhaitant au « malade » un prompt rétablissement et une reprise, prompte elle aussi, de ses activités à l'école d'Hellenbrand...

À ses protestations indignées, Hupp avait répondu :

– Surtout, ne fais pas appel, Stefan ! N'oublie pas que tu conserves ton traitement.

– Je ne fais pas partie de ces nouveaux enseignants syndiqués qui ne s'intéressent qu'à leur traitement, qui ne pensent guère aux progrès de leurs élèves et qui leur répètent que tout le mal vient de l'Occident et tout le bien des pays de l'Est ! Je continuerai à faire mon travail puisque je suis payé, et quand mon remplaçant viendra, il pourra s'asseoir dans un coin, m'écouter et prendre de la graine de ce que je dis !

– Surtout, pas de scandale, Stefan ! Tu bénéficies de conditions exceptionnelles ! Pars avec ta fille faire un peu de camping...

– La vie de ma fille lui appartient entièrement. Mais pourquoi aucun de vous ne veut-il l'admettre ?

C'était une fois de plus une discussion de sourds. Furieux, Doerinck avait fait le tour des classes pour apprendre à ses collègues étonnés la décision de l'inspection académique :

– On me met sur la touche. Je ne sais ce que vous en pensez vraiment, tout a changé si brutalement depuis ces derniers temps, même mes rapports avec des amis de vingt-cinq ans et que je croyais bien connaître... Tant pis ! La vie est faite de déceptions ! Je viens seulement vous dire que je n'attends rien de vous. Le courage et la camaraderie sont tombés sur les champs de bataille avec les morts de ma génération. Soyez de bons égoïstes, comme l'exige la société moderne. Je ne vous en voudrai pas.

C'était toucher un point sensible chez beaucoup de collègues. À toutes leurs questions, le recteur Hupp n'avait pu que répondre : « Ça ne tourne pas rond chez lui. Il a été trop marqué par la guerre et n'a jamais pu s'adapter au monde d'aujourd'hui. Nous ne nous en rendions pas compte parce qu'il était l'un des nôtres. Mais il a suffi qu'une situation difficile comme cette idiotie de guérisons miraculeuses pour que ses nerfs craquent... J'espère qu'il nous reviendra bientôt. »

Le même jour, Doerinck avait envoyé à l'inspection académique une protestation en règle et porté également plainte pour abus de pouvoir devant le tribunal de Münster.

– Pour cette affaire, je connais le meilleur avocat du monde, avait rugi Érasmus Roemer, maître Willy Fernhorst. Quand il défend une cause, tous ses adversaires font dans leur culotte et implorent le ciel pour que Dieu le rappelle à lui. Mais le gaillard a une santé de fer et son chauffeur conduit parfaitement, si bien que Dieu ne les exauce pas !

Juste avant dîner, Corinna accompagna Marius Herbert à la tente pour y laisser Molly. Aucun d'entre eux ne prêta attention aux grondements de la chienne, assise sur le siège arrière, ni à la voiture verte, immatriculée en Hollande, qui suivait la leur. Molly grognait souvent au passage d'un chat ou d'un oiseau, et Marikje Kerselaar roulait derrière eux à une distance telle qu'il leur aurait fallu être prévenus pour la remarquer. Elle s'arrêta d'ailleurs loin de la tente et, protégée par l'obscurité, fit le reste du chemin à pied. Elle s'installa derrière un arbre assez près de la porte et déballa une série d'objets étranges enveloppés dans un châle, quelques bouts de bambou, semblait-il, mais qui prirent forme quand elle se mit à les assembler pour en faire un tube d'environ un mètre de long qu'elle porta à ses lèvres pour l'essayer à vide... Puis, prudemment, elle prit un dard à la pointe effilée et soigneusement protégée, muni à l'autre extrémité d'une mince plume qui servait à stabiliser ce genre de trait pendant son trajet dans l'air.

Depuis combien de temps n'ai-je pas tué avec cette arme, se demanda-t-elle en maniant précautionneusement la pointe empoisonnée ? Elle pensa d'abord à son adolescence dans les forêts vierges de Bornéo, chez son oncle Johan Van Middelhuis, le planteur, qui l'avait recueillie après la mort accidentelle de ses parents. Vivant au milieu des indigènes, elle les suivait dans leurs expéditions de chasse, et son oncle l'avait félicitée le jour où, avec sa sarbacane, elle avait abattu d'une flèche empoisonnée son premier sanglier. Il y avait trente-huit ans de cela. De temps à autre, elle s'exerçait encore à tirer à la cible avec des flèches qui n'étaient pas, comme celle-ci, porteuse d'un venin mortel dont l'effet était immédiat. Un jour, elle avait même transpercé un lapin de garenne égaré dans son jardin... Et une femme est une cible plus importante, n'est-ce pas, et il suffit de la toucher, d'érafler sa peau n'importe où... Le démon femelle mourrait aussitôt.

Elle attendit patiemment quelques minutes, embusquée derrière l'arbre. À l'intérieur de la tente, les lumières s'éteignirent et elle fronça les sourcils. Allaient-ils passer toute la soirée à cet endroit ? Mais non, la porte s'ouvrait. Elle approcha la sarbacane de ses lèvres, aspira lentement, à fond, pour gonfler d'air ses poumons et, dans quelques secondes, l'en expulser d'un seul coup, de toute sa force, comme une explosion.

Marius Herbert sortit le premier, suivi de Molly qui se mit à gambader autour de lui, remuant la queue et aboyant joyeusement, dressée la plupart du temps sur ses pattes de derrière. Mais ce fut pour s'arrêter net et se mettre devant son maître comme pour le protéger, les babines relevées sur ses crocs redoutables, grondant dangereusement, ses grands yeux rougeâtres sondant l'obscurité, son nez humide reniflant l'odeur qui l'inquiétait, celle d'un être humain qui ne se montrait pas...

– Encore un chat ! Mais laisse-les donc tranquilles, ces pauvres bêtes ! dit Marius.

Puis Corinna apparut. Elle fit un pas en avant et s'immobilisa aux côtés de Marius. Une cible parfaite, baignée de clair de lune.

La haine qui emplit d'un coup le cœur de Marikje Kerselaar lui fit viser un point précis, le trop beau visage de Corinna. C'était le moment ! Projeté par l'air que la Hollandaise accumulait depuis de longues secondes, le trait empoisonné vola vers son but.

Mais au même instant Molly se dressait une fois de plus de toute sa hauteur, cette fois vers la maîtresse qu'elle avait acceptée, la couvrant totalement. Élan suprême de joie ou de prémonition mystérieuse ? Qui sait ce qui peut se passer dans ce qu'on est obligé d'appeler l'esprit d'une bête ? Sans bruit, le dard s'enfonça dans sa nuque et y resta planté.

La chienne poussa d'abord un glapissement aigu, puis retomba pour se rouler par terre, brisant ainsi la tige de la flèche mais enfonçant plus profondément la pointe et son poison.

– Es-tu devenue folle, Molly ? Une puce ? Je vais voir ça tout à l'heure.

Marikje s'éloignait déjà dans la nuit pour retrouver sa voiture, la rage au cœur. Un chien, un sale bâtard de chien, jouant le rôle du destin, venait de faire échouer son plan ! Mais pourquoi n'avait-elle emporté qu'un seul dard ? Pour ne pas multiplier le risque par deux ? Les poings crispés sur le volant, se cognant la tête contre le pare-brise, elle aurait pu crier de fureur et de déception. Tout son corps tremblait encore quand elle remit la voiture en marche... Quand donc une occasion pareille se représenterait-elle ?

Molly s'était roulée par terre pendant quelques secondes, mais de plus en plus lentement, pour s'immobiliser enfin, les quatre pattes soudain raidies, dans une position si étrange que Marius, qui avait fait quelques pas en avant avec Corinna, revint vers elle :

– Allons, Molly, debout ! Qu'est-ce que c'est que cette comédie ?

Mais la chienne demeurait comme pétrifiée, la langue pendante, la tête appuyée de côté contre le sol, ses yeux grands ouverts reflétant le clair de lune comme deux billes de verre.

Et soudain Marius comprit :

– Molly... Molly ! (Il se jeta d'abord à genoux, essayant de soulever à bras-le-corps la bête qui avait été son unique compagne. Finalement, il s'allongea près d'elle, désespéré. Elle était encore chaude, mais insensible, sans souffle, sans vie.) Molly...

Son gémissement prolongé glaça Corinna. Jamais elle n'avait entendu un être humain pousser un tel cri. Elle courut à lui, vit alors la tête du chien. Et Marius à genoux s'accrocha alors à elle, la tête enfouie entre ses seins, pleurant, si bien qu'elle ne pouvait que caresser ses cheveux blonds qu'il s'était fait couper – elle l'avait deviné – uniquement pour elle, pour tenter de rester plus longtemps près d'elle. Mais le regard de Corinna demeurait fixé sur le corps de Molly, sur ses pattes désespérément raidies, sur l'expression torturée, presque humaine, de ce visage de bête. Incapable de comprendre, de s'expliquer ce qui se passait, elle sentit que ses yeux se remplissaient de larmes, et elle pressa plus fort contre elle la tête de Marius qui sanglotait comme un enfant abandonné.

Ils restèrent longtemps ainsi près du corps de Molly, jusqu'à ce qu'il pût enfin dire :

– Mais qu'est-il arrivé ? Pourquoi est-elle morte ? (Et comme Corinna ne disait rien – qu'eût-elle pu répondre ? –, il ajouta :) Maintenant je n'ai plus rien, plus rien au monde.

– Il ne faut pas parler ainsi, Marius. Tu as toute ta vie à construire.

– Avec Molly, ma vie avait un sens. Le matin, elle me regardait, et cela voulait dire : « Lève-toi donc. Fais quelque chose. Il faut que je mange aussi aujourd'hui. Nous devons continuer à vivre tous les deux... »

– Tu as ton talent, ton art ? Et ne suis-je pas là, moi ?

– Toi... ? (Il leva sur elle ses yeux infiniment tristes, secoua la tête :) Toi ? Tu es un être venu du ciel, inaccessible.

– Est-ce que je ne te tiens pas dans mes bras ! Est-ce que tu ne me sens pas près de toi ? Ne peux-tu pas étendre la main et me toucher ? Suis-je vraiment inaccessible ?

– Avec Molly, j'ai dormi dans des granges, dans des caves de constructions inachevées, dans des maisons en ruine... Mais tout ce que je raconte là est de la folie ! Si jamais je te disais : « Corinna, je t'aime », tu me jetterais à la porte, et avec raison. Tu rirais de moi...

– Est-ce que je ris de toi maintenant ? Non, je t'écoute et je pleure avec toi parce que tu pleures un chien qui m'appartenait aussi.

Il se leva. Il avait soudain très froid bien qu'il fît encore chaud.

– Transportons Molly à l'intérieur de la tente, je l'enterrerai demain. Mais comment peut-on mourir aussi brusquement ? Un chien peut-il être atteint d'un infarctus et mourir en quelques secondes ? Elle a sauté vers toi, puis elle s'est effondrée...

Ils transportèrent tous deux Molly, étendirent sur elle la couverture qui avait toujours été la sienne, puis Marius approcha de sa gueule l'assiette en plastique où elle aimait manger. Même en pleine lumière, aucun d'eux n'avait remarqué la tige de bambou brisée, dissimulée dans l'épaisseur des poils de la nuque.

– Et maintenant ? dit-il en se relevant.

– Maintenant, nous retournons dîner chez mes parents, comme prévu. Nous appellerons le Dr Mayer, le vétérinaire.

– À quoi bon ? Il ne pourra pas la ressusciter !

– Non, mais nous saurons comment elle est morte. C'est important. D'abord, on incendie une grange, aujourd'hui on tue Molly...

Marius sursauta :

– Qu'est-ce que tu dis ?

– Regarde-la bien, Marius... On a dû l'empoisonner ! Et demain matin le Dr Mayer le confirmera.

Il se pencha sur Molly pour regarder longuement son museau, sa langue, puis remit la couverture en place.

– Les salauds ! (Il se retourna vers Corinna.) Allons-nous nous laisser faire sans réagir ?

– Non, nous rendrons coup pour coup.

– Ensemble ?

– Oui, ensemble.

– Corinna, je t'aime.

C'est elle qui est alors venue à lui. Elle n'a pas résisté quand il l'a prise dans ses bras. Le baiser qu'ils ont échangé était encore fraternel, si pur, leurs lèvres ne se sont pas entrouvertes en se touchant. Et pourtant, Marius a pu dire :

– Si Molly nous voyait... Elle t'aimait toi aussi, Corinna...

Stefan Doerinck attendait impatiemment sa fille. Marius et elle, étonnés, le virent courir à leur rencontre, et Ludmilla apparut également, criant de loin avant que Stefan n'eût pu dire un mot :

– Une surprise, Corinna ! Une surprise formidable !

– Mais où étiez-vous donc ? (Sans même accorder un regard à Marius, il entraîna sa fille à l'intérieur :) Tiens-toi bien pour ne pas tomber d'étonnement. L'attaché culturel de l'ambassade soviétique t'a appelée : on t'invite à Moscou à un congrès ! Le professeur Maxime Victorovitch Nerochenko, l'un des grands chercheurs soviétiques en matière de télékinésie, désire te voir... La lettre arrivera demain, une invitation officielle ! (Il serra sa fille dans ses bras :) Je voudrais voir la gueule qu'ils vont faire, ces médecins si jaloux de leurs prérogatives ! Viens vite ! Ta mère nous a préparé un repas de fête avec une tarte Alexandre.

Corinna se tourna vers Marius, que Doerinck continuait à ignorer malgré ses cheveux courts, pour marcher avec lui vers la salle de séjour. Il avait encore la gorge serrée, mais il fut assez fort pour ne pas éclater en sanglots. Oui, je l'aime, pensa-t-il. Ô mon Dieu, faites que tout cela ne soit pas qu'un rêve...

13

C'est au cours de cette nuit que Marius et Corinna retournèrent ensemble à leur tente.

Marius voulait s'y rendre à pied pour y dormir, mais Corinna craignait pour lui. Elle pressentait confusément que, déséquilibré comme il l'était par la mort du « seul être qui m'aimait », selon son expression, il pouvait prendre avec lui le cadavre de sa chienne et disparaître pour toujours dans la nuit.

Le tableau, cette orgie de couleurs, qu'il avait entrepris n'était pas encore terminé. Certes, la suggestion de Corinna avait fait de lui un autre homme en libérant, comme dans une explosion, toutes les possibilités de son être. Même Stefan Doerinck, après l'avoir vu peindre, avait confié à sa fille : « Jamais je ne l'aurais cru capable de cela... il a vraiment quelque chose dans le ventre, ce garçon... »

Mais rien n'est plus fragile qu'un artiste. D'un seul coup, son moral s'était effondré comme un château de cartes, et il était redevenu ce qu'il était à son arrivée à Hellenbrand, un « vagabond » selon la terminologie officielle, un être dont personne ne pouvait reconnaître la valeur puisqu'il la méconnaissait lui-même.

Le laisser partir seul dans l'état où il était, c'était courir un risque au moment même où l'invitation de l'attaché culturel de l'ambassade soviétique ouvrait à Corinna, et par conséquent à lui-même, de nouvelles possibilités.

Seul Érasmus Roemer avait montré quelque scepticisme à ce sujet :

– Attendez la lettre officielle. Pourquoi l'ambassade aurait-elle téléphoné si cette lettre est déjà partie ? Ce coup de téléphone superflu me semble suspect. Et si c'était l'œuvre d'un mauvais plaisant ?

Ne m'avez-vous pas dit que votre petite ville ne s'est jamais habituée à la présence de Ludmilla, la « Russe » ?

Doerinck secoua la tête :

– L'homme que j'ai eu au téléphone parlait l'allemand avec l'accent typique d'un Russe...

– Et j'ai parlé russe avec lui, confirma Ludmilla... Je lui ai même dit : « Tout cela me semble invraisemblable, camarade. Comment connaît-on ma fille à Moscou ? » Et il m'a répondu : « Et comment pouvez-vous poser une telle question, Ludmilla Davidovna ? Croyez-vous que nous ne suivons pas vos émissions de télévision et que nous ne lisons pas vos journaux ? Tout ce qui est scientifique nous intéresse. » Non, ce ne peut être une plaisanterie.

Le Dr Hambach haussa les épaules :

– Attendons... Moi, je croirai à tout cela quand Cora aura à la main son billet d'avion.

– La seule difficulté, dit Doerinck, peut provenir des conditions que j'ai mises à ce voyage : Ludmilla et moi accompagnerons notre fille. Il a été très évasif : « Je vais transmettre votre demande... » Ce qui nous a frappés ensuite, c'est qu'en parlant avec Ludmilla, il l'a appelée « Ludmilla Davidovna ». Ils savent donc que Corinna est la petite-fille du Dr David Assanourian, mort déporté en Sibérie...

– Cela pourrait avoir des conséquences fâcheuses, admit Roemer.

– Je ne le crois pas. Dans ce cas, ils savent aussi que le grand-père de Corinna était un chirurgien célèbre par la hardiesse de ses opérations et un médecin aux guérisons spectaculaires. Et ce « Ludmilla Davidovna » me fait croire qu'ils savent aussi que j'ai enlevé sa fille il y a trente-six ans de cela, et que je l'ai amenée en Allemagne déguisée en soldat de la Wehrmacht !

– Ce n'est pas nous qui les intéressons, mais Corinna, dit Ludmilla avec son calme habituel...

Remercions le Seigneur qui nous a donné une telle fille.

La mort de Molly, racontée par Marius d'une voix basse, étouffée parfois de larmes, leur fit oublier momentanément le voyage à Moscou. Finalement, Roemer exprima son étonnement :

– Naturellement, il faut que le vétérinaire examine ce chien dès demain matin. Mais il y a quelque chose qui me choque : Molly bondit de joie, puis elle se tord soudain de douleur sur le sol et meurt en quelques secondes. J'ai eu affaire à deux cas de meurtre par empoisonnement avec une armée d'experts qui n'étaient d'accord sur rien, sauf sur deux points précis : d'abord, un poison mortel ne doit avoir ni goût ni odeur; et ensuite il lui faut un certain temps pour agir après son absorption pour passer de l'estomac dans le sang. Or, cela ne semble pas être le cas. Une chose est sûre : tout poison laisse des traces dans l'organisme. Un empoisonnement n'est donc jamais un crime parfait. Mais, avec une mort aussi soudaine, le poison me semble à exclure.

– Et pourtant, dit le Dr Hambach, je pense aux réfugiés que les services secrets des pays de l'Est liquident jusque dans nos rues. Une piqûre suffit : la victime meurt en quelques secondes. On nous a même montré comment pouvait fonctionner l'arme du crime, une sorte de stylo à bille.

Le rire de Roemer ébranla presque la pièce :

– Marius Herbert, dites-moi la vérité : Molly était un agent antisoviétique ! Avez-vous aperçu l'individu suspect qui s'est approché d'elle armé d'un stylo à bille ?

– Molly n'était qu'un chien, un pauvre bâtard de chien, si affreux que personne ne voulait de lui. Mais pour moi, elle était bien autre chose. Un être comme elle avait plus de valeur que le reste du monde, à part certaines rares personnes que j'apprécie.

– Merci, fit sèchement Doerinck.

Un regard de sa fille le rejeta au fond du fauteuil d'où il s'était à moitié redressé. Non, même si Corinna lui faisait les gros yeux, il n'aimait pas ce genre de garçon, qu'il eût les cheveux courts ou non, qu'il fût ou non un peintre génial. Il y a longtemps que je l'aurais mis à la porte sans son cancer à l'estomac que Corinna veut absolument guérir, pensa-t-il…

– Je comprends parfaitement votre chagrin. Mais la question que pose la mort de Molly me semble beaucoup plus importante : est-ce un accident, c'est-à-dire s'est-elle empoisonnée elle-même en avalant quelque chose, par hasard, ou est-ce un attentat dans le genre de l'incendie ?

– C'est ce que nous dira demain le Dr Mayer…

Voyant que Marius se dirigeait vers la porte, Corinna s'était levée :

– Où vas-tu ?

– Il faut que je retourne à la tente. Celui qui a tué Molly peut avoir intérêt à faire disparaître son corps. Je viens seulement d'y penser…

Ses craintes n'étaient pas fondées. Molly était couchée telle qu'il l'avait laissée, dissimulée sous sa couverture. Après en avoir soulevé un pan et contemplé un instant le museau maintenant détendu par la mort de sa chienne, il se retourna vers Corinna :

– Merci de m'avoir accompagné. Je vais tirer mon lit jusqu'ici et passer la nuit à côté d'elle. Demain, tu vas voir une trentaine ou une quarantaine de malades devant cette porte. Il faut que tu te reposes. Rentre vite chez toi.

– Tu ne peux pas rester seul.

– Combien de fois déjà ne suis-je pas resté seul, et j'en suis sorti.

– Oui ? Mais comment ? Dans quel état ? Il faut que tu termines ton tableau, ton premier chef-d'œuvre.

Il éclata d'un rire désespéré :

– C'est à coups de couteau que je le terminerai, en mettant cette toile en pièces !

Pour la forcer à partir, il avait retiré ses souliers en parlant, et maintenant, il déboutonnait ostensiblement son pantalon et le laissait tomber sur ses chevilles. Et comme il se tenait, là en slip, debout devant elle, Corinna vit pour la première fois la misère de ce corps que des années de famine et la maladie qu'il portait en lui avaient décharné. Et voyant qu'elle le regardait, il se mit de nouveau à rire :

– Eh oui, voilà de quoi il a l'air sans son pantalon et son pull, ton peintre ! Pour qu'une femme le prenne un jour dans ses bras, il faudra qu'elle soit aveugle ou qu'on la paye cher ! À l'asile de Cologne, j'ai pourtant couché une fois avec une femme. Elle n'avait que les os et la peau, comme moi, et en nous frottant l'un contre l'autre, nos os ont fait un tel bruit de castagnettes que nous avons réveillé tout le monde...

– Tais-toi. Pourquoi mens-tu ?

– Oui, je mens. Mais comme c'est vrai pourtant... Regarde-moi bien : qu'est-ce que tu vois ? Un squelette, un squelette déjà...

– Dans un an, tu seras différent : tu seras guéri, tu auras mangé à ta faim, et tes tableaux t'auront rendu célèbre.

Sans répondre, il sortit un instant et reparut, tirant et poussant son lit de camp qu'il disposa entre la cloison et Molly, et où il s'assit, les jambes pendantes.

– Bonne nuit, répéta-t-il.

– C'est ainsi que tu dors ? Sans draps, presque nu ?

– D'abord, j'ai deux couvertures, il ne fait pas froid, et ensuite je n'ai pas les moyens de me payer le luxe d'un drap et d'un pyjama.

– Pourquoi ne me l'as-tu pas dit ?

– Pourquoi ? Je ne suis pas venu te trouver pour mendier, mais parce que j'ai eu l'idée insensée de pouvoir t'être utile. Je voulais gagner de l'argent, figure-toi. Au lieu de cela, ton hangar brûle et on tue ma chienne. Ce n'est pas ce que je m'étais imaginé.

C'est alors qu'elle s'assit sur le lit, à côté de lui, ses jambes elles aussi ballantes, regardant droit devant elle sans comprendre ce qu'elle faisait. Pour la première fois depuis de nombreuses années – des siècles lui scmble-t-il – un corps masculin éveille en elle un sentiment étrange où n'entre aucun réflexe de défense. Les narines dilatées, elle respire sans crainte cette odeur particulière, moitié bête de proie et moitié foin récemment coupé, d'un corps d'homme. L'idée lui vient soudain qu'elle est en train d'éprouver la même attirance sexuelle, irrésistible, que ces insectes qui parcourent des kilomètres pour se rejoindre, et elle s'aperçoit avec stupeur qu'elle n'a pas un mouvement de recul bien qu'il ait passé le bras autour de sa taille et qu'elle sente la main qui saisit sa hanche. Elle l'entend bégayer :

– Je ne sais pas ce qui me prend... Va-t'en ! Va-t'en vite !

Mais cette voix rauque résonne en elle comme dans une sorte de rêve.

– Je ne veux pas que tu pleures toute la nuit près de Molly, s'entend-elle dire. (Et après un moment, elle ajoute :) Je vais rester. Couche-toi. Je te raconterai alors ma vie, celle des Doerinck, une longue histoire insensée qui commence comme un conte de fées, à Poti, sur la mer Noire, entre un jeune lieutenant allemand et une merveilleuse jeune fille qui s'appelait Ludmilla. Et ils se sont aimés comme s'il n'y avait plus autour d'eux la guerre et des peuples en train de s'exterminer, plus de haine inspirée par des idéologies insensées, imparfaites et donc fausses puisqu'elles sont l'œuvre des hommes, notre œuvre. Viens, allonge-toi...

Il hésite un instant puis s'étend de tout son long sous les couvertures. Les bras croisés sous la nuque, il reste un moment immobile à regarder le mouvement de vagues que fait, au-dessus de lui, la toile de la tente sous le vent de la nuit. Il tressaille quand Corinna ferme la lumière principale, ne laissant allumée que la petite lampe posée sur la table.

Quelle est donc la raison de ma vie ? Me voici couché sous une tente où repose le cadavre de ma chienne, près de la plus belle femme que j'aie jamais vue, et elle ne doit même pas se rendre compte de ce qu'elle fait puisqu'elle me parle d'un pays lointain, d'un médecin qui imposait les mains à ses malades qui s'en allaient guéris... et surtout de deux jeunes gens qui se sont aimés... Et moi, je n'aurais qu'à tendre les mains pour la toucher, pour l'attirer à moi, pour lui retirer sa blouse par le haut et faire glisser sa jupe, et je ne le dois pas... Je me coucherais alors sur elle et je serais, ne serait-ce qu'une fois, totalement heureux. Et il s'aperçoit alors que sa main effleure déjà la hanche de cette femme, remonte vers ses seins.

– Non... pas cela... dit-elle d'une voix étrange qui n'était plus la sienne.

– Alors, parle, continue à raconter ton histoire, celle de ce vieux médecin mort déporté en Sibérie, celle de ces deux êtres qui se sont aimés...

Mais aucune parole ne sort plus d'elle, car il s'est couché sur le côté, libérant son autre main qui se pose plus bas sur son corps et qui glisse encore plus bas, et il sent qu'elle se raidit de plus en plus.

Car une peur, un souvenir atroce, la saisit soudain :

– Non, non, répète-t-elle, c'est impossible...

– Tu ne peux pas agir comme cela, Corinna. Tu ne peux pas rester près de moi, me parler de l'amour des autres et te refuser à moi...

Il lui avait saisi la main et la guidait presque de force vers son sexe en érection. Et stupéfait du bonheur qui le submergeait, il s'aperçut que les longs doigts qu'il admirait depuis le premier jour s'ouvraient et sc refermaient autour de son membre. Il osa la regarder : sa tête était rejetée en arrière, ses yeux fermés, sa bouche, un simple trait rouge.

– Je t'aime, murmura-t-il... Oh ! je t'aime à en mourir...

Et maintenant ses mains soulevaient sa blouse, découvrant ses seins durs, nus, aux pointes dressées, comme dans ses rêves. Et son visage recherchait tous les creux de ce corps, il respirait les parfums, différents suivant les endroits, d'une peau chaude et lisse, de ces lèvres qui s'entrouvraient, non, qui s'ouvraient en grand, transfigurant un visage encore plus merveilleux. Il ne sentit pas les poings qui frappaient son dos quand sa bouche effleura les bords d'un abîme humide, ni les ongles qui labouraient ses épaules, et il ne s'aperçut même pas qu'elle résistait de nouveau, désespérément, quand il la renversa sous lui.

Il eut toutefois l'impression qu'elle s'abandonnait soudain, complètement.

Oui, pendant plusieurs minutes, elle avait fait tout ce qu'elle pouvait, lutté non pas contre lui, mais contre un souvenir horrible. Pourvu que cela ne se reproduise pas, s'était-elle dit en essayant de le repousser, en le frappant, en le griffant, en le mordant. Non, pas cette chose horrible ! Pas avec Marius ! Pas ce qui s'était passé alors qu'elle avait aimé pour la première et la dernière fois.

Il s'appelait Holger Bernau. Il était en cinquième année de médecine. Ils suivaient le même cours d'anatomie, autour d'une table de dissection, près des bassines où des parties de cadavres trempent dans une solution de formol. Ils s'étaient regardés, et ils s'étaient revus le soir même, et il l'avait embrassée longuement en la raccompagnant chez elle. Un beau et grand garçon, aux épaules larges, un sportif heureux de vivre, au corps splendidement musclé, au grand sourire. Corinna avait eu l'impression que cet amour la remplirait de bonheur, jusqu'au moment où quelque chose d'incompréhensible les avait séparés.

C'était le soir où elle avait enfin accepté de le suivre dans sa chambre d'étudiant. Ils avaient bu du champagne, dansé dans cette chambre en s'étreignant de plus en plus étroitement à la seule lueur, si douce et si enivrante, des bougies, tout cela était si plein de poésie et de romantisme... Mais au moment même où, après avoir roulé ensemble sur le grand lit à deux places, elle allait connaître le suprême bonheur, alors qu'elle débordait de tendresse et de reconnaissance pour celui qui lui révélait l'amour, elle l'avait entendu pousser un cri épouvantable, et il s'était dégagé d'elle pour se retrouver sur le sol, se relever en courant vers le grand miroir de l'armoire, examiner son dos.

– Mais tes mains m'ont brûlé, Corinna. J'ai eu l'impression qu'un fer rouge s'enfonçait dans mon dos.

Puis il s'était assis sur une chaise, loin d'elle, et il l'avait regardée d'un air horrifié, secouant la tête, glacé d'effroi :

– Mon Dieu, mais qu'est-ce que tu as dans tes mains... ? Jamais cela ne m'était arrivé avant... Mais ce n'est pas normal...

Elle était restée allongée sur le lit, nue, honteuse, mais le regardant avec des yeux secs, haïssant soudain ses mains et tout son corps, haïssant cette force qui pouvait guérir des malades mais qui l'empêcherait sans doute, à jamais, d'être une femme comme les autres.

Elle s'était efforcée de jouer la comédie.

– Quelle bêtise ! Mais ton dos n'a rien ! Comment veux-tu que je te brûle avec mes mains ?

– Tu m'as brûlé, répétait-il.

Comme elle haussait les épaules, elle le vit courir jusqu'au lavabo, se jeter sur les épaules et sur le dos une grande serviette de bain trempée dans l'eau froide. Puis il revint s'asseoir près d'elle, la regardant avec des yeux égarés :

– Mais je sens encore comme des brûlures là où se trouvaient tes mains. Que s'est-il passé ?

À quoi bon continuer de mentir ? La tête basse, elle avait répondu :

– Je ne sais pas...

Après cette nuit, tout avait changé entre eux. Elle avait évité Holger, allant jusqu'à se cacher chaque fois qu'il l'attendait à la sortie de la faculté, coupant court à leurs conversations quand, malgré ses précautions, elle se laissait surprendre, répondant par monosyllabes au téléphone chaque fois qu'il l'appelait de plus en plus désespérément. La nuit, elle restait de longues heures accroupie sur son lit. Elle mordait jusqu'au sang ces mains qu'elle haïssait, les trempait longuement dans l'eau froide puis dans une eau presque brûlante, comme pour les punir. Mais elle était déjà convaincue de l'inutilité de tout ce qu'elle faisait : elle ne pourrait jamais mener une vie normale de femme.

Alors, comme il continuait à la poursuivre, à l'implorer, elle l'avait un jour giflé posément, par deux fois, sans raison, sans un mot, devant tous leurs camarades. Elle n'avait jamais oublié son regard interdit, son expression bouleversée, cette interrogation muette d'un homme qu'elle blessait cruellement. Puis elle avait tourné lentement le dos et avait disparu pour toujours.

Le soir même, assise dans la baignoire, un scalpel à la main, elle avait pensé à se tuer. Il suffisait de s'entailler les veines dans l'eau chaude. Elle savait que c'était la mort la plus miséricordieuse qui fût : une seule coupure profonde à chaque poignet, et ce serait une fatigue grandissante, un évanouissement insensible au fur et à mesure que son corps se dissoudrait dans un espace infini.

Son père l'avait sauvée en frappant à la porte :

– Corinna, le Dr Hambach est ici. Veux-tu descendre ?

Elle avait répondu en maîtrisant sa voix :

– Je ne sais pas, papouchka. Je viens d'entrer dans mon bain... cela va durer encore quelque temps.

– Je crois qu'il ne va pas très bien : figure-toi qu'il refuse son petit verre habituel d'alcool de grain.

Elle avait trouvé la force de rire :

– Alors, ce doit être vraiment grave, avait-elle répondu en riant.

Et, pour la première fois de sa vie, elle avait ressenti un frémissement dans ses doigts en regardant le vieil ami de la famille, son oncle Ewald comme elle l'appelait. Il avait en lui, elle en était soudain sûre, quelque mal sournois qu'elle distinguait mal, une sorte de rayonnement noir ennemi du sien. Ce n'est que plus tard, alors qu'elle avait réussi à surmonter cette crise, résolue à abandonner ses études de médecine et à créer un atelier de tissage, qu'elle s'était attaquée à la prostatite du vieux médecin.

Dès lors, Corinna avait repoussé résolument toutes les avances des hommes. Au premier baiser, elle demeurait comme pétrifiée, pensant à ses mains, au feu dévorant qui s'échapperait d'elle si, par malheur, elle se laissait entraîner par le bouillonnement de son sang et perdait le contrôle de son corps. Et elle voyait ces hommes s'éloigner, stupéfaits, vexés, se demandant comment une femme à l'aspect si sensuel pouvait, dès qu'on l'effleurait, devenir un bloc de glace.

Ainsi avait-elle vécu dans la crainte d'elle-même jusqu'à ce jour. Et maintenant elle se retrouvait allongée sur un lit trop étroit, les yeux fixés sur la toile de la tente qui battait au-dessus d'elle sous le vent de la nuit. Et Marius était près d'elle, les jambes encore mêlées aux siennes, comme entrelacées. Il s'était rejeté sur le côté, haletant, la tête presque dans le vide, balbutiant les mots d'amour qu'elle croyait ne jamais plus entendre. Non, il n'avait pas crié : « Tu me brûles… Tes mains me brûlent. » Il ne l'avait pas repoussée pour courir comme un fou dans toute la pièce, à la recherche d'un peu d'eau pour éteindre le feu qu'elle avait senti en elle et qui aurait dû le dévorer là où, malgré elle, ses mains s'étaient refermées sur lui. Ce dos si maigre qu'elle avait partiellement sous les yeux, qu'elle caressait encore, portait pourtant des traces sanglantes, celles de ses ongles qui s'étaient enfoncés dans cette chair.

– Je t'ai déchiré le dos, dit-elle doucement.

– Je n'ai rien senti.

– Rien du tout ?

– Non, sinon le plus grand bonheur du monde.

Elle insista, encore incrédule :

– Mais je t'ai battu, griffé, mordu. Tu as les épaules en sang.

– Je n'ai rien senti, sauf toi, toi... Et une grande peur, peur que cela ne soit déjà fini, et que demain, quand il fera jour, je ne me réveille en me disant : « Évidemment, c'était un rêve... »

Il s'accrocha à elle avec une telle force qu'elle en perdit presque le souffle, et comme elle le serrait à son tour dans ses bras, elle sentit que ce corps fragile et osseux se détendait lentement.

C'est ainsi qu'ils s'endormirent, les membres mêlés inextricablement, si bien soudés l'un à l'autre que rien désormais ne les séparerait.

Le lendemain matin, le Dr Mayer les reçut et examina le cadavre de Molly.

– Ce chien a été empoisonné, c'est clair... (De ses mains gantées, il avait ouvert la gueule de la bête et regardait longuement à l'intérieur comme pour percer son secret.)... mais pour savoir quel est le poison, si cela vous intéresse, il faudra une autopsie. Pour cela, il y a à Münster l'Institut de médecine vétérinaire... Est-ce vraiment la peine ?

– Je veux savoir comment elle est morte. Aux yeux de tous, elle n'était qu'une affreuse bâtarde, mais c'était ma chienne.

– Très bien, je vais avec vous à Münster. Cette affaire m'intéresse.

En se relevant, il caressa le dos de l'animal. Mais ce fut pour arrêter brusquement son geste. Se penchant de nouveau sur le cadavre d'un air intrigué, il se mit à écarter les poils de la nuque. Il y avait là un bout de bois planté dans la chair. S'aidant de ciseaux et d'une pincette, il agrandit et approfondit la blessure et parvint à en extraire un morceau de bois effilé qu'il montra à Marius et à Corinna, muets de surprise :

– Surtout n'y touchez pas ! Voilà sans doute ce qui a tué votre chien : la pointe de la flèche, une flèche empoisonnée, est restée dans sa nuque...

– Mais c'est impossible, bégaya Marius.

– N'avez-vous pas vu et entendu quelque chose ?

– Non, Molly jouait et sautait autour de nous, puis elle est retombée.

– Parce que la flèche empoisonnée venait de l'atteindre. Voilà un poison qui agit bigrement vite.

Marius, les larmes aux yeux, était plus abattu que jamais :

– Mais ce n'est pas possible, Cora. Dans une petite ville comme Hellenbrand, qui donc pourrait se mettre à tirer des flèches empoisonnées ? Et cela pour assassiner Molly ? Mais pourquoi ?...

Le visage de Corinna était devenu impénétrable, figé comme du marbre :

– Dès lors, c'est la police qui doit s'occuper de cette affaire et procéder à la recherche du poison. Nous emportons avec nous le corps de Molly. Et nos chers Hellenbrandais vont avoir de quoi s'étonner une fois de plus !

En allant chercher Corinna pour le petit déjeuner, Stefan Doerinck constata qu'elle avait déserté sa chambre et son lit de jeune fille. Certes, il n'avait nullement le droit ni l'intention de se mêler de la vie privée de son enfant : à l'âge de trente ans, elle était seule responsable de ses actes. Mais en redescendant, il ne put s'empêcher de dire à sa femme :

– Je ne sais pas ce que tu en penses. Mais l'idée qu'un individu comme celui-là couche avec ma fille me donne des idées de meurtre !

– Et quand nous nous sommes connus pendant la guerre, est-ce que tu t'es demandé comment mon père pouvait réagir à l'idée que je t'aimais, Stefanka ?

– C'était autre chose. J'étais officier...

– Et un ennemi. Les Allemands avaient attaqué notre pays et tué des millions de nos compatriotes, détruit des villes et des villages, pratiqué la politique de la terre brûlée chaque fois qu'ils devaient reculer... Que crois-tu que notre famille et nos voisins ont pensé de moi, dont le devoir était de te planter un couteau dans le dos ? On m'a traitée de tous les noms. Et qu'ai-je répondu alors ? Je leur disais chaque fois : pendez-moi donc, camarades. Je ne peux pas commander à mon cœur : je l'aime... Corinna a le droit d'aimer qui elle veut, elle aussi.

– Il n'est rien qu'un raté qui crève la faim. Et il est malade : un cancer !

– Moi aussi, j'ai eu un cancer. Et Corinna guérira peut-être le sien. Et peu importe qu'il soit un grand peintre ou non, s'ils s'aiment. C'est cela qui est important. Est-ce que je savais ce qui m'attendait en Allemagne, dans cet horrible pays qui avait voulu nous anéantir ? Non ! Mais je t'aimais, et cela me suffisait comme avenir. Allons, prends ce petit pain : il est tout doré, grillé juste comme tu l'aimes.

Deux heures plus tard, la villa des Doerinck était le théâtre d'un fait décisif.

Le cadavre de Molly était allongé sur le banc de pierre du jardin. Roemer avait téléphoné à la police criminelle de Münster et réclamé la venue immédiate de l'inspecteur principal Hellwig. Dans la salle de séjour, le maire atterré regardait la pointe empoisonnée :

– Il faut à tout prix éviter que les media s'emparent de cette histoire ! Vous voyez d'ici les titres : « Des Indiens tuent à Hellenbrand avec des flèches empoisonnées... »

Mais la voix tonnante de Roemer couvrit ses plaintes :

– C'est cela, étouffons l'affaire ! Faites comme Hellwig qui refusait de venir parce qu'il s'agissait d'un chien. Mais il a changé d'avis quand il a entendu la suite... (Il s'arrêta net en voyant l'expression de Corinna, vint s'asseoir près d'elle sur le divan, et lui dit d'une voix aussi douce que possible :) Mais oui, il y a eu tentative de meurtre. C'est toi qu'on voulait tuer, Corinna. Le chien, en sautant sur toi, a reçu la flèche à ta place. C'est un attentat criminel. C'est de cela qu'il s'agit...

Deux heures plus tard, l'inspecteur principal Hellwig arrivait, accompagné d'un toxicologue de la faculté de médecine. Hellwig, très raide, s'inclina devant Roemer et se pencha immédiatement sur le chien. Le toxicologue examina à la loupe la pointe brisée, puis la reposa avec précaution en hochant la tête :

– On ne peut pas s'y tromper, déclara-t-il d'une voix ferme... C'est là la pointe d'un dard tel qu'en utilisent plusieurs tribus primitives. Et elle est enduite d'un poison foudroyant. Pour être plus précis, c'est la pointe d'un projectile de sarbacane.

Le maire était devenu très pâle :

– Si ça se sait, c'est épouvantable.

– Mais mon devoir est de téléphoner à Münster, au commissariat principal, dit Hellwig... L'affaire doit suivre son cours...

– Tout cela pour un chien !

– Non, monsieur le maire. Pour une tentative de meurtre sur un être humain ! En sautant, le chien a reçu la flèche à la place de la victime qu'on voulait assassiner. Je vous propose de nous rendre sur les lieux du crime et de procéder à une reconstitution des faits. Puis-je vous demander de me suivre ?

La reconstitution devant les autorités compétentes allait éliminer les derniers doutes, même chez le maire. À 11 heures du matin, la police locale avait fait évacuer tout le parking. Le commissaire principal Blinker, accouru de Münster, avait pris lui-même l'affaire en main. Il avait accepté, sur les objurgations du maire, d'ériger autour de la tente un véritable mur de silence. En vain malades et journalistes, ces derniers mystérieusement avertis, avaient-ils protesté. Finalement, l'inspecteur principal Hellwig, énervé, s'était écrié : « Ce que nous recherchons ici ? Mais vous le voyez bien : du trèfle à quatre feuilles. » Le soir, le bruit courut qu'on avait repéré sur le terrain des « radiations telluriques » qui expliquaient la guérison spontanée de plusieurs malades, sans que Corinna Doerinck y fût pour rien !

– Le public n'a-t-il pas le droit d'être informé ? s'exclama un journaliste comme on lui faisait remarquer la sottise de ce bobard.

Avant de s'éloigner, l'inspecteur Hellwig, comme pris de remords, s'approcha de Roemer :

– Monsieur le président, puis-je vous communiquer confidentiellement un renseignement qui pourrait vous être utile, car il vous touche de près. Le procureur a décidé d'ouvrir une enquête. On a déposé une dizaine de plaintes régulières contre Corinna Doerinck, pour exercice illégal de la médecine et coups et blessures... L'une de ces plaintes provient de votre épouse.

– De ma femme ! gronda Roemer... Disons plutôt de ce Willbreit qui se cache derrière elle. Quel dommage qu'on n'inflige plus aujourd'hui de châtiments physiques !

– Sauf en Orient, monsieur le président...

– Hé oui, Hellwig, là-bas le soleil se lève toujours plus tôt qu'ici !

– Et maintenant, qu'allons-nous faire ? demanda le maire, secouant la tête d'un air désolé, après le départ pour Münster de tous les personnages officiels.

Stefan Doerinck s'interrompit de distribuer les petits verres qu'il allait remplir d'alcool :

– Rechercher parmi nos concitoyens ceux qui ont vécu dans les contrées où l'on utilise des sarbacanes.

– Il n'y en a aucun, Stefan, je peux te l'affirmer

d'avance. Celui qui aurait rapporté une sarbacane à Hellenbrand l'aurait apportée à l'auberge pour nous la montrer triomphalement ! Tu sais comment nous sommes !

– En tout cas, quelqu'un a voulu tuer ma fille avec une flèche empoisonnée…

Cet attentat manqué contre Corinna demeurerait à jamais un mystère. Marikje Kerselaar, de plus en plus déséquilibrée, allait mourir quelques mois plus tard dans d'atroces souffrances, se rappelant sans cesse l'avertissement de celle qu'elle avait considérée comme sa rivale. Et tant d'autres événements allaient se produire… En premier lieu le voyage à Moscou.

En dépit des doutes de Roemer et du Dr Hambach, la lettre officielle annoncée par l'attaché culturel de l'ambassade était arrivée. Elle était rédigée en un allemand parfait. L'invitation était formulée au nom de l'Académie des sciences de Moscou et du groupe de recherches pour la télékinésie et l'énergie bioplasmatique. Le professeur Maxime Victorovitch Nerochenko, président du groupe, se réjouissait à l'avance de faire la connaissance de Mme Corinna Doerinck et d'entreprendre avec elle une collaboration suivie.

– Voilà donc les faits, dit Stefan Doerinck après avoir lu la lettre à haute voix… Qu'en dis-tu, Cora ?

– J'accepte, évidemment ! (Elle attira à elle Ludmilla et Stefan, renversant la tête en arrière comme chaque fois qu'elle était vraiment heureuse :) Oui, écris aujourd'hui même à l'ambassade, papouchka. Je pars – nous partons – pour Moscou !

14

Le TU soviétique venant de Francfort se préparait à atterrir sur l'aéroport de Cheremetievo, qui dessert Moscou.

C'était par une merveilleuse journée d'automne :

un ciel au reflet d'acier bleu et un soleil blanchâtre, signes certains d'un hiver rude. L'air était déjà comme gelé. Et tous les Moscovites commençaient à vérifier leurs vêtements ouatés, leurs bottes fourrées et à calfeutrer leurs fenêtres à grand renfort de bandes adhésives.

L'avion, qui avait pris de l'avance, décrivait un large cercle au-dessus de la ville en attendant qu'une piste fût libre. Ruban d'argent de la Moskova, bulbes dorés des églises du Kremlin, gâteau de première communion d'une université que Staline avait voulue grandiose, ceinture vert sombre des forêts... De son hublot, Corinna contemplait cette grande ville moderne toujours enveloppée d'un certain mystère. Peu à peu la Russie soviétique s'était ouverte aux touristes, mais avec quelles précautions, comme à regret, n'offrant aux visiteurs que des itinéraires choisis qui transforment par exemple la Sibérie, cette terre des larmes, en un paradis de l'avenir. Pays immense, infini, plus riche qu'aucun autre au monde et courant pourtant après une aisance qui semble reculer devant lui... Russie éternelle, impénétrable. Et si rares sont les Occidentaux qui veulent la comprendre.

Ludmilla et Stefan n'avaient jamais essayé d'y revenir. « Il ne faut pas tenter le destin », disait Ludmilla chaque fois que des amis, après trois semaines de vacances sur la mer Noire, évoquaient le luxe et le confort de leur hôtel, la blancheur des plages, les excursions, les concerts, et surtout la cordialité extraordinaire du peuple. Et elle ajoutait : « On ne vous a pas montré l'immeuble du KGB à Poti. C'est là que j'aboutirais peut-être si je voulais revoir la ville où je suis née... »

Ludmilla, un peu raidie, pensait à ce qui allait se passer dès l'atterrissage. Le contrôle des passeports, disait-on, était particulièrement rigoureux. Elle imaginait un policier feuilletant attentivement le sien, les sourcils froncés, puis levant les yeux sur elle et disant de sa voix neutre de fonctionnaire : « Ludmilla Davidovna ? Voulez-vous me suivre... »

Elle aussi était assise près d'une fenêtre, juste derrière Corinna, et elle pressait nerveusement la main de Stefan. Et derrière elle, le Dr Hambach, un plan étalé sur les genoux, celui de Moscou vue d'en haut, essayait de reconnaître le dessin des grandes artères. Marius Herbert, enfin, réagissait autrement. Les yeux fermés, la nuque collée à l'appui-tête, il essayait de dissimuler à Corinna qu'il était malade à en mourir. Quelle idée aussi avait-il eue de boire sept verres de vodka depuis le départ de Francfort ! Il n'arrivait surtout pas à digérer une certaine cuisse de poulet, et le reste du dîner ne passait pas très bien non plus...

Enfin l'appareil, tout en virant sur l'aile, amorça une descente plus rapide. La main de Ludmilla se crispa une dernière fois dans celle de Stefan. Quelques minutes encore, et ce serait l'atterrissage. Pour la rassurer, Stefan lui tapota doucement le bras en souriant.

Trois semaines s'étaient écoulées pendant lesquelles l'ambassade soviétique à Bonn avait montré un double visage, tantôt réservé, le plus souvent d'une complaisance extrême. Dès le début, Corinna avait posé ses conditions : « Au cours de mon séjour en URSS, je serai accompagnée de mon père, Stefan Doerinck, de ma mère, Ludmilla Davidovna Doerinck, de mon fiancé Marius Herbert, et de mon médecin personnel, le Dr Ewald Hambach, d'Hellenbrand. Naturellement, ces personnes qui m'accompagneront paieront leurs propres frais et ne coûteront par conséquent rien aux autorités soviétiques... »

La réponse de Moscou était venue par télétype : naturellement, Mlle Doerinck et sa suite étaient les bienvenues en URSS où tous seraient considérés comme les invités de l'Académie des sciences.

– Voilà qui doit te rassurer, Ludmilla, avait alors

dit Doerinck… Je suis d'avis de courir notre chance.

– Et moi, j'ai une proposition à faire, s'était exclamé Roemer.

Loin de ressentir des douleurs atroces, comme l'avait prédit Willbreit, il allait manifestement de mieux en mieux. Il avait perdu cinq kilos, ce dont on ne se doutait guère en le voyant, compte tenu de sa masse, mais il se sentait beaucoup moins oppressé. Il se conformait courageusement aux menus que Ludmilla lui confectionnait sur les indications de sa fille, non sans protester parfois et promettre à haute voix qu'une fois guéri, sa première visite serait pour son ami Krautkrämer, le restaurateur du lac d'Hilltrup, pour déguster un rôti de chevreuil bien entrelardé et faisandé, accompagné d'une bouteille de son meilleur cru de bourgogne. Guéri et ayant réalisé son rêve, il serait alors le plus heureux des mortels.

– Je propose de faire le plus de tapage possible dans les media au sujet du voyage de Corinna à Moscou. D'abord, parce qu'il sera d'autant plus difficile aux Russes de faire disparaître l'un de vous. Et d'autre part, pour contrer l'offensive des Willbreit et Cie…

Naturellement, la première lettre de Corinna à l'ambassade avait donné lieu à une empoignade sévère entre Corinna et son père. En lisant le nom de Marius Herbert, Stefan sursauta :

– Pourquoi lui ? Pourquoi cet individu irait-il à Moscou ?

– D'abord, ce n'est pas un individu dans le sens que tu donnes à ce mot. Et ensuite, il va falloir que tu t'habitues à sa présence. J'ai trente ans, père, et il s'agit de ma vie, ne l'oublie pas.

Elle n'avait pas élevé la voix. Mais le fait d'employer le mot « père » au lieu de « papa » ou « papouchka » lui fit comprendre qu'il était inutile d'insister. À deux reprises déjà, il s'était heurté à ce « père » catégorique. La première fois, quand elle avait abandonné ses études de médecine, car il n'avait jamais soupçonné la cause du désarroi évident de sa fille pendant l'époque qui avait suivi le drame de sa première nuit d'amour avec Holger Bernau. Plus tard, un nouveau heurt les avait opposés quand elle avait renoncé à ses études paramédicales pour ouvrir un atelier de tissage, lequel, en dépit des prophéties pessimistes de son père, avait connu un grand succès.

Il avait simplement renoncé à comprendre sa fille, mais chaque fois qu'il apercevait Marius, il ressentait un véritable pincement au cœur. Et il lui était impossible de se plaindre à quelqu'un. Roemer voyait le problème sous un angle purement quantitatif. Faisant claquer ses mains, le géant s'était exclamé :

– Tu vois seulement l'extérieur du pantalon de ce garçon, et non pas ce qu'il y a dedans ! Cela, Stefan, il n'y a que Corinna qui puisse le juger ! Alors, fous-leur la paix, mon vieux !

Quant au Dr Hambach, il lui avait répondu doucement :

– Stefan, tu m'as montré des photos de toi tout jeune, avant qu'on te mette un uniforme. Tu étais maigre comme un coucou. L'uniforme d'officier t'a donné un peu de prestance, soit, mais je m'étonne tout de même qu'un ange comme Ludmilla ait pu tout abandonner pour te suivre et ne t'ait plus jamais quitté.

C'est aussi avant le voyage à Moscou que Willbreit était enfin parvenu à joindre Roemer. Le Dr Hambach avait pris l'appareil, comme toujours. À haute voix, pour attirer l'attention de Roemer assis un peu plus loin dans un fauteuil, en train d'ingurgiter une bouteille d'eau minérale tiède, il s'était exclamé :

– Ah ! bonjour, professeur Willbreit ! Figurez-vous que je voulais vous appeler : quel cours suit votre plainte au procureur ?

– Le cours habituel, répondit sèchement le chirurgien, vexé du ton badin de ce médecin de campagne… Puis-je parler à Érasmus ?

Dans l'appareil, Willbreit put entendre le rugissement de son ami : « Dites à Willbreit qu'il aille se faire foutre ailleurs ! D'ici, je ne peux malheureusement pas lui rendre ce service ! »

Au cours de ses rapports avec le géant, Willbreit s'était habitué à son vocabulaire, il ne se formalisa pas :

– Demandez-lui simplement s'il est trop lâche pour me parler.

Le temps de se lever d'un bond, d'arracher l'appareil au médecin, et Roemer hurlait déjà :

– Écoute, dissecteur, pourvoyeur de cadavres…

– Non ! C'est toi qui vas m'écouter : Élise veut divorcer ! Ce sera un scandale terrible…

– Elle veut divorcer ? Chantez, petits oiseaux ! Célébrez le Seigneur ! Prends garde que Lydia ne suive bientôt son exemple !

– C'est de toi qu'il s'agit, Érasmus… Comment vas-tu au point de vue santé ?

– Formidable ! Le résultat des dernières radiographies est excellent !

– Quoi ?

– Le Dr Meersmann, de Billerbeck, en est tombé sur le cul en criant au miracle : « J'avoue, a-t-il dit, que je n'ai jamais vu une chose pareille, je ne l'aurais jamais cru. »

À l'autre bout du fil, Willbreit demeura muet, comme assommé par cette nouvelle, qu'il redoutait pourtant. Depuis quelques jours, la presse s'était emparé d'un scandale qui, sans le toucher personnellement, l'avait profondément bouleversé : deux opérés venaient de porter plainte contre un professeur connu. Et un collègue de ce professeur avait osé écrire : « Tous les deux ans, un chauffeur de taxi doit se faire examiner au point de vue de sa santé physique et psychique, parce qu'il est responsable de la vie de ceux qu'il transporte. Mais un chirurgien, un simple médecin même, peuvent opérer jusqu'à quatre-vingts et quatre-vingt-dix ans sans que personne ose exiger qu'il fasse contrôler ses réflexes... » Willbreit sentit le sang affluer à ses tempes : il s'imagina Roemer se dressant devant le tribunal, agitant victorieusement des radiographies. Et cela après le cas du cancer de Ludmilla Doerinck...

– Il faut que je te voie, Érasmus.

– Fous-moi la paix !

– Je t'invite chez Krautkrämer...

– Pas encore. C'est moi qui t'inviterai, Thomas, dès que Corinna m'aura dit : « Maintenant tu es complètement guéri. »

La voix de Willbreit devint soudain presque plaintive :

– Reviens au moins chez toi, Érasmus. Tu as une belle villa, un parc superbe, un étang plein de poissons, des meubles anciens, une collection de porcelaine de Saxe...

– Le tout acheté avec l'argent du beau-père. Mais je sais très bien qu'il a aussi acheté la situation sociale que donnaient à sa fille ma situation et mon rang. Maintenant qu'elle a couché avec un baron hongrois, tout est différent : elle peut devenir baronne ! Alors, en avant le divorce ! Voilà la vérité, mon cher Thomas. Mais je ne lui ferai pas de difficultés. Je commence déjà à faire de longues promenades : mon Dieu, que notre terre est belle ! Et je pense à toutes les auberges qui m'attendent au coin de nos routes, chacune avec ses spécialités, sa bière, ses vins, ses alcools. Si vous saviez tout ce que vous perdez dans vos salons ! Je sais maintenant ce que c'est que de se dresser au sommet d'une colline et regarder les fermes dispersées autour de soi, les champs, les landes, les forêts. Que la vie est belle, Thomas, paisible...

– Oui, à part l'incendie de votre grange et les flèches de sarbacane...

– Et tu veux maintenir ta plainte contre Corinna ?

– L'affaire suit son cours...

– Alors, fais attention à toi, petit Thomas. Je serai là, au tribunal, et je vais t'écraser. Et ne prétends plus que tu es mon ami : je considérerais cela comme une calomnie et une insulte !

Il raccrocha si violemment que le Dr Hambach crut que le guéridon sur lequel se trouvait l'appareil allait s'effondrer.

– Je me demande si cette rupture est sage, dit doucement Hambach... Te voici maintenant avec un ennemi de plus !

– Jamais de la vie ! Willbreit est plus sensible qu'une actinie ! Je l'imagine assis à son bureau, désespéré. Et sa vie avec sa femme est un drame, car il la fait passer après sa chirurgie... En réalité, c'est un pauvre type bardé d'une vanité professionnelle à laquelle il donne le nom d'éthique !

Sans que Willbreit le sût, un de ses amis médecins se sentait revivre lui aussi, comme Roemer, après avoir visité sept fois Corinna dans le plus grand secret. Le Dr Wewes, le grand spécialiste des maladies pulmonaires, avait consulté un de ses collègues de Hambourg. Il était resté une semaine à la clinique d'Eppendorf pour se faire examiner à fond, sous le prétexte qu'un spécialiste de Münster l'avait prévenu qu'il souffrait d'un début d'emphysème du foie. Une fois tous les examens terminés, Wewes avait soupiré, soulagé : Corinna l'avait guéri. Alors seulement, il avait montré au professeur hambourgeois le dossier qu'il avait apporté de Münster et où l'on préconisait l'ablation immédiate de la vésicule biliaire, en insistant sur la vraisemblance d'une complication provenant d'une atteinte au pancréas.

Le professeur hambourgeois avait sursauté, visiblement nerveux, feuilletant toutes les radios, tous les résultats des analyses. Puis il avait secoué la tête :

– Nous n'avons rien constaté de tout cela chez vous. Je ne comprends pas. Aucune médication ne peut éliminer un emphysème du foie en aussi peu de temps. Mon cher confrère, à l'époque vous aviez vraiment besoin d'une opération, mais plus maintenant. Voilà une chose qui me laisse rêveur…

Le lendemain soir, le Dr Wewes se glissa chez les Doerinck par la porte de derrière, comme il l'avait fait à chacune de ses visites. Stefan Doerinck l'aperçut du premier étage et descendit aussitôt en bougonnant pour prévenir sa fille :

– En voilà un que je ne peux pas blairer. Il se fait soigner par Corinna, mais il est trop lâche pour la défendre.

– La lâcheté est humaine, dit simplement Roemer, qui venait de se faire expliquer par Ludmilla la recette du chachlik caucasien qu'elle était en train de préparer. (Il n'était guère disposé à penser à autre chose et avait pris la décision d'interrompre son régime :) Même si je dois retarder ma guérison de quatre semaines, je ne m'arrêterai de manger ce soir que lorsque je serai prêt à éclater.

Corinna reçut le Dr Wewes dans le bureau de son père :

– Vous assurer de ma reconnaissance, Corinna, c'est vraiment trop peu. Que puis-je faire pour vous ? On a brûlé votre maison, avez-vous besoin d'une aide financière ? Dans ce cas, disposez de moi à votre gré.

– Je n'ai pas besoin d'argent. Tout le monde veut m'en donner, mais je n'en veux pas.

– Vous avez tort. Faites bâtir une clinique qui soit bien à vous. Je vous y aiderai. Vous ne voulez pas ? Mais que faites-vous des dons que tous ces gens déposent sur votre table en partant ?

– Je n'y touche pas. Marius, mon fiancé, en tient un compte exact. Cet argent ne m'appartient pas. Je ne sais vraiment pas ce que je dois en faire…

Il fallait bien que le fisc s'en mêlât. Les dénonciations anonymes n'avaient pas manqué.

Dix jours avant le départ de Corinna pour Moscou,

un matin, de très bonne heure, deux messieurs fort polis se présentèrent de la part du contrôleur de Münster. Ils expliquèrent leur intervention par la raison de certaines plaintes, celle, par exemple, déposée par le syndicat des médecins et qui accusait Corinna Doerinck d'exercice illégal de la médecine. Qui a une profession quelle qu'elle soit doit déclarer ses gains et payer des impôts.

Corinna et Marius étaient alors seuls sous la tente. Bien qu'impressionnés par l'aspect de Corinna, les deux messieurs ne perdirent pas un instant :

– Voici plus de quatre mois que vous n'avez fait aucune déclaration de chiffre d'affaires...

– Je ne fais aucun chiffre d'affaires : mon atelier, qui était ma demeure, a brûlé, comme vous devez le savoir. Je vis maintenant chez mes parents et de mes économies.

– Et de votre profession actuelle de... guérisseuse.

Le ton était si ironique que Marius Herbert eut envie de soulever l'inspecteur de sa chaise et de le jeter dehors à coups de pied dans le derrière.

– Je ne prends pas d'argent pour mes soins.

– Mais nous savons de source sûre que vos clients vous en donnent.

– Ils en laissent sur cette table, mais je ne l'accepte pas.

Les deux hommes échangèrent un regard satisfait : cette mauvaise contribuable venait d'avouer son délit.

– Mademoislle Doerinck, selon le droit allemand, si les malades vous laissent de l'argent, vous avez à le déclarer mensuellement, et vous serez en plus imposée sur votre revenu.

– Non... (Avant qu'elle pût poursuivre, Marius intervenait :) Les malades laissent de l'argent sur la table. Mlle Doerinck n'y touche pas et ne le regarde même pas. Chaque soir, c'est moi qui le recueille, qui le compte, j'inscris le montant sur un carnet, et je renferme l'argent dans l'armoire que vous voyez ici.

– Ce que vous faites avec cet argent ne nous

intéresse pas. Vous devez payer des impôts sur ce que vous encaissez.

– Non, dit Corinna en secouant la tête... Des cadeaux ne peuvent constituer un chiffre d'affaires. Et ils ne peuvent être considérés comme faisant partie de mon revenu puisque je les refuse. Cet argent ne m'appartient donc pas. Je n'y ai pas touché et n'y toucherai jamais.

Une fois de plus, Marius avait l'air de s'amuser beaucoup :

– Au fond, il s'agit d'objets trouvés, dont le montant s'élève ce matin à... (il tira un carnet de sa poche) soixante-deux mille quatre cents marks. Formidable, n'est-ce pas ? Et ce soir, le montant sera à peu près de soixante-cinq mille marks...

– Soixante-cinq mille marks ! répéta effaré l'un des inspecteurs. (C'était plus que ce qu'il gagnait par an. Et cette somme provenait des tours de passe-passe de cette femme qui voulait se soustraire à l'impôt ! Elle allait payer cher cette injustice révoltante :) Vous êtes imposable sur l'ensemble de cette somme.

– Non, puisqu'elle ne nous appartient pas. Elle appartient aux malades qui peuvent nous réclamer leur dû d'un moment à l'autre. Nous, nous n'en voulons pas, nous refusons ces dons.

Les deux hommes s'énervaient visiblement.

– Vous nous prenez visiblement pour des imbéciles, intervint le plus âgé des deux... Vous avez tort. Vous avez reçu de l'argent. Donc vous êtes assujettis à l'impôt.

– Nous n'avons reçu aucun argent, monsieur, je vous le répète. C'est contre notre volonté que les gens qui viennent ici le déposent sur cette table. Nous le gardons jusqu'à ce qu'ils nous le réclament.

– Mais ils ne le feront jamais !

– C'est exactement ce que je crains, repartit Marius Herbert en riant... Alors, qu'est-ce que nous en faisons ? Dites-le-nous, vous qui êtes les spécialistes.

– Nous pouvons le confisquer.

– Tout à fait d'accord : mais naturellement en présence de la presse et de la télévision, pour que tous les malades sachent que l'État confisque leur argent.

– Serait-ce une menace ?

– Une menace ? Mais nous vivons dans un pays démocratique où tout acte officiel doit être porté à la connaissance du public. Si vous êtes si sûrs de votre position juridique, pourquoi réagissez-vous de cette façon à la présence éventuelle des représentants des media ?

C'était la première fois que les deux fonctionnaires se trouvaient devant un cas pareil, la présence d'une somme importante dont personne ne voulait. Évidemment, les « objets trouvés » reviennent à l'État, mais seulement au bout d'un certain délai, et si personne ne les réclame. Cette affaire risquait de faire du bruit, ce que l'administration des Finances désire presque toujours éviter.

– Puis-je voir l'argent ? demanda le plus entêté des deux et qui s'était présenté au début comme « contrôleur principal Wackmüller ».

Sous sa surveillance, son compagnon fit, puis refit lentement le compte des billets.

– La somme correspond bien au montant inscrit sur le carnet : soixante-deux mille quatre cents marks, admit-il à regret. (Après avoir pris note, il crut bon de faire une remarque qui mit définitivement le feu aux poudres :) Mais rien ne nous prouve qu'une partie de l'argent déposé sur cette table n'a pas servi à vos besoins personnels, disons deux cents marks par jour, et que vous n'ayez consigné dans votre carnet que ce qui restait.

Marius Herbert se dirigea vers la porte et l'ouvrit toute grande. Il n'y avait pas à se tromper sur le sens de son geste :

– Voilà une phrase dont nous nous souviendrons, croyez-moi. Accusez-nous donc de vol, de fraude fiscale, et de tout ce que vous voudrez...

– C'est seulement une idée qui peut venir à l'esprit, dit le contrôleur principal, regrettant déjà sa dernière phrase.

Le visage fermé, les deux hommes sortirent de la tente et regagnèrent leur voiture, bien décidés à tout faire pour donner une leçon à ces deux fous qui croyaient pouvoir s'opposer à la toute-puissance de l'administration fiscale allemande. Tout est réglé pour que ce soit elle qui, finalement, ait toujours le bras le plus long. Jamais le fisc n'oublie qu'on a osé lui résister, ne fût-ce qu'une fois et eût-on manifestement raison.

L'après-midi, Roemer fit son apparition habituelle chez les Doerinck. Après avoir écouté le récit de Corinna, il céda une fois de plus à son tempérament et, reniflant comme un pachyderme furieux, il se précipita sur le téléphone pour demander l'administration des finances de Münster. Le directeur étant absent, le sous-directeur affirma qu'il n'était au courant de rien et que d'ailleurs les deux fonctionnaires en question n'avaient pas encore fait leur rapport.

– Cette démarche aura des suites judiciaires, je vous le promets, éructa Roemer. (Mais une fois calmé, il dut reconnaître que son intervention n'aurait d'autre effet que négatif.) Il existe dans notre monde occidental deux divinités toutes-puissantes, déclara-t-il solennellement... le corps médical, la « citadelle » comme l'a appelé un romancier célèbre; et plus puissante encore qu'elle, l'administration fiscale.

Le professeur Van Meersel avait téléphoné de Hollande pour féliciter Corinna de son invitation à Moscou. Il était enthousiasmé, d'abord parce qu'à son avis Corinna allait être reçue par les meilleurs chercheurs du monde en matière de parapsychologie; et aussi parce qu'il se confirmait que son tic nasal avait totalement disparu à la suite du traitement de la jeune femme. Il ajouta incidemment quelque chose qui leva les derniers doutes de Corinna. Marikje Kerselaar, la guérisseuse qui entretenait d'étroites relations avec la famille royale de Hollande, avait été la victime, quatre jours plus tôt, d'un effondrement nerveux tel qu'on avait dû l'hospitaliser d'urgence. Elle avait totalement perdu la raison. Et un examen général avait permis de découvrir qu'elle était atteinte d'une maladie inguérissable, un myélome multiple...

Corinna resta un instant muette, la tête penchée :

– C'était donc elle qui est venue ici, dit-elle enfin... Elle ne m'avait pas donné son nom. Mais je l'ai alors prévenue qu'elle était atteinte d'un myélome multiple...

– C'est phénoménal ! s'exclama Van Meersel d'une voix de stentor.

Il ne pouvait voir que Corinna, les lèvres serrées et soudain très pâle, respirait difficilement par le nez.

– Il m'arrive de plus en plus souvent d'avoir peur de moi-même, expliqua-t-elle enfin... Je pourrais presque croire que je lui ai jeté un sort...

Elle rapprochait inconsciemment ce fait de l'analyse réalisée au laboratoire de la police criminelle de Wiesbaden : on connaissait désormais la nature du poison, très rare, qui avait tué Molly. Le tubercule presque inconnu dont il provenait ne poussait qu'à Bornéo et à Sulawesi, les anciennes Célèbes : les indigènes s'en servaient encore quelques années plus tôt pour en enduire leurs flèches de sarbacane. Dans son rapport, l'inspecteur principal Hellwig avait avoué son impuissance à conclure. Aucun habitant d'Hellenbrand n'avait jamais possédé une sarbacane ni voyagé en Indonésie. Il avait naturellement pensé à l'une des nombreuses personnes venues d'ailleurs, par exemple de Hollande, l'ancienne métropole de Bornéo et des Célèbes. Mais la plupart des malades de Corinna désiraient garder l'anonymat. Cette piste, incertaine au départ, aboutissait donc à une impasse.

Cependant, des colonnes de voitures et d'autocars remplis de malades continuaient à converger vers Hellenbrand, devenue une véritable Mecque. Ils venaient de tous les coins du pays, de Belgique, de Hollande, de France même où, à grand renfort de publicité dans les media, des hommes d'affaires avisés organisaient des voyages forfaitaires qui comprenaient tous les frais de déplacement et de séjour, plus la visite gratuite de la guérisseuse « aux mains rayonnantes » ! Ces « touristes » revenaient chez eux, ivres de bière forte, d'alcool de grain et de vins de la Moselle et du Rhin, vomissant et chantant à tue-tête dans les autocars.

Entre-temps, les confirmations officielles étaient arrivées de Moscou, toutes dans le sens désiré par Corinna. Les passeports ornés de magnifiques cachets soviétiques – les Russes raffolent des sceaux de toutes sortes et ont pour eux une sorte de vénération – leur étaient revenus par retour du courrier, presque en même temps que les billets d'avion. Stefan Doerinck les avait agités joyeusement au bout de son bras :

– Départ de Francfort dans six jours dans un avion de l'Aeroflot ! Enfin, je vais retourner à Moscou. En 1942, j'ai fait partie de l'avant-garde bloquée par la neige, sans ravitaillement aucun, sans vêtements d'hiver appropriés, et j'ai aperçu à l'œil nu les faubourgs de Moscou. Il m'a fallu attendre jusqu'à maintenant...

Roemer avait eu un éclat de rire sarcastique :

– Les Russes sont très susceptibles à ce sujet, mon cher. Si j'étais toi, je ne me risquerais pas à plaisanter de la sorte.

– Ils savent parfaitement que, simple lieutenant, j'ai finalement fait office de chef de bataillon au cours de notre longue retraite et que je me suis conduit courageusement. Ils savent également que Ludmilla est la fille de ce Dr Assanourian connu pour ses guérisons miraculeuses, un don qui s'est transmis Dieu sait comment à Corinna. Ils espèrent établir grâce à elle que l'énergie bioplasmatique est un phénomène héréditaire, d'ordre génétique, naturel par conséquent, immortel tant que durera l'être humain puisque faisant partie de lui, et qu'il suffit simplement de définir et de cultiver...

Il n'avait pas à se préoccuper d'un congé qui lui avait déjà été accordé pour cause de maladie. Au début, il avait cru pouvoir lutter contre cette décision qu'il continuait à juger inique : pendant trois jours de suite, le recteur Ferdinand Hupp – « tremblant dans ses culottes », disait Doerinck – l'avait vu arriver le matin et faire ses classes comme si rien ne s'était passé :

– Ton entêtement va te mener à ta perte, avait-il gémi... Te rends-tu compte que tu es payé à ne rien faire ? Le rêve de tant d'autres...

– Je ne suis ni un profiteur ni un mendiant. Je gagne honnêtement mon argent, avait-il répondu.

Mais le quatrième jour, il avait renoncé à la lutte. Il avait pris congé de ses élèves comme s'il ne devait jamais revenir. Et tous, prévenus par les media, comme leurs parents, de son départ imminent pour l'URSS, s'étaient soudain levés, entonnant le vieil hymne allemand : « Celui à qui Dieu accorde ses justes faveurs, Dieu l'envoie dans le vaste monde... ! »

En quittant l'école, il avait presque pleuré... Vingt-six ans de loyaux services ainsi récompensés, avait-il pensé, indigné. En rentrant chez lui, il s'était installé dans son fauteuil habituel, étendant longuement les jambes :

– Les vieux chiens se laissent mourir devant le feu, avait-il déclaré mélancoliquement.

Et en dépit des pâtisseries les plus tentantes, il n'avait rien mangé de la journée, laissant à Roemer et au Dr Hambach le soin de lécher les plats.

Et maintenant, tout cela était si loin : leur avion survolait les sombres forêts de Cheremetievo derrière lesquelles se trouve l'aéroport de Moscou. Au moment où les roues de l'appareil touchèrent le sol russe, Ludmilla, comme l'eût fait sa mère, fit un grand signe de croix : « Seigneur Dieu, et vous, Vierge Marie, protégez-nous ! »

Le freinage des réacteurs fit vibrer l'énorme avion qui continua à rouler quelque temps devant les bâtiments imposants et majestueux sur lesquels se détachaient, en énormes lettres cyrilliques, le nom de la ville : MOSKVA.

Oui, ils étaient à Moscou.

S'ils avaient cru devoir se débattre seuls dans le dédale pointilleux de la bureaucratie soviétique, ils furent vite détrompés. Dans aucun pays du monde il n'y a peut-être autant de « statuts spéciaux ».

Pendant que tous les autres passagers se dirigeaient vers le contrôle des passeports, deux messieurs souriants, en costume clair, accompagnés d'un officier de la milice chargé évidemment d'éliminer le moindre contretemps imprévu, se présentèrent à eux :

– Dr Latichev... Dr Boganorov... (Ils serrèrent la main de Ludmilla, s'inclinèrent simplement devant chacun des membres de sa « suite ».) Soyez les bienvenus à Moscou. Vous nous apportez un temps splendide. Il pleuvait encore hier... C'est bon signe.

Tout cela dans un allemand presque dépourvu d'accent. Puis le Dr Latichev ajouta quelques mots qui confirmèrent la bonne impression qu'avait déjà Stefan Doerinck :

– Vous n'avez pas à vous occuper de vos passeports, de la douane et de vos bagages. Nous les attendrons dans un salon à part, où ces dames pourront prendre des rafraîchissements et ces messieurs goûter notre vodka...

– Voilà une bonne idée, s'exclama le Dr Hambach, tandis que Marius Herbert avait un nouveau haut-le-cœur : Si c'est cela la Russie, pensa-t-il, on va devoir m'enterrer ici.

Invité par un clin d'œil discret d'un des savants, l'officier de la milice, dont l'air indifférent disparut subitement, esquissa un large sourire à l'idée de participer aux libations.

Le petit salon où on les fit entrer était meublé de fauteuils rembourrés et de tables. Il n'y avait qu'une porte, remarqua Doerinck, et il fallait appuyer sur un bouton qui déclenchait une sonnerie pour qu'on l'ouvre de l'extérieur : il reconnaissait là la méfiance traditionnelle, typiquement russe, qui se manifestait ici même à l'égard d'invités d'honneur. Pendant que le Dr Latichev s'occupait des boissons apportées du dehors par une hôtesse de l'Aeroflot, le Dr Boganorov, assis entre Corinna et Ludmilla, devisait aimablement :

– Le Pr Nerochenko vous attend avec impatience, Corinna Stefanovna. Tout ce que nous avons lu de vous nous a vraiment étonnés. Avez-vous entendu parler de notre Djouna Davitachvili ?

– On a écrit en Allemagne de nombreux articles à son sujet.

– Elle aussi est d'origine caucasienne, comme vous, Ludmilla Davidovna. Elle est née à Kouban, un petit village dont les habitants venaient la consulter pour se faire soigner alors qu'elle était encore une enfant. Elle agissait par instinct comme vous, par imposition des mains, Corinna...

Il s'arrêta un instant pour boire une gorgée tandis que Marius se sentait une fois de plus fort mal.

– À quatorze ans, elle est partie avec toute sa famille pour Tiflis, la grande ville. Elle voulait être une jeune fille comme les autres, et elle a d'abord travaillé comme opératrice de films, puis comme serveuse. Mais le don qu'elle a ne lui a pas laissé de repos. Il a fallu qu'elle s'occupe de gymnastique médicale dans un hôpital. Un camarade important l'a fait venir à Moscou où elle est devenue célèbre dans le monde entier.

– On dit chez nous que ce camarade important était Brejnev lui-même.

– Cela, c'est ce que nous appelons de la pure

propagande capitaliste. Djouna reçoit aujourd'hui ses malades chez elle et travaille également dans les hôpitaux...

– Chez nous, intervint amèrement le Dr Hambach, on a organisé une véritable chasse aux sorcières contre Corinna. Ses ennemis les plus acharnés sont des médecins.

– C'est curieux, lorsque le renom de Djouna s'est répandu dans tout le pays, ce sont justement les plus grandes autorités du corps médical qui ont accueilli et étudié avec enthousiasme cet ensemble de phénomènes. Tout le monde s'y est mis ! l'Institut de physiologie, le groupe de recherches du professeur Alexandre Gourvitch, l'Institut du célèbre professeur Venjamine Pouchkine, les chercheurs Iniouchine et Grichenko d'Alma-Ata, l'équipe du professeur Naumov, directeur du Congrès pour la recherche parapsychologique à Moscou. Tous se sont intéressés au cas de Djouna et ont mis ses dons à l'épreuve. Et nous allons agir de même avec vous, Corinna Stefanovna. Les meilleurs savants du professeur Nerochenko sont déjà réunis. Ne soyez pas trop orgueilleuse, mais d'après ce que nous savons de vous, ils espèrent obtenir des résultats encore supérieurs à ceux de Djouna...

– Je ne ressens aucun orgueil. Je ne comprends pas moi-même ce qui se passe en moi. Mes doigts « voient » le mal, et le rayonnement qui s'échappe de moi détruit les cellules malades et rétablit l'équilibre général de l'organisme.

– C'est exactement cela... (Le Dr Boganorov remplit de nouveau les verres)... Vous allez nous aider à convaincre ceux qui nient les puissances mystérieuses de l'être humain. Nous n'avons découvert jusqu'à présent que des pans isolés de l'édifice. La réalité doit dépasser tout ce que nous imaginons. Le temps par exemple, déjà relatif chez Einstein, doit nous livrer ses secrets. Nous savons qu'à la vitesse de la lumière, le temps s'arrête, les aiguilles de nos horloges deviennent immobiles. Mais à une vitesse supérieure à celle de la lumière, le temps devrait donc reculer. Dans cet univers à six dimensions, l'homme ne pourra jamais pénétrer, mais son esprit, son champ de forces le pourront ! Voilà pourquoi nous avons besoin de vous : vous êtes l'un des éléments de l'immense mosaïque d'une nouvelle vision de l'univers.

– Je vous demande pardon, dit Stefan Doerinck, mais je trouve cela tellement fantastique que je n'arrive pas à y croire.

Le Dr Boganorov eut un large sourire :

– Personne ne vous reprochera d'en douter. C'est là notre vision normale, humaine, de la réalité. Il faut avoir un cerveau comme celui du professeur Nerochenko pour concevoir d'autres dimensions que celles où nous vivons.

Vingt minutes plus tard, toutes les formalités étaient accomplies. Un milicien avait rapporté tous les passeports et annoncé que les bagages se trouvaient déjà dans le coffre d'une voiture surveillée par un employé de l'Aeroflot, car en URSS également les valises peuvent disparaître, surtout quand elles sont aussi belles et d'aussi bonne qualité que celles qui arrivent de l'Occident...

– L'hôtel Metropol, où vous habiterez, se trouve sur la place Marksa, au cœur de Moscou, juste en face du théâtre Bolchoï. Vous aurez vue sur le Kremlin... (Le Dr Latichev adressa un coup d'œil complice à Stefan Doerinck et au Dr Hambach :) ... et l'hôtel a un restaurant, l'un des meilleurs qui soient. Vous serez satisfaits.

Dans la grande limousine Volga au numéro d'immatriculation spécial, le trajet par les forêts, puis par la campagne parsemée de datchas, se fit à grande vitesse par de larges routes. Partout, des miliciens réglaient le trafic.

On s'arrêta un instant devant le monument commémoratif de l'agression allemande. Doerinck eut envie de dire qu'un peu au sud de cet endroit, il avait vécu quelques jours terré dans un trou d'obus, désespérant de survivre à la cruauté de l'hiver. Il avait vu les membres gelés de plusieurs de ses camarades se briser comme du verre. Terré dans son trou d'homme, enveloppé dans deux couvertures, il avait pour la première fois pensé que la Russie, dans cette guerre, protégée comme elle l'était par son étendue et son climat, ne serait jamais vaincue...

Et puis les tours de Moscou surgirent au loin, étincelantes au soleil. Ludmilla saisit une fois de plus la main de son mari : oui, c'était Moscou, le cœur de sa patrie d'autrefois.

Dans le hall de l'hôtel Metropol, luxueux palace bâti de 1899 à 1903, une belle jeune femme discrètement fardée, les cheveux blond vénitien et vêtue d'un tailleur bleu clair d'une élégance occidentale, s'approcha d'eux en souriant. Le Dr Boganorov la prit par l'épaule :

– Voici Soya Igorovna Glebova, votre interprète pour toute la durée de votre séjour. Elle sera votre bon ange.

– Et naturellement notre ange gardien, chuchota méchamment le Dr Hambach à Doerinck.

D'une de ces voix de femme slave, capable, eût dit Roemer, de prendre aux tripes tout homme normal et de faire oublier un moment qu'elle était une émanation du KGB, la jeune femme souriante les prenait déjà en main :

– Bienvenue à Moscou. Puis-je vous demander vos passeports, vous n'en avez pas besoin pendant votre séjour...

– Voilà bien le pays de la liberté ! bougonna le Dr Hambach en fouillant la poche intérieure de son veston.

Malgré tout, ce premier contact avec Moscou était fascinant.

Le professeur Maxime Victorovitch Nerochenko n'avait en rien l'aspect du grand savant à la réputation internationale qu'il était. Petit, il se présentait précédé d'un ventre énorme, passant sans cesse la main sur une calvitie totale comme s'il voulait lisser une chevelure absente. Il avait les joues empourprées du grand diabétique qu'il était. Ses collaborateurs citaient le mot de sa fille Tatiana, assistante à l'Institut biologique d'Odessa : deux ans plus tôt, elle avait accompagné son père dans un voyage d'études chez les Papous. Comme on leur faisait remarquer que la tribu où ils se trouvaient avait pratiqué le cannibalisme jusqu'à ces dernières années, Tatiana avait déclaré : « Papa n'aurait pas risqué de terminer sa vie en rôti, ils l'auraient gardé comme usine à sucre... »

La première rencontre de Nerochenko avec Corinna eut lieu au bar de l'hôtel Metropol. Elle le vit venir à elle les bras tendus en s'exclamant dans un allemand à l'accent horrible :

– Ah ! Te voici. Naturel encore plus joli que photo ! Donne main droite... (Il lui prit en effet la main droite entre les siennes et ne la lâcha plus, comme s'il voulait éprouver lui-même le rayonnement qui s'en échappait, à moins qu'il ne cherchât simplement les mots d'une nouvelle phrase. Finalement il dit :) Toi meilleure que Djouna...

– La verrai-je ? demanda Corinna intéressée.

Le Dr Latichev délivra son chef de l'obligation, par politesse, de parler allemand :

– Djouna prend un congé à Yalta, en Crimée.

– Nous partons demain pour Tcheliabinsk, annonça joyeusement Nerochenko... Là-bas, Oural, beaucoup de neige... Très froid.

Le Dr Latichev expliqua immédiatement :

– L'institut du professeur Nerochenko a été récemment transféré à Tcheliabinsk, où nos possibilités de travail sont bien meilleures. L'institut possède son propre avion, et Moscou n'est qu'à mille huit cents kilomètres.

Le professeur Nerochenko s'adressa subitement à Ludmilla, en russe cette fois :

– Vous m'intéressez, vous aussi !

– Je ne suis que la mère de Corinna, *Gospodine* professeur.

– La mère de Corinna et la fille du Dr David Assanourian. Quel homme ! Il aurait pu aider à transformer le monde. Hélas, des autorités imbéciles l'ont expédié en Sibérie où il s'est fait tuer par un mari jaloux dont il soignait la femme ! Quel gâchis ! Mais il continue à vivre en vous, dans sa petite-fille. Il est autour de nous dans d'autres dimensions.

Dans un coin du bar, Marius Herbert, qui n'avait pas touché à son eau-de-vie caucasienne, luttait contre le sommeil, et ses paupières se fermaient malgré lui.

– Pourquoi ce jeune garçon est-il venu lui aussi ? demanda Nerochenko à Ludmilla.

– Il souffre d'un cancer à l'estomac, et ma fille le soigne. Et elle l'aime. Il peint. Il a beaucoup de talent.

– Vous n'avez jamais senti en vous une force secrète, Ludmilla Davidovna ?

– Jamais. Mais j'ai toujours l'impression curieuse de vivre avec mon père, comme s'il allait entrer par cette porte. Je n'ai jamais pensé qu'il était réellement mort. Je me dis souvent que la porte va s'ouvrir et qu'il va m'apparaître dans le grand manteau d'hiver qui lui recouvrait les jambes jusqu'aux chevilles et me dire de sa voix profonde de basse : « Qui donc va m'apporter immédiatement une bonne tasse de thé ? J'ai une de ces soifs... »

– Et c'est ce qui se passe en réalité, ma chère. En ce moment, il est assis près de vous, il regarde sa petite fille. Quels jours extraordinaires nous allons vivre à Tcheliabinsk !

– Que dit-il ? chuchota le Dr Hambach à Stefan Doerinck.

– Je te le dirai plus tard...

Il avait suivi passionnément la conversation de sa femme avec le professeur, et dans un russe qui devait être aussi exécrable que l'allemand de Nerochenko, il lui demanda :

– Quelle sorte d'expériences faites-vous là-bas, professeur ?

– Scientifiques. Dangereuses parfois. Mais nous interrompons toujours l'expérience avant que la situation ne devienne critique.

– Je ne comprends pas ce que vous dites, intervint Corinna, mais je crois qu'il s'agit des expériences qui m'attendent.

– Il s'agit en effet des expériences qu'on va entreprendre sur vous, expliqua le Dr Latichev.

– C'est bien ce que je pensais. (Elle se raidit et, en souriant, tendit la main à Nerochenko :) Quoi que vous exigiez de moi, je le ferai ! Je veux découvrir qui je suis.

Pendant la nuit, ils téléphonèrent à Hellenbrand. À leur grande surprise, Roemer qui, en leur absence, surveillait trois domiciles – les maisons des Doerinck et du Dr Hambach, et la tente – leur répondit instantanément :

– Willbreit est à mes côtés ! Sa conscience professionnelle l'a incité à accourir dès qu'il a su que vous n'étiez plus ici. Nous nous soûlons à l'eau minérale extra-dry pour fêter une joyeuse nouvelle : Thomas m'a apporté la copie de la demande de divorce d'Élise, ma femme : j'y suis décrit, en termes juridiques que j'ai beaucoup appréciés, comme un objet d'épouvante ! Je ne protesterai pas, naturellement. Autre chose, j'ai parlé avec le procureur. Je lui ai dit que s'il voulait se rendre ridicule, il n'avait qu'à instruire avec le plus grand soin et la plus grande objectivité les plaintes déposées contre Corinna. Quant à ce pauvre Willbreit, il a été complètement abattu en constatant que je suis guéri. Pour le convaincre, j'ai fait devant lui une démonstration de rock au cours de laquelle, hélas, j'ai cassé une de tes chaises, Stefan, en dansant avec elle.

– Et quoi d'autre ? demanda Corinna en riant.

– Eh bien, le flot des malades a diminué, mais il en vient toujours. Ils demandent si Corinna Doerinck n'a pas laissé derrière elle un mouchoir, un bout de tissu ou de papier qu'elle ait touché. Alors, je me suis mis à distribuer des bouts de papier ! Devant moi, une femme en a placé un, soigneusement, entre deux seins que j'ai beaucoup admirés.

– Cela ne peut pas lui faire du mal, et la foi fait parfois des miracles, dit Corinna.

– Heureusement que Willbreit ne vous entend pas, Corinna. Il en tomberait de sa chaise. Comment trouvez-vous Moscou ?

– Nous n'avons encore presque rien vu.

– J'y étais il y a trois ans, et j'ai oublié de donner une bonne adresse à l'ami Hambach : le numéro 9 de l'uliza Babiégoirodski – un boxon grandiose, rien que des filles tatares !

Corinna raccrocha.

Manifestement, tout suivait son cours habituel à Hellenbrand.

La belle Soya Igorovna les attendait déjà dans la salle du petit déjeuner. Le Dr Hambach se montra immédiatement fort empressé, rajeuni d'un fort grand nombre d'années :

– Si les matins de Moscou commencent ainsi, comment est le reste de la journée ! déclara-t-il.

– Nous prenons l'avion vers midi pour Tcheliabinsk, annonça Soya Igorovna... J'ai commandé un petit autocar pour vous donner une première impression de la ville, puis nous irons chercher le camarade professeur Nerochenko à l'Académie des sciences.

Après une randonnée rapide sur les grandes avenues de Moscou, ils durent rejoindre Nerochenko avant même d'avoir visité le Kremlin.

Nerochenko débordait d'énergie. Il embrassa

Corinna et Ludmilla sur les deux joues, serra dans ses bras Doerinck, Marius et le Dr Hambach, tapota la joue de Soya Igorovna :

– Tout est prêt. Allons vite à l'Institut physiologique. Nous allons procéder aux premières mesures. Vous allez faire la connaissance d'un membre du Conseil suprême, le camarade Katouiev. Il veut vous saluer au nom du secrétaire du Parti.

– Et la promenade prévue à Moscou ?

– Moscou est là depuis longtemps et elle sera encore là dans deux mille ans. Nous la retrouverons donc. Mais notre temps s'enfuit et nous ne savons pas encore le retenir. Moscou sera à vous dès que nous aurons terminé notre programme.

Les deux grandes Volga roulèrent de concert jusqu'à un bâtiment moderne qui s'étendait à l'ombre de l'université Lomonosov, la plus haute du monde avec sa tour centrale de deux cent quarante mètres, la plus grande aussi avec ses vingt-huit étages d'amphithéâtres, de salles, de laboratoires et de bibliothèques.

À l'entrée de l'institut, plusieurs chercheurs en blouse blanche attendaient pour les accueillir, et saluèrent Corinna comme une amie de longue date. Nerochenko, infatigable, courant presque devant tout le monde sur ses petites jambes le long d'immenses couloirs à la propreté impeccable, entra le premier dans une grande salle où se trouvaient divers instruments dont Corinna ne reconnut d'abord que deux, un cardiographe et un encéphalographe.

– Ne perdons pas de temps en discours préparatoires, dit-il... Je vais procéder avec vous aux mêmes mesures qu'avec Djouna... Ma chère Corinna Stefanovna, disparaissez derrière ce paravent. Un costume de bain vous y attend. Nous avons pensé à tout : il doit vous aller.

Soya traduisit à voix basse, ce qui fit dire au Dr Hambach :

– Nos camarades soviétiques associent décidément la science au plaisir des yeux.

Et en effet, un silence se fit quand Corinna reparut après quelques minutes dans un ravissant deux-pièces qui mettait en valeur un physique vraiment éblouissant. Marius eut même un sursaut de jalousie qu'il n'osa exprimer. C'est vraiment comme si elle était nue, pensa-t-il. Mais déjà une caméra de télévision commençait à tourner; un appareil à trois micros orientables venait se placer au-dessus de la tête de Corinna, prêt à enregistrer les commentaires de Nerochenko, et tout autre bruit éventuel. Soya Igorovna continuait à traduire à voix basse les paroles du professeur Nerochenko, tandis que Stefan se félicitait d'avoir entretenu avec Ludmilla sa connaissance du russe.

– Le tissu du costume de bain de Corinna, en pure laine absolument neutre, ne présente aucune réaction électromagnétique. Et maintenant, Corinna, lavez-vous les mains.

Un des assistants guida Corinna, suivie de la caméra et des microphones, jusqu'à la bassine profonde, remplie d'une solution laiteuse à la forte odeur de thym, dans laquelle elle plongea ses avant-bras jusqu'aux coudes. Immobile, elle les laissa tremper jusqu'à un signe de Nerochenko. Le petit Russe était soudain devenu très grave. Sans se sécher, Corinna s'assit ensuite devant une longue table où étaient disposés plusieurs verres, une boîte d'allumettes, une boussole, des alliances en or, trois boules métalliques de grosseur différente, quelques feuilles de papier et deux bols en porcelaine. Corinna secoua une fois de plus ses mains pour en ôter le surplus d'humidité.

– Les mains de Corinna sont désormais totalement isolées, dit soudain Nerochenko... il est impossible qu'elles contiennent une seule particule magnétique ou d'utiliser un subterfuge quelconque. Corinna Stefanovna peut maintenant utiliser le rayonnement de son énergie psychique pour créer un champ de forces qui va mettre en mouvement les objets que vous voyez sur la table et qui sont apparemment morts. Je dis « apparemment » car en réalité tout vit, tout se compose d'atomes et de molécules qui se recomposent constamment, tout est mouvement en nous et autour de nous, mouvement que nos yeux imparfaits sont incapables de distinguer. La psychokinésie – appelez-la biocommunication ou champ bioplasmatique si vous le voulez – permet simplement de concentrer subitement l'énergie psychique...

Il s'interrompit brusquement pour s'adresser en allemand à Corinna :

– Ça va ?

Corinna acquiesça d'un signe de tête. Depuis un moment déjà, elle avait fermé les yeux. Puis, d'un seul coup, elle se sentit comme élargie aux dimensions multiples d'un infini indescriptible, et comme elle ouvrait de nouveau les yeux, le verre le plus proche d'elle et qu'elle aperçut en premier, éclata avec un bruit sec. Il y eut dans la salle comme un frémissement. Le Dr Hambach avala sa salive, Doerinck sentit que son visage s'enflammait. Soya Igorovna, figée, regardait fixement la table, et tous entendirent Marius Herbert murmurer quelques mots indistincts.

Et cela continua. Corinna s'était penchée, les bras tendus, et les alliances en or se mirent à glisser sur le bois lisse de la table. Puis ce fut au tour des bols en porcelaine, des feuilles de papier qui se retournèrent, de l'aiguille de la boussole qui, affolée, se mit à tourner neuf fois de suite sur le cadran, les boules de métal s'élevèrent de deux centimètres.

Un silence de mort régnait maintenant dans la salle. Il était clair qu'aucun de ceux qui s'y trouvaient n'avait jamais assisté à un spectacle pareil. Nerochenko prit la boîte d'allumettes et la vida sur la table, et les bouts de bois se mirent à bouger, à glisser, à se soulever, à s'amonceler en un petit tas, obéissant à la force invisible qui les commandait. Pour finir, Corinna étendit une fois de plus ses mains, un grand verre, le dernier de tous, explosa comme chargé de poudre, en mille morceaux.

Et brusquement, les mains de Corinna retombèrent pesamment le long de ses hanches, et tous la virent chanceler, prête à s'effondrer. Déjà, son père s'était précipité pour la soutenir.

– Des cigarettes, vite ! cria-t-il en russe.

Un assistant sortit de sa stupeur pour bégayer :

– Mais il est défendu de fumer.

– Alors, c'est la fin des expériences, cria Doerinck.

– Donnez-lui une cigarette, vite ! ordonna Nerochenko... Ce besoin de nicotine est lui aussi intéressant...

Marius avait bondi également vers Corinna, mais ses genoux tremblaient tellement qu'il dut s'asseoir :

– C'est un meurtre, bégaya-t-il.

Malgré une émotion qu'il ne cachait pas, Nerochenko était redevenu le savant qui ne pense qu'à sa tâche :

– Nous devons procéder maintenant, sans perdre de temps, à divers contrôles et enregistrements : plusieurs encéphalogrammes et cardiogrammes sont en effet nécessaires, ainsi que plusieurs mesures comme celle du taux de sucre dans le sang...

Il parlait calmement, froidement, dans les micros, consignant chaque résultat avec des mots simples destinés au grand public de demain :

– Le cœur et le cerveau sont profondément perturbés. Il y a arythmie profonde du cœur, et le tracé des encéphalogrammes témoigne d'une extraordinaire excitation émotive. C'est comme si l'énergie mystérieuse qui est en Corinna Stefanovna, pour se réaliser, avait besoin de toutes ses forces physiques. Le champ de forces du cerveau postérieur et celui du cerveau antérieur diffèrent généralement dans la proportion de trois à un. Chez Corinna Stefanovna Doerinck, le champ de forces du cerveau postérieur est cinquante-trois fois plus puissant que celui du cerveau antérieur ! C'est absolument inouï ! C'est un exemple sans précédent d'énergie psychocinétique.

Le résultat de ces premières expériences était donc sensationnel : elles prouvaient que le rayonnement des mains de Corinna n'avait rien de fantastique et que des instruments de physique appropriés pouvaient le mesurer et le rendre visible.

Nerochenko, sans cacher désormais son émotion, s'approcha de Corinna qui, repliée sur elle-même, inhalait avidement sa troisième cigarette :

– Tu es exceptionnelle, ma petite fille. Grâce à toi, nous allons pénétrer dans des dimensions qui semblaient jusqu'ici interdites à l'homme. (Puis il s'adressa aux opérateurs :) Naturellement, vous supprimez ces derniers mots : il faut que nous restions scientifiques !

À 15 heures, ils s'envolèrent de l'aéroport de Vnoukovo vers Tcheliabinsk. L'organisation continuait à être impeccable, ils avaient rejoint leurs bagages dans l'avion, Soya avait récupéré leurs passeports, et l'embarquement eut lieu sans contrôle, sauf celui des deux miliciens qui montaient la garde autour de l'avion et qui les saluèrent aimablement. Le pilote portait un uniforme sans indication de rang. Pendant tout le trajet, Soya Igorovna allait remplir parfaitement son rôle d'hôtesse.

À trois mille mètres d'altitude, ils voyaient sous eux un lent déroulement : immenses forêts, champs à perte de vue, paysage tantôt plat, tantôt ondulé, prairie et steppes, villages et petits bourgs, routes et chemins qui se perdaient au loin. L'ensemble donnait une impression de vide, de silence et de solitude. Seules les voies ferrées, où de longs serpents noirs semblaient se traîner, tranchaient sur cette immobilité apparente. Après Kazan, l'avion monta à quatre mille mètres, et le sol se couvrit alors de blanc : les premières neiges de l'hiver.

Corinna posa sa main sur le genou de Marius qui était assis près d'elle :

– Il faut que je t'annonce quelque chose... Je n'ai pas eu mes règles comme d'habitude.

Il la regarda stupéfait, bégayant malgré lui :

– Mais ce n'est pas possible. C'est peut-être l'excitation du voyage, le changement de climat...

– Non...

De l'autre côté de l'étroit couloir, Doerinck se pencha vers eux :

– Qu'y a-t-il ? Voyez-vous quelque chose de particulier ?

– Non, papouchka. (Elle se renversa en arrière sur son siège avec un sourire heureux.) Je me réjouis seulement à la pensée de tout ce qui va suivre... Peut-être vais-je enfin découvrir qui je suis...

15

On ne perd rien à ne pas connaître Tcheliabinsk.

En revanche, nombreux sont ceux qui se souviennent de Sverdlovsk, plus au nord et plus importante, où se trouvait jadis l'une des centrales des camps de déportation en Sibérie. Aujourd'hui encore, c'est à Sverdlovsk qu'est établie l'administration principale des Goulags, qui contrôle et gère les camps pénitentiaires et les camps de travail.

Tcheliabinsk, située sur le versant est de l'Oural, s'intéresse fort peu à sa grande voisine. Comme toutes les villes sibériennes, elle se compose d'une ville nouvelle aux unités d'habitation de style officiel soviétique, avec de larges rues, une oasis d'arbres avec des bancs pour s'asseoir, un parc du peuple, un théâtre, un grand nombre d'établissements scolaires, une luxueuse « Maison du peuple » et un stade, tout ce qu'il faut pour satisfaire les habitants. Et il y a la vieille ville moribonde avec ses belles maisons de bois, les chambranles sculptés des portes et des fenêtres, leurs corniches peintes, chacune entourée d'un jardin séparé des autres par une palissade de rondins, tout cela, hélas, remplacé peu à peu par du moderne.

À la lisière de la ville, les rues, à la fonte des neiges du printemps et sous les grandes pluies de l'automne, se perdent dans des océans de boue, se transforment l'été en pistes suffocantes de poussière, et il n'y a qu'en hiver que l'on foule un sol gelé, mais au moins ferme. C'est là qu'on avait élevé l'institut du professeur Nerochenko à grand renfort d'acier, de béton et de verre isolant, ceint de murailles comme une forteresse, et où cent vingt-trois jeunes savants travaillaient à la tâche la plus extraordinaire du monde : transformer totalement notre conception des dimensions de l'univers par la psychokinésie et la biocommunication.

L'atterrissage de l'appareil eut lieu sur une piste saupoudrée de neige. Dans la bise glaciale, Nerochenko se frotta joyeusement les mains. Il n'aimait guère Moscou et se sentait ici chez lui. Peu de personnes, même à l'Académie des sciences, comprenaient quelque chose à ses recherches. Certains fonctionnaires se tapaient le front de l'index en parlant de l'institut de Tchielabinsk : « Ces gens-là évoquent les esprits et veulent parler avec celui de Lénine... » disait-on parfois, et l'on critiquait l'État qui continuait à dépenser des roubles pour ce genre de fantaisies... Mais les mieux renseignés ne parlaient-ils pas d'applications éventuelles dans le domaine militaire ? Avec les bureaucrates de Sverdlovsk et de Tcheliabinsk, Nerochenko n'avait aucun rapport : ils le considéraient comme un personnage de haut rang qui traitait directement avec Moscou et qui ajoutait au prestige de leur ville. Il fallait au contraire l'honorer. Au cours d'une conférence dans la Maison du peuple sur l'hypnose et la télépathie, il avait hypnotisé l'un des membres du soviet municipal, le camarade Marat Leonidovitch Roikov qui, monté sur la scène devant plus de mille spectateurs, avait laissé tomber ses pantalons sur ses chevilles. Bref, à Tcheliabinsk,

Nerochenko était un petit roi, président d'un nombre croissant d'associations.

Dans l'avion, il avait prévenu ses hôtes :

– Nous venons de l'été et nous allons affronter l'hiver, et rien n'est plus désagréable que d'avoir un membre gelé. Mes assistantes vont vous apporter des manteaux de fourrure confectionnés sur les indications du Dr Boganorov qui a dû prendre les mesures de chacun de vous. Du renard ! Moi, je préfère la fourrure de chien, mais en Occident, on répugne à se servir de la peau de nos fidèles compagnons...

En effet, les deux assistantes, une Russe blonde du Nord et une Toungounze aux pommettes saillantes, aux yeux bridés et aux cheveux d'ébène, s'étaient précipitées à l'intérieur de l'appareil, appelant à haute voix :

– Docteur Hambach... *Gospodine* Doerinck... *Gospocha* Corinna... Ludmilla Davidovna... *Gospodine* Herbert... en aidant chacun d'eux à enfiler leur manteau.

Entre-temps, tous les Soviétiques revêtaient leurs fourrures de chien, sauf Soya Igorovna qui avait eu droit à une merveille en renard bleu.

Le trajet dans un petit autocar prit l'allure d'une aventure. Le véhicule glissait, dansait çà et là, se cognant durement aux ornières dont les parois profondes, faites de la boue d'automne, étaient déjà gelées. Il en fallait certainement beaucoup plus pour émouvoir le conducteur sibérien, habitué depuis toujours à surmonter ces obstacles naturels et périodiques.

À l'intérieur de l'institut, tout était différent : les salles étaient claires et chaudes et d'une propreté de clinique. À l'entrée, des brosses rotatives à commande électrique avaient débarrassé leurs souliers du moindre grain de poussière et de neige. Une impression de chaleur avait alors envahi leurs pieds tandis qu'une forte odeur de phénol montait à leurs narines. Nerochenko avait expliqué en riant :

– Nous voici désinfectés, mais non pas stérilisés, ne craignez rien !

Les chambres destinées à Corinna et aux autres Allemands se trouvaient dans un bâtiment annexe auquel ils accédèrent par un passage extérieur vitré. C'est là qu'habitaient également Nerochenko et son adjoint, le Dr Boganorov. Tous leurs collaborateurs vivaient en ville avec leur famille. Cinq d'entre eux seulement avaient une voiture particulière à leur disposition, le petit autocar assurant des services réguliers pour tous les autres. En été, la plupart se servaient de bicyclettes.

Au cours d'un voyage en Chine, Nerochenko étonné avait assisté à la gymnastique matinale du personnel de toutes les administrations. Il en était revenu persuadé qu'il était nécessaire d'assurer la forme parfaite du corps, cet habitacle d'un esprit qu'il cherchait à définir. Aussi avait-il institué des séances obligatoires de *shadow boxing* chinois, où tous les mouvements se font au ralenti. On avait d'abord chuchoté qu'il sombrait dans une sénilité précoce, et puis tous s'y étaient habitués et avaient dû reconnaître qu'après vingt minutes de ce genre d'exercice, ils se sentaient plus alertes, mieux éveillés, physiquement comme mentalement : on abordait la journée de travail dans un état d'esprit différent.

Les Allemands devaient découvrir qu'on avait tout préparé pour leur montrer la Sibérie sous son aspect le plus hospitalier. De larges lits de bois avec des couvertures de laine et de fourrure de marmotte, des édredons de plumes, des sièges rembourrés, un divan avec une table basse, des fleurs renouvelées chaque jour, une radio. Le sol était recouvert de tapis noués à la main par les nomades. Les armoires paysannes étaient en bois sculpté. Autant de détails, autant d'attentions parfois touchantes.

À peine Corinna et Marius s'étaient-ils enfermés dans leur chambre qu'il se précipita vers elle :

– Si c'est vrai que tu vas, que nous allons... il faut interrompre ce voyage.

– Attendons le mois prochain pour en être totalement sûrs... (Elle était assise sur le bord du lit en attendant de passer dans la salle de bains à l'étage et que le Dr Hambach avait aussitôt occupée...) N'es-tu pas heureux que j'aie un enfant ?

– Je suis comme assommé. Et je le serai davantage encore quand ton père l'apprendra. Et ta façon de dire cette chose ! Tu avais eu le même ton indifférent quelques instants plus tôt pour que je regarde par la fenêtre : « Regarde ! Tu vois ce chevreuil qui court dans la taïga... »

– Mais un enfant n'est pas une catastrophe, Marius.

– Si, quand son père a un cancer...

– D'abord, ce n'est pas héréditaire. Et ensuite ton cancer est presque desséché : à chaque séance, mes doigts rencontrent de moins en moins de résistance. Les prochaines radiographies nous le confirmeront.

– Tu parles comme si nous devions vraiment nous marier...

– Évidemment. Je t'aime... J'aime celui que tu seras très vite, le grand peintre Marius Herbert. Et notre vie va changer. Nous nous retirerons dans un endroit tranquille où personne ne nous connaîtra, où nous vivrons pour nous, dans un petit monde bien à nous : une maison, un jardin, un atelier, où nous recevrons seulement mes parents et quelques amis comme l'oncle Ewald et Érasmus Roemer. Tu auras pour vendre tes tableaux un agent que tu rencontreras de temps à autre en ville.

– Et tes mains rayonnantes ?

– Nous les oublierons. Quand une femme a un enfant, c'est d'abord pour lui qu'elle doit vivre.

– Comment pourras-tu résister à la vue d'un malade qui souffre ? Et après les expériences de Nerochenko, tu n'auras jamais plus de repos. Voilà pourquoi il faut que tu lui parles : il faut que tu lui dises que tu ne peux pas les poursuivre.

– Trop tard, Marius. Nous sommes ici aux frais de l'État soviétique pour effectuer un certain travail. Il faut être honnête... (Elle regardait droit devant elle, les pommettes soudain plus saillantes, comme éclairées de l'intérieur.) Et je veux aller jusqu'au bout. C'est la première fois que je vais pouvoir manifester tout ce qui est en moi. Je veux connaître mes limites, comprends-tu ?

– Et s'il n'y a pas de limites à ce que tu peux ?

– C'est impossible. Je suis seulement un être humain, Marius.

– Comme le dit Nerochenko, tu es l'une des rares à pouvoir ouvrir une porte sur d'autres dimensions de notre univers. Soya m'a traduit presque mot à mot ce qu'il a pu dire à ce sujet, et elle avait l'air aussi frappée que moi. Il veut démontrer, en se servant de toi, que l'esprit de l'homme est immortel. C'est du pays qui prône le matérialisme historique que nous viendrait cette révélation scientifique ! Il y aurait en nous un champ de forces, un rayonnement, qui continue à vivre, à agir, et auquel, dans certaines conditions, on peut faire appel. Et j'ai peur, Cora. Il y a peut-être une barrière qu'il ne faut pas franchir dans cette sorte d'expériences.

– Je n'ai pas peur, car c'est justement ce que je veux faire : savoir jusqu'où je peux aller...

– J'ai peur, Corinna. Pendant des milliers d'années, les hommes ont vécu dans un univers dont ils n'ont jamais mis en doute la réalité, car ils la concevaient plus ou moins aisément. Certes, il y a toujours eu en nous une anxiété devant le spectacle de l'univers, donc un esprit religieux qui s'est exprimé par différents cultes, par des superpositions aussi. Mais voici que toi, Corinna Doerinck, et seulement toi, tu vas servir à révéler au monde non seulement que le temps et l'espace ne font qu'un, comme Einstein l'a affirmé, mais que cet espace-temps lui-même n'existe sans doute pas ! Comment peux-tu parler de notre petite maison, de notre petit jardin, du petit enfant qui y jouera, quand tu vas contribuer à détruire notre conception du monde, notre sécurité intérieure, celle qui nous permet de nous épanouir dans ce qui nous paraît être la réalité ?

– Je ne t'ai jamais entendu parler de la sorte.

Elle le regardait, soudain inquiète. Puis elle se leva et vint à lui pour l'embrasser longuement, mais il ne parvenait pas à réprimer l'angoisse qu'il ressentait :

– Si tu savais les nuits que j'ai passées à lire, à étudier, à réfléchir avant de te connaître. Et depuis que je te connais, que n'ai-je pas lu à ton sujet ? Et j'ai d'autant plus peur, Cora. S'il y avait une frontière que nous ne devons pas franchir... Partons vite d'ici pour mener tous les deux, tous les trois, une vie normale.

On frappa à la porte. La voix du Dr Hambach s'éleva :

– La salle de bains est libre. Attention à l'eau chaude. Ne règle pas le mélange au-dessus de soixante degrés; c'est un maximum. Je me suis presque ébouillanté les fesses...

– Voilà la réalité compréhensible pour moi ! lança piteusement Marius... Toutes les autres dimensions n'y changeront rien...

Dès le lendemain matin, de dures expériences attendaient Corinna.

D'abord une série d'analyses fondamentales exécutées par deux médecins, un homme et une femme : prises de sang, échantillons d'urine, nouvelles radiographies du cœur et des poumons, nouveaux cardiogrammes et encéphalogrammes, photos Kirlian à haute fréquence, etc. Tous ces examens compliqués furent exécutés rapidement, presque sans bruit, par ce jeune couple de médecins parfaitement entraînés. Un examen gynécologique suivit.

– Il faut que nous éliminions toute possibilité de controverse, Corinnachka, dit Nerochenko... Vous n'avez pas idée de ce que les femmes peuvent dissimuler dans les profondeurs de leur sexe : depuis de l'héroïne jusqu'aux diamants !

Aussitôt après, ils remontèrent dans le petit autocar qui prit la route des montagnes jusqu'au moment où la piste s'interrompit devant un ravin où la neige accumulée interdisait d'aller plus loin.

– *Kanietchnaïa stantsiya !* (Terminus !) s'écria le conducteur.

– Nous y voici ! annonça joyeusement Nerochenko... Dehors, il fait vingt-huit degrés au-dessous de zéro ! En Sibérie, c'est presque le printemps... (Et, riant de sa plaisanterie, il ajouta :) Le Dr Boganorov va vous expliquer...

Une seconde voiture s'était arrêtée derrière la leur, d'où ils n'avaient pas bougé. Quatre techniciens en descendirent, portant une série de caméras spéciales et d'appareils de mesure. Ils se mirent aussitôt à déblayer la neige à coups de pelle pour former une sorte de plate-forme où ils installèrent tout leur équipement. Alors seulement, le Dr Boganorov prit la parole :

– Dans toutes les légendes, ballades et autres traditions populaires des nomades sibériens, il est question de chamans qui possèdent des facultés extraordinaires : guérisons miraculeuses, télépathie, dons de prévoir l'avenir et de converser avec les animaux. Mieux encore, grâce à ce que nous appelons aujourd'hui leur rayonnement bioplasmatique, ils arrivaient à ébranler certaines lois physiques. Or, de nos jours, la plupart des scientifiques préfèrent ignorer tout ce qui leur semble incompatible avec les doctrines qu'on leur a enseignées. Et pourtant, comment peut-on expliquer par exemple que toutes les religions représentent leurs saints avec une auréole, sinon par un rayonnement devenu soudain visible ? Que voyons-nous dans tous les lieux de pèlerinage ? Des béquilles de paralysés qui soudain se sont remis à marcher, des ex-voto de malades inexplicablement guéris. Au point de vue des chercheurs psy que nous sommes, tous ces faits font partie d'une réalité, qu'il s'agisse de chamans, d'hommes-médecins ou de saints qui comprenaient le langage des animaux, leur parlaient ou qui guérissaient des malades par une simple imposition des mains. Nier tout cela en bloc est antiscientifique. Nous, nous étudions ces faits scientifiquement, logiquement.

Le Dr Boganorov reprit son souffle, tandis que Doerinck et le Dr Hambach échangeaient un regard muet.

– Ces prétendus miracles n'ont jamais cessé, ils ont lieu aujourd'hui encore. Mais même ceux qui y croient ne les admettent que sous un aspect religieux, dans le cadre d'un culte, comme à Lourdes, à Fatima, et autres lieux consacrés à une entité, presque toujours féminine, comme la Vierge Marie. Mais en dehors de cette explication religieuse, « miraculeuse », ces faits sont niés et combattus par toutes les autorités médicales. Et pourtant, Ludmilla Davidovna, quand votre fille vous a guérie d'un cancer si avancé qu'il était à peine opérable, si ce « miracle » avait eu lieu à Lourdes, la presse du monde entier s'en serait emparée, le Vatican l'aurait certainement reconnu comme étant authentique. Mais quand c'est *seulement* un être humain qui accomplit un acte semblable, à Hellenbrand, une ville comme les autres, c'est aussitôt un déferlement de persécutions, de calomnies et de pressions de toutes sortes : *il ne faut pas que cela soit vrai !*

– Vous n'allez pas faire de ma fille une sainte de vitrail, intervint Doerinck.

– Non, ce n'est pas ce qu'elle est ! Elle est la médiatrice d'une énergie psychocinétique latente, elle reçoit et émet les forces d'un champ éternellement existant, elle est l'un des éléments de liaison qui vont nous permettre de prouver qu'il existe, en nous et en dehors de nous, quelque chose d'immortel ! (Le Dr Boganorov s'arrêta une fois de plus avant de conclure :) Nous voulons comprendre et faire comprendre ce qui a été jusqu'à présent incompréhensible.

– Ici, dans la neige des monts Oural, par vingt-huit degrés au-dessous de zéro ? s'exclama le Dr Hambach.

Il y avait une ironie évidente dans le ton du vieux sceptique qu'il était.

– Ce que nous allons faire aujourd'hui est une partie de notre programme. Dans son livre *Le Chamanisme et la Technique archaïque de l'extase,* le chercheur Mircea Eliade, à qui nous devons une étude exhaustive du chamanisme, a écrit que c'était « par excellence un phénomène sibérien et central-asiatique ». Or, Corinna nous intéresse spécialement à cause de ce que nous avons découvert dans le passé de sa famille et de la vôtre, Ludmilla Davidovna. Votre père, le Dr David Semionovitch Assanourian, n'a pas été seulement un grand médecin, mais un chaman…

– Non ! s'écria Ludmilla… Vous vous trompez complètement sur mon père…

– Vous étiez trop jeune pour vous en apercevoir.

Mais Ludmilla continuait à nier, gênée sans doute par le mot « chaman » :

– Je l'ai souvent aidé quand il recevait ses malades : je faisais bouillir les seringues et les aiguilles, je m'occupais des rayons ultraviolets, je préparais les inhalations…

– Mais vous n'étiez pas là quand il rendait visite à certains patients et que de hauts fonctionnaires du Parti se glissaient chez lui, le soir, pour se faire soigner en secret par des procédés inhabituels. Si la plupart sont morts, nous avons quand même retrouvé leurs noms… Et que leur faisait-il ? Ce que fait Corinna aujourd'hui. Et nous savons qu'à beaucoup de malades il prescrivait des placebos, de simples comprimés de calcium absolument anodins. Ce qui les guérissait, c'était, au bout de quatre ou cinq séances, le rayonnement de ses mains. La plupart ne s'en rendaient même pas compte : il lui suffisait d'approcher ses mains de leur corps à l'endroit où ils souffraient, tout en leur parlant pour détourner leur attention. D'après la logique de la bioplasmatique, David Semionovitch est aujourd'hui présent dans votre fille...

Sans un mot, Ludmilla regardait Corinna avec presque de l'effroi.

– ... Mircea Eliade et Evans-Wentz, le grand spécialiste du Tibet, ont décrit comment les chamans utilisaient dans certains cas cette énergie que Corinna a héritée de David Semionovitch. Il s'agit de la « chaleur magique » ou « chaleur psychique », suivant Evans-Wentz. Acceptez-vous de vous prêter à cette expérience, Corinna ? Elle est dangereuse, mais nous vous surveillerons, naturellement.

– Je vous l'ai déjà dit : je suis prête à faire tout ce que vous voudrez.

– Il faut d'abord que nous sachions ce qu'on exige d'elle.

C'était Marius Herbert : il était comme transformé depuis la veille. Corinna avait soigné son cancer, puis tenu longuement entre ses mains la tête de Marius. À son réveil, il s'était senti rechargé d'énergie psychique. Dès qu'il avait aperçu Soya, il l'avait priée de lui procurer des feuilles de papier à dessin ou des plaques de contre-plaqué : « Je veux peindre la vieille ville de Tcheliabinsk sous la neige et certains points de vue dans l'Oural. Je n'ai pas besoin d'autre chose, j'ai déjà ma boîte de couleurs. »

– Je suis curieuse de voir ce que vous allez peindre, avait-elle répondu... Avant d'être interprète, j'ai suivi pendant quatre semestres les cours de l'Académie des beaux-arts de Moscou.

Et voici qu'il se dressait maintenant, à la stupeur de Doerinck, pour protéger Corinna :

– Je m'oppose à tout ce qui peut être dangereux pour elle.

Le Dr Boganorov, étonné lui aussi, préféra ne pas lui répondre et s'adresser directement à Corinna :

– Serez-vous offusquée, Corinna Stefanovna, si nous vous demandons de vous mettre complètement nue ? Il faut que vous nous considériez, le camarade professeur et nous autres, ses collaborateurs, comme des objets totalement neutres.

Ce fut au tour de Doerinck d'intervenir :

– Pour sa mère et moi, ainsi que pour le Dr Hambach, cela n'a aucune importance, mais il faudrait quand même bander les yeux du jeune Marius Herbert.

Marius avait baissé la tête et fermé les poings pour se contenir. Corinna le regarda un instant et dit à voix haute et claire :

– Mais non. Pas de bandeau pour Marius. C'est inutile. Il connaît parfaitement mon corps ! (Et comme, devant cet aveu sans fard, Doerinck se tournait vers Marius d'un air révolté, elle ajouta sur le même ton calme :) Marius et moi, nous nous aimons, père… Ne perdons pas de temps : que dois-je faire, docteur Boganorov ?

– Vous allez vous déshabiller et sortir de l'autocar.

Cette fois, ce fut le Dr Hambach qui protesta :

– Mon voyage ici n'aurait aucun sens si je n'intervenais en tant que médecin. Par moins vingt-huit degrés, c'est de la démence !

– Il ne m'arrivera rien, oncle Ewald.

Elle avait déjà commencé à se dévêtir, aidée par sa mère dont les doigts tremblaient. Alors qu'elle était nue, Soya lui tendit l'épais manteau de fourrure.

– Je répète que je m'oppose à une telle expérience, dit le Dr Hambach d'une voix étranglée par l'émotion.

Nerochenko et ses collaborateurs étaient déjà descendus et rejoignaient les instruments de mesure placés sur la plate-forme de neige. Dans leurs longs manteaux à poils embroussaillés, avec leurs bonnets de fourrure et les passe-montagnes et lainages qui emmitouflaient presque entièrement leurs visages, ils avaient l'air de sortir de la préhistoire. Doerinck réprima un cri en voyant Corinna descendre de l'autocar et marcher pieds nus dans la neige gelée. Ces Russes sont fous, pensa-t-il. Le Dr Hambach se tourna vers lui pour l'adjurer :

– Mais fais donc quelque chose, Stefan. Ces gens-là vont tuer ta fille !

Mais avant qu'il pût réagir, Marius Herbert avait bondi hors de l'autocar, et tous se précipitèrent derrière lui.

Stefan Doerinck s'arrêta presque aussitôt, le souffle coupé par le froid, avec l'impression d'avoir reçu un coup de couteau qui pénétra jusque dans ses poumons. Comme autrefois, pensa-t-il, alors que nous ne pouvions respirer qu'à travers un cache-nez qui devenait un morceau de glace en quelques minutes, à cause même de notre respiration... Et voici que Corinna, les pieds nus, consent à affronter ce froid meurtrier. Est-ce possible ?

Le professeur Nerochenko était redevenu le savant possédé par une idée fixe et dont l'autorité s'imposait à tous. Corinna avait été reliée à un cardiographe portatif, et sa température interne était également surveillée électroniquement. Son visage semblait pétrifié par le froid, ses lèvres n'étaient plus qu'un trait, mais ses yeux semblaient soudain immenses. Malgré ses pieds nus, elle ne paraissait pas souffrir du froid.

– « L'expérience tibétaine », c'est le nom que nous donnons à ce qui va se passer. Corinna va ôter son manteau de fourrure et se coucher nue sur la neige. Voici des couvertures de laine que nous venons de tremper dans l'eau. Elles ont gelé immédiatement, et nous allons en recouvrir Corinna. Son énergie psychique va les dégeler. Ce dégel nous suffira. Il est inutile de les sécher complètement, cela demanderait plusieurs heures et, pour ce que nous voulons savoir, c'est superflu. Êtes-vous prête, Corinna ?

Sa concentration était telle qu'elle répondit seulement par un signe de tête. Le Dr Hambach était de plus en plus désespéré. Stefan Doerinck, pétrifié, ne bougeait plus. Une dernière fois, Ludmilla bénit sa fille d'un grand signe de croix. Seul Marius Herbert grondait encore :

– S'il lui arrive quelque chose, je vous tue, je vous tue tous.

Soya Igorovna, le visage livide malgré la morsure du froid, prit le manteau de Corinna. Guidée par Nerochenko, Corinna avança jusqu'à la plate-forme de neige où, sur un signe du professeur, elle s'allongea de tout son long, sans même un tressaillement. Puis elle ferma les yeux. Peu à peu, sa respiration se ralentit visiblement tout en devenant de moins en moins profonde.

– Assez ! Assez ! cria Marius.

Il voulait se précipiter sur elle en avant, mais deux techniciens, deux colosses sibériens, le retinrent sans effort. Immobilisé, n'en croyant pas encore ses yeux, il vit deux autres assistants recouvrir le corps de Corinna avec les lainages gelés. Ils commencèrent par les pieds et remontèrent ainsi, lainage après lainage, jusqu'au menton.

Nerochenko regarda autour de lui avant de mettre en marche l'aiguille de son chronomètre. Ludmilla s'était agenouillée dans la neige près de sa fille et priait. Dans un silence absolu, impressionnant, seule s'élevait la plainte des antiques litanies de l'Église orthodoxe, une psalmodie que Ludmilla avait apprise de sa mère et que Dieu ne pourrait qu'exaucer.

Et ce silence se poursuivit, de plus en plus étouffant, rompu seulement par la fuite éperdue de Soya Igorovna, dont les nerfs, incapables de supporter ce spectacle, avaient subitement craqué.

Les minutes s'ajoutaient aux minutes. Nerochenko allait et venait nerveusement autour de l'étrange catafalque où reposait Corinna. Lui aussi, malgré sa préoccupation, ressentait ce froid glacial qui parvenait à s'insinuer sous les vêtements les plus épais. Les deux Sibériens, après vingt minutes, avaient dû ramener Marius Herbert de force dans l'autocar où il demeurait prostré, le visage entre les mains. Il avait repoussé le verre de vodka qu'un de ses gardiens lui avait tendu.

– Assassins, avait-il seulement grommelé… Assassins, s'il lui arrive quelque chose, je vous tuerai tous !

De temps à autre, Boganorov et Latichev s'agenouillaient à tour de rôle pour vérifier l'état des lainages. Et soudain Boganorov leva la tête vers Nerochenko et annonça d'une voix rauque d'émotion :

– Les lainages ramollissent maintenant très vite… ils bougent sous ma main…

Sous le corps nu de Corinna, la neige elle aussi avait changé d'aspect et sa transformation s'accélérait à vue d'œil : d'abord, une pâte blanchâtre, puis de l'eau claire qui remplissait une sorte de moule où s'enfonçait de plus en plus le corps de Corinna. « Je le savais, je le savais, se répétait Nerochenko. À partir du moment où le détecteur Serguéiev a établi que le champ de forces du cerveau postérieur était cinquante-trois fois plus puissant que celui du cerveau antérieur, je l'ai su… Nous assistons maintenant à la concentration d'une énergie qui existe depuis toujours et qui est éternelle. Corinna a franchi la frontière de nos trois dimensions et de l'espace-temps. Son esprit doit maintenant faire partie d'une sphère où l'univers que nous connaissons n'est plus rien, où il n'y a plus de froid, mais seulement une énergie rayonnante… »

Une heure s'était déjà écoulée, un temps effroyablement long pour tous, mais bien moins que n'avaient prévu Nerochenko et ses principaux assistants. Les lainages étaient devenus complètement mous; autour de Corinna, l'eau s'écoulait, se répandait par des rigoles creusées à la hâte. À un signe de Nerochenko, Boganorov et Latichev commencèrent à ôter les lainages qui recouvraient Corinna et qui perdaient rapidement leur humidité. À peine les avait-on soulevés du corps nu qu'ils se mirent à fumer en retrouvant la température effroyable de l'extérieur. Les deux hommes retirèrent aussitôt Corinna de la fosse de neige fondue qui s'était creusée autour d'elle. Sa peau était blanche, immaculée, souple. Le Dr Hambach s'aperçut qu'il se mordait les poings à travers ses gants : ce qu'il venait de voir dépassait toutes les lois de la médecine, de la physique, de la biologie. Corinna, d'après notre science actuelle, devrait n'être qu'un cadavre gelé, raidi à jamais, se répétait-il.

Et tous virent Corinna ouvrir lentement les yeux en poussant une sorte de gémissement. Son regard était encore comme tourné vers l'infini d'où elle revenait. Nerochenko lui frappa doucement les joues, par deux ou trois fois, pour accélérer ce retour à notre monde. Comme on lui remettait son manteau, elle le serra autour d'elle, frissonnant soudain. Et reconnaissant enfin ceux qui l'entouraient, elle eut un faible sourire et murmura :

– Une cigarette, une cigarette, vite... Maintenant j'ai froid...

Tous se pressaient autour d'elle tandis que des assistants l'emmaillotaient complètement de couvertures de fourrure pour la transporter plus près des appareils de mesure. Impitoyable, Nerochenko ne pouvait omettre aucun des examens dont il avait dressé le plan : le pouls, l'électrocardiographie, les champs de forces du cerveau. On eût dit que la nature se vengeait : le froid pénétrait les couvertures et Corinna claquait des dents en fumant la première, puis la seconde papirossa, que lui tenait entre les lèvres le Dr Latichev. Et incrédule, Nerochenko fit constater à tous que l'aiguille s'était bloquée au maximum du contrôleur d'énergie, trop faible pour mesurer celle que dégageait le corps de Corinna.

– Incroyable ! murmura-t-il doucement en passant la main sur ses sourcils couverts de petits glaçons.

Oui, c'était incroyable. Il s'approcha de Corinna pour poser ses lèvres gelées, doucement, sur les paupières de Corinna.

– Qu'as-tu ressenti, Corinnachka, ma petite fille ? Comment était-ce ?

– J'étais enveloppée de chaleur... (Elle regardait la fosse qui s'était creusée sous elle et qui, déjà gelée, gardait l'empreinte de son corps.) Oui, j'avais l'impression de flotter au sein de la chaleur qui m'enveloppait et, malgré mes yeux fermés, j'ai aperçu quelque chose de flou, comme un nuage, comme un brouillard que transperçaient par milliers les rayons de lumière d'un soleil tout proche. Et j'ai entendu distinctement une voix qui me disait : « Tout va bien. Tu es maintenant près de moi. Je suis David Assanourian, le père de ta mère... »

Autour d'eux tous s'agitaient. Des assistants soutenaient Ludmilla qui, ayant entendu sa fille, sentait ses genoux plier sous l'émotion subite qu'elle ressentait. Et Marius accourait, criant d'une voix étouffée par l'air gelé : « Cora, Cora ! » Nerochenko caressait le front de Corinna :

– Nous avons entrouvert la porte qui nous dissimule une réalité inconnue. Notre regard, grâce à toi, a plongé pour la première fois dans le domaine de l'immortalité...

Ils allaient rester une semaine encore à Tcheliabinsk.

La liste des expériences de Nerochenko était longue et épuisante, mais aucune d'elles ne fut comparable à celle de la « chaleur psychique ».

Il s'agissait surtout d'enregistrer et de vérifier de nouveau les effets possibles de la télékinésie et des diverses manifestations de la force, à la fois bienfaisante et redoutable, qui remplissait les dimensions d'un univers que l'homme commence seulement à cerner, ou tout au plus à entrevoir. Nerochenko assistait à chacune des expériences. Il devait se révéler fort utile au cours de l'une d'elles. Effleurant par hasard la poitrine d'un des techniciens, un nommé Nikita Mikhailovitch Mazourov, Corinna avait eu un grand sursaut : ce n'était pas le couteau qu'on avait caché sous la blouse de l'homme et que Corinna avait presque aussitôt découvert, mais quelque chose de bien plus profond venait inopinément de se révéler à elle et immobilisait soudain ses mains. La caméra et le microphone convergèrent aussitôt sur ce point précis. Le microphone n'enregistra qu'un son unique que l'on eût négligé autrement :

– Vous avez un ulcère à l'estomac, dit lentement Corinna d'un ton étrange, comme si quelque chose d'elle-même s'attardait encore à l'intérieur du corps du technicien.

Ce dernier se mit à rire d'un air un peu gêné dès que Soya Igorovna lui eut traduit les quelques mots de Corinna. Mais, après l'avoir longuement regardé, la jeune Allemande se tourna vers Nerochenko :

– Mais si, je le sens, je le vois fort bien. Il se trouve dans la *pars descendens* – la partie descendante – de l'organe. L'état de ce technicien est grave : s'il n'est pas immédiatement soigné, il y aura perforation de la paroi...

Ses mains retombèrent, et le Dr Boganorov lui alluma immédiatement une cigarette. Après avoir aspiré rapidement trois bouffées, elle se retourna vers Mazourov, le regarda encore une fois, et dit calmement :

– Oui, cet homme est malade.

C'était un garçon pas très grand, mais bâti en hercule, amateur de viandes grasses – les graisses sont indispensables pour résister à de tels froids – et aussi de femmes, comme tout le monde le savait à Tcheliabinsk où il se soûlait régulièrement deux fois par semaine. Une sorte de taureau débordant de vitalité et de santé. Ayant repris de l'assurance, il riait à gorge déployée en se battant l'estomac, à la manière d'un gorille, de ses poings massifs :

– Moi, malade ! Vous devez vous tromper, *Gospocha* Doerinck ! Si la paroi de mon estomac devait se perforer, c'est maintenant qu'elle le ferait sous cette avalanche de coups. Et il ne se passe rien ! Pour une fois, Corinna Stefanovna s'est trompée !

– C'est ce que nous saurons demain matin. On te prendra une radiographie, camarade, fit Nerochenko que l'incident avait frappé.

Au cours de la nuit, Corinna, réveillée en sursaut, eut juste le temps de passer rapidement son manteau de renard et ses souliers pour ouvrir sa porte à Nerochenko, accompagné de Boganorov. Marius, qui l'avait rejointe dans sa chambre, tentait en vain de se dissimuler sous les couvertures du lit :

– Vous aviez raison, Corinna Stefanovna. Mazourov s'est donné plusieurs fois en spectacle dans la soirée en se tambourinant l'estomac comme il l'a fait devant nous. Et la paroi de l'estomac a craqué. Il crache et vomit tout son sang et souffre comme un damné...

Chose impossible ailleurs qu'en Sibérie : cette hémorragie était fatale, Nerochenko le savait, et il avait pourtant décidé de faire appel à elle, annulant ainsi le transfert à l'hôpital qui s'imposait... Et il avait fait réveiller tous ses collaborateurs tandis que l'on transportait Mazourov sur une civière dans la salle d'expérimentation. Déjà, les caméras enregistraient la scène : Mazourov allongé, se tenant l'estomac à deux mains, toussant et vomissant du sang, angoissé naturellement à l'extrême :

– Ne me laissez pas crever, camarades. Faites votre possible.

– Nous avons la chance d'avoir Corinna sous la main, avait dit Nerochenko presque joyeusement... Après l'expérience de la « chaleur psychique », nous allons pouvoir enregistrer un nouvel exemple de la puissance de l'énergie psychocinétique... Quoi, vous avez l'air de douter, Boganorov ? Vous me decevez...

Tous les appareils étaient prêts et bourdonnaient

doucement quand Corinna, entrant dans la salle, s'approcha de la civière où gisait Mazourov. Le regard angoissé qu'il attacha sur elle la frappa au cœur comme un coup de poignard. Il bégaya quelques mots qu'elle ne comprit pas tout en sachant exactement ce qu'il voulait dire. Cet homme connaissait son état. Il savait que, si on le transférait à l'hôpital, il se passerait trois heures avant qu'on pût l'opérer et qu'il n'avait pas trois heures de vie devant lui... Pouvez-vous faire quelque chose pour moi, vous, Corinna Stefanovna ?

Devant cette interrogation muette, elle se tourna vers Nerochenko :

– C'est trop tard, dit-elle en allemand.

– C'est ce que nous croyons tous, dit Boganorov... mais le professeur Nerochenko veut que vous tentiez l'impossible...

La bouche pincée, le visage fermé de l'assistant trahissaient malgré lui sa pensée : il condamnait au fond de lui cette expérience inhumaine. Et sur le moment Corinna eut la même réaction, un véritable sursaut de haine envers le petit homme qui, debout de l'autre côté du brancard, caressait nerveusement sa calvitie. Mais tout ce qu'il y avait d'apparemment inutile et d'inhumain dans cette situation l'emplit soudain de la volonté monstrueuse de défier le destin. Pour la première fois de sa vie, elle s'adressa à ce qu'il y avait en elle, comme si elle priait : « Secours-moi maintenant ! Ne m'abandonne pas. » Elle pensa soudain à ce brouillard transpercé de mille rayons de lumière, qui, lui avait-il semblé, avait pris une forme presque humaine pour proférer des mots auxquels elle avait refusé de croire dès qu'elle s'était réveillée : « Je suis David Assanourian, le père de ta mère... » Elle se rappela la neige fondue sous elle, les lainages gelés qu'elle avait réchauffés, presque séchés. Et elle s'entendit parler :

– Calme-toi ! Ne crains rien ! Je vais te secourir,

mais il faut que nous croyions tous les deux que je peux le faire, n'est-ce pas ?

Il n'aurait pas dû comprendre, mais – était-ce le son de cette voix, ces yeux noirs fixés sur lui et dont le regard semblait s'enfoncer dans une nuit constellée d'étoiles d'or ? – il oublia un instant sa peur et ses souffrances, et tous le virent sourire faiblement. Nerochenko écarta de la main Boganorov qui voulait traduire.

Extérieurement, tout se passa comme toujours : l'approche des mains en forme de coupe, et après un lent va-et-vient à dix centimètres de la peau, leur arrêt subit au-dessus de la plaie d'où le sang continuait à s'échapper par saccades. Et tous revirent encore une fois ce visage se transformer, devenir un masque de thaumaturge aux joues creuses, aux pommettes qui semblaient percer la peau à force de saillir, et ces grands yeux noirs enfoncés dans leur propre nuit constellée d'astres... Et puis, les mains retombèrent d'elles-mêmes. C'était la fin, la quête fiévreuse, comme toujours, d'une première, d'une seconde cigarette, que lui tendit le Dr Boganorov.

Et pourtant, tout était différent, car Nikita Mikhailovitch Mazourov, malgré le sourire qui détendait encore le marbre livide qui figeait ses traits, ne donnait plus aucun signe de vie. Ses bras étaient retombés de chaque côté de la civière, et il semblait ne plus respirer.

Nerochenko, dans le silence qui se prolongeait, caressait sa calvitie comme un possédé :

– Mort ? dit-il enfin en allemand... Mort ?

Corinna, assise sur une chaise, continuait à fumer.

– Non, dit-elle enfin... Nous nous battons...

Après avoir écouté la traduction de son assistant, Nerochenko se laissa tomber lourdement sur une chaise près de Corinna. La caméra, les microphones continuaient à enregistrer. Rien ne serait perdu de ce qui s'était passé pendant ces quelques minutes, de ce « miracle », comme nous disons tous devant ce que nous sommes incapables de nous expliquer.

Sept minutes et neuf secondes – tout devait être mesuré –, c'est ce que dura exactement la perte de conscience de Mazourov. Quand ses paupières s'ouvrirent, l'un des assistants arrêta l'aiguille de son chronomètre et nota l'heure. Nerochenko voulut lui parler, l'accueillir : « Vous voici de retour parmi nous, camarade... » mais il se mordit les lèvres et se tut. Corinna se pencha, posa sa main sur le front de Mazourov dont le regard sembla soudain se transfigurer :

– Vous souffrirez encore pendant quelques heures. Mais tout s'améliorera. Vous ne saignez plus. Demain, nous reprendrons le combat contre votre mal, Nikita Mikhailovitch.

Cette fois, le Dr Boganorov traduisit, mais en trébuchant d'émotion sur quelques mots. Mazourov acquiesça lentement de la tête, se croisa les mains sur la poitrine, puis ferma les yeux et se rendormit. Sa respiration était calme, régulière.

Nerochenko se leva et, sans un mot, baisa doucement le front de Corinna. Tandis qu'on transportait Mazourov dans une autre pièce et que cessait le bourdonnement des appareils enregistreurs, le Dr Latichev fut le premier et le seul à oser demander :

– Est-il sauvé ?

– Oui.

– Et son ulcère à l'estomac ?

– Il commence à se dessécher. (Elle se leva ensuite, encore chancelante :) Puis-je m'en aller, professeur ? Je suis morte de fatigue... Ce fut une journée dure pour moi...

Le Dr Boganorov la raccompagna jusqu'à la porte de sa chambre et attendit sur le palier qu'elle l'eût verrouillée de l'intérieur.

– Que s'est-il passé ? demanda Marius... Je n'ai pas eu le temps de m'habiller, et je ne savais pas où te rejoindre...

Il était assis sur le bord du lit, avec juste sur ses épaules maigres une serviette de toilette, l'air misérable dans sa nudité.

– Un homme était en train de mourir, Marius, le technicien Mazourov...

Elle laissa tomber sur le sol le manteau de fourrure qui avait été son seul vêtement et s'allongea, nue elle aussi, près de lui.

– Mazourov ? Celui qui ne voulait pas croire qu'il avait un ulcère ?

Il rabattait les couvertures sur elle, caressait ses seins au passage...

– Non, pas maintenant, dit-elle.

– Et ce Mazourov vit ?

– Tu poses parfois des questions tellement idiotes, Marius...

Elle avait fermé les yeux, se retournait, les mains sous l'une de ses joues, pour s'endormir. Elle n'était plus qu'une toute jeune femme, une jeune fille presque, avec ses longs cheveux épars, la moue enfantine de ses lèvres, les narines palpitantes à chacune de ses respirations.

Il la regarda longuement avant de s'allonger à son côté sans la toucher.

Qu'ai-je fait pour te mériter ? Je suis tellement heureux que j'en ai mal. Je me laisserais couper en petits morceaux pour toi. Je t'aime. Je t'offre toute ma vie, qui est déjà entre tes mains... dans tes mains rayonnantes... Sans toi, j'étais perdu. Mon Dieu, est-il possible qu'il y ait sur terre une créature comme elle ?

Il s'aperçut qu'il s'était mis à pleurer, qu'il lui fallait pleurer...

Je ne peux vivre que par toi. Sans toi, il n'y aurait plus rien pour moi, sans toi je ne serais plus rien...

Au cours de cette même semaine, Marius Herbert peignit trois toiles.

Soya Igorovna lui avait rapporté de Tcheliabinsk

des toiles blanches, des cadres, un chevalet, une palette, de l'essence de térébenthine et tout ce dont il pouvait avoir besoin. Comme il s'était étonné, elle avait pris son air le plus ironique pour lui répondre :

– Les capitalistes croient que la Sibérie est un désert de glace et que nous autres Russes jouons encore aux dominos avec des crottes de lièvre. Tcheliabinsk est une grande ville moderne, camarade Marius, avec trois écoles de beaux-arts, des expositions dans le Palais de la Culture, un orchestre symphonique, une école de ballets, une académie technique, quatre théâtres, un grand centre sportif. Que pensez-vous à l'Ouest de tout cela, de notre Sibérie ? Personne chez vous ne sait, ou ne veut savoir, que c'est en Sibérie que naît l'avenir du nouveau millénaire...

Trois tableaux de génie. C'était le terme qui s'imposait, et aucun autre, pour dépeindre cette dissolution des formes qui ressuscitaient dans le jeu et l'ivresse des couleurs. Il suffisait de faire trois pas en arrière pour que le chaos apparent s'ordonnât dans une réalité supérieure à l'inspiration originelle.

Jamais on n'avait vu pareille chose. Chacun de ces tableaux exerçait sur l'observateur une sorte de fascination extatique. Le premier était une évocation de Tcheliabinsk noyée dans une brume ensoleillée. En le voyant, Doerinck tendit spontanément la main à Marius :

– C'est formidable, mon vieux...

Marius rapporta fièrement la scène à Corinna. Sa métamorphose éclatait aux yeux de tous : il croyait maintenant en lui et en son art, peignait comme un possédé du matin au soir, discutait avec Soya Igorovna et lui exposait les projets qui bouillonnaient en lui...

Après une semaine de travaux et d'examens intensifs, le professeur Nerochenko déclara qu'il n'avait plus rien à filmer ni à enregistrer. Alors, brusquement, il fit à Corinna et à sa famille une offre telle que le reste de leur séjour allait en prendre un tour inattendu.

Ce fut au cours d'une fête où apparut Mazourov, ressuscité : il avait quitté son lit, vacillant naturellement sur ses jambes, mais il ne ressentait aucune douleur, et il s'avança vers Corinna avec un large sourire. Après la troisième séance, elle avait mis fin au traitement : « Ce n'est plus nécessaire », lui avait-elle dit.

Nerochenko avait autorisé Mazourov à se rendre de l'institut à l'hôpital de Tcheliabinsk. Le directeur du service de radiographie était demeuré dans l'ignorance totale de ce qui était arrivé au jeune technicien, qui se plaignit seulement de douleurs indéfinies dans la région de l'estomac. Une endoscopie finale confirma les premiers examens radiographiques. Dans la *pars descendens* de cet estomac totalement sain, on n'observait que des cicatrisations provenant d'un ulcère qui, selon toute vraisemblance, s'était guéri tout seul. Les douleurs dont souffrait le camarade Mazourov devaient être attribuées à un état purement nerveux.

Le lendemain, lors d'un grand dîner, Nerochenko se montra de plus en plus enchanté et tous les Russes redoublèrent de prévenances :

– Corinna Stefanovna, dans un mois, votre nom sera célèbre dans le monde entier !

Le mousseux de Crimée accompagna d'abord du caviar avec des blinis, puis un plat du Caucase que Ludmilla accueillit par des transports de joie : des morceaux d'esturgeon et d'espadon grillés à la broche, que l'on appelle *tarti tchamporzeh chamtsuari*. Ensuite vint un grand saladier plein de *sabsi pies* – un mélange de carottes braisées et d'oignons dorés au feu. Et Nerochenko, à chaque toast, répétait à Corinna :

– Vous allez être l'une des femmes les plus illustres du monde.

Ce fut alors que le Dr Hambach assombrit l'atmosphère. Secouant la tête, il ne put s'empêcher de dire :

– Oui, mais aussi l'une des plus haïes, professeur Nerochenko. Que pouvons-nous attendre, à notre retour, du milieu que nous allons retrouver ? Une approbation enthousiaste ? Une reconnaissance spontanée des mérites de Corinna ? Non, tout le contraire, hélas. Une meute de chiens enragés va se jeter sur elle pour la déchirer physiquement et moralement. On va déverser sur tout ce qu'elle dira et fera des seaux d'injures et de railleries. Les autorités se serviront contre elle de la toute-puissance de l'État et des media pour l'accuser de charlatanerie et d'exercice illégal de la médecine. Nous ne vivons pas dans une dictature, mais il existe chez nous tant de moyens « légaux » pour harasser quelqu'un jusqu'à ce qu'il trébuche et s'effondre : cela commence par des tracasseries fiscales, des procès pour dissimulation de revenus, fraudes, escroquerie. La méchanceté ne manque jamais d'imagination. Corinna a déjà eu à subir un incendie et une tentative de meurtre.

Nerochenko n'attendait que cela. Brusquement, il changea de visage pour prononcer avec solennité les paroles longuement méditées qui allaient peut-être changer le cours de leur existence. Pour imposer le silence à toute la table, il commença par claquer plusieurs fois dans ses petites mains, et c'est dans un silence absolu qu'il s'adressa à ses hôtes :

– Réfléchissez bien à ma proposition. Restez ici, avec nous, tous ! Il n'y aura pas de difficultés, quelques formalités seulement. En Union soviétique, nous autres chercheurs bénéficions de tous les avantages, de privilèges même ! Depuis longtemps, on a compris parfaitement à Moscou que le pays qui possède la recherche la plus avancée occupe automatiquement la première place parmi toutes les nations du monde. Il n'existe aucun domaine chez l'homme et dans l'univers, dans le microcosme et le macrocosme, que néglige la science soviétique. On ne le sait que peu hors de chez nous, nous ne communiquons à l'Ouest que des fractions de nos découvertes, juste assez pour inspirer à nos collègues et aux gouvernements des autres pays le respect indispensable à notre travail dans la paix… (Il s'arrêta et se mit à rire. Puis il reprit :) La Russie sait des choses que le reste du monde ignore. L'Occident croit que nous sommes encore au stade de l'ours sibérien. Vous rappelez-vous Bismarck qui disait : « Laissez dormir l'ours russe… » Mais nous ne dormons pas. Nous créons un monde nouveau dans la sérénité la plus absolue. Vous, Corinna, et moi, nous sommes les petites pièces rapportées d'une vaste mosaïque… (Il se tourna vers Ludmilla :) Restez ici, Ludmilla Davidovna ! Votre vieille patrie vous attend. Elle vous ouvre les bras !

Ludmilla attacha un long regard sur Stefan Doerinck, et tous n'eurent aucun mal à interpréter. Il disait, ce regard : « Réfléchis bien, Stefanka. En Allemagne, ils vont t'acculer à une retraite anticipée. Tu n'as déjà plus le droit d'enseigner, ce qui était ta raison de vivre. Jusqu'à ton dernier souffle, tu seras un proscrit parmi les tiens, non pas parce que tu as tué, volé, maltraité ou perverti les enfants qu'on te confiait, mais parce que tu as une fille dont les mains guérissent. Ton Allemagne est-elle encore notre pays ? Nous offre-t-elle un foyer ? Pouvons-nous encore y vivre et reposer paisiblement, à notre mort, dans une terre qui n'aura pas voulu de nous ? Vois donc ce qu'ils t'ont fait, à toi, qui n'as commis aucune faute ? Et que va-t-il nous arriver quand le compte rendu des expériences de Tcheliabinsk sera publié dans le monde entier ? Que devons-nous faire, mon amour ? »

Le visage impassible, Doerinck attendit longtemps avant de répondre brusquement à Nerochenko :

– Quand devons-nous repartir pour l'Allemagne, professeur ?

– Dans trois jours. L'appareil décollera de Moscou pour atterrir à Francfort.

– Nos places sont-elles retenues ?
– Réservées seulement, dit Soya Igorovna... Mais je peux très bien les annuler...
Devant le regard de Stefan Doerinck, elle s'arrêta net.
Après avoir hoché la tête, il se redressa pour dire avec fierté :
– Je n'ai pas déserté autrefois dans le Caucase, alors que j'avais tant de raisons de le faire... Puisque nous aurons là-bas une lutte à soutenir, je ne déserterai pas aujourd'hui...
Après un long silence, Nerochenko déclara d'une voix dont il ne contrôlait plus l'émotion :
– Vous avez encore trois jours, jusqu'au dernier moment, pour prendre votre décision. Je peux vous annoncer officiellement, de la part du secrétariat du ministère de l'Intérieur, que Ludmilla Davidovna est autorisée à retourner avec vous tous à Poti, sur les bords de la mer Noire, où vous attendent deux datchas...
– Stefanka, balbutia Ludmilla... Stefanka.
Il s'aperçut qu'elle pleurait, mais d'une voix encore plus dure, il répéta :
– Nous partons... Je vous en prie, ne parlons plus de cette possibilité. Je sais qu'il s'agit d'une offre exceptionnelle, je mesure toute la grande générosité qui vous l'a inspirée, professeur, mais je mourrai dans le pays auquel j'appartiens.
– Puis-je vous demander si votre réponse serait la même si cette offre vous venait de Washington ? Si deux villas américaines vous attendaient à Miami ou en Californie ? demanda soudain le Dr Latichev.
Il ne cachait pas sa déception et le ton de sa voix était d'une impertinence telle que Stefan Doerinck le regarda longuement avant de répondre :
– Ma réponse serait la même, mot pour mot, docteur. Mais naturellement, je ne parle que pour moi. Toutefois, quelque chose me dit que la décision de ma fille ne différera pas de la mienne.
– Tu as raison, papouchka. Moi aussi, je me battrai

jusqu'au bout, comme toi. (Elle avait levé son verre et les invitait tous à boire avec elle.) Merci de tout cœur pour votre offre, mais nous partons.

Après un geste de regret, Nerochenko vida son verre jusqu'à la dernière goutte et, imité par tous les Russes, le fracassa contre le mur.

Après un instant d'hésitation, Marius projeta également le sien dans l'amoncellement des débris qui s'élevait contre le mur. Il y avait de la tristesse dans son regard et dans les paroles qu'il prononça :

– Oui, nous devons partir, mais les jours quc j'ai passés ici ont été très bons et très beaux. C'est une période qui vivra toujours en moi. Et même si nous ne nous revoyons jamais, nous serons toujours ensemble...

Deux jours plus tard, ils repartaient pour Moscou, accompagnés seulement de leur interprète Soya Igorovna.

Alors qu'ils survolaient les cimes neigeuses de l'Oural, la main de Marius se posa sur la cuisse de Corinna. Le Dr Hambach dormait. Stefan Doerinck et Ludmilla regardaient par la fenêtre comme pour graver dans leur cœur les derniers kilomètres de taïga, les fleuves gelés, la steppe blanche qui défilaient lentement sous eux.

– Comment te sens-tu ? demanda doucement Marius.

– Fatiguée... Et toi ?

– Moi, je pourrais peindre cent toiles à la fois !

Elle se mit à rire, et il eut l'impression que les points d'or de ses pupilles se mettaient à danser.

– Nous verrons ça chez nous...

Chez nous, qu'est-ce que ça voulait dire, qu'est-ce que cela allait être ? Pour habitation, une tente assiégée par une meute de reporters de tout acabit, les habitants d'Hellenbrand divisés en deux camps, l'hostilité de la médecine officielle qui ne désarmerait jamais et dont la vanité blessée se refuserait à toute discussion, sans oublier les autorités prêtes à fondre sur elle, les plaintes en justice... « Chez eux », auraient-ils seulement le temps de respirer ? Serait-ce cela, leur foyer, leur « chez nous » ?

– Quand vas-tu annoncer la grande nouvelle à tes parents ? chuchota Marius.

– Quand la fièvre sera un peu tombée.

Elle regarda ses parents. Doerinck serrait contre lui sa femme, tendrement, mais avec quelle force; comme s'il avait failli la perdre... Et Corinna lut sur ses lèvres les paroles qu'il prononçait :

– Maintenant nous prenons congé d'un rêve que nous faisions depuis des dizaines d'années, revoir la Russie, n'est-ce pas ?

Certains mois peuvent s'écouler, se traîner, dans une angoisse torturante qui n'en finit pas. Les secondes tombent sur votre front comme autant de gouttes d'eau, l'insignifiance du quotidien use lentement votre courage. Et quand on se retrouve le soir dans la chaleur du lit et que l'on redevient ce que l'on est, voici que l'angoisse du lendemain vous étreint la gorge et le cœur, et l'on comprend que les mois vont se transformer en une prison obscure, écrasante, dont on ne sortira jamais.

Mais le temps peut aussi s'enfuir de vous comme un tourbillon de feuilles mortes dans la tempête. En vain court-on après elles. Les heures et les jours ne suffisent pas à contenir la plénitude d'une vie que l'on voudrait retenir, serrer contre soi pour en jouir à jamais.

Qu'était donc la vie à Hellenbrand pour les « Sibériens », comme on les appelait depuis leur retour dont la nouvelle s'était propagée comme un feu de steppe ? De partout, les appels téléphoniques avaient afflué. Ce n'était pas tant de leurs adversaires que des commerçants qui espéraient un nouvel essor de leurs affaires. Les stands et les baraques étaient toujours à leur place, et puisque les malades étaient de retour, plus nombreux que jamais, le boulanger, le boucher, l'aubergiste, le marchand de souvenirs étaient revenus, adaptant leurs articles à l'arrivée de l'automne et à l'hiver qui approchait : saucisses et plats cuisinés, châtaignes et amandes grillées, vins chauds, etc. Comment laisser passer une aubaine pareille, fût-on l'un des pires adversaires de la femme aux mains rayonnantes ? Les affaires sont les affaires et l'argent n'a pas d'odeur, disait déjà un empereur romain. Quant à la morale, elle n'a jamais rien rapporté, sauf aux sectes dites religieuses et à la Croix-Rouge ! Rien ne vous est offert gratuitement dans la vie, et si l'on a des mains et un cerveau, c'est pour travailler...

Le jour de leur retour, les « Sibériens » avaient retrouvé leur maison où Érasmus Roemer les attendait avec une table couverte de mets et de boissons.

– Bienvenue chez vous ! avait-il hurlé en les serrant l'un après l'autre contre sa poitrine de mammouth.

Une nuée de questions s'ensuivit, toutes du plus pur Roemer :

– Alors, Ewald, comment as-tu trouvé les filles en Russie ? Est-il vrai qu'une fois au lit elles prennent le commandement en criant comme les officiers soviétiques à l'heure H : « *Fperiot ! Fperiot !* (En avant ! En avant !) » (Et, soulevant Corinna de terre, il avait fait en dansant le tour de la table :) Victoire ! Victoire, ma petite fille ! Je suis allé voir Willbreit dans sa scierie d'ossements, et il m'a fait radiographier. Je suis guéri ! Je suis guéri ! Une nouvelle vie commence, et quelle vie ! Grâce à toi !

Il s'était passé bien des choses à Münster et à Hellenbrand pendant la dizaine de jours qu'avait duré leur absence.

Élise Roemer avait officiellement demandé le divorce, et pour éviter toutes les questions et les reproches de son père, elle s'était réfugiée dans une sorte de clinique-sanatorium, dont le médecin-chef avait certifié sur l'honneur – comme il est d'usage en matière de certificats médicaux – qu'elle avait besoin de repos complet et qu'elle ne devait avoir aucun contact avec le monde extérieur. Son père avait réussi à joindre Roemer et lui avait amèrement reproché sa conduite qui, selon lui, était la cause de ce scandale social. Mais il s'était vite calmé quand Roemer lui avait donné une version plus exacte des événements : sa fille ne quittait un président de tribunal que pour épouser un baron !

– Que veux-tu de plus ? avait-il dit à son beau-père stupéfait... Tu vas échanger un magistrat en toge qui se cure le nez d'ennui pendant les séances du tribunal, contre un membre de la haute aristocratie hongroise ! En voilà de l'avancement social ! Et quand Élise écartera les jambes, ce qu'elle recevra, c'est...

Avec un borborygme d'indignation, le père avait mis fin à la communication.

Et le professeur Willbreit connaissait le sort que Roemer lui avait toujours prédit : la jolie Lydia, l'ardente épouse qu'il délaissait alors qu'elle était frémissante de désir jusqu'à la pointe des cheveux et bourrée d'hormones sexuelles sans emploi, lui avait mis le marché en main : ou bien il passerait désormais plus de temps avec elle, ou bien, s'il lui préférait sa profession, elle avait la ferme résolution de prendre un amant.

– Cela me serait insupportable, avait gémi Willbreit... Que dois-je faire, Érasmus ?

– Fais comme moi ! C'est-à-dire que nous prenons ma voiture et que nous nous précipitons chez Krautkrämer où nous nous offrirons un super-dîner accompagné d'un super-bordeaux, et nous mangerons et boirons joyeusement pour célébrer notre libération ! Je retiens immédiatement une table.

– Je croyais que tu suivais un régime rigoureux.

– Autant en emporte le vent ! Je suis guéri, professeur, ne vous en déplaise ! Je me suis rendu hier chez le Dr Meersmann à Billerbeck pour une dernière radiographie. Je ne suis plus un cadavre rempli de pus en train de se décomposer, et cela grâce aux mains rayonnantes et merveilleuses de Corinna !

– Voilà ce que je ne croirai jamais ! Toutes ces histoires de rayons, de bio-énergie, de bioplasma, de champs de forces psychocinétiques sont de la pure folie.

– Veux-tu voir les radiographies du Dr Meersmann ?

– Je préfère te faire radiographier moi-même.

Ce fut ainsi que Willbreit amena Roemer à la clinique de l'Université. Après des radiographies et des examens sans nombre, le professeur Kranzmüller avoua à son confrère et collègue Willbreit qu'il n'y comprenait rien :

– Mon cher Thomas, tout a disparu, sauf des cicatrices qui ne présentent rien de suspect. Il n'est plus du tout question d'engorgement ni d'induration du foie... (Il avait prélevé dans une grande enveloppe les premières radiographies de Roemer et les comparait, incrédule, avec celles qu'il venait de prendre :) Incroyable ! Là, on voit clairement le fibrome, les excroissances du foie. Et maintenant, évidemment, ce foie est empâté, graisseux, ce qui s'explique par tout ce que Roemer peut manger et boire, mais rien d'autre. Que s'est-il passé, Thomas ?

– Nous avons essayé un traitement nouveau, mentit Willbreit.

– Alors, mets ton traitement au point et publie vite les résultats. C'est une réussite formidable.

Chez Krautkrämer, le retour de Roemer fut spectaculaire. Il embrassa l'hôte dans un transport formidable d'amitié :

– Que l'on débouche vite une bouteille de mon bordeaux préféré. J'espère que personne n'a touché à mes bouteilles pendant mon absence, car me revoici ! Et vite, vos propositions pour un festin de roi. Ce que nous fêterons aujourd'hui, mon cher Krautkrämer, c'est une résurrection !

Willbreit dut raccompagner Roemer à Hellenbrand

bien après minuit et il y resta jusqu'au matin. Mais il ne put dormir. Les radiographies du foie de Roemer ne lui laissaient pas de repos et défilaient sous ses paupières closes. Ainsi, Roemer était guéri, et cela par le rayonnement de deux mains de femme... Il se devait de le reconnaître, même si ce n'était pas vraisemblable... Il ne lui restait désormais qu'à trouver une explication médicale valable à un tel phénomène.

Pendant ces dix jours, Roemer avait enfin réussi à joindre le procureur qui devait instruire dix plaintes diverses contre Corinna. Neuf plaintes individuelles de médecins, et la dixième provenant de leur syndicat professionnel. À cela s'ajoutait une lettre de l'administration des finances qui exigeait l'ouverture de poursuites pour fraude fiscale.

– Ils ont tous de la merde à la place du cerveau ! gronda Roemer... Vous n'allez pas prendre tout cela au sérieux, monsieur le procureur.

– J'y suis obligé... Il y a manifestement infraction à la loi...

– Vous voulez dire que la loi interdit de guérir ?

Le procureur faisait vraiment tout son possible pour garder son sang-froid :

– Ne nous égarons pas dans une polémique sans issue, mon cher président. Les médecins sont là pour soigner et guérir les malades...

– Et quand les médecins reconnaissent qu'ils sont impuissants et vous disent : « Je ne peux plus rien pour vous ? » Alors ?

– Je ne sais vraiment pas...

– Mais moi je sais : d'après les examens et les radiographies des médecins, je devrais depuis longtemps être mort et enterré. Et après six semaines de traitement par Corinna Doerinck, me voici frais comme un gardon, nouveaux examens et nouvelles radiographies à l'appui. Hé oui, monsieur le procureur, celle que vous voulez poursuivre a sauvé la vie du président du tribunal de première instance de cette juridiction ! Que croyez-vous qu'il va faire ? Instruisez ces plaintes, et je témoignerai pour Corinna Doerinck, et je vous promets que mon témoignage fera un bruit à briser toutes les vitres de notre palais de justice.

– Je ne peux pas vous en empêcher, mon cher président... (Mais manifestement, le procureur était mal à l'aise. Il n'avait pas prévu le cours que prenait cette conversation.) Pourriez-vous me citer d'autres cas de... guérisons miraculeuses ?

– Et comment ! Vous serez étonné quand vous recevrez leur témoignage : tout le gratin de Münster va défiler à la barre avec moi ! Je vous préviens : je botterai les fesses de tous ceux qui attaqueront Corinna Doerinck à un point tel qu'ils ne pourront plus s'asseoir de la semaine.

– Et à propos du conflit de Mlle Doerinck avec les finances, savez-vous quelque chose... ?

– Ces gens-là sont tombés sur la tête.

– Mais Mlle Doerinck a encaissé de grosses sommes. Deux fonctionnaires du fisc en sont témoins.

– Il s'agit de présents qu'elle n'a pas acceptés et n'accepte pas. Cet argent appartient donc à ceux qui l'ont donné. Qu'ils le reprennent !

Roemer exultait véritablement de joie, et le procureur ne pouvait s'y tromper.

– Mais enfin tout le monde est soumis à l'impôt sur le revenu.

– Ce n'est pas un revenu, et que le fisc ne le comprenne pas établit avec certitude le quotient intellectuel de ses agents !

La conversation prit fin sur ces mots, laissant le procureur assez abattu : cette affaire était aussi dangereuse pour lui qu'une bombe prête à exploser.

En ce qui concernait la tentative de meurtre dont Corinna avait été l'objet au moyen d'une flèche empoisonnée, l'enquête, comme prévu, piétinait, et l'affaire serait bientôt classée. Aucun indice n'existait qui pût mener au coupable. « Seul le hasard pourrait nous aider, déclara une fois de plus l'inspecteur principal Hellwig à Roemer... Dans la région de Münster, personne n'a jamais tué par une flèche empoisonnée tirée par une sarbacane ! Et cela ne se répétera jamais sans doute... »

En novembre, Corinna confia au Dr Hambach qu'elle attendait un bébé. Le vieux médecin, caressant de sa main sa crinière blanche, regarda longuement Corinna en secouant la tête :

– Est-ce sûr ? Et dans ce cas est-ce indispensable ?

– Je suis dans mon troisième mois de grossesse, oncle Ewald. Et j'aime Marius. Et je veux garder l'enfant.

– Il n'est pas encore trop tard pour intervenir, si tu le désires. À partir de la vingtième semaine, je serai le premier à te crier que toute interruption de grossesse constitue un meurtre délibéré. L'enfant bouge déjà, il commence à vivre... Est-ce que Stefan est au courant ?

– Non, ni maman.

– Dois-je le leur dire ?

– Je le ferai moi-même.

– Et Marius ?

– Il est fou de joie. Il ne pense qu'à ses tableaux. Vingt-quatre d'entre eux sont terminés. Deux journalistes les ont déjà vus, et ils considèrent que c'est la sensation du siècle : chacun de leurs magazines va consacrer à Marius six grandes doubles pages en couleurs. Du jour au lendemain, il sera célèbre.

– Et ton rôle là-dedans ? demanda Hambach, poussé par il ne savait quel pressentiment.

– J'ai commencé à guérir l'un des reporters de son asthme chronique, oncle Ewald.

– Que serait Marius sans toi, ma petite fille... ?

– Que serait chacun de nous sans un être capable de le soutenir, oncle Ewald ? (Elle se leva et lui tendit la main :) Je m'occupe de mes parents. Je voulais que tu sois le premier à le savoir comme médecin.

On ne peut dire que Stefan poussa un cri de joie quand Corinna lui déclara brièvement :

– Marius et moi nous nous marierons à Noël... Je suis enceinte de trois mois, papa.

– J'ai commis une erreur impardonnable en ne le châtrant pas dès que je l'ai aperçu pour la première fois, gronda-t-il... Bon, bon, j'admets que c'est un garçon charmant, qu'il est doué comme il l'a prouvé avec sa peinture. Et maintenant qu'il s'est un peu remplumé, il ne ressemble plus à un squelette ambulant.

– Son cancer est presque guéri, papa. Mes doigts ne rencontrent aucune résistance notable, à peine un picotement...

– C'est merveilleux, Corinna. Je m'étais simplement représenté différemment le père de mon petit-fils !

– C'est moi qui vais vivre avec lui, et non toi. Et nous savons lui et moi que nous avons devant nous une vie complète, réussie, merveilleuse. J'ai trente ans, et il en a trente et un. Tu ne dis rien, mamouchka ?

Ludmilla sourit :

– On dit en russe qu'il ne faut pas compter les pommes de terre quand il s'agit d'amour. Je sais que tu seras heureuse... (Elle menaça du doigt Stefan qui n'avait pas bougé :) Et ne te formalise pas parce que l'enfant naîtra un peu tôt, Stefan. Rappelle-toi, quand nous étions à Poti, nous nous sommes aimés sans penser à rien d'autre, n'est-ce pas ? Et c'est ainsi que ce doit être.

– Tu as toujours raison, Ludmilla. Au diable les mauvaises pensées ! Et nous fêterons joyeusement tes noces à Noël, Corinna. J'espère que mon futur gendre a su te faire un garçon !

Le compte rendu des expériences de Tcheliabinsk, accompagné d'un rapport sensationnel du professeur Nerochenko, parut d'abord dans le *Journal de l'Académie des sciences* de l'URSS, puis, débordant les domaines de la psychologie et de la biologie, dans chacune des publications scientifiques du monde, dans toutes les langues. Les grands magazines illustrés des États-Unis, d'Italie, de France, d'Espagne, de Hollande, du Japon, de l'Afrique du Sud et d'Australie, soulevèrent une tempête de commentaires et de discussions passionnées. Du côté des citadelles médicales, les réactions furent plutôt négatives, comme on s'y attendait. Un illustré français publia la première caricature : Corinna coupant avec des ciseaux la barbe de Dieu le père et lui disant : « Allons, laisse-toi couper la barbe et quitte ce trône ridicule ! Tu t'assoiras désormais sur le nuage n° 32. Tu sais bien que tu n'es qu'un rayonnement bioplasmatique. »

Et puisque le monde entier connaissait maintenant le nom de Corinna Doerinck, les malades recommencèrent à affluer vers Hellenbrand. Les agences de voyages organisèrent de nouveau des séjours forfaitaires avec aller et retour en autocar. Aux alentours de la petite ville, les hôtels, auberges, pensions de famille, s'évertuèrent à prouver que l'on pouvait résister aux conditions déplorables de l'automne finissant et de l'hiver dans le pays de Münster. La « sorcière sibérienne », comme l'avait baptisée hardiment un reporter, surnom repris par tous avec une frénésie presque lubrique et dont elle ne devait jamais se débarrasser, redevint un objectif touristique et le prétexte de nombreuses soirées de beuveries. Les affaires des propriétaires de stands et de baraques atteignirent leur apogée. Chaque jour était pratiquement une fête populaire, et le dimanche, après la messe, la fanfare municipale jouait sur la place des marches militaires et des ouvertures d'opérettes. Dieu, que la vie était belle à Hellenbrand, qui ne protestait plus contre la présence de la « sorcière sibérienne », bien au contraire – à part les médecins, naturellement... Mais les contre-feux qu'ils tentaient d'allumer ne dissuadaient personne d'accourir à Hellenbrand où des voix de plus en plus vigoureuses s'élevaient contre le congé forcé de Stefan Doerinck. Allait-on se priver longtemps du « meilleur professeur » que les enfants aient jamais eu ?

Corinna, recevant les malades trois heures le matin et trois heures l'après-midi, était si épuisée à la fin de la journée que le Dr Hambach intervint énergiquement :

– Cela ne va plus du tout, Corinna. Pense à ton enfant. Tu n'as encore aucun sens de tes responsabilités maternelles.

Mais, malgré la fatigue qui la clouait le soir dans un fauteuil, les yeux presque hagards et les joues creuses, elle avait répondu :

– Il y a dehors des malades que je peux secourir. Il *faut* que je le fasse...

La semaine qui précéda Noël, huit jours donc avant leur mariage, l'un des deux grands illustrés parut aves six doubles pages en couleurs représentant les tableaux de Marius. Dans le texte figurait naturellement l'information que Corinna Doerinck allait épouser ce peintre génial jusqu'ici inconnu. Corinna avait vu juste : la réaction fut foudroyante. De plusieurs galeries de Cologne, de Berlin, de Munich, de Hambourg, de Hanovre, de Stuttgart et de Francfort, arrivèrent des lettres où l'on proposait à Marius des dates d'expositions. Deux spécialistes de Paris se disputèrent l'honneur d'avoir l'exclusivité mondiale de toutes les œuvres de Marius Herbert, tandis qu'une galerie de Londres lui ouvrait ses portes. Mais un télégramme de New York annonça la visite d'un représentant de la firme Morrison & Sons, ce qui relégua au second rang tout le reste.

Marius serra longuement Corinna dans ses bras :

– Mon cœur bat tellement que j'ai l'impression d'étouffer. Un artiste dont s'occupe Morrison n'a plus aucun souci à se faire : son avenir est assuré. Corinna, je crois que je rêve.

Mais ce n'était pas un rêve. L'agent de Morrison

& Sons, un certain James Harris, arriva juste à temps pour être invité au mariage. Il regarda longuement les toiles de Marius et déclara dans un allemand hésitant :

– Meilleur encore que dans les reproductions du magazine ! Nous prenons tout. Toute la collection contre contrat d'exclusivité. O.K. ? D'abord grande publicité, puis exposition à New York, Washington, Chicago, San Francisco, Los Angeles, Dallas, Boston. Vous serez demain le « nouvel impressionnisme ». O.K. ?

Corinna, qui se tenait à côté de Marius, intervint :

– Laissez-lui d'abord le temps de se marier ! Ces toiles ne vont pas s'envoler...

– Non, mais nous aurons peut-être des concurrents. Traitons tout de suite : vous n'aurez pas à regretter d'avoir choisi Morrison & Sons, croyez-moi. Peignez seulement, nous vendrons !

Le mariage provoqua d'assez nombreux grincements de dents à Hellenbrand. D'abord, l'heure choisie pour le mariage civil, 9 heures du matin, n'était guère propice aux badauds. Il y avait malgré tout une quarantaine de curieux qui applaudirent et jetèrent des fleurs sous les pas de Corinna quand elle descendit de voiture devant la mairie. Et surtout le grand événement, la cérémonie religieuse, n'eut pas lieu à Hellenbrand, mais à Coesfeld. Une indiscrétion du fleuriste Werremann révéla la chose vingt-quatre heures plus tôt. C'était un affront délibéré et la rancœur libéra les langues : « On a bien fait de lui interdire d'enseigner, à ce Doerinck ! Il marie sa fille à Coesfeld ! »

Les témoins étaient Érasmus Roemer et un personnage inattendu, le Dr Wewes. À l'une des dernières visites qu'il avait faites à Corinna, mais la tête haute et sans se cacher, il avait déclaré :

– Pardonnez-moi ma lâcheté des premiers jours. Elle appartient au passé. À notre dernière réunion hebdomadaire, j'ai quitté pour toujours la table réservée aux médecins après une longue et pénible discussion, et je suis heureux d'avoir mis les choses au point. Willbreit m'a traité finalement de traître, et je lui ai répondu qu'il était aussi ignorant qu'un de ces frères ignorantins qui refusaient toute connaissance !

Spontanément, Corinna lui avait demandé d'être témoin à son mariage.

Le repas de noces eut lieu au château de Sunderfeld, un Wasserburg en modèle réduit, où le propriétaire, que Corinna avait guéri d'une sciatique rebelle, avait tenu à organiser cette fête. Il n'y avait que quelques invités autour de la grande table ronde, et ce fut Érasmus Roemer qui se leva au dessert pour féliciter les époux dans son style particulier :

– Si je regarde autour de moi, je ne vois assis à cette table que d'anciens malades que les mains de Corinna ont délivrés de leurs maux. Considérons-nous un instant comme un échantillonnage du genre humain, à l'égal de ceux qui permettent aux ordinateurs de prévoir, avant une élection, les pourcentages des différents partis. Et en effet, mon opinion est que toute l'humanité est au moins aussi malade que nous l'avons été, et qu'il lui faudrait, pour la guérir, des centaines de milliers de Corinna ! Mais il n'y en a qu'une, et c'est notre Corinna à nous ! Alors, souhaitons que le temps s'arrête pour elle, oui, qu'elle vive vraiment à jamais ! Et comme le temps fuit malgré nous, célébrons donc cette journée de fête, puisqu'elle n'est comme aucune autre au monde !

Le soir, un petit feu d'artifice illumina le château de Sunderfeld. Puis le maître de maison lui-même, tenant haut les douze bougies d'un chandelier d'argent, précéda les jeunes mariés jusqu'à la chambre nuptiale, décorée de tulle blanc et de roses.

Au rez-de-chaussée, Doerinck, le Dr Hambach et Roemer, assis devant la cheminée où crépitait un grand feu de bûches, discutèrent longuement, fumant chacun un havane et buvant un bourgogne rouge qu'ils préféraient au champagne servi un peu plus loin à une table où se trouvaient Ludmilla, le Dr Wewes, le châtelain et sa femme.

– Le 17 janvier, annonça soudain Roemer, un double divorce sera prononcé, celui des époux Roemer et celui des époux Willbreit. Divorcer à la même date, voilà le comble de l'amitié, n'est-ce pas ? (Il éclata d'un rire qui résonna dans la pièce comme un coup de tonnerre.) Mais ce pauvre Willbreit est complètement démoralisé. Il s'est fait aménager dans sa clinique une chambre à coucher, au grand dam et à la colère du personnel médical, car il est debout à 7 heures du matin et veut aussitôt commencer à opérer. Le professeur Hellbrecht, le grand patron, a décidé d'ignorer ce conflit : il pense se retirer et a proposé au conseil d'administration la nomination de Willbreit pour le remplacer. Eh bien, moi aussi, je pense prendre ma retraite, acheter une petite maison par ici et me faire maçonner, selon tous les principes de l'art, une cave que je remplirai de bons vins. Et je passerai les années qui me restent à vivre assis au soleil et à me dire : « Mais tu vis encore cette journée, mon gros ! Quel bonheur ! Rendons grâce à Dieu ! » (Il regarda Doerinck et se pencha pour lui assener une lourde tape sur la cuisse :) Alors, Stefan, quand commencez-vous à bâtir une maison pour Corinna ?

Doerinck haussa les épaules d'un air découragé :

– Elle n'en veut pas. Quand l'enfant sera né, elle partira dans un endroit où personne ne la connaît. Elle nous l'a appris hier.

– Et tu me dis cela tranquillement, comme s'il s'agissait de me faire boire un verre de vin. Où veut-elle aller ?

– Je n'en ai aucune idée. Marius confiera sa production à son agent américain, et nous serons avec lui les seuls à connaître leur adresse. Mais tranquillise-toi, Érasmus, tu la verras aussi souvent que tu le veux.

Le géant avait repris son humeur de toujours :

– Il ne manquerait plus que ça. Quelle idée a-t-elle eue de se marier aussi précipitamment. Elle n'a même pas attendu que je sois guéri ! On aurait pu discuter de la chose ! Elle a trente et un ans, j'en ai quarante-neuf. Dix-huit ans, c'est la différence idéale pour un couple ! (Leur éclat de rire attira l'attention de leurs voisins, et Roemer s'adressa de loin à Ludmilla :) Ludmilla Davidovna, « petite mère » comme on dit dans ton pays, c'est dommage pour toi : nous disions tous que tu n'as pas le gendre qu'il te faut !

Un matin de janvier, à 11 h 22 exactement, alors qu'elle soignait une malade venue du sud de la Hollande parce qu'elle souffrait d'une gastrite chronique, Corinna sentit brusquement dans son ventre l'enfant qui, pour la première fois, bougeait. Ce fut une sensation extraordinaire, celle de l'irruption d'une vie. Pendant un bref moment, Corinna ferma les yeux pour mieux guetter ce qui se passait en elle, tandis que ses mains continuaient à aller et venir au-dessus de la malade, là où elle avait repéré le mal. Et soudain elle s'aperçut qu'avec l'éveil en elle de son enfant, son contact avec cette femme avait subitement cessé. Exactement comme lorsqu'on éteint une lampe en actionnant un interrupteur.

Stupéfaite, elle regarda un instant ses mains. Puis elle les approcha lentement de la malade, jusqu'à la toucher. Rien. D'une voix changée, Corinna s'adressa à celle qui devait être sa dernière patiente :

– C'est bien… Vous pouvez vous en aller.

– Dois-je revenir après-demain ou un autre jour ?

– Je ne sais pas…

Elle se dirigeait déjà vers la porte, comme une automate, pour se retirer dans la pièce aménagée depuis son mariage en chambre à coucher. Là, elle se laissa tomber sur le lit, regardant droit devant elle, les yeux perdus dans le vide.

Une minute plus tard, Marius venait la rejoindre.

Il s'était excusé auprès de la Hollandaise du malaise de sa femme, avait prévenu les malades qu'il leur faudrait attendre quelques minutes.

– Qu'y a-t-il, Corinna ? Que se passe-t-il ?

– Notre enfant a bougé pour la première fois, dit-elle doucement.

– C'est merveilleux, Cora. C'est vraiment un grand moment pour toi et pour moi.

Il l'embrassait sur le front, la caressait avec une tendresse infinie.

Mais elle le regardait avec des yeux indéchiffrables en respirant profondément, plus vite que d'habitude. Et, sans encore comprendre, il la vit bondir du lit, aller chercher un verre extrêmement mince et le poser sur la table. Fermant les paupières, elle concentrait toute son énergie avec une intensité telle que son visage était devenu un masque aux lèvres serrées et aux pommettes saillantes à en crever la peau qui les recouvrait. Et elle faisait aller et venir ses mains au-dessus du verre, de plus en plus nerveusement, les doigts écartés, recherchant au fond d'elle-même cette force qui irradiait d'elle depuis toujours mais dont – elle le savait maintenant – elle n'avait été que la dépositaire. Rien ! Ce verre d'une minceur de cristal n'explosait pas. Ses doigts étaient donc morts ? Non, ils faisaient simplement partie d'une main redevenue normale. À force de se crisper, ils allaient tout simplement écraser le verre.

Interdit, irrité, Marius ne retrouva la parole qu'en voyant les débris tachés de quelques gouttes de sang retombées sur la table.

– Mais tu t'es coupée, Corinna ! Attends, je vais chercher du sparadrap. Mais pourquoi as-tu écrasé ce verre de cette façon ?

Elle avait renversé la tête en arrière, les yeux clos, stupéfaite, bouleversée, mais souriante. Peu à peu, son visage reprenait son aspect normal.

– Renvoie tous les malades, Marius, dit-elle d'une voix creuse... Renvoie-les tous !

– Il y en a encore neuf qui attendent. Que dois-je leur dire ?

– Qu'ils s'en aillent ! Et qu'ils ne reviennent jamais ! (Sa voix méconnaissable redevenait peu à peu la sienne, de plus en plus calme et nette, mais les mots jaillissaient si rapidement de sa bouche qu'ils en étaient presque incompréhensibles :) Je ne peux plus... Ça ne va plus... Je n'ai plus de force... Elle a disparu... Mes mains sont vides...

– Cora !

Il avait couru à elle, la soutenait, la serrait contre lui. Il s'aperçut qu'elle pleurait, la tête enfouie dans le creux de son épaule. Ils ne bougèrent pas pendant quelque temps, comme s'ils n'arrivaient pas à concevoir ce qui leur arrivait à tous deux. Ce fut Marius qui se reprit le premier :

– Comment... Comment t'en es-tu aperçue ? bégaya-t-il.

– À l'instant même où mon enfant a remué. À partir de là tout a été fini... La force qui était dans mes mains m'a abandonnée...

– Tu veux dire que l'enfant... (il la serra encore davantage contre lui)... a pris ta force...

– Oui, cette force est devenue sa vie. (Elle pleurait encore, mais toujours en souriant.) Marius, au fond, je suis si heureuse... Me voici maintenant un être humain, une femme comme les autres. Je ne suis plus la « sorcière sibérienne »... Mes mains ne rayonnent plus... Je suis Corinna Herbert et je vais avoir un enfant... C'est merveilleux...

Il fallut une semaine pour convaincre tout le monde que les mains de Corinna ne pouvaient plus guérir. Des voitures et des autocars qui arrivaient, des gens descendaient, se réunissaient et discutaient longuement devant le grand écriteau cloué sur la porte :

NOUS REGRETTONS DE VOUS CONFIRMER QUE CORINNA NE PEUT MALHEUREUSEMENT PLUS VOUS SECOURIR. ELLE VOUS PRIE DE BIEN VOULOIR RETOURNER CHEZ VOUS ET ELLE VOUS EN REMERCIE.

Pendant quelques jours, les stands et les baraques allaient encore faire d'excellentes affaires : il fallait à la fois nourrir et apaiser le sentiment de déception et l'excitation que tous éprouvaient. Et les rumeurs les plus bizarres commencèrent à circuler : un jugement du tribunal interdisait à Corinna de s'occuper des malades. Les médecins avaient triomphé. Oui, en dehors de leur citadelle, il était interdit de guérir ! La police avait apposé les scellés sur la tente. (Peu importait que ces sceaux fussent invisibles !) La Justice menaçait d'arrêter Corinna.

Un grand et gros gaillard barbu monta sur une chaise devant la porte close et harangua la foule :

– S'il en est ainsi, si les charognes qui nous dirigent nous empêchent de nous soigner, alors organisons à travers les rues de Münster une grande marche de protestation jusqu'au palais du président du gouvernement local. Rassemblons-nous tous ! Allons-nous nous laisser faire ?

Et de nouveau la télévision et la presse accoururent, se pressèrent devant la grille du jardinet des Doerinck qui, barricadés, ne laissèrent entrer personne. Qu'importaient les démentis officiels des autorités gouvernementales et judiciaires qui affirmaient qu'aucune mesure n'interdisait à Corinna Herbert de continuer à recevoir des malades. Interrogé chaque fois qu'il sortait et rentrait, Doerinck se bornait à répondre : « Corinna ne soigne plus ! Pas de commentaires ! » Et la masse des journalistes apprit à redouter le rugissement d'Érasmus Roemer : « La représentation est terminée ! Habituez-vous maintenant à pisser dans vos propres bottes ! Corinna n'est ni arrêtée, ni accidentée, ni devenue folle. La vérité, je vais vous la dire : elle a voulu soigner un journaliste, et depuis elle a constamment envie de vomir ! Et maintenant, *basta !* comme disent les Italiens ! »

La situation ne faisait qu'empirer. Que cachait donc la disparition subite de Corinna ? Dès le quatrième jour, les malades organisèrent à travers la ville une retraite aux flambeaux qui s'arrêta devant la grille du jardinet des Doerinck. Seule Ludmilla apparut un instant, écartant les bras dans un geste de regret. Un quotidien tira sur toute la largeur de la première page : « La tragédie qui déchire les Doerinck. » Le Pr Van Meersel téléphona de Hollande pour proposer ses services. Et deux jours plus tard, Nerochenko télégraphia : « Que se passe-t-il ? Voulez-vous venir en Russie ? » La poste d'Hellenbrand était submergée de lettres et de télégrammes venus du monde entier, de Tokyo, Sydney, Los Angeles, Ontario, Québec, Miami, Honolulu, Séoul, Pékin, New Delhi...

Corinna s'était réfugiée avec Marius dans son ancienne chambre d'enfant, feuilletant les catalogues des promoteurs sans trouver la maison de leurs rêves.

– Que voulons-nous en somme ? résumait Marius... Un endroit où personne ne nous connaît. Il n'y en a guère, à part le Groenland, la forêt vierge du cours supérieur du Xingú au Brésil, l'une des mille îles Fidji dans la mer de Suva, ou alors tout en haut des Andes, les ruines d'une cité inca. Il y a aussi les hauts plateaux de Birmanie, le royaume de la drogue... Ailleurs, je ne vois rien.

– J'aimerais bien la Suisse, dit enfin Corinna... Une maison quelque part dans les montagnes où personne ne s'occupera de nous. Tu seras un peintre qui cultive son petit jardin, scie du bois de chauffage pour l'hiver, boit de temps en temps un verre avec les paysans à l'auberge du village, passant toujours presque inaperçu. Et ce peintre aura une femme, naturellement, une certaine Corinna, et un enfant. Tout ce qui nous intéresse, c'est d'être entourés de calme, et pour moi d'être une femme comme les autres.

– Et si, après la naissance, *cela* revient ?

– *Cela* ne reviendra jamais. Je le sens. Et je suis d'autant plus heureuse de t'avoir guéri.

Doerinck lui aussi se félicitait de la « normalisation » de sa fille. Il l'avait déclaré sans fard à son gendre :

– Puisque tu as réussi le tour de force de faire de Cora une vraie femme, j'ai beaucoup de choses à me faire pardonner... Mais pourquoi voulez-vous partir aussi loin ?

– Ici, nous n'aurons jamais une seconde de repos...

Et Corinna était intervenue, embrassant d'un geste large la totalité de la planète :

– Il n'y a plus de distances aujourd'hui, papouchka. Quelques heures suffiront pour que nous nous retrouvions tous ensemble.

Décidément, elle a toujours le dernier mot, pensa Doerinck.

La maison s'élevait sur un pré en pente douce au-dessous d'une montagne crevassée, impressionnante dans son élan presque vertical vers le ciel. On l'appelait le Hammerhörnli parce que, quand on regardait sa crête d'en bas en inclinant la tête, elle avait la forme d'un marteau (Hammer) au manche raccourci. Un ruisseau coulait en contrebas dans la vallée. Un pont de bois permettait de se rendre au village bâti sur le versant opposé. Après une semaine d'allées et venues dans les montagnes suisses, alors qu'ils allaient abandonner leurs recherches devant des maisons qui ne leur convenaient pas dans des lieux toujours trop proches de la civilisation, ils avaient aperçu le chalet de leurs rêves avec, juste à l'entrée du pont, un écriteau délabré par les intempéries : À VENDRE. Ils étaient aussitôt descendus de voiture et, après un instant de silence, sans avoir même échangé un mot, ils s'étaient embrassés.

La maison appartenait à un habitant du village, négociant en bois. Le prix n'était même pas à discuter. Et en bon Suisse consciencieux et respectueux des lois, le propriétaire convoqua immédiatement les autorités compétentes en matière de vente à des étrangers, depuis le maire jusqu'au notaire. Ensuite, tirant d'une armoire une bouteille d'eau-de-vie, il avait déclaré : « Et maintenant, tout est réglé ! »

Une avance de trente mille dollars de Morrison & Sons avait permis à Marius de mener l'affaire à bien. À Pâques, la première exposition de Marius Herbert, « le Van Gogh du XXe siècle », affirmait-on dans un déchaînement de publicité, devait avoir lieu à New York, et tout laissait présager un énorme succès.

Après la signature du compromis, ils étaient remontés vers leur chalet et s'étaient tenus longtemps debout, la main dans la main, dans la grande pièce vide et froide aux murs en bois de sapin, avec le grand poêle central et, autour de lui, la banquette circulaire traditionnelle. Les volets des fenêtres claquaient au vent, et les ampoules électriques se balançaient, suspendues au plafond par de simples fils.

Les mains croisées sur son ventre qui s'arrondissait sans conteste, Corinna déclara avec solennité :

– Nous allons nous installer aussitôt après les formalités de l'enregistrement. Je voudrais que notre enfant naisse ici, dans la paix et la beauté de ce monde.

Ils emménagèrent en avril avec un mobilier neuf acheté au rayon des meubles d'une grande surface.

Le chalet sentait encore le bois frais et la peinture. La nouvelle cuisine était installée, l'électricien avait terminé les derniers branchements. Marius essaya le téléphone : il fonctionnait. Le vaste monde était à leur portée.

La première personne qu'ils appelèrent fut le médecin du cru, un certain Ruedi Zimmerli :

– Je suis enceinte, dit Corinna... C'est le huitième mois. Où vais-je accoucher ?

– Je viens vous voir demain après déjeuner, répondit le médecin. Nous parlerons de tout cela.

Le Dr Zimmerli était haut et sec, le visage tanné par le dur climat des hauteurs, aussi avare de mots que les paysans qui composaient sa clientèle. Il arriva dans une voiture tout terrain avec laquelle il se rendait dans les endroits les plus difficiles d'accès. Il attacha sur Corinna un long regard pensif comme si ce visage lui rappelait quelque chose dont il n'arrivait pas à se souvenir exactement. Il resta une demi-heure, but un verre de vin en mangeant quelques rouleaux de viande des Grisons et déclara :

– L'hôpital est bien. Ne l'alertez pas trop tard. Trop tôt est préférable. Ici, quatre enfants sont nés pendant le trajet de la mère à l'hôpital. Pour trois d'entre eux, cela a signifié la mort. Aussi, appelez dès les premiers tiraillements dans le dos. Qu'avez-vous calculé comme date ?

– La mi-mai, docteur.

– C'est bon. Les enfants de mai, dit-on, sont ceux qu'on aime le mieux. Et c'est avec eux que j'ai eu jusqu'ici le moins de complications. Pourquoi ? Je ne sais pas.

Alors que le Dr Zimmerli s'éloignait dans sa voiture, coupant court à travers un champ en friche, Marius haussa les épaules.

– Étrange médecin ! Il t'a regardée d'un air bizarre.

– C'est quelque chose que tu t'imagines, Marius.

– Peut-être...

De l'autre côté du cours d'eau, la voiture tout terrain disparaissait déjà dans la rue principale du village.

– Avant, c'est quelque chose que tu aurais tout de suite senti, Cora...

– Je suis heureuse que cet « avant » ait disparu. Je suis comme libérée d'un poids. Oh, Marius, que ce pays est beau. Lorsque toutes les montagnes autour de nous seront en fleurs, notre enfant sera là...

Chaque jour, elle téléphonait à Hellenbrand, ou bien Doerinck les appelait le soir. La conversation roulait sur des sujets simples : de nouveaux rideaux, un complément de vaisselle, une lente promenade à pied vers la cime de « leur » montagne, le Hammerhörnli, la rencontre de Marius à Zurich avec un représentant de Morrison & Sons, dans l'hôtel qui serait désormais leur lieu de contact habituel. Ils parlaient aussi du Dr Zimmerli qui, l'avant-veille, en clignant des yeux, avait déclaré : « Ce sera une fille. Je me trompe rarement. Vous avez l'air de porter une fille. Cherchez-lui donc un joli nom. »

– Et si c'en est une, comment voulez-vous l'appeler ? demanda Doerinck.

– Svetlana, répondit Corinna sans hésiter... C'est le nom de la mère de mamouchka.

– Et si c'est un garçon ?

– David, comme mon grand-père Assanourian. Es-tu d'accord, papa ?

– Ta mère qui t'entend pleure déjà de joie !

Le Dr Zimmerli ne s'était pas trompé. Le 25 mai, Svetlana Herbert naquit à l'hôpital, une délicate petite fille à la chevelure noire déjà dense et aux yeux bleus. Corinna accoucha facilement, contrairement à Ludmilla lors de la naissance de Corinna. Tout fut expédié en une heure, et la sage-femme put s'écrier : « Quelle jolie petite fille ! Elle sera encore plus belle que sa maman. »

Rien n'égala le bonheur des grands-parents qui, accompagnés par les vœux d'Érasmus Roemer et du Dr Ewald étaient aussitôt partis pour la Suisse. À voir l'expression de fierté de Stefan Doerinck en portant sa petite-fille, on aurait cru qu'il était le principal protagoniste de l'événement. Et Ludmilla le regardait, effrayée :

– Surtout, ne la laisse pas tomber ! Et ne la serre pas trop. Mais fais attention... !

Sensation à New York ! Morrison & Sons télégraphient triomphalement : « Le nom de Marius Herbert est entré dans l'histoire de l'art. Expositions prévues immédiatement : San Francisco et La Nouvelle-Orléans. Votre voyage à New York, indispensable cette année même, de préférence avant Noël, pour nouvelle grande exposition. »

– En décembre ! s'exclama Corinna... Alors Svetlana aura sept mois. Nous pourrons t'accompagner. Il faut que tu acceptes, Marius...

– Si vous venez toutes les deux, je fais le voyage.

Une fois de plus, Marius relut lentement le télégramme. Il lui semblait que les mots résonnaient à ses oreilles comme les volées de cloche qui célèbrent une victoire : « Marius Herbert... entré dans l'histoire de l'art... »

Les larmes aux yeux, il se tourna vers Corinna :

– Sans vous deux, j'aurais refusé de partir là-bas. Que serais-je devenu sans toi, Cora ?

– Ce que tu es maintenant, mon chéri. Cela dormait en toi, il a seulement fallu l'éveiller.

Un dimanche matin du mois d'août, Corinna se leva pour préparer la table du petit déjeuner, ce qu'elle faisait tous les dimanches. Les jours de semaine, Marius s'en chargeait, sans qu'ils aient eu besoin de stipuler entre eux un accord quelconque. Marius aimait se lever tôt. Il peignait avec ravissement les paysages matinaux enveloppés d'une brume que perçaient peu à peu les premiers rayons du soleil. Quand Corinna apparaissait avec le bébé, la maison l'accueillait comme un nid plein d'odeurs, celle du café fraîchement moulu, de la baguette tenue au chaud dans le four, du bouquet de fleurs cueillies dans le jardin ou les prés environnants. Mais le dimanche, tout était différent : Marius restait au lit pour jouer avec Svetlana et ne descendait que lorsque Corinna criait d'en bas :

– Debout, les paresseux ! Le café est servi !

Ce dimanche-là, il pleuvait. Le bouquet de fleurs, vieux de deux jours, commençait à se faner. Corinna l'ôta du vase qu'elle remplit d'eau fraîche. Puis elle alla jusqu'à la fenêtre pour regarder la pluie qui tombait à verse d'un ciel invisible et crépitait durement contre les vitres. Par un tel temps, l'absence de fleurs fraîches sera excusable, pensa-t-elle. Mais comme elle revenait pour jeter dans la boîte à ordures les fleurs fanées, elle s'arrêta net, interdite, tremblante sous le choc d'une émotion terrible, imprévue : les fleurs s'étaient redressées et maintenant elles se tenaient toutes droites dans ses mains, éclatantes de fraîcheur et de beauté.

Et elle s'entendit pousser un cri déchirant. Elle avait ouvert les mains et reculé de deux pas, regardant ces fleurs revenues à la vie et qui jonchaient le sol. Puis elle se précipita à la cuisine, prit un verre dans l'armoire, le posa sur l'évier, étendit au-dessus de lui ses mains et écarta les doigts. Aussitôt, le verre éclata en mille morceaux avec un bruit sec.

Il lui échappa un nouveau cri d'effroi, si terrible qu'il ne semblait pas sortir d'un gosier humain. Elle allait et venait dans la cuisine, se mordant les poings, enfonçant profondément ses dents dans sa chair, et comme Marius bouleversé arrivait en courant, elle le regarda avec des yeux de folle :

– Aide-moi, Marius, aide-moi ! Prends la hache et coupe-moi ces mains ! Mais fais-le donc, je t'en supplie ! Fais-le pour nous tous ! C'est le malheur qui revient sur nous, je le sens, je le sais ! Je ne veux plus de cette malédiction ! Aide-moi !

Avant qu'il pût la soutenir, elle avait basculé en arrière et était tombée de tout son long sur le sol carrelé, inconsciente, se débattant, la bouche écumante, le corps agité de brusques soubresauts comme sous une succession de secousses électriques.

Et d'un seul coup, cette crise de nerfs cessa... Elle demeura alors quelque temps couchée sur le côté, endormie eût-on dit, immobile, mais sans encore reprendre connaissance, même quand Marius la prit dans ses bras pour la transporter dans leur chambre. Après quelques minutes, elle ouvrit enfin les yeux et regarda autour d'elle :

– As-tu vu le verre ? demanda-t-elle enfin. As-tu

vu les fleurs ? *C'est revenu...* Mais pourquoi ? C'est le malheur qui revient, j'en suis sûre...

– Mais je ne comprends pas... Que s'est-il passé ?

– Mes mains... La force est en moi, et mes mains rayonnent. Tout est redevenu comme avant.

Elle pleurait maintenant sans bruit.

– Mon Dieu ! bégaya-t-il, et il jeta un coup d'œil autour de lui comme si le malheur qu'elle annonçait était déjà dans leur chalet, près d'eux.

Il l'aida à se relever du lit, la conduisit, encore chancelante, jusqu'à un fauteuil où elle s'effondra. Peu à peu, elle reprenait son souffle. Un peu de couleur revint sur son visage. Que lui dire ? pensait-il. Qu'allait-il se passer ? Tout allait-il recommencer ? Va-t-elle attacher son regard sur les gens et dire malgré elle : « Vous êtes malade. Venez avec moi et je vous guérirai. » Vais-je la revoir tendant vers ceux qui souffrent ses mains en forme de coupe, puis les laissant aller et venir au-dessus d'un corps pour endormir sa douleur et en dessécher le mal ? Non ! Plus jamais cela ! Cette vallée solitaire va-t-elle s'emplir de caravanes d'autocars et de colonnes de voitures ? Leur beau chalet va-t-il se transformer en une forteresse assiégée ? Oui, le don qu'elle avait reçu en naissant n'était qu'une malédiction !

Il s'aperçut qu'elle respirait enfin librement et fixait sur lui ses yeux où couvait une flamme sombre :

– Personne ne doit le savoir, Marius... Même papa... Même mamouchka... Comprends-tu ?

– Je n'en dirai jamais un mot. Mais pourvu que tu ne te trahisses pas toi-même...

Elle secoua la tête, laissa ses bras retomber de chaque côté de ceux du fauteuil, se passa la langue sur ses lèvres desséchées...

– Veux-tu du thé, ma chérie ?

Elle hocha la tête, épuisée encore. Marius courut dans la cuisine. Dans son berceau de bois grossièrement taillé par le menuisier du village, Svetlana commençait à bouger et à vagir doucement. L'heure du petit déjeuner dominical était passée depuis longtemps, et l'horloge intérieure de l'enfant les rappelait à la réalité quotidienne.

Corinna se leva en soupirant pour prendre dans ses bras le bébé dont le vagissement se transforma en ronronnement de bien-être. Dans la cuisine, Marius recueillait les débris de verre et les fleurs qu'il projeta dans la boîte à ordures dans un geste de fureur mêlée de haine. L'angoisse subsistait au fond de lui. Désormais, il le savait, rien ne serait plus comme avant.

Doerinck téléphona le soir :

– Comment va toute la famille ?

– Bien, papa…

Un premier mensonge proféré d'une voix qui ne tremblait pas.

– Et mon petit trésor ?

– Le petit trésor dort déjà, papouchka.

– Qu'avez-vous fait aujourd'hui ?

– Nous nous sommes promenés jusqu'à la cascade.

Il avait plu toute la journée et il pleuvait encore. Impossible de mettre les pieds dehors. Un second mensonge, donc. Pourquoi ? se demanda-t-elle.

– Alors, il fait beau chez vous. Ici, il pleut à verse. Bon, voici ta mère qui arrive. Embrasse bien la petite pour moi.

Ainsi une simple conversation téléphonique pouvait devenir un supplice. Quand elle eut raccroché, Corinna s'assit, épuisée une fois de plus. D'une voix très lasse, sans timbre, elle dit enfin :

– Voilà ce que sera désormais la tâche principale de notre vie, Marius. Mentir. Mentir à tout le monde et à tout propos. C'est la seule façon d'assurer notre tranquillité.

Au début de novembre, Svetlana se réveilla un matin avec de la fièvre. Elle avait six mois. C'était un bébé solide et d'une extraordinaire beauté avec ses cheveux noirs et ses yeux d'un bleu rayonnant. Lorsque Corinna la portait sur son bras et que son regard plongeait dans celui de l'enfant, elle avait l'impression qu'un nuage de chaleur les enveloppait toutes les deux.

Le Dr Zimmerli arriva immédiatement. Marius l'avait prévenu par téléphone en se cachant de Corinna qui s'était opposée à cet appel. Aussi, lorsqu'elle lui ouvrit en entendant sonner à la porte, l'accueillit-elle assez fraîchement :

– Ah, vous voici, docteur ! Que venez-vous donc faire chez nous ?

– Svetlana est malade ! Elle a de la fièvre.

Il entrait déjà, précédant Corinna qui le vit se débarrasser de son pardessus et reprendre sa serviette de médecin.

– C'est donc Marius qui vous a appelé ?

– Heureux l'enfant dont le père s'occupe de lui. Ce n'est pas le cas dans d'autres familles, une vache malade est beaucoup plus importante qu'un bébé pour certains ! Puis-je voir Svetlana ?

Elle acquiesça d'un signe de tête, le guida jusqu'à la chambre à coucher où elle le laissa seul. Presque furieuse, mal à l'aise surtout, elle ressortit pour se précipiter dans l'atelier que Marius avait aménagé et où il avait fait ouvrir une large fenêtre par où pénétrait à flots la lumière venant du nord – la meilleure exposition pour un peintre puisque la lumière du nord est neutre.

– Tu as appelé Zimmerli ? dit-elle d'une voix forte.

– Oui, Svetla est malade.

– Elle n'a pas besoin de médecin, et tu le sais bien…

– Mais nous avons juré d'oublier tes mains, Cora…

– Pas en ce qui nous concerne !

Faisant brusquement demi-tour, elle regagna en courant la chambre à coucher où le Dr Zimmerli avait pris Svetlana dans son berceau pour la coucher sur le lit. Il rangeait déjà son stéthoscope. Le bébé trépignait et se plaignait doucement.

– Il faut l'emmener à l'hôpital. Une simple mesure

de précaution. Il faut la mettre en observation. Ce peut être une indigestion, mais ce qui me tracasse, c'est qu'il y a des symptômes de jaunisse. Une jaunisse chez un nourrisson, je n'aime pas cela... J'appelle l'hôpital tout de suite.

– Non, dit Corinna d'une voix si ferme que le Dr Zimmerli la regarda d'un air surpris.

– Comment ?

– Svetlana va rester ici.

– C'est ce que vous dites. Et moi, je dis le contraire. Ma responsabilité est engagée !

– Je suis la mère, et j'assume toute la responsabilité de ce que je fais.

– Bon ! Puisqu'il faut être désagréable, allons-y... ! (Ouvrant sa serviette, il en tirait une bouteille chromée qui contenait une seringue et une ampoule...) On m'appelle en tant que médecin, je diagnostique une maladie grave chez un bébé, j'estime qu'une admission à l'hôpital est indispensable, et je signale qu'un refus peut mettre en danger la vie de votre fille. S'il arrive quoi que ce soit ici, vous tombez sous le coup de la loi. (Il avait pris l'ampoule et remplissait la seringue :) En attendant le transfert à l'hôpital, je fais à Svetlana une première piqûre. Il faut gagner du temps.

– A cela aussi je m'oppose absolument. Je vous l'interdis.

Elle se pencha sur le lit et prit l'enfant dans ses bras pour la serrer contre elle. Une fois de plus, elle ressentit cette impression de chaleur qui les enveloppait toutes les deux comme si elles ne faisaient qu'un. Le Dr Zimmerli, la seringue à la main, se fâcha vraiment :

– Je vous le répète : c'est peut-être un cas bien plus grave que vous ne pensez. Voulez-vous m'interdire de sauver cette enfant ?

– Ce que vous appelez la jaunisse de Svetlana est un ictère parenchymateux provenant d'une hépatite aiguë.

– Jamais de la vie ! Comment le sauriez-vous ?

– Je l'ai senti ! Je l'ai vu ! Je le sais depuis deux heures.

Le Dr Zimmerli reposa précautionneusement sa seringue dans la boîte chromée.

– Que voulez-vous dire par : « Je l'ai senti, je l'ai vu ? »

– Je l'ai senti avec mes mains.

– Nous y voilà donc... ! (D'un coup sec, le Dr Zimmerli referma le couvercle de la boîte.) C'est donc vous ! Quand je vous ai vue pour la première fois, je me suis demandé d'où je connaissais votre visage. Je me souviens maintenant : je l'ai vu à la télévision, dans les journaux et des hebdomadaires illustrés. La guérisseuse allemande ! Comment donc vous appelait-on ? « La femme aux mains rayonnantes », n'est-ce pas ? C'est vous qui guérissez les cancers avec vos mains ?

– Oui. Sommes-nous d'accord maintenant ?

– Absolument pas !

Il s'était redressé de toute sa taille, et son regard hostile prévint Corinna que le combat qu'elle livrait depuis des années venait de reprendre : c'était celui de la force qu'elle avait en elle, de ce rayonnement qu'on disait miraculeux, contre toutes les pesanteurs de la médecine officielle.

– Svetlana doit entrer tout de suite à l'hôpital.

– Non. Je la guérirai ici, moi-même.

– Mais s'il s'agit justement d'un ictère parenchymateux comme vous l'affirmez, il faut la soigner à l'hôpital.

– Chez moi, elle sera guérie dans au plus tard une semaine.

– C'est de la folie pure ! Madame, vous commettez un crime contre votre enfant !

Son excitation était telle qu'il continua à crier et à tempêter en dialecte suisse, absolument incompréhensible pour Corinna. Elle profita du moment où il reprenait son souffle pour dire calmement :

– Il vaut mieux que vous vous en alliez, docteur. Vous avez certainement d'autres patients qui ont besoin de vous.

Sans un mot, le Dr Zimmerli referma sa serviette et sortit. Corinna entendit la voiture tout terrain démarrer rageusement. Marius quitta son atelier en courant :

– Que s'est-il passé, Corinna ?

– Je l'ai jeté à la porte.

– Mon Dieu ! Et Svetlana ?

– Il voulait la faire transporter à l'hôpital.

– Mais si c'est nécessaire, Cora ! s'écria-t-il, bouleversé.

– Je veux soigner Svetlana moi-même. C'est ce que je lui ai dit !

Marius, désespéré, essuya des deux mains son visage soudain ruisselant de sueur :

– Qu'as-tu fait là, Cora ? Le contraire de ce que nous nous étions juré. Maintenant, tout va recommencer comme avant. Maintenant, ce sera de nouveau l'enfer.

Ce n'était pas l'enfer qui devait se déchaîner sur eux, mais une suite d'événements peut-être plus graves. Quatre heures plus tard, le timbre de la porte d'entrée résonna de nouveau. Ce fut Marius qui ouvrit. Il aperçut aussitôt l'ambulance de l'hôpital du district avec ses deux infirmiers vêtus de blanc. Et, au premier rang, le Dr Zimmerli qui le salua en silence avec, à son côté, un gendarme qui porta protocolairement la main à sa casquette.

Marius fit demi-tour et appela Corinna :

– Ils sont là... Ils veulent emmener l'enfant...

Elle s'était dressée d'un bond et apparut. Et en la voyant, Marius fut frappé de stupeur : il ne reconnaissait plus sa femme. Le visage merveilleux qu'il aimait tant s'était transformé en un masque aux traits déformés, dans lequel deux yeux étincelaient. Elle se tenait là, debout, les doigts crispés comme les griffes d'une folle ou d'un animal prêt à bondir sur quiconque voudrait lui prendre son enfant.

Le Dr Zimmerli et le gendarme s'étaient arrêtés dans l'entrée. Ils échangèrent un regard entendu. L'attitude de cette femme était claire. Il ne fallait pas aller plus loin. Le visage du Dr Zimmerli trahissait tout son désarroi : il se trouvait dans une situation non seulement désagréable, mais terriblement fâcheuse. Sa voix tremblait presque quand il commença à parler :

– Dans ce cas urgent et à cause de votre refus des mesures qui s'imposent, j'ai été obligé de demander l'aide de la police dans l'intérêt de l'enfant. Le chef de la gendarmerie locale a reçu du commandant de la gendarmerie du district l'ordre de transporter votre bébé à l'hôpital... (Il avait l'air manifestement bouleversé, mais parvint à continuer :) Ne faites donc aucune difficulté. J'ignore comment les choses se passent en Allemagne, mais ici nous sommes en Suisse. Votre décision de vouloir guérir vous-même cet enfant menacé de mort seulement avec vos mains est insensée. Aussi sommes-nous obligés de vous l'ôter. N'importe quel tribunal suisse me donnera raison. Si l'enfant meurt, nous aurons au moins fait tout ce que nous pouvons pour le sauver.

– Mais je peux le guérir, je le peux vraiment ! cria Corinna.

D'une voix sans timbre, Marius intervint :

– Oui, elle le peut ! J'en suis témoin. Elle m'a guéri d'un cancer à l'estomac, elle a guéri sa mère d'un cancer au côlon. Et elle a guéri des centaines de malades ! Vous avez quand même lu les comptes rendus des expériences faites sur elle. Le professeur Nerochenko...

Le visage du médecin de campagne se convulsa de dégoût :

– Et le voici qui parle maintenant des Russes ! Du charlatanisme de ces pseudo-savants !

– Attendez... ! (Corinna s'était avancée, joignant

les mains dans un geste de prière :) Il y a une heure, j'ai soigné Svetlana, et je continuerai demain et après-demain. Elle sera guérie dans une semaine. Attendez seulement…

Rouge de colère, le Dr Zimmerli ne se contenait plus :

– Cette femme avec ses simagrées est insupportable ! Elle appelle cela soigner ! Mais elle va tuer son enfant à force d'aveuglement ! Ce n'est qu'une anormale. (Il se retourna vers le gendarme :) Et maintenant, exécutez vos ordres !

Le gendarme fit un pas en avant et se raidit. Il prit encore le temps de rectifier sa tenue vert-de-gris avant de déclarer sur le ton le plus neutre possible :

– Madame, j'ai ordre de vous arrêter pour protéger la vie de votre enfant Svetlana Herbert. Je vous prie de me suivre.

– Vous n'arrêterez pas ma femme, dit sèchement Marius… Vous pouvez emmener l'enfant à l'hôpital…

Corinna poussa un cri désespéré :

– Tu tues notre enfant, Marius ! Tu la tues !

Pourquoi résister désormais ? Le gendarme et l'un des infirmiers firent sortir Corinna de la chambre à coucher. Le Dr Zimmerli et l'autre infirmier purent alors entrer. Quelques secondes plus tard, ils ressortaient en portant l'enfant entourée d'une couverture. Ils durent se mettre à trois pour retenir Corinna qui hurlait comme une bête, et ses gémissements atroces redoublèrent lorsque l'ambulance, après avoir franchi le pont de bois, disparut dans la rue principale du village :

– Vous tuez mon enfant ! Vous la tuez ! Svetlana !

Avec l'aide de Marius et du gendarme, le Dr Zimmerli fit à Corinna une injection de tranquillisant. Cessant de crier, elle se mit à pleurer étrangement, dans une sorte de plainte monotone sans cesse renouvelée, sur un ton presque aigu. Et lentement, elle tomba dans un profond sommeil, agité pourtant de brusques soubresauts. Marius, assis près du lit, lui tenait la main. Il n'avait pas encore bougé quand le téléphone sonna. C'était le médecin qui dirigeait à l'hôpital le service des enfants malades.

– Comment va Svetlana, docteur ? demanda aussitôt Marius dont le cœur s'affolait déjà... L'avez-vous examinée ?

– Je vous appelle justement à cause de cela, pour vous rassurer... (La voix était calme, apaisante au possible :) Ne vous faites aucun souci, monsieur Herbert. Il s'agit d'un simple trouble alimentaire accompagné d'hyperacidité. Nous allons simplement modifier le régime de l'enfant, et tout ira bien. Où est votre femme ?

– Elle dort.

– Alors, c'est à vous que je dois le dire : il serait préférable, compte tenu de son état et de ses antécédents, qu'elle s'abstînt de venir à l'hôpital pendant les jours qui suivent, au moins pendant le temps que nous renversions la situation. Il faut que nous puissions mener à bien notre thérapie. Vous me comprenez, n'est-ce pas ?

Marius s'efforça d'avaler sa salive, mais son gosier était complètement sec.

– Oui, je vous comprends... Je vais essayer de la raisonner. Combien de temps Svetlana restera-t-elle hospitalisée ?

– Une dizaine de jours environ. Ne vous faites surtout pas de mauvais sang, monsieur Herbert.

Il restait malgré tout un doute en lui : « Et si le diagnostic de ma femme est juste... » Ces mots lui brûlaient les lèvres, mais il se retint pour ne pas indisposer ces hommes qui, loin de lui, régnaient en maîtres absolus sur la vie et la mort de son enfant. En reposant l'écouteur, Marius entendit derrière lui un bruit léger, une sorte de raclement. Corinna, debout dans l'embrasure de la porte, le regardait fixement. Elle était d'une pâleur mortelle et son visage semblait avoir fondu de toutes parts.

– Que disent-ils ?

– Que c'est seulement un trouble digestif. De l'hyperacidité. Et que nous ne devons pas nous inquiéter.

– Ils sont en train de tuer notre enfant, Marius... Ils la tuent.

– Mais ce sont des médecins expérimentés.

– Il y a toujours eu des médecins expérimentés. Et pourtant les malades, quand ces médecins étaient impuissants, venaient à moi, qui les guérissais. Marius, il faut que nous reprenions Svetlana. Il ne faut pas qu'elle reste à l'hôpital. Nous devons trouver quelqu'un qui nous aide : la police, un avocat, un magistrat... Mon Dieu, quel est ce monde où nous vivons et où il n'y a ni droit ni justice ?

– Toutes les démarches que nous entreprendrons désormais traîneront en longueur et prolongeront le séjour de Svetlana à l'hôpital. Que crois-tu qu'ils diront quand tu affirmeras que tous ces médecins sont dans l'erreur et que tu vas guérir ta fille *avec tes mains* ? Nous allons nous heurter à un mur rembourré, comme dans les asiles d'aliénés ! La vérité, tu viens de la dire : pour nous, il n'y a pas de droit, pas de justice, parce qu'ils n'arrivent pas à admettre que tu as guéri des malades condamnés à mort par la médecine officielle, et parce qu'ils ne comprennent pas comment. Les miracles dérangent l'ordre établi,et l'on réprouve les sorcières ! Il en a toujours été ainsi, et cela continuera jusqu'à ce que l'espèce humaine, à cause de sa bêtise, se détruise elle-même...

Ils s'embrassèrent longuement en pleurant.

Depuis quatre jours et quatre nuits, Corinna ne bouge pas de la fenêtre d'où son regard plonge dans la vallée. Elle dort à peine, et quand cela lui arrive, c'est pour deux heures peut-être et, sans quitter son fauteuil, elle se penche seulement en avant pour appuyer sa tête sur le rebord de la fenêtre. Il lui arrive de tressaillir brusquement. Marius s'approche aussitôt d'elle et la prend dans ses bras.

C'est alors que, d'une voix sans timbre, elle répète les mêmes mots désespérés :

– Notre enfant souffre. Je sens que Svetlana va plus mal. Elle pleure dans son petit lit. La nuit dernière, elle a gémi et elle a vomi tout ce qu'on lui a donné. Elle m'appelle, Marius, je l'entends... « Calme-toi, lui ai-je dit, ta maman est avec toi, elle te ramènera bientôt dans la belle maison sur la montagne... tu seras guérie. Ta maman veut que tu guérisses, ta maman ne te quitte pas et ne te quittera pas... » Et alors, Marius, je l'ai prise dans mes bras et j'ai caressé son petit corps si maigre... Les médecins se trompent, mais je suis plus forte qu'eux, je suis avec elle...

Le soir du cinquième jour, Corinna commença à s'agiter étrangement. Elle faisait les cent pas dans la chambre, courait à la porte de la maison, regardait au loin pour revenir s'asseoir à la fenêtre en respirant péniblement, les deux mains comprimant son cœur. Elle haletait :

– Qu'y a-t-il, Marius ? Je n'arrive plus à respirer. Svetlana... Il se passe quelque chose avec Svetlana.

Et il la vit soudain se lever d'un bond, courir à la porte qu'elle ouvrit toute grande comme si elle entendait son enfant l'appeler. Et elle se mit à crier dans la nuit :

« SVETLANA ! Ta maman est là ! Svetlana... »

Les doigts tremblants, Marius composa le numéro de l'hôpital. L'infirmière de nuit venait de prendre son service et sa réponse fut celle qu'on pouvait attendre d'une mécanique bien huilée : « Non, il est impossible de joindre le docteur maintenant... Non, je ne peux rien dire à ce sujet, c'est le docteur qui peut vous répondre... Dès que j'aurai pu le joindre, il vous téléphonera... »

Mais dans la chambre n° 9 du service des enfants malades, deux médecins, les yeux enfin dessillés, tentaient en vain de s'opposer à l'avance foudroyante du destin. Dans le corps déjà squelettique de l'enfant à la peau soudain d'un jaune foncé, ils essayaient d'injecter goutte à goutte, au moyen d'une minuscule aiguille et d'un mince tuyau, un mélange d'acide aminé et d'arginine. Dans son berceau, le bébé ne bougeait plus, le coma hépatique paralysait déjà toutes ses fonctions. Une dernière analyse montrait un afflux subit d'ammoniaque dans le sang, et c'était maintenant une course désespérée contre la mort. Atterrés, les deux médecins se taisaient encore pour ne pas avouer que la « guérisseuse aux mains rayonnantes » avait eu raison, qu'ils avaient tout simplement ignoré son diagnostic parce qu'il venait d'elle. Ils l'admettaient enfin, mais trois jours trop tard. Et maintenant, médecins et infirmières s'étonnaient de la rapidité vertigineuse, inexplicable chez un enfant de cet âge, de cette évolution fatale. Et tous pensaient déjà qu'ils avaient là une excuse qui dégagerait, le cas échéant, leur responsabilité...

Dans la villa, Corinna, de plus en plus agitée, tremblait de tout son corps, le sang lui battait les tempes, il lui semblait que les nerfs de son cerveau n'étaient plus qu'un agglomérat de substance incandescente. Marius lui avait préparé du café très fort, mais à peine en avait-elle respiré l'odeur qu'elle s'était de nouveau précipitée dehors pour crier d'une voix inhumaine : « Svetlana ! Svetlana ! » Frissonnant de peur, il avait essayé deux ou trois fois de l'arrêter, de la retenir, de l'immobiliser, mais elle avait alors déployé d'un coup une force incroyable et l'avait repoussé sans peine contre le mur, à quelques mètres d'elle, pour recommencer à lancer dans la nuit de novembre cet appel que répercutaient les montagnes environnantes et qui glaçait le sang du père impuissant.

Vers minuit, elle devint subitement très calme, s'assit dans le fauteuil près de la fenêtre et se croisa les mains sur le ventre comme à l'écoute de quelque chose qui se passait en elle. Puis ses yeux vacillèrent, perdirent leur éclat et, recouverts à moitié par leurs paupières, ils parurent s'enfoncer dans leur orbite à l'intérieur de son crâne...

Respirait-elle encore ? Il se précipita à ses genoux, fixant ce visage étroit et figé dans une expression pourtant détendue.

– J'appelle immédiatement le médecin, voulut-il dire.

Et se penchant sur elle, il perçut encore, distinctement, dans les derniers souffles qu'elle émit, les mots qu'elle répétait depuis plusieurs jours :

– Ma chère petite fille, Svetla... Je suis là, près de toi. C'est moi, ta maman... Elle ne te laissera jamais seule... Donne-moi ta petite main... comme cela, c'est bien... C'est si bon d'être toutes les deux ensemble... Tu vois, tout ira bien désormais... Maman restera près de toi, mon amour... Nous sommes si bien ainsi. Tout est si merveilleux... Ma petite Svetla...

Elle poussa encore un soupir, et il vit son visage se détendre dans un sourire heureux.

– Cora... Cora... (Il osait à peine prononcer son nom car ses mains se posaient sur un corps qui ne réagissait déjà plus à ses caresses.) Mais qu'y a-t-il donc, Cora ?

Au même instant, à l'hôpital, les deux médecins se relevèrent, le visage en sueur. L'infirmière débrancha automatiquement le goutte-à-goutte inutile et rabattit le drap sur le corps, d'un jaune ocre, du bébé supplicié.

Sur les lèvres de Corinna, il y avait toujours le même sourire, la même expression de bonheur indicible. À peine s'était-elle un peu effondrée sur elle-même, comme si elle voulait s'asseoir plus commodément. Sa tête avait simplement basculé sur le côté tandis que ses mains croisées retombaient lentement sur ses cuisses.

Marius, toujours agenouillé, leva seulement la main vers ce visage pour clore complètement les paupières. Et il s'entendit soudain implorer celle qui n'était plus :

– Emmène-moi, emmène-moi, Cora... Ne me laisse pas seul, seul...

Mais il vivait encore, et il se retrouva soudain parcourant la maison, puis ouvrant la porte et sortant dans la nuit comme elle l'avait fait pour crier : « Svetlana, Cora ! Emmenez-moi ! Ne me laissez pas seul ! Seul ! » Tout cela était vain. Le destin suivait son cours. Finalement, il alla s'asseoir dans le fauteuil qui faisait face à celui de Corinna, essayant de trouver une consolation dans le sourire indéchiffrable de la morte, sans parvenir à comprendre ce qui venait de se passer.

Le lendemain matin, le Dr Zimmerli arriva. Décontenancé, il resta longtemps debout devant la morte toujours assise dans son fauteuil. Il ne la toucha pas mais téléphona à la police et aux pompes funèbres. Puis il tenta d'adresser quelques mots à Marius, sans obtenir de réponse ni même un regard de la part de l'homme prostré dont la femme et l'enfant, peut-être, auraient encore été vivants si...

Lorsque le corbillard arriva et que l'on mit le corps de Corinna dans un cercueil, Marius ne bougea pas non plus. Il ne haussa même pas les épaules quand Zimmerli voulut lui faire comprendre qu'il fallait procéder à l'autopsie de Corinna : cette mort était inexplicable, donc suspecte. C'était absolument nécessaire pour avoir le permis d'inhumer. Lorsque le corbillard amorça une marche arrière pour repartir, Marius regagna sa chambre à coucher et s'y enferma.

Cinq jours plus tard, l'enterrement put avoir lieu. Le résultat de l'autopsie posait une énigme. Il n'y avait aucun signe d'attaque au cerveau ni d'infarctus. Cette mort demeurait un mystère. Le cœur s'était simplement arrêté, sans cause apparente, comme le certifia le médecin légiste. Sur le permis d'inhumer, il dut se résigner à consigner : arrêt du cœur, cause inconnue.

Au cimetière du petit village, on descendit dans la même fosse un cercueil de chêne et un petit cercueil laqué de blanc. Marius en avait décidé ainsi. Il voulait continuer à vivre dans cette maison, celle de Corinna et de Svetlana : il croyait à ce que Nerochenko avait affirmé : il était sûr qu'elles seraient toujours autour de lui, vivraient avec lui dans ce monde aux multiples dimensions que Corinna avait approché. Quand il serait seul, il continuerait à leur parler, il montrerait à Corinna ses nouvelles toiles et lui demanderait comme autrefois : « Sont-elles bien ? » Même s'il n'entendait jamais de réponse, il aurait l'impression de ne pas être seul, puisqu'il avait appris que la solitude n'est un espace vide que pour ceux qui n'ont pas compris ce qu'est l'éternité.

Le Pr Van Meersel, venu pour l'enterrement de Corinna avec les Doerinck et quelques rares amis parmi les plus intimes, prit Marius par l'épaule au moment de prendre congé de lui :

– Tu te demandes tout le temps comment et pourquoi Corinna est morte, n'est-ce pas ?

– Personne ne peut l'expliquer...

– Il y a pourtant une explication. La médecine a signalé des cas de mort simultanée de jumeaux, à des distances considérables. C'est un phénomène qu'on a baptisé de plusieurs noms, mais qu'on peut concevoir au point de vue parapsychologique par l'existence d'un rayonnement, d'un champ de forces qui relie étroitement deux êtres, si bien que lorsque l'un des pôles meurt, le second disparaît automatiquement... (Van Meersel jeta un coup d'œil sur la vaste vallée que la première neige transformait en un paysage de conte de fées.) C'est ainsi que je m'imagine le lien qui unissait Corinna et Svetlana. Elles étaient liées de façon indissoluble, elles étaient les deux pôles d'un même rayonnement, rien ne pouvait les séparer. Rappelle-toi que lorsque l'enfant a commencé à vivre en elle, Corinna a perdu cette force intérieure qui guérissait. Cette force a disparu le temps de la fusion, une fusion éternelle. Nous vivons dans un monde de miracles, Marius...

Serrant Marius contre lui, Van Meersel avança de quelques pas dans le jardin recouvert de neige. Ludmilla et Stefan Doerinck, le Dr Hambach et Érasmus Roemer les regardaient par la fenêtre de l'intérieur du chalet.

D'une voix étrangement basse et douce, Roemer dit :

– J'ai maintenant peur pour ce garçon. Il va s'effondrer...

Au même instant, Van Meersel lui demandait :

– Et maintenant, que vas-tu faire ?

– Dans une semaine je prends l'avion pour New York... C'est Corinna qui l'a voulu. Elle était tellement heureuse de faire ce voyage avec moi. Elle aurait été si fière du peintre Marius Herbert... N'est-ce pas, Corinna ?

Il se retourna brusquement et enfouit son visage dans le creux de l'épaule du Hollandais : il était encore trop tôt pour que l'Éternité pût remplacer dans son cœur le souvenir des bonheurs de notre pauvre vie.

Le 1er décembre eut lieu à New York le vernissage de l'exposition Marius Herbert. Debout, plus de cinq cents personnes applaudirent longuement le jeune peintre quand il fit son entrée dans le hall d'exposition au milieu du ronronnement des caméras de télévision et des éclairs des flashes photographiques. Le monde accueillait la révélation d'un nouveau phare de la peinture.

Un peu gêné, Marius s'inclina à droite et à gauche, remerciant tous ceux qui l'acclamaient. Puis il se retrouva avec une coupe de champagne qu'un inconnu lui avait mise dans la main presque de force, et il fit le geste de boire à la santé de tous. Et comme un remous de la foule l'avait isolé un moment dans un coin de la salle, il leva une seconde fois sa coupe en disant doucement :

– À ton œuvre, Corinna !

Et personne ne comprit pourquoi, après l'avoir vidée d'un trait, il précipita sa coupe contre le mur pour la briser, à la manière des Russes.

Une lubie d'artiste, certainement, et tous applaudirent.

Littérature

extrait du catalogue

Cette collection est d'abord marquée par sa diversité : classiques, grands romans contemporains ou même des livres d'auteurs réputés plus difficiles, comme Borges, Soupault, Goes. En fait, c'est tout le roman qui est proposé ici, Henri Troyat, Bernard Clavel, Guy des Cars, Alain Robbe-Grillet, mais aussi des écrivains tels que Moravia, Colleen McCullough ou Konsalik.

Les classiques tels que Stendhal, Maupassant, Flaubert, Zola, Balzac, etc. sont publiés en texte intégral au prix le plus bas de toute l'édition. Chaque volume est complété par un cahier photos illustrant la biographie de l'auteur.

ADAMS Richard	**Les garennes de Watership Down** 2078/**6***
ADLER Philippe	**C'est peut-être ça l'amour** 2284/**3***
	Les amies de ma femme 2439/**3***
AMADOU Jean	**Heureux les convaincus** 2110/**3***
AMADOU J. et KANTOF A.	**La belle anglaise** 2684/**4*** (Novembre 89)
ANDREWS Virginia C.	Fleurs captives :
	-Fleurs captives 1165/**4***
	-Pétales au vent 1237/**4***
	-Bouquet d'épines 1350/**4***
	-Les racines du passé 1818/**4***
	-Le jardin des ombres 2526/**4***
ANGER Henri	**La mille et unième rue** 2564/**4***
ARCHER Jeffrey	**Kane et Abel** 2109/**6***
	Faut-il le dire à la Présidente ? 2376/**4***
ARTUR José	**Parlons de moi, y a que ça qui m'intéresse** 2542/**4***
AUEL Jean M.	**Les chasseurs de mammouths** 2213/**5*** et 2214/**5***
AURIOL H. et NEVEU C.	**Une histoire d'hommes / Paris-Dakar** 2423/**4***
AVRIL Nicole	**Monsieur de Lyon** 1049/**3***
	La disgrâce 1344/**3***
	Jeanne 1879/**3***
	L'été de la Saint-Valentin 2038/**2***
	La première alliance 2168/**3***
AZNAVOUR-GARVARENTZ	**Aïda Petit frère** 2358/**3***
BACH Richard	**Jonathan Livingston le goéland** 1562/**1*** Illustré
	Illusions / Le Messie récalcitrant 2111/**2***
	Un pont sur l'infini 2270/**4***
BALZAC Honoré de	**Le père Goriot** 1988/**2***
BARBER Noël	**Tanamera** 1804/**4*** & 1805/**4***
BARRET André	**La Cocagne** 2682/**6*** (Novembre 89)
BATS Joël	**Gardien de ma vie** 2238/**3*** Illustré
BAUDELAIRE Charles	**Les Fleurs du mal** 1939/**2***
BEART Guy	**L'espérance folle** 2695/**5*** (Décembre 89)
BEAULIEU PRESLEY Priscilla	**Elvis et moi** 2157/**4*** Illustré
BECKER Stephen	**Le bandit chinois** 2624/**5***

BELLONCI Maria	**Renaissance privée** 2637/6* Inédit
BENZONI Juliette	**Un aussi long chemin** 1872/4*
	Le Gerfaut des Brumes :
	-Le Gerfaut 2206/6*
	-Un collier pour le diable 2207/6*
	-Le trésor 2208/5*
	-Haute-Savane 2209/5*
BEYALA Calixthe	**C'est le soleil qui m'a brûlée** 2512/2*
BINCHY Maeve	**Nos rêves de Castlebay** 2444/6*
BISIAUX M. et JAJOLET C.	**Chat plume - 60 écrivains parlent de leurs chats** 2545/5*
	Chat huppé - 60 personnalités parlent de leurs chats 2646/6*
BLIER Bertrand	**Les valseuses** 543/5*
BOMSEL Marie-Claude	**Pas si bêtes** 2331/3* Illustré
BORGES et BIOY CASARES	**Nouveaux contes de Bustos Domecq** 1908/3*
BOURGEADE Pierre	**Le lac d'Orta** 2410/2*
BRADFORD Sarah	**Grace** 2002/4*
BROCHIER Jean-Jacques	**Un cauchemar** 2046/2*
	L'hallali 2541/2*
BRUNELIN André	**Gabin** 2680/5* & 2681/5* (Novembre 89) Illustré
BURON Nicole de	**Vas-y maman** 1031/2*
	Dix-jours-de-rêve 1481/3*
	Qui c'est, ce garçon ? 2043/3*
CALDWELL Erskine	**Le bâtard** 1757/2*
CARS Guy des	**La brute** 47/3*
	Le château de la juive 97/4*
	La tricheuse 125/3*
	L'impure 173/4*
	La corruptrice 229/3*
	La demoiselle d'Opéra 246/3*
	Les filles de joie 265/3*
	La dame du cirque 295/2*
	Cette étrange tendresse 303/3*
	L'officier sans nom 331/3*
	Les sept femmes 347/4*
	La maudite 361/3*
	L'habitude d'amour 376/3*
	La révoltée 492/4*
	Amour de ma vie 516/3*
	La vipère 615/4*
	L'entremetteuse 639/4*
	Une certaine dame 696/4*
	L'insolence de sa beauté 736/3*
	Le donneur 809/2*
	J'ose 858/2*

	La justicière 1163/2*
	La vie secrète de Dorothée Gindt 1236/2*
	La femme qui en savait trop 1293/2*
	Le château du clown 1357/4*
	La femme sans frontières 1518/3*
	Les reines de coeur 1783/3*
	La coupable 1880/3*
	L'envoûteuse 2016/5*
	Le faiseur de morts 2063/3*
	La vengeresse 2253/3*
	Sang d'Afrique 2291/5*
	Le crime de Mathilde 2375/4*
	La voleuse 2660/3* (Octobre 89)
CARS Jean des	Elisabeth d'Autriche ou la fatalité 1692/4*
CASSAR Jacques	Dossier Camille Claudel 2615/5*
CATO Nancy	L'Australienne 1969/4* & 1970/4*
	Les étoiles du Pacifique 2183/4* & 2184/4*
	Lady F. 2603/4*
CESBRON Gilbert	Chiens perdus sans collier 6/2*
	C'est Mozart qu'on assassine 379/3*
CHABAN-DELMAS Jacques	La dame d'Aquitaine 2409/2*
CHAVELET J. et DANNE E. de	Avenue Foch / Derrière les façades... 1949/3*
CHEDID Andrée	La maison sans racines 2065/2*
	Le sixième jour 2529/3*
	Le sommeil délivré 2636/3*
CHOW CHING LIE	Le palanquin des larmes 859/4*
	Concerto du fleuve Jaune 1202/3*
CHRIS Long	Johnny 2380/4* Illustré
CLANCIER Georges-Emmanuel	Le pain noir :
	1-Le pain noir 651/3*
	2-La fabrique du roi 652/3*
	3-Les drapeaux de la ville 653/4*
	4-La dernière saison 654/4*
CLAUDE Madame	Le meilleur c'est l'autre 2170/3*
CLAVEL Bernard	Le tonnerre de Dieu qui m'emporte 290/1*
	Le voyage du père 300/1*
	L'Espagnol 309/4*
	Malataverne 324/1*
	L'hercule sur la place 333/3*
	Le tambour du bief 457/2*
	L'espion aux yeux verts 499/3*
	La grande patience :
	1-La maison des autres 522/4*
	2-Celui qui voulait voir la mer 523/4*
	3-Le cœur des vivants 524/4*
	4-Les fruits de l'hiver 525/4*

	Le Seigneur du Fleuve 590/3*
	Pirates du Rhône 658/2*
	Le silence des armes 742/3*
	Tiennot 1099/2*
	Les colonnes du ciel :
	1-La saison des loups 1235/3*
	2-La lumière du lac 1306/4*
	3-La femme de guerre 1356/3*
	4-Marie Bon Pain 1422/3*
	5-Compagnons du Nouveau-Monde 1503/3*
	Terres de mémoire 1729/2*
	Bernard Clavel Qui êtes-vous ? 1895/2*
	Le Royaume du Nord :
	-Harricana 2153/4*
	-L'Or de la terre 2328/4*
	-Miséréré 2540/4*
CLERC Christine	L'Arpeggione 2513/3*
CLERC Michel	Les hommes mariés 2141/3*
COCTEAU Jean	Orphée 2172/2*
COLETTE	Le blé en herbe 2/1*
COLLINS Jackie	Les dessous de Hollywood 2234/4* & 2235/4*
COMPANEEZ Nina	La grande cabriole 2696/4* (Décembre 89)
CONROY Pat	Le Prince des marées 2641/5* & 2642 /5*
CONTRUCCI Jean	Un jour, tu verras... 2478/3*
CORMAN Avery	Kramer contre Kramer 1044/3*
CUNY Jean-Pierre	L'aventure des plantes 2659/4* (Octobre 89)
DANA Jacqueline	Les noces de Camille 2477/3*
DAUDET Alphonse	Tartarin de Tarascon 34/1*
	Lettres de mon moulin 844/1*
DAVENAT Colette	Les émigrés du roi 2227/6*
	Daisy Rose 2597/6*
DEFLANDRE Bernard	La soupe aux doryphores ou dix ans en 40 2185/4*
DHOTEL André	Le pays où l'on n'arrive jamais 61/2*
DICKENS Charles	Espoir et passion (Un conte de deux villes) 2643/5* (Octobre 89)
DIDEROT Denis	Jacques le fataliste et son maître 2023/3*
DJIAN Philippe	37°2 le matin 1951/4*
	Bleu comme l'enfer 1971/4*
	Zone érogène 2062/4*
	Maudit manège 2167/5*
	50 contre 1 2363/3*
	Echine 2658/5* (Octobre 89)
DORIN Françoise	Les lits à une place 1369/4*
	Les miroirs truqués 1519/4*
	Les jupes-culottes 1893/4*

2314

Impression Brodard et Taupin
à La Flèche (Sarthe) le 9 octobre 1989
6483B-5 Dépôt légal octobre 1989
ISBN 2-277-22314-X
1er dépôt légal dans la collection : janv. 1988
Imprimé en France
Editions J'ai lu
27, rue Cassette, 75006 Paris
diffusion France et étranger : Flammarion